프리마 발레리나 서정자 자서전

다시 못을 새벽의 춤

생각나눔

다시 못 올 새벽의 춤

펴 낸 날   2022년 4월 28일

지 은 이   서정자
펴 낸 이   이기성
편집팀장   이윤숙
기획편집   윤가영, 이지희, 서해주
표지디자인   윤가영
책임마케팅   강보현, 김성욱
펴 낸 곳   도서출판 생각나눔
출판등록   제 2018-000288호
주   소   서울 잔다리로7안길 22, 태성빌딩 3층
전   화   02-325-5100
팩   스   02-325-5101
홈페이지   www.생각나눔.kr
이 메 일   bookmain@think-book.com

• 책값은 표지 뒷면에 표기되어 있습니다.
ISBN   979-11-7048-401-1(03810)

프리마 발레리나 서정자 자서전

다시 봄을 새벽의 춤

목차

2. 발레와 사랑에 빠지다

3. 끝없는 도전, 발레리나이자 교육자로

4. 서정자 물이랑 발레단, 한국적 발레의 초석을 다지다

5. 한국발레하우스, 발레교육의 백년대계를 그리다

6. 서정자를 기록하다

✳ 프롤로그
흔들리는 것과 흔들리지 않는 모든 것을 위해

스무 살 시절의 나를 떠올리면 땀에 흠뻑 젖은 운동복을 입고 연습에 매진하는 모습이 떠오른다. 늦은 밤 하루 일과를 마치고 연습실을 나오면 까만 밤하늘에 총총히 박혀있는 별들이 보석처럼 아름다웠다. 앞으로 펼쳐질 나의 삶 또한 눈부시게 찬란할 것이라 말해주는 것만 같았다.

황소를 닮은 발레리나라는 별명에 걸맞게 매 순간순간 황소처럼 최선을 다하다 보니 고마끼 발레단으로 유학을 떠나 고도의 테크닉을 배웠고, 27세에 대학교수가 될 수 있었다.

발레를 사랑하는 마음 하나로 발레문화 발전을 위해 기여 하고자 한국발레하우스를 설립했으며 체계적인 교육 프로그램을 통해 조기교육의 토대를 마련했다. 귀엽고 사랑스러운 아이들이 세계적인 발레단의 무용수로 성장하는 모습을 지켜보며 힘들고 어려웠던 순간들조차 아름답게 채색되어 갔다.

한국적인 창작 발레의 기틀을 만들기 위해 늘 새로운 도전을 해왔다. 우리의 정서와 멋이 깃든 가곡을 발레곡으로 사용했으며 고산 윤선도의 삶을 무대에 올리기도 했다. 한국에서 공연되지 않았던 세계적인 작품의 초연을 위해서도 무던히 노력해왔다. 덕분에 서정자 물이랑 발레단은 세계적인 레퍼토리를 보유한 발레단으로 성장했으며 대한민국의 발레문화도 발전해 나갔다.

자연의 정취가 살아 숨 쉬는 숲 속에 예술전문학교를 설립하여 예술인들의 뮤즈가 되어주고 싶었든 마음에 2만 5,000평 규모에 아츠밸리를 설립하고 예술학교의 밑그림을 그렸다.

은빛 머리갈을 드리운 나이가 되어 평생 누려보지 못했던 여유로움을 느끼고 있어서일까? 숨 가쁘게 살아왔던 시간들이 엊그제 일처럼 생생하다. 시간이 지날수록 더욱더 또렷해지는 것만 같다. 후회 없이 최선을 다한 덕분이라 생각한다. 옛 추억이 떠오르면 동시에 사랑했던 사람들의 얼굴이 스쳐 지나간다. 참으로 고마운 분들을 만났기에 한평생 잘 살아올 수 있었다고 믿는다. 이 자리를 빌려 나와 함께했던 모든 분들께 감사와 사랑을 전한다.

머릿속에 점점이 박혀 있던 추억과 생각들을 글로 옮겨 놓았으니 책의 형식을 빌렸을 뿐 이 글은 나의 일기장이고 지인들과 주고받은 편지들이다. 당신의 삶을 오롯이 딸에게 희생하셨던 어머니에게 이 글을 바친다.

1. 어머니가 물려주신 꿈, 발레리나

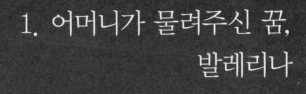

✳ 생명을 주시고 꿈을 일깨워주셨던 어머니

　　　　　나이가 든다는 것은 기력이 쇠하고 손마디에 주름이 깊어진다는 것을 의미하지만 동시에 미소 지을 추억이 많아진다는 것을 뜻한다. 여든을 바라보는 지금, 지난 시간을 되돌아보면 매 순간순간이 감사로 채워졌음을 느낀다. 그 가운데 가장 큰 축복은 현명하고 따뜻한 어머니의 딸로 태어난 것이다. 어머니는 나에게 생명을 주셨고, 꿈을 일깨워주셨으며 발레리나로 살아갈 수 있는 터전을 만들어주셨다. 발레리나라는 전문 용어는 모르셨겠지만 내가 율동(움직임)을 할 때마다 "잘한다, 잘한다." 칭찬해주셨다. 어머니의 칭찬에 신이 나서 더 열심히 했었다. 어머니께서 노래를 부르며 그에 걸맞은 동작으로 춤을 추시던 모습이 지금도 생생하게 기억난다.

　1920년대 초에 태어나신 분이 어쩜 그리도 무용을 좋아하고 또 잘하셨을까? 실제로 어머니는 그 시대 겨울철 땔감을 마련하기 위해 경기도 포천의 산에 올라가시곤 했는데 지게를 지고서도 날아다니듯 산을 오르내리셨다고 한다. 90세가 되어서도 남산에 나무하러 가고 싶다고 말씀하셨다. 어머니의 딸로 태어난 것만으로도 발레리나로서의 삶은 나에게 운명적 행운이었다고 생각한다. 어머니 역시 춤과 운명처럼 이어져 있으셨다. 어린 시절 내 눈에 비쳤던 어머니는 꽃밭을 날아다니는 한 마리 나비처럼 아름다웠다.

　"이렇게 뛰어오르는 거야."

　"공중에서 다리가 일직선이 되도록 곧게 펴봐."

　무용을 배운 적도 없으셨던 분이 항상 여러 가지 동작을 직접 보여주셨다. 아라스꽁드(양다리를 180도 스트레칭)가 안 된다고 하면

"이게 왜 안 되니?"라고 하며 하얀 명주 속바지와 치마를 구깃구깃 움켜쥐고 시범을 보여주셨다. 그 모습이 얼마나 아름답고 행복해 보였던지…. 나도 어머니처럼 하늘을 향해 훨훨 날아오르고 싶다는 막연한 꿈이 자라기 시작했다. 나아가 어머니에게 더 멋진 모습을 보여드리고 싶다는 바람에 몸동작 하나하나에 정성을 기울였다. 조금씩 성장하는 딸의 모습에 행복해하시는 어머니를 보며, 춤을 향한 내 사랑도 점점 더 커져갔다. 중학생이 된 뒤에는 연습복이 땀에 흠뻑 젖어, 두 손으로 비틀어 짜면 물이 뚝뚝 떨어질 정도로 춤에 빠져 있었다. 7남매의 장녀로 태어나 동생들에게 좋은 본보기가 되어주어야 할 책임을 가진 내가 본격적으로 무용을 시작하자, 집안 어른들의 반대가 이만저만이 아니었다. 발레는 고사하고 무용에 대한 개념조차 정립되지 않았던 그 시대에 보수적인 어른들의 눈에 비친 발레는 정숙하지 않은 춤, 그 이상도 이하도 아니었다. 양반집에서 여자가 춤을 춘다는 것도 가당치 않은데 팔다리를 번쩍번쩍 든다니 어림도 없었던 것이다.

그러한 어른들의 극심한 반대를 이겨낼 수 있었던 힘은 오직 어머니의 헌신적인 뒷받침 덕분이었다.

등굣길에 책가방을 들고 현관을 나서면, 어머니가 부엌 뒤 쪽문으로 나와 어른들의 눈을 피해 연습 가방을 챙겨주셨다. 하교 시간에 맞춰 어머니는 다시금 어른들의 눈을 피해 부엌 뒤 쪽문에서 나를 기다리고 계시다고 연습복 가방을 건네받으셨다. 매 순간순간이 긴장으로 가득한 일촉즉발의 전쟁터라 해도 과언이 아니었다. 감히 어른들의 뜻을 거스르고 있었다는 사실이 발각되면 불호령이 떨어지는 것은 물론이거니와 어머니와 함께 쫓겨날 수도 있었기 때문이다.

당시 집안 어른들의 말씀을 거스를 수 있는 며느리가 어디 있겠는가?

더욱이 어머니는 큰집의 맏며느리였다. 그 많은 제사와 큰살림을 도맡아 하시면서도 힘든 내색조차 할 수 없는 시대였다. 그것이 곧 며느리의 도리(道理)이자 책임이라 여기셨던 분이 나를 위해 어른들을 속였으니, 그 마음이 편할리 있었겠는가? 그럼에도 혹여 내가 불안해할까, 내 앞에서는 한 번도 불편한 내색을 하지 않으셨다. 훗날 철이 들고 나서야 어머니가 감내하셔야 했던 고통의 크기를 조금이나마 헤아릴 수 있게 되었다.

생명을 주시고 사랑으로 길러주신 것만으로도 어머니에게 효(孝)를 다해야 하건만, 어머니는 그 시대 나에게 발레리나로서 살아갈 수 있는 터전을 만들어주셨다. 당신의 삶을 온전히 희생하시며 내 삶을 행복으로 채워주신 것이다. 가슴 깊이 감사와 사랑을 전한다.

당시 나는 어머니의 크신 사랑에 보답하기 위해 매사에 최선을 다했다. 전국여자 무용콩쿠르에서 우수한 성적으로 입상하고, 정교사에 이어 대학교수가 되었을 때 동네(후암동) 어르신들이 "정자 엄마는 좋겠네."라고 덕담을 해주시면 내가 그렇게 좋았다. 어머니가 뿌듯해하고 즐거워하셨기 때문이다. 어머니를 기쁘게 해드렸다는 사실에 더 없이 나는 행복했다.

어머니께서는 2010년 세례를 받으시고 지난 2017년 3월, 94세에 천국에 가셨다. 매년 3월 01일, 어머니 생신에 맞춰 포천 선산에 계신 묘소를 찾는다. 어머니가 내 곁에 계시는 것만 같아 따뜻함을 느끼지만 다시는 뵐 수 없다는 사실에 가슴이 먹먹해져 온다. 여전히 어머니가 한없이 그립고 그립다.

천국에 계신 어머니를 그리며 생전에 좋아하셨던 창작발레 고산(孤山) 윤선도의 「어부사시사」와 오원 장승업의 생애를 무대에 다시 올리는 것이 나의 바람이자 계획이다. 당신의 인생을 오롯이 딸을 위해 희생하신 어머니에게 전하는 감사이자 여든의 나이에도 발레의 안무부터 기획까지 총괄할 수 있음을 세상에 전하고 싶다. 한평생 발레만 사랑해왔던 나 자신에게 건네는 선물이기도 하다. 2009년에 초연한 「어부사시사」를 무대에서 다시 보고, 새로운 작품을 무대에 올리게 될 날을 기다린다.

✳ 춤동작에 가사의 의미와 아름다운 선율을 담다

　　1950년대 우리나라는 한국전쟁이 끝나고 폐허가 된 국토를 재건하는 일이 초미의 관심이었다. 교육기관은 턱없이 부족했고, 학년별 커리큘럼(curriculum)도 미흡한 점이 없지 않았지만, 당시 선생님들은 아이들을 진심으로 사랑했고, 스승으로서의 사명감이 매우 높았다. 교육을 통해 국민을 계몽했을 때 강한 국가가 될 수 있다고 믿으며 교육자로서 헌신하셨던 것이다.

　서울 남산 기슭에 자리했던 삼광초등학교(당시 삼광국민학교)의 선생님들도 예외가 아니었다. 미술, 음악, 체육 등 특기를 가진 선생님들이 방과 후 수업을 만들어 특별활동 지도에 많은 시간과 정성을 기울이셨다. 무용을 배운 선생님이 계셨다는 것은 내게 큰 행운이었다. 수업이 끝나면 등나무 보랏빛 꽃 가득한 등나무 교정에서 특별활동 시간을 이용해 무용을 체계적으로 배울 수 있었던 것이다.

　그 외에도 나는 나 자신이 순발력이 좋고, 또래 친구들에 비해 육상종목과 짐프 실력이 우수하다는 사실을 알게 되었다. 특히 달리기에 남다른 재능을 보였다. 어머니 역시 나의 남다른 신체능력을 예사롭게 보지 않으셨다.

　다행히 남산 밑 후암동에서 나고 자란 덕에 집과 학교와의 거리도 가까웠다. 수업이 끝나면 늦게까지 연습을 해도 해지기 전에 집에 돌아올 수 있었다. 당시 먼 길을 걸어서 등하교하던 학생들이 상당수였다는 점을 감안한다면 감사한 일이 아닐 수 없었다.

　매년 5월 진행하는 학급별 장기자랑도 내게는 즐거운 시간이었다. 어린 마음에 친구들의 시선이 부끄러울 법도 했지만 춤을 추다 보면 음악과 하나가 되는 것 같아 부끄러움을 느낄 겨를이 없었다. 초등학교 4학년 때는 춤을 추는 친구의 동작을 보며, 나라면 어떻게 했을까 연구해보기도 했었다. 안무라고 말할 수는 없지만, 음악과 가사에 맞는 동작을 머릿속으로 그려보았던 것이다. 「천안삼거리」 가사 중 '흥'이라는 대목에서 코를 풀 듯 코를 잡는 동작이 아무래도 어설퍼 보였기 때문이다. 흥겨움을 표현하기 위해서는 어떤 동작을 해야 할까? 가사의 뜻과 음악의 선율을 몸으로 표현하는 데 관심이 많았던 것이다.

✳ 1인 1기 교육의 중요성

점프력과 유연성이 뛰어나, 또래 아이들보다 표현력이 좋았던 나는 초등학교를 졸업할 때쯤 제법 무용을 잘한다는 칭찬을 듣게 되었다. 따라서 자연스럽게 수도여자중학교에 입학할 수 있었다. 집과도 가까웠지만 당시 수도여자중고등학교는 체육 및 예술교육을 중시하는 학교로 유명세를 타고 있었기 때문이다. 공립학교였지만 방순경 교장선생님의 남다른 교육 철학 아래 근래의 사립학교 못지않게 예체능 교육이 특화되어 있었던 것이다. 방순경 교장선생님은 방과 후 청소시간에도 기존과 다른 방법으로 청소할 것을 권하셨다. 엎드려서 걸레질을 하는 대신 친구들과 손에 손을 맞잡고 콧노래를 부르며, 오른발 왼발 번갈아가며 걸레질을 하라고 이르신 것이다. 여성교육, 특히 여성체육에 관심이 많으셨던 교장 선생님 덕분에 우리는 청소시간에도 즐거웠다.

그뿐만 아니라 가을이면 선행에 앞장서고 특기 등 성적이 우수한 학생에게 본관 앞에 있는 감나무에서 딴 감 한 개씩을 포상으로 주셨다. 나에게는 부모님께 드리라며 감 3개가 달린 나뭇가지를 주셨다. 친구들의 박수갈채가 큰 운동장을 가득 메웠던 추억이 떠오른다.

1인 1기 교육의 중요성을 강조하며 공부 이외의 예술적 재능을 갖춰야 한다는 교장선생님의 철학으로 수도여자중고등학교는 예체능 전문학교처럼 인식되고 있었다. 이를 증명하듯 무용선생님이 네 분이나 계셨다. 우봉련 선생님, 장보성 선생님, 김옥진 선생님, 홍정희 선생님이시다. 무용에 대한 열정과 제자에 대한 사랑도 남다르셨다. 덕분에 나는 무용에 대한 체계적인 교육을 받으며 청소년기를 보냈다. 석봉근 체육 선생님과의 인연도 매우 소중했다. 순발력이 뛰어나서 단거리 달리기 선수로도 발탁되었던 나는 전국체육대회 출전을 앞두고 선생님께 방과 후 지도를 받았다. 학교를 대표해 자랑스러운 선수가 되겠다고 서울운동장을 달리고 또 달리는 내가 대견스럽다며, 늘 격려해주시던 선생님의 모습이 지금도 눈에 선하다. 아버지께서 선수들을 위해 삶은 계란과 사이다를 가져다주시기도 했다.

가장 친했던 친구 유명자는 중고교 시절 기계체조 종목 국가대표로 선발되어 로마올림픽과 동경올림픽에 출전했다. 수도 여자 중고교에는 대한민국을 대표하는 기계 체조팀도 있었다. 이들의 실력 또한 매우 뛰어났다. 경제적으로 열악한 시절이었음에도 학생들의 실력 향상을 위해 베트남으로 해외 원정을 떠났던 것은 교장 선생님의 배려 덕분이었다. 기계체조와 육상뿐 아니라 배구, 농구, 육상, 활궁에서도 국가대표를 배출했다. 전국 각지에서 수도여중고교의 학생들을 주목했던 이유였다. 그런 의미에서 수도여자중고교에 입학할 수 있었던 것이 내가 무용가로서 살아갈 수 있는 뿌리가 되어주었다고 해도 과언이 아니다. 수도 여중으로 입학시험을 보러 가던 날, 어머니께서는 정갈한 옷으로 단장하시고 내 손을 꼬옥 잡고 교문 앞까지 데려다주셨다. 나의 손을 꼭 잡아주셨던 어머니! 어머니의 깊은 사랑이 오늘의 나를 있게 해주었으니 언제나 감사드린다. 면접에서는 '잡화상에서는 무엇을 파는가?'를 물었던 기억이 난다.

방순경 교장선생님께서는 "전교생이 1인 1기를 갖출 때 우리 사회가 더욱 다채로워진다."라며 "학생들이 자신의 재능을 꽃피울 때 국가 경쟁력 또한 강화된다."라고 말씀하셨다.

문맹률이 높았던 시대였음에도 불구하고 미래를 내다보는 혜안이 있었으니, 선생님의 철학은 훗날 나에게 교육자로서 어떻게 살아가야 하는지 나침반이 되어주었다.

당시는 이승만 대통령의 생신을 탄신기념일이라 하여 매년 성대한 축하 공연을 펼쳤다. 그 가운데 수도 여중이 담당했던 것은 마스 게임 무용이었다. 전교생이 대통령의 탄신을 축하하며 강강수월래, 화관무, 아리랑 등의 공연을 펼쳤던 것이다. 초등학교 때부터 무용을 해왔으니, 무대의 중앙은 항상 내 차지였다. 고운 빛깔의 한복을 차려입고 음악에 맞춰 무용을 할 때면 구름 위를 걷는 것처럼 나는 행복했다. 그리고 진정으로 무용을 사랑하게 된 것이다.

지금 돌이켜보면 음악을 가르치셨던 정회갑 선생님, 송진혁 선생님의 실력도 매우 훌륭하셨다. 무용 선생님, 체육 선생님 그리고 음악 선생님들의 지도 아래 나는 중고교 시절 내내 이화여자대학교에서 열리는 전국여자무용콩쿠르에서 항상 최고의 상을 수상했다. 매년 연속해서 특상을 수상하는 진기록을 달성한 것이다. 결과적으로 수도 여중고는 매년 종합우승기를 가져왔다.

✱ 열다섯 살 소녀 예술의 상아탑, 상아당에 서다

한국의 발레 역사는 언제 시작되었을까? 서구식 발레를 공연하는 발레단은 해방 직후 창단되었다. 일본 유학을 통해 러시아 정통발레를 배운 한동인 선생님에 의해 최초의 직업 발레단이 생기고 전쟁 시에도 최가야 무용단, 박고성 예술단에 의해 창작 발레가 무대에 오른 것이다. 나의 스승이자 한국 발레를 이끈 임성남 선생님도 당시 한동인 발레단의 무용수로 활동하셨다. 한국전쟁이 발발하면서 무용단은 해체되었고, 임성남 선생님은 스승 백성규 선생님의 뒤를 이어 일본 유학길에 오르셨다. 1953년 귀국한 뒤 임성남 발레단을 창단하며 「백조의 호수」, 「목신의 오후」, 「장미의 정」 등을 무대에 올렸다. 서구식 발레교육과 함께 발레가 조금씩 대중 속으로 스며들기 시작한 것이다.

질곡(桎梏)의 역사 속에서도 해방 이후 한국 발레가 발전할 수 있었던 것은 한동인 발레단이 시작이었다. 이후 임성남 발레단과 조광, 송범, 이월영, 쥬리 등 발레를 사랑했던 선생님들의 열정과 희생 덕분이었다. 표현 방법은 달랐지만 어머니의 가슴 속에도 발레를 향한 사랑이 가득하셨다. 그 사랑은 나에게로 이어져, 발레리나로서의 꿈을 키우는 초석이 되어주었다.

이후 내가 중학생이 될 무렵인 1955년 6월 여중 고교생을 대상으로 한 최초의 무용 콩쿠르가 열렸다. 전국에서 유일한 콩쿠르였으며 주최는 이화여자대학교였다. 이 당시 채점도 작품이 하나하나 끝날 적마다 2층 맨 앞줄에 있던 채점자가 점수를 들어 보여 각 채점자의 점수를 합산하는 그때로써는 획기적인 채점방법을 선택했다. 이를 통해 훌륭한 지도자와 학생들이 주목받기 시작했다. 이화여자대학교는 무용 발전에 선구자적인 역할을 하며 콩쿠르를 준비하는 여학생들을 위해 대학의 체육관을 개방해주었고 동시에 작품연습도 조금씩 진행해주었다. 이화여대 대강당은 당시 초대형 무대로 세계적인 발레단과 음악가를 비롯해 해외 팝스타들이 공연하는 곳으로 유명했다. 그런 무대에서 공연할 수 있었으니, 지금 생각해도 무척 감사한 일이다.

1인 1기를 강조하는 학교답게 수도 여중 고교에도 체육관이 있었지만, 기계체조를 비롯해 배드민턴을 연습하는 학생들로 늘 북적거렸다. 날아다니는 공을 피해 한 모퉁이에서 발레 연습을 해야 했던 것이다. 물론 그 시간이 힘들고 불편했던 것은 아니다. 장소가 어디든 발레를 할 수 있다는 것만으로도 행복했기 때문이다. 장소가 없어서 또는 환경이 열악해서 연습을 할 수 없다는 말은 하등의 이유가 되지 않았다.

중고교 시절 홍정희 선생님의 제자가 될 수 있었던 것도 내게는 은혜로운 일이었다. 선생님께서는 대학원 졸업 작품으로 창작발레 「선녀와 나뭇꾼」을 선보였다. 당시 나는 무대에 오른 유일한 중학생이었다. 나를 제외하면 모두가 이화여자대학교 학생들이었으니 밤잠을 설치며 설렜다.

「선녀와 나뭇꾼」을 성공적으로 마친 뒤, 나는 학교에서 기획한 오페레타(operetta)에 오르는 영광을 누렸다. 압록강 연안에 위치한 중강진 부근의 연못 '운림'에 얽힌 설화를 모티브로 한 창작 발레로 제목은 「운림지」였다. 우리는 수도 여자중고등학교 내 예술의 상아탑이라 불리는 상아당에서 한껏 기량을 뽐냈다. 무대에 올랐을 때의 감동이 지금도 생생하게 기억난다. 긴장과 설렘 속에서 연습했던 동작

들을 하나씩 선보일 때마다 느껴지는 벅찬 기쁨, 공연이 끝난 뒤 객
석에서 울려 퍼지는 박수 소리 그 무엇 하나 소중하지 않은 것이 없
었다. 당시 우리를 위해 아낌없이 박수를 보내주셨던 관객들에게 감
사하다.

✳ 전통발레와 창작발레를 넘나들며

　　　　　　발레는 이탈리아에서 시작되어 프랑스와 전유럽에
융성하게 발전했으나, 현재 서양 발레의 중심은 러시아이다. 러시아
황실에서 1673년 발레 공연을 처음 접한 뒤 그 매력에 흠뻑 빠져 전
폭적으로 지원했기 때문이다. 1728년 상트페테르부르크의 황실은 바
가노바 발레학교를 창립하고 우수한 안무가를 초빙하는 등 발레 교
육에 열과 성을 다했다. 그 결과 이탈리아의 엔리코 체케티(Enrico
Cecchetti),프랑스의 마리우스 쁘띠파(Marious petipa) 등 세계적인
안무가와 무용수들이 러시아를 무대로 활동하는 계기가 되었다. 이
는 오늘날 세계적인 발레단으로 손꼽히는 키로프 마린스키발레단으
로 성장했다. 키로프 마린스키발레단은 오랜 역사와 전통을 지켜나
가는 발레단으로서 섬세하고 바가노바 메소드(Vaganova method)
　고전에 충실한 발레를 추구한다. 모스크바를 중심으로 활동하던
볼쇼이발레단은 웅장하고 큰 동작 등을 선보이며 또 다른 매력을 선
보인다.
　17세기 러시아의 유럽화 정책이 발레 발전의 동력이 되었지만, 서
구식 발레를 재연하기보다는 안무, 구성, 무대, 색채에서 러시아만의
발레를 선보였던 것이 오늘날 러시아를 발레의 중심으로 만들어놓
은 것이다.
　즉, 우리 역시 서구식 발레를 재연하는 데 그칠 것이 아니라 우리
만의 한국적 발레를 발전시켜 나가야 한다. 「선녀와 나뭇꾼」, 「운림
지」 등 창작발레로 무대에 올랐던 경험이 한국발레에 대한 갈망으로
이어진 것이다.

러시아에 「백조의 호수」, 「잠자는 숲속의 미녀」, 「호두까기 인형」 등을 작곡한 차이콥스키가 있다면 우리나라에는 '울밑에선 봉숭아야', '고향의 봄' 등을 작곡한 홍난파, '비목'의 장일남, '그리운 금강산'의 최영섭 등의 작곡가가 있다. 다양한 설화가 전해져 내려오고 있으며 역사적으로 기념할 위인들도 많다. 한국적 정서가 담긴 전래동화 역시 한국적 발레를 선보일 수 있는 토대가 되어준다.

「운림지」 공연 이후 내 가슴 속에서 자라기 시작한 창작 발레에 대한 열망이 깊어졌다. 유관순 열사의 일생을 담은 연주영화를 관람한 뒤에는 더더욱 한국적인 발레를 만들고 싶다는 꿈이 커졌다. 발레리나로서 내가 할 수 있는 애국이 무엇일까를 성찰하는 계기가 되었기 때문이다. 세계적인 발레리나가 되는 것도 더없는 영광이겠지만 나 개인의 영달을 넘어 더 나은 무언가에 도전해보고 싶었다. 그것이 무엇을 의미하는지, 그 길을 걷기 위해서는 무엇을 해야 하는지 정확히 알 수는 없었지만, 한국적 창작 발레라는 꿈이 싹트기 시작한 것이다.

✳ 발레를 사랑하는 발레리나

한국전쟁이 끝난 직후 폐허가 된 나라에서 발레공연을 본다는 것은 불가능에 가까운 일이었다. 점프(jump)와 턴(turn)을 할 수 있는 마룻바닥 또한 있을 리 만무했다. 클래식 음악을 들을 수 있는 기회도 쉽게 허락되지 않았다. 그토록 열악한 환경에서도 서구식 발레를 가르치는 교육기관이 생겼고, 초중고교에서도 발레를 가르치기 시작했다. 동시에 한국적 정취가 담긴 창작 발레를 선보이며 한국적인 멋과 아름다움의 가치를 일깨워줬다.

선배 무용수들의 열정과 헌신을 가까이에서 지켜본 결과 발레는 나에게 춤 그 이상의 의미로 다가왔다. 기본동작과 테크닉을 익히는 동시에 안무에 대해 고민하고 무대의상과 소품 하나하나에도 관심을 기울이는 것은 물론 발레 발전의 토대를 구축하고 싶다는 바람이 생겨난 것이다.

어쩌면 나 자신이 열악한 환경에서 발레를 배운 터라 한국 발레의 발전을 더욱 원했는지도 모른다. 이토록 소중한 발레를 후배들이 좀더 편안하게 즐길 수 있다면, 그로 인해 우리나라가 러시아 못지않은 발레 대국이 된다면…. 막연한 상상을 펼치며 꿈이 현실이 되는 그날까지 최선을 다해왔기 때문이다. 그런 의미에서 내 삶은 발레를 향한 사랑을 표현하는 과정의 연속이었다.

발레를 오랫동안 하려면 테크닉도 중요하지만, 그에 앞서 부상의 위험으로부터 자신을 지켜야 한다. 연습에 앞서 스트레칭으로 몸을 충분히 풀어주고, 연습이 끝난 뒤에도 긴장된 근육을 다시 풀어줘야 한다. 음악을 해석하는 능력도 중요하기 때문에 피아노 등 악기를 배워야 하고 늘 음악을 가까이해야 한다. 이른 아침부터 늦은 밤까지 연습하고 또 연습해야 최고의 발레리나가 될 수 있다는 뜻이다. 진정으로 발레를 사랑하지 않으면 오랜 시간 무용수로 살아가기 어려운 것이 현실이다. 그에 앞서 발레를 사랑하지 않으면 행복한 발레리나로 살아갈 수 없다. 교육자로서 학생들을 가르칠 때 테크닉보다 발레를 사랑하는 마음이 더 중요하다고 강조해왔던 까닭이다.

2. 발레와 사랑에 빠지다

✳ 무용학과가 없었던 시절

　　　　　중고교 시절 6년 동안 이화여자대학교에서 주최
하는 전국여자무용콩쿠르에서 특상을 수상하면서 나의 발레는 성
숙도에 이르렀다. 무용 이외의 전공은 생각조차 안 해보았지만, 고교
시절 반 편성 시 이과를 선택했었다. 아버지께서 "여성은 가정학과에
입학한 뒤 현모양처가 되어야 한다."라고 강조하셨기 때문이다. 예술
가는 우뇌가 발달한다고 했으니 대수, 기하 미분 적분, 화학 등 좌뇌
중심의 이과 수업이 너무 어려웠다. 그런 나를 위로하고 격려해주셨
던 무용 선생님 덕분에 용기를 얻곤 했었다.

　사실 중고교 시절 6년은 무용에 미쳐있었다고 해도 과언이 아니었
다. 죄송하지만 아버지의 뜻을 거스를 수밖에 없었다. 입시에서 필요
한 발레 테크닉은 이미 내 안에 체화되어 있었기 때문이다. 이화여자
대학교에서 입학시험을 보던 날, '정열'이라는 제목의 작품으로 시험
을 본 뒤 2층 객석을 바라보니 아버지께서 계셔서 깜짝 놀랐다. 그
이후 아버지께서도 마음속 깊이 응원하는 열렬한 나의 후원자가 되
어주셨다.

　당시 이화여자대학교는 전국 최초로 중고생을 위한 무용 콩쿠르를
주최한 학교였음에도 불구하고 무용학과가 없었다. 따라서 나는 문
리과대학 체육학과에 입학했다. 체육학과에 입학한 뒤 전공에 따라
일반체육과 무용으로 나뉘었다. 무용은 다시 한 번 한국무용과 발
레로 나뉘었다.

　한국무용과 발레를 전공한다 해도 체육학과였으니 농구, 배구, 탁
구, 소프트볼, 정구 등은 필수과목이었다. 배구는 벽을 상대로 토스

와 언더패스를 100개 이상 하고 농구는 드리블과 슛, 패스를 해야 학점을 받을 수 있었다. 발레 이외에 다양한 체육을 배우면서 체력을 키웠다. 그것들은 순발력과 지구력 향상에 큰 도움이 되었다. 교과목에는 피아노 레슨도 있었다. 발레를 하면서 들었던 음악을 내가 직접 연주한다는 것이 너무나도 신비로웠다. 손끝이 피아노 건반을 스칠 때마다 음표 하나하나가 살아있는 요정처럼 나를 에워싸는 것만 같았다. 발레를 함에 있어 음악을 더 깊이 이해하고, 표현할 수 있게 된 것이다.

피아노를 비롯해 다양한 교양과목과 해부학, 기능학, 위생학, 생리학, 구강학, 학교보건까지 대학 4년 동안 162학점을 이수했다. 다방면의 지식을 함양할 수 있어 내적으로 성숙해지는 시간이었다.

1960년대 체육학과에서 무용을 가르쳤던 학교는 이화여자대학교를 비롯해 지금의 경희대학교(당시 신흥대학), 서울사대 체육학과, 중앙대학교 정도였다. 각 대학의 체육학과 학생들이 유네스코 P E C 모임을 만든 뒤 시청 유네스코 내에서 모여 체육발전을 위한 토론과 세미나 등을 개최하기도 했다. 강원도, 주문진을 비롯해 농촌으로 내려가 배구공과 네트를 전달하고 실기를 가르쳐주기도 했다. 봉사활동뿐 아니라 위문공연도 했다. 즐겁고 보람된 시간들이었다. 그곳 주문진고등학교 강당에서 귓가에 들려오는 저녁 바다 파도 소리를 대원들과 함께한 추억이 아직도 생생하다.

대학생활이 그토록 즐겁고 보람되었다는 뜻이다. 발레를 시작한 이후로 힘들고 어려운 일도 있었지만, 결과적으로 나는 스스로를 가리켜 행복한 사람이라고 말한다. 온몸이 땀에 흠뻑 젖도록 연습한 뒤 샤워를 마치고 나오면 까만 밤하늘에 총총히 박혀있는 별들이 그토록 아름다울 수 없었다.

✳ 신인예술상 작품상의 영광을 안겨준 「시간의 언덕」

　　　　　20세기 가장 위대한 작곡가로 일컬어지는 이고르 스트라빈스키(Igor Stravinsky)의 음악은 굉장히 독창적이다. 그의 대표작으로 손꼽히는 발레곡 「봄의 제전」은 독특한 리듬과 그에 맞춰 펼쳐지는 화려한 안무로 클래식의 고정관념을 깼다. 「페트루슈카」는 인상주의, 민족주의, 원시주의, 신고전주의와 재즈 등 다양한 음악이 빠르게 교차하며 신비스러움을 자아낸다. 발레를 공연함에 있어 다채로운 표현이 가능하지만, 음악을 표현하는 데 어려움이 따른다는 뜻이다.

　나는 대학교 1학년 때 이고르 스트라빈스키의 곡에 직접 안무를 하는 「시간의 언덕」이라는 제목의 작품을 선보였다. 나만의 방식으로 곡을 재해석하고 한국적 정서와 현대적 감각의 창작 안무를 표현하고자 했다. 이 작품을 통해 영광스럽게도 공보부 주최 신인 예술상, 작품상과 수석 무용상을 동시에 수상했다. 당시 심사위원들은 "창의적이고 특색 있는 안무가 신선하다."라고 평가했다. 대학교 1학년 때 안무가로서 멋지게 데뷔하고 교수님들을 비롯해 대학 관계자들의 진심 어린 칭찬을 받았다.

　이때 안무가로서 자신감이 생겼으며 현대무용에 대한 이해도 깊어졌다. 당시 대학의 교과목에는 현대무용이 4학년 때 신설되었기 때문에 스스로 공부를 해야 했던 것이다.

　대학에서 주최하는 발레공연에 주연 무용수로 참가하는 기회도 많아졌다. 다양한 곡을 경험하며 차곡차곡 실력을 쌓아나갈 수 있었다. 무용계의 관심이 나에게로 집중되자, 당시 무용평론가 김경옥 선생님께서 세계를 무대로 활동하려면 그에 걸맞은 예명이 필요하다며 '서유경(由京)'이라는 이름을 지어주셨다. 선생님의 배려에 감사하며 잠시 국립발레단 공연 등에서 예명으로 활동했었다. 덕분에 공연 포스터 한 장에 서정자와 서유경이 동시에 표기되기도 했고, 서정자가 출연한 공연에 서정자라는 이름이 없는 일이 벌어지기도 했었다. 재미난 기억이 아닐 수 없다.

동적인 발레를 한평생 해온 터라 2005년부터 노후 준비를 위해 정적인 서예를 배우기 시작했다. 스승으로 무산 선생과 가람 선생에게 사사를 받고 발레와 서예가 접목된 창작 발레를 공연하기도 했다. 이제는 서예가로 활동하며 '나무같이 그렇게'라는 의미의 연목(然木)을 필명으로 사용하고 있다.

부모님이 물려주신 이름 '서정자'를 가장 사랑하지만, 김경옥 선생님이 지어주신 예명 '유경(由京)'과 필명 연목(然木)도 내게는 소중한 이름이다.

부모님은 '정자'라는 이름 안에 정의롭고 성실하게 살아가라는 의미와 함께 상쾌한 바람과 시원한 그늘을 드리우는 아름드리나무처럼 나누고 베푸는 삶을 살아가라 이르셨다. 정자(亭子)에 앉아 사랑하는 사람들과 대화를 나누다 보면 삶의 희망을 깨우고 영혼의 평안도 되찾을 수 있으리라.

✳ 인체의 신비를 가르쳐준 해부학 수업

　　　　　　대학 시절 배운 해부학 수업은 발레리나로서뿐
아니라 교육자로서 학생들을 가르칠 때 큰 도움이 되었다. 당시는 이
대부속병원이 대학 입구에 있었기 때문에 병원 내 시체실에서 해부
학 수업을 진행했었다. 덕분에 인체구조와 조직에 대한 세밀한 연구
가 가능했다.

　체육관 2층 해부학 강의실에 들어간 뒤 잊을 수 없는 기억도 있었
다. 장난기 많은 친구가 인체 골격(인골)의 입에 단팥빵을 물려 넣고,
숨어 있다가 내가 들어서는 순간 인골을 앞으로 숙여, 하악골이 벌
어지면서 단팥빵이 강의실 바닥으로 떨어진 것이다. 얼마나 놀랐던
지, 간이 떨어진다는 말의 의미를 실감했었다. 친구 장명자가 그때의
장난을 기억하고 있는지 모르겠지만 나에게는 당시는 놀랐지만, 두
고두고 꺼내볼 수 있는 즐거운 추억으로 남아 있다.

　발레는 몸을 움직이는 예술인만큼 인체에 대한 지식이 필요하다.
발레의 기본동작이자 최고의 테크닉인 턴 아웃(turn out)의 경우 발
끝이 몸의 방향이 아닌 바깥쪽을 본다. 무릎뼈와 발끝이 바깥쪽을
향하도록 다리 근육을 회전하기 때문에 골반이 열린 상태가 되는
것이다. 이렇게 하면 다리를 훨씬 더 높이 들어 올릴 수 있고, 다양
한 각도와 방향으로 움직일 수 있다. 롱드 쟘(ronde jambe), 앙 데
올(en dehors), 앙 드당(en dedans) 등의 동작 자세는 해부학적으로
볼 때 골반에서 두 다리가 완전히 외측(外側)으로 회전된 상태에서
유연한 아름다운 표현이 가능해지는 것이다. 앞과 뒤, 옆 어느 곳에
서든 다리가 하늘을 향해 곧게 펴지고, 나선형을 그릴 수 있다. 그래

서 발레는 어려서부터 하는 것이 훨씬 유리하다. 관절이 자유자재로 움직일 때 골반과 두 다리를 외측(外側) 회전 상태로 만들기 용이하기 때문이다. 골반이 벌어지지 않는다면 발레의 기본 동작인 턴 아웃(turn out)과 터닝(turning)이 불가능하다.

반면에 현대무용은 신체의 변형을 필요로 하지 않는다. 근래 들어서는 길고 아름다운 동작을 표현하기 위해 발레를 배우지만 기본적으로 정형화되어 있지 않다. 현대무용의 시조라 일컬어지는 이사도라 던컨(Isadora Duncan)의 춤을 보면 영혼의 영감을 그대로 따르고 있음이 느껴진다. 그녀 자신도 춤이란 영혼을 따를 뿐 테크닉은 중요하지 않다고 말했다. 그러나 이사도라 던컨의 춤이 그토록 아름답고 매혹적일 수 있었던 이유는 현대무용이라 일컬어지는 창작무용을 선보이기 전, 그녀는 이미 최고의 발레리나였다. 발레리나로서 필요한 모든 테크닉을 익힌 뒤, 과감하게 토슈즈를 벗어던지고 맨발의 댄서가 된 것이다. 발레의 엄격한 형식과 테크닉에 반대했지만, 그녀 자신은 발레리나로서 완벽한 신체를 갖고 있었다. 즉, 발레의 엄격함이 춤의 완성도를 높인다는 뜻이다. 동시에 부상의 위험으로부터 몸을 지켜준다. 힘을 하나로 집중시켜 머리끝부터 발끝까지 수직선이 되도록 만드는 것이 발레의 기본적인 테크닉이기 때문이다. 점프 시 다리에만 힘이 들어간다면 점프의 높이가 낮고 착지 시 부상의 위험이 따른다. 골반과 두 다리의 완전한 외측(外側) 회전 역시 무대 위에서 무용수를 지켜주는 동작이다.

장 노베르(Jean Georges Noverre)가 제창한 발레 다리의 기본자세는 다섯 가지이다. 턴 아웃을 위한 제1포지션은 두 발을 한 일(一)자로 한다. 제2포지션은 제1포지션에서 발 하나의 간격을 둔 턴 아웃 상태이고 한쪽 다리의 발이 다른 다리의 발을 반 가리는 제3포지션, 턴 아웃에서 앞발과 뒷발이 평행이 되는 제4포지션, 턴 아웃 후 두 발을 포개는 제5포지션이다. 1st, 2nd, 3rd, 4th, 5th 자세마다 골반과 다리 근육의 움직임이 달라지기 때문에 해부학을 배우지 않으면 섬세한 동작을 함에 있어 부상이 따른다.

그 외에 생리학, 위생학, 학교보건, 기능학 등도 인체를 배우는 데 큰 도움이 되었다. 훗날 제자가 무릎관절이 아파서 X-ray를 찍었는데 하얀 점 하나가 있었다. 병원에서 수술을 권했지만 나는 1달만 기다려보자고 제안했다. 대학 시절 배웠던 해부학과 생리학을 토대로 내린 결론이었다. 다행히 1개월 뒤 하얀 점이 사라졌다. 제자가 수술 없이 완쾌되어 기뻤고, 대학 시절 배운 학문이 도움이 되어 감사했다.

✳ 미팅 한 번 나가지 않은 지독한 연습벌레

후회가 없는 인생이 있을까? 후회 없는 인생을 살았다고 확신하는 사람은 많지 않을 것이다. 인생이란 언제나 가보지 않은 길에 대한 후회와 동경이 따르기 때문이다. 그저 우리가 할 수 있는 일은 지금의 자리에서 최선을 다하며 후회를 줄여나가는 것뿐이다.

나에게 있어 후회란 오직 발레만 보고 살아왔다는 것이다. 고3 때 친구들 모두 경주로 졸업 여행을 떠날 때조차 연습 때문에 참석하지 않았다. 당시는 그것이 최선이라 믿었으나 지금에 와 보니 너무 바보스럽게 느껴진다.

평생 동안 발레리나로 살아올 수 있었음에 감사하지만 그 이외의 경험이 없다는 것은 여전히 아쉽다. 나이가 들어감에 따라 할 수 있는 일이 점점 더 줄어들게 된 뒤로는 주위를 더 둘러보지 않았던 지난날들이 후회로 밀려온다. 미국의 시인 사무엘 울만은 청춘이란 어느 한 시기가 아니라 마음가짐이라 말하지만, 나 자신이 여든이 되고 보니 두려움을 이기는 용기와 안이함을 뿌리치는 모험심이란 세월의 흐름 속에서 빛바랠 수밖에 없음을 느낀다. 할 수 있는 일보다 할 수 없는 일이 더 많아지기 때문이다.

그럼에도 영원한 청춘에 머물고 싶다는 바람에 펜을 들고, 내가 살아왔던 시간들을 기억 속에서 꺼내 글로 옮기고 있다. 글을 쓰는 동안 내 기억은 어제와 오늘 그리고 내일을 여행하며 영원한 청춘의 기쁨과 노년의 안정감을 동시에 느끼게 해준다.

인생의 시곗바늘이 청춘을 가리키고 있을 때 더 많은 경험을 쌓아보지 못했던 일들이 후회로 밀려오지만, 덕분에 대학 4년 동안 한

번도 거르지 않고 매일 아침 7시까지 등교할 수 있었다. 단 한 번의 결석도 없었다.

학교에 도착하면 1시간 동안 피아노 연습을 하고 1시간은 발레연습을 했다. 연습이 끝나면 숨이 턱 끝까지 차올랐지만, 숨 고를 겨를도 없이 9시 강의 시간에 늦지 않도록 긴 머리를 찰랑거리며 고개 넘어 학관(예전 이대 강의실 건물을 學館이라 함)까지 뛰어가곤 했었다. 친구들의 배려로 제일 앞자리는 나의 지정석이었다. 헐레벌떡 뛰어오는 나를 향해 환하게 웃으며, 앞자리를 양보하던 친구들의 모습이 지금도 눈에 선하다.

그 시절 나는 제일 앞자리에 앉는 학생이자 머리카락이 가장 긴 학생이기도 했다. 교장선생님의 특별배려로 중학교 때부터 머리카락을 자르지 않았기 때문이다. 발레 공연에서 머리가 길면 표현이 훨씬 다양해질 수 있다며 특별히 귀밑 1cm 두발 단속에서 제외해준 것이다. 연습벌레처럼 중고교 시절을 보냈지만 긴 머리로 인해 수도여자중고교 시절 눈에 띄는 학생이었다.

대학에 입학한 뒤 과대표를 맡아 단체미팅을 여러 번 주선했지만, 연습 시간과 겹쳐서 한 번도 참석하지 못했다. 미팅을 하면 어떤 즐거움이 있을까 호기심이 들었지만, 생각의 끝에서 언제나 연습을 선택했다.

학교생활도 매우 능동적으로 했다. 과대표를 거쳐 체육대학 학생회장을 맡아 중앙학생회 임원으로 무용학과 체육학의 발전방안을 모색하는 등 할 수 있는 최선을 다했다. 당시의 고민들은 훗날 대학교수가 되고 한국발레하우스를 설립한 뒤 무용교육을 진행하는 데 자양분이 되었다. 오랜 시간 진지하게 무용과 체육이 나아갈 방향에 대해 고민해왔기 때문이다. 유네스코 전국체육대학생 모임의 회장으로 있을 때는 주문진고등학교 학생들에게 체육봉사활동을 했고, 마을 사람들의 노란 조밥과 우리의 쌀밥을 바꿔 먹으며 정을 쌓기도 했다.

이화여자대학교의 메이데이퀸 대관식에도 출전했었다. 한복을 곱게 차려입고 긴 머리를 깔끔하게 올린 뒤 여학생들이 미모와 지성을 뽐내는 자리였다. 당시 처음으로 미장원에 가서 마사지라는 것을 해보았다. 그 시절 사진이 지금도 한국발레하우스 벽면에 걸려 있다. 오며 가며 사진을 볼 때면 문득문득 타임머신을 타고 시간 여행을 떠나기라도 한 듯 과거의 시간에 머문다. 다양한 경험을 쌓지 못했다는 것은 아쉽지만 당시의 기억은 떠올리는 것만으로도 행복해진다. 즐겁고 행복한 시간들을 살아올 수 있었음에 감사한다.

✳ 수업이 끝나면 임성남 발레단으로

처음으로 무용을 시작한 뒤 그 매력에 흠뻑 빠져 초등학생답지 않은 연습벌레가 되었다. 중학교에 입학해서도 무용 이외의 것에는 관심을 기울이지 않았다. 학생으로서 본분을 다하기 위해 학업에도 최선을 다했다. 매일을 하루같이 공부하고 연습하다 보니 대학생이 되었고, 다양한 무대에 오르며 진정 발레를 사랑하게 되었다. 중고교 시절 동안 발레의 기본을 배웠다면 대학에서는 고도의 테크닉을 배우며 주역 무용수와 안무가로서의 역량을 키워나갔다. 발레 이외의 수업에도 최선을 다해 장학금을 받았고, 그 결과 학보비 500원만 내기도 했었다. 올 A학점을 받았다는 사실에 만족하며 경제적으로 형편이 어려운 친구와 장학금을 나눴다. 비교적 어린 나이에 실천했던 나눔이었으니 그때의 선택이 늘 자랑스러웠다.

오후 5시 수업이 끝나면 다시 체육관에 가서 계획했던 연습량을 마치고 서대문 인근 서울예고 무용실에 위치한 임성남 발레단으로 향했다. 한여름에는 근처 가게에서 팥빙수를 사 계단 밑에 놓았지만 좀처럼 먹을 기회가 없었다. 연습에 몰입하다 보면 팥빙수가 있다는 사실을 잊어버리는 것이다. 결국 다 녹아서 물이 된 팥빙수를 보며 크게 실망하곤 했었다. 그만큼 연습벌레였으니 연습이 끝나면 온몸이 땀에 흠뻑 젖었다. 이후 샤워는 하루의 피로를 풀어주기에 충분했다. 모든 일과를 마치고 땀에 흠뻑 젖은 운동복을 들고 발레단 문을 나오면 값진 하루를 보냈다는 사실에 가슴이 벅차올랐다. 크게 숨을 들이마시면 상쾌한 저녁 바람 내음이 내 안에 가득 채워지는 것만 같았다. 칠흑처럼 까만 밤하늘에 촘촘히 박혀있는 별들은 보석을 흩뿌려놓은 것처럼 아름다웠다. 나를 둘러싼 모든 것들에 진심으로 감사했다.

풍성한 하루를 보내고 집에 돌아갈 때는 상도동에서 모래내로 이동하는 버스에서 꾸벅꾸벅 졸기 일쑤였다. 비좁은 버스 안에서 사람들과 뒤섞여 앞뒤로 흔들리는 상황에서도 쏟아지는 잠을 이기지 못했던 것이다. 버스 안내양의 안내 소리에 잠이 깨 남영동에서 하차하기도 했다. 매일매일 연습에 빠져 있었으니 곡을 해석하는 능력과 작품에 대한 이해가 깊어졌고 표현은 훨씬 더 성숙해졌다. 안무에 대한 관심도 커졌다. 동작을 어휘로 표현하기 위해 정성을 기울였던 것이다.

이렇듯 내 영원할 것만 같았던 청춘의 시간을 떠올리면 발레와 사랑에 빠졌던 순간들뿐이다.

스스로가 대견하고 뿌듯하다. 가보지 않은 길은 언제나 미련(未練)의 대상이지만 최선을 다해 살아왔다는 사실만으로도 미련은 위안이 된다.

단조로운 대학생활이었지만 다양한 무대에 오르고 콩쿠르에 참가했으니 발레리나로서는 매우 다채로운 삶을 살았다고 자평한다. 대학교 3학년 때 동아일보에서 주최한 동아무용콩쿠르에 참가했던 일도 기억에 남는다.

아쉽게도 당시 나는 입선에 그치고 말았다. 동아일보에 게재된 심사평을 보니 "발레리나가 토슈즈를 신고 있지 않아 아쉽게도 입선에 그쳤다."라고 적혀 있었다. 턴 아웃 기법을 구사했으니 발레 공연이라는 점에는 이견이 없었지만 새로운 도전이었던 것만은 틀림없다.

당시 대학에서 발레 지도교수님이셨던 박외선 교수님께서 작품 「은어」를 통해 바닷속 돌 틈에서 나오는 물고기의 자유로움을 표현하고

자 하셨다.

물고기의 움직임을 표현하기 위해 과감히 토슈즈를 벗기로 결정한 것이었다. 만족스런 순위는 아니었지만, 발레의 상식을 깬 연출은 지금 생각해도 과감하고 멋진 도전이었다. 토슈즈를 신지 않으면서도 신체의 아름다움을 표현할 수 있는 방법이 무엇일까 고민하면서, 발레리나로서의 성숙도 역시 훨씬 깊어졌다.

옛말에 한 우물만 파면 성공한다고 했다. 하늘이 감동할 만큼 정성을 다할 때 안 되는 일 또한 없다고 했다. 성공과 실패는 본인의 노력과 의지에 의해 결정된다는 뜻이다. 그럼에도 불구하고 무용 및 체육은 부상이 따르기 때문에 하루아침에 공든 탑이 무너지기도 한다. 부상을 예방하는 것도 능력이지만 사고란 언제 어디서 어떻게 발생할지 모른다. 특히 발목 부상은 늘 따라다닌다고 해도 과언이 아니다. 그래서 한의원을 자주 찾아 침을 맞기도 한다.

평생 무용을 하기 위해서는 근육과 관절의 몸풀기가 일상이 되어야 한다.

크고 작은 부상은 있었지만 결과적으로 발레리나로 평생을 살아올 수 있었다는 것만으로도 나는 충분히 행복한 무용수이다.

지난 시간의 나를 되돌아본다면 지독하리만치 연습에 매달려 있었다.

중학교 입학 후 고등학교를 졸업할 때까지 내 목표는 오직 하나, 최고의 발레리나가 되는 것이었다. 당시는 입시를 위한 연습이라기보다 그냥 미친 듯 연습했다.

대학에 입학한 뒤에도 목표는 흔들리지 않았다. 대학생활을 만끽하는 것보다 연습실에서 땀 흘리는 시간이 더 행복했었다. 이렇듯 자신의 자리에서 최선을 다하는 사람은 언젠가는 목표를 이룰 수 있다. 목표에 도달하는 시간은 조금씩 상이하겠지만 이는 그리 중요하지 않다. 행복이란 지극히 주관적인 것이며, 목표 또한 계속해서 발전해가며 영원토록 이뤄야 하는 인생의 과업이기 때문이다.

3. 끝없는 도전,
발레리나이자 교육자로

✳ 6개월 만에 전교생 이름을 외우다

　　　　　발레리나로서 무대에 오를 때면 나는 나 자신이 서정자라는 사실을 잊어버린다.

출연하고 있는 작품의 성격과 혼연일체가 되어, 작품에 내재된 내용과 특성 등을 온전히 내 것으로 받아들이기 때문이다. 그래서 연모하는 사람을 바라볼 때는 얼굴에 홍조를 띄울 만큼 설렌다. 사랑하는 사람이 떠나는 장면에서는 세상이 무너지는 슬픔을 느낀다. 무대에 서 있는 것만으로도 인생에서 느낄 수 있는 모든 감정을 느낄 수 있었다. 그 시간들은 내 감성을 충만하게 만들었고, 발레리나로서 성숙도를 높여주었다.

공연이 끝나고 무대 인사를 할 때면 그동안 힘들었었다는 사실이 거짓말처럼 사라진다. 다시금 '더 나은 발레리나'가 되어야 한다는 새로운 목표가 생기는 것이다. 동시에 이토록 아름다운 발레를 더 많은 사람들이 즐길 수 있길 소망하게 되었다.

그 무렵 교육자로서 평생을 후학양성에 이바지하고 싶다는 꿈이 확고해지기 시작했다.

이를 위해 더더욱 최고의 발레리나가 되어야 한다고 다짐했다. 무용수로서 최고의 기량을 갖고 있어야 교육자로서의 역량도 빛날 것이라 믿었던 것이다. 물론 무용수로서의 역량과 교육자로서의 역량이 반드시 비례하는 것은 아니다. 우리나라 초대 발레리나들은 무대에 오를 기회가 많지 않았으나, 무대를 갈망하는 마음을 승화시켜 교육자로서 최고의 역량을 발휘했었다.

교육자로서 많은 무대에 오르지 못했다는 사실을 안타까워하시던 선생님들을 보며, 나 자신이 교육자가 된다면, 그에 앞서 다양한 무대에서 주역 무용수로서 경험을 쌓아야겠다고 다짐했었다. 많은 것을 안다면 가르쳐줄 수 있는 것도 많기 때문이다. 오직 그 마음 하나로 대학 4년을 보냈고 정말 열심히 공부해서 2급 정교사 자격증을 취득했다.

교사로서의 자격증을 취득한 이후 대학 졸업 3개월을 앞둔 12월, 금란여자중고등학교 우형규 교장선생님의 추천으로 금란여자중고교의 교사가 되었다. 새 학기가 시작되지 않았지만 교사 발령 직후부터 학교에 출근해 교무실 뒷자리에 앉아 한자 공부와 서류작성법 등을 배워나갔다. 교사로서 필요한 제반 사항을 습득해야 좋은 선생님이 될 수 있다고 생각했다.

교사로서 만난 학생들은 보기만 해도 기분이 좋아질 만큼 사랑스러웠다.

'아이들의 오늘과 내일에 도움이 되는 스승이 되고 싶다.'라는 마음에 아이들의 이름을 외우기 시작했다. 다정하게 이름을 불러주는 선생님이 되고 싶었던 것이다. 덕분에 6개월 만에 전교생의 이름을 기억하는 유일한 선생님이 되었다. 아이들을 향한 사랑과 열정에 탄복한 교장선생님께서 신임교사에게 생활지도주임이라는 막중한 직책을 주셨다. 금란여자중고등학교 교무실은 조금 특이한 배치였다. 교사들의 책상이 일반 교실처럼 앞을 향해 나란히 있었다. 맨 앞에는 교장, 교감, 생활지도주임의 책상이 있었는데, 교사들의 책상과 마주하고 있었다. 신임교사였던 내가 가장 앞줄에 앉아 선배 교사들과 마주하고 있었던 것이다. 나는 생활지도 주임으로서 학생들의 어려움을 살폈고, 선생님으로서 학문과 예술지도에 최선을 다했다.

처음으로 발레를 접하고 신기해하던 학생들의 눈빛이 지금도 기억난다. 까치발을 들고 총총거리며 뭐가 그리 좋은지 깔깔거리는 모습은 사랑스러움 그 자체였다. 수업 횟수가 많아지면서 발레에 재능을 보이는 학생들도 점점 증가했다. 학생들과 늦은 밤까지 연습하고 이를 무대에 올리다 보니 어느 사이엔가 금란학교는 무용으로 유명한 전국의 우승학교가 되었다. 예고 및 대학의 무용학과에 입학하는 학생들이 증가했고, 훗날 대학교수로 성장하기도 했다. 나의 사랑과 노력이 학생들의 가슴에 새로운 희망을 싹틔우고 건강한 사회인으로 성장할 수 있는 토대가 되었다는 사실에 다시금 행복을 느낀다. 참으로 나는 행복한 스승이다. 학생 중 박인자는 이대 입구 연구소까지 빌려 열심히 가르쳐서 예술고등학교에 갔으나, 지숙이는 발레리나로서 최상의 신체조건을 갖추었음에도 끝까지 전공하지 못한 일이 지금까지 안타깝다.

참고로 발레리나의 신체조건은 작은 얼굴, 긴 목, 긴 팔다리, 가는 허리, 가는 발목, 아치형 발바닥을 가지면 좋다.

✳ 참된 스승을 꿈꾸며 교육대학원 입학

대한민국 발레가 발전하려면 우수한 발레리나가 배출되어야 하고, 이는 조기교육에서 결정된다. 청소년 시기에 발레를 시작해서 세계적인 무용수로 성장하는 이들도 있지만 이는 극소수에 지나지 않는다. 어려서부터 꾸준히 연습을 해나갈 때 자연스럽게 골반과 두 다리가 외측(外側) 회전 상태로 바뀌기 때문이다. 대다수의 사람들이 외측(外側) 회전을 매우 힘든 동작이라 생각하지만 어려서부터 훈련한다면 자연스럽게 테크닉을 구사할 수 있다. 조기교육이 매우 중요하다는 뜻이다. 조기교육을 통해 최고의 발레리나를 배출하는 것이 곧 발레가 발전하는 길이라 생각하며 교육자로서의 길을 걷고자 했던 것이다. 이 때문에 대학을 졸업함과 동시에 이화여자대학교 교육대학원에 입학원서를 제출했다. 유근석 체육대학장님과 강우철 대학원장님의 주신 배려에 감사한다.

대학 4년이 고도의 테크닉을 배우고 발레리나로서의 성숙도를 높이는 시간이었다면 대학원 입학은 참된 스승으로서의 교육학 이론과 실제적인 덕목을 쌓는 시간이 되었다.

대학 시절 정교사 2급 자격증을 취득한 결과 예상보다 빨리 중고교 선생님이 되었지만 대학원 입학을 포기하고 싶지는 않았다. 대학과 임성남 발레단을 오가며 이른 새벽부터 늦은 밤까지 연습을 해왔던 것처럼 금란여중고교 선생님이자 교육대학원 학생으로서 바쁜 날들이 이어졌다. 눈코 뜰 새 없이 바빴지만 학생들이 사랑스러워서 힘든 줄도 몰랐다. 다정하게 이름을 불러줄 때마다 기뻐하는 학생들의 환한 미소를 보며 참된 스승의 모습이 무엇인지 다시금 깨달았다. 생각해보면 나 자신 또한 중고교 시절 선생님들께 사랑을 받으며 꿈을 키워나갔으니 말이다.

"발레리나로서 아름다움과 기품을 유지하려면 긴 머리가 훨씬 잘 어울린다."라며 특별히 나를 불러 머리카락을 자르지 않아도 된다고 이르셨던 방순경 교장선생님, 달리기를 잘한다며 칭찬을 아끼지 않으셨던 석봉근 체육선생님, 자신의 석사학위 작품에 기꺼이 중학생이었던 나를 무대에 세워주셨던 홍정희 무용선생님과 그 밖에 선생님들. 그분들의 제자가 될 수 있었던 것은 내게 큰 행운이었다. 선생님들의 따뜻한 사랑과 배려 안에서 자신감을 갖게 되었고, 자존감이 강한 아이로 성장할 수 있었다.

중고교 시절 만났던 모든 선생님들은 훗날 내가 되고자 했던 참된 스승의 모습이었다.

인생을 살아가는 데 있어 올바른 길을 가르쳐주는 나침반이 있다면 길을 잃고 헤맬 염려가 없다. 스승의 역할이 바로 나침반이 아닐까 생각한다. 교육자로서의 삶을 선택했다면 자신의 생각과 말과 행동이 학생들에게 어떤 영향을 끼치는지 늘 스스로를 점검해봐야 한다.

학생들의 성장이 자신의 욕심을 채워주는 수단이 되어서도 안 된다.

발레의 경우 수많은 무용수 가운데 주역은 단 한 명이다. 1차적으로 발레리나의 경쟁이지만 대학의 경쟁이 될 수도 있고 발레단의 경쟁이 될 수도 있다. 때론 교육자들 간의 경쟁이 될 수도 있다. 그로 인해 프리마 발레리나는 질투와 시기의 대상이 되곤 한다. 아름다운 신체와 표현력을 갖춘 발레리나는 언제나 스포트라이트를 받지만, 그 외의 발레리나는 관심에서 제외되기 때문이다. 실망하고 포기하는 대신 연습으로 극복할 수 있도록 노력하면서 자신의 캐릭터를 구축해 나가게 해야 한다.

학생들(피교육자)이 좌절과 질투로 괴로워한다면 스승(교육자)은 그 마음까지 어루만져야 한다. 따리시 실럭 향상을 이유로 지나치게 경쟁구도를 만들어가는 것은 옳지 않다. 무대가 아름답기 위해서는 프리마뿐 아니라 꼴드발레 등 수많은 발레리나가 하나가 되어야 하기 때문이다. 또한 실력의 향상은 개인차가 있기 마련이다. 이렇듯 경쟁보다는 화합을 강조하는 나이기에 교육자로서 실력보다 인성을 훨씬 중요시했다. 온유하고 실력 있는 발레리나는 흑조와 백조에 모두 출연할 수 있지만, 이기적인 발레리나는 백조의 역할을 하는데 어려움이 따른다. 최고의 발레리나는 백조의 순수함과 흑조의 강하고 요염한 이미지를 모두 표현할 수 있어야 한다.

✻ 창작발레의 매력을 가르쳐준 「까치의 죽음」

　　　　　　　판소리계 소설 심청전은 조선시대가 중시했던 효
(孝) 사상을 강조한 작품이다. 불가능한 일을 가능케 만드는 힘도 효
이며, 하늘이 탄복하여 복을 내리게 하는 중심에도 효가 있음을 말
하고 있기 때문이다. 유니버설 발레단에서 이를 창작 발레 「심청」으
로 제작해 우리 것이 얼마나 아름다운지 가르쳐준 대표적인 공연이
다. 안무와 작곡의 완성도를 계속해서 높여가며 우리의 창작 발레로
승화시켰다.

　한평생 한국적인 정서를 담은 창작 발레에 주력해온 만큼 「심청」,
「춘향」 등의 연이은 성공을 보면 감개가 무량하다. 우리나라 발레가
눈부시게 성장했음을 느낀다.

　나에게 창작 발레의 아름다움을 가르쳐준 작품은 임성남 선생님
의 「까치의 죽음」이었다. 구렁이에게 잡아먹힐 뻔한 까치 가족을 선
비가 구하고, 까치가 자신의 죽음으로써 은혜를 갚았다는 전래동화
이다. 선생님은 까치 아빠 역을 맡았고, 나는 선생님의 파트너로서
까치 엄마 역을 맡았나. 오늘날 국립극장에 해당하는 명동 시공관
에서 공연했는데 그날따라 왜 그렇게 긴장이 되던지, 하마터면 등장
순서를 놓칠 뻔했다. 공연 중 커튼 옆에 서서 긴장하고 있는 나를 발
견한 임 선생님이 곁으로 다가와 눈짓으로 빨리 나오라고 사인을 주
셨다. 덕분에 실수 없이 제시간에 무대에 나갔지만, 당시를 떠올리면
지금도 등골이 오싹한다.

　「지젤」, 「백조의 호수」 등 클래식 발레는 주인공의 내면을 연기하
는 데 오랜 시간이 필요하지 않다. 친숙한 스토리여서 감정이입에 어

려움이 적은 것이다. 반면에 창작 발레는 주인공의 감정에 몰입해 표현하기까지 오랜 시간이 걸린다. 스토리에 공감하고 주인공의 심리를 온전히 내 것으로 받아들여야 하기 때문이다. 그래서 어렵지만 나만의 연기를 쌓아나갈 수 있다는 장점이 있다. 가장 큰 매력은 세상에 없던 것을 새롭게 만들어낸다는 것이다. 특히 우리나라 고전소설을 창작 발레로 만들어 세계에 선보인다면 자연스럽게 우리나라의 정신, 역사, 문화를 소개할 수 있다. 「심청」을 통해 조상 대대로 중시해 왔던 효의 가치와 권선징악(勸善懲惡)의 의미를 전 세계에 전한 것처럼 말이다.

임성남 선생님과는 대학교 때 임성남 발레단의 은사님으로 만나 고도의 테크닉을 배웠고, 선생님께서 안무하신 작품에 서는 등 오랜 시간을 함께 해왔다. 쇼팽의 「녹턴」을 안무하셨을 때도 기억나는 일화가 있다. 선생님께서는 키가 큰 발레리나 4명을 무대에 세우고 싶어 하셨다. 162cm였던 나는 당시 큰 키에 속해 무대에 오를 수 있었다. 지금도 쇼팽의 녹턴 동작이 생생하다. 시공관에서 공연했던 「녹턴」을 떠올리니 임성남 선생님을 비롯해 국립무용단 단장을 역임하셨던 한국 무용가 최현 선생님도 그리워진다.

임성남 선생님은 안무 중에 생각이 나지 않으면 담배를 피우셨다. 담배 연기를 쳐다보면서 스토리와 곡의 흐름에 따라 공간과 안무를 구상하시는 모습이 인상적이었다. 안무는 전반적으로 클래식해서 매우 낭만적이고 아름다웠다. 안무에 몰입하면 무더운 여름에 물 마시는 것조차 잊어버리곤 하셨다. 대신 맥주는 참 좋아하셨기에 배가 좀 나왔다. 지금도 선생님을 생각하면 시원스럽게 맥주를 마시던 모습이 떠오른다. 레슨을 할 때는 멋진 시범을 보여주셨고 무대에서도 최고의 무용수로 군림하셨다.

나는 배가 나오는 것이 두려워서 맥주를 마시지 않는다. 무더운 여름, 연습이 끝나면 시원한 맥주가 몹시 그리웠지만 시원한 물 한 잔으로 대신했다. 여든이 된 지금까지도 맥주를 마시지 않는다. 이제는 마셔도 될 법한데 '맥주는 마시면 안 된다.'가 머릿속에 깊이 각인되어 버렸다. 한 시간 이상 스트레칭으로 몸을 푸는 것도 습관이 되었다.

✱ 동아무용콩쿠르 「수정의 노래」로 금상 수상

1963년 제3회 동아무용콩쿠르에서 토슈즈를 신지 않아, 입선에 그쳤던 것이 몹시 아쉬웠다. 그날부터 2년 뒤에 열리는 제4회 동아무용콩쿠르에 다시 도전하기로 결심하고 연습에 매진했다. 그때는 발레와 한국무용 두 부문으로 나눠 각기 한 사람만 선정하는 방식으로 변경되었다.

금란 여중 고교의 선생으로 참여하는 것이라, 앞서와 달리 부담감이 컸다. 성적이 나쁘면 제자들 보기 부끄러울 것 같았기 때문이다. 학교 선생님으로서, 대학원생으로서 바쁜 날들을 보냈지만, 콩쿠르 준비를 위해 일과를 마친 뒤에는 연습을 위해 임성남 발레단으로 향했다.

임성남 선생님께서 러시아 작곡가 라흐마니노프의 곡 「수정의 노래」로 아주 아름다운 안무를 해주셨다. 콩쿠르 전날 잠자리에 누워 배 위에다 무대를 그리고 순서에 맞춰 동작을 떠올렸다. 잠들기 전까지 연습을 하고 또 했던 것이다.

콩쿠르 당일, 감사하게도 나는 금상을 수상했다. 그 무렵 무대에 오를 때 서유경이라는 예명을 쓰고 있었던 터라, 동아일보에는 '금상 수상자 서유경'이라고 적혀 있었다.

멋진 안무를 만들어주셨던 임성남 선생님께 진심으로 감사드린다.

선생님과는 함께 도쿄 시티 발레단 연수에도 다섯 번가량 참가했다. 일본식 숙소에 머물면서 정말 열심히 연습했다. 지하철로 이동하는 것이 무척 신기하게 느껴졌었다. 우동을 좋아하시는 선생님과 시부야에 있는 우동집에서 우연히 만난 적도 있었다. 셰프 앞에 앉으

셔서 우동을 맛있게 잡수시던 모습이 어제 일처럼 기억난다.

임 선생님을 존경하는 이유는 헤아릴 수 없이 많지만 안무가로서 단연 최고셨다. 작품에 따라 전혀 다른 특색이 나왔기 때문이다. 「백조의 호수」 등은 클래식하지만 「까치의 죽음」 등 한국적 발레는 굉장히 독창적이다. 공통점은 클래식 발레와 한국적 발레 모두 아름답다는 것이다. 선생님께서 국립발레단 단장으로 활동하실 때 안무하셨던 작품 「왕자호동」, 「지귀의 꿈」, 「살풀이」 등은 한국적이면서도 교훈이 될 메시지로 가득 채워져 있다. 「회색인간」, 「팟사카리아」는 한국적 창작 발레가 나아가야 할 방향을 제시하기에 충분했다. 몇 십 년이 지났지만 지금 다시 봐도 훌륭한 작품이다. 안무의 동작도 세련되었고 고도의 테크닉은 창의적이며 공연이 끝나면 올바른 삶의 자세까지 깨달을 수 있기 때문이다. 내가 한양대학교 무용학과 교수로 재직(1969. 4. ~ 1975. 2.)하고 있을 때 선생님께서 한양대학에 오셔서 학생들에게 발레를 지도해주셨다. 자주 뵐 수 있어서 참 좋았었다. 가끔 동부이촌동 '열해'라는 일식집에서 나눈 대화도 유익하고 즐거웠다.

훗날 성모병원에 입원해 계실 때 편찮으신 모습을 보고 몹시 안타깝고 슬펐다. 너무 빨리 하늘의 별이 되셔서 가슴이 아프다. 선생님의 부재 속에서 인생이 참으로 무상하게 느껴졌었다. 한 시대를 풍미했던 예술가가 세상으로부터 멀어져간다는 것은 어떤 의미일까? 예술이란 항상 새로운 것을 추구해야 하니, 당연한 일일 테지만 그래도 세대가 바뀐다는 것은 가슴이 아픈 일이다.

예술을 향한 선생님의 열정은 곁에 있는 사람까지 동화시킨다. 선생님과 함께할 수 있었기에 창작 발레에 대한 애정이 더 커졌으리라 생각한다. 덕분에 나는 창작 발레를 기획하는 동시에 대학교수로서 학생들에게 한국적 발레의 가치와 그 필요성을 전달하기 위해 노력해왔다.

한국적 정서를 담은 창작 발레를 계속해서 만들어내는 것은 현시대를 살아가는 무용수들의 역할이자 책임이다. 한국의 발레작품을 세계시장에 선보이는 것 또한 무용수들에게 주어진 사명이자 예술가로서의 의무이다.

그동안 내가 한국의 전통적인 여인 이야기, 선비 이야기, 천지인의 이야기, 우주 이야기, 농촌의 이야기, 역사의 인물인 고산 윤선도와 오원 장승업을 작품의 주 모티브로 사용해왔던 이유가 여기에 있다.

음악은 한국 악기를 중심으로 작곡하고 편곡했다. 무대와 영상 그리고 의상은 우리 고유의 전통적인 아름다움을 기반으로 해왔다. 서예와 창, 판소리까지 접목시켰다. 각기 다른 예술과의 접목을 통해 창작 발레의 가치를 높이고자 전통무용, 한국무용, 택견, 무예 등을 배우기도 했다. 그 결과 내가 안무했던 창작 발레는 새로운 동작 어휘로 늘 새로웠다.

✳ 고마끼발레단으로 유학을 떠나다

　　　　　1965년 제4회 동아무용콩쿠르는 내 삶을 한 단계 성장할 수 있도록 도와주었다. 금상 수상자에게 고마끼발레단 유학 티켓이 부상으로 주어졌기 때문이다. 동경에 있는 고마끼발레단은 일본 발레의 중심이다. 다양한 메소드(method)를 배울 수 있어서 많은 학생들이 유학하는 곳이다. 그곳에 갈 수 있었으니 이 얼마나 행운인가?

　유학에 앞서 나는 백조의 호수 전막 출연을 준비하고 있었다. 어머니의 배려로 일본어 개인 과외를 하는 한편 연습에 집중한 결과 1967년 시민회관(현 세종문화회관)에서 백조의 호수 전막을 초연하는 영광을 얻었다. 그동안 수도 여자 중고등학교 재학 시 한문과 한시, 한자 공부를 열심히 한 덕에 일본어 공부도 수월하게 익혔다.

　발레리나로서 한 단계 성숙할 수 있으리라 믿었지만, 유학 생활은 그리 순조롭지 않았다. 동작을 친절하게 가르쳐주는 단원들이 없었으니 모든 것을 혼자서 해야 했다. 실례로 어깨 위에 작은 물방울을 올려놓고 사뿐사뿐 움직이면서 손등까지 부드럽게 흘러내리도록 해야 하는데 이 동작 볼데브라(port de bras): 팔 연습)이 쉽지 않았다. 동료들의 동작을 지켜보면서 연습하고 또 연습할 수밖에 없었다. 외롭고 힘든 시간들이 이어졌다. 그러다 문득 쇼윈도에 비친 내 모습을 보고 화들짝 놀랐다. 어느 사이엔가 살이 통통하게 올라 있었기 때문이다.

　시브야 지하철역에 있는 체중계에 올라서 보니 56.5kg이었다. 무용을 시작한 이후 체중조절은 일상이라 해도 과언이 아니었는데

56.5kg라니 고민이 깊어졌다.

낭시 고마끼 발레단에서는 쇼팽의 작품을 관현악으로 편곡해 모은 발레곡 「레·실피드(les sylphides)」 공연 준비가 한창이었다. 하얀(백색)발레(ballet blanc)에 속하는 「레·실피드」는 낭만주의 발레로 로맨틱 튜튜를 입고 나뭇가지 사이를 날아다니는 공기의 정령이 등장한다. 하늘거리는 요정의 역할을 해야 하는데 체중이 56.5kg이나 나갔으니 좀처럼 가녀린 느낌이 나오지 않았던 것이다.

식사량이 많지는 않았는데 평소와 달리 소시지와 아이스크림을 먹은 탓이다. 가녀린 공기의 정령을 선보이기 위해 그날부터 체중조절에 박차를 가했다.

'왜 고마끼 선생님은 내게 체중에 대한 주의를 주지 않으셨을까?'

체중은 무용수들이 가장 신경 쓰고 관리하는 부분이다. 따라서 우리나라는 발레리나의 체중이 증가하면 연습실 벽에다 공지를 하기도 하는 등 주위에서 다양한 스트레스를 준다. 그러나 일본은 체중조절을 비롯해 모든 것을 전적으로 발레리나의 의지에 맡긴다. 스스로 체중조절의 필요성을 느낄 때 절제하는 것이다. 연습이 필요하다고 느끼면 더 오랜 시간 연습에 집중한다.

자기관리에 소홀한 무용수는 관객들에게 감동을 전해주지 못한다. 공기의 정령이 사뿐사뿐 날아다니지 않는다면 「레·실피드」의 완성도가 떨어질 수밖에 없기 때문이다.

즉, 고마끼 발레단에서 배운 것은 테크닉에 앞서 발레리나로서 나 자신을 바로 세우는 방법이었다. 지금까지 발레에 대한 사랑 하나로 최선을 다해왔던 마음이 한층 더 견고해지는 계기가 되었던 것이다.

1963년 동아무용콩쿠르에서 금상을 수상했다면 어떻게 되었을까? 부상으로 유학 티켓이 주어지지 않았으니 금란여중고교 선생님으로서, 대학원생으로서 최선을 다하며 살았을 것이다. 그 역시 보람되지만 발레리나로서의 갈증은 그대로 남아 있었을 것이다. 그러고 보면 내게는 참으로 큰 행운이었다.

테크닉이 고도에 올랐다 해도 이는 어디까지나 우리나라에서의 이야기이다. 발레가 발전한 러시아, 프랑스, 일본 등으로 나간다면 훨씬 더 성숙한 발레리나가 될 수 있다. 대학을 졸업할 무렵부터 유학을 떠나고 싶었지만, 경제적인 문제로 마음에서 접어두고 있었다. 그랬던 나에게 예상 밖의 기회가 주어졌으니 당시 동아일보사의 고재욱 사장님, 김상만 부사장님께 지금도 깊이 감사드린다.

1960년대 우리나라를 찾아오는 해외 발레 공연단은 전무했다. 참고 영상은 물론이거니와 도서 자료도 많지 않았다. 발레리나로서 갈증을 느낄 수밖에 없었던 것이다.

지금도 그렇지만 유학을 떠났던 당시 일본은 발레에 있어 선진국이었다. 세계적인 수준의 해외 발레단을 초청해서 다양한 공연을 펼쳤던 것이다. 나는 그곳에서 수많은 작품을 감상하는 것만으로도 곡을 해석하고 표현하는 능력이 한층 성숙해졌다. 나아가 예술에 대한 폭넓은 이해와 학생들을 객관적으로 평가할 수 있는 지식, 올바른 교수법 등을 배웠다. 예술적 가치를 고취시키며 창의력을 발휘하는 방법도 깨달았다. 일본 유학을 통해 무용수로 성장한 것은 물론 교육자로서 올바른 토대를 구축할 수 있었던 것이다.

특히 우에노 동경문화회관에서 러시아 발레 작품을 많이 관람했었다. 「빈사의 백조」는 지금까지도 깊은 여운이 남아 있다. 주역 무용수는 러시아 발레 테크닉의 교과서로 불리는 마야 필세츠카야(Maya Plisetskaya)였다. 훗날 그녀는 일흔의 나이에 「빈사의 백조」를 공연했고, 여든에도 무대에 올랐다. 그녀의 손동작 하나하나가 여전히 아름다웠다. 발레를 진정 사랑하는 발레리나의 모습을 표상으로 가르쳐주기에 충분했다.

1992년에는 러시아(당시 소련) 모스크바 차이콥스키 홀(hall)로 발레연수를 갔었다. 관광하면서 브론즈로 만든 마야의 발레 동상을 몇 개 사와 지금까지 나의 장식장에 보관하고 있다.

✳ 「페트루슈카」 주인공의 심리분석부터 의상 해석까지

1981년 11월, 내 생애 첫 개인 발레공연 레퍼토리를 국립극장 대극장에서 개최하며 이고르 스트라빈스키의 곡 「페트루슈카」을 한국 초연했다.

「페트루슈카」는 흥행사에 의해 사람의 마음을 갖게 된 인형들의 이야기이다. 페트루슈카가 사랑한 발레리나, 그녀가 사랑한 무어인 모두 인간이 아니지만 인간적인 감정에 충실했다. 발레리나에게 끊임없이 구애하던 페트루슈카는 결국 질투에 눈이 멀어 파멸로 치닫는다.

이와 같이 인형의 표정과 인간의 마음을 발레로 표현하는 것은 매우 어려운 일이다. 작곡 역시 매우 어렵고 난해해 안무로 표현하는 데 어려움이 따른다. 세계적인 발레였음에도 1981년까지 우리나라에서 접할 기회가 없었던 이유다.

세계적인 조프리 발레단 역시 「페트루슈카」의 초연을 위해 오랜 시간 각국의 박물관을 찾아다니며 작품의 역사, 의상, 무대장치 등 고증을 위해 연구했다고 한다. 그랬던 「페트루슈카」를 고마끼 발레단에서 초연하게 되었고 나 또한 출연할 수 있는 기회가 주어졌다. 내가 맡았던 배역은 제1장 러시아 광장에서 눈 내리는 시장을 구경하는 러시아 여인이었다.

유학 직후여서 큰 배역을 맡지는 못했지만 고마끼 선생님께 칭찬을 들었다. 선생님께서는 내게 "배역을 잘 소화한다."라며 "단원들 앞에서 시범을 보여주라."라고 하셨다. 덕분에 단원들에게도 칭찬을 들었다. 지금 생각해도 절로 입가에 미소가 번지는 즐거운 추억이다. 고마끼 선생님은 그림을 매우 잘 그리셨다. 공연 포스터를 직접 그리셨는데, 그 안에 내 이름을 적어주셨다. 기록으로 남길 수 있어서 정말로 감시했다.

배역이 끝나고 무대 뒤로 가서는 각각의 장면을 꼼꼼하게 섞었다.

예를 들어 1장, 작은 북이 울릴 때 흥행사가 복잡한 상점에서 나온다. 흥행사는 세 개의 인형 페트루슈카, 발레리나, 무어인에게 생명을 불어넣어 준다. 그와 동시에 세 개의 인형은 생명을 얻고, 벌떡 일어나 러시아 춤을 춘다. 이때의 배경, 의상, 소품, 무용수들의 동선 등을 빠르게 적어 내려간 것이다.

2장이 시작될 때 페트루슈카의 방은 어떤 색이며, 무엇이 그려져 있는지도 적었다. 인간의 마음을 갖게 된 뒤로 자유를 열망하지만, 흥행사의 노예일 수밖에 없었던 페트루슈카의 고뇌가 느껴지는 연출에 대해 기록했다. 3장에서는 페트루슈카의 슬픔에 전혀 공감하지 않는 무어인과 발레리나의 마음을 표현해야 한다. 4장에는 망령이 되어 되살아날 만큼 괴로워했던 페트루슈카의 슬픔과 흥행사의 참회가 담겨야 한다.

우리나라에서 「페트루슈카」를 초연하고 싶다는 바람에 무대 위 모든 상황을 단 하나도 놓치지 않고 꼼꼼하게 적었던 것이다.

그에 앞서 스트라빈스키의 곡을 좋아했다. 그래서 대학교 1학년 때 스트라빈스키의 곡 「시간의 언덕」으로 안무하고 공연했던 것이다. 덕분에 공보부 주최 신인콩쿠르 수석에 영예를 얻었으니 「페트루슈카」에 더 깊은 애정이 있었다.

그리고 10여 년 뒤인 1981년 11월, 첫 개인 발레공연 작품 「페트루슈카」를 초연했으니 나의 오랜 목표를 이루었다. 때마침 공연 포스터도 흑백에서 컬러로 바꾸었다. 첫 공연 포스터가 컬러였다는 것도 나에게는 뜻깊은 일이었다.

✳ 격려와 축하로 채워진 첫 번째 개인 공연

일본 유학생활 동안 다양한 공연을 관람했고 고마끼 발레단의 단원으로서 「페트루슈카」를 비롯해 세계적인 작품에 출연했다. 덕분에 나는 발레리나로서, 교육자로서 더욱더 성장할 수 있었다.

나는 「페트루슈카」뿐 아니라 공연하는 모든 작품을 분석했다. 인물의 등장과 퇴장은 물론 각각의 무용수들이 곡과 스토리를 어떻게 해석하는지부터 새로운 막과 장이 시작될 때 의상과 소품, 무용수들의 동선들을 꼼꼼하게 적고, 수시로 읽다 보니 머릿속에서 작품들이 파노라마처럼 생생하게 그려졌다.

깜깜한 극장에서도 필요한 내용들은 메모 노트에 손가락으로 꼭꼭 집어가며 메모하여 집에 와 재정리하곤 했다.

원래부터 나는 메모하는 습관이 있어서 항상 기록을 해왔다.

유학생활 동안 빼곡하게 쓴 수많은 노트는 1981년 「페트루슈카」를 초연할 때 많은 도움이 되었다. 성공적인 공연이었던 만큼 선후배 동료 무용수들의 격려와 축하가 이어졌다. 이고르 스트라빈스키의 작품이 무대에 오른다는 사실에 언론의 관심이 쏟아졌고 공연장은 만석으로 가득 찼다. 첫 공연을 성황리에 마치며 그동안 나를 위해 도움을 주셨던 모든 분들께 진심으로 감사드렸다. 임성남 선생님과 동아일보사 그리고 고마끼 선생님께 감사했고, 어머니에게도 감사했다.

문득 일본 유학 시절 어머니께서 편지봉투 속에 넣어 보내주신 돈을 보며 가슴이 뭉클했었던 기억도 떠올랐다. 꼬깃꼬깃 구겨진 돈은 모으는 과정이 결코 쉽지 않았음을 말해주었다. 그도 그럴 것이 7남매의 첫째인 내가 유학길에 올랐으니 동생들의 교육비는 오롯이 어머니의 몫이었다. 그 와중에 멀리 타지에서 고생할 딸을 걱정해 어렵사리 모은 돈을 보내주셨으니, 그 깊은 사랑에 늘 감사드린다. 1981년 이후 「페트루슈카」를 재공연하지 못한 것은 여전히 아쉬움으로 남는다.

✳ 조기교육의 중요성을 깨닫다

일본은 발레가 매우 발전했다. 러시아처럼 오랜 역사를 갖고 있지 않음에도 발레가 그토록 발전할 수 있었던 이유는 바로 조기교육이다. 어린 아이들에게 집중적으로 발레를 가르치기 때문에 대학보다는 학원교육이 훨씬 발달했다. 콩쿠르에서 우수한 성적을 거두면 기업이 스폰서가 되어, 어린이의 교육 및 예술적 성장을 적극적으로 지원한다. 따라서 일본 대학에는 무용학과가 없다. 성인이 된 뒤에 배울 수 있는 학문이 아니기 때문이다. 그 결과 아이들은 시간에 비례해 훌륭한 무용수로 성장하고 일반 발레 역시 세계적 수준에 오른 것이다. 당시 유럽에는 각주마다 국립 발레단이 있었는데 프리마 발레리나 대다수가 일본인이었다.

그렇다면 어린 아이들에게서 무용수로서의 재능을 어떻게 찾을 수 있을까? 팔과 다리가 길고 유연할 때 무용수로서 유리하다고 말하지만, 이는 맞을 수도 있고 틀릴 수도 있다. 신체 구조상 동양인보다는 서양인에게 더 유리한 것이 사실이지만 어려서부터 발레를 배우면 팔과 다리 그리고 목이 길어진다. 몸의 유연성도 강화될 수밖에 없다. 물론 평균 이상으로 키가 작거나 클 수 있다. 이때 작은 사람은 자신의 캐릭터를 만들어내면 된다. 가장 중요한 것은 일관되고 체계적인 조기교육이다. 국가에서 국립 발레학교를 설립하고 경제적으로 지원한다면 세계적인 무용수를 배출할 수 있다. 러시아처럼 발레를 통해 문화강국으로 도약할 수 있는 것이다. 무용수들 역시 오랫동안 무대에 오르며 왕성한 활동을 이어나갈 수 있을 것이다.

하지만 우리의 현실은 중고교에서 무용 과목을 전혀 가르치고 있지 않으며, 대학에서 무용을 전공한 뒤에도 무용수로 살아가지 못하는 경우가 허다하다. 유명 발레단에 들어갈 수 있는 인원이 극히 제한적이기 때문이다. 공연을 할 수 없으니 결국 무용과 무관한 회사에 취직하거나 중단하는 것이다. 대학 교수로서 제자들이 그토록 사랑했던 무용을 그만둘 수밖에 없는 현실이 너무도 안타깝다. 이러한 현실을 반영하듯 대학에서도 무용학과가 점점 사라지고 있다. 실용성을 강조한 대중예술은 급속도로 성장하는 반면 순수예술은 점점 더 자리를 잃어가고 있는 것이다. 한국무용협회에서 중고등학교에 무용 과목을 넣는 작업을 시도했으나, 결과적으로 백지화되고 말았다.

무용학과가 없어진다는 것은 발레가 쇠퇴한다는 뜻이지만 반대로 일본처럼 학원문화가 발달하는 토대가 될 수도 있다. 앞서 말했듯 발레는 조기교육이 매우 중요하다. 유아를 가르치는 학원이 많아지고 교육의 수준이 높아진다면 자연스럽게 발레는 발전하게 된다.

지난날 한국발레하우스를 설립하고 바닥을 기어 다니며 발바닥 중심의 중요성과 조기교육에 집중했었던 이유다. 당시 나는 어린이들의 발바닥이 땅에 붙도록 눌러주기 위해 하루의 반 이상을 바닥에 엎드려 지도했다고 해도 과언이 아니었다. 목욕탕에서도 거리를 오갈 때도 발레에 적합한 신체를 가진 어린이가 있으면 어머니를 쫓아가, "아이에게 발레를 시켜보세요."라고 할 정도였다. 어머니들이 학원비 걱정을 하면 "괜찮아요. 자녀가 발레에 소질이 있고 재미를 느낀다면 학원비는 걱정하실 필요가 없어요."라고 말했다.

학원 홍보를 나온 줄 알고 뒷걸음질을 치던 어머니들도 내가 발레 전문가로서 중앙대학교 무용학과 교수라는 사실을 알면, 아이의 손을 잡고 한국발레하우스를 찾았다. 한번은 코엑스 수족관에 견학

온 단체 학생들 중에 뛰어난 체형을 가진 어린이를 보고 쫓아가, 한국발레하우스에 등록시키기도 했다. 결과적으로 한국발레하우스는 유아부터 고등학생까지 다양한 연령대의 어린이들로 가득했다.

어린이들의 실력은 날로 발전해 매우 뛰어난 발레리나로 성장했다. 발레리나로서 멋진 작품을 공연하고 대학교수로서 후학을 양성한 것도 보람된 일이었으나 한국발레하우스를 설립해 한국 발레가 발전할 수 있는 토대를 마련했다는 사실에 긍지를 느낀다. 한국발레하우스에 입학한 지 일 년도 채 안 돼 무용콩쿠르대회에 참가하고 싶어 하는 남자 어린이가 있어, 특징을 찾아 「라·실피드(la sylphide)」에 제임스 솔로를 앙트르샤(entrechat)와 젯테, (jete) 앗삼브레(assemble)로 구성된 안무로 출전한 결과 금상을 차지했다. 지금 그 제자는 해외 발레단의 주역 무용수로 활약하고 있다.

✳ 황소를 닮은 발레리나

2년간 고마끼 발레단에서 유학하며 조금 더 실력을 쌓고 싶다는 바람이 생겼다. 실력이 쌓일수록 배움에 끝이 없다는 사실을 알게 된 것이다. 미국 유학을 계획하고 있을 때 이화여대 당시 지도교수님이셨던 유근석 교수님께서 연락을 주셨다. 1969년 3월의 일이었다. 교수님께서는 나를 한양대학교 전임교수로 추천했으니, 한국에 돌아오라고 하셨다.

교수님께서 한양대학교 체육대학의 학장님으로 취임하셨다는 것은 알고 있었지만 갑작스런 제안에 당황하여 선뜻 대답을 하지 못했다. 며칠만 생각할 시간을 달라고 부탁드렸다. 전임교수가 되려면 조교를 거쳐 강사로서 경력을 쌓아야 한다. 그렇지 않은 내가 전임교수로서 책임을 다할 수 있을까 염려가 되었던 것이다. 대학원도 한 학기가 남아 있었고 미국에 가서 공부를 더 하고 싶기도 했었다.

우물쭈물 망설이고 있을 때 유근석 교수님께서 다시금 전화를 주셨다.

"이 바보 같은 녀석아. 뭘 하고 있는 것이냐"라고 꾸짖으셨다.

좋은 기회가 주어졌는데 지레 겁을 먹고 망설이는 내가 바보처럼 보이셨던 것이다. 고민이 얼마나 깊었던지 당시 상케이홀로 발레공연을 보러 갔다가 그만 계단을 헛디뎌 다리를 다치고 말았다. 교수님의 호통소리가 귓가에서 사라지지 않았으니 결국 미국 유학을 뒤로하고 한국으로 돌아왔다. 대학원은 강우철 대학원장님의 배려로 남은 과정을 마치고 졸업을 할 수 있었다. 그리고 1969년 4월 9일, 27세의 나이로 한양대학교 체육대학 무용학과 전임교수로 취임했다. 유근석 학장님의 크신 배려로 대학교수라는 새로운 출발을 하게 된 것이다.

학장님을 찾아뵙고, 강사경력도 없는 나를 추천해주신 이유를 여쭤보았다.

"황소처럼 성실한 모습과 실력을 인정해서였다."라고 말씀해주셨다.

성실하다는 것은 인간적인 면을 칭찬해주시는 말씀이었다. 어제보다 오늘 조금 더 성장하겠다는 신념 하나로 최선을 다했는데 그 모습을 지켜봐 준 분이 계셨던 것이다. 나 자신이 의식하지 못할 뿐 세상에는 언제나 나를 지켜보고 평가하는 시선들이 있게 마련이다. 그래서 우리는 언제 어디서나 최선을 다해야 한다.

학교에 첫 출근을 하고 보니 수도여고에서 무용선생님으로 계셨던 김옥진 선생님께서 무용학과 학과장님으로 한국무용을 가르치고 계셨다. 김옥진 선생님께서 안무하신 작품 「정열」로 이화여대 전국여자무용콩쿠르에서 특상을 수상했다. 고등학교 시절 은사님과 대학 시절 은사님께서 나를 추천해주셨으니 이 얼마나 감사한 일인가. 지난날들이 주마등처럼 스쳐 지나가면서 가슴이 따뜻해졌다.

언제나 그렇듯 황소처럼 최선을 다해 학생들을 지도하자, 한양대학교 김연준 총장님께서도 많은 격려를 아끼지 않으셨다. 감사의 마음을 담아 김연준 총장님께서 작곡하셨던 「오월의 노래」의 안무를 맡아, 가곡 발레를 선보였다. 황소처럼 건강한 덕에 초등학교부터 중고등학교까지 개근상을 받았다. 대학에도 개근상이 있었다면 받았을 것이다. 언제 어디서나 결석과 지각이 없었으니 정말 나는 황소 같았나 보다.

✳ 「70년대를 향하여」

　　　　27세에 대학교수가 되고 보니 복학생들과 나이 차이가 많지 않았다. 남학생들은 군대를 갔다 오고 회사에 다니다 온 학생들도 있어서 아저씨처럼 느껴졌었다. 수염이 덥수룩한 남학생들도 많았다. 체육학과 학생들에게 포크댄스를 가르쳤는데, 남학생들의 덩치가 너무 컸다. 설상가상 운동을 끝내고 온 학생들에게서 발 냄새가 너무 심하게 났다.

　"수업하기 전에 양말을 새것으로 바꿔 신지 않으면 학점을 안 주겠다."라고 장난스레 으름장을 놓았는데 아저씨 같은 남학생들이 규칙을 너무 잘 지켜주었다. 바지 뒷주머니에 엑스트라 양말을 넣고 와서 무용실 입구에서 갈아 신는 모습이 고맙고 또 귀여웠다. 교수로서 위엄과 제 역할을 다 하지 못할까 봐 염려했는데 학생들이 잘 따라줘서 즐거운 시간을 보낼 수 있었다.

　무용학과 학생들과는 공연을 준비했다. 무용학과 전원이 출연하는 대작 「70년대를 향하여」의 안무를 맡아, 1970년대를 시작으로 10년의 미래를 바라보며 청년들이 만들어갈 희망찬 내일을 표현했다. 공연을 무대에 올린 날, 드넓은 장충체육관이 한양대학교 학생들과 일반 관객들로 가득 찼다. 학생들의 헌신적인 노력 아래 무용계의 관심이 한양대학교를 향하는 계기가 되었다.

　발레리나로서 무대 위에서 공연하는 순간도 내게 커다란 행복을 안겨 주지만 교육자로서 후학양성에 이바지하는 삶은 그 이상의 감동과 보람으로 되돌아왔다. 「70년대를 향하여」는 학생들이 만들어갈 희망찬 내일을 은유하지만 동시에 나 자신이 교수로서 만들어가고 싶은 미래였다. 더 나은 내일을 향해 나가려면 과거의 실패, 나아가 영광까지 뒤로해야 한다. 무용을 처음 시작하며 느꼈던 설렘, 실력이 향상될 때의 기쁨, 금란여중고교에 이어 한양대학교 교수가 되기까지의 벅차오름과 책임감이 내 안에서 응집되는 것만 같았다.

좋은 교육자가 되어 대한민국 발레 발전에 기여하는 발레리나가 되어야겠다고 다짐했다.

4. 서정자 물이랑 발레단,
한국적 발레의 초석을 다지다

✳ 1950년대 대한민국 발레의 현주소

　　1950~1960년대 우리 사회에서 발레는 낯선 개념이었다. 일제강점기와 한국전쟁이 끝난 직후였기 때문이다. 세계적인 발레공연단이 한국을 찾을 리 없었으니 발레와 관련된 전공 서적도 없었고, 사설 학원도 전무 하다시피 했다. 그럼에도 불구하고 발레를 사랑했던 소수의 사람들의 열정 안에서 발레 교육의 토대가 뿌리내리기 시작했으니 그 시대를 살아왔던 무용수로서 감사할 따름이다. 생각해보면 당시 우리는 너 나 할 것 없이 발레를 너무도 사랑했다. 그래서 어떻게든 지켜내고 싶었다. 내가 대학에 입학하던 무렵 우리나라에서 예술에 대한 전문적인 교육이 시작되었다고 볼 수 있다. 무용 포즈와 관련된 사진과 그림 등을 스크랩하는 과제가 있을 정도였다. 사진이 귀했으니 스크랩 숙제도 여간 어려운 일이 아니었다.

　독일 마인츠에서 버스로 비스바덴발레단에 가서 '풀치넬라(Pulcinella)' 작품을 공부할 때 많은 서적과 음악 등을 구입했다. 유럽 전 지역을 여행하면서 발레 음악의 전곡과(CD) 영상(DVD) 등도 어렵사리 구입했다. 귀국길에 기류 상황이 좋지 않아 비행기가 잠시 흔들렸는데 '사고가 나서 귀한 자료를 분실하면 어떻게 하지?'라고 걱정했었다. 목숨이 왔다 갔다 하는 판국에도 무용 자료부터 끌어안고 내릴 생각을 했던 것이다. 나 자신에게 '바보 아니야?'라고 물을 정도로 어리석은 면도 없지 않지만 그만큼 자료가 귀한 시절이었다.

　1961년 대학에 입학하고 얼마 지나지 않아 박외선 교수님께서(동화작가이자 시인이셨던 마해송 선생님이 남편이셨다.) 무용개론 시간에 다양한 외국 서적과 사진 자료를 보여주셨을 때 그야말로 두 눈이 동그랗게 커졌었다. 일본에서 공부를 하신 터라 많은 자료를 갖고 계셨던 것이다. 교수님께서는 "포즈 연습을 위해 학생들에게 사진을 보여주면 분실되는 자료가 너무 많아 아쉽다."라는 말씀을 하셨다. 사진이 너무 귀하다 보니 학생들이 되돌려드리지 않았던 것이다. 그 사실을 알면서도 귀한 자료를 매번 학생들에게 보여주셨으니 교수님의 크신 사랑에 지금도 감사를 전한다. 수업에 대한 열정도 대단하셨으며 창의력도 매우 좋으셨다. 팬티스타킹이 없던 시절, 밴드 스타킹을 신으면 조금만 움직여도 스타킹이 무릎 아래로 흘러 내려왔다. 수업에 집중한 교수님은 그 사실조차 모르시는 것 같았다. 매 순간 구슬땀을 흘리며 최선을 다하셨던 것이다. 과대표였던 내가 아까이(AKAI)라는 아주 무거운 릴 테이프(Reel tape) 녹음기를 옮기려 하면, 한걸음에 달려와 말리셨다. "무거운 것을 들면 어깨에서 손목으로 이어지는 팔의 곡선이 굵고 흐트러질 수 있다."라고 말씀하셨다. 제자를 향한 깊은 사랑이 느껴졌다. 그래서일까, 교수님보다는 선생님이라고 부를 때가 더 많았다. 교수님으로부터 나는 발레 동작뿐 아니라 교육자로서의 올바른 자세까지 배울 수 있었다.

✳ 내가 사랑하는 예술가들

　　　　　삼인행필유아사(三人行必有我師)라고 했다. 세 사람이 길을 가면 그 가운데 반드시 나의 스승이 될 만한 사람이 있다는 논어의 가르침이다. 각계각층의 다양한 사람들과 만나 교류할 때 삶이 훨씬 성숙해질 수 있다는 뜻이다.

　평생을 발레리나로 살아왔지만 내가 교류했던 예술가들은 한국 무용가, 작가, 서예가 등등 장르의 경계를 넘어 다양하다. 한국학이나 민속학, 한국문화를 사랑하는 모임도 있었다. 발레 무용수들과의 만남도 유익하지만 각기 다른 예술 세계에 몸담은 예술가들이 서로의 예술관에 대해, 삶의 가치에 관해 이야기를 나누는 시간이 너무도 즐거웠다. 특히 한국 무용가들과 친분이 두터웠다. 평소 한국 무용을 좋아하기도 하지만 창작 발레를 안무할 때 한국무용의 아름다움을 담고 싶었기 때문이다. 그렇다 보니 자연스럽게 한국 무용가들과 친분을 이어나갔다. 10여 명의 무용가들이 정기적으로 만나 무용계 소식과 발전을 위한 정담을 나누며 친분을 쌓아가는 '장미회'도 내게는 소중한 모임이다. 지금은 고인이 된 송수남 교수의 제안으로 이름 지어진 '장미회'는 장미꽃의 아름다움과 영원한 청춘을 그리워하는 막연한 미련을 담았다. 우리는 아름답게 나이 들고 싶다는 바람과 떠올리는 것만으로도 행복해지는 젊은 날을 기억하며 '장미회'의 역사를 만들어나갔다.

　장미회의 멤버는 김근희 선생, 김세일라 선생, 박소림 선생, 송수남 선생, 이현자 선생, 이명자 선생, 정명숙 선생, 한순호 선생으로 구성되었다. 송수남 선생, 김세일라 선생, 한순호 선생, 이현자 선생은 벌써 고인이 되셨으니 한없이 그립기만 하다.

김문숙 선생, 송수남 선생, 김근희 선생과는 국제로타리 3650지구 뉴서울 RC 회원으로 마포가든에서 정기적으로 만나며 친분을 쌓아 왔다. 함께 일본에 가서 공연을 하기도 했다. 박소림 선생과는 승무를 배웠다. 박소림 선생은 이웃집에 살고 있어서 수시로 만나 다양한 주제로 대화를 나누고 맛있는 식사와 남대문 시장 구경도 다니며 즐거운 시간을 보냈다.

무용인 최승희 선생님의 제자이자 최승희 춤 연구회 대표인 김영순 선생은 오래전 내가 진행했던 발레 강의 '아름다운 발레와 마임'에서 우연히 만나 소중한 인연이 되었다. 김영순 선생에게 춤 기본과 살풀이, 해녀춤을 배운 뒤 창작 발레에 올리기도 했다.

한순호 선생은 가장 가깝게 지낸 친구이자 예술적 동지이다. 남편이신 조광 선생님께서는 스페인에서 직접 플라멩코에 필요한 빨간 구두와 캐스터네츠를 주문해 선물해주신 뒤 일주일에 2번씩 플라멩코를 가르쳐주셨다. 정말로 즐거운 시간이었다. 장식장 속에 보관되어 있는 빨간 구두와 캐스터네츠를 보면 두 분이 생각나 가슴이 뭉클해진다.

조광 선생님은 2009년에 총력을 기울여 무대에 올렸던 「어부사시사」에 은공 스님으로 출연하셨다. 연습 시간에 단 한 번도 늦으신 적이 없었고, 가장 열정적으로 연습에 임하셨다. 덕분에 무대에서도 독특하고 빛나는 춤과 연기를 선보이셨다. 한순호 선생은 조광 선생님의 의상부터 소소한 소품까지 꼼꼼하게 챙겨주며, 다정한 노부부의 모습을 보여주었다.

두 분을 함께 만나는 장소는 항상 신세계백화점 강남점 지하에 있는 맥도날드였다. 그때마다 조광 선생님께서 커피를 사주셨는데, 시간 가는 줄 모를 만큼 즐거웠다. 식사 후에는 강남 신세계 백화점을 아이쇼핑하며 재미있는 대화를 이어나갔다.

한순호 선생이 세상을 떠나고 뒤이어 조광 선생님이 떠나셨다. 돌아가시기 전까지 공연계획을 세우고 용산 구청에 있는 극장을 조사하며 이런저런 자문을 구하셨는데, 갑작스런 비보 앞에 망연자실했었다. 발레를 전공하신 조광 선생님은 내가 중학생일 때 이화여대 대강당에서 멋진 조광 발레공연을 보여주셨다. 무용인들이 존경하고 사랑했던 분이었다.

이 밖에도 나와 소중한 인연으로 이어진 예술가들이 무척 많다. 한국문화를 사랑하는 이 모임은 대학로 작은 사무실에서 월 1회 만남을 가졌다. 하루 일과를 마치고 오후 5시에 만나 저녁 10시까지 와인과 함께 한국문화의 발전상에 대해 토론했다. 구희서 선생, 강준일 선생, 강준혁 선생 등 건축, 미술, 음악, 작가 등 각 분야의 예술가들로 구성되었다. 발레는 무대디자인, 의상, 사진, 조명 등이 어우러지는 종합예술이기에 그들과의 만남은 나의 창의력을 일깨워주고 정신적 위안이 되어주기에 충분했다.

한국발레협회와 한국무용협회의 상임이사로 30년간 활동했으며 한국무용협회에서는 논문 7권을 발간했다.

매년 봉사활동으로 '사랑의 향기' 자선음악회를 개최하기도 했다. 덕분에 테너, 소프라노 등 많은 음악가들과도 교류할 수 있었다. 쥬리 선생과 호세리 선생과는 식사도 하고 차도 마시면서 많은 대화를 나눴다. 국립발레단 출신의 김명순 선생과는 요즘도 가끔 소통하며 즐거운 시간을 보낸다. 이제는 서로를 호(號)로 부르는 사랑하는 소통회 최고 인연들 단은, 인정, 현송, 정종, 유수, 연당, 하원과 고교동창인 오랜 친구들, 서울대학교 불문학을 전공한 정자, 서울여대 총장을 한 경은, 연세대 사학을 전공한 화자, 이대를 졸업한 수자, 외국어대 영문과를 전공한 굉자, 경희대 생물학을 전공한 금옥, 올림픽 선수와 이대 교수를 지낸 명자, 이대에서 한국무용을 전공한 만자, 같은 대학 출신이자 미국에 거주하는 승자 등등 선후배 모두가 그립고 보고 싶다. 최고인연이라는 모임 아래 매월 3번째 수요일에 만나는 하원, 인정, 연당은 가족과 같다. 날라리아 모임도 서로 마음이 통한다. 코로나로 인해 만남이 자유롭지 않은 뉴서울 RC의 사랑하는 회원 송기인 회장님, 이재진 총무님 등을 비롯해 오래된 친구들 모두 한없이 그립다.

초등학교 때 무용을 시작했으니 70년이라는 긴 세월 동안 발레와 함께했다. 그사이 많은 사람들을 만나 우정을 쌓았다. 때론 시기와 질투의 대상이 된 적도 있었다. 예술가들은 종종 자신의 탑을 쌓아가기 위해 상대의 탑을 탐내는 경우가 있다. 기쁜 일 못지않게 슬픈 일도 있었지만, 이제는 그 모든 시간들에 감사한다. 사필귀정이라 하여 모든 일들이 옳은 방향으로 나아갔기 때문이다. 긴 인생을 살아보니 앞서 나가는 사람에 대한 질투는 결국 자기 자신을 병들게 할 뿐이었다. 곁에 있는 사람들을 사랑하고 세상 모든 일에 감사해야 하는 이유는 결국 자기 자신의 행복을 위해서는 참고 인내해야 하는 것이다. 그러니 여든이 된 지금, 누구를 미워하고 원망하겠는가?

생각이 부족한 탓에 나오는 행동들이 아쉬울 따름이다. 이외에도 소중한 분들, 감사한 분들이 너무나 많다. 그럼에도 말이 아닌 글로 그것들을 적으려니 쉽지가 않다. 기억 또한 가물가물하니 이쯤에서 마무리하고자 한다.

첨언하면, 지금도 기억에 남는 가장 멋진 공연은 마야 필세츠카야

(Maya Plisetskaya)의 「슬픈 빈사의 백조」이다. 우에노의 동경문화회관이었는데 그 큰 무대에서 까만 호리즌(horizon)에 하얀 클래식 튜튜(tutu)를 입고 토슈즈를 5번(sur la pointe) 상태로 서서 상수에서 하수를 향해 '부레부레(bourree)' 동작을 하며 중앙까지 나왔다. 어린 시절 내가 서예를 할 때 얇은 습자지가 살랑살랑 바람에 날아가는 모습이 연상되었다.

아름다웠던 그 모습이 지금도 내 마음 깊은 한 곳에 잔잔한 여운으로 남아 있다. 로얄 발레단의 전설의 발레리나, 마고트 폰테인(Magot ponteyn)이 61세에 토슈즈(toe shoes)를 신고 가볍게 날아다니는 「공기의 정」 작품은 잊을 수 없는 잔상으로 남아 있다. 나도 그때가 넘어서도 토슈즈를 신어야지 하고 결심했고, 67세에 국립극장 무대에 섰다.

알리시아 알론소(Alicia Alonso)가 공연한 「동키호테」의 감동도 여전하다. 당시 마지막 커튼이 우아하게 내려오는데 관객의 박수가 끊이지 않아 알리시아 알론소가 무려 13번이나 커튼콜로 무대 밖으로 불려 나왔다. 환한 미소로 성실하게 레버런스(답례 인사)를 하던 알리시아 알론소의 모습은 진정한 프리마 발레리나였다. 13번의 커튼콜에 대한 답례 인사가 전부 다른 동작이었다는 사실도 감동적이었다. 다시금 봐도 발레는 무대공연이며, 관객에게 감동을 줄 때 역사에 남는 작품이 된다는 것을 깨달았다.

발레리나의 역량이 훌륭해도 안무가 부족하면 깊은 감동을 주지 못한다. 반대로 안무가 뛰어나도 발레리나의 역량이 부족하면 감동이 줄어든다. 결국, 발레는 함께하는 모든 사람들이 땀과 열정 안에서 완성도를 높여나가는 종합예술이다. 여기에 오랜 친구들의 우정까지 더해져, 하루하루 행복한 발레리나로 살아올 수 있었다.

조광 선생님과 한순호 선생이 선물해준 빨간 구두와 캐스터네츠 기억과 마야 필세츠카야와 알리시이 알론소의 아름다운 포즈가 지금도 눈에 선하다. 지금 이 순간에도 소중한 추억이 담긴 물건들이 장식장 안에서 나의 시간을 밝혀주고 있다.

그 시절 밤을 지새우며 만들었던 작품들을 무대에 올리며 공연에 초대한 빛바랜 초대장이 서재 문갑에 아직 남아 있는 것들을 발견하고 그때의 내 열정을 보는 것 같아 이곳에 소개하고자 한다.

✳ 서정자 발레공연, 명작 발레로의 초대

　　　　　　　　　6월! 좋은 계절에 서정자 개인 발레의 초대 공연
을 열게 되었습니다. 공연을 통해 발레의 소중한 것들을 전해 드리고
싶습니다. 항상 많은 분들의 격려와 용기 덕분에 힘을 얻습니다.
　힘이 솟구치기도 합니다. 진심으로 감사드립니다.
　초대 공연을 준비할 때 '무대를 자주 갖는 것이 바람직하다.'라는
은사님들의 말씀이 기억납니다. 발레는 너무 어려워서 개인 발레 공
연을 자주 열기 어려운 것이 사실입니다. 그럼에도 발레리나는 공연
을 통해 찾아뵈어야 한다는 신념은 변함이 없습니다.
　제가 사랑하는 작품 「분이네 외가촌」에 출연했던 멋진 무용수를
가슴 깊이 존경하며 얼마 전 작품 「비목」에 대해 상의하고자 구히서
선생을 찾아뵈었습니다. 예술은 한 사람만의 뛰어난 능력으로 하모
니를 이룰 수 있는 것이 아니기 때문입니다. 종합적인 예술이라 모두
하나가 되어야 합니다. 눈 감는 순간까지 움직여야 하고, 최상의 감
동을 만들어내기 위해 노력해야 합니다.

　지난날 저는 버스 안에서도, 캠퍼스를 거니는 순간에도 언제나 발
레만 생각했습니다. 때로는 창의력의 빈곤을 자책하며 예술적 감수
성을 높이고자 창조의 세계를 헤매기도 했습니다. 창작의 고통에 좌
절한다면 예술가로서 생명을 잃은 것이나 다를 바 없으니까요. 그래
서 쉬지 않고 배우고자 노력했고 생각을 실천에 옮기고자 애써왔습
니다.
　이번 공연에서 선보이는 작품 「페트루슈카」, 「빠·드·꺄트르」를 위

해 오랫동안 틈틈이 노력해왔습니다. 제자들도 이번 경험을 통해 성장할 수 있으리라 믿습니다. 하루가 다르게 성장하는 제자들을 보면 대한민국의 발레가 발전하고 있음을 느낍니다. 흐뭇하고 자랑스럽습니다. 제자들을 비롯해 젊은 발레 무용수들의 미래가 기대됩니다. 오늘을 기회로 우리나라 발레가 한 단계 발전하는 계기가 되길 바랍니다. 발레를 사랑하는 마음 영원히 간직하며 이토록 아름다운 계절에 발레를 바칩니다.

✳ 생동감 넘치는 봄의 축제를 열다

우리는 흔히 한편의 예술작품을 가리켜 세기의 창조에 비유한다. 그것은 예술이 근원적으로 지향하는 탁월한 향미성과 세계에 대한 철저한 자기인식에서 출발해 궁극적으로 또 다른 세계를 그려나가기 때문이다. 그러기에 예술가의 창조행위는 생명의 신비를 캐는 작업만큼이나 성스럽지만 한편으로는 무수한 고통과 인내를 수반한다. 그 속에 흠뻑 빠져들어 상상력을 따라 창조적 우주의 공간을 날다 보면 인간은 생의 뿌듯한 환희와 진실에 한껏 다가설 수 있다. 참으로 예술가의 창조정신은 일상의 무질서한 대상들로부터 승화된 정서를 이끌어내고 가일층 고양시켜 아름다운 진실로 탈바꿈시키는 영적 에너지라고 말할 수 있다. 이 때문에 그것은 항상 깨어있는, 숨 쉬는 영혼일 뿐만 아니라 독자와 관중에게 내밀한 감동과 충격으로 다가오는 살아있는 메아리이다. 마치 원시의 울창한 초원과 꿈틀대는 바다로부터 우리에게 무한한 희망과 충만한 감동 그리고 진실한 기쁨을 실어나 주는 영혼의 울림이다. 서정자 교수의 명작 발레 공연은 그런 점에서 큰 의미를 찾을 수 있다. 평소 뼈를 깎는 고된 연습과 숨이 막힐듯한 열정으로 제자들을 지도하는 모습을 보고 있노라면 흡사 격앙된 창조정신의 실체를 보는 듯하다.

부디 성공적인 공연과 더불어 위대한 예술의 시대가 열리게 되기를 기원한다. 아울러 이번 공연이 예술 동호인들에게는 생동감 넘치는 봄의 축제가 될 것이며 무용을 전공하는 분들에게는 의미심장한 아름다운 이야기를 들려주는 좋은 기회가 되리라 생각한다.

✳ 운명적으로 이어진 「페트루슈카」

　　　　　　1911년 파리의 샤틀레 극장에서 공연한 러시아 발레 디아길레프(Sergei Pavlovich Diaghilev)의 첫 번째 시즌은 대성공을 거두었다. 「페트루슈카」는 걸작 중 하나로 손꼽힐 뿐만 아니라 현대의 고전으로 평가되고 있다.

　작곡이 난해하기 때문에 실력 있는 연주자가 아니면 정확하게 연주하기 어렵거니와 무용수에게도 매우 어려운 작품으로 알려져 있다. 군중의 장면 처리는 신중하게 다뤄야 한다. 페트루슈카 역시 고도의 테크닉과 뛰어난 표현력을 요구하는 배역이다. 제작 과정도 복잡하고 어렵기 때문에 경제적 가치로 환산했을 때 적합한 작품은 아니다. 그럼에도 세계적인 발레단에서 주요 레퍼토리로 보유하는 것은 그만큼 세계적인 작품이기 때문이다.

　로얄데니쉬 발레단의 「페트루슈카」는 매우 정교한 무대연출과 작곡가의 의도에 충실한 안무로 대중에게 깊은 감동을 선사했다. 몬테카를로 발레단(1934년 뉴욕), 아메리칸 발레시어터 ABT(1942년 뉴욕), 시티센터 죠프리 발레단(1970년 뉴욕), 로열스웨디쉬 발레단, 오스트레일리언 발레단, 로열발레단, 노르웨이지안 발레단 또한 「페트루슈카」를 레퍼토리로 보유하고 있다.

　그런 의미에서 서정자 물이랑발레단에서 「페트루슈카」를 초연했다는 것은 매우 의미가 크다. 대학교수로서 맡은 바 책임을 다하면서 공연 준비를 한다는 것은 쉽지 않았다. 그러나 발레를 사랑하는 국내 팬들에게 대한민국 안무가와 발레 무용수로 구성된 「페트루슈카」를 소개하고 싶었다.

고마끼발레단 단원으로서 「페트루슈카」에 출연했던 순간부터 줄곧 「페트루슈카」를 대한민국 무대에 올리고 싶다는 목표가 생겼기 때문이다.

오랜 꿈이 이루어지는 순간이었던 만큼 바쁜 일상을 뒤로하고 이고르 스트라빈스키가 표현하고자 했던 바를 보다 분명하게 전달하고자 최선을 다했다. 또한 처음 시도한 작품인 만큼 훗날 다른 안무자가 이 작품을 공연할 때 도움이 될 수 있도록 하기 위함이었다. 앞선 공연을 분석하고, 이고르 스트라빈스키의 세계관을 이해하기 위해 국내외 서적을 두루 참고했다. 초연 이후 재공연이 아직 이루어지지 않아 아쉽지만, 대한민국에서 「페트루슈카」가 공연되었다는 사실에 자부심을 느낀다. 세계 무용사에서 클래식 발레가 쇠퇴기에 이르렀을 무렵 등장한 「페트루슈카」가 새로운 활력이 되었던 것은 러시아적 고유의 의상, 색채, 무대장치 등의 하모니가 더했기 때문이었다. 이색적인 무대가 유럽관객을 사로잡았던 것은 무대장치를 위한 페인트까지 러시아에서 프랑스로 공수할 정도로 모든 정성을 기울였기 때문이다.

안무를 위한 상세 설명
제1장 페테르스브로그(petersburg) 겨울축제의 광장

1930년경 카니발 기간, 눈이 많이 내리는 겨울날이다. 아마도 슈르베티드 사육제의 화요일이다. 장면은 연시(年市)를 나타내며 무대 한쪽에는 인형극의 가설무대가 있다. 부유한 사람, 빈곤한 사람 모두 군중 속에 뒤섞여 빙글빙글 돌며 즐겁게 춤을 춘다. 술에 취한 사람과 여인이 손에 손을 잡고 비틀거린다. 많은 여인들은 노점에 모여 재미있는 구경을 즐긴다. 반대쪽에서 한 남자가 등장하며 다른 남자에게 싸움을 건다. 이윽고 두 사람 모두 한 걸음씩 뒤로 물러선다. 다시금 군중들은 새로운 축제를 만끽하고, 오락적인 분위기에서 갑자기 나타난 흥행사(마법사)가 가설무대에 준비된 세 개의 인형을 보여준다. 페트루슈카와 볼에 빨간 연지를 찍은 발레리나 그리고 흑인 무어인이다. 사람들은 걸음을 멈추고 인형들을 주의 깊게 바라본다. 흥행사는 그가 가진 플룻을 불어 인형들에게 생명을 불어넣어 준다. 그러자 인형들이 춤을 추기 시작한다. 가설무대 고리에 매달려 있었던 인형들이 놀랍게도 광장으로 내려와 군중들 속에서 자유롭게 춤을 춘다.

페트루슈카와 무어인 모두 발레리나를 사랑하고 있다. 발레리나는 무어인을 좋아하는 것처럼 보인다. 페트루슈카는 비록 인형이지만 인간적인 사랑을 체험하고 격렬한 질투를 보인다. 열정적으로 춤을 추던 인형들은 이내 지쳤는지 엉덩방아를 찧고 만다.

제2장 페트루슈카의 방

부정행위를 저지른 페트루슈카는 독방에 던져져 갇힌다. 그는 못생기고 흉측스러워서 친구들에게 멸시를 당한다는 점과 흥행사에게 속박되어 있다는 사실에 고통스러워한다. 흥행사가 세 인형에게 인간의 감정과 정서를 불어넣어 주었지만, 어찌 된 일인지 페트루슈카에게는 고통만 준 것 같다. 발레리나를 향한 사랑과 톱밥으로 가득 찬 육체 사이에서 인간적인 번민을 호소하는 것이다. 방에 들어온 발레리나는 격렬한 고통에 신음하는 페트루슈카의 행동에 겁을 먹고 도망친다. 페트루슈카 역시 자신의 방에서 도망치기 위해 필사적으로 발버둥 치지만 벽은 난공불락이다.

제3장 무어인의 이국적인 밤

무어인은 소파에 누워 있다가 벌떡 일어난다. 야자 열매를 위로 던졌다 다시 잡는 장난을 하다 싫증이 났는지 방바닥에 던져버린다. 신월도로 야자 열매를 쪼개려 하지만 잘되지 않자 그 안에 신이 들어있다고 판단한다. 야자 열매를 방바닥에 놓고 절을 하기도 한다. 발레리나가 경쾌한 리듬으로 가볍게 걸으며 뿔 나팔을 불고 들어온다. 발레리나는 무어인의 관심을 얻기 위해 애교를 부린다. 함께 춤출 것을 권하고, 자신을 안아달라고 구애한다. 때마침 도망치듯 달려온 페트루슈카가 발레리나에게 자신을 사랑해줄 것을 호소한다. 발레리나가 자신을 거들떠보지 않자 광분한 페트루슈카는 질투심에 눈이 멀어 발레리나와 무어인의 사랑을 방해한다. 화가 난 무어인이 신월도로 위협하며 페트르슈카를 쫓아 버린다.

제4장 겨울축제의 광장(저녁)

제1장과 흡사한 축제 분위기, 하늘은 황혼에 물들어가고 있지만, 그들은 여전히 열광적으로 흥겹게 춤춘다. 손에 손을 잡고 줄을 맞춰 빙글빙글 돌기도 하고 뛰기도 한다. 집시 소녀들은 몸을 흔들며 남성들에게 애교를 부린다. 군중들도 이에 합세해 즐거움을 더한다. 뒤이어 마부들의 활기찬 춤이 이어진다. 가장 무도회는 생기를 불어넣어 주며 광장의 분위기를 고조시킨다. 그 순간 갑자기 무어인에게 쫓기고 있던 페트루슈카가 군중 속으로 도망쳐온다. 발레리나가

무어인을 뒤따르며 제지하려고 노력한다. 그러나 무어인은 아랑곳하지 않고 자신의 신월도로 가련한 페트루슈카를 계속해서 찌른다. 결국 애처로운 페트루슈카는 넘어지고 만다. 군중들은 깜짝 놀라, 죽어가는 페트루슈카의 최후의 경련을 주시한다. 부르르 몸을 떨던 페트루슈카가 숨을 거두자 주위는 고요해진다. 한 여인이 경찰관을 불러 사실을 확인해줄 것을 요구한다. 그때 흥행사가 나타나 페트루슈카는 사람이 아닌 인형이라며 톱밥으로 채워진 몸을 집어 올린다. 흥행사가 군중을 향해 "꼭두각시 인형에 불과한데 범죄가 성립될 수 있느냐?" 묻자 군중들은 어둠 속으로 하나둘씩 흩어진다.

흥행사는 자신의 부질없는 장난을 후회하며 인형을 질질 끌고 간다. 갑자기 하늘을 찢는 듯한 애달픈 울음소리가 들린다. 페트루슈카의 주제곡이다. 소름이 끼친 흥행사는 문득 위를 쳐다보고 지붕 위에 앉아 울부짖는 페트루슈카의 망령을 본다. 망령은 허공을 향해 주먹을 휘두르며 비통하게 탄식한다. 인간의 마음으로 고뇌를 겪었던 페트루슈카의 죽음은 인형이 아닌 인간의 죽음이었던 것이다. 흥행사는 자신의 장난을 참회한다. 세 명의 인형을 통해 드러난 인간사의 비극적 이야기를 끝으로 무대의 막이 내린다.

✳ 객석을 가득 메운 관객을 보며

꿈을 이루기 위해서는 그 일에 미쳐야 한다. '미친다'는 표현이 다소 과격하게 들릴 수도 있지만, 이는 몰입을 의미한다. 그래야 어렵고 힘든 상황에서도 포기하지 않고 그 길을 향해 나아갈 수 있다. 미친 듯이 생각하고 미친 듯이 실행해야 하는 것이다. 「페트루슈카」의 초연을 위해 나는 그야말로 미친 듯이 작품에 몰입했다. 비극적 스토리 안에 철학적 요소를 담아내며 창작 발레의 접근방법을 배워나간 것이다. 혼신의 노력을 다했던 만큼 제1회 서정자 발레공연을 마치고 벅찬 감동을 느꼈다. 40여 년이 지났지만 공연 당일 무대 위에서 바라본 객석은 좀처럼 잊혀지지 않는다. 아니 잊을 수가 없다. 첫 공연을 보다 많은 분들께 선보여 드리고 싶었지만, 몹시 추운 겨울이었기 때문에 걱정이 앞섰던 것이다. 물론 무대가 눈이 내리는 광장이라 계절상 겨울이 훨씬 잘 어울렸다. 두근거리는 마음으로 무대에 섰을 때 객석을 가득 메운 관객은 발레리나로서, 무용 교육자로서 살아온 시간이 얼마나 소중한지 다시금 가르쳐주었다. 나의 젊은 시절 발레 영화 「분홍신」을 도시락을 싸 가지고 다니며 몇 번씩 관람했던 기억도 아련하다.

원로 무용가 김백봉(예술원 회원) 선생님과 무용이론가 안제승 선생님(김백봉 선생 부군)께서 무대 뒤까지 찾아와 축하와 격려를 해주셨다.

많은 선배들의 진심 어린 축하 말씀은 오랫동안 내 가슴에 남아, 더욱 더 분발할 수 있는 자양분이 되었다. 안제승 선생님께서는 연습할 때 감기 걸리지 않도록 두툼한 점퍼를 선물해주셨다. 얼마나 감사했는지 지금도 그때를 떠올리면 가슴이 따뜻해진다. 정말 많은 선배 무용가와 무용전공자, 생론기, 동료와 후배들이 축하와 격려의 말씀을 전해주셨다.

중고등학교를 거쳐 대학 시절까지 내게 발레를 가르쳐주셨던 홍정희 교수님께서 축하와 함께 오른발의 포인트(토슈즈)에 조금 더 신경 써야 한다는 조언을 아끼지 않으셨다. 더 많은 것을 배우고 싶어 주말마다 교수님 댁을 찾아가 마당을 쓸고 세탁소에서 세탁한 옷을 찾아드리는 등 소소한 심부름을 해드린 것이 엊그제 같은데…. 아름다운 분이셨는데, 일찍이 세상을 떠나셨다. 전남 목포시 남교동에서 오직 발레를 위해 서울로 올라오셨는데, 교수님의 조언은 오랫동안 내 마음에 남아 사소한 것 하나도 놓치지 않고 최선을 다할 수 있는 동력이 되었다.

✳ 로맨틱 발레의 상징 「빠·드·꺄트르」

          1830년 프랑스는 환상적인 스토리와 서정적인 감성으로 상징되는 로맨틱(낭만주의) 발레의 황금기였다. 로맨틱 시대의 가장 위대했던 예술가 5명의 발레리나 중 4명이 동시에 출연했다는 점에서 확실히 발레 사상 가장 유명한 디베르티스망(Divertissement)이다.

  참고로 최초 공연은 1845년 7월 12일 런던이었으며 안무가는 쥘 페로(Jules Joseph Perrot)였다. 게이드 레스터가 1936년 재창작했고 1941년 2월 16일 안톤 돌린(Anton Dolin)이 개작하여 뉴욕 발레 디어터(현 ABT)에서 공연했다. 당시 출연자는 나나골르네(탈리오니 역), 니나스트로가노바(그란 역), 알리시나 알롱소(그리지 역), 캐더린 세르가봐(체리토)였다. 이후 알리시아 마르코바(탈리오니 역), 이리나 바로노바(그란 역), 노라케이(그리지 역), 아나벨리리용(체리토 역)이 함께 출연해 탁월한 그룹이었다는 평가를 받았다. 현재 안톤 돌린 대본이 가장 인기 있으며 보스톤 발레, 파리 오페라발레, 로열 데이니쉬발레, 데 그랑드발레, 카나디엥 발레 등의 수많은 발레 컴퍼니가 채택하고 있다. 한국 초연은 나의 안무와 서정자 물이랑발레단의 공연으로 1981년 11월 28일 국립극장 대극장에서 선보였다.

  유명한 샤론의 석판화에 남은 오리지널 「빠·드·꺄트르」는 당시 최고의 발레리나였던 마리 탈리오니(Marie Taglioni), 카를로타 그리지(Carlotta Glisi), 루실 그란(Lucile Grahn), 파니 체리토(Fanni Cerrito)가 함께 출연했다는 점에서 로맨틱 발레 시대를 대표한다. 세자르 푸니(Cesare Pugni)의 음악에 4명의 발레리나의 개성을 표현하는 데 초점을 맞춰 안무된 작품이다. 4명의 발레리나가 특별하게 돋보이는 것을 배제하고 각자의 특수한 기량을 동등하게 과시하고 있다. 스스로 제1인자라 자처하는 4명의 발레리나의 동의를 얻는 것이 가장 힘들었을 것이다. 카를로타 그리지의 남편이기도 했던 안무가 쥘 페로(Jules Joseph Perrot)는 어느 한 사람도 편애하지 않은 안무로 작품의 완성도를 높였다. 그러나 안타깝게도 당시 안무기록이 전혀 남아 있지 않다. 따라서 공연을 관람한 뒤 관객들이 기록해 놓은 글을 토대로 포즈, 의상, 스타일 등 안무를 유추했다. 발레의 소재가 되었던 샤론의 석판화가 보존되어 있어 이 역시 안무의 자료가 되었다.

오프닝은 4명의 발레리나가 사랑스러운 자세로 함께 등장한다.

막이 오르면 4명의 발레리나가 일어나 우아한 동작으로 움직인다.

제각각 위엄을 부리지만 우호적인 동작으로 이따금 손에 손을 잡고 도는 동작을 한다. 아름다운 자세로 오프닝을 맺는다. 오프닝이 끝나면 발레리나들은 솔로 바리아숑(solo variation)을 통해 각기 다른 아름다움을 표현한다.

① 루실 그란은 원 모양을 그리면서 도약하는 회전과 정교한 앙트르샤(Entrechat)가 포함된 바리아숑을 춘다. 춤을 끝내고 절을 한 뒤, 다음 차례의 발레리나를 공손하게 소개한다. 우아하게 팔을 들어서 무대에 다른 한 편을 가리킨다.

② 카를로타 그리지의 바리아숑(Variation)은 화사하고 가벼운 발동작에 중점을 둔다. 발끝으로 딛는 아주 작은 스텝을 대각선으로 숙달된 비트(beat)로 선회하다가 서서히 순회하는 일련의 푸에테(fouette)로 끝을 맺는다.

③ 마리 탈리오니와 그란의 바리아숑은 제3의 댄서를 소개하기 위한 짧은 듀엣이다.

④ 파니 체리의 바리아숑은 경쾌한 왈츠, 천천히 회전하고 도약한다. 마지막 퇴장 동작은 그랑쥬테(grandjete)로 마무리하고 절을 한 다음 탈리오니의 등장을 소개한다.

⑤ 탈리오니의 바리아숑은 깃털 같은 가벼움, 공기처럼 떠오르는 기술을 유감없이 발휘한다. 유난히 긴 팔을 약간 오그린 듯한 아라베스크(Arabesque)와 정교한 비트와 짧은 도약이 눈부시다.

⑥ 마지막 장면 에필로그는 앙상블에서 환상의 하모니를 이뤄야 한다. 4명의 발레리나가 함께 높은 도약을 하고 에샤페의 매혹적이 동작이 돋보인다. 4명의 발레리나가 손에 손을 맞잡고 발끝으로 서서 원으로 움직인다.

이 모든 안무에는 우아함 속에 흐르는 미묘한 경쟁심이 담겨야 한다. 오늘날 공연에서도 이따금 최초 공연에서의 긴장감을 암시하는 연출을 한다. 우아함 안에 거만함을 녹여내는 것이다. 이를 위해서는 최고의 테크닉과 함께 천상의 아름다움 을 표현할 수 있어야 한다.

1981년 11월 28일 「빠·드·꺄트르」 초연에 있어 나는 마리 탈리오니가 섰던 오리지널 포지션에 남성 무용수를 세웠다. 낭만주의 시대 최고의 발레리나인 탈리오니 포지션을 어느 누구도 해낼 수 없었기 때문이다. 따라서 창의성에 집중해 예술성을 높이고자 했다. 아울러 경쟁심이 아닌 우아함에 깃든 화합을 새롭게 표현하고자 했다. 이외에는 오리지널 버전에 충실했다. 스토리가 없어 발레리나의 각기 다른 아름다움에 초점을 맞춘 작품인 만큼 초연에 있어 어려움이 따랐지만, 새로운 안무는 언제나 나를 설레게 했다.

지금도 음악을 들으면 동작 하나하나가 모두 생각날 정도로 애정을 쏟았던 작품이다.

잠시 「빠·드·꺄트르」의 의미를 설명하면 'pas'는 'step'을 의미한다. 'pas de seul'은 1인무, 'pas de deux'는 2인무이며 'pas de trois'는 3인무, 'pas de quatre'는 4인무, 즉 4명의 무용수가 추는 춤을 의미한다. 당대 최고의 발레리나를 한 무대에 세우고 싶다는 생각에서 만들어진 작품인 것이다.

카를로타 그리지, 루실 그란, 파니 체리토 모두 로맨틱 발레를 대표하는 무용수이지만 진정한 프리마 발레리나는 마리 탈리오니와 파니 엘슬러(Fanny Elssler)였다.

청순미가 돋보였던 마리 탈리오니와 반대로 파니 엘슬러는 관능적인 아름다움이 있었다.

서로 달라서 더 아름다웠던 발레리나들이 한 무대에 서는 것을 모두가 간절히 바랐지만 결국 파니 엘슬러 대신 루실 그란의 「빠·드·꺄트르」가 완성되었다. 안무가 쥘 페로는 스페인 출신의 파니 엘슬러의 구릿빛 피부와 강한 테크닉이 앙상블에 적합하지 않다고 생각했다. 당대 최고의 발레리나에서 제외되었다는 사실에 화가 났던 파니 엘슬러는 잠시 슬럼프를 겪는 듯했지만 이내 다시금 아름다운 발레리나로 돌아왔다. 동서양을 막론하고 예나 지금이나 예술에 대한 욕망이나 질투는 비슷한 것 같다.

✳ 아름답고 유쾌한 「고집장이 딸」

　　　　　　　「고집장이 딸」, 또는 「말괄량이 리젯트」, 「빗나간 딸」 등의 제목으로 공연되는 「La Fille mal gradee」는 발레 역사에서 중요한 위치를 점한다. 현존하는 가장 오래된 전막 발레이기 때문이다.

　1789년에 프랑스 보르도(Bordeaux)에 초연되었다. 대본과 안무는 장 도베르발(Jean Dauberval)이 맡았다. 18세기 당대 최초의 코믹 발레로서 역사성을 갖는다. 당시 큰 성공을 거두었으며 다양한 악보와 안무를 통해 다음 세기 내내 유럽 전역에서 공연되었다.

　발레 개혁자로 일컬어지는 장 조르쥬 노베르(Jean Georges Noverre)의 제자인 장 도베르발, 기존 발레가 가지고 있던 화려함에서 벗어나 소시민의 소박한 일상을 재미있게 표현하고자 했다. 이는 발레 역사상 최초의 시도였다. 혁신적인 안무가였던 그는 어느 날 우연히 상점에 진열된 그림에서 모티브를 얻었다고 한다. 프랑스의 화가 피에르 안토니 보두인(PierreoAntoine Baudouin)의 작품인데, 화가 난 어머니와 눈물을 닦고 있는 딸, 그 뒤로 달아나는 청년의 모습이다. 마치 어머니 몰래 남자친구를 만났다가 혼이 나는 것만 같다.

　혼자 사는 어머니(과부)가 딸을 키우다 보니 억센 성격으로 묘사되었다. 영국에서는 안무가 후레드릭 아쉬톤(Frederick Ashton)이 어머니 시몬느 역에 캐스팅되어, 리젯트의 엉덩이를 때리는 동작을 하기도 했다. 알랭의 아버지 토마스는 모자란 아들을 결혼시키기 위해 물질 공세를 펼쳤으니 동서양의 시골풍경과 생활양식은 비슷한 모양이다. 이처럼 서민적인 정서가 관객들에게 더 친근하게 다가갔다.

말괄량이 딸의 사랑 이야기는 풍자적이면서도 서민적일 수밖에 없다. 그래도 더 사랑스러운 작품이다. 1981년 초연을 준비하면서 이토록 유쾌한 작품이 또 있을까 싶을 정도였다.

한국 초연이 갖는 의미는 자료가 부재하다는 것을 의미한다. 작품을 분석하는 과정이 어렵고 무대장치에 막대한 예산이 소요될 수밖에 없지만, 후진 양성을 위해서는 세계적이지만 국내에 소개되지 않은 공연들이 무대에 올려 져야 한다. 그래서 힘든 걸 알면서도 나는 초연을 결심했다.

당시 콜린으로 출연했던 남성 무용수는 훗날 국립발레단장이 되어, 2003년 「고집장이 딸」을 예술의 전당 오페라극장에 올렸다. 제자의 성장은 언제나 스승에게 훈훈함을 안겨준다. 설사 제자가 실수했을지라도 너그럽게 품어줄 수 있는 것이다.

실제로 내가 1984년 11월 9일~10일까지 한국에서 초연한 작품의 무대에 올랐던 제자들이 훗날 동 작품을 무대에 올리며 '초연'이라는 단어를 사용할 때가 있다. 옳지 않은 일이다. 세계 유수의 발레단이 보유하고 있는 레퍼토리는 초연작을 의미한다. 안무와 무대연출, 의상과 소품까지 철저한 분석과 고증을 거쳐 무대에 올리는 만큼 레퍼토리는 발레단의 자산인 것이다. 앞서 공연된 초연에서 영감을 받았다면, 그 사실을 적시하는 것이 바람직하다는 뜻이다. 「고집장이 딸」역시 언제나 새로운 것을 추구해왔던 서정자 물이랑발레단의 레퍼토리이다. 발레리나로서 초연작이 많다는 것은 자랑스러운 일이지만 때때로 상처가 되어 되돌아왔던 것도 사실이었다. 물론 이제는 그 상처마저 소중한 추억이다.

다시 「고집장이 딸」로 돌아와서, 음악은 페르난드 헤롤드 (Ferdinand Herold)의 작품이다. 귀족 중심의 발레가 서민들의 애환을 담아내자 대중들은 열광했다. 덕분에 유럽 각국에서 재공연이 이어져 1937년에 뉴욕공연을 시작으로 전 세계 유명 발레단의 레퍼토리가 되었다. 세계 각국에서 초연되면서 조금씩 각색되다 보니 오늘날 그 원형을 찾아보기 어려울 정도가 되었다. 음악 또한 계속 편곡되었으나, 1959년 로열발레단의 존 란스베리(John Lanchberry)에 의해 정리되었다.

시대가 변해도 공감할 수 있는 스토리로 전 세계인들에게 사랑받고 있는 「고집장이 딸」은 여전히 발레 문헌사에서 중요한 작품이다. 제3막으로 구성되었으며, 주인공은 활발한 농촌 소녀 리젯트와 그녀의 연인 콜린, 야심만만 어머니 시몬느, 성공한 지주 토마스와 그의 멍청한 아들 알랭이다.

안무를 위한 상세 설명
제1막

시몬느 여사가 이부자리를 털고 리젯트는 농가 바깥에서 초목들에게 물을 주고 있다. 콜린이 들어와 들고 있던 낫을 내려놓은 뒤 절구를 찧고 리늠 춤도 추며 리젯트와 함께 잠시 동안 발랄하고 애정 깊은 춤을 춘다. 시몬드가 이들의 행복한 시간을 중단시키고 콜린을 쫓아 버린다. 콜린은 리젯트와 그녀의 마을 친구들과 춤을 추기 위해 이따금 살금살금 되돌아온다. 잠깐이라도 리젯트와 불같은 시간을 맛보기 위해 애를 태운다. 이 장면이 끝나갈 즈음 토마스와 여자 꽁무니를 쫓아다니는 그의 아들 알랭이 도착한다.

토마스와 시몬느는 알랭과 리젯트의 혼사를 논의한다. 양쪽 부모는 기뻐하지만 리젯트와 알랭은 공포와 격렬한 절망감으로 서로를 쳐다본다. 이때 막이 내린다.

순서

1. 서곡 2. 수탉과 암탉 3. 리젯트의 리본춤 4. 콜린 솔로 5. 토마스와 알랭 6. 피크닉 7. 플롯춤 8. Fanny Elssler of pas de duxe 9. 시몬느의 춤 10. 콜린의 춤 11. 메이폴 댄스 12. 폭풍과 피날레

제2막

일을 끝낸 마을 사람들이 춤을 추고 있다. 시몬느와 토마스는 늙고 추한 모습임에도 서로가 마음에 들었는지 애교를 부리며 나타난다. 콜린은 리젯트가 다른 남자와 약혼했다는 소식을 듣고 시무룩해한다. 리젯트는 자신의 선택이 아니라고 말한다. 그리하여 그들의 부드러운 듀엣은 무엇과도 바꿀 수 없는 영원한 사랑을 표현한다. 뒤이어 이어지는 솔로는 발랄하게 표현한다. 집시들이 들어와 춤을 춘다. 알랭은 높이 날아오르는 도약을 통해 이 길을 지나간다. 이윽고 하늘이 어두워지고 우렛소리가 들리자 모든 사람들은 피할 곳을 찾아 뿔뿔이 흩어진다.

순서

1. 탬버린 춤 2. 농부의 춤 3. 시몬느의 리턴 4. 토마스와 알랭 5. Consterration & Forgiveness 6. pas de duex 7. 피날레(final)

제3막

어머니와 딸은 폭풍우를 피해 집안으로 서둘러 들어간다. 시몬느는 물레 앞에 앉고 그 발밑에 리젯트가 앉는다. 리젯트는 어떻게든 빠져나갈 궁리를 하지만 경계심이 심한 시몬느에게 번번이 들키고 만다. 콜린이 창문 위에 나타나자 리젯트는 시몬느에게 탬버린을 쥐어주고 어머니를 위한 춤을 춘다. 이내 시몬느는 잠에 곯아떨어진다. 콜린을 만나기 위해 리젯트는 어머니 손에 있는 열쇠를 훔치려고 하지만 어느새 어머니는 잠에서 깬다. 리젯트는 절망적으로 다시 춤을 춘다. 마을 사람들이 밀짚단을 갖고 들어와 테이블에 기대놓는다. 그들이 나갈 때 리젯트는 따라 나가지 않는다. 시몬느는 리젯트만 남겨두고 밖으로 나간다. 리젯트는 한순간 샐쭉해진다. 뒤이어 콜린과 결혼해서 아이를 갖는 상상에 잠긴다. 은밀한 내적 소망을 몸짓으로 표현하고 있을 때 갑자기 마을 사람들이 가져온 밀짚단이 산산이 흩어지며 콜린이 뛰어나온다. 리젯트는 몹시 당황하며 불같이 화를 내지만 이윽고 두 연인은 화해하고 스카프를 서로 교환한다.

시몬느가 돌아온 기척이 나자 리젯트는 밀짚단 속에 콜린을 숨기려고 필사적으로 애를 쓰지만 밀짚단을 전처럼 쌓을 수 없다. 하물며 콜린의 큰 덩치를 밀짚단 속에 숨기는 건 불가능하다. 하는 수 없이 콜린을 건초 두는 곳간 속에 밀어 넣고 어머니가 들어왔을 때 자기는 물레 앞으로 재빨리 달려가 앉는다. 그러나 시몬느는 리젯트의 목에 두른 콜린의 스카프를 발견한다. 그녀를 꾸짖고 벌주기 위해 침실에 넣고 문을 잠가버린다. 토마스와 알랭이 공증인과 마을 사람들 및 친구들과 함께 결혼 축가를 부르기 위해 도착한다. 시몬느는 알랭에게 열쇠를 주고 리젯트를 끌어 내오도록 한다. 그때 리젯트와 콜린이 다정하게 나타난다. 그 모습에 충격을 받은 시몬느는 거의 졸도

할 지경이다. 결혼을 강행하기에는 이미 늦었음을 깨닫는다. 마침내 시몬느는 리젯트와 콜린이 부부가 되는 것에 동의한다. 그리하여 성대한 결혼식과 축하연이 열린다. 농촌 풍경이 우리네 시골풍경과 흡사하며 풍년이었을 때 추는 춤도 비슷하여 친근감이 가는 작품이다.

✳ 짧은 인생에서 영원한 예술은 선물이다

「고집장이 딸」은 자료를 수집하고 분석하는 데 오랜 시간이 걸렸다. 음악을 해석할 때도 고증을 거치는 등 안무가로서 최선을 다했다. 어떤 일이든 쉬운 일은 없겠지만, 안무가에게 초연이란 어려운 작업이 아닐 수 없다. 실례로 자료를 분석하다 보면 내용들이 일치하지 않을 때가 많다. 안무에 있어 제3막까지 쉬지 않고 춤을 출 것인가도 고민했다. 주인공들의 테마 음악을 전체 음악의 흐름 속에서 어떻게 표현해야 할까? 작품의 구성 소재들이 극히 일상적이고 평범해서 오히려 어려움이 배가 된 것이다. 관객이 쉽게 이해할 수 있는 내용을 자연스럽게 이끌어나가면서 번뜩이는 재치와 유머 감각을 살려야 했기 때문이다. 동시에 발레가 가진 고유의 예술성과 품격을 담아야 했다. 어려움이 있었지만, 출연자 모두 작품을 이해하기 위해 노력하고 몸을 아끼지 않은 결과 지혜롭게 해결되었다.

농촌 풍경과 서정적인 배경은 친근한 요소로 다가온다. 자연과 아름다운 몸짓이 하나가 되는 시간 속에서 현대인들의 메마른 정서가 촉촉해지길 바라는 마음으로 어려운 이 작품을 선택하게 되었다.

인생은 짧지만 예술은 영원하다. 발레를 통해 나의 예술 세계를 전하고 싶다. 우리나라에서 선보이지 않았던 작품을 초연하는 것이 교육자로서 나에게 주어진 소명이라 생각했다. 학구적인 자세로 새로운 발레를 선보여, 무용계의 활력소가 될 수 있다면 또 하나의 기쁨이 될 것이다.

중앙대 출신 무용학과, 연극영화과 졸업생 및 계원예고 학생들의 우정 출연으로 순전히 아카데믹한 작품을 선보일 수 있게 되어 자부심을 느끼며 열심히 작품에 임한 제자들에게 다시 한 번 고마움을 느낀다.

아래 기사는 「고집장이 딸」 초연에 대한 평론이다.

초연을 통해 발레문화의 저변을 넓힌 발레리나

한국 초연만 이번으로 여섯 번째를 기록하는 서정자 교수는 한마디로 개척정신과 실험정신에 투철한 무용가로서 지칠 줄 모르는 창작 의욕을 보여주고 있다. 발레는 몸동작으로 하나의 주제를 표현해야 한다. 따라서 자신의 혼을 불어넣지 않고서는 예술로서 승화시킬 수 없는 어려운 분야이다. 이처럼 어려운 경지에 스스로 뛰어들어 일생을 불사른다는 것은 남다른 예술가로서의 기질과 정열을 타고난 사람이 아니고서는 불가능에 가까운 일일 것이다. 어려운 일일수록 끊임없는 도전을 필요로 한다. 그리고 도전에는 성취와 함께 좌절도 따르게 마련이어서 항상 새로움을 찾아 도전하는 서정자 교수와 같은 예술가는 자기과정에서 참다운 예술정신이 영글고 자신의 예술세계를 구축할 수 있을 것이다.

우리나라도 서양 못지않은 춤의 역사를 가지고 있지만 서양에서 비롯된 발레는 아직까지 대중적인 기반을 형성하지 못하고 있는 게 사실이다. 그럴수록 우리는 더욱 발레에 대한 관심과 사랑으로 그들을 격려해야 한다. 스트라빈스키의 「페트루슈카」, 라벨의 「볼레로」, 세자르 푸니의 「빠·드·꺄트르」, 「젠자노의 꽃의 축제」, 「비목」 등 어려운 작품을 한국 초연으로 무대에 올렸던 서정자 교수이니만큼 이번에 초연될 「고집장이 딸」 역시 훌륭한 성공을 거두게 되리라 믿는다. 후배를 지도하면서 자신의 창작세계를 지킨다는 것이 얼마나 어려운지는 당사자가 아니고서는 헤아리기 어려운 일이다. 그 두 가지의 일을 훌륭히 이끌어가고 있는 서정자 교수야말로 우리 시대가 한국문화예술 진흥을 필요로 하고 있는, 그리고 우리 시대에 꼭 있어야 할 예술가이다.

✳ 무리가 물처럼 부드럽게 흐르다,
서정자 물이랑 발레단

　　떼, 군중 등을 의미하는 '무리'와 물(水)의 흐름, 파도, 물결 등의 의미를 담아 '물이'다. 여기에 논이랑, 밭이랑 등 흙을 부드럽게 쌓아 올린 '이랑'을 더해 발레단의 이름을 '서정자 물이랑 발레단'이라고 정했다. 1980년 창단에 앞서 춤을 좋아하는 문화예술인들이 모여 창작에 대한 이야기꽃을 피웠다. 대학로 작은 공간에서 새벽 2시가 지나도 좀처럼 지칠 줄 모르고 토론을 했던 것이다. 당시 나의 작품세계와 작품 의도를 잘 알고 계시던 구희서 선생(당시 한국일보 문화보 기자였으나 후에 문화부장 역임)께서 발레단의 이름을 '서정자 물이랑발레단'으로 제안하셨다. 한국적이고 창의적이며 부르기 쉽고 춤과 연결되는 어휘, 협동심 등 뜻이 담긴 명칭이었다.

　나를 비롯해 모두가 좋은 이름이라 생각했다. 이후 서정자 물이랑 발레단이라는 단체명으로 한국적 정서가 담긴 창작 발레공연을 펼쳤다. 문화부 기자로서 서정자 물이랑발레단에 늘 관심과 애정으로 격려와 협조를 주셨으니 「분이네 외가촌」 등 창작 발레가 공연으로 무대에 오를 때마다 도와주심에 늘 감사했다. 의상에서도 한국적 정서가 담길 수 있도록 조언도 아끼지 않았다.

　물이랑이라고 하자 프랑스 말이라 착각하는 사람들도 있었다. 순 우리말이라고 하면 더욱 흥미로워했다. 이후 서정자 물이랑발레단은 한국적 정서를 담아 작품을 창작하고 전국 각지로 순회공연을 다녔다. 1980년대는 무용단과 연극단 등 문예 진흥을 위한 전문적인 단체가 속속 창단되었다. 서정자 물이랑발레단 역시 문화공보부에 공연 허가증을 받은 단체로서 설립 취지와 목적을 살려서 왕성하게 활동했다. 당시 소극장 활성화를 위해 실험적 작품을 산울림소극장, 3&5 소극장, 문예회관 소극장 등에서 선보이며 한국적 창작발레가 세계로 나아가는 것을 지향했다.

많은 단체가 문예진흥원으로부터 지원금을 받아 작품 활동을 전개해왔으나, 서정자 물이랑발레단은 지원금을 신청하지 않았다. 우리가 추구해온 작품세계는 전통적 소재와 음악, 의상디자인, 동작 구성 등이었으나 당시 이를 이해하는 사람들이 많지 않았다. 궁극적으로 발레가 발전하려면 한국적 창작 발레가 절실하다는 신념 아래 욕심내지 않고 제자들과 좋은 작품을 선보이고자 노력했다. 한국적인 춤사위를 발레 작품 속에 발현하는 동시에 세계 속에 우리 민족의 고유한 정신을 알리기 위해 다양한 도전을 해왔던 것이다. 삶의 목표를 새로운 예술로 정하고 지속적으로 노력하면 머지않아 전 세계가 감동할 수 있는 훌륭한 작품이 탄생할 것이라 확신했다. 다양한 어휘가 글의 완성도를 높이듯 발레 역시 새로운 동작 추구가 완성도를 높인다. 의상도 한국적인 멋을 담아내는 데 주력했다. 일본 동경에서 열린 아시아태평양 국제발레콩쿠르 참가자 「해적」의 발레 의상은 클래식 튜튜에 십장생 문양과 색채를 사용했다. 파도 물결을 그려 넣은 의상은 최고의 찬사를 받았다. 세계인들에게 한국문화예술의 우수성을 알리는 데 앞장서고 싶었다.

우리가 무대에 올렸던 한국적인 작품은 아래와 같다.

장일남 작곡, 한명희 작사의 가곡 「비목_1980년」을 시작으로 「가야금 산조를 위한 솔로_1987년」, 「무용총의 인상_1989년」을 비롯해 50여 곡의 가곡을 발레공연으로 무대에 올렸다.

대한민국 무용제 참가작으로 「천·지·인 세거리 세 걸음을 위

한_1984년」과 아시아문화예술축전 참가자 「사군자 선비사상_1986
년」, 「삼작노리개 어인의 정서와 정조의 미_1987년」, 한국일보사
의 시인만세 참가작 「무슨 꽃잎으로 문지르는 가슴이기에 이다지도
슬픈가_1986년」의 「승무_1987년」, 「경_1987년」, 「학 외다리로 서
다_1987년」, 「어부사시사_2009년」, 「충·효·지·예_2009년」, 「서예가
의 아리랑_2013년」, 「사랑_2017년」 등 한국의 전통적 문화를 소재
로 한 창작발레를 발전시켜나가며 한국의 발레의 세계화를 위해 노
력했다.

테크닉에서도 한국적인 동작을 표현하기 위해 신한승의 택견, 육
태안 사범의 무예, 수벽치기, 한국 무용의 살풀이, 승무 등을 배웠
다. 한국의 태권도 동작도 응용해 새로운 동작을 표현하는 등 학문
적인 발전도 이루어나갔다. 발레단의 단원은 문화예술계의 동호인,
전공자, 제자 및 후배, 무용교사 등이었으며 방배동 인근에 연습실
두 곳을 마련하여 열정적으로 작품 활동에 임했다. 우리가 해왔던
새로운 시도는 발레의 지평을 넓히며 한국적 창작 발레의 우수성을
입증하는 데 많은 기여를 했다.

✳ 실험적 도전으로 완성시킨 한국적 창작 발레

삶을 사랑하듯 발레를 사랑해왔던 내가 지속적으로 한국 창작발레를 무대에 올릴 수 있었던 것은 서장자 물이랑발레단 단원들과 후원해주는 분들의 도움 덕분이었다. 단원들 대다수가 제자였으니 연습이 끝나면 항상 다과 시간을 갖고 서로의 생각에 귀를 기울였다. 힘들 때는 위로해주고 기쁜 일은 함께 축하해주었다. 진심으로 단원들을 사랑했기에 외부 축하연이나 행사에 참석한 뒤에는 어김없이 떡을 담아와 단원들에게 나눠주었다. 작은 선물이지만 늘 제자들을 생각하고 있다는 사실을 표현하고 싶었던 것이다.

사실 발레는 무대 앞보다 무대 뒤가 더 힘들다고 해도 과언이 아니다. 스포트라이트를 받는 무용수가 되기 위해서는 헤아릴 수 없이 많은 땀을 흘려야 하기 때문이다. 공연을 기획하고 준비하는 과정도 복잡하고 어렵다. 무용수라면 누구나 겪어왔던 고충이다. 혹한의 추위를 견디고 이겨내는 꽃만이 봉오리를 피울 수 있는 것처럼 하나의 작품이 탄생하려면 모두의 노력이 필요하다. 서로의 부족함을 채우기 위해서는 배려와 존중도 필요하다. 그래서 아름다운 공연을 하기 위해서는 테크닉보다 인성이 중요한 것이다. 공연이 끝난 뒤 들려오는 환호 소리는 우리를 다시금 일어나 뛸 수 있게 해준다. 공연이 끝나면 다시금 새로운 공연을 준비할 수 있는 힘을 얻게 되는 것이다.

세상의 많은 번민과 고뇌 그리고 사랑을 몸짓으로 표현해야 하는 발레, 오직 상체의 움직임과 표정만으로 기쁨과 슬픔, 분노와 절망, 희망과 환희를 표현해야 하기에 우리는 언제나 세상을 사랑하고 새로운 것을 향해 도전해야 한다. 슬픔이 마음속에 자리한다면, 미움과 분노로 가득하다면 그리고 더 이상 도전하기를 멈춘다면 우리의 감정도 무디어지기 때문이다.

평생을 발레리나로 살아간다는 것은 힘든 일이지만, 나는 생이 끝나는 날까지 그 길을 향해 나갈 것이다. 그 생각만으로도 슬픔은 기쁨이 되고 외로움은 따뜻함이 된다.

✳ 한국적 발레 창작은 시대적 사명 「분이네 외가촌」

「분이네 외가촌」은 하얀 물거품이 일렁이는 바다와 세월의 흔적을 고스란히 담아낸 고목 등 아름다운 정경으로 둘러싸여 있다. 높은 산과 푸르른 들판도 아름답다. 바위 사이에 핀 작은 들꽃들조차 사랑스럽다. 분이는 외가촌이 좋다. 그중에서도 할머니와 할아버지를 가장 사랑한다. 자신을 반기는 친구들도 정겹다. 분이는 푸른 풀밭에 누워 언젠가, 이곳에서 와서 살게 될 날을 꿈꾼다. 분이의 감정을 클라리넷과 바이올린 소나타에 맞춰 현대 발레 테크닉으로 표현했다. 한국적인 풍경을 발레의 소재로 삼은 것은 각박한 도시 생활에서 벗어나 자연에서의 휴식을 취할 수 있도록 하기 위함이었다. 도시화된 생활 속에서 잠시라도 잊혀진 한국의 시골문화와 정서를 통해 감성적 여유를 갖길 바람이었다. 외가촌 가는 길목에 강물이 흐르고 있어서 헤엄을 쳐 강을 건너기도 한다. 손에 손을 맞잡고 어깨에 무등을 타는 등 가는 길목과 물결이 넘실대는 강가가 정겹다.

✳ 사랑의 기쁨과 슬픔 「생의 여로」

제1장 청년기(사랑)

당신에게 사랑의 편지를 쓰고 있을 때면 등불이 귀를 기울이는 것만 같다. 1초, 2초…. 시간도 우리의 사랑에 귀를 기울인다. 곧 잠이 들면 아마도 우리는 함께 할 수 있게 될 것이다. 등불은 따스하고 나 또한 사랑의 열병이 뜨거워졌다. 당신의 목소리, 당신의 목소리가 들려오는 것 같다. 입술 위로 떠오르는 당신의 이름. 손가락에 스며드는 당신의 따뜻함. 지난날의 포근한 사랑이 아직도 따스하여 당신의 가냘픈 심장은 내 가슴속에서 흐느낀다. 이것은 꿈속일까? 사랑을 하는 것이 나인지 당신인지 알 길이 없다.

제2장 장년기(출산)

아버지, 어머니, 나

부모님과 함께하는 온화하고 화목한 분위기. 그와의 아름다운 사랑의 속삭임을 부모님은 이해할 수 있을까? 나와 당신은 언제나 유토피아를 향하지만, 우리에게 주어진 젊음의 시간은 너무나도 짧다. 해야 할 일도 많고 갈 길도 멀지만, 훗날 나는 사랑의 결실을 맺은 장년기를 맞이하고 싶다. 자식을 향한 부모님의 사랑은 어떤 모습일까? 자녀가 부모님께 드려야 할 사랑이란? 젊음의 향연은 희망찬 미래를 준비하는 과정에서 고통으로 다가오지만, 그 고통조차 생명력으로 용솟음친다. 이를 정적인 동작과 동적인 동작의 흐름으로 구성했다.

제3장 노년기(공허)

　어둠의 장막이 드리워진 텅 빈 홀에 한 여인이 앉아 있다. 지난 세월을 반추하는 지금, 기쁨과 슬픔, 보람과 후회가 머릿속을 가득 채운다. 느린 템포의 리듬이 한층 더 차갑게 다가온다. 인간이란 그 누구도 죽음의 길을 피할 수 없다. 아직은 죽음이 찾아오지 않았으니 힘이 있는 한 조금 더 충실히 살아보겠노라 다짐한다. 공허한 마음은 파도와 함께 저 멀리 보내자. 여인은 묵묵히 앉아 깊은 생각에 잠긴다.

✳ 대한민국 무용제 참가작 「천·지·인」

제7회 대한민국 무용제 참가작 「천·지·인」의 주제는 만남이다

첫째 거리는 이끌림, 둘째 거리는 만남, 셋째 거리는 어울림이다. 세 걸음을 통해 사람과 사람은 서로에게 이끌리고 만나고 어우러져 마침내 조화로운 하나가 된다. 주제의 해법은 지·인·천의 순서로 안무를 구성했다. 이끌림을 동그라미, 만남을 네모, 어울림을 세모로 형상화했다.

○, □, △는 하늘과 땅과 사람을 의미한다. 하늘과 땅과 사람이 하나가 되는 것이야말로 수천 년간 이어져 내려온 우리 겨레의 숨은 슬기이다. 삶의 신비로운 이치를 발레로 승화한다는 것은 결코 쉬운 일이 아니었다. 「천·지·인」을 준비하면서 많은 사람들이 이해하고 감동해 줄 것이라 기대하지 않았다. 실험 정신이 강한 만큼 관객 중 30%만 공감해줘도 성공적인 공연이라 생각했으나 더 많은 사람들이 공감해 주어 기뻤다.

안무를 위한 상세 설명

첫째 거리, 이끌림: □는 땅의 상징으로 머뭇거림, 서두르지 않고 천천히 다가가기를 되풀이하는 이미지를 연출했다.

둘째 거리, 만남: △는 사람의 상징으로 부딪히고 어긋나면서도 서로에게 스미고 섞이는 과정을 표현했다.

셋째 거리, 어울림: ○는 하늘의 상징으로 마침내 어우러져 하나가

된다. 함께함으로 인해 새로이 하나를 이룬다.

각 거리(첫째, 둘째, 셋째)에 따른 창작곡도 4박자, 3박자, 6박자로
하여 각각 새로운 장면을 연출했다.

✳ 아시아문화예술축전 참가작 「사군자」

       사군자를 문자 그대로 해석하면 네 명의 현명한 사람, 즉 학자를 뜻한다. 동양의 학자는 지성인으로서 고매한 겸양과 수양, 멋을 상징한다. 「사군자」는 4가지 식물의 아름다움과 그 식물로 상징되는 선비들의 아름다운 정신을 주제로 했다. 눈 속에서도 굽힘 없이 꽃을 피우는 매화의 의지, 청산에 숨어서도 십 리 밖까지 향기를 뿜는 난초의 기품, 모든 꽃이 지는 계절에 홀로 피는 의젓한 국화의 지성, 청렴으로 상징되는 대나무의 절개. 이 모든 것은 선비의 삶을 은유한다.

  전통적인 발레에서 흔히 볼 수 있는 스토리텔링을 추상 발레와 극적 발레의 2중 구조로 구성했다. 장면을 4개로 나누고 매(梅)는 수련, 난(蘭)은 정진, 국(菊)은 출사, 죽(竹)은 절개로 구분, 한국인의 자랑스러운 민족정신을 담았다. 자칫 서구의 음악과 소재에 갇히기 쉬운 발레가 이 땅에 우리의 것으로 굳건히 뿌리내리길 바란다. 그리고 전통적인 소재와 민족의 혼이 깃든 춤사위, 전통예술을 적절히 수용해 발레의 저변을 넓히고 싶다.

안무를 위한 상세 설명

1. 수련: 주제는 엄동설한에도 꽃을 피우는 홍매의 의지이다.
2. 정진: 타인의 시선을 의식하지 않고 엄격한 자기단련에 들어간 정진의 자세를 표현했다.
3. 출사: 서리 내린 들판을 향해 너그러운 향기를 뿜는 황국의 덕스

러움이 주제이다.

4. 절개: 불의에 타협하지 않는 지식인의 양심을 주제로 한다. 파멸을 예감하면서도 절개를 지켜 죽음을 맞이하는 선비와 그를 애도하는 사람들. 선비의 죽음은 어둠을 빛으로 변화시키는 거대한 횃불이 된다. 후대는 이를 추모하고 본받아야 할 의무가 있다.

✳ 여인의 정서와 정조의 미 「삼작노리개」

삼작노리개란 우리나라 여인들이 옷고름에 차던 옛 장신구다. 고운 빛깔의 아름다운 매듭과 산호, 옥, 마노, 칠보가 장식된 삼작노리개는 세 개를 한 짝으로 한다. 화려함 속에는 절개가 깃들어 있다. 은장도는 여인의 정조를 의미한다. 이것은 또한 언제 어디서나 바느질도 할 수 있어 실용적이기까지 하다. 조상의 지혜가 깃든 공예품이 아닐 수 없다. 옛 여인들의 의연한 규범 안에서 삶의 지혜를 넘어 우주의 질서까지 느껴지게 한다.

안무를 위한 상세 설명
제1장

주인공 분이는 어머니에게 삼작노리개를 물려받는다. 어머니는 점점 성숙해가는 딸에게 노리개와 함께 여인이 지켜야 할 삶의 규범을 가르친다. 화창한 봄날, 분이는 사냥을 나온 젊은 무인 갑식을 만난다. 갑식은 급히 마시는 물에 체할까 봐 버들잎을 훑어 띄어주는 분이의 지혜에 감동하며 애정을 품는다. 두 사람의 진실한 사랑은 마침내 분이 부모의 허락 아래 결혼에 이른다. 성대한 축하잔치 속에서 분이는 진정한 여인이 되었음을 느낀다.

제2장

정숙한 여인 분이는 벼슬길에 오른 남편 갑식을 위해, 어린 딸을 위해 지극한 정성을 다한다. 그러나 강직한 무신으로서 신념을 굽히지 않았던 갑식은 조정의 오해를 받아 귀양길에 오르고 만다.

제3장

사랑하는 남편을 지키려는 분이의 의지와 지혜는 그 어떤 어려움 속에서도 꺾이지 않는다. 신문고를 올려 남편의 억울함을 하소연하기 위해 분이는 어린 딸을 데리고 천릿길을 걷고 또 걸었다. 모녀의 정성과 의연함에 감동한 조정은 마침내 갑식의 상소문을 다시 조사하고 그 뜻을 깨달아 귀양을 풀어준다. 고향에 돌아와서 벌린 축하 잔치에서 분이는 소녀로 성장해가는 어린 딸에게 어머니에게 받은 한국 여인의 정조와 아름다움을 상징하는 삼작노리개를 물려준다. 어머니에게서 딸에게로 대물림되는 것은 비단 삼작노리개만이 아니다. 삶의 지혜와 의연함, 정조까지 이어진다. 이는 우주의 지혜가 이어지는 것과 다르지 않다. 이 사실을 축하하기 위한 군무는 하나의 의식처럼 보인다.

드라마틱한 발레를 위해 전체를 세 개의 장으로 나누고 새로운 춤의 언어를 찾는 데 집중했다. 한국 여인의 슬기로운 자태와 착하고 아름다운 여인의 삶을 발레 동작으로 묘사했다.

✳ 한국적 정서가 담긴 가곡 발레「그리운 금강산」

누구의 주제련가 맑고 고운 산
그리운 만이천봉 말은 없어도
이제야 자유만민 옷깃 여미며
그 이름 다시 부를 우리 금강산
수수만년 아름다운 산 못 가본지 몇몇 해
오늘에야 찾을 날 왔다. 금강산은 부른다.

유럽에서 만들어지고 발전한 발레가 한국인의 정서에 맞을까? 이는 한평생 내가 풀어야 할 과제였다. 오랜 시간 뒤 깨달은 답은 바로 한국의 가곡이다. 발레 곡으로 한국적인 가곡을 선택한다면 공연 또한 한국적인 표현이 가능하기 때문이다. 실제로 가곡을 듣고 있으면 한국의 정취가 느껴진다. 질곡의 역사를 살아온 한민족의 한(恨)과 희망찬 내일을 향한 기상이 담겨 있기 때문이다. 더욱이 가곡은 우리에게 친근한 음악이다. 음악을 듣는 것만으로도 그 안에 담긴 우리의 역사와 정서적 스토리가 연상되기 때문이다.

금강산 일만이천 봉은 수려한 아름다움과 함께 많은 설화를 품고 있다.「그리운 금강산」은 이를 표현함과 동시에 우리 민족이 처한 분단의 슬픔과 이를 넘어 하나가 되고자 하는 굳은 의지를 담아 표현했다.

✳ 「울밑에선 봉숭화야」

울 밑에 선 봉숭화야 네 모양이 처량하다
길고 긴 날 여름철에 아름답게 꽃필 적에
어여쁘신 아가씨들 너를 반겨 놀았도다.

홍난파의 대표작 봉선화는 바이올린 독주곡 「애수」의 선율에 시인 김형준이 가사를 써서 1925년 봉선화로 발표되었다. 담담하고 기품이 높은 봉선화는 한 민족의 강인함으로 승화되었고 식민치하 당시 저항 정신을 상징했다. 원래는 봉선화였으나 지금은 봉숭아로 불린다. 창작 발레 「울밑에선 봉숭화야」는 2003년 초연 후 러시아 초청공연, 국내 재공연된 바 있다. 해금연주로 작품의 깊이를 더해 관객에게 큰 감동을 주었다.

「울밑에선 봉숭화」의 애상 띤 가락으로 일본 제국주의 아래 고통받는 겨레의 모습을 표현하기 위해 쌀을 키로 고르는 모습을 담았다. 실제로 많은 사람들이 이 노래를 부르며 자신의 처량한 신세를 생각하며 눈물지었다. 이를 기조로 하여 카자흐스탄, 키리키즈스탄, 우즈베키스탄에 거주하는 고려인들의 슬픔을 위로하고 싶었다.

✳ 「승무_僧舞」

　얇은 사(紗) 하이얀 고깔은 고이 접어서 나빌레라 / 파르라니 깎은 머리 박사(薄紗) 고깔에 감추오고 / 두 볼에 흐르는 빛이 정작으로 고와서 서러워라 / 빈 대(臺)에 황촉(黃燭)불이 말없이 녹는 밤에 오동잎 잎새마다 달이 지는데 / 소매는 길어서 하늘은 넓고, 돌아설 듯 날아가며 사뿐히 접어 올린 외씨버선이여 / 까만 눈동자 살포시 들어 먼 하늘 한 개 별빛에 모두 오고 / 복사꽃 고운 뺨에 아롱질 듯 두 방울이야 / 세사에 시달려도 번뇌는 별빛이라 / 휘어져 감기 우고 다시 접어 뻗는 손이 깊은 마음속 거룩한 합장인 양하고 이 밤사 귀또리도 지새우는 삼경인데, 얇은 사 하이얀 고깔은 고이 접어서 나빌레라

　조지훈 시인의 승무는 승려의 춤사위와 의상의 움직임이 어우러진 달밤의 산사를 묘사하고 있다. 승무를 통해 시(詩) 안에 숨 쉬는 한국의 향기를 표현하는 데 초점을 맞췄다. '한국인이 사랑하는 시가 발레공연이 된다면, 얼마나 아름다울까?' 하는 그런 마음에서 이 작품을 시작하게 된 것이다.

　시에 은밀히 숨겨진 표출되지 아니한 묵상 세계, 정적인 율동 공간을 그리며 떨어지는 한삼(韓衫)의 곡선을 표현했다. 우리 민족의 춤사위와 의상을 서양화하여 새로운 발레 형태로 구축했다. 한국 전통무용의 승무를 창작품으로 현대적 발레로 안무하게 한 나 자신이 자랑스러웠다. 한국적 정서를 최대화하기 위해 의상은 소창의 자연색

을 그대로 이용했다. 조명이 비치면 아름다운 색감의 멋을 자아냈다.
소창이란 옛 여인들이 아기들의 기저귀로 사용했던 소재다.

✳ 「경_經」

       참 회계를 소재로 한 「경」은 승려들의 독경에서 흘러나오는 여러 가지 분위기를 동양적으로 표현한 창작 발레이다. 경의 분위기를 압축해 가장 정적인 내용으로 구성했다는 점에서 매우 이색적이었다. 당시 연세대 음대에 계시는 이영조 교수님의 작곡이 한국적이라 안무하게 된 작품이다.

  살생한 죄 오늘 참회, 도적질한 죄 오늘 참회, 사음한 죄 오늘 참회, 거짓말 한 죄 오늘 참회, 남은 죄 없도록 모든 죄 오늘 참회한다는 내용으로 실험적 창작을 시도했다. 깊은 산속에서 들려오는 자연 소리와 산사에서 울리는 풍경 소리가 아름답다.

✳ 「소요유_逍遙遊」

　　　　　인간의 현실 세계는 여러 가지 내·외적 제한이 있어 그것이 사람을 구속한다. 삶과 죽음, 가난과 부, 도덕과 권위, 명예와 체면 등에서 해방되어 아무런 속박 없이 절대의 자유로움에서 노니는 것을 장자(莊子)는 소요유(逍遙遊)라 했다. 세상사의 욕심을 떠나 대자연의 커다란 품에 안겨 우주 본체와 일치하는 초월에 이르렀을 때 비로소 터득될 수 있다. 사람은 이때야 참된 행복을 얻게 된다. 이 또한 '한국의 소리'를 작곡한 연세대 이영조 교수님의 작품에서 찾았다.

✳ 「옥수수밭」

        시골 아낙네들이 옥수수밭에서 호미질을 마치고 휴식을 취하며 춤을 춘다. 풍작이 되길 기원하며 즐겁게 빙글빙글 돈다. 아름다운 시골 정경에서 춤의 소재를 얻은 작품이다. 한복을 입은 무용수들로 인해 발레가 한 층 친근해질 것이다. 소창을 소재로 한 한복을 통해 발레작품의 수수하고 온화한 멋을 자아냈다.

✳ 「아리랑 연정」

　　　　　아리랑은 아주 오래전부터 사랑받아온 민요로서 저항과 희망을 담고 있다. 각 지역에 따라 50여 가지의 아리랑이 있으며 그 곡만 3,000여 개에 이른다.

　「아리랑 연정」은 밀양아리랑, 진도아리랑, 경기아리랑으로 구성되었다. 처음 곡은 밝고 쾌활한 반면 두 번째 곡은 억양이 격렬하고 애절함으로 가득 차 있다. 대조적인 두 민요에 이어 물이 흐르는 듯 투명한 아름다움을 가진 경기도 민요가 마무리를 장식하며 하나를 이룬다. 클라이맥스에서 바이올린 솔로와 가야금을 통해 표현된 다이내믹한 선율은 정말 매혹적이다. 아리랑과 함께 농촌 마을에 사는 여인네들의 삶을 아련하게 표현했다.

안무를 위한 상세 설명

　(깜깜한 무대)

　한 줄기 바람이 불고 지나가자, 무대 맨 앞 중앙에 빈 꽃바구니 위로 하얀 스포트라이트가 집중된다. 침묵의 무대. 이윽고 무대 중앙 맨 뒤에서 한 소녀가 스포트라이트를 받으며 나비처럼 좌에서 우로, 우에서 좌로 중앙의 꽃바구니를 향해 다가온다. 꽃바구니 앞에서 무릎을 꿇고 앉아 바구니를 두 손으로 보듬어 안으려는 순간 뭔가를 발견하고 고개를 치켜든다. 순간 놀라움과 수줍음을 느낀다. 심장이 두근거려서 잠시 머뭇거리다가 바구니를 보듬어 안고 홀연히 사라진다. 아랑은 그를 그렇게 만났다.

천황산 산자락(밀양)과 사자평의 억새밭(무대의 배경이면 억새밭이면 더우 좋다.)이 펼쳐진다.

봄나물을 캐러 언덕에 오른 아랑은 짓궂은 한 줄기 바람에 삐끗해 바구니를 놓친다. 데굴데굴 굴러떨어진 바구니는 한 사나이의 발끝에서 멈췄다. 아랑은 바구니를 쫓아 내려온 뒤 바구니를 보듬어 안으려는 순간 사나이를 발견한다.

그들의 사랑은 그렇게 시작됐다. 그러나 신분의 격차가 너무도 컸다. 아랑은 양반댁 규수였고, 수려한 인물의 사내는 비천한 신분이다. 둘의 사랑은 이루어질 수 없었다. 사내는 고향 진도로 내려가 공부를 한 뒤 과거에 급제해 돌아오겠다는 말을 남기고 떠난다. 무심한 세월은 속절없이 흐른다.

(침묵과 암흑의 무대)

다시 한 줄기 바람이 지나가고 무대 맨 앞 중앙에 하얀 스포트라이트를 받고 있는 바구니. 그러나 그것은 늙은 노파의 일그러진 얼굴마냥 색 바래고 조금은 쭈그러지기까지 했다.

무대 맨 뒤 중앙에 나타난 여인 아랑.

음악이 시작되고 사랑의 회환, 이별과 긴 세월의 기다림을 고뇌로 표현한다. 아랑은 일그러진 바구니를 부여안고 먼 길을 떠난다. 진도로 향하는 것이다. 사랑하는 사람을 볼 수 있다는 기대감에 벅차지만 한편으로는 불안하다. 결국 그는 진도에 없었다. 아랑은 경기(한양)로 향한다. 문경새재였던가? 지친 아랑은 비탄에 빠져 괴로워한다. 그 순간 사또가 행차한다는 소리와 함께 나팔이 울린다. 슬픔에 일그러졌던 아랑의 얼굴에 환한 미소가 번진다.

그러나 이는 환청이었던가? 짓궂은 바람의 장난이었던가? 아랑은 세월에 낡은 바구니를 부여안고 기력을 다한다.

(『시사경제 매거진』 평론 기사)

창작발레공연 활성화 결실,
서구발레에서 한국 발레의 미를 찾다

제정러시아의 표트르 대제는 고리타분하고 경직된 귀족사회를 혁신하기 위해 정열적인 서구화를 추진했다. 정치, 행정, 군사 분야에서 눈부신 발전을 이뤘고 발트해 연안에 빛나는 황금도시, '상트페테르부르크'가 세워졌다. 하지만 러시아를 진정으로 풍요롭게 만들고 귀족들에게 활력을 불어놓은 것은 다름 아닌 문화였다. 르네상스 시대 이탈리아 궁정에서 탄생한 발레는 '프랑스로 건너가 꽃피웠는데 제정러시아의 표트르 대제에게 발레는 서구화의 상징이자 러시아 궁정에 새로운 정신적 가능성을 불어넣을 기회였던 것이다. 하지만 공교롭게도 제정러시아 발레를 발전시킨 주역은 모두 외국인 특히 프랑스, 이탈리아인이었다. 자국의 문화 발전을 위해서 적극적인 인재 영입 정책으로 일관했던 표트르 대제와 뒤를 이은 예까트린 여제의 노력과 배려로 이 프랑스인들은 제정러시아의 발레에 초석을 마련하고 발전시킨 것이다. 그 결과 현재 러시아는 프랑스만큼 유명한 발레 대국이자 문화 수출국의 자리를 차지하고 있다. 결국 발레는 국가 간 상호 간 교류가 필수적인 것이다. 우리에게 부족한 것이 있다면 적극적으로 받아들이고 계승하는 한편 우리만의 색깔을 입혀 체득하는 과정을 거쳐야 진정 한국 발레를 창조하고 발전시킬 수 있을 것이다. 그런 의

미에서 서정자 대표는 한국 발레의 엘리트 코스를 거치고 외국의 문물을 가장 먼저 체득한 교육자라는 점에서 기념비적인 인물이다. 그가 보고 배운 전통 발레는 영상시대에 이르러 디지털 영상을 한국 발레에 결합하고 있으며 앞으로 더 놀라운 변화를 모색하고 있다.

『시사경제 매거진』 제58호. 2011.12

✳ 다시금 무대에 올리고픈 「어부사시사」

　　　　　　　　파란만장한 고산의 삶을 평면적인 스토리가 아닌
그의 대표작 「어부사시사」의 봄, 여름, 가을, 겨울에 맞춰 구성했다.
서양의 발레와 우리 전통 창(唱) 그리고 배경영상으로 서예가 어우러
진 무대를 선보이고 싶었다. 이를 위해 윤선도의 고향과 해남으로 현
장 답사를 다니며 고산의 정신을 느끼고 이를 안무에 녹이는 데 집중
했다. 고산 윤선도는 어지러운 시대에 맞서 당당하게 살아간 진정한
정치가요, 학자요, 위대한 시인이다. 그의 삶을 발레로 재조명하면서
불의에 맞선 강직함, 그의 문학 작품 속에 담긴 자연에 대한 사랑을
주제로 선택했다.

　방황하는 고산에게 곧은 방향을 제시해주는 해신(海神)도 등장한
다. 고산에게 위기와 절망을 안겨주는 간신들을 상징적 캐릭터를 등
장시켜 작품의 중심을 잡았다. 문자의 이미지를 새로운 형태로 표현
한 서예와 민화로 압축된 영상을 배경으로 극적 분위기를 높였다.
음악은 전통적 요소와 현내적 요소가 혼합된 창자 음악과 창으로 구
성했다. 발레 역사상 최초의 시도였다. 어지러운 세상에 곧은 충절
과 자연을 사랑하는 마음으로 살다 간 고산 윤선도의 고귀한 삶을
춤과 창 그리고 서예를 통해 안무한 것이다. 그런 의미에서 「어부사
시사」는 교육자로서, 공연예술가로서 배우고 익힌 모든 것을 쏟아낸
공연이라고 말할 수 있다. 동서의 융합으로 새로운 영역을 구축하는
도전이었기 때문이다. 아주 큰 황포돛대는 고산의 삶을 상징한다.

안무를 위한 상세 설명

1. 프롤로그: 고산과 해신의 실루엣 영상으로 고산의 생애를 압축한다.

2. 봄: 어릴 적부터 총명하여 소학 등 학문을 일찍이 마친 고산은 가문의 혈통을 잇기 위해 양아들이 된다. 수학을 위해 입산하여 자연을 벗하며 은공 스님의 가르침을 받는다.

3. 여름: 고산은 왕의 부름을 받고 입궐하여 왕세자를 가르치는 스승이 된다. 그러나 이를 시기하는 간신들이 고산을 유배시키려고 한다. 그때 나라는 왜구와 청나라의 침입으로 혼란에 빠지고 조정은 부채가 극에 달했다. 나라 운명을 걱정하던 고산은 왕에게 상소문을 올린다.

4. 가을: 세상은 변하지 않고 더욱 혼란스러워진다. 고산은 모든 것을 버리고 어지러운 육지를 떠나 보길도에 머문다. 어부들과 진실한 우정을 나누며 그들을 위한 어부사시사를 짓는다.

5. 겨울: 간신들의 모함으로 유배된 고산은 오지에서 비참하게 지낸다. 유배에서 풀려나 고향에 돌아온 뒤 재산을 백성들에게 나누어주고 죽음을 준비한다. 그리고 세상을 떠난다.

6. 에필로그: 고산은 세상을 떠났으나 그가 추구한 정의로운 세상이 펼쳐진다. 고산을 지켜주던 해신, 가족, 은공 스님, 왕 그리고 고산을 모함하던 간신들조차 고산을 섬기며 화해의 춤을 춘다. 계절의 표현과 고산의 상소문 전문 들은 서예작품으로 표현하고자 직접 붓글씨를 써내려 간 장면을 영상에 담아주셨던 무산 선생님께 감사드린다.

아래 글은 어부사시사 공연에 대한 뉴스 매거진의 당시 관련 평론 기사이다.

동·서양 전통·현대 예술혼 접목
천상의 언어 달군 한국적 발레
춤·창·서예의 만남 발레 「어부사시사」

자랑스러운 한국인으로서 한국적 발레를 위해 평생토록 예술혼을 불태우는 발레리나 서정자. 그에겐 진실로 나이가 의미가 없다. 1942년생이면 올해 만 67세다. 그러나 그는 아직도 젊다. 젊음이 넘쳐날 뿐 아니라 식을 줄 모르는 정열을 내뿜고 있다. 그동안 오래도록 갈고 닦은 예술혼의 결정체. 그는 올 3월 국립극장 달오름에서 어부사시사란 발레작품을 무대에 올려 큰 반향을 일으켰고 우리 예술계에 불멸의 족적을 남겼다. 프리마 발레리나 서정자. 그는 창조 예술의 지평을 넓히기 위해 태어났고 창작 예술을 찬찬하게 꽃피우기 위해 이 땅 위에 오롯이 서 있다. 핑크색 토슈즈를 신고 춤추기 45년. 발레가 곧 그 자신이다. 이 때문에 무대 위에서 생명이 다하도록 무용예술가의 의지를 달구고 땀으로 범벅이 되어 아름다움을 향해 몸부림친다. 성공적인 공연을 위해 무용예술가는 끊임없이 창작의 열정을 불태운다. 온몸이 요동친다. 흘러가는 시간들이 고령이 되어도 춤을 추고 싶은 욕망은 끝 간 데 없다. 음악이 흐르고 오묘하게 공간을 가르는 팔, 다시 몸이 뛰고 또 돈다. 다리가 눈부시게 또 다른 공간으로 뻗힌다. 어느새 백조가 된 무용예술가는 호수 위를 노니는 듯하다. 서양의 고전무용을 대표하는 장르가 발레다. 화려한 춤동작과 양식화된 무대의상은 르네상스 시대의 예술 세계를 오늘에 전해주는 서구문화의 전당 역할을 톡 톡히 해낸다. 그 서양 발레를 가장 한국적인 아름다움으로 표현해 온 사람이 있어 예술계에 화제를 뿌리고 있다. 무용가 서정자야말로 지상의 천사이다. 발레를 일명 '천상의 언어'라고도 한다. 그 아름다움이 극치에 달하기 때문이다. 연극의 대사 대신에 춤 동작에 의해 진행되는 무용극 예술이다. 루이 14세 프랑스 궁정에서 발달한 것으로 솔로, 2인무, 그랑빠 뒤 듀로 구성되며 음악, 문학, 미술, 조명, 의상을 포함하는 종합적 무대예술이다. 세분하면 클래식 발레와 현대발레가 있다. 프리마 발레리나라면 발레단 최고의 위치에 있는 무용수를 가리킨다. 「백조의 호수」의 오뎃트 공주, 「잠자는 숲속의 미녀」의 오로라 공주, 「지젤」의 지젤 등의 배역을 맡은 사람을 가리킨다. 서정자가 주창하는 '한국적 발레'는 발레의 형식 속에 우리의 전통적 이야기와 선율, 풍속, 춤사위, 의상, 미학적 가치를 담아내는 것이다. 예술의 궁극적 목표는 창조에 있다고 믿는 그는 서양의 발레 전통을 그대로 쫓아가서는 도저히 세계의 벽을 뛰어넘을 수 없다는 깨달음 아래 우리식의 발레를 개발하겠다고 생각을 굳혀왔다. 그 첫 작업이 첫 개인발표회 무대이기도 했던 1981년 작 「분이네 외가촌」이었다. 당시 국립극장 대극장 무대에 올려진 이 작품은 한국 여인의 단아한 아름다움과 삶의 이야기를 발레로 풀어낸 것으로 큰 주목을 받았다. 물론 비난도 있었다. 서양의 발레 의상을 변형하여 한복의 선과 문양을 이용해 만든 의상이 국악 선유의 사용, 초가집과 물레가 등장하는 무대연출 등은 일부 경직된 사고의 발레인들에게 외면을 받아야 했다.

하지만 아랑곳하지 않고 한 걸음 더 나아가 1984년 「학, 외다리로 서다」, 1985년 「천·지·인」, 1986년 「삼작노리개」, 1987년 「사군자」로 이어지는 한국 발레의 실험 무대를 계속 마련했다. 발레의 춤동작에 전통무예인 수벽치기와 택견의 동작이 가미됐고, 사물놀이가 음악으로 들어왔다. 농악에서 볼 수 있는 구음이 춤사위에 실려 구성지게 무대를 울렸다. 갑골문자에서 이미지를 찾아 안무를 하는 등 실험적인 작업을 계속했다. 처음 의구심의 화살을 쏘아대던 사람들이 차츰 그의 무대에 공감하기 시작했고 '한국적 발레'는 이제 춤 문화의 중요한 지류로 다양한 무대에 도입되고 있다.

「천·지·인」을 공연할 때 "관객 10명 중 3명만 이해해도 일단은 성공이라고 생각했는데 4명 이상이 공감하는 것 같아 매우 기뻤다."라고 하며, 본인이 교직에 몸담고 있기 때문에 프로패셔널 발레단을 창단하여 한국적 발레를 선보일 수 없다는 게 가장 안타깝다고 했다.

가령 우리의 양산사찰 학춤과 동래 학춤을 발레에 접목시키면 서양의 백조의 호수보다 훨씬 아름답게 표현될 수 있음에도 그냥 묻히고 마는 깃은 한국적 발레를 실험할 전문발레단이 없기 때문이다. 그래서 그의 꿈은 영국의 로열발레단 같은 본격적인 무용학교와 전문발레단을 꾸려가는 것이었다.

6·25 이후 전쟁의 흔적이 그대로 남은 도시에서 발레를 배우기 시작한 소녀가 중진무용가가 되어 정부가 해야 할 발레학교를 그 혼자 설립한 것이다. 서울 서초구 방배동에 1990년 6월 한국발레하우스를 개관, 무용인들이라면 누구든 수백 번씩 생각해 보았음 직한 무용학교의 명실상부한 대표가 된 것이다. 그 자신이 1960년대 이화여대 재학시절 촉망받는 발레리나였고, 교직에 몸담은 이

후에도 1980년대에 '서정자물이랑발레단'을 창단, 「경」, 「페트루슈카」, 「삼작노리개」, 「승무」 등의 창작발레를 안무 출현했던 그는 무엇을 어떻게 가르쳐야 할지를 일선에서 체득하고 있었다.

일찍이 국립발레단 단원을 거쳐 수많은 해외, 국내 창작공연을 해오면서 동양과 서양의 이질적 예술의 요소를 융합하는 실험적인 작업을 해왔다. 전형적인 서양예술의 발레 영역에 한국예술을 접목시킨 「천·지·인」, 「사군자」 등 작품들을 안무해 온 것이다.

30여 년간 대학교육 현장에서 수많은 제자들을 양성했으며 한국 최고의 발레아카데미를 설립하고 그동안 한국과 세계무대에서 주역으로 활동하는 많은 제자들을 배출했다. 또한, 국내외 심사위원으로 위촉받아 활동했으며, 꾸준한 저술 작업으로 『발레안무법』 등 7권의 서적을 출간했다. 이러한 공로로 대한민국 예총 안무가 상 등 국내외로부터 대상, 무용가상, 지도자상, 공로상을 수여받았다. 또한, 국내에서 가장 중요한 동아무용콩쿠르 최다 심사위원 위촉으로 동아일보에서 감사장을 받는 등 아직도 왕성한 심사활동을 하고 있다.

「어부사시사」 공연도 67세의 나이에 토슈즈를 신고 무대에 선 그의 연이은 작업의 하나로 과감하게 발레의 장르에 우리의 것인 서예와 창이 만나는 작품을 시도한 것이다. 어부사시사 작품의 주제는 고산 윤선도가 정치의 중심에 나가 나랏일을 도모하다 간신들의 모함으로 세 차례에 걸쳐 십 수 년의 유배생활을 겪었고 왜구, 청나라에 굴복한 나라의 수치심을 떨쳐버리려고 보길도에 정착하여 「오우가」, 「어부사시사」 등 우리 문학사에 길이 남을 명작을 남겼다. 어지러운 시대를 당당하게 살다간 진정한 정치가요, 학자요, 위대한 시인, 고산 윤선도의 삶을 조명하면서 불의에 대한 강직한 저항 그리고 그의 문학 작품 속에 담긴 자연에 대한 극진한 사랑을 주제로 삼았다. 안무를 맡은 서 대표는 서양 전통의 발레와 우리의 전통음악인 창 그리고 배경 영상으로 서예가 어우러진 무대로 구성했다. 파란만장한 고산의 일생을 평면적인 배열이 아닌 「어부사시사」의 봄, 여름, 가을, 겨울에 맞춰 구성하고, 방황하는 고산에게 방향을 제시한다. 힘을 돋아주는 해신과 고산을 위기, 절망으로 몰아가는 간신들의 상징적 캐릭터를 등장시켜 스토리의 중심을 잡는다. 배경은 문자의 이미지를 새로운 형태로 표현되는 서예 이모그래피와 민화로 압축된 동영상으로 극적 분위기를 더했다. 이번 공연은 한평생 무용의 교육 현장과 공연에서 쌓인 서정자의 모든 것을 쏟아 동서예술의 융합 차원에서 새로운 영역을 개척하는 도전이었다.

『뉴스매거진』146호. 2009. 6. 15

✳ 서예가의 아리랑 오페라하우스

2014년 국립극장 해오름에서 열린 창작 발레 「이상한 챔버오케스트라」는 판소리와 서예, 아리랑이 만나 하나가 된 공연이었다. 사회를 구성하는 다양한 직업들이 서로 하모니를 이루며 리더인 지휘자를 중심으로 공동체가 되어가는 과정을 크로스오버의 형식으로 그려냈다.

오늘날 오케스트라라고 하면 대개 여러 기악 연주자들의 집합체라고 해석하지만, 오케스트라의 어원은 본래 '춤추다'라는 뜻의 희랍어 '오케스타이'에서 나왔다. 고대 희랍에서 연극을 공연할 때 합창단이 노래하고 춤을 추었던 장소가 바로 오케스트라였기 때문이다. 「이상한 챔버오케스트라」는 연주자들을 여러 가지 직업인들로 묘사했다. 사회적 리더를 상징하는 지휘자를 중심으로 조화로운 사회를 이루어간다는 주제를 담고 있다. 33개의 다양한 직업은 춤과 음악으로 표현했다. 의사, 간호사, 샐러리맨, 성직자, 요리사, 패션디자이너, 서예가, 군인, 환경미화원, 경찰관 등등 각 직업이 갖고 있는 휴머니즘 안에 코믹한 요소를 추가했다.

기획자의 독특한 상상력으로 수호천사들이 나타나 직업을 지켜준다는 판타지적 요소 또한 등장시켰다. 소규모 오케스트라라는 뜻의 챔버는 인간이 살아가면서 최소한 33명 이내의 다양한 직업을 가진 이웃들과 함께 살아간다는 의미를 담았다. 각기 개성 있는 악기 연주로 다양한 직업이 만들어가는 사회를 풍자한 작품이다.

✴ 아낌없는 응원과 칭찬 속에서

　　　　　그동안 공연을 무대에 올릴 때마다 많은 분들이
축하의 말씀을 전해주셨다. 아낌없는 칭찬 속에서 발레에 대한 사랑
은 더욱 깊어져 갔다. 소중한 분들의 격려사를 소개하며, 이 자리를
빌려 다시금 깊은 감사의 인사를 드린다.

1. 무용 예술이란 많은 예술 중에서도 특수한 성격을 갖고 있는 것
　　이라 생각된다. 즉, 인간의 육체를 표현 도구로써 우주 공간에 존
　　재하는 아름다움을 기와 예를 기초적인 것으로 하여 자기 마음
　　대로 주어진 무대 공간 위에서 예술적으로 승화시켜 보다 강한
　　관객과의 공감의 세계를 창조해 나가는 예술이기 때문이다. 인간
　　의 육체를 예술적인 표현 도구로 사용하고 있다는 것은 어느 측
　　면에서 볼 때 얼마나 어렵고 꾸준한 노력이 필요할까? 자기 마음
　　대로 육체를 사용하고 조절하려면 피나는 노력이 필요할 것이다.
　　또한 하나의 육체가 조각가와 마찬가지로 미적인 아름다움뿐 아
　　니라 상징적 요소로서 숭고한 예술성을 지녀야만 한 사람의 무용
　　가로서의 기초적 자질을 갖출 수 있다. 완벽한 육체미, 그 육체미
　　에서 전하는 상징성, 그리고 움직임 하나하나가 말해주는 암시적
　　의미, 그 모든 것이 무대 공간이 갖고 있는 여건에 조화되어 하나
　　의 종합성을 이루어야 한다. 그것은 이 세상에서 어느 예술보다
　　아름답고 완벽한 예술이다. 순간에서 순간으로 이어지면서 영원
　　불멸의 동작미와 극장 구석구석을 메워 환상의 세계로 우리들의
　　상상력을 자극하여 하나의 작품세계를 창조해 나가는 것이다. 이

번 체육대학 무용학과에 재직 중인 서정자 교수님께서 오랜 연구와 장소, 그리고 외국의 많은 것들을 직접 보시고 또 그곳에서 발레 워크샵에 참가도 하시고 그래서 얻은 무용의 참뜻을 이번 작품발표에 그대로 창조하시고 표현해 주시라 생각된다. 실습실에서 밤늦게까지 연구에 몰두하시면서 자기의 세계를 찾으려는 서 교수님의 이번 발표회를 진심으로 축하하며 우리나라 무용계에 새로운 전환점을 가져오리라는 것을 믿는다.

2. 이 땅의 발레 예술에 대한 일익을 담당하고 있는 한 사람으로서 그동안 묵묵히 오직 한길 고집스럽게 예술 발레만을 위해 정진하고 있던 오늘의 주인공 서정자 교수님의 개인발표회는 나의 마음을 뜨겁게 그리고 감회 어리게 하고 있다. 이는 어찌 보면 개인적인 본인 한 사람에 국한된다기보다는 발레라는 어엿한 한 분야의 예술계에서 그간의 노고를 같이하는 모든 사람들이 공통으로 느낄 수 있는 일이라고 생각한다. 더욱이 서정자 교수님은 본인과의 사제관계를 갖고 있는 것 외에도 진정한 발레 예술의 입장을 같이 이해하고 있다. 그동안 역량 발휘의 기회가 결코 없어서가 아닌 오히려 인간적이고 예술가적인 겸손에서의 침묵을 조용히 깨고 오늘의 첫 발표회를 갖게 되는 것은 그만큼 서정자 교수님이 지닌 인간미를 풍겨주고 있을 뿐 아니라 최고의 예술가적 기량을 보여주는 데 아무런 손색이 없을 것을 확신한다. 나아가서는 한국발레협회 이사의 한 사람으로서 대학의 강단에서 또는 예술현장에서 작품 출연 및 안무 등으로 예술가로서의 가난한 인생을 나름대로 구축하면서 당면하고 있는 발레 예술계의 어려운 여건들을 스스로 극복함으로써 관심 있는 사람들로 하여금 귀감이 되는 데

대해 인간적 감명을 금하지 못한다. 또한 예술가적 개성이 뚜렷한 역량의 소유자로서 고된 작업을 끝마치고 오늘 개인 발표회를 갖게 된 것은 평소에 그에게서 강점의 하나로 느껴졌던 집념이 개인 발표회라는 결정체로 모인 것이라고 생각할 때 그야말로 든든한 마음을 갖게 된다. 이제 이 발표회를 계기로 해서 꾸준한 노력이 계속되기를 바라며 그를 아끼고 사랑하는 모든 사람들의 열렬한 성원을 기대한다. 그리고 이런 일들이 계속됨으로써 우리나라 발레 예술계의 도약적 발전의 촉진제가 될 것도 아울러 바라마지 않는다. 끝으로 그간의 노고에 대해 무한한 찬사와 격려를 보내면서 더욱 발전적인 내일이 기약될 것임을 확신한다.

3. 국제 문화회관 기획공연 무용시리즈를 통해 서정자 교수님 작품이 무대에 올려지게 되어 매우 뜻깊게 생각한다. 평소 강단에서 혹은 무대에서 숨 막힐 듯한 정열과 인내로 혼신의 힘을 다하여 지도한 제자들과 더불어 결코 범상하지 않은 내밀한 감동과 승화된 정서를 보여주게 될 서 교수님의 초인적 의식에 다시 한 번 경탄을 금할 수 없다. 지난여름 연습 중 부상을 입었음에도 반년이 넘도록 공연을 준비한 교수님의 열정에 새삼 놀라지 않을 수 없었다. 확실히 무대는 그분의 생명이며 진실한 삶의 현장이다. 춤은 그분에게 있어서 실로 참된 인간의 길이고 구도의 길이다. 숱한 어려움과 고난을 겪으면서도 일관된 정신으로 정진할 수 있었던 것은 오로지 탁월한 예술 정신과 투혼의 힘 때문이라 생각한다. 그만큼 서 교수님의 예술 세계는 향상 뜨거운 피가 흐르고 있어 형이상학적 삶의 자세가 강렬하게 투영되어 있다. 그러므로 그분의 율동을 보고 있노라면 단순한 미적 율동의 차원을 초월한 영

구적 탐구 정신과 영원을 향한 살아있는 울림이다. 일상에 지쳐 있는 우리들에게 이처럼 소중한 감상의 기회를 마련해 준 교수님과 그 사랑스러운 제자들에게 다시 한 번 박수를 보낸다. 아울러 이번 공연을 통해 집념 어린 예술가의 인간승리의 모습과 충만한 예술 정신을 확인하는 감동적인 무대가 되리라 확신한다. 성공적인 공연이 되길 바라며 깊어 가는 가을 우리들의 비어 있는 가슴에 오래오래 기억될 수 있는 아름다운 기쁨이 되길 바란다.

✳ 작품의 연대별 주요 작품 분류표

1. 공연 주요작품 목록(1950년 ~ 2020년)
Year The principal production for composition

분류 발레(Ballet) :

　전통발레(Classic Ballet), 현대발레(Contemporary Ballet)

창작무용(Creative dance) :

　한국창작발레(Korean Creative Ballet)

가곡발레(Melody Ballet) :

　한국가곡(Korean melody) 외국가곡(Foreign melody)

구분	연대별 분류	발레 Ballet				창작무용 Creative dance		가곡발레 Melody Ballet		주요작품공연 연구실적 principal production Performing study Result	년도
		전통발레 Classic Ballet	년도	현대발레 Contemporary Ballet	년도	창작발레 Creative Ballet	년도	한국가곡/외국가곡 Korean/Foreign	년도		
I	1950년대 (태동기) (탄생기)	넛크랏과 선녀	1956			론심자 오페렛타	1955			수도여고강당에서 홍정희(사회)무용 이데	1955 1956
						정결	1958			이데 (무용콩쿨 특상)	1958
II	1960년대 (신장기) (성장기)	신포니아와 레실피드 페트르슈카	1969	시간의 연덕	1961	신청견	1962			시공 국립무용단/임성남 발레단공연	1961 1962 1964
				꽃사까리아	1964	까치의 꿈	1964			전통체육관 현대 무용회관 전통 참가 일본 동경 고마끼 발레단공연 상계이를	1969
				신포니아	1967	70년대를 향하여 (편란드이아)	1969				"
III	1970년대 (청년기) (발전기)	레실피드	1975	레퀴엠	1975					중대 예술제	1975
		코펠리아	1977							중대 3.1절 51주년	1977
		빠스트로와	1979	브란덴부르그 협주곡 튜닝을 위한 바리아숑	1979					기념예술제전 국대 발레와크릅,중대	1979
								비목	1980	가곡발레공연 독일문화원 청년우크릅 율이람발레단	1980
4	1980년대 (중년기) (충실기)	페트로슈카	1981	몬이네 외가춘	1981	몬이네 외가춘 생의(여도)(1) 몬이네 외가춘(2)	1981	그리워/산춘 명태/꽃구름 속에 5월의 노래	1981	가곡발레공연 제1회 사경자 발레공연, 국대	1981
		백조의 호수 소멸의 녹턴 레실피드 시간의 연덕	1982	빨간 데이스의 향연 스페이쉬의 경멸	"			비목	1982	한국발레협회공인 국대, 제1회 신인 발표회 시연 무용한국창간기념 새봄 제2회 사경자발레 공연, 영국발레에서 국대, 국소	1982 " " " "

1990년대 (성장기)										
1983	레스피드 심포니발레	1983	블레티드래엄 서곡이뉴앙스 바이얼린콘첼토(1) 심포닉 발레					국제문화회 초청 서정자발레공연. 문예	1983
1984	고집장이딸 전자노의 꽃의축제	1984	바이얼린콘첼토(2) 모던발레를 위한 세거리 세컬음	1984	생의여로(2) 분이네 외갓집(2)			제3회 서정자발레공연.문예	1984
1985	공기의 정	1985		1985	분이네 외갓집(2) 만남 전자인(세컨움) 만남(화합의 장)	1985	비목	제7회 대한민국 무용제	1985
1986	공기의 정	1986	화미의 다리로 서다 코스모스(KOSMOS 2) 우주- 뻬에로의 슬픔 사군자 리겟트	1986	정 뮤지컬동키호테 탄금대 승무 시골동네 옥수수밭	1986	무슨 꽃잎으로 문지르는 가슴이기에 이다지도 슬픈가?	선율림 개관 1주년 축하공연 국제문화회초청 서정자발레공연, 세종 동기호텔 인무.국내 아시아문화예술축전.국내 선율림 개관기념 시인만세 한국일보 주최 문예	1986
1987	무어인의 이국정이 밤 페트르슈카	1987	광대와 발레리나 승무 가야금산조를 위한 솔로 세컬음	1987	승무/정소수유/ 옥수수밭 상자노리개 무어인의 이국정이밤 광대와 발레리나			제3회 한국발레협회 대공연.국내.문예 제9회대한민국무용제.문예 한국무용협회창작가전.문예 선율림소극장공연 문예 3&5소극장 신체장애자를 위한 특별공연.국소	1987
				1989	메리야드	1989		오페라공연 세종	1989
1990	전자노의 꽃의 축제 페트르슈카	1990	바이얼린 콘첼토					한국발레협회 창립10주년기념 공연.국내	1990
1991	고집장이딸			1991	장미꽃과 소녀	1991		발레그랜드페스티벌.중앙일보사.호암	1991
1992	레이몬다 라바이데르	1992	스트라우쉴츠무취들 미래의 발레리나	1992	꿈나무 발레리나	1992	이슬/ 꿈나무 발레리나	MBC창작동요제 뽀뽀뽀 리틀엔젤스 92 흥의해 개막제, 국내	1992
1993	전자노의 꽃의 축제 빠드까트르 케탕기피마 해적 고집장이딸	1993	하얀튼튼을 위한 버리아송 진·신·미이 만남	1993	이슬 꿈속의 요정경 숲속의 정경			한국발레하우스 대공연. 서초	1993
1994	카니발 해조의발레를파리스 백조의호수2막지젤1막 파키타	1994	스키프발레 카니발	1994	아이다쿰	1994		그랑발레축제 광복 기념(개관) 공연 경기도 무용초청공연	1994

5

작품	연도	작품	연도	작품	연도	공연	
한가리 댄스 피치카토	1995		1995	동무 발레 축제의 날/ 요정들의 하루/세월 10人을위한소묘 농촌의 하루 즐거운 제렴 오페라이야기 마을의하루 10인을 위한 소묘	1995	어디론 걸까?	1995	한국발레하우스 대공연, 서울교육문화회관한국사 정신	1995
						금난새 x-mas 콘서트 오페라하우스	1996
지젤 백조의호수의 나란 차이코프스키발레 꽃의왈츠&요정들 에스메랄다	1996	기쁨의 하얀소묘 차이코프스키발레 요정들 A/B 에스메랄다	1996	오페라이야기 마을의하루 동무의 꿈	1996	청선에 살아리랏다 꽃구름 속에 보리피리	1996	제15회 한국발레 페스티벌 호수오카국립발레 공연입상동상	1997
오르망주 호두까기 인형	1997			농촌의하루(1)	1997			금난새와 함께하는 청소년 음악회공연 오페라하우스 제9회 한국발레하우스 정기공연 서경시발레이단 발레단공연	1998
드림 해적 백조의호수 2막 흑조 오로라바리아숑 작은백조들	1998	피치카토 꽃의 왈츠	1998	농촌의 하루(2) 버스걸과 소녀 인고지꽃 밤중속에 그림 아느날 오후 농무의 하루 귀염둥이 소녀 클럽에서 검자리 요정	1998			무협중진식가전 문예	2000
				무용총의 인상	2000			세계 도자기 EXPO 참가공연 이천	2001
				아기돼지 잔치날	2001	아기돼지 농무 시골동네	2001	키리키즈스탄	2002
				엘리사봉	2003	농촌의하루	2002	국립합창모니극장	2003
						꽃물에선 봉송아와 아리랑(1)/신파 화상 아리랑 금강산 아리랑	2003 2004	중건예술기조청 대전 대덕문화원	2004
				아리랑연정	2005	아리랑연정	2005	신나는예술여행 지역순회.경북의성화관 키리기즈스탄블하모니극장	2005

	년도		년도		년도	그리운금강산	년도	KBH봉양이 발레축제	년도
VI 2010년 ~2020년 (연창기)	2006	실내악 꽃의왈츠 호두까기인형 중국의춤 해적 오로라	2006	우리마을/발레클래스 중 우리마을 춤 우리마을이야기	2006	마을이야기 실룽이춤		KBH봉양이 발레축제	2006
			″	발레클래스	2007	아리랑연정 바느질과 소녀 아리랑(2)		해외 네덜란드 초청공연	2007
	2009	동기호테	2009	열린음악회	2009	아부사시사	2009	서정자발레공연.국소 카리키즈스탄공연 카자흐스탄공연 우스베스탄공연 (러슈겐트콘서트홀) D.S 아트홀	2009
	2010	키트리	2010	개선행진곡, 아이다	2010			평택문화예술회관	2010
	2013	잠자는 숲속의미녀 중 서곡/아쉬오징/코다			2013	서예가의 아리랑 물동이춤 고갱장이딸		예술의전당 오페라하우스 토월극장 서울정민학교 초청공연미국 LA일본문화센타	2013
	″				″				
	″							국립극장 해오름	2014
					2014	판소리 서예가의 아리랑			
					2015	차이콥스키의 잠자는숲속의미녀	2015	청산에 살리라(1)	2015
					2016	K.B.H 포럼 해녀춤 (초승회버전)	2016	2015년 KBH종민축제 호서아트갤러리	2015
								탈리오니홀 (KBH)	2016
							2017	사랑(2)	오린지연필 가람 묵서련 초청공연	2017
							2018	사랑의향기(2)	백석대아트홀	2018
							2019	사랑의향기(2) 사랑의훌나바퀴	백석아트홀 신항사	2019
	2020	라벤예페로 중 물동이춤	2020	헬스발레 건강동작				서정자TV 유튜브	2020
			″						″

5. 한국발레하우스,
발레교육의 백년대계를 그리다

✳ 교육자로서의 예술세계

무용은 이론과 실기를 함께 배워야 한다. 이론이란 상해로부터 몸을 보호하는 방법까지 포함한다. 나아가 자신만의 예술세계를 정립하려면 철학도 필요하다. 신체의 발달단계에 맞춰 심리적·정서적 성장이 수반될 때 심신의 조화를 이룰 수 있기 때문이다. 그래야 표현의 완성도가 높아지고 창조적인 작품이 탄생한다. 인문학적 지식 또한 중요하다. 무용을 비롯해 세상의 모든 예술은 관객을 필요로 하고 관객에게 감동을 전해줘야 하기 때문이다. 그 시대의 문화, 역사 등등 모두가 공감할 수 있는 내용이 전제되지 않으면 소통이 불가능하다. 아울러 한평생 대학에 몸담은 교육자로서 전공한 학문이 평생의 업(業)이 되는 것이 바람직하다고 생각하며 발레문화의 발전을 위해 부단히 노력했었다.

그러나 가장 중요한 것은 조기교육이다. 근육과 골격이 굳었다는 것은 유연성, 민첩성, 지구력, 평형성, 안정감 등 다섯 가지가 굳어버렸다는 것을 의미한다. 그에 따라 동작을 아름답게 표현하는 데 한계가 따른다. 발레 강국이라 불리는 러시아, 미국, 일본, 유럽 등에서 연령대에 맞는 단계별 교육 프로그램을 통해 세계적인 발레리나들을 탄생시키고자 노력하는 까닭이다. 그 끝에서 국가 경쟁력도 강화되었다.

조기교육의 또 다른 장점은 아동에게 땀 흘림의 가치와 참고 인내하는 법을 가르쳐 건강한 청소년으로 성장하도록 돕는다. 건강한 신체에서 건강한 정신이 깃든다고 하지 않았던가? 이는 우리 사회가 건강해진다는 것을 의미한다.

지난날 나는 최고의 스승이 되기 위해서는 프리마 발레리나의 실력을 갖춰야 한다고 생각했다. 그래야 학생들에게 최상의 것을 가르쳐줄 수 있기 때문이다. 후학양성에 주력하고자 했던 이유는 대한민국 발레가 발전하길 바라는 마음에서였다. 조기교육을 통해 대한민국을 빛낼 유망주를 육성하고 싶은 바람이 컸던 것이다. 따라서 대학에서 학생들을 가르치는 동시에 병행 가능한 조기교육을 할 수 있는 체계적인 무용학교 설립을 위해 노력했다. 청소년들의 체형이 서구화되고 있는 만큼 체계화된 조기교육 안에서 우리나라 무용수들의 역량 또한 세계적 수준으로 끌어올릴 수 있다고 판단했던 것이다. 청소년 시절부터 한국적 창작발레를 통해 우리 문화의 숨결을 표현할 수 있다면, 이는 한국 발레의 세계화를 의미한다. 이 모든 꿈을 이루기 위해서는 반드시 조기교육이 가능한 아카데미를 설립해야 한다고 확신했다.

조기교육의 기틀이 마련될 수 있도록 국가에서 운영하는 발레전문학교가 설립되길 지금 이 순간에도 소리 높여 부르짖는다.

✳ 우글우글 바퀴벌레 나오는 반지하 전세

　　　　　　　중고교 시절 무용연습을 체육관에서 한다는 것
이 늘 아쉬웠다. 어두컴컴한 분위기와 딱딱한 바닥이 감정몰입을 방
해하고 표현력을 떨어뜨리기 때문이다. 대학에 입학한 뒤에도 상황은
크게 달라지지 않았다. 이화여자대학교는 중고교생을 대상으로 최초
의 전국무용콩쿠르를 개최한 대학이었음에도 불구하고 별도의 무용
실 없이 체육관에서 수업을 했기 때문이다. 단단한 돌로 건축된 체육
관은 어둡고 햇빛이 잘 들어오지 않았다. 설상가상 기계체조 시 사
용하는 매트가 무질서하게 놓여 있었고, 농구골대와 배구네트도 정
리되지 않은 채 쌓여 있었다.

　언젠가는 열악한 현실을 개선하리라. 막연했지만 무용연습을 위한
최적화된 공간을 내 힘으로 만들어보고 싶다는 꿈이 생기기 시작한
것이다. 이는 교육자로서의 책임감으로 확장되었다. 스물일곱에 대학
교수가 되었으므로 동년배와 비교했을 때 상대적으로 월급이 많은
편이었다. 꿈을 이루기 위해 근검절약을 생활화하며 차곡차곡 월급
을 저축했다.

　그러던 어느 날 방배동에 170여 평의 대지가 나왔다는 지인의 연
락을 받았다. 대한민국 학술원 회원이셨던 최태영 박사님께 자문을
구했다. 최 박사님께서는 절실한 기독교 가정에서 태어나셨고 한평
생 하나님의 자녀답게 살고자 노력하셨다. 그 모습은 나에게 존경심
과 귀감의 대상이었다. 교수님께서 땅을 보시고 괜찮다고 조언해주
셔서, 그동안 저축한 돈과 살고 있던 아파트를 팔아 땅을 구입했다.
1987년, 방배동에 170여 평의 대지를 장만하게 된 것이다.

당시는 돌, 바위, 언덕과 호박밭뿐이었다. 비라도 내리면 장화를 신지 않고서는 걸을 수조차 없는 진흙 바닥이었다. 전면에는 바위산이 둘레를 에워싸고 있어서 차가 다니지도 못했다. 물론 지하철이 다닐 리 만무했다.

비록 바위산에 둘러싸여 있는 호박밭이지만 면적이 넓어 훗날 멋진 무용학원이 될 수 있으리라 믿었다. 다만 그동안 살고 있던 아파트를 팔고 저축해놓은 돈도 모두 사용했기 때문에 살 곳이 마땅치 않았다. 사정상 평소에 알고 지내던 한양대학교 신문방송학과 오진환 교수님 댁 반지하로 이사를 갔다. 35평 아파트에서 살다가 10평도 안 되는 반지하로 이사를 가니 불편한 일이 한두 가지가 아니었다. 가장 불편한 것은 바퀴벌레였다. 모두가 잠든 깊은 밤이 되면 어김없이 '사각사각' 소리가 들렸다. 바퀴벌레들이 책을 갉아먹는 소리였다. 하루가 멀다 하고 바퀴벌레 소탕작전을 펼쳐야 했던 것이다. 나 자신이 바퀴벌레보다 동작이 빠르다고 생각하지만 그럼에도 다 잡을 수 없을 정도로 많았다. 너무 힘들 때면 훌쩍 나와 빈 땅을 둘러보면서 스스로를 위로하고 돌아가곤 했다. 머지않아 연령대에 맞춰 체계적인 조기교육이 가능한 발레학원이 탄생할 것이라 믿었기 때문이다. 물론 자금이 없었으니 건축을 하지는 못했다. 조바심치기보다는 근검절약하고 열심히 저축하다 보면 언젠가는 자금을 마련하게 될 것이라 믿었다.

✳ 5년의 기다림, 뜻이 있는 곳에 길이 있다

오늘날 한국발레하우스를 설립할 수 있었던 것은 전적으로 최태영 박사님의 도움 덕분이었다. 박사님의 사위 서건익 변호사님께서 고문으로 계시는 영창건설을 소개해 주셨기 때문이다.

대지를 사고 몇 해 뒤 박사님의 도움 아래 서건익 변호사님을 만났고, 변호사 사무실(강남역 크리스털빌딩)에서 영창건설 관계자를 만났다. 건축비가 없었던 만큼, 시공 후 임대료를 받아 건축비를 지불하기로 결정했다. 당시는 자금이 부족한 지주를 위해 후불제 건축이 가능했던 시대였다. 그렇다고 해도 건설에 대해 문외한이었던 내가 스스로 건설사를 찾고 건물을 올린다는 것은 불가능에 가까웠다. 최 박사님과 사위 서 변호사님의 도움이 있었기에 행운이 찾아온 것이라 생각한다. 내 뜻을 가상히 여기신 최 박사님, 서 변호사님, 영창건설의 기 사장님, 서진길 이사님에게 지금까지 늘 깊은 감사를 드린다.

결과적으로 1987년 5월 땅을 사고 2년 후인 1989년 초 땅 다지기를 시작하여 1년 뒤인 1990년 5월 24일 준공 결정을 받았다. 30여 년 전 막연했던 꿈이 현실이 된 것이다. 설계를 맡았던 혜인건축과 시공을 맡은 영창건설 모두 대한민국 최고의 회사였으니 한국발레하우스 또한 최고의 건축물로 완공되었다.

설계 과정에서 가장 중시했던 것은 단연 최적의 연습공간을 조성하는 것이었다. 따라서 층고를 5m로 했으며, 바닥면적은 100여 평에 이르도록 했다. 마음껏 도약하고, 자유롭게 턴하며 춤을 출 수 있도록 기둥을 없앤 것도 한국발레하우스의 특징이다. 연습뿐 아니라 공연을 위한 리허설 장소로도 사용이 가능했다. 실제로 해외 러시아발레단 보리스에이프만의 내한 공연을 위한 리허설과 해외 유명 발레 마스터의 티칭을 자주 진행했다.

마룻바닥은 댄스 스페이스의 서적을 참고하여 과학적 기법을 통해 충격을 그대로 흡수할 수 있도록 3~5 바스켓웨이브로 설계했으며 소재는 단풍나무를 사용했다. 단풍나무가 상해를 가장 최소화하는 소재이기 때문이다. 외부 방음으로 소음은 줄이되 내부에서는 울림이 커지도록 설계해 웅장한 연주가 가능했다. 이렇듯 무용에 최적화된 공간이었던 만큼 완공 즉시 문화예술계의 각종 일간지에서 한국발레하우스를 아름답고 실용적인 문화예술공간으로 대서특필했다.

오픈식에는 임성남 선생님, 유니버셜발레단의 박노희 선생님, 최태영 박사님, 서건익 변호사님, 영창건설의 기 사장님, 서진길 이사님, 혜인건축의 안 소장님, 무용계의 원로 및 선후배 및 제자들을 비롯해 각계각층의 많은 분들이 참석해 자리를 빛내주셨다. 내·외빈께 감사인사를 드리는 내내 감격의 눈물이 멈추질 않았다. 당시의 설렘과 감사함이 엊그제 일처럼 또렷하게 기억나는데 벌써 30여 년의 세월이 흘렀다.

그러나 한국발레하우스는 여전히 처음 모습 그대로 고풍스러운 건축미를 자랑하며 늠름하게 서 있다. 복도, 계단, 벽 그 어느 곳 하나 튼튼하지 않은 곳이 없기 때문이다. 다시금 수고해주신 분들에게 깊은 감사를 드린다. 특히 현장 소장님으로 최선을 다해주셨던 서진길 이사님께 거듭 감사드린다. 바쁘게 살다 보니 자연스럽게 인연이 끊어졌다. 너무 오랜 세월이 흘러 찾을 수가 없어 아쉽다. 연락이 닿으면 한번쯤 식사를 대접하고 싶다.

이 모든 일들을 이뤄주신 하나님께 감사하며 더 성실하고 진실하게 살아가도록 노력할 것이다. 더불어 나이에 걸맞은 스승으로 후학

양성에 이바지할 계획이다.

최태영 박사님은 중앙대학교 법대 학장님이셨다. 박사님 덕분에 나도 한국학에 관심을 갖게 되었고 올바른 스승의 자세를 배웠다. 학문에 대한 열정은 타의 추종을 불허했으며, 늘 겸손하고 검소하셨다. 인품도 훌륭하셔서 나를 비롯해 많은 교수들이 진심으로 존경했다.

1970년대 중반 서양 법철학을 출간해서 대한민국 학술원상을 수상하셨다. 노장이 되신 뒤에도 학문에 대한 열의가 좀처럼 식지 않으셨다. 동시에 한국사에 해박한 지식을 갖고 있어서 5000년의 역사를 집대성한 한국사(한국상고사)를 저술하셨다. 영어 실력도 뛰어나서 번역과 강의도 하셨다. 106세에 소천하시기 전까지 연구에 매진하시던 모습 또한 귀감이 되었다. 내가 아는 분들 가운데 단연 가장 훌륭한 분이셨다.

진관 외동 박사님 댁에 가면 직접 키운 꿩과 오골계를 잡아 튀김을 해주곤 하셨다. 정성껏 키운 배를 따서 거즈 손수건에 싸주기도 하셨다. 얼마나 검소하신지 논문을 쓰실 때 예전 금은방에서 만든 하루 한 장씩 떼어 내는 캘린더 한 장을 1/4로 접어 참고문헌을 빼곡히 적어놓는 용도로 사용하셨다. 올바른 삶의 자세를 배울 수 있었던 것이다.

✳ 한국발레하우스 설립(Korea Ballet House)

　　　　한국발레하우스의 로고는 'K.B.H'로 알파벳의 첫 글자를 따서 사용했다. 한글로고는 국립극장 무대미술 디자이너 이경하 선생님이 수고하셨다. 심볼 마크는 세계 유수의 발레단 못지않은 체계적인 교육 프로그램을 통해 한국 발레의 위상을 높인다는 취지를 담아 태극문양 위에 아라베스크(Arabesque)를 넣었다. 첨언하여 아라베스크는 발레 동작 중 가장 아름답고 우아한 동작으로서 신체를 가장 길어 보이게 하는 동작이다.

　조기교육을 위해 전통발레를 원숙하게 지도하는 교수법(Teaching method)과 커리큘럼(Curriculum), 스콥(Scope), 시퀀스(Sequence)로 철저하게 운영했다. 비기너(Beginer), 주니어(Junior), 시니어(Senior), 어드밴스(Advance), 마스터(Master) 등 연령대에 맞춰 클래스와 과목을 나누고 차별화된 클래식작품, 창작품과 컨템포러리(contemporary) 과정까지 철저한 교수법으로 가르쳤다.

시설 및 규모: 연건평 500여 평(지층~5층)

　5개의 연습실(안나빠브로바, 탈리오니, 깔사비나, 니진스키, 발란신), 시청각실, 세미나실, 회의실, 자료실, 의상실, 샤워실, 관람실, 휴게실, 로커룸, 기숙사 등을 갖췄다. 지방에서 올라온 학생, 공연을 앞두고 연습에 집중해야 할 학생들을 위해 건물 지하에 150평 규모의 기숙사를 마련한 것이다. 연습실은 영화 '백야'에서 바리시니코프가 연습했던 곳보다 더 멋진 공간으로 디자인했다. 층별로 유럽식, 러시아식 등 인테리어 콘셉트를 달리하는 등 연습실 컬러와 커튼 디자인을 이색적으로 연출했다. 발레를 배우길 원하는 학생들에게 아름답고 유익한 멀티공간을 선물해주고 싶었던 것이다. 이들이 성장한다면 필시 이보다 나은 환경을 제안하며 발레문화를 발전시키는 동력이 되어 주리라 믿었다.

지금도 계단 벽면에는 바리시니코프의 대형액자와 아메리칸발레, 뉴욕시티발레, 로젤라하이타워발레, 로잔드국제발레콩쿠르, 로열데니쉬발레의 대형액자가 자리를 빛내고 있다.

기획프로그램

① 발레캠프: 초등학교 학생을 대상으로 방학 동안 국내외 우수한 발레 지도자들을 초청하여 더욱 심오한 발레 테크닉을 가르쳤다. 썸머, 윈터 스쿨로 실행했으며 세계 발레 메소드 수업으로 구성했다. 유명한 방송인을 초대해 즐거움을 더했다.

② 한국발레하우스 대공연: 매년 한국발레하우스에서 수강하는 유아발레, 비기너발레, I~V 인터미디어트(intermediate) 클래스, 어드밴스 클래스, 마스터클래스, 컨템포러리 클래스 등 학생들의 공연무대를 마련했다.

③ 그밖에 수업: 엄마들의 발레 클래스, 포인트(point) 클래스, 바리에이숀(variation) 클래스, 스트레칭(stretching) 클래스 등 다양한 커리큘럼을 운영했다.

✳ 완벽한 연습공간을 만들다

            1990년 6월 1일은 한국발레하우스의 대망의 오픈식과 함께 첫 수업이 진행된 역사적인 날이었다. 고마끼발레단 유학 시절 일본의 발레 문화를 보며, 조기교육의 중요성을 깨달았던 만큼 국내외 최고의 발레 교사를 초빙해 유아발레, 발레를 갓 시작한 비기너발레(조기발레 교육) 등을 시작했다. 세계적인 발레 지도자들을 초청해 각 나라의 지도방법을 전하기도 했다. 교환교수 및 초청 무용가를 초대할 때는 그들의 장기간 숙박을 위해 우면산 아래 위치한 임광아파트를 임대해 초청 강사들의 숙소로 사용할 만큼 열정을 쏟아부었다. 초청 무용가는 N. 나타리아 바스크레 센스카야, N. 로코티오 노브, G. 니콜레브나 보이토바, G. 알렉산드리아, 제임스 우르바니 등이었다.

  학생들의 상해 방지를 위해 90년대 초 뉴욕에서 발(FooT)을 연구하고 귀국하신 이경태 박사님의 특강을 마련하기도 했다. 이처럼 다양한 강연을 마련한 결과 발레의 저변이 확대되었고 무용수들의 역량 또한 급성장하는 결과로 이어졌다. 한국발레하우스가 대한민국 발레문화를 대표하는 문화공간으로 거듭나기 시작한 것이다.

  1992년 문화관광부에서 주최한 춤의 해 개막식(국립극장)에 100여 명의 어린남녀 무용수들이 공연에 참가하여 미래 발레리나의 면모를 보여주어 깊은 감동을 전해주었다.

① 체계적인 교육 프로그램

앙팡클래스, 비기너 클래스, 인터미디어트 클래스, 어드밴스 클래스, 마스터 클래스, 포인트 클래스, 바리아숑 클래스, 캐릭터 댄스, 컨템포러리 등 다양한 교육을 진행했다.

② 전문발레 교사진

당시 최고의 무용수들로 강사진을 구성했다. 대학 및 대학원에서 무용교육학, 무용학, 예술학 등을 전공한 석사 이상의 강사들을 비롯해 국립발레단, 유니버설발레단 기타 외국의 전문 발레단 출신 무용수들이었다. 그 결과 체계적인 교육이 가능했다. 강사들 모두 최선을 다해 유아 및 초등학생을 가르쳤으니 그 열정이 늘 고마웠다. '어려서 기본기를 확실하게 배우지 않으면 성장에 한계가 따른다.'라는 나의 교육 철학을 이해하고 조기교육에 정성을 기울여주었기 때문이다. 당시 한국발레협회 이사들조차 조기교육에 대한 이해가 부족했다. 실제로 전국무용콩쿠르에 초등부 심사위원으로 배정받으면 썩 반기지 않는 분위기였다. 이 같은 상황에서 조기교육을 위해 노력했으니 내가 너무 시대를 앞서갔음을 느낀다.

한 걸음 더 나아가 해외 유수의 발레학교 교사를 초빙하고, 교육의 질을 높이기 위해 프랑스 깐느의 로젤라 하이타워 국립발레학교와 자매결연을 체결하여 유학을 진행했다. 멋진 그림을 그리기 위해서는 구도를 잘 잡아야 하는 것처럼 발레도 조기교육이 매우 중요하기 때문이다.

조기교육에 집중한 결과 유아발레단에 입학한 뒤 체계적인 교육을 통해 전국무용콩쿠르, 국제발레콩쿠르에 참가해 우수한 성적을 거두며 훗날 대한민국 최고 발레단의 단원 또는 세계 유수의 발레단의 단원이 된 학생들이 무척 많았다. 지금은 웃으며 이야기하지만 당시 실력이 뛰어났던 한 발레리나는 나와 함께 생활할 정도로 각별했다. 그러나 풍부한 감정 탓에 불같은 사랑에 빠지곤 했었다. 남자친구를 만나기 위해 연습에 잠시 소홀한 학생을 찾아 밤새 돌아다니곤 했었다. 설득하고 데려오고 다시 찾아다니는 일이 반복된 적도 있었다. 그만큼 학생 한 명 한 명이 내게는 너무도 소중했다.

경제적으로 어려운 학생에게는 수강료를 거의 받지 않았다. 학원을 설립한 이유가 경제적 이윤이 아닌 세계적인 무용수를 육성해, 한국 발레의 발전에 기여하고 싶다는 열망이었기 때문이다.

③ 완벽한 시설의 교육환경

댄스 스페이스 이론을 토대로 바스켓 웨이브(Basket Wave) 공법으로 마룻바닥을 설치했다. 해당 공법은 점프의 충격을 그대로 흡수해 상해를 최소화한다. 한국인 체형에 맞는 바(Barre)를 설치했으며, 높은 도약을 위해 연습실의 층고를 높였다. 3층 3m 90cm, 4층 4m 90cm로 설계해 빠드뒤, 아다지오 승무나 살풀이도 자유롭게 출 수 있다. 감미로운 음악에 맞춰 연습할 수 있도록 피아노를 구비하고 피아노 반주수업을 처음으로 시도했다.

층마다 최적의 음향시설과 방음벽을 설치했으며 조명은 지도자, 안무자. 학생들 눈의 피로를 최소화할 수 있도록 설계했다. 에어컨을 비롯해 최상의 인테리어를 통해 심리적 안정감을 주도록 노력했다. 따라서 무용연습뿐 아니라 세미나 등의 회의 장소로도 사용이 가능했다.

④ 최대의 교육 효과

매년 콩쿠르에 참가해 우수한 성적을 거뒀다. 스위스 로잔, 프랑스, 일본, 아시아태평양 등 국제발레콩쿠르에도 참가했다. 룩셈브르크 발레협회서 콩쿠르 참가 서한을 받고 준비 도중 선정된 참가 학생이 데모 주동자여서 취소되는 불상사가 발생하기도 했다. 참가 작품을 중심으로 매년 2회 대공연과 발레 페스티벌을 개최, 세계적 기량을 가진 무용수 육성과 함께 발레의 대중화를 위해 노력했다. 결과적으로 한국발레하우스에서 조기교육을 받은 학생들은 예술중고등학교 및 대학에 우수한 성적으로 진학했으며 해외유학, 해외발레단에 입단, 주역 무용수로 활약하고 있다.

⑤ 발레 전문도서 간행(발레 예술조기교육 시리즈)

학생들은 물론 발레를 가르치는 선생들도 참고할 수 있는 전문도서가 많지 않았다. 따라서 교육 현장에서 유용하게 사용하도록 발레 전문 교과서를 기획 및 제작해 이론과 실제를 함께 교육하여 발레 발전의 초석을 다졌다.

✳ 한국 발레의 발전을 꿈꾸며

　　　　　　　자신의 일을 열심히 하는 학생들은 눈빛부터 반짝반짝 빛난다. 총명한 학생들은 좀처럼 게으름을 피우지 않는다. 감사하게도 한국발레하우스에 만난 학생들은 하나같이 총명한 눈을 갖고 있었다. 바라보는 것만으로도 사랑스러워 용기와 희망을 주고 싶었다.

　땀 흘려 연습하는 모습을 보면, 필시 훌륭한 무용수로 성장할 수 있으리란 확신이 들었다. 어려서부터 주어진 일에 최선을 다하다 보면 틀림없이 목표를 이룰 수 있기 때문이다. 그 과정이 조금 더 수월해질 수 있도록 스승으로서 아낌없이 지원해주고 싶었던 것이다.

　무용수로서 최고의 자리에 오른 뒤에는 안무가, 무대디자이너, 의상디자이너, 사진작가 등 다양한 길을 개척할 수도 있다. 이 또한 조기교육을 통해 가능해진다. 어려서부터 다양한 경험을 쌓으며 예술 세계를 구축한다면 자신만의 세계를 만들어갈 수 있기 때문이다.

　어쩌면 이는 나 자신의 경험이기도 하다. 무대에 오르는 것도 행복하지만 훌륭한 스승들을 보면서 교육자로서의 꿈을 키웠기 때문이다. 동시에 안무가로서의 삶도 행복하다는 사실을 알게 되었다.

　한국발레하우스가 그러한 교육기관이 되길 바랐다. 모든 학생이 프리마 발레리나가 되어야 한다고 생각하지 않았던 것이다. 따라서 테크닉이 부족할지라도 아낌없이 사랑하며 용기를 북돋워주었다. 다양한 진로를 찾을 수 있도록 도와주는 것이 교육자로서의 역할이라고 믿었던 것이다. 한국발레하우스가 절정기에 이르렀을 때는 나의 작품으로 안무를 할 정도로 학생들이 많았지만, 그 모든 아이들의 이름을 외우고 친근하게 불러주었으며 칭찬을 아끼지 않았다. 혹여 체중이 증가한 학생이 있으면 "건강이 좋아진 것 같구나."라고 말하며 친절한 충고도 해주었다. 어린 나이에 스스로 체중을 조절하는 학생들이 참으로 기특하고 대견했다. 가끔은 내가 어린 학생들에게 지나치게 잔소리를 하는 것은 아닐까 걱정이 되기도 했지만, 관심과 사랑이 담긴 잔소리였던 만큼 학생들의 성장에 밑거름이 되었다고 생각한다.

대학에서 만났던 제자들은 물론 초등학교 때부터 만나 고등학교를 거쳐 대학에 입학하는 전 과정을 지켜본 한국발레하우스의 제자들 모두가 나에게는 보석처럼 소중하다. 경제적으로 어려움을 겪는 학생들에게 도움을 줄 수 있었던 이유 또한 아이들과 친밀한 관계를 형성했기 때문이었다. 덕분에 당시 한국발레하우스에서 배웠던 학생들이 우수한 대학에 입학한 뒤 우리나라를 대표하는 발레단에 들어가 주역 무용수로 활약했다. 그들이 상해의 위험에서 벗어나 평생 건강하게 발레 전문가로 성장하길 부디 바란다. 아울러 내가 교육자로서 발레 발전의 토대를 구축했다는 사실에 자부심을 갖는다.

✳ 세계적인 발레미스트리스를 향한 밑그림, 비기너발레

　　　　　　발레는 정말 아름답고 위대한 예술이다. 나 자신이 발레를 너무나도 사랑했으니, 발레를 사랑하는 아이들에게 실질적인 도움을 주고 싶었다. 그리하여 발레가 발전하길 바랐다. 오직 그 마음이 한국발레하우스를 설립하게 된 배경이었다.

　한국발레하우스를 설립한 이후, 진지한 표정을 짓고 땀 흘려 연습하는 학생들을 볼 때면 절로 기분이 좋아졌다. 동시에 아이들이 올바른 인성을 갖고 아름다운 예술가로 성장할 수 있도록 내가 무엇을 해야 할까? 온통 그 생각뿐이었다.

　넓게는 아이들이 국제무대에 설 수 있는 기회를 만들고자 했고 좁게는 창문 너머로 연습하는 학생들의 자세와 동작을 꼼꼼하게 체크하는 등 그네들 실력향상을 위해 쉼 없이 노력했다. 수업이 끝나면 다가가서 자세를 바로잡아주었고 어려워하는 동작이 있다면 몇 번이고 계속해서 반복적으로 가르쳐 주었다.

　또한 학생들과 대화하는 시간을 최대한 많이 갖기 위해 노력했다. 테크닉도 중요하지만 발레를 사랑하는 마음이 훨씬 중요했기 때문에 그 사랑을 전해주고자 노력했던 것이다.

　뻥튀기같이 하루가 다르게 성장하는 제자들을 바라보며 한편으로 세월이 유수와 같음을 실감하곤 했었다. 제자들의 키와 함께 실력이 자랄 때마다 한국발레하우스의 역사도 아름답게 채색되었다. 매년 개최한 한국발레하우스 대공연과 발레 페스티벌은 해를 거듭하며 발전했다. 오랜 연습을 통해 어려워하던 동작을 매끄럽게 선보이는 제자들을 보며, 스승으로서의 욕심을 비워내고 천천히 기다려주는 것이 옳은 가르침이었음을 깨달았다.

오직 학생들의 성장을 위해 헌신한 덕분일까? 한국발레하우스는 하루가 다르게 발전했다. 어느 나라, 어떤 무용수가 봐도 감동할 수 있는 무용수로서 성장한 것이다.

그 중심에는 한국발레하우스만의 특별한 교육방법이 있었다. 설립 초기 5년 동안 부모님들과 외부인에게 수업의 전 과정을 공개했다. 학생들은 부모님의 숭고한 사랑을 깨닫고, 부모님은 학생들의 열정을 느낄 수 있도록 하기 위함이었다. 학생과 부모님이 함께 참여할 수 있는 수업을 만든 것이다. 학생들의 역량이 강화된 뒤에는 학부모 참관 없이 독자적으로 수업을 진행했다. 그래야 학생들이 창의성과 예술성에 집중할 수 있었기 때문이다.

조기교육을 위한 비기너 발레 이외에 주니어 발레단도 한국발레하우스의 자랑이었다. 학생들이 중심이 되어 대작의 전막을 공연했기 때문이다. 전문 무용수가 되기 전에 전막을 공연한다면 실력이 훨씬 향상될 수 있다.

「혹부리영감」, 「젊어지는 샘물」, 「금도끼 은도끼」, 「어부 할아버지」, 「콩쥐팥쥐」 등 동화에 담긴 '착하게 살자, 욕심 부리지 말자, 효도하자, 자연을 사랑하자' 등의 교훈을 학생들이 가슴으로 이해하길 바라며 전래동화로 발레공연을 기획하기도 했다.

아름다운 시골, 정겨운 초가집에서 일어나는 갖가지 재미있는 이야기를 발레로 구성하기도 했다. 발레에서 가장 중요한 것은 단연 인성이기에, 인간다움을 기를 수 있는 창작 발레를 기획했던 것이다. 인성이 바르고 선(善)할 때 내면의 아름다움까지 표현할 수 있기 때문이다.

예나 지금이나 선(善)한 마음이 곧 발레의 도(道)라 강조하는 까닭이다. 따라서 한국발레하우스의 공연은 특별한 주인공이 없다고 해도 괴언이 아니었다. 모두가 무대에 오를 수 있었다. 실력에 따라 비중은 조금씩 상이할 수 있지만 무대에 오르고 배역을 정하는 네 있어 우선시 되는 것은 학생들의 의지였다. 우수한 학생에게만 기회가 주어진다면 소외된 아이들이 상처를 받기 때문이다. 무대에 오른 아이는 자칫 교만해질 수도 있다. 대공연이 경쟁과 시기의 장이 아닌 축제가 될 수 있도록 노력한 것이다. 작품의 안무공연은 언더스터디를 통한 교육이었으며 더블캐스팅, 트리플캐스팅으로 실력향상에 주력했다.

✳ 모두의 축제, 한국발레하우스 대공연

한국발레하우스 대공연은 우리 모두의 축제였다. 축제를 앞두고 연습에 집중하는 학생들을 보면 꼭 안아주고 싶을 만큼 기특했다. 한 명, 한 명에게 다가가 진심 어린 칭찬을 건넸다. 스승의 한마디에 행복해하던 학생들의 순수함은 다시금 나에게 교육자로서의 역할과 책임을 일깨워주었다.

가끔 발레교육에 미온적인 부모님을 만나면 몹시 안타까웠다. 예나 지금이나 많은 부모님들이 유아기부터 아동기 발레를 가르친다. 다리가 길어지는 등 신체가 아름답게 성장하기 때문이다. 실제로 초등학교 제자의 아버지가 딸의 목선이 길고 여성스러워졌다며 식사를 대접한다고 하여 듣기만 해도 보람되고 기뻤다. 다만 초등학교 고학년이 되면 학업에 집중하기 위해 발레를 중단하는 경우가 종종 있어 예나 지금이나 안타깝다. 이후 학생이 계속해서 발레를 원하면 다시 한국발레하우스를 찾아오지만, 그때는 이미 안타깝게도 골격과 근육이 굳어있을 때가 많다. 물론 발레에 대한 사랑과 열정이 신체적 약점을 보완해주지만, 그 과정이 너무도 힘들고 길어진다는 것이다. 그런 의미에서 발레리나가 되기 위한 첫 번째 조건은 학생의 마음이다. 학생이 진심으로 발레를 사랑하고 원한다면 부모와 스승은 지속적이고 체계적인 교육을 통해 학생의 꿈을 응원해줘야 한다.

한국발레하우스의 대공연이 모두의 축제가 될 수 있었던 것은 학생들이 발레를 스스로 사랑하고, 무대를 즐겼기 때문이다. 어려서부터 발레를 배운 터라 어려운 동작도 자연스럽게 표현하며 즐길 수 있었던 것이다. 물론 그렇다고 해서 공연 준비가 힘들지 않았다는 것은 아니다.

발레의 경우 연습 시간이 90분이라면 적어도 30분 전에는 연습실에 도착해서 스트레칭 등으로 몸의 근육과 관절들을 풀어줘야 한다. 동시에 어떤 동작에 더 신경을 써야 할지, 집중적으로 표현해야 하는 감정은 무엇인지 등등을 머릿속으로 점검해봐야 한다. 본격적으로 연습에 들어가기에 앞서 몸과 마음을 풀어주는 시간이 필요하다는 뜻이다. 어린 나이에 연습보다는 친구들과 웃고 떠드는 것이 더 즐거울 테지만, 사적인 생각에 마음을 빼앗기면 연습에 집중하기 어렵다. 타이즈를 입는 순간부터 도장(道場)에 들어가는 것처럼 정신무장을 단단히 하고 몸과 마음의 에너지를 오직 발레연습에만 집중해야 한다. 그러면 자연스럽게 오감에 불이 켜지면서 음악과 혼연일체가 된다. 이때 호흡을 가다듬고 몰입하면 내면의 아름다움까지 끌어올릴 수 있다. 최선을 다한 하루가 쌓이고 쌓였을 때 불가능하다고 생각했던 동작들을 아름답게 표현하고 있는 자신을 만나게 되는 것이다. 한국발레하우스에서 개최했던 모든 공연은 이렇게 완성되었다. 공연 중 실수를 해도 괜찮다. 최고가 되어가는 과정이라 여기고 이듬해 더 멋진 공연을 기대했다. 실수는 언제나 좋은 경험으로 발전의 밑거름이 되기 때문이다.

발레는 쉬지 않고 훈련을 해야 한다. 만일 연습을 하루를 쉬면 본인이 알고 이틀을 쉬면 스승이 알고 3일을 쉬면 관객이 알게 된다. 그 정도로 연습이 중요하다. 관객과 상호작용하며 감동을 전해줘야 하는 만큼 연습벌레가 되어야 하는 것이다. 실제로 학생이 전날 댄스파티에 다녀오면 스승은 바로 그에게서 클래식 감각이 옅어진 것을 감지할 수 있다.

대공연을 마치고 새해가 시작되기 전 다음 해 안무작품을 학생들과 상의하고 그에 맞춰서 작품 레퍼토리와 음악을 들려주었다. 그렇게 한해, 한해 아름답고 즐거운 기억을 쌓아가며 한국발레하우스의 역사도 깊어져 갔다. 오랜 시간을 한결같이 나에게 보람과 행복을 안겨주었던 학생들에게 진심으로 고맙고 또 보고 싶다. 학생들의 실력이 향상되는 것과 비례해 예술을 바라보는 부모님들의 식견도 높아졌으니, 자녀가 성장하는 것과 비례해 어느 순간 평론가 수준이 되어 깊은 대화가 오고 가곤 했다.

✳ 한국발레하우스의 역사

1990년	5월 24일	한국발레하우스 준공, 연습실, 비디오, 우디오실, 세미나실, 회의실, 시청각실, 자료실, 의상실, 로커룸, 관람석, 샤워실, 휴게실, 연건평 480평의 규모
	6월 1일	한국발레하우스 개관 기념행사
	6월 7일	제20회 동아무용콩쿠르 일반부 금상: 허경수(19회 은상)
	12월 23일	제1회 한국발레스쿨 발표회 및 반 편성 오디션. 대연습실
1991년	6월 1일	한국무용협회 콩쿠르 대상: 이선연, 수석상: 최원진, 차석상: 김형보
	6월 9일	한국발레협회 콩쿠르 은상: 김형보, 군무 은상: 중국의 춤
	6월 29일 ~30일	공개수업 및 반편성 오디션, 대연습실
	8월 2일 ~10일	제1회 여름발레캠프, 발레교수: 유병헌, 이인경, 백인숙, 최윤경
	10월 9일	서울예고무용콩쿠르 정민경 본선진출
	12월 22일	제2회 한국발레스쿨 발표회 및 반편성 오디션, 대연습실 / 예원학교 합격자: 정민경
1992년	2월 29일	춤의 해 개막제 참가 '꿈나무 발레리나' 국립극장 대극장. 유아반, 비기너 I, II, III (100명) 출현
	4월 10일 ~24일	레닌 그라드 국립발레단 대관(대연습실)
	5월 5일	MBC 창작동요제 특별초청공연 「이슬」 호암 아트홀
	5월 30일	한국무용협회 콩쿠르 고학년 특상: 이원철 김지영, 차석상: 허진아, 저학년 수석상: 이연경, 군무 수석상: 발레클래스, 수석상: 이슬
	6월 1일~ 8월 3일	러시아 크레믈린 궁전 국립발레단 안무가 나탈리아 바스크레센스카야 초청 발레 연수 및 지도
	6월 21일	한국발레협회콩쿠르 동상: 허진아, 장려상: 송정화, 군무 금상: 발레클래스

	6월 23일	MBC 뽀뽀뽀 출연 유아 발레 「이슬」
	6월 27일	공개수업 및 반편성 오디션, 대연습실
	7월 19일 ~26일	제2회 여름발레캠프 발레교사: 임성남, 로이 토비아스, 나탈리아 바스크레센스카야, 서정자, 김학자, 유병헌
	10월 9일	서울예고무용콩쿠르 금상: 김지영, 은상: 허진아, 동상: 이원철, 군무 금상: 이슬, 공로상: 남상열(예술 총감독)
	10월 25일	대한민속문화사업회 무용콩쿠르 유아부 금상: 서지양, 초등부 금상: 이지연
	10월 27일	MBC 뽀뽀뽀 출연 유아발레 「중국의 춤」
	12월 26일 ~27일	제3회 한국발레스쿨 발표회 및 반편성 오디션, 예원학 교 합격자: 허진아 이화은, 선화예중 합격자: 이원철,박 연정, 정기령
1993년	4월	SBS 「스타와 함께」 o 조정현 출연, 어린이 발레조기교육
	5월 22일	한국무용협회 주최 전국남녀 초·중·고 무용콩쿠르, 초 등부 저학년 특상: 송정화(꽃의 요정) 차석상: 최원진 (파키타) 장려상: 허시내(파랑새), 고학년 특상: 김지영 (실비아 중에서 피치카토) 수석상: 홍이빈(해적), 박은혜 (오로라 공주), 차석상: 이지연(흑조) 군무 특상: 숲 속 의 요정(김지영 외 15명) 수석상: 무희들(이연경 외 14 명)
	5월 24일	KBS1, 「주부교실」, 어린이 발레 교실, 조기 예술교육 대 담 및 출연, SBS 발레 출연
	5월 30일	제46회 전국무용콩쿠르(민속문화연구회 주최)초등부 금상: 이인(파우스트 중에서), 허시내(파랑새) 고등부 금상: 이로사(흑조), 박성희(지젤), 은상: 윤성원(지젤), 김문정(지젤)

	6월 6일	한국발레협회 주최 제13회 전국발레콩쿠르 초등부 저학년 은상: 최원진(파키타) 고학년 대상: 김지영(실비아 중에서 피치카토) 은상: 이지연(흑조) 동상: 홍이빈(해적) 군무 금상: 숲 속의 요정(김지영 외 15명) 은상: 무희들(이연경 외 14명)
	7월 1일	『발레를 위한 예쁜 책o 내 꿈은 발레리나』 발간
	7월 25일	『어린이를 위한 발레(1)o 바에서의 기본연습』 발간
	7월 30일	『아름다운 발레 이야기o클래식 발레의 12 작품』 발간
	7월 25일 ~31일	제3회 여름발레캠프 초청발레교사: 임성남, 김학자, 서정자, 박인자, 나탈리아
	8월	Expo 개막제 참가음악 「나비야 잡아라」 녹음(서울 studio)
	9월 21일 ~22일	중앙대학교 주최 전국무용콩쿠르대회 고등부 금상: 강지은(코펠리아) 장려상: 이로사(흑조), 고연주(고집장이 딸) 입선: 박성희(지젤)
	9월 23일	소년한국일보, 서울예술고등학교 공동주최 무용콩쿠르대회 초등부 금상: 김지영(실비아 중에서 피치카토) 장려상: 이지연(흑조), 박은혜(오로라) 입선: 홍이빈(해적) 군무 금상: 숲 속의 요정(김지영 외 15명)
	10월 1일	『발레마임o 제스츄어의 이론과 실제』 발간
	11월 14일	제4회 한국발레하우스 대공연(장소: 교육문화회관)
	11월 21일	평택문화예술회관 개관 기념공연 평택시청초청 한국발레하우스의 「그랑발레축제」
	12월 18일	제4회 한국발레하우스 공개수업. 예원학교 합격자:이지연 이인 박은혜, 선화예중 합격자:김지영 신지혜 박주형 김지선
1994년	5월 15일	『어린이를 위한 발레(2)o 센터에서의 기본연습』 발간
	5월 29일	한국발레협회 주최 제14회 전국발레콩쿠르 초등부 저학년 금상: 송정민, 고학년 금상: 이연경, 서동현, 은상: 선미혜, 최원진, 김재은, 장려상: 구현정, 최여진, 염우리, 최우정, 유나래, 송정화, 군무 금상: 이연경 외 17명, 은상: 구현정 외 16명, 중등부 금상: 홍이빈, 대학부 남자 동상: 신현지

	5월 30일	한국무용협회 주최 전국 초·중·고등학교 무용경연대회 초등부 하급부 특상: 최원진, 차석상: 송정민, 상급부 특상: 이연경, 서동현, 수석상: 선미혜, 차석상: 송정화, 최우정, 장려상: 김재은, 염우리, 김선화, 이은경, 군무 특상: 캡틴키퍼 이연경 외 17명, 수석상: 해적 구현정 외 16명, 고등부 입선: 박성희, 임지영
	7월 20일 ~30일	제4회 한국발레하우스 여름 발레연수 후원: 한국무용협회, 한국발레협회, 초청 발레 교사: 김학자, 서정자, 박인자, 정남숙, 박경숙, 김명순, 이미자, 허경수, 참가 인원 68명
	9월 30일	서울예고, 소년한국일보 주최 제17회 전국 초·중학생 무용경연대회 초등부 은상: 최원진, 동상:최우정, 장려상: 최여진
		중앙대학교 예술대학 무용학과 주최 제23회 전국고등학교 무용콩쿠르 클래식 발레 부문 금상: 박성희, 은상: 임지영, 남자발레 부문 금상: 원일
	10월 23일	대한민속문화사업회 주최 제49회 전국무용예술제 금상: 이은경, 최여진, 서연경, 은상: 권수정, 변하림
	11월 27일	제5회 한국발레하우스 대공연 교육문화회관 대극장 예원학교 합격자: 이연경, 이은경, 염우리, 노은초, 선미혜, 구현정, 김선화
1995년	1월 19일 ~25일	제5회 겨울 발레연수 초청발레교사: 임성남, 김학자, 서정자, 박인자, 최성이, 백의선, 박경숙 참가 인원: 74명
	4월 22일 ~5월 27일	(매주 토요일 오전 9:30~11:30) 제1회 발레지도교사 연수회 14명 참가 초청강사: 박경숙
	5월 7일	제15회 한국발레협회 콩쿠르 초등부 저학년 금상: 박혜리, 은상: 서지양, 동상: 조장환, 장려상: 변하림, 군무 은상 바느질과 소녀(남민지 외 7명) 고학년 금상: 최원진, 유나래, 은상: 손유희, 동상: 남민지, 장려상: 송주은, 임이랑, 이지희, 군무 금상: 꿈(최원진 외 13명), 은상: 아띠뜌드 바리아숑(유나래 외 7명). 주니어 군무 동상: 마을에서(최여진 외 2명)

	5월 13일	제26회 한국무용협회 콩쿨 초등부 하급반 특상:박혜리. 수석: 서지양, 조장환, 차석: 변하림, 장려상: 강서희, 군무 특상: 바느질과 소녀(서지양 외 7명), 수석상: 스카프발레(김리회 외 5명), 초등부 상급반 특상: 유나래, 최원진, 손유희, 수석: 이지희, 차석: 송주은, 남민지, 임이랑, 군무 특상: 아띠뜌드 바리아숑(유나래 외 7명) 수석: 꿈(최원진 외 13명) 중등부 차석: 최여진, 군무 수석: 마을에서
	5월 16일	제1회 키로프, 유니버셜 발레콩쿨 초등부 은상: 최원진, 장려상: 유나래, 이지희, 손유희
	5월 28일	'1995 전국무용예술제' 초등부 은상: 문혜린, 송하나, 김희정, 동상: 이수, 중등부 금상: 권수정, 은상: 임나라, 동상: 서혜민
	7월 9일	개관 5주년 기념 및 레트 스튜디오 개관 축하 모임
	7월 24일 ~30일	제6회 여름발레연수 초청 발레 교사: 임성남, 나탈리아 바스크레센스카야, 김학자, 서정자, 최성이, 백의선, 박경숙, 이론교사: 허영일, 이경태, 참가 인원: 78명
	10월	경기도 종합예술제 콩쿨 초등부 대상: 남민지
	12월 3일	제6회 한국발레하우스 대공연 교육문화회관 대극장 예원학교 합격자: 유나래, 이지희, 임정윤, 최은정, 한빛나, 전찬희, 서울예고 합격자: 허진아
1996년	1월 22일 ~27일	제7회 겨울 발레연수 초청 발레 교사: 김학자, 최성이, 박인자, 백의선, 남상열, 박경숙, 허영일, 이경태, 참가인원: 70명
	4월 28일	제2회 전국무용경연대회(한국무용협회 부천지부) 금상: 권미숙, 장려상: 윤수정
	5월 25일 ~26일	26일 제27회 한국무용협회 콩쿨 초등부 하급상 특상: 변하림, 차석: 강서희, 장려상: 김선희, 군무 장려상: 「우리 집에 왜 왔니? 파랑새」(서혜리 외 7명). 초등부 상급반 특상: 최원진, 손유희, 송주은, 남민지, 김주연, 수석: 유서연, 장하나, 강소연, 차석: 이수, 김한나, 김인희, 장려상: 이지수, 이상아, 군무 특상: 피치카토의 매력(손유희 외 15명), 수석: 요정들의 춤(최원진 외 24명), 차석: 서지양 외 11명), 중등부 장려상: 권미숙

5월 29일 ~6월 2일	제18회 국제오페라단 「아이다」 찬조출연, 예술의 전당 오페라극장
5월 31일 ~6월 1일	제4회 전국 남녀 중·고등학교 무용경연대회(단국대학교) 중등부 은상: 권미숙, 입선: 안연화
6월 2일	전국무용예술제 초등부 하급반 동상: 김선희 상급반 금상: 송하나, 김지수, 이지수, 이상아, 은상: 유은혜, 김미리, 장려상: 송경희, 중등부 대상: 권미숙, 금상: 안연화, 박혜준, 은상: 권수정, 동상: 성수미, 장려상: 민예운
6월 3일 ~5일	제11회 전국 남녀 초·중·고등학교생 무용경연대회(경희대학교) 초등부 하급상 특상: 변하림, 상급상 특상: 손유희, 1등: 남민지, 2등: 최원진, 김주연, 3등: 송주은, 장하나, 중등부 입선: 권미숙
6월 23일	제16회 한국발레협회 콩쿨 초등부 하급반 금상: 김선희, 동상: 변하림, 장려상: 강서희(창작발레), 군무 금상: 서지양 외 11명, 고학년 금상: 손유희, 남민지, 은상: 강소연, 장하나, 김주연(클래식 발레), 동상: 김지수, 김인희, 이상아, 장려상: 송하나, 유은혜, 김한나(창작발레), 금상: 최원진, 동상: 송주은, 장려상: 김미리, 군무 금상: 최원진 외 24명, 군무 동상: 손유희 외 15명, 중등부(클래식 발레) 은상: 권미숙, 장려상: 권수정, 대학부(클래식 발레) 동상: 진미아(창작 발레), 동상: 윤수정, 한봉주
7월 24일 ~31일	제8회 여름 발레연수 초청 발레 교사: 김학자, 서정자, 김명순, 손윤숙, 최태지, 남싱열, 김긍수, 임명주, 이경태, 참가 인원: 85명
9월 18일 ~21일	American Ballet Theatre 찬조출연: 「Gisele」, 「Swan Lake」 예술의 전당 오페라 극장
10월 23일	경기도 종합예술제 콩쿨 초등부 대상: 장하나
10월 26일	무용 한국사 콩쿨 대학부 은상: 한봉주, 동상: 원일
11월 31일 ~12월 1일	제7회 한국발레하우스 대공연 「발레페스티발」 「호두까기 인형」 전막 교육문화회관 대극장

	12월 24일 ~25일	금난새의 Xomas Gift Concert 『호두까기 인형』 中 「눈의 나라」 협연. 세종문화회관 대강당 예원학교 합격자: 남민지, 손유희, 김주연, 김지수, 강소연, 김인희, 김미리, 서울예고 합격자: 이지연, 이인, 박은혜, 권미숙, 이은정 계원예고 합격자: 홍이빈
1997년	1월 19일 ~25일	제9회 겨울 발레연수 초청 발레 교사: 김학사, 서정자, 김명순, 박인자, 임명주, 이경태, 남상열, 참가 인원: 39명
	1월 27일 ~2월 5일	스위스 로잔느 콩쿨 참관 및 연수, 참가 인원: 14명
	4월 15일	『발레안무법』 발간
	5월 10일 ~11일	제28회 한국무용협회 콩쿨 초등부 하급반: 특상 왕지원, 차석상 김미진, 군무 차석상: '바느질과 소녀' 김미진 외 4명, 상급반: 특상 이상아, 장하나, 유서연, 수석상 변하림, 차석상 서지양, 유은혜, 장려상 신윤경, 군무: 수석상: 「지젤」 최원진 외 9명
	5월 18일	제52회 전국무용예술제 초등부 군무: 스카프 발레: 박예은 외 5명, 솔로: 박예은 외 5명, 솔로: 금상 이지선, 신윤경, 은상: 강서희, 이은주 동상: 이정미, 송경희, 김나래, 장려상: 류진아, 류미경, 중등부: 금상 이소연, 김희정, 은상: 송하나, 동상: 박유진, 홍애령, 서희영
	6월 1일	제17회 한국발레협회 콩쿨 초등부 저학년:클래식 은상: 왕지원, 창작 금상: 김리회, 군무 동상: 스카프 발레, 장려상: 바느질과 소녀, 고학년 클래식 금상: 유서연, 동상: 장하나, 장려상: 서지양, 변하림, 군무 금상: 꽃의 왈츠, 동상: 병풍 속의 그림, 중등부 클래식 은상: 최원진, 장려상: 문현진, 김희정, 김소연, 군무 금상: 지젤, 대학부 남자 클래식 장려상: 원일, 여자 동상: 한봉주
	7월 20일 ~27일	제10회 여름 발레연수
	8월 19일	『서양무용예술사』 발간

	8월 30일	제1회 한성대학교 콩쿨 중등부 금상 김소연, 은상 문현진
	9월 19일	제20회 서울예고 콩쿨 중등부 금상 김소연, 장려상 문현진
	12월 20일	제8회 한국발레하우스 대공연 '갈라 콘서트' 농촌의 하루(창작 발레), 「호두까기인형(하이라이트)」 문예회관 대극장
		예원학교 합격자: 이상아, 유서연, 송경희, 장하나, 박가원, 정영미 / 계원예고 합격자: 서희영
1998년	1월	스위스 로잔 콩쿨 참가 및 연수
	5월	금난새와 함께하는 청소년 음악회협연 차이코브스키의 「작은 백조들」, 예술의 전당 음악당
	12월	제9회 한국발레하우스 대공연. 서울교육문화회관 대극장 갈라 콘서트. 파키타 창작발레들
1999년		서정자 물이랑 발레단 공연
2000년		한국무용협회 중견무용인 초청공연, 문예회관 대극장 「무용총의 인상」
2001년		(「아기 돼지 잔칫날」, 「농무」, 「시골동네」) 안무, MBC 창작동요제, 세계도자기 Expo 참가
2002년		러시아 문화초청공연
2003년		부천시청공연, 대전무용인 초청공연, 광화문 댄스 페스티발 기획
2004년		중견예술가 초청공연, 경북영주시민회관
2005년		신나는 예술여행 시역순회(경북의성회관), 호두까기인형공연, 키리키즈스탄 초청공연 아리랑연정
2006년		공연(마을이야기) 서울정민학교 초청공연(호두까기인형 中) 특수 장애자를 위함. KBH 봄 맞이 발레축제(실비아, 꽃의 왈츠)
2007년		해외공연(네덜란드 초청공연) 아리랑, 바느질과 소녀
2009년		카자흐스탄, 키리키즈스탄 공연(울밑에선 봉숭아야), 우즈백 공연, 어부사시사 공연 열린음악회(D.S아트홀)
2010년		키트리 공연

2013년	KBH 포럼 서예가의 아리랑 안무, 출연, 오페라하우스, KBH 아라스 공연, 잠자는 숲 속의 미녀 중(서곡, 마취, 요정, 꼬다)
2014년	KBH포럼아라스 공연, 송년발레축제, 판소리 서예가의 아리랑(국립극장)
2015년	KBH 송년축제
2016년	해녀 춤 구성, 안무, 출연 서정자(최승희 버전: 고증), 김 영순 대표(최승희 춤 연구소장)
2017년	서정자 TV 유튜브 개설 가람묵서전 초청 공연, 사랑, 오렌지연필갤러리
2018년	사랑의 향기 기획 총연출(백석아트홀)
2019년	사랑의 향기 기획 총연출(백석아트홀)
2020년	라비야데르 중 물동이 춤 안무 특상수상 (서지양) 헬스발레 안무 / 지도
2021년	「봄날은 간다」 / 안무, 출연

✳ 청소년 수련시설 아츠밸리, 예술학교 설립을 향해 첫걸음

교육자로서 후학을 양성하고, 이를 통해 발레 발전에 기여하고 싶다는 마음의 이끌림에 충실한 결과, 나는 대학교수가 되었고 한국발레하우스를 설립하게 되었다. 유아기부터 성인이 되기까지 전 과정을 체계적으로 교육할 때 세계적인 무용수를 양성할 수 있다는 믿음 하나로 한국발레하우스를 설립했지만, 호사다마(好事多魔)라고 그로 인해 어처구니없는 구설수에 오르기도 했었다.

예술이 발전하려면 예술가의 심성이 고와야 하는데 그렇지 않은 때가 종종 있다. 상처가 깊었지만 한국발레하우스의 위상이 그만큼 높아졌다는 뜻이라 여겼다. 제자들이 원하는 학교에 입학하고 훌륭한 무용수가 된 것만으로도 감사하자고 스스로 위로했던 것이다. 내가 살아온 모든 시간에 감사하고 있으니 이 모든 것을 허락해주신 하나님께 감사드린다.

제자들의 성장이 곧 교육자로서 살고자 했던 이유였으며 교육자로서의 바람이었으니 무엇을 더 바라겠는가? 긍정적으로 생각한 덕분일까? 어느덧 예술학교를 세우고, 눈 감는 순간까지 교육자로서 살아가고 싶다는 새로운 꿈이 생겼다. 이는 아름답게 나이 들어가고 싶다는 바람이기도 했다. 새하얀 머리칼을 드리운 할머니가 되어서도 세상을 사랑하고, 그 사랑을 전할 수 있다면 충분히 아름다울 수 있기 때문이다. 그 꿈을 이루기 위해 한국발레하우스가 발레 교육의 산실로 자리매김했을 때도 내 삶은 언제나 검소했다. 학교를 설립할 정도의 자금은 마련할 수 없었지만, 노년이 되었을 때 숲 속에 예술학교를 세우겠다는 결심은 점점 더 확고해졌다.

그러던 중 1998년 IMF가 발발했고 신문에 부동산 경매가 쏟아져 나왔다. 때마침 10여 차례 유찰된 대규모 토지가 있었다. 위치는 서평택이었고 부지는 대략 2만 5천여 평이었다. 입찰가가 매우 낮았기 때문에 지인들에게 자문을 구해가며 낙찰을 받는 데 성공했다. 이토록 넓은 토지를 저렴한 금액으로 구매한 것은 큰 행운이었다. 다만 학교를 운영할 자금이 없었으니 청소년수련원으로 운영허가가 난 상태로 승계했다. 청소년 수련 시설 아츠밸리(Artsvalley) 유스호스텔이란 이름으로 청소년 교육을 운영하다가 때가 되면 예술학교를 세우기로 계획을 세웠다.

✳ 세계적인 발레단이 내한하는 숲 속 공연장

　　　　　서평택 청북면 옥길리에 위치한 아츠밸리에는 내 노년의 시간이 그대로 깃들어 있다.

　서해대교가 개통함에 따라 집과 아츠밸리와의 거리가 1시간 이내로 단축되면서 어머니를 모시고 자주 오갔다. 어머니는 아츠밸리에서 바라보는 서해를 무척이나 좋아하셨다. 하늘을 향해 곧게 뻗은 소나무 앞에서는 언제나 두 손을 모으고 기도를 드리셨다. 어머니는 이제 내 곁을 떠나 하늘에 계시지만, 어머니가 사랑하셨던 소나무는 여전히 푸른 기상을 자랑하며 아츠밸리를 지켜주고 있다. 어머니가 생전 사랑했던 키 큰 소나무를 보면 어머니가 더없이 그리워진다. 세월이 흘러도 여전히 나는 아츠밸리를 사랑한다.

　이른 새벽, 해를 품고 찬란하게 반짝이는 서해는 희망의 참뜻을 일깨우기에 충분하다. 땅거미가 내려앉을 때, 붉게 물든 하늘과 드넓은 바다는 아름답게 늙어간다는 방법을 가르쳐주는 것만 같다. 사리사욕을 채우기보다는 세상을 아름답게 밝히는 데 조금이라도 더 기여하라, 내게 이르는 것 같기 때문이다.

　아츠밸리가 나 자신뿐 아니라 청소년들에게 꿈과 희망을 주는 공간이 되도록 건물을 지을 때도, 나무를 심을 때도 정성을 다했다. 아츠밸리 중앙에 있는 소나무집은 가장 큰 건물로서 아름다운 연못으로 둘러싸여 있어 운치를 더한다. 회의실과 연습실이 있으며, 200명 이상이 함께 식사할 수 있는 넓은 식당이 있고, 440명이 숙박할 수 있는 숙소도 있다. 문화와 예술을 나누는 교류의 장으로 손색이 없는 곳이다.

본관 예술원을 지나 감나무집, 소나무집, 참나무집, 은행나무집, 느티나무집은 2층 건물로 된 숙소이다. 산 정상에 위치한 3개의 방갈로와 취사장이 있는 대형 야영장과 공연장도 아츠밸리의 사랑이다. 축구, 배구, 농구, 족구, 달리기를 할 수 있는 넓은 운동장이 있고 그 옆에는 야외무대가 펼쳐져 있다. 숲 속의 작은 공연장이다. 청소년들이 자연 속에서 무용, 음악, 연극 등을 공연할 수 있도록 설계했다. 이는 지난날 유럽으로 공연여행을 떠났을 때 프랑스에서 보았던 숲 속 공연장에서 영감을 얻었다. 숲 속에 아주 작은 야외무대가 있었는데 당시 세계적인 현대무용가 마사 그레이엄(Martha Graham) 무용단이 찾아와 공연을 하고 있었다. 무대는 비록 작았지만, 숲 속 공연장이 가진 매력 덕분에 가능했던 것이다. 우리나라에도 이처럼 매력적인 공연장이 있다면 세계적인 발레단을 초청할 수 있으리라 생각했다. 막연했던 바람이 아츠밸리를 통해 실현된 것이다. 이후 아츠밸리의 숲 속 공연장은 한국발레협회에서 주최하는 전국발레 연수 장소로 사용되었다. 참가자들이 무척 좋아했던 기억이 지금도 생생하다. 이화여대 체육대학 오리엔테이션 장소로도 활용되었다. 모교를 위해 무언가 할 수 있다는 것만으로도 행복했다.

국제 규격에 준하는 넓은 야외 수영장도 이색적이다. 자연을 벗 삼아 수영을 즐길 수 있기 때문이다. 산책로도 특색 있게 꾸민 뒤 이름을 부여했다. 솔바람 소리길, 철학자의 산길, 진홍의 노을길, 예술가의 길 등이다. 늦은 저녁에 산책을 즐길 수 있도록 가로등도 150개나 세웠다. 당시만 해도 숲 속에 전기를 끌어오는 일이 여간 어렵지 않았다. 그래도 환하게 켜진 가로등 불빛을 보면 힘들었던 시간들이 거짓말처럼 잊혀졌다. 아츠밸리의 또 다른 자랑은 150m 아래 지하수다. 수질검사에서 만점을 받을 정도로 깨끗해서 약수 못지않다는 평가를 받았다. 정화조 설치, 건축물 시공 등등 모든 과정에서 환경보호에 만전을 기울인 결과였다.

이토록 아름다운 곳에서 청소년들이 교육수련을 한다면 몸과 마음이 건강해질 수 있으리라 확신했다. 자연과 어우러져 생활할 때 예술적 감성도 고양되리라 믿었다. 청소년들이 올바른 사회인으로 성장하는 데 조금이나마 기여한다는 사실만으로도 행복했다. 청소년의 정신교육을 국악으로 시작하기 위해 사물놀이 국악기도 제작하여 준비했다.

그 마음 하나로 나무 한 그루, 꽃 한 송이를 심었다. 그 과정에서 손톱이 다 망가질 정도로 정성을 기울인 덕에 청소년수련원을 넘어 직장모임, 동호회모임 장소로도 사랑받았다.

1999년 12월 31일, 해넘이를 보기 위해 아츠밸리가 자리한 무성산이 사람들로 북새통을 이뤘던 것이 엊그제 같은데 벌써 20년이 훌쩍 지났다. 아츠밸리를 수련원에서 예술학교로 발전시키려 했던 꿈은 아쉽게도 이루지 못했다. 사업가로서의 마인드와 예산이 부족했던 탓이다. 아쉬움이 없다면 거짓말이지만 그래도 지금의 모든 것을 있는 그대로 사랑한다.

숲 속에 아름다운 예술학교를 설립하기 위해 애썼던 시간들은 필시 누군가에게 새로운 영감이 되어줄 것이라 믿는다. 그리하여 언젠가, 누군가에 의해 숲 속 학교가 만들어지고 학생들이 자유롭게 예술 세계를 펼쳐나갈 수 있다면 그것으로도 얼마나 행복할까? 내가 걸어온 발자취가 누군가에게 앞으로 나아갈 영감적 지침을 줄 수도 있다면 그것도 헛되지 않은 삶이 아니겠는가?

최근에는 더욱 아름다워진 숲 속 동산이 되었다. 그에 맞춰 나의 꿈도 새로워지고 있다. 최근에는 먼 곳 경산에서 이곳까지 오셔서 도움을 주는 교수님이 계신다. 교수님의 순수함과 자연을 사랑하는 마음에 감사하며, 나 역시 새로운 힘을 얻는다.

✳ 아츠밸리 현황

o 시설규모: 부지 2,988,867㎡ 연면적 283,406㎡

o 수용정원: 520명(숙박 440명, 야영 80명)

o 숙박시설: 빌라 5개 동

　참나무집, 감나무집, 소나무집, 은행나무집, 느티나무집으로 4인실, 6인실, 14인실, 30인실로 구성

o 방갈로 3동 (떡갈나무집, 밤나무집, 대추나무집으로 4인실, 6인실, 10인실, 15인실로 구성

o 식당(산이랑): 200석 이상

o 문화정보 교류장(숲이랑): 100석 이상

o 실내, 실외연습장: 200석(세미나, 회의실, 무용, 음악, 연극 연습 및 훈련)

o 매점, 양호실, 사무실, 지도자실

o 실외체육시설: 성인, 어린이 실외수영장(로커룸, 샤워실, 화장실 등 완벽한 부대시설)

　축구, 농구, 배구, 족구, 달리기, 테니스장

o 산책로: 4개 코스

　(철학자의 산길, 진홍의 노을길, 솔바람 소리길, 예술가의 길)

o 야외무대: 운동장, 야외공연장: 숲 속, 야영장: 취사장, 화장실

o 사계절 썰매장

o 주변 환경: 온갖 유실수와 아름다운 꽃으로 둘러싸여 있으며 자두, 매실, 감, 모과, 사과, 밤나무 등이 있다.

✳ 시인이자 서예가를 꿈꾸며

　　　　조상 대대로 서예를 즐겼던 것은 심신의 안정을 갖기 때문이다. 화선지에 글을 써내려가기에 앞서 먹을 갈다 보면 기다림의 지혜와 여유로움을 배운다. 나이가 들수록 마음이 조급해질 테지만 그럼에도 '서두르지 말라.'라고 가르치는 듯하다.

　새하얀 화선지에 글을 쓰노라면 온통 신경이 집중되어, 산란했던 마음이 고요해진다. 한평생 발레리나로서 역동적으로 살아왔다면 서예가로서의 시간은 정적인 삶의 가치를 일깨워주었다. 정년퇴직 이후 시간적 여유가 있어 배우기 시작한 서예가 내게 또 다른 즐거움으로 다가왔던 것이다. 붓을 잡으면 시간 가는 줄 모르고 붓글씨를 쓰고 있으니 말이다. 국전에 출품할 때는 며칠 동안 새벽 5시가 넘을 때까지 국전지에 100장도 넘게 작품을 썼다. 열심히 지도해주신 서예 스승 무산 허화래 선생님, 가람 신동엽 선생님께 감사드린다.

　덕분에 연목(然木)이라는 필명까지 갖게 되었고 크고 작은 전시회에 출품해 수상의 영광을 누리기도 했다. 이제 나의 또 다른 도전은 시를 쓰는 것이다. 시 또한 서예와 마찬가지로 정적인 시간을 필요로 한다. 고요 속에 머물며 지난 시간을 반추하다 보면 그저 감사하기만 하다. 감사했던 순간들을 글로 옮기는 과정은 무척 신비롭고 즐겁다. 순수했던 소녀 시절의 감수성이 되살아나는 것만 같다. 팔순이 되었지만, 마음은 여전히 영원한 청춘을 거닐고 있음을 깨닫는 것이다.

　살아온 시간을 한 권의 책으로 정리하는 지금도 내게는 무척 소중하다. 서예 작가로의 활동도 그렇지만 시와 글을 쓴다는 것은 결코 쉬운 일이 아니다. 누군가에게 보여주기도 부끄러울 만큼 서툴고 부족하지만 스쳐 지나가는 생각을 표현하는 시간이 그저 행복할 뿐이다. 그러니 앞으로도 계속해서 시를 쓰고, 글을 써 내려갈 것이다. 서예와 시와 발레를 접목한 안무에도 도전해보고 싶다. 그 안에서 나의 삶과 영혼은 훨씬 더 풍성해질 것이라 믿는다.

수상작품

번호	년도	명제	수상	게제지
1	2008. 8.	제 화	입 선	서울메트로 미술대전
2	2008. 9.	소석임유	입 선	남농 미술대전
3	2008. 9.	적천사과방 장영선사	입 선	대한민국 열린미술대전
4	2008. 11.	초목 유본	입 선	전국 미술대전
5	2008. 12.	고 목	입 선	대한민국 미술대상전
6	2009. 10.	우탁선생시	특 선	대한민국 열린미술대전 공모전
7	2014.	아리랑	공연무대 서예	오페라하우스
8	2015. 6.	동 대	입 선	대한민국 미술대전 한국미술협회(국전)
9	2015. 8.	억청담	특 선	소사벌 서예대전
10	2017. 11.	설 후	전 시 (초대작가전)	제주 규당 미술관 전시

11	2017. 12.	설 후	삼체상	대한민국 서예 예술대전
12	2017. 12.	사 랑	전시회	오렌지연필 갤러리
13	2019. 9.	판소리와 아리랑	공연무대 서예	국립극장 해오름

수상경력

입선 남농미술대전(2008. 9. 22.)

입선 대한민국 열린미술대전 공모전(2008. 10. 22.)

입선 전국미술대전(2008. 11. 11.)

입선 대한민국 미술대상전(2008. 12. 20.)

특선 대한민국 열린미술대전 공모전(2009. 10. 7.)

입선 대한민국 미술대전 한국미술협회(2015. 6. 19.)

특선 소사벌 서예대전(2015. 8. 8.)

삼체상 대한민국 서예예술대전(2017. 12. 2.)

✳ 아츠밸리로 봄맞이 가는 길

생각 켕기는, 늘 가보고 싶은 그곳
금정역에 도착하면 벌써부터 보이는 아츠밸리 숲 속
솔바람 소리 먹먹한 길을 걸어 올라가노라면
푸른 숲에서는 진한 솔 향기 바람, 양 볼에 옛 기억처럼 스친다.
땅두릅, 산두릅, 머위, 부추, 민들레, 쑥마다 봄나물들
수채화 같은 유채꽃 샛노란 들판,
설유화 따라 철쭉 꽃 피면 백일홍도 수줍어하고
사과나무, 자두나무, 매실나무, 대추나무

그리고 빠뜨리면 서운할 너도밤나무
보이지 않은 것들이 보이는 봄, 봄, 봄이 보인다.
그 봄길에 만나게 되는 정다운 미물들
'또 한 번 살고파 생명의 등불을 새로 들고 나온 그대들,
가엽구나!'

예술인 삶의 깃발을 꿈꾸는 아츠밸리
오늘도 나는 그곳의 산과 들을 탐한다.
애지중지 생전에 엄마가 아끼시던 높은 소나무 한그루
세월의 무게를 그대로 짊어지고 나를 반긴다.
솔바람 사이로 우리들의 기억이 불어 들어온다.

가신 임 보고픈 마음이!

아쉬움이!
이 그리움을 어찌할꼬.

며칠 전에 함께 뜯은 봄기운 가득한 나물들
내가 좋아하는 친한 작가에게 봄 선물로 드렸지
오, 그렇게도 좋아하시며 소년 같은 표정
봄나물은 약초라며 새벽이 올 때까지 다듬으셨다는 이야기 정겨웠다.
잠시, 봄 향기가 아츠밸리에 그윽할 때는
우리 모두 모두, 또 한 번 살아있고프다.
눈 한 번 깜빡 감았다 떴더니 어느새 팔십 년이 지났구나!
아뿔싸 꿈이었나?
잠시 꾼 꿈속에서의 행복했어나?
이곳, 진홍빛 노을 지면 서해 쪽 해넘이가
서럽도록 아름다워서
눈자위에 진한 땀이 서린다.

✳ 숲 속의 오케스트라

보랏빛이 아주 예뻐 물으니
제 이름은 가시 엉겅퀴꽃이란다.
늘씬한 키와 작은 얼굴이
발레리나를 닮았다.
긴 팔과 다리 그리고 가느다란 허리
"그래, 넌 예쁜 발레리나 하렴."

가시 엉겅퀴꽃
따가운 가시를 가졌지만
나에게만 생긋한 웃음 정겨워 어쩌까이
어지러운 왈츠로 한 바퀴 빙 돌아보면
자신을 봐 달라고 사방에 피어
길목마다 목을 뽑고 있는 기다림
엉겅퀴 옆에 있는 금낭화는
친한 그의 벗인 양 살포시 고개를 숙이고 있네.

초롱에 불 밝히고
지팡이 든 지휘자, 나를 기다린 듯
잎새 줄기에 나란히 금관악기, 나팔을 매고 줄을 서 있구나.
초롱꽃, 엉겅퀴, 금낭화, 민들레, 제비꽃
외진 산골 친구들
볼그레한 자태.

불 밝혀 준비한 축제
'너는 희망….'
'나는 기다림….'
온갖 꽃말들이
춤추고 사랑을 노래하누나.

"애들아 우린 서로 헤어져서는 아니 되는
이곳 숲 속 오케스트라야."

잘생긴 키 큰 나무들의 거만함 아래
예쁜 들꽃들의 겁없는 속삭임,

소나무, 감나무, 참나무, 느티나무, 사과나무,
그리고 대추나무와 벚나무
"애들아, 키 큰 것들도 다 모여라."
"우린 이곳에 모여서 햇볕과 바람 노래를 하며
춤추고 살아야 해."

✳ 새의 지저귐

새를 만나면 어김없이 인사를 나눈다.
머리 위에서, 옆에서, 앞에서 지저귀는 나의 친구들
우는 것일까, 웃는 것일까?
알 수는 없지만 쟤네들은 쉬지 않고 떠들어댄다.
무슨 말을 전하고 싶은 것일까?
그 안에 행복만 가득했으면...,
그리고 잘 놀다 갔으면 좋겠다.

처음에는 조용히 인사하듯 속삭이더니
이내 친해진 것일까?
제법 종알종알 큰 소리로 떠들어댄다.

가만히 귀 기울이면 안부를 묻는 것만 같다,
"왜 이리 오랜만에 찾아왔냐고
점심은 먹었느냐?"라며.

수제 돈가스를 먹었다고 대답해주니
"잘했어."라고 대꾸한다.
그리고는 저 멀리 서해 바다를 향해 날아간다,
바다 구경하고 다시금 오겠노라 약속하며.

바람도 새들과 주거니 받거니 노래를 부르고

비둘기는 목이 쉬었는지 2/4 박자로 노래한다.
뻐꾸기는 모데라토로 신나는 왈츠를....

각기 제멋으로 제소리를 더해가며 소리를 높인다.
꽃과 나무들도 질세라 소리를 높인다.

숲 속은 진작 아수라 공연장이었는 것을....

✳ 해넘이

서산에 지는 해
이렇게 낭만이 가득하고
이렇게 아름다운 정경일 줄은
예전엔 느끼지 못했네.

예전엔 그냥 어려서 느끼지 못했을까?
아니면 해넘이에 관심이 없었을까?
이도 아니면,
청춘의 시간적 여유가 없어서였을까?
서정자 '바보였구나!'

해 뜨는 것만 보러 다녔을 뿐
뜨는 해만 좋아했을 뿐
지는 해도 아름답다는 것을 미처 알지 못했나.

1999년 12월 31일, 2000년으로 넘어가는
밀레니엄 시대를 향한 길목에서
해넘이를 보기 위한 아츠밸리 숲 언덕에
모인 인파, 그때 그 사람 아직도 눈에 선하다.
아쉬운 것에 대한 것이었을까?
한 번 더 살아 보고 싶음이었을까?

더 만나고 더 웃고 또 춤추고
미치도록 더 없을 안무를 생각하고
미치도록 사랑을 하고팠던 일을....

쇼팽의 녹턴과 느린 왈츠의 선율을 닮은
만년의 해가
저곳 아츠벨리에서
검푸른 서해 바다로 붉게 지고 있다.

✱ 꿈꾸는 발레리나의 생각 「봄날은 간다」 산문시

봄날은 간다.
팔순이 되고 보니 이 대중적인 음악을 안무하고 싶다.
보는 사람도 즐겁고, 춤추는 사람도 즐겁도록
발레는 고도의 테크닉을 필요로 하니
예술가로서 나이가 들면
지구력, 순발력, 유연성, 평형성 등이 떨어져 힘들다.
안 그런 척 새로운 방향으로 가면 아니 될까?
그리하여 1953년 백설희 노래로 손로원 작사, 박시훈 작곡의
「봄날은 간다」로 안무하여 대중에게 즐거움과 감동을 전하고 싶다.

"연분홍 치마가 봄바람에 휘날리더라.
오늘도 옷고름 씹어가며 산 제비 넘나드는 성황당 길에...."

가사도 정겹다.
예술가는 세월이 갈수록 인문학적 견해가 쌓여
점점 더 견고한 예술 세계를 감성으로 구축할 수 있다.
나의 능력과 대중의 기쁨을 고려하여
감동적이고 창의적인 예술의 방향을 구축하고자

지하철을 타고 아츠밸리로 향하며 「봄날은 간다」의 안무를 구상한다.
소품으로 하늘색, 핑크색, 초록색,
보라색의 날개 실과 뜨개질하는 바늘을 샀다.

방배역을 지나 지하철을 갈아타며 서정리역 또는 지제역에서 내린다.
그 뒤 버스기 어의치 않으면 택시를 탄다.

짧은 여행
오늘은 「봄날이 간다」의 안무를 계획하느라 여행이 한결 행복하다.
서울로 돌아올 때는
낡은 흙 묻은 차가 지제역까지 데려다 주었다.
삼등 열차 간
두 배로 행복한 오늘의 시간이 봄날로 저물어 간다.

✳ 지혜와 지식을 나누는 장, KBH포럼

　　　　　　한평생 대학에 몸담으며 발레는 물론 한국무용,
현대무용, 음악가, 문인, 서예가 등 각계각층의 예술가들과 교류하며
친목을 다져왔다. 정년퇴직 이후 2013년부터 문화예술인들이 정기
적으로 만나 서로의 지혜를 나누고 교류하는 한국 발레하우스 포럼
(Korea Ballet House Forum), 즉 KBH포럼을 출범시켰다. 어느덧 은
빛 머리칼을 드리우고 세월의 흔적이 얼굴 위에 고스란히 묻어나는
나이가 되었지만, 배움을 멈추지 않으면 영원히 청춘에 머물 수 있기
때문이다. 나이가 많다는 이유로 무익(無益)하게 시간을 보내고 싶지
않았던 것이다.

　초기 모임은 15명 내외가 참가하는 소규모 포럼이었으나, 점차 회
원이 증가함에 따라 정회원이 50여 명 안팎이 되었다. 우리는 포럼
의 의미 그대로 공개토론회 등 생각을 나누고 그동안 쌓아온 지식과
경험을 나눴다. 유명 강사를 초청해 강연을 열고 음악회, 발레, 한국
무용, 현대무용 등을 무대에 올리기도 했다. 회원 대다수기 대학교수
이자 예술가였으니, 서로가 연구해왔던 학문을 공유하며 지식의 깊
이를 넓혀나갔다. 강연자를 섭외할 때도 주제를 선정할 때도 정성을
기울인 결과 KBH포럼은 매년 4~5회의 포럼을 개최할 만큼 인기가
높았다. 해를 거듭하며 우리의 우정도 두터워졌다. 서로가 서로에게
행복을 나눠주는 친구가 된 것이다.

　덕분에 나 역시 세상을 바라보는 식견이 더 넓고 깊어졌다. 그동안
발레밖에 몰랐다면 KBH포럼을 통해 애니메이션, 와인, 심리학 나아
가 4차 산업혁명에 대해서도 알게 되었다.

LCM 컨설팅의 정철화 회장님께서 "최고의 약은 사람."이라고 하셨던 말씀이 오랫동안 기억에 남는다. 어려움을 해결해주는 이도 사람이요, 패배의 아픔을 치유해주는 이도 결국 사람이기 때문이다. 나 역시 사람이 가장 중요하다고 생각한다. 무용수도 사람이요, 공연을 보고 감동하는 이도 사람 아니겠는가? 사람이 희망이 되기도 하고 행복의 근원이 되기도 한다. 그 사실을 가슴으로 깨달았기 때문에 교육자로서 후학양성에 이바지하고자 한국발레하우스와 아츠밸리를 설립한 것이다. KBH포럼을 출범한 이유도 그저 사람이 좋았기 때문이다.

여전히 나는 '최고의 약은 사람'이라고 생각한다. 약이 되는 사람들과 더 많이, 오랫동안 함께 행복하게 살아가고 싶다.

KBH행사 연혁

	발표 년 월 일	강사명	강연 제목	소 속
1	2013. 12. 26.	서정자	아라스 오픈 클래스	전 중앙대 교수 KBH 포럼 대표
2	2014. 12. 12.	서정자, 최 선	2015 송년 발레 축제	전 중대교수 고대 교수
3	2015. 10. 24.	예비 위원회	KBH포럼 준비에 대한 과제	KBH 포럼 위원
4	2015. 11. 21.	김영순	최승희 무용예술의 특성과 흐름	최승희 춤연구회대표
5	2015. 12. 12.	서정자	KBH아라스공연	KBH포럼 대표

6	2016. 02. 27.	최 선	예브기니 오네긴과 스페이드 여왕	고대 문과대학 노어문학 교수
7	2016. 06. 26.	송종건	포스트모던 사상과 무용 포스트 모더니즘	월간 무용과 오페라 발행인
8	2016. 09. 03.	이용주	전통복식과 민속 의상, 머리 장식, 메이크업	전통복식전문가
9	2016. 12. 17.	서정자	KBH포럼 송년 무용 공연	KBH포럼 대표
10	2017. 03. 25.	황선길	문학과 에니매이션의 만남	(사)한국애니메이 션학회 명예회장
11	2017. 06. 24.	서정자	발레마임의 실제와 활용	KBH포럼 대표
12	2017. 09. 30.	김복선	인문학과 꽃의 세시 풍속	문선꽃예술협회 회장
13	2017. 12. 16.	황선길	영상과 만남	한국 애니메이션 학회 명예회장
14	2018. 03. 24.	엄은형	신바람과 삶의 존재 양식	각낭복지재단이사
15	2018. 06. 23.	장세호	글로벌 시대의 행복관	(RC) 3650 지구 서울 총재
16	2018. 12. 12.	서정자	송년간담회	KBH포럼 대표
17	2019. 03. 26.	서상희	4차 산업 바이오	TS바이오 회사 이사
18	2019. 06. 25.	이정수	중년기와 노년기의 심리적 혼란과 개성화	연세대 상담 코칭 지원센터 이사

19	2019. 09. 24.	김영순	월북작가, 예술인의 활동과 그들의 운명	최승희 춤연구회 대표
20	2019. 12. 11.	서정자	2019 송년회	토론과 공연
21	2020. 03. 24.	KBH포럼	코로나 19로 휴회	KBH포럼
22	2020. 06. 26.	최종림	와인과 문학 이야기	작 가
23	2020. 06. 23.	송기인	생활 법률 이야기	송기인 법률사무소 대표 변호사
24	2020. 09. 22.	황선길	광고 또는 유튜브나 핸드폰에 대하여 영상과 시	한국애니메이션 명예회장
25	2020. 12. 08.	송년회 겸 정철화	드러내기 경영	LCM 컨설팅 회장

✳ 당신이 있어서 내가 있습니다

　　　　　　뉴서울로타리 클럽도 내게는 소중한 모임이다. 2004년 클럽에 입회한 뒤 오랜 시간 회장을 맡아왔으며 현재는 고문으로 활동하고 있다. 뉴서울로타리 클럽을 설명하기에 가장 적합한 고사성어를 찾는다면 기사회생(起死回生)이다. 긴 시간 몇 번에 걸쳐 해단될 위기에 처했으나, 가까스로 기사회생하여 오늘에 이르렀기 때문이다. 뉴서울로터리 클럽의 역사는 1989년으로 거슬러 올라간다. 당시 마포로타리클럽으로 출발한 뒤 2008년 국제로타리클럽의 승인을 얻어 지금의 뉴서울로타리 클럽으로 개명했다.

　개명 시 회원이 5명 남짓하여, 클럽을 이끌어나갈 수 있을까 걱정도 많았다. 재창립의 각오로 최선을 다한 결과 회원이 40여 명으로 증가하며 2010년 국제로타리 세계 ToP 10에 선정되어 표창장도 받았다.

　뉴서울로타리 클럽은 각계각층의 저명인사, 기업인 등 우리 사회 오피니언 리더들로 구성되어 있다. 우리는 고아원, 음성 나환자 성나자로 마을방문, 청소년 유해환경 추방 캠페인, 불우이웃 성금전달, 한국재활재단 어린이 기회보조금 프로젝트 시행 등 나눔 활동에 주력해왔다. 중구청과 업무협약을 맺고 신당 보훈회관에 무료급식 쌀 지원을 시작으로 결식아동 돕기, 장애인 무료급식 등 봉사활동에도 최선을 다했다. 미국, 일본, 필리핀 등 국제자매클럽과 결연을 맺고 우리 문화를 해외에 알리는 선봉에 서기도 했으며 일본 나라니시 로타리와는 가족처럼 가깝게 지냈다. 정기적으로 서로의 나라를 방문해 친목을 다지며 민간단체가 이끌어나는 외교의 진면목을 보여주었다.

클럽 회원 중에 일본어과 교수, 동시통역사들이 계셔서 더없이 감사했다.

미래의 로타리안을 육성하고자 2011년 서울여자대학교 간호학과가 중심이 된 뉴서울로타랙트를 창립, 정기적으로 치매 어르신과 장애 노인을 위한 봉사활동을 전개해나갔다.

클럽의 존폐가 위협받았던 순간에도 회원 한 사람 한 사람이 지혜를 모으고 열과 성을 다해 이끌어온 뉴서울로타리를 나는 너무도 사랑한다. 더불어 살아가는 삶의 가치를 배웠고, 나눔의 진정한 즐거움을 깨달았으며 "당신이 있어서 내가 있다."라는 우분투(Ubuntu)의 참 의미를 알게 되었기 때문이다. 이토록 소중한 모임의 일원임에 감사하며, 늘 나와 함께해준 모든 벗들에게 이 지면을 빌려 사랑과 감사의 말씀을 건넨다.

2021년 창립 33주년을 맞이하는 뉴서울 RC는 영원한 사랑과 나눔의 봉사로서 사랑의 향기라는 이름의 자선음악회를 통해 국내외 봉사활동을 이어가고 있다.

6. 서정자를 기록하다

✳ 발레리나 서정자, 분홍 신의 꿈

꿈은 아름답다. 창틀 사이로 스며드는 아침 햇살
이 번지는 하얀 옷깃처럼 소망을 담는다. 설령 평생토록 못 이룰지라
도 사람의 생애에 무언가 변치 않을 단 하나의 꿈을 간직할 수 있다
면 아름다우리라. 그래서 꿈꾸는 사람은 아름답다. 춤의 해를 맞아
우리가 만난 발레리나 서정자는 여태껏 어린 시절의 꿈을 안고 사는
행복한 사람이다. 도시락을 싸 들고 아침부터 밤까지 「분홍 신」과 마
고트 폰테인의 전기 영화를 보았을 정도로 발레에 심취했던 시절을
보낸 그녀의 꿈은 발레 학교의 교장이 되는 것이었다. 올해 쉰한 살
의 중앙대학교 무용학과 발레 전공 교수인 그녀는 스물일곱 살의 젊
은 나이에 한양대학교 무용학과 전임강사로 부임하면서 대학교수가
되었다. 우리 사회의 통념으로 보면 그녀는 분명 성공했다. 오히려 소
녀 시절의 소박했던 꿈을 뛰어넘어 그보다 더 큰 성취를 했다고 보아
야 옳을 듯싶다. 그러나 그녀의 생각은 이와는 다를뿐더러 아직도 그
꿈을 간직하고 있다. 발레학교 교장이 되는 꿈, 얼핏 이해되지 않는
이러한 그녀의 꿈속에는 발레에 대한 형언할 수 없는 깊은 사랑이 담
겨있다.

**좋은 발레리나를 양성하기 위해서는 좋은 교육시설이 필요하고
자질 높은 교사에 의한 조기교육이 필요**

지난겨울 우리는 방배동에 있는 한국발레하우스로 그녀를 찾아갔

다. 밤새 진눈깨비가 내려 거리는 빙판으로 미끄러웠지만 비교적 온화한 날씨였나. 에리히 케스트너의 동화 속에 나오는 학교를 연상케 하는 하얀 회분으로 마무리한 적벽돌 건물의 한국발레하우스를 들어서자 그녀가 우리를 반겼다. 소매 끝에 하얀 레이스가 달린 검정색 원피스를 입은 그녀를 처음에 우리는 못 알아볼 뻔했다. 발랄한 그녀의 옷 탓도 있었겠지만, 아직 십대 소녀를 연상케 하는 청순함이 남아있는 그녀의 얼굴에서 쉰 살이 넘은 여인을 찾으려 하는 우리의 선입견 자체가 무리였는지도 모른다. 아무튼 그녀가 우리에게 준 첫인상은 사월의 히야신스와 같은 신선함이었고, 그러한 느낌은 장시간의 인터뷰 도중에도 이어졌을뿐더러 때로 우리의 마음을 설레게 했는데 그것은 바로 그녀의 꿈 때문이었다. 지난 1990년 6월 서 대표가 설립한 한국발레하우스는 발레에 대한 깊은 사랑이 담긴 꿈의 결실이다.

"발레 교육에서 가장 중요한 것은 조기교육입니다. 발레 강국으로 불리는 러시아나 서유럽에서는 일찍부터 유망한 아동을 선발해 기숙사 생활을 시키면서 무용수를 양성했지요. 이러한 그들의 조기교육이 세계적인 발레리나를 배출할 수 있었던 토양이었고요. 반면에 우리나라에서는 발레의 조기교육을 너무 소홀히 했을뿐더러 교사나 교육의 질 또한 상대적으로 아주 낮은 실정이지요. 적어도 훌륭한 발레리나를 양성한다는 측면에서 보자면 대학교육보다 더 중요한 것이 아동교육입니다. 대학은 학문을 연구하는 곳이지 무용수를 양성하는 곳은 아니기 때문이지요. 그래서 실기나 티칭 메소드 면에서는 대학교수보다 훨씬 더 뛰어난 기량을 가진 교사가 아동교육을 담당해야 한다는 것이 평소의 제 생각이었습니다."

그녀의 말에 따르면 우리나라에서는 제도적으로 발레리나를 양성하기 위한 전문교육을 너무 등한시해왔기 때문에 발레가 더 이상 발전하지 못하고 정체했다는 것이다. 그래서 그녀는 항상 발레리나를 양성하기 위한 학교 특히 아동교육을 할 수 있는 학교가 꼭 필요하다고 생각했고 국가나 다른 사람들이 하지 않는다면 스스로라도 설립해야겠다는 꿈을 간직해왔다고 한다.

일본 고마끼발레학교와 독일 슈투트가르트 발레 연습장의
기억을 되살려 세심하게 설계한 한국발레하우스

그러나 이러한 꿈을 이루기에 그녀에게 주어진 여건은 너무나도 척박했다. 하지만 그녀는 절망하지 않고 주춧돌부터 쌓아야겠다는 생각으로 대학에서 나오는 월급을 한푼 두푼 저축하기 시작했다. 그러는 도중 어느 정도의 돈이 모였고 어느 날 행운의 여신이 그녀를 찾아왔다.

"제 머릿속에는 항시 발레학교를 세워야겠다는 생각뿐이었던지라 주말이면 학교 부지를 물색하러 다니곤 했지요. 그러던 어느 날 방배동 부근에 170평 정도의 땅이 싸게 나왔다는 소식을 들었어요. 평당 100만 원 정도의 당시로써도 싼값이었어요. 우선 학교 부지라도 마련해야겠다는 생각에서 그동안 저축해 놓았던 돈은 물론 살고 있던 아파트를 처분하고 나머지 돈은 은행에서 빌려 서둘러 그 땅을 샀지요."

미래는 꿈꾸는 사람의 것이라고 했던가? 살고 있던 아파트를 팔고 동료 교수의 연립주택 지하실에 세 들어 살던 그녀에게 또 한 번의 기회가 찾아왔다. 평소에 그녀의 꿈을 갸륵하게 여기던 한 원로학자의 주선으로 국내 굴지의 건설회사에서 그녀가 마련한 부지 위에 발레학교를 지어주기로 선뜻 나섰다. 건축비는 앞으로 차차 갚기로 하는 조건으로.

"세상의 모든 일은 돈으로 되는 것이 아니라는 것을 그때 실감했지요. 그 후 제가 강의시간 중에 제자들에게 항상 강조하는 것이기도 하지만 세상에서 가장 소중한 것은 사람의 만남이라는 것을 그때 새삼스럽게 깨달았어요."

그녀는 발레를 위한 이 새로운 공간에 혼신을 기울였다. 일본 고마끼발레학교(고마끼발레단)와 독일 슈트트가르트 유학 시절 유심히 보아왔던 발레 연습장의 기억을 되살려 전반적인 내부 설계는 물론이고, 마룻바닥 하나까지도 발목에 오는 충격을 최소한으로 줄일 수 있게 세심히 신경을 썼다. 6층 정도의 높이인데도 발레연습에 적합하도록 천정을 높게 설계해 4층으로 지었다. 철저하게 발레만을 위한 건물로 설계한 것이다. 이러한 데는 그녀가 공부하면서 체득한 경험도 중요했다. 건물이 완공되자 그녀는 곧 발레하우스를 열었고 유아발레를 비롯한 초보자를 위한 비기너발레, 중급·초급 과정의 인터미디어트클래스, 어드밴스클래스, 마스터클래스 등의 발레강좌를 개설하고 국내외의 우수한 발레학교들을 초빙했다. 지하 1층 지상 4층에 100평의 대연습실, 45평의 소연습실, 자료실, 도서관, 의상실, 탈의실, 샤워실 및 휴식공간을 갖춘 발레하우스의 첫 학생은 은희, 진영, 진희 세 명의 어린이였다. 지금은 70여 명의 유아를 포함해 200여 명이 발레를 배우고 있지만, 그녀는 한국 발레의 미래에 헌신한다는 일념으로 학생들에게 혼신의 정열을 쏟았다.

대학 시절에는 지독할 정도로 연습에 매달렸어요.
밤늦게 교정을 걸어 나오다 보면 밤하늘이 그렇게 아름답게
보일 수가 없었고, 행복감으로 가슴이 뿌듯했어요.

발레리나 서정자. 그녀는 1942년 경기도 포천에서 태어나 서울로 이사해 어린 시절을 남산 기슭 후암동에서 보냈다. 삼광국민학교를 거쳐 수도여중에 진학하면서부터 발레를 시작한 그녀는 수도여고를 졸업할 때까지 이화여대에서 주최한 발레콩쿠르에 매년 입상하면서 그 자질을 엿보였다. 여고를 졸업하고 그녀는 이화여대 무용과에 진학하게 된다.

"7시까지 학교를 가서 두 시간 동안 발레와 피아노를 연습하고 수업에 들어갔지요. 오후 다섯 시에 수업이 끝나면 연습실에 남아 반드시 계획한 연습량을 마치고 귀가했는데, 가끔 친구들이 놀러 가자고 할 때면 마음이 들뜨기도 했어요. 하지만 내가 마음속으로 자신에게 했던 약속이었기 때문에 반드시 지켜야 한다는 생각에서 지독할 정도로 연습에 매달렸어요. 그 때문에 대학 시절을 너무 단조롭게 보내지 않았단 하는 생각도 해보았지만, 연습을 마치고 아무도 없는 교정을 혼자 걸어 나올 때면 밤하늘이 그렇게 아름답게 보일 수 없었고, 무어라 말할 수 없는 행복감으로 가슴이 뿌듯했어요."

대학을 졸업하고 금란여고 무용 교사로 취직한 그녀는 대학원에 진학해 공부를 계속한다. 대학원을 졸업한 그녀는 1967년 동경 고마끼발레학교로 유학을 떠난다. 2년 동안의 유학생활을 끝내고 귀국한 직후 그녀는 스물일곱 살의 젊은 나이에 한양대학교 무용학과 전임강사로 부임한다. 1975년 중앙대학교 예술대학으로 자리를 옮긴 그녀는 현재까지도 무용교육의 일선에서 강단을 지키고 있다.

"1980년 현재의 '물이랑발레단'의 전신인 '서정자발레단'을 창단한 이래 그녀는 「무슨 꽃잎으로 문지르는 가슴이기에 이다지도 슬픈가」, 「가야금 산조를 위한 솔로」, 「농부의 딸」, 「옥수수밭」, 「학 외다리로 서다」 등 한국적 정서를 담은 수많은 발레작품을 선보였을뿐더러 한국발레 조기교육의 선구자로서 1992년 '춤의 해' 개막식에 100여 명의 어린이가 출연한 유아발레를 개막제에 올려놓기도 했다. 한국에서는 보기 드문 이론과 실기를 겸비한 무용 교육자로 알려져 있다.

우리나라에서도 체계 있는 발레학교가 세워지고
조기교육이 이루어진다면 우수한 발레리나가 많이 배출될 것

그러나 한국발레하우스를 개관한 이후에도 그녀는 아직 꿈을 버리지 못하고 있다. 정규 학제에 포함되는 발레전문학교를 설립하는 일이 바로 그것이다.

"레닌그라드 발레학교 등 외국 발레학교의 학제는 대부분 7년제인데 우리나라 사람들은 다른 나라 사람들에 비해 머리가 특출한 편이므로 6년제로도 가능할 것 같습니다. 발레에 관한 한 조기교육이 무엇보다도 중요합니다. 우리나라 발레의 장래는 바로 이 조기교육에 달려있다고 해도 과언이 아닐 것입니다."

우리나라에도 체계 있는 발레학교가 세워지고 조기교육이 이루어진다면 우수한 발레리나가 그만큼 더 배출될 것이라며 그녀는 이렇게 말했다.

"발레는 서양무용이므로 한국 사람에게는 맞지 않다는 생각은 버려야 합니다. 발레는 세계 공통의 예술이므로 우리나라에 맞게 소화시켜 세계무대에 올려놓을 수 있어야 합니다. 또한 발레를 하루를 쉬면 자기가 알고 이틀을 쉬면 스승이 알고 사흘을 쉬면 관객이 알 정도로 끊임없는 인내와 노력이 필요한 예술입니다. 그만큼 많은 노력이 필요한 만큼 그 열매는 값지고 관객들에게도 미의 극치에 이르는 카타르시스를 줄 수 있는 예술이 바로 발레 예술입니다."

그녀의 계획대로라면 몇 년 후면 서구의 그것에 뒤떨어지지 않는 발레학교가 우리나라에도 선보이게 될 전망이다. 그녀가 그동안 걸어온 길을 자세히 들여다보면 발레학교를 설립하려는 그녀의 이러한 꿈은 반드시 이루어질 것이다. 그렇게 된다면 앞으론 우리나라에서도 세계적인 발레리나를 배출할 수 있게 될 것 같다. 이러한 생각이 떠오르기 시작하자 우리는 즐거워지기 시작했고 때로 가슴이 설레기조차 했다. 날이 조금 추워지기 시작했지만, 그녀와 작별인사를 나누고 현관에 수십 켤레의 분홍빛 토슈즈가 걸린 발레하우스를 나서며 가슴이 뭉클해지고 따뜻해 옴을 느낄 수 있었던 것은 우리의 조금만 꿈도 어느 날엔가는 이루어질 수 있으리라는 삶의 용기 때문이었다.

월간문화교양지

✳ "나의 영원한 멘토 임성남, 원로가 존중받는 예술계가 돼야"

　　　　　　　　서 대표는 인터뷰를 시작하며 '2002년 한국 발레에 한 획을 그은 역사적 인물인 임성남 선생이 타계했다. 일본에서 유학하고 한국에서 후학을 가르쳤다는 점에서 나는 그와 닮은꼴'이라며 임성남 선생을 소개했다. 이화여자대학교를 졸업 후 중앙대학교에서 후학을 양성하던 그는 한국 예술계의 원로이자 발레 그 자체였다는 것이 학계의 평가다. 이어 그는 "원래부터 발레에 꿈을 가지고 있었다. 발레에 있어서 불모지나 다름없던 당시 한국 현실은 나에게 발레에 대한 도전 욕구를 불러일으켰다. 물론 어린 시절부터 품어온 발레에 대한 열정, 재능과 나의 멘토였던 임성남 선생이 있었기에 가능한 도전이었다."라며 발레를 시작한 계기를 밝혔다. 우리 문화 발전을 위해 하루를 십 년같이 살아온 그이지만 지금 돌이켜보면 아쉬운 점이 많다. 신진 발레리나에 주목하며 반짝 관심을 보이는 언론이나 화려함에만 주목하는 대중들이 안타깝다고 한다. 지금 그들이 화려할 수 있는 것은 그간 혈혈단신으로 외국에 나가 이리 부딪히고 저리 깨지면서 선진 문물을 배운 예술계 원로들이 있었기 때문이다.

　　그는 "우리 무용계가 더 발전하기 위해서는 원로들에 대한 존중의 문화가 전제되어야 할 것이다. 내가 유학했던 일본은 예술 원로를 높이 대우한다. 문화는 역사이고 우리의 삶이다. 하루 이틀 만에 만들어낼 수 있는 것이 아니고 수많은 세월 동안 원로들이 피땀 흘려 연구하고 노력해온 결과가 지금 한국의 문화 수준이라는 점을 상기해야 할 것"이라며 선배들의 노고를 강조하고 이들에게 관심을 가져야 함을 밝혔다. 서 대표는 일본 도쿄 고마끼 발레단에서 정식으로 유학하며 발전된 각종 기법과 기술을 공부한 그는 어린 시절부터 발레에 대한 꿈을 가지고 있었다고 한다. 그는 "수도여중·고등학교에서 무용에 매진했다. 중학교 1학년 때부터 발레는 내 삶이었다. 발레리나 꿈을 안고 이화여자대학교에 들어가자 1년 때 공보부 주최 대회에서 신인예술상을 수상하여 밝은 미래를 기약했고, 무용학도들의 꿈이자 명예의 전당이었던 동아무용콩쿠르에서 금상을 탔을 대는 이화여자대학교를 갓 졸업하고 금란여교에서 교사로 재직 중이었다. 당시 콩쿠르는 지금과 확연히 달랐다. 격년마다 개최됐고 세밀한 장르 구분도 없었다. 서양무용, 한국무용 두 개가 고작이었다. 이전에 고배를 마셨던 기억도 있고 제자들 앞에서 본을 보여야 한다는 생각에 열심히 연습한 결과 금상을 수상할 수 있었다."라며 젊은 시절을 떠올렸다. 콩쿠르에서 금상을 탄 젊은 서 대표는 동아일보의 고재욱 사장, 김상만 부사장의 지원으로 일본 유학길에 올랐다.

이어서 그는 "당시 일본의 예술 환경은 한국에 비해 월등했다. 최신 서양 발레 교본이 하루 사이로 번역돼 출간되는가 하면 시마다핫도리발레단, 고마끼발레단, 마쯔야마발레단 등 유수의 발레단들이 왕성한 활농을 벌이고 있었다. 여기에서 나는 우리 발레의 발전 가능성을 봤다. 덕분에 나는 젊은 시절부터 선진 무용기법을 조국에 들여와 후학들을 가르쳐야겠다는 생각을 가지게 됐다."라며 유학시절의 기억을 회상하며 각오를 밝혔다.

다음은 서정자 발레에 대한 평론 기사와 인터뷰 내용이다.

예술가에게 창작은 삶의 이유

예술가는 끊임없이 창조하는 숙명 속에서 살아간다. 무엇보다 전통예술에 현대의 삶을 불어넣어 재창조하는 과정은 그 자체로 이미 르네상스이며, 예술의 또 다른 경지인 것이다. 마찬가지로 서 대표는 언제나 창작의 고삐를 늦추지 않는다. 재작년에는 고산 윤선도에 대한 창작 발레인 「어부사시사」를 공연했는데 배경에서 애니메이션 효과를 사용해 파격을 추구했다. 예로 윤선도의 서예 장면에서는 유려한 붓글씨가 무대 배경에 일필휘지를 펼쳐 보이는가 하면 불타오르는 왕궁 어부들의 조각배 등을 디지털 영상으로 그려냄으로써 발레 공연에 한층 사실감과 서사감을 더했다. 이른바 '디지털 발레의 융합'인 것. 전통발레에 비교하면 급진적인 변화가 있었지만, 결국 문화는 현재의 시대상을 반영하는 것이기에 그의 일탈은 위대한 창작으로 인정받을 수밖에 없다.

제2의 바가노바, 니진스키의 탄생을 위해

그는 "전통발레는 대규모의 오케스트라와 무대, 소품의 지원을 받는 무용수들이 40~50명 정도 필요하다. 어쩔 수 없이 대규모화 될 수밖에 없는데 대부분의 국가에서 발레를 육성하는 데 어려움을 겪을 수밖에 없는 이유가 바로 여기에 있다. 소비성 강한 예술인 발레는 규모가 있어서 꾸준한 투자가 절실하기 때문이다. 그러나 소규모 발레 창작은 이런 한계점을 극복할 수 있을 뿐 아니라 무용가들의 창의성을 한껏 높일 수 있다. '도깨비' 같은 우리 민족만의 민담, 설화의 캐릭터를 발레의 소재로 사용한다면 훌륭한 창작이 가능해진다." 라며 우리만의 창작 발레 작품이 절실함을 전했다.

또 그는 창작을 위해 발레 인재의 적극적인 수입을 권한다. "국립 발레단, 유니버설 발레단에 버금가는 명문 발레단을 많이 만들어야 한다. 물론 쉽지 않을 것이다. 발레의 테크닉을 가르칠 교수들은 안타깝지만, 러시아나 프랑스에서 찾을 수밖에 없다."라며 자신만의 인재 수입 철학을 밝혔다. 이어 그는 "유명한 발레 교습법인 러시아의 '바가노바 메소드'의 창시자인 아그리피나 바가노바도 제정 러시아의 안나 아바노브나 여제가 초청한 프랑스인 장밥티스트 랑데가 중심이 된 황실 무용 학교에서 교육받은 바 있다. 당시에는 러시아가 프랑스의 수제자였지만, 지금은 어떤가? 러시아는 가장 발전된 발레 교육 기관들을 가진 문화대국이 됐다."라며 우리가 적극적으로 외국의 발레 교수진 등을 초빙하고 우수한 인재를 유럽과 러시아 등으로 유학시켜 수준 높은 발레를 교육받도록 해야 함을 강조했다. 한 명의 뛰어난 인재는 백 년의 세월을 초월해 예술을 창조해내곤 한다. 니진스키는 작은 키에도 불구하고 무용의 신으로 불리며 1900년대 초반 무용계를 주름잡았는데, 턴아웃 기법을 역으로 이용한 「목신의 오후」 작품은 근대무용의 시초로 인정받고 있다. 또한 「장미의 정」이라는 작품에서 무대 위를 날아다니는 니진스키의 모습은 열악한 신체 조건을 창의력과 예술적 감성으로 극복해낸 천재의 전형으로 지금도 회자되고 있다. 우리도 신체조건에 집착하는 무용수 선발에서 벗어나 내면의 재능과 천재성을 발굴해내는 발전된 교육법을 연구해야 할 것이다.

우리 발레의 발자취를 기억하며 미래를 계획한다

시 대표는 "1967년 한중일 합작 백조의 호수에서 출연했었다. 당시에 의상이나 소품, 무대에 관련한 전문가가 전무했던 상황이었다. 당시에 무대 배경으로 넓은 호수를 그려야 하는데 디자이너가 본 적도 없는 호수를 그리느라 고생했던 기억이 난다. 나는 디베르디스망이나 각종 캐릭터 댄스에 필요할 경우를 대비해 세계 각국의 민속 인형, 그림, 도자기 등을 모아왔다."라며 자신의 손때가 묻은 인형들과 직접 손으로 만든 왕관들을 보여주었다. 소품 수집은 발레 창작을 위한 현실적인 이유였지만, 이제는 이것마저 하나의 세월이 됐다. 그는 한국 무용가 히스토리 타임라인을 독립된 무용기념관을 지어 전시할 계획이 있는데 그가 모아온 소품들도 한편에 전시할 예정이다. 서 대표는 실기에 못지않게 발레를 이론으로 정립한 중요한 교육자이다. 그동안 발레 안무법 등 발레에 관한 서적을 7권을 저술했고 틈틈이 특강을 계속하고 있다. 작년에는 평택 문화예술회관에서 오페라 「아이다」의 안무를 지휘했으며, 현재는 장승업 화백에 대한 창작 발레 작품을 계획 중인 그는 지금껏 보여 왔던 선구자적 기질과 파격성을 그대로 이어 나갈 것이다. 한국이라고 니진스키가 없을쏘냐? 한국 무용의 발전에 사명감을 가지고 후학 양성에 땀 흘리는 서정자 한국발레하우스 대표가 있는 이상 우리 무용계에도 세계 발레를 주름잡을 샛별이 탄생할 가능성은 언제나 열려 있는 것이다.

시사경제매거진

✳ 발레역사와 궤적을 같이해온 무용예술인

**Q: 오랫동안 무용인으로서 삶을 살아오셨는데
그동안 우리 무용 발전의 흐름을 큰 줄기로 말씀해주시겠습니까?**

사실 저는 중학교 1학년 때 본격적으로 무용공부를 시작했습니다. 그 당시 임성남, 송범, 김백봉, 김문숙 선생님 등이 시공관(현재 명동예술극장) 등에서 공연을 했습니다. 지금 생각해 보면 그 당시 공연은 참 순수했고 작품의 예술적 수준도 높았던 것 같습니다. 그리고 무용 콩쿠르로 이화여대 콩쿠르만 있었는데 정말 공개적이었습니다. 참가자 1명의 경연이 끝나면 심사위원들이 바로 점수를 적은 팻말을 들어 올리는 식이었습니다. 1950년대의 우리 무용계가 더 민주적이고 합리적이었습니다. 그런데 지금은 전혀 그렇지 않습니다. 1970년 중반부터 우리나라 대학교에 무용과가 많이 생깁니다. 그리고 각 대학교에서 교수들이 학생들을 데리고 학예회 같은 공연을 많이 하게 됩니다. 그리고 기획사라는 것이 생겨 무용 공연에 개입합니다. 이들이 한국문화예술위원회 등의 국가 지원금 분배 직원들과 인맥을 이루며 국가에서 나오는 지원금까지 한꺼번에 신청해서 선점하기도 합니다. 따라서 이들과 적당히 타협하지 않는 순수한 예술가는 무대에 공연을 올리지도 못하게 됩니다. 당연히 공연의 순수함은 사라지고 실제로 작품 내용은 엉망이 됩니다. 그리고 이런 구조 속에서 대관료, 조명, 연출, 영상 등등이 돈을 다 가져갑니다. 결혼식 때 함진아비들에게 돈을 다 털리는 경우처럼 되는 것입니다. 이런 관계로 이제는 예술성 높은 순수한 무용 공연은 겨의 나타나지 않습니다.

Q: 무용은 언제부터 시작했는지요?

어릴 때부터 유희처럼 열심히 춤을 췄다고 합니다. 그런데 본격적으로는 수도여중을 입학하면서부터입니다. 이 학교는 시험을 봐서 들어갔는데 중고등학교가 합쳐진 6년제 학교입니다. 특히 무용반은 더 명문이었습니다. 당시 수도여중 무용반 재학생 50~60명과 음악반 학생 50~60명 등 100여 명 이상이 참여해 오페레타 공연까지 무대에 올렸습니다. 홍정희, 김옥진, 우봉련, 장보성 선생님들께 배웠습니다. 조광 선생님도 지도를 나오셨습니다. 저는 중학교 때부터 이화여대에 가서 박외선 선생님 등의 지도를 받았습니다. 그리고 홍정희 선생님의 이대 대학원 발표회 때 「나뭇꾼과 선녀」라는 작품을 이화여대 대강당에서 공연했는데 그 당시 중학생이던 제가 그 작품에 출연했던 기억이 새롭습니다. 그 이후 이화여 콩쿠르에서 특선을 여러 차례 수상했습니다.

Q: 가족들의 반응은 어땠는지요?

저희 서 씨 집안이 양반이었습니다. 거의 모든 가족들이 반대했습니다. 그런데 어머니께서 무용하는 저를 가족 몰래 끝까지 지켜주셨습니다. 무용 가방 등을 부엌을 통해 제게 전달해주시기도 하고 땀에 젖은 무용복을 언제나 깨끗이 세탁해주셨습니다. 집안에서는 가정학과에 입학하라고 해서 기하, 미적분 등을 공부하기도 했지만, 결국은 이대 무용전공 시험을 보았습니다. 「정열」이라는 제목의 작품을 입학시험으로 보고 체육관 객석 2층을 바라보니 아버지께서 계셔서 깜짝 놀랐고, 그 이후로는 아버지께서도 누구보다 더 열렬한 저의 무용후원자가 되어주셨습니다.

대학교는 이화여대로 진학했습니다. 당시는 체육대학 소속이었습니다. 한국무용 전공, 창작무용 전공, 발레 전공 등 모든 전공들이 있었고, 거의 장르에 상관없는 교육을 받았습니다. 그리고 당연히 대학원도 이화여대 대학원을 졸업했습니다.

박외선 교수님께 발레와 창작을 배웠습니다. 마해송 선생님의 부인이셨는데 저를 정말 아껴주셨습니다. 언제나 제 창작이 뛰어나다고 칭찬해주셨으며 제가 4년 동안 과대표를 하면서 수업시간에 사용할 큰 릴 녹음기를 들고 옮기면 제게 몸을 아껴야 한다며 "들지 말라." 라고 말씀하시곤 했습니다. 졸업 후 저를 조교에 임명하기도 했습니다. 명륜동 한옥인 선생님 댁을 심부름 때문에 자주 방문하면 마해송 선생님이 왔느냐고 반겨주시기도 하고 소금구이 로스를 해주시기도 하셨습니다. 박외선 교수님은 정말 정이 깊고 열정적인 분이었습니다. 무용 창의력이 대단하신 분이었고 무용 지도를 할 때 긴 스타킹이 줄줄 흘러내리는 것도 모를 정도로 정말 열심히 지도해주셨습니다.

Q: 그 이후로 대학교수가 되셨는데요.

학교를 졸업하자 바로 금란여고 우형규 교장선생님이 직접 저를 교사로 데려갔습니다. 졸업식이 1965년 2월 20일인데 1964년 12월에 이화여대 체육대학 1등 졸업학생을 교사로 데려갔다는 것입니다. 이후 1967년 동아콩쿠르 금상을 받고 동아일보 고재욱 사장의 스폰으로 약 2년 기간 일본 유학을 갔습니다. 일본에서 열심히 공부하고 있는데, 한양대학교에서 저를 교수로 임용하겠으니 바로 돌아오라는 연락이 왔습니다. 사실 저는 그 당시 다시 미국을 건너가 공부할 계획이 있어서 잠시 머뭇거리기도 했습니다. 그런데 당시 학장님이시던 유근석 학장님이 "바보 같은 녀석, 빨리 오지 뭘 하고 있어." 하시면서 재차 연락이 왔습니다. 그리고 1969년 4월 9일 제 나이 27세에 한양대학교 무용학과 전임교수가 되었습니다. 저는 정말 황소같이 열심히 학생들을 가르쳤습니다.

Q: 그 이후로 중앙대학교 교수로 옮긴 것이군요.

한양대학교에 교수로 만 7년간 근무 후 중앙대학교 교수로 자리를 옮겼습니다. 1975년 3월에 그 당시 중앙대학교 임철순 총장님께서 '예술대학'을 만들었다고 하며 제게 와달라고 하셨습니다. 예술가로서 예술대학에서 학생들을 지도하고 싶었기에 중앙대학교로 옮겼고, 그곳에서도 최선을 다해 열심히 일했습니다.

Q: 졸업 후 국립발레단으로 가지 않은 경우가 되겠군요.

아닙니다. 국립무용단 단원이기도 했습니다. 당시 우리나라에는 국립발레단이 없었고 국립무용단만 있었습니다. 지금과 달리 내부적으로 발레단과 한국무용단이 함께 존재했어요. 당시 국립무용단 단장은 발레 전공인 임성남 선생님이 맡고 있었습니다. 당시 저는 서유경이라는 예명을 사용했어요. 발레단 단원 명단에 나온 서유경이 바로 저입니다. 1960년대 국립무용단 단원들은 거의 무급이었지만, 긍지는 정말 높았습니다.

Q: 우리 사회와 국가에서 무용이라는 예술이 존재해야 하는 이유를 원로무용인으로서 말씀해주십시오.

보통 사람들도 의사소통이 잘 이루어져야 합니다. 그런데 무용은 인간 감성을 포함하는 예술 표현으로 객석에 그 의미를 전달하는 예술이니 더 부드러운 의사소통을 할 수 있습니다. 무용작품에 여러 가지 지식이나 지혜를 담아 공연하여 우리 사회의 사상이나 생각을 더 풍요롭고 다양화시킬 수 있습니다. 또한, 문화적인 면에서도 우리 무용은 국가의 문화적인 정체성을 확인시켜주는 예술입니다. 이런 면에서 보면 우리 한국 전통 무용은 더 소중합니다. 우리 무용인들이 더 막중한 책임감을 가지고 지켜나가야 합니다. 따라서 저는 제 창작발레 작품에 전통적인 요소 그리고 국악의 요소까지 담는 노력을 합니다. 이제는 '장승업'이라는 제목의 한국 창작 발레를 준비 중인데 당연히 우리 전통 움직임과 국악의 요소와 인간의 심미성을 진하게 공유하는 작품이 됩니다. 이제 무용도 생각하는 예술이 되어야 합니다. 내가 왜 무용을 하는가? 내가 왜 무용을 가르치는가? 확고한 자기 인식과 신념이 있어야 합니다.

무용가오페라

house is quickly gaining recognition for its outstanding curriculum and facilities.

The institute's sound-proof studios have maple wood floors that have little harmful impact on the joints of students when they jump. The studios have high ceilings and excellent lighting.

The bars are of varied sizes and heights to accommodate students of assorted ages, and the windows are made of a special type of glass to enable visitors to watch the classes without being noticed and at the same time to function as mirrors inside the studios.

The four-story building has three practice halls and a small theater in the basement The institute is also equipped with a repository of stage props and costumes, a video room, an audio room and a library.

'The Ballet House was set up for the early education of students of Western

classical ballet," Prof. So said. "Eight to nine years of age is the best time to start ballet education. Children have supple bodies and develop a sense of balance and endurance at this time."

She deplored that ballet education in Korea, like that

of most other arts, tends to be conducted hurriedly and belatedly for college admission.

Prof. So, whose dance career spans almost 40 years, insisted that the nation needs a better system for the early education and consistent training of ballet dancers.

"Most of all,"she argued, "we need special institutions devoted to the early education of professional dancers. It is a grave mistake to think that college dance departments can train ballet dancers.

In a word, it's too late."The institute employs 14 instructors, most of them leading members of domestic ballet companies. They also include three foreigners from Italy, Iceland and China. From time to time, members of foreign ballet companies visiting Korea for performances are invited by the institute to lecture its students. The curriculum consists of ballet for pre-school children ages four to seven, three beginners courses, intermediate classes, advanced classes and master classes. For students at the master class level, the institute offers a course on variations for male and female.

Dancers as well as a men's class specializing in the movements of male dancers. Some 200 students from across the country are currently enrolled at the Ballet House. All the classes are conducted strictly to fit the technical levels of the students, irregardless of age. "I believe this is an excellent institute with world-class facilities and curriculum."said Nam Sang-Yol, art director of the Ballet House. Nam, who also lectures at the New York Dance Design School, pointed out that its curriculum is designed to present systematic education to students of all technical levels from beginner to professional.

It is obvious that most of the children in the pre-school class are learning ballet at the persuasion of their parents. But those attending the beginners courses and above attend their classes with much greater interest, many with a desire to pursue successful careers as professional dancers.

"They are very serious about learning/ Nam remarked "They even seem to have little problem in studying under foreign instructors. Language barriers matter very little. They communicate perfectly by using technical terms, body movements and facial expressions.

Prof. So spends most of her after school hours at the institute. "I come here right after finishing my lectures at Chungang," she said. "I observe classes and point out what needs to be corrected. I am happy to see each student improve day by day." She added that she is also very happy about the outstanding enthusiasm of all three parties involved—students, teachers and parents."It's just incredible that we've been able to grow this fast over the last two years," So rejoiced. Her Ballet House had only three students when it opened two years ago. She believes that its phenomenal growth is due in part to the increasing public interest in ballet as well as in the arts in general.

A pioneer in the early training of ballet dancers in the nation, the Institute plans to include Korean traditional dance in its curriculum with a view to encouraging the development of a"ballet containing Korean spirit

월간 서울(1992. 6.)

✳ 에필로그

이쯤에서 나의 긴 1인칭 얘기는 끝내려고 한다.

희랍말로 '나'라는 존재를 ego라 한다.

여기까지 같이 오며 ego라는 서정자 자신의 이야기를 담담히 들어주신 여러분께 감사한다.

세계의 곳곳, 많은 무대의 바닥에 남긴 내 족적을 글로 남기는 작업을 하기란 또한 만만한 일이 아니었다. 그러나 내가 나의 이야기를 이곳에 남기려 함은 나의 오늘이 있게 해주신 많은 스승과 선배들, 친구 동료, 그리고 아직 세계의 곳곳에서 눈부신 활동하고 있는 제자들에게 한번은 그 진한 고마움을 일일이 표하고 싶었기 때문이었다.

대학 졸업식장에 오셔 나 대신 사각모와 꽃다발을 들고 찍은 사진 속의 어머니! 아버지! 고집스런 시간만 맞지 않을 뿐, 내 안에 아직도 오롯이 살아 계신다. 나를 여기까지 온전히 오게 했던 것은 어머니였다. 예술학교 땅을 마련했을 때 그곳 연못 옆에 있는 잘 생긴 소나무 앞에서 기도하시던 모습, 영원히 내 가슴에 남아 있을 것이다.

젊은 시절, 나는 그렇게 동해 바다의 일출을 좋아했다. 어둠에서 솟아나는 강렬한 태양의 색깔과 그 힘찬 도약을 탐닉했다. 그러나 언제부터인가 나는 서해 바다의 일몰이 애틋하게 좋아졌다. 늙음인가?

눈 한번 깜박였는데 여던 언저리에 와 있다니…. 무언가에 내 귀중한 것을 빼앗긴 듯한 이 기분은 왜일까? 슬픈 노욕일까?

청춘의 새벽은 아직 멀리 가지 않고 저쪽 어디쯤 맴돌고 있는 것 같다.

다시는 돌아오지 않을 청춘의 새벽을 탐하며

그 새벽의 신들린 춤을 추고 싶다.
다시 한번
다시 한번

부록

✳ 발레의 대중화를 위한 도서발간/논문

무용가이자 교수로서 발레의 대중화를 위해 「발레예술 조기교육 시리즈」와 발레예술 전문도서 「발레안무법」, 「서양 무용예술사」 등을 집필했다. 아울러 26권의 논문을 저술하며 발레의 학문적 진보를 위해 기여해 왔다.

순서	논제	게제지	출간년도
1	발레교육의 활성화 방안	무용한국사 제23권 2호	1969. 2.
2	무용에 있어서 표현기술	한양대 논문집	1970.
3	근대무용 지도에 관한 연구	한양대 논문집	1971.
4	Plier와 Virtical jump와의 상관성에 관한 연구	한양대 논문집 11권	1972.
5	아령훈련법과 Pas du duex 올리기에 관한 연구	무용한국사 제2권 6호	1979. 5.
6	클래식 발레 메소드에 관한 연구	중대창론 한국예술연구소	1980. 3.
7	국제화 시대의 화합예술	한국문화예술진흥원 문예 연감	1980. 6.
8	서울에 온 로열발레, 코펠리아	동아일보사	1982. 10.
9	클래식발레 아령 메소드에 관한 연구	중대 논문집 제29집 창론 제1권	1983. 3.
10	드라마틱 발레인 페트르슈카의 작품분석	중대 논문집 제29집 인문과학편	1985. 10.
11	한국에 있어서 총체 예술의 가능성	제4회 예술평론 심포지엄	1985. 10.

12	새로운 예능교실 발레란 무엇인가?	소년세계	1986. 1. ~ 6.
13	서울에 온 로열발레	한국문화예술진흥원	1986. 8.
14	발레	문예 연감 1986년도판	1986. 8.
15	춤의 해 사업구상	(사)한국무용협회	1992. 3.
16	젊은 춤꾼의 가을잔치 평가서	(사)한국무용협회	1992. 9.
17	발레 조기 예술교육의 필요성	한국문화예술진흥원	1992. 9.
18	무용의 공간형성과 상해 관련성에 관한 연구	중앙예술연구소 창론 제12집	1993. 12.
19	우리나라 상고시대 및 고대의 무용과 음악의 발달	(사)한국무용협회 학술논문집	1994. 12.
20	서울구제무용제 개선방안 -국제무용제 닻을 올리자	(사)한국무용협회	1995. 4.
21	무용연습실 마루바닥과 상해에 관한 연구	김경수 교수 회갑 논문집	1995. 10.
22	삼국시대 가무	중대예술연구소 창론 제14집	1995. 12.
23	포인트워크에 있어서 발레의 부상에 관한 연구	대한무용학회 논문집 제19집	1996. 6.
24	포인트워크 지도에 관한 연구	(사)한국무용협회 학술논문집 제3권	1996. 12.
25	오늘날 세계직업 무용가의 현실과 무용발전의 전략(번역)	중대예술연구소 국제무용학술회	1997. 8.
26	새로운 공연예술 전망연구	경기도 스포츠과학대학 원 스포츠 과학연구 제2권	2003. 5.

발레예술 전문도서 ①

『발레 안무법』

예술성이 뛰어난 하나의 작품을 만든다는 것은 항상 어렵고 고된 일이다. 그래서 클래식 발레를 배웠거나 여러 해 동안 무대에서 춤을 춰 온 무용수라고 할지라도 발레 안무에 대한 제반 지식과 훈련 없이는 결코 훌륭한 안무자가 될 수 없다. 역사적으로 한 시대를 풍미했던 위대한 무용수들인 바츨라프 니진스키(Vaslav Nizinskii), 미하일 바리시니코프(Mikhail Baryshnikov)조차 안무가로서 성공을 거두지 못했다는 것이 단적인 예이다. 과거와는 달리 오늘날 발레에 대한 관객의 시각은 훨씬 더 넓혀져 있으며, 안무자 역시 적극적으로 관객의 성숙된 욕구를 충족시켜 줄 책임이 있다. 이 점에서 안무자에게 가장 필요한 것은 먼저 과거 발레사를 통해 안무에 대한 지식을 습득하는 것이며, 그때 끊임없는 노력과 개인의 혼이 담긴 창작적인 의욕을 고취해야 하는 것이다.

발레예술 전문도서 ②

『서양무용예술사』

무용은 우리 인간에게 가장 기본이 되는 감성동작이다. 즉, 원시인은 의식주에 대한 기본적인 욕구를 충족시켰을 때 그는 가장 자연스럽고 자발적인 표현의 매체인 신체를 통해 자신의 감정을 표현했다. 또한 예술적 표현의 수단을 리드믹한 움직임에서 발견하기 전에 이미 걷고 돌고 흔들고 뛰기를 좋아했다. 이런 경향은 민속무용뿐만 아니라 극장 예술의 형식을 갖춘 무용에서도 마찬가지이다. 그래서 무용은 다른 예술이 발전해 온 씨앗이며 자기주장의 매체이자 최상의 표현 수단인 것이다.

고대부터 현재까지 무용이 발전해 온 전 과정은 매우 길고 흥미롭다. 그래서 무용의 발자취와 모든 측면을 한 권의 책에 담는다는 것은 어려운 일이다. 만일 이것이 가능한 일이라고 하더라도 각 지역에서의 발전 과정, 다른 예술과의 관계, 그 이론과 테크닉, 그리고 많은 사회적 문화적 배경까지도 설명되어야 할 것이다. 과거와 현재를 기록하려는 모든 시도는 주관적인 평가가 뒤따른다. 역사학자는 감추어진 사실을 찾아내서 정확히 해석하는 비평가이다. 이런 능력은 바로 오랜 세월 동안 각 개인이 축적해 온 지식과 역사관을 통해 성장한다. 따라서 이 책은 지금까지 필자가 이해하고 사랑한 무용에 대한 설명이며 또한 서양 무용사를 전공한 무용 교육자로서 근 30년간 걸린 연구의 결과이기도 하다. 일반인은 물론 특별히 무용을 전공하는 사람들에게 서양 무용의 발전사에 대한 지식을 체계적으로 제공하기 위해 다음과 같은 내용으로 구성되었다. 필자는 먼저 무용사 연구에 대한 올바른 방법론을 제공하기 위 준 레이슨(1994)의 연구논문인 「무용 연구에서 역사적 시각」을 수록했다. 제1부 고대 편은 무용의 기원, 원시 부족의 무용, 이집트·그리스·로마의 무용을, 제2부 중세·르네상스 편은 기독교 시대의 무용, 르네상스 시대의 궁정무용, 궁정 발레와 발레 코믹크, 17세기 프랑스의 궁정발레, 18세기 발레의 개혁을, 제3부 근대 편은 로맨틱 발레의 역사적 배경, 로맨틱 시대의 주요 발레리나· 안무자· 교육자, 마리우스 프티바와 러시아 발레를 그리고 제4부 근대 편은 세르게이 디아길레프(Sergei Diaghilev)와 발레뤼스(Ballet Russe), 오늘날의 발레와 그 예술 경향, 이사도라 던컨과 현대무용의 등장, 아방가르드와 포스트모던 댄스, 최근의 예술적 경향 등이다. 마지막으로 도움을 주신 도서출판

대한 미디어의 양원석 사장님, 디자인 및 편집을 맡은 손은주 선생님, 그리고 기획에서 제본에 이르기까지 많은 수고를 하신 여러 출판사 직원들에게 깊은 감사를 드린다.

발레예술전문도서 ③
『발레마임 제스츄어의 이론과 실제』

발레는 하나의 무대공연예술로서 '줄거리가 없는 발레(Plotless Ballet)와 극적 요속 강한 발레닥숑(Ballet D'action=Dramatic Ballet)으로 구분할 수 있는데 그동안 우리나라에서 수많은 고전발레 작품과 또한 많은 창작발레를 공연하고 소개되었지만, 지금까지 발레닥숑에서 사용되는 발레마임에 관한 학문적인 연구와 그 자료들이 미흡했다고 볼 수 있다.

많은 관객들이 외국발레단들의 공연과 국내발레단들의 공연을 비교하면서 우리의 여러 가지 미흡한 점들을 지적하고 있는데 그중에 우리나라 무용수들의 작품 해석 능력과 연기력 부족에 많은 비중이 있지 않을까? 발레를 가르치는 지도자나 배우는 학생들 모두가 육체적으로 뛰고 도는 기술적인 면에만 치중한 것은 아닌지?

발레는 대사가 없이 어떤 이야기나 사상, 감정 등을 표현해야 하는 공연예술이기 때문에 그것을 표현할 수 있는 몸짓, 즉 제스츄어가 차지하는 중요성은 대단히 큰 것으로 발레를 배우는 학생들은 꼭 연구하여야 할 학문이다.

이 책을 번역하게 된 동기와 목적은 다음과 같은 기대에 있다.

첫째, 발레닥숑에 나타난 마임을 구명함으로써 발레 안무가들은 물론 무용수들에게 학문적인 바탕의 성립과 실제 무대에서 공연되는 발레 작품들이 최고의 예술성을 표출시킬 수 있기를 기대하며 둘째, 발레를 애호하는 관객들이 발레작품을 보다 더 깊이 있게 감상할 수 있도록 하며 셋째, 이 책이 앞으로 공연될 발레삭품는 물론 타 장르의 무용극에서도 활용할 수 있기를 기대해본다.

발레전문도서 ④
발레예술 조기교육 시리즈(1)

『발레를 위한 예쁜책- 내 꿈은 발레리나』

차 례

사랑하는 _____에게

발레를 사랑하는 여러분에게

1.하고 싶은 이야기

2 발레에 필요한 용품들

3. 몸을 부드럽게 하는 연습

4. 어디에 무엇이 있지?

5. 짧은 발레 옛날이야기

6. 발의 다섯가지 기본자세(The Five Position of the Feet)

7. 바연습(Exercise at the Barre)

① 쁠리에(Plié)

② 바뜨망 당듀(Battement tendu)

③ 바뜨망 당듀 제떼(Battement tendu Jeté)

발레교육 조기교육 시리즈(2)

『어린이를 위한 발레(1)- 바에서의 기본동작』

o 제3번 포지션에서의 그랑 쁠리에

o 제4번 포지션에서의 그랑 쁠리에

o 제5번 포지션에서의 그랑 쁠리에

7. 바에서의 올바른 자세(Correct position at the barre)

8. 자연스러운 팔과 손의 자세

9. 뿌앙뜨할 때의 발의 올바른 자세

10. 바뜨망 당듀(Battements tendus)

o 바뜨망 당듀 아 라 꺄뜨리엠 드방

o 바뜨망 당듀 아 라 스꽁

o 바뜨망 당듀 아 라 꺄뜨리엠 데리에

o 제5번 포지션에서 바뜨망 당듀 아 라 스꽁

o 제5번 포지션에서 드미 쁠리에 하면서 바뜨망 당듀 아 라 스꽁

11. 바뜨망 데가제(Battements dégagés)

12. 롱 드 쟘 아 떼르, 앙 디올(Ronds de jambe à terre, en Dehors)

13. 롱 드 쟘 아 떼르, 앙 드당(Ronds de jambe à terre, en Dedangs)

14. 팔의 연습 깡브레(Port de bras corps cambré)

15. 바뜨망 후라뻬(Battements frappés)

16. 바뜨망 리타이어(Battements retires)

17. 그랑 바뜨망(Grands battements)

o 그랑 바뜨망 아 라 꺄뜨리엠 드방

o 그랑 바뜨망 아 라 스꽁

o 그랑 바뜨망 아 라 꺄뜨리엠 데리에

『어린이를 위한 발레(2)- 센타에서의 기본연습』

발레예술 조기교육 시리즈(3)

『아름다운 발레이야기- 클래식 발레의 12작품』

발레예술 조기교육 시리즈(4)

『발레마임- 제스츄어의 이론과 실제』

RI 3650 지구 뉴서울 로타리 클럽 회원 글 모음

사랑의 톱니바퀴

정철화 :

경영서신

지금 행복해야결심한 대로

불안

지금이라는

송기인 :

협상의 기초와 협상의 팁

김인기 :

SKY CAR

엄은형 :

야생의 질문과 하나님의 대화

김영순 :

내 스승, 최승희

서상희 :

'이제껏 너를 친구라고 생각했는데'라는 책을 읽고

이정희 :

개선문 독후감

이정대 :

살아있어 행복해

김대권 :

브리스길라와 아굴라처럼

김재윤 :

노인의 삶

이재진 :

나의 영웅 나의 아버지

오영선 :

보고싶은 그대

홍성이 :

홍성이 시 3편

2부

서정자 :

발레 감상법

황선길 :

타이포토 시

3부

사랑의 향기 Cue Sheet

뉴서울 로타리 클럽 역사

뉴서울 로타리 클럽 송 노랫말

로타리 강령 / 네 가지 표준

✳ Pointe Work에 있어서의 발의 부상에 관한 연구

서 정 자

중앙대학교 예술대학무용학과 교수

목차

I. 머리말

발레리나에 의하여 포인트 무용이 첫 번째로 추어진 정확한 날짜와 장소를 무용의 역사가들 사이에서 여러 가지로 논의되고 있어서 확실히 알 수는 없지만. 발레가 생긴 이래 슈 르 뽀앙뜨(sur le pointes)의 춤이 발레 기술에 심오한 영향을 끼쳤다는 것은 누구도 부인하지 않을 것이다 발가락 끝으로 춤을 추는 것은 발레에서 새로운 단계의 기교를 위한 기회를 주었고, 포인트 슈즈의 출현으로 여자 무용수의 기술이 확장되었다. 또한 여자 무용수의 굉장히 빠른 민첩함과 발레를 보는 이로 하여금 환상의 세계를 느끼도록 하였다.

"포인트 슈즈로 처음 춤을 춘 사람이 Gereuier Goselin(1791o1818)이며 그녀는 발가락을 보호하기 위하여 그녀의 슈즈에 실드를 넣어서 신었다[1]고 역사가는 기술하고 있으며. 1821년에 인쇄된 Flote 역시 Fanny Bras를 보여주는 그림[2]에서 그녀는 포인트로 나타나 있다.

오늘날 발레 예술의 발전과 더불어 포인트 슈즈가 초기의 그것과는 비교도 "안될 만큼 무용수의 신체를 최대한으로 보호하기 위하여 과학적으로 만들어지고 있으며. 발레리나의 포인트 기교 또한 다양하고 아크로바틱한 기술들이 관객들로 하여금 흰상과 탄성을 자아내게 하지만, 그 이면에는 발레리나의 각고의 훈련과 때로는 부상의 위험이 항상 도사리고 있다.

발레의 기법 중에서 포인트 웍은 아주 중요하다. 그러한 포인트를 연습이나 리허설 그리고 공연을 하다 보면 부상이 있을 수 있다. 그렇기 때문에 그 부상에 대하여 미리 자세히 알고 있으면 연습 과정에서부터 주의하여 사전 부상 예방과 사후 처리에 대한 방법을 알고

---

1) Anna A. Paskeuska. the science and are of ballet. 1981. p.76
2) Mary Clarke and Clement Crisp. Ballet and Illustrated History. 1973. p.77

있음으로서 완벽한 포인트 발레를 할 수 있도록 도움을 주고자 하는 데에 이 논문의 동기와 목적이 있다.

본문은 이론적 배경으로서 먼저 발의 성장과 발달 과정에 대하여 살펴보았고, 포인트 웍을 시작하려는 학생들을 위하여 포인트 슈즈 선택에서 특별히 고려할 점에 대하여 알아보았으며, 선생을 위하여 포인트를 가르치는 기본에 대하여 논한 후, 포인트를 통하여 발생하는 발의 부상과 그에 대한 예방 및 치료에 대하여 여러 가지 문헌들을 중심으로 조사한 것과 본인이 몇 십 년 동안 발레 교육의 현장에서 얻은 실제 경험들을 모아서 정리한 것이다.

II. 이론적 근거

1. 발의 성장과 발달

발은 태어나서 수년 동안은 계속하여 발달되고 변한다. '골화'라고 말하는 뼈의 형성은 여자는 약 10세 남자는 약 12세에 형성되나 확실한 뼈의 형태는 20세까지는 완전하게 형성되지 않는다. 마지막으로 형성되는 뼈는 종자골과 다섯 번째 척골의 基部이다. 발꿈치 뼈는 여자는 6세, 남자는 9세까지는 완전히 성장하지 않는다. 무용은 자라고 있는 어린 신체와 골화 중추에 특별한 영향을 줄 수 있다.

무용 연습은 또한 다리의 발달과 무릎의 자세에 영향을 줄 수 있다. 신생아의 다리는 무릎 사이가 굽어서 태어나서 1년 반에서 3년 사이에 다리가 강해진다. 그러나 3세에서 6세 사이에 무릎은 더욱더 가까이 되고 안짱다리 자세가 된다. 그들은 7세 경에 다시 펴지고 사춘기까지 곧게 남아 있다가 사춘기에서 18세까지 무릎은 안짱다리로 되돌아갔다가 성인이 되면서 똑바로 펴진다. 어린이들을 위한 전형적인 무용 연습은 어떤 정해진 지침을 따라야 한다. 가능한 슈즈를 사용하지 않는 것이다. 만약에 어린이들이 잘 맞지 않은 슈즈를 신지 않으면 맨발로 수업을 받도록 하는 것이 좋다. 양말을 신고 미끄러운 마루에서 무용을 하면 부상의 위험은 피할 수 없다. 무용 슈즈는 항상 적당하게 맞아야 한다. 발의 자연적인 성장의 여유나 자연적인 기능이 항상 있을 것이다. 그러나 슈즈 속에 여유가 없는 상황에서 발은 정확한 역할을 할 수 없을 것이다.

연습은 항상 부상의 가능성을 최소화하기 위하여 준비 운동을 하면서 시작한다. 이것은 뻗기와 유연성 훈련을 포함한다. 다음 단계는 어린이들이 그들의 신체가 어떻게 움직이고 중심점에서 균형을 잡는 방법을 배우는 것을 의미한다. 7o8세 되는 어린이들을 위하여 이 훈련기술은 정확한 태도와 신체의 자세를 강조해야 할 것이다. 바 연습을 통하여 어린이들은 센터 연습을 준비한다. 이러한 것들은 걷고, 달리고, 뛰어넘기, 뛰어오르기 등을 포함한다. 어린이들이 동작의 인식을 발달시킬 때 즉흥적인 동작을 할 수 있도록 한다. 수업은 항상 아다지오로 천천히 열을 식히면서 연습을 끝낸다.

무용을 배우는 어린이늘이 기억하여야 할 중요한 점은 대부분 하체에 있다. 부상을 최소화하고 피로를 느끼지 않게 하기 위하여 적당한 강약과 동작의 조화. 무릎을 똑바로 하고 정확한 해부학적인 자세, 강한 발목과 발, 그리고 적당한 체중의 분배다.

어린이들에게 잘못 가르치면 성인이 된 후에 발에 심각한 문제를 야기시킬 수 있게 될 것이다. 학생들은 발을 평평하게 유지해야만 하고 발가락은 쭉 뻗는다. 발가락이 신체의 체중을 지탱하는 동안 체중은 세 지점에서 지지할 것이다: 하나는 뒤(발뒤꿈치 뼈): 두개는 앞(첫 번째와 다섯 번째 중족지골의 머리. 이 세 지점의 삼각형은 근육과 발바닥이 튼튼하게 아아치를 형성하도록 잡아 준다. 발의 자세를 조정하는 힘은 히체에 국한되지는 않는다. 본래 자세는 머리에서 시작한다. 등뼈등률 따라서 골반에 미치고 그리고 허벅지와 다리에서 끝난다. 현명한 선생님은 신체의 어떤 부분과 다른 부분이 이와 같이 상호 협조를 본능적으로 인식하도록 한다.

발의 자세에 따라서 몇몇 기본적인 동작은 세심한 주의를 요한다. 그것들은 다음과 같다:

1) 발은 특별히 더드미 포인트(demi point)와 를르베(releve)를 제외하고 결코 구부려서는 안된다.

2) 어린이들은 발을 포인트 할 때 더 높이 아아치(arch)를 보여주기 위하여 발가락을 말아서는 안될 것이다.

3) 드미 쁠리(demi plier)에는 엉덩이로부터 시작된다고 가르쳐야만 하고 발에 힘을 주어서 밖으로 돌리지 말아야 할 것이다.

4) 드미 포인트 자세에서 발의 뼈에 무리한 힘이 미칠 때까지 오랜 시간 동안 유지되어서는 안된다.

5) 발꿈치는 다리와 발을 적당하게 뻗기 위하여 당듀(tendu)에서 가능한 한 오랫동안 마루 바닥에 남아 있어야 한다. 발꿈치와 아아치가 마루 바닥을 떠날 때 발목에 있는 모든 근육은 뻗어야만 하고 발등 아래 발바닥 근육은 발이 구부러지는 것을 피하기 위하여 가볍게 죄일 것이다.

해로운 방식의 반복이 결국에는 정상적인 발의 정렬을 찌그러뜨리기 때문에 부상을 입을 수가 있다. 어린이들을 가르칠 때 이러한 점을 염두에 두는 것은 중요하다.

어린이들은 또한 부상에서 신체의 지극히 중요한 부분은 무릎이라고 가르칠 필요가 있다. 무릎은 몸의 체중을 지지하는 받침이고 발

위의 체중과 매개물이다. 무릎은 항상 곧게 있어야 하고 엉덩이와 발에 정렬되어야 한다. 그러나 결코 고정된 자세여서는 안된다.

발레에서 180°턴 아웃은 중요한 최고의 텍크닉이다. 그러나 그것은 엉덩이로부터 완성될 수 있는 것이지 무릎과 발로하는 것이 아니다. 만약에 어린이들이 엉덩이를 완전하게 회전할 수 없다면 그들은 무릎과 발목에 힘을 주어 보상할 것이다. 더욱이 5번 포지션을 완전하게 하기 위하여 무릎을 구부리는 경향이 있다. 심미적으로 이룰 수 없다고 약해지거나 무릎을 구부리는 것은 무릎의 불안정과 인대에 긴장을 야기시키고 관절에 특별한 압박을 계속하여 미칠 것이다.

그러나 여러 번 무릎을 구부리는 것은 필요하다. 드미 쁠리에는 무릎을 구부리는 것을 요한다. 그러므로 적당하게 이루어져야만 한다. 선생님은 어린이들이 쁠리에의 가장 낮은 자세로 앉는 것을 피하도록 하여 체중을 받지 않도록 한다. 이와 같이하면서 몸이 정렬이 되도록 힘을 준다. 훌륭한 드미 쁠리에는 상승은 물론 하강에서도 균일하고 흐르는 듯이 하여야 한다. 지나친 압박은 인대와 연골 조직에 손상을 가져올 수 있다.

포인트 슈즈를 사용하는 섯은 또한 어린이들에게 해로울 수 있다. 너무 일찍 어린이들이 포인트 클래스를 하지 않는 것은 육체적으로나 정신적으로 더욱 좋다. 어린이들은 포인트 클래스를 시도하기 전에 적어도 11세 혹은 12세가 되어야 한다. 그 나이에는 뼈가 적당한 자리를 잡을 것이고 뼈에 미치는 힘을 견디어 내도록 형성된다.

포인트 클래스를 시작하기 전에 어린이들은 또한 충분히 많은 양의 연습을 보통 4년에서 5년 동안 한다. 그 동안에 어린이들은 적당한 몸의 자세와 기술을 배울 것이다. 그래서 발은 발달되고 강해질 기회를 갖는다. 또한 발의 아아치가 체중을 견디기에 충분히 강하게 만드는 것은 중요하다.

어린이에게 포인트를 가르칠 때 고려해야 할 또 다른 점은 만약에 앞의 발가락 세 개가 대략 같은 길이라면 토 슈즈를 신는 것이 더욱 편안할 것이라는 것이다. 만약에 그것이 그렇다면 몸의 균형을 잡는 것은 세 개의 비슷한 발가락에 의하여 안정성과 지지감지지 감이 제공되기 때문에 더욱 쉬울 것이다.

어린이들은 그들의 골격과 체격에 따라서 다르게 훈련에 적응할 것이다. 그들이 유능한 지도자의 지도 아래 계속 발전한다면 부상의 기회는 극소화될 것이다. 근육 경련이나 피로 같은 것을 경험하는 문제는 대부분 보편적이지 심각한 문제는 아니다. 전형적으로 자가 치료로 하루 이틀 적당한 휴식은 이와 같은 질병을 치료하는데 효과적이다. 그러나 만약에 더욱 심각한 문제가 일어난다면 의사를 만나 보는 것이 중요하다.

2. Pointe Shoes 선택에서 특별히 고려할 점

무용수가 받는 훈련의 유형은 종종 문제를 일으킬 수 있다. 무용의 여러 장르는 각각 다른 근육과 신체 자세를 사용한다. 발레 무용수들은 맨발로 무용하고 있는 현대 무용수가 힘을 발휘하는 것보다는 아주 다른 몸의 제어와 특별한 힘을 흡수하기 위하여 그들의 몸을 훈련시킨다. 같은 경우로 발레와 현대 무용수들은 재즈나 탭 무용수들이 단단한 바닥의 슈즈를 신는 것보다는 다른 훈련을 받는다.

올바른 슈즈를 선택하는 것은 무용수의 발 건강에 지극히 중요한 것이다. 슈즈가 슈즈의 역할로 충족시키기 위해서는 적절하게 맞추어야 한다. 어느 슈즈가 자기에게 맞는지 결정하는 것은 무용수들 자신에게 달려 있다. 일반적으로 조금 작거나 혹은 조금 크다는 슈즈 사이에 선택을 해야 한다면 조금 큰 슈즈를 선택한다. 만약에 어느 한 발이 다른 발보다 크다면 더 큰 쪽을 선택한다.

슈즈를 측정할 때 앉아 있을 때와 서 있을 때 발의 크기를 비교한다. 대부분의 발의 측정은 세 가지로 한다.

발뒤꿈치에서부터 가장 긴 발가락 끝까지의 길이. 발뒤꿈치에서부터 발의 볼까지. 그리고 볼의 넓이이다. 발뒤꿈치에서 발의 볼까지 맞추는 것이 발가락까지보다는 오히려 적합하다. 슈즈를 느슨하게 맞추면 물집이 잡히는 원인이 될 수 있고 과도한 동작을 할 때 건에 자극을 줄 수 있다. 슈즈의 등가죽(앞발을 둘러싸고 있는 위 부분)은 너무 느슨하거나(물집이 잡히는 원인) 너무 단단함(티눈, 발가락 기형, 그리고 근육의 경련)이 없이 발의 앞부분이 수용이 되도록 충분히 넓어야 할 것이다. 발가락이 있는 부위는 압박감이 없이 발가락이 자유롭게 움직이도록 해야 할 것이다. 뾰족한 발가락이나 경사진 발가락은 발톱과 발가락에 자극을 주는 원인이 될 수 있다. 또한 발가락은 슈즈 끝에서 부딪치지 않아야 한다. 발은 오랜 무용 연습과 리허설 동안에 부어 오를 수 있다는 것을 기억하라. 정확하게 맞지 않는 슈즈는 장래에 심각한 문제를 야기시킬 수 있다.

발레 슈즈는 편안하게 잘 맞아야 할 것이다. 발가락 앞에는 빈 공간이 없도록 하라. 발등의 빈 공간에 발을 지지하는 고무가 있을 것이다.

토 슈즈를 구입할 때 그것이 유명한 상품인지 확인하라. 그들은 좋은 품질을 만들 것이다. 정확한 맞춤은 필수적이다: 주문 제작은 슈즈가 개인적으로 구별될 수 있다. 포인트 웍을 처음으로 시작할 때 포인트 슈즈를 신중하게 선택한다. 포인트 슈즈는 뻣뻣하고 강할 것이다. 발가락을 위하여 슈즈 앞에 양털을 사용한다.

왜냐하면 발레 슈즈는 많은 다른 유형이 제공되기 때문에 맞추어 신기가 가장 어렵다. 먼저 부드러운 발레 슈즈와 토 슈즈의 차이점에 대하여 설명하면 부드러운 발레 슈즈는 가죽이나 캔버스천, 혹은 늘어나는 공단으로 만들어진다. 슈즈 바닥은 부드러운 가죽으로 댄다. 그것은 보통 가죽으로 안감을 대고 종종 쉬에드 가죽이나 구두 안창으로 댄다. 그것은 완벽하게 유연하고 발의 볼 쪽으로 말을 수 있다. 슈즈는 천이나 고무줄로 만들어진 졸라매는 끈으로 발등을 가로질러 매어 슈즈가 발바닥에 붙어 있도록 한다.

토 슈즈는 앞이 단단하고 슈즈 바닥의 심은 보통 내구력이 강한 종이로 만들어진다. 대부분 토 슈즈는 거의 공단으로 만든다. 그러나 가죽이나 캔버스 천으로 만들 수도 있다. 발가락 쪽은 주름이 잡히고 천이나 고무줄로 만든 졸라매는 끈을 단다.

부드러운 발레 슈즈와 토 슈즈 둘 다 적합하게 맞추려면 어떤 규칙에 따라야만 할 것이다. 발레 슈즈와 토 슈즈는 잘 맞게 맞추어야 한다. 성장에 맞추어 무용 슈즈를 맞출 수는 없다. 아주 부드러운 가죽 슈즈는 일반적으로 아주 많이 늘어난다. 그래서 성장기의 어린이들이 사용하는 것이 좋다. 발레 슈즈가 편안하다 하더라도 발뒤꿈치를 너무 단단하게 하지 말아야 발가락이 꼬이지 않을 것이다. 서 있을 때 발가락은 편편하게 자리잡고 드미 포인트 할 때 발의 볼이 바닥에서 편편해져야 된다.

정확하게 맞춘 슈즈는 아주 편한 것이다. 발가락이 가볍게 움직이고 흔들리지 않도록 한다. 발의 볼은 쉬는 자세와 드미 포인트를 하는 동안에는 바닥에 편편하게 놓인다. 슈즈의 상단은 발의 상단과 밀착된다. 다시 말하면 슈즈 상단에 손가락을 집어넣을 수 없을 것이다. 포인트 할 때도 간격이 없다. 슈즈를 신을 때 뒤꿈치를 넣기가 힘들겠지만 참을 수 있고 슈즈가 단단해진다.

낮은 뒤꿈치를 가진 슈즈는 높은 뒤꿈치를 가진 것에 비하여 택할 만하다. 그것은 부드러운 기분을 주고 또한 아킬레스건에 아주 감각적으로 파고드는 것을 방지한다. 슈즈 뒤꿈치를 낮게 자르면 그것은 종종 미끄러진다. 이런 것은 뒤에 고무줄을 붙여서 사용하는 것이 필요하다. 마찬가지로 뒤꿈치 뒤에 조그만 고무줄을 달아서 리본에 매달리게 하여 사용한다. 포인트 슈즈는 내구성이 약해 오래 쓸 수가 없다. 특별히 강한 슈즈 창의 심은 초보자들에게 포인트의 스테미너와 힘을 필요로 하는 근육의 발달을 저해할 수 있다.

맞춤의 요령

A, 슈즈가 너무 큰 경우

1) 졸라매는 끈 매듭과 발 사이에 간격이 있다.
2) 뒤꿈치에서 슈즈가 돌아간다.
3) 슈즈 뒤꿈치가 헐렁하다.
4) 발이 앞쪽으로 미끄러진다.
5) 발이 슈즈 속에서 구른다.

B. 슈즈가 너무 작은 경우

1) 발가락이 압박되고 슈즈 안에서 구부러지거나 아프다.
2) 발가락이 슈즈 속 끝에 닿는 경우.

C. 슈즈가 잘 맞는 경우

1) 발가락이 심의 안쪽에 잘 닿고 있다.
2) 발이 아프지 않다. 가볍게 닿는 것은 적당한 것이다.
3) 뒤꿈치가 드미 포인트에서 슈즈 속에 남아 있다.
4) 미끄러지지 않고 그대로 있다.

포인트 슈즈를 정확하게 맞추기 위하여 먼저 2번 포지션 자세로 선다. 발의 근육을 풀고 발가락을 뻗는다. 그런 다음에 드미 쁠리에. 드미 쁠리에 자세에서 발과 발가락을 아라세컨(a la second) 으로 뻗는다. 그러면 발뒤꿈치가 가장 길게 늘어난다. 이때 발가락은 받침 안쪽에 닿고, 슈즈로부터 발등과 측면에 어떤 압박은 없어야 하고, 중족골의 관절이나 엄지발가락에 어떤 압박감은 없어야 하고, 발가락은 아주 가볍게 받침 안에 닿아 있어야 하고, 발가락의 측면이나 발가락 끝 혹은 중족골이나 엄지발가락 관절에 지나치게 압박하거나 아프지 않아야 한다. 일반적으로 꼭 맞으나 살갗이 까지지 않아야 한다.

발을 포인트로 하여 엄지발가락과 두 번째 발가락이 서 있는 동안에 바닥에 닿아 압박을 받지 않고 접촉하고 있어야 한다. 발은 슈즈를 지지하고 슈즈는 발을 지지한다. 발뒤꿈치가 정확하게 맞아야 하기 때문에 뒤꿈치에 고무줄은 필요하지 않다. 만약에 리본이 정확하게 자리 잡고 있다면 뒤꿈치를 단단하게 잡고 있을 것이다. 만약에 슈즈가 잘 맞추어졌다면 발을 보호할 것이다. 너무 크거나 넓은 구두는 균형을 잡기가 어렵다는 것을 발견하게 될 것이고 그래서 올바른 넓이와 올바른 길이로 맞추면 오랫동안 안전하고 행복한 그리고 무용수로서 편안한 경력을 갖게 될 것이다.

3. Pointe를 가르치는 기본

가. 기본적인 문제점

A. 포인트 웍을 시작하는 시기

발레를 배우는 학생들이 포인트 웍을 언제 시작하는가 라는 문제에 대하여 의학적인 전문의나 발레 교사들은 한마디로 결론을 내리지 못하고 있다. 학생의 나이, 골격, 뼈의 발달 상태, 체력, 훈련기간, 체중, 그리고 학생의 태도 등을 포함한 모든 요소들을 결합시켜 판단을 내려야 할 것이다. 로열발레학교의 정형외과 의사인 져스틴 호세 박사는 그의 저서 '무용 기술과 부상 방지'에서 말하기를 '포인트 웍을 시작하는 특별한 나이는 없다. 문제는 어린이의 발달 상황이다. 그리고 나이는 어린이의 성숙 혹은 미성숙과 어떤 관계도 없다. 늦은 나이에 포인트 웍을 시작한다고 부끄럽거나 손해를 보지 않는다. 반면에 신체적으로나 기술적으로 준비되기 적에 일찍 시작하는 것은 잠재적으로 손해 일 수 있다. 어린이의 신체와 기술적인 수준이 정확할 때까지 기다린 어린이는 부상을 입을 위험이 적고. 대단히 쉽고 정확하게 기술을 성취할 수 있고 좀 더 빨리 진전한다. 많은 유명한 무용수들은 그들이 10대까지는 포인트 웍을 강도 높게 하지는 않았다. 그러나 그것이 그들의 경력에 방해가 되지는 않았다[3]고 주의한다. 만약에 학생이 포인트 웍을 시작할 때라면 지도자는 판단할 책임을 갖게 되고 그 결정은 기본적인 기술과 지식으로 이루어져야 한다. 학생이나 부모의 요구에 따라서는 안된다. 발끝으로 무용을 하는 것은 신중해야 한다. 지도자는 학생들의 몸과 발의 근육 구조와 뼈에 영구적인 손상의 위험을 막아야 한다. 이러한 위험은 포인트 웍을 하기에 준비되지 않았다고 말을 들을 때 오는 일시적인 실망보다

3) Janice Barringer 'The Pointe Book' P.71 Princeton Book CO. 1991.

도 훨씬 능가한다.

학생들은 '포인트 웍'을 시작하는 것이 새로운 기술을 공부하는 것이 아니라는 것을 이해할 필요가 있다. 학생들은 바(barre) 연습을 할 때마다 포인트 웍을 할 수 있도록 준비한 준비해야 할 것이다. 클래식 발레의 동작 원리가 포인트 웍의 원리이다. 일단 무용수가 정확한 몸의 자세를 갖게 되면 그는 체중 분배를 조정하는 연속으로서 포인트 웍의 강도와 시간을 가질 수 있는 것이지 새로운 형태의 무용은 아니다. 즉 포인트 웍은 부가적으로 기술을 연습하고 숙련되도록 하는 것이다. 많은 발레 교사들이 다음과 같은 이유 때문에 포인트 웍을 할 수 없다고 말하는 것을 볼 수 있다. 부적당한 몸의 자세, 너무 어림, 몸통 혹은 발이 쭉 뻗어 올리지 못함, 발이 충분히 아아치가 되지 않음, 무거운 체중, 몸통의 힘 부족, 무릎이나 발목이 약함, 드미 포인트의 기본 자세가 강하지 않고 부정확함, 포인트 웍의 준비 평가를 위한 결정적인 방법은 지도자가 다음 사항들을 숙고해야 한다[4]고 한다.

B. 수업의 길이와 강도

시간과 준비는 학생들에게 포인트 웍을 시작할 적당한 힘과 기술을 개발하기 위해서 필요한 것이다. 학생의 근육 조직이 자기의 몸을 완전하게 유지하기에 필수적으로 충분히 강하여야 한다. 포인트 웍의 들어올리는 많은 동작들은 아킬레스건과 연결되어 있는 두 장딴지 근육에 의존한다. 모든 발레 지도자들은 적어도 2년 내지 3년 동안 진지하게 발레 훈련을 받아야 하고 일주일에 2회 혹은 3회 이상 수업을 해야 한다고 주장한다.

4) 앞의 책. PP74○79.

Anatomy and Ballet에서 Celia Sparger가 말하기를 "포인트 웍을 하는 능력은 전체적인 몸, 등, 엉덩이, 허벅지 다리, 발, 동작의 연결 그리고 신체동작에 대한 적응이 점진적으로 이루어진다. 체중이 발 위로 올려지도록 완전히 균형을 유지하고 무릎을 곧게 펴고 완벽한 드미 포인트를 한다. 그리고 발이 안쪽으로나 바깥쪽으로 기울어지지 않아야 하며 발가락이 오그라들거나 조여져서도 안 된다."

어떤 발레 교사들은 훈련 요인을 제일 강조한다. 예를 들면 몬테카를로의 발레 루스와 쿠바의 발레 마퀴의 발레리나였고 지금은 달라스에서 교사를 하는 나탈리아 크라소브스카는 몸의 균형과 신체를 개발하는 것이 나이보다 더 중요하다고 말한다. 만약에 어떤 학생이 매일 수업을 한다면 그 학생은 아주 빨리 힘을 키울 수 있고 몇 년 동안의 아주 집중적인 연습 뒤에 8살 때부터 일찍 포인트 클래스를 시작할 수 있다. 14살 혹은 15살이 될 때까지 포인트 클래스를 하지 않는다면 그 학생들은 진지함을 유지하기가 어려울 것이다. 학생들은 적어도 일주일에 3번은 포인트 클래스를 받을 수 있도록 해야 한다고 주장한다.

C. 힘

제임스 개릭 박사는 '너무 일찍' 포인트 웍을 시작하는 것은 중요한 근육 골격에 문제를 만든다고 말한다. 샌프란시스코에 있는 성 프란시스 병원의 운동 의학 센터 무용 의학부는 학생들이 '요구되는 노력'에 필요한 힘과 기술 부족 때문에 신체적으로 포인트 웍(point work)하는 학생들을 관찰한다. 그는 학생이 무릎을 끌어올리면서 뻗어서 드미 포인트로 단단하게 빠세(passe)를 할 수 있어야 한다고 믿는다. 이것은 학생이 체중을 한 다리에 모으고 완전히 무릎을 뻗어서 완전한 를르베를 필요로 한다. 만약에 학생이 센터에서 발의 자세를 바꾸지 않고, 무릎을 곧게 펴고 서서 흔들리지 않고 그냥 쁠리에를 할 수 있다면 그 학생은 포인트 웍을 시작할 수 있을 것이다.

카페지오(capezio)의 의학 고문인 리챠드 브래버 박사는 포인트 웍을 배우려는 학생은 한발로 드미 포인트로 서서 비틀거리거나 흔들림이 없이 서 있을 수 있어야 한다고 말한다.

저스틴 호세 박사는, 힘은 발과 발목에 있는 모든 관련된 관절의 완전 통합으로 성취되어야 한다고 말한다. 학생들은 엉덩이에서 턴 아웃을 할 수 있어야 하고 양쪽 다리 혹은 한쪽 다리로 설 때 엉덩이 부분이 안정되어야 한다. 또한 힘과 안정된 몸통이 필요하다. 몸통, 엉덩이, 허벅지 근육의 부적절한 조정은 학생들이 포인트에서 불안정하고 불안전하게 할 수 있다. 만약에 발과 몸통이 아무렇게나 흐늘거리고, 유동적이고, 혹은 힘이 없으면 포인트 웍은 다음으로 미루어야만 한다.

D. 연령/뼈의 발달

뼈는 뼈마다 골화율이 각각 다르다(그림1 참조). 골단(骨端: 장골의 끝 부분)은 연골의 층이거나 혹은 현재의 뼈에 붙어있는 아직 성장이 끝나지 않은 탄력 있는 조직 세포이다. 이러한 연골 층의 어떤 것은 인간이 20대가 될 때까지 완전하게 골화되지는 않는다. 뼈는 중심부 바깥쪽으로부터 점차로 굳는다. 다리와 발의 앞부분과 같은 긴 뼈와 무용수가 포인트 할 때 몸의 체중을 지탱하는 발가락은 장골이 먼저 단단하게 된다. 골단(骨端)은 10대 초까지는 오직 연골로 장골에 연결되어 있다. 연골이 뼈가 될 때는 어린이들에게 큰 변화가 있다. 골밀화는 14살까지도 시작하지 않을 수도 있다. 이러한 사실에 입각하여 근육은 관절 정렬을 보호하도록 특별히 잘 발달되어야 한다. 그렇지 않으면 아직 부드럽고 자라고 있는 발과 발가락에 체중의 압박으로 뼈와 관절의 기형의 원인이 될 수 있다. 정확한 훈련과 함께 몸의 체중이 유지되어야 하고 발가락에 최소로 체중이 덜어지도록 분배되어야 한다.

이러한 발육상의 고찰 때문에 우리들이 면담했던 몇 명의 선생님들은 어린이들이 10살 전에 포인트 웍을 시작해야 한다고 생각하고, 그리고 많은 학생들은 얼마나 어려서 포인트 훈련을 시작하는 것인지 관심이 없이 11살 혹은 12살이 될 때까지 기다린다. 무용 활동의 현장에서 광범위한 연구를 했던 유명한 무용 교사인 조안나 크닐랜드는 발가락 끝이 연골에서 뼈로 바뀌었는지 결정하기 위하여 어린이들을 의사에게 보내 발에 대해 Xorayed를 찍어 보도록 제안한다. 몸이 따뜻한 기후에서는 더 빨리 이러한 성숙 단계에 이를지도 모른다고 그는 의문을 제기한다.

학생들이 포인트 웍을 시작할 시기가 되었다고 결정한 후에도 어떤 선생님들은 주의 깊게 스튜디오에 있는 키 도표를 작성하여 그들의 성장 도표를 민든다. 만약에 포인트 웍을 시직한 학생이 성장의 기미가 나타나면 그 학생은 3~4달 동안 성장이 안정될 때까지 포인트 웍을 하지 않는다. 성장기에는 체중 분배가 변하고 중량의 중심이 변하고 그리고 몸통의 균형도 바뀐다. 빠르게 성장하는 무용수들은 다른 사람들보다 더 커다란 부상의 위험이 따른다. 근육이 뼈의 성장과 일치하지 않아 근육이 팽팽해질 수도 있기 때문에 몸의 긴장이 깊게 올 수 있다. 이때 학생은 같은 학급에서 연습을 하더라도 성장이 끝날 때까지 연습은 평편한 슈즈를 신는다. 사두근, 다리 관절 뒤의 힘줄, 장딴지 근육을 강하게 뻗고, 유연하게 하기 위하여 부가적으로 늘이는(스트레치) 연습을 한다.

E. 발과 발목의 해부

선생은 학생의 발과 발목의 구조를 평가해야만 한다. 비록 이상적인 발은 거의 발견하기 어렵더라도 어려움의 원인이 될 극단적인 문제는 확인되어야만 한다. 포인트 웍을 위한 이상적인 발은 넓고, 두세 개의 발가락이 같은 크기이고 발목이 강해야 한다고 생각한다. 이러한 종류의 발은 체중 분배에서 넓은 근거를 제공한다. 긴 엄지 발가락을 가진 학생은 포인트 웍을 할 수 있다. 그러나 두 번째 발가락이 아주 길면 많은 어려움을 발견한다. 또한 발의 볼이 좁고 뾰족한 발은 문제가 많다.

학생의 발목의 유연성과 발등의 자연적인 아아치의 정도에 대하여 알아보아야 한다. 학생은 유연성과 아아치의 정도와 더불어 포인트에서 발가락과 발목과 무릎 사이의 정렬에 문제가 있을 수 있다. 유연하지 않은 발을 가진 학생은 뒤꿈치 뼈가 건을 압박하기 때문에 포인트 웍에서 아킬레스건에 문제가 생길 수 있다.

또한 연약한 발목과 너무 많이 아아치가 되는 발등은 제약을 받을 수 있다. 이러한 종류의 발은 포인트 웍을 할 때 보통 발가락은 아래로 구부러지고 발의 앞 부분과 발등 아래 발목으로부터 아래쪽에 힘을 가한다. 넓적다리와 무릎 근육은 긴장되고 체중은 다리뼈 중앙에 실리지 않는다. 어깨, 목, 그리고 몸의 상체 전체가 반대로 영향을 받을 수 있다. 이러한 문제를 가진 학생은 포인트 웍을 하기 전에 부가적으로 힘을 강화하는 훈련이 필요하다.

발이 내전 되었거나 안쪽으로 둥글게 구부러진 아아치를 지닌 학생은 엄지 발가락과 아아치에 더 많은 체중이 실리게 되므로 발목

주위의 근육이 올바른 자세로 발목을 잡을 수 있도록 재훈련이 될 때까지 포인트 웍을 해서는 안된다. 발의 내전(內轉)은 엄지 발가락이 붓고 아아치의 종축에 문제의 원인이 될 수 있다.

발목 관절의 근육은 자세의 변화에 따라 적응할 수 있지만 포인트에서는 고정된 자세이고 움직일 수 없다. 그 결과 발이 기우는 것을 방지하기 위하여 충분히 강해야 하고 몸의 체중이 발의 안쪽으로 옮겨지게 되는 원인이 된다. 그와 같이되면 인대와 근육은 지나치게 늘어나게 되고 엄지발가락 쪽을 누르는 부가적인 체중은 엄지발가락이 변하게 되는 원인이 될 수 있다. 발이 기울어지는 것은 발목을 삐게 하는 경향이 있다. 발을 바깥쪽으로 굴리는 듯이 기울이거나 발바닥을 들어올리는 학생은 체중의 대부분이 4번째와 5번째 발가락 위에 실리게 되는데 이런 학생은 관절의 근육이 재훈련이 될 때까지 포인트 웍을 해서는 안될 것이다. 발등이 약한 학생이 완벽한 준비가 없이 포인트 웍을 시작하는 것은 발과 발목에 영원히 손상을 일으킬 수 있다. 발과 발목의 근육은 발을 잘 조종할 수 있도록 강화할 필요가 있고 너무 지나치게 포인트 하는 자세보다는 정확하게 할 수 있도록 한다.

F. 체중

체중이 정상보다도 더 무거운 학생은 그들의 발가락에 특별히 더 압박이 주어지기 때문에 위험한 손상을 입기 전에 체중이 감량되도록 충고를 해야 할 것이다.

G. 태도

무용의 즐거움은 포인트 연습을 위하여 정말로 없어서는 안될 것이다. 포인트 훈련을 하기 전에 수업에 대한 부정적인 태도는 나쁜 결과를 초래할 것이다.

나. 포인트 클래스의 길이와 형태

포인트 훈련은 뼈와 근육이 적당히 발달될 기회를 갖도록 천천히 주의 깊게 하는 것이 일반적인 대다수의 생각이다. 개개인의 조심은 꼭 필요한 것으로 조그만 실수나 부주의한 동작을 그냥 넘어가서는 안 된다. 포인트 웍의 초기 동안에는 학생들은 무릎, 장딴지, 발목을 선생님이 잘 관찰할 수 있도록 다리 워머를 입어서는 안 된다.

포인트 훈련은 폭넓게 변하는 형태로 계획되어야 한다. 처음 시작하는 학생들은 일주일에 1회에서 5회 정도 충분히 몸이 데워진 후에 매번 발레 클래스가 끝나기 전 10분에서 30분 동안 포인트 슈즈를 신는다. 혹은 처음에는 일주일에 한번 포인트 슈즈를 신고, 그 다음 일주일에 두 번 신고, 45분 동안 포인트 슈즈를 신도록 점차적으로 시간을 늘인다. 어떤 스튜디오에서는 초보자는 한 시간의 포인트 수업을 따로 한다. 많은 선생님들은 학생들이 너무 피곤해지기전 수업 시간의 끝보다는 오히려 바(barre) 연습을 끝마친 후 초보자 포인트 웍을 시작하는 것을 좋아한다고 말한다.

포인트 웍이 좀더 숙련된 학생들은 일주일에 두 번 30분 동안 포인트 연습을 하거나 연습 시간 중 절반을 포인트 연습을 한다. 어떤 학교에서는 학생들은 결국 거의 완벽하게 포인트 슈즈로 춤출 것과 그들의 훈련에서 일찍이 인내심을 발달시킬 필요가 있어서 포인트 이론으로 15분 수업하고 전체 시간 동안에 천천히 포인트 연습을 진행한다.

4. 발레 동작과 연관된 부상[5]

아라베스크 (ARABESQUE)

한쪽 다리로 서서 다른 쪽 다리는 뒤로 뻗어서 바닥에 대거나 띄워서 기다란 선을 만드는 자세다. 지지하고 서 있는 다리는 똑바로 펴거나 드미o쁠리에를 하기도 한다. 그러나 다리의 체중은 발 전체에 골고루 퍼지도록 하여야 한다. 움직이는 다리는 무릎을 곧게 펴서 뻗어야 한다. 아라베스크의 여러 가지 중에 어떤 것을 하든지 간에 지지하는 다리에 체중이 골고루 분산되도록 하여 어떤 불안이나 부상을 피하도록 유지하는 것이 중요하다. 만약에 무리한 힘이 지지하는 다리의 아치에 있다면 발바닥 근막염을 일으킬 수 있다. 이와 같이 내전(內轉)하는 힘은 뒤꿈치 활액낭염(滑液囊炎)을 일으킬 수 있거나 더욱 만성적인 뒤꿈치 자극을 유발한다. 드미o쁠리에 자세에서 지나치게 힘을 주면 아킬레스건에 자극을 주어 건 염이 일어날 수도 있다.

아쌍브레 (ASSENBLE)

바닥에서 한쪽 발을 쓸면서 바깥쪽으로 올려진 자세에서 동시에 지지하고 있는 다리를 위쪽으로 튀어 오른다. 몸은 똑바로 하고 엉덩이 위에 중심을 두고 두 발을 모은다. 한쪽 발을 밖으로 쓸어 낼 때 지나치게 긴장하는 것은 평탄치 않은 체중 분배를 하게 되는 원인이 된다. 또한 적절한 몸의 균형이 필요하고 그래야 지지하고 있는 발이 바닥에서 잘 튀어오를 수 있다. 만약에 어느 발이 조정이 필요하다

5) DR. TERRY L. SPILKEN 'The Dancer's Foot Book' 1990. A Dance Horizons Book P.P35o41.

면 부상이 일어날 수 있다. 지지하고 있는 발은 발목에 충격을 받아 삐는 결과를 낳게 된다. 움직이는 발은 쓸어 올리는 동작에서 자극을 받을 수 있는데 피부의 찰과상, 물집, 타박상, 혹은 혈종(피멍)을 일으킬 수 있다. 불안한 착지 또한 골막염(骨膜炎)을 일으키는 원인이 될 수 있다. 또한 아쌍브레의 동작을 하는 동안 양쪽 다리가 턴o 아웃으로 되어 있어야 하는 점은 대단히 중요한 것으로 들어 올리거나 착지하는 동안에 무릎에 무리가 가지 않도록 한다.

아띠뜌드 (ATTITUDE)

한쪽 다리는 무릎을 구부려서 올리고 지지하고 서 있는 다른 쪽 다리는 곧게 펴거나 드미o쁠리에 자세로 몸을 수직으로 선 자세이다. 어떤 현대적인 동작들은 턴o인을 하기도 하지만 지지하고 있는 다리나 움직이는 다리는 엉덩이로부터 턴o아웃이 되어야 한다. 무릎은 적절한 아띠뜌드의 이미지를 갖기 위하여 올린 다리의 발보다도 더 높이 있어야 하고 근육을 정확하게 발달시킨다. 정확한 자세로 다리를 올릴 때 넓적다리 근육을 사용하는 것이 중요하고 등근육은 사용하지 않는다. 적절한 자세를 보여주기 위하여 발을 구부려서는 안 될 것이다. 왜냐하면 그것은 부적절한 테크닉 이외에도 건 염이나 발바닥 근막염을 일으킬 수 있기 때문이다.

발랑세 (BALANCE)

무용수가 체중을 한발에서 다른 발로 옮기는 월츠 템포로 이루어지는 동작이다. 체중의 이동은 중요하고 무용수는 한 발을 뒤로 할 때 체중은 다른 쪽 발의 볼로 지탱하도록 하여야 한다. 그렇지만 발 전체가 바닥에 닿고 있을 때에는 체중이 발 전체에 골고루 분산되도록 한다.

발로네 (BAllONNE)

한쪽 다리로 무릎이나 발목에서부터 펼치는 동안 공중으로 뛰면서 도약하는 동작을 한 다음 지지하는 다리가 바닥에 착지로 돌아올 때 처음과 같은 자세로 돌아온다. 이 동작은 한쪽 다리로 몸을 지지하면서 시작하고 끝낸다. 그러므로 위로 당겨지고(Pulledoup) 상체의 중심으로 균형을 잡는 것이 필요하다. 체중은 뒤꿈치 뒤쪽으로 떨어져서는 안 된다. 왜냐하면 이와 같은 행동은 발로네를 하기 위해서 요구되는 도약하는 동작을 억제하게 될 것이다.

발로떼 (BALLOTTE)

또한 제떼 바츄(jete bataeu)와 같은 설명으로서 이 동작은 가끔 몸의 흔드는 동작으로서 실행되는 도약하는 동작이다. 부상의 위험을 피하기 위해 체중은 가운데로 모아야만 한다. 그래서 조금이라도 몸이 기울어지면 균형을 잡을 수 없을 것이다. 또한 상체가 풀업(Pullcdoup)이 되어아 바닥에서 튀어 오르는 발에 근육을 긴장시키는 특별한 노력을 필요로 하지 않을 것이다.

까브리올 (CABRIOLE)

한쪽 다리가 올려진 상태에서 도약하는 동작으로 지지하고 있는 다리가 위쪽으로 도약하고 먼저 올린 다리를 바깥쪽으로 두드린다. 그러므로 다리를 더 높이 밀어 올리는 환상을 준다. 그 다음 지지하는 다리로 착지한다. 어떤 도약하는 동작이든 지지하는 다리에 지나친 압박을 피하기 위하여 균등한 체중 분배가 이루어지도록 하여야 하다. 또한 하체 근육에 압박을 주지 않게 하기 위하여 복부 근육으로부터 몸을 조정하는 것은 대단히 중요하다. 복부 근육을 사용하지 않으면 무릎에 무리한 힘이 주어질 수 있고 비트는 동작은 특별한 부상을 초래할 것이다.

데벨로뻬 (DEVELOPPE)

펼치는 동작은 한쪽 다리로 서서하고 다른 발은 서 있는 다리의 발목에서부터 무릎으로 가져와 다리를 최대로 뻗거나 펼친다. 지지하고 서 있는 발의 볼 위로 중심을 두는 것은 대단히 중요하고 이 동작을 하는 동안 정렬이 되어 있어야 한다. 또한 어떤 근육이나 건?의 긴장을 피하도록 지지하고 있는 발이 안쪽이나 바깥쪽으로 구르지? 않도록 최선의 노력을 해야만 한다.

에샤뻬 (ECHAPPE)

2번 혹은 4번 포지션으로 동시에 양쪽 발을 밖으로 멀리 도약하는 동작이다. 바닥 위에 양발의 적절한 배치가 이 동작에서 절대적으로 필요하므로 무용수는 도약하는 동작을 한 후에 정확한 자세인지를 확인하도록 한다. 양발에 압박을 가하지 않도록 발이 안쪽이나 바깥쪽으로 구르지 않도록 하는 것이 중요하다. 발의 볼은 착지할 때 큰 충격을 받고 있다. 이것은 골막염(PERIOSTITIS), 활액낭염(BURSITIS), 피막염(CAPSULITIS), 그리고 종자골염(SESAMOIDITIS)을 일으킬 수 있다. 뒤꿈치는 항상 바닥에 닿아 있어야 할 것이다. 그렇지 않으면 정강이 외골증(Shinsplints)이 일어날 것이다. 상체에서 풀업이 되는 것이 완벽한 균형을 이루기 위해 꼭 필요한 것이다.

엘레바숑 (ELEVATION)

도약에서 높이 오르는 것을 묘사하는 용어. 강한 아킬레스건은 높은 엘레바숑을 위한 도약을 제공한다. 건의 탄력은 발뒤꿈치를 확실하게 붙인 드미 쁠리에의 완벽한 자세를 통하여 증대될 수 있다. 도약하고 착지하는 동안에 발에 지나친 긴장을 피하는 발의 자세를 조절하는 것이 필요하다.

앙트르샤 (ENTRECHAT)

무용수가 공중으로 똑바로 도약하여 양발을 교차시키는 엘레바숑 스텝으로 장딴지를 서로 부딪치며 발을 바꾼다. 앙트르샤를 하는 것은 어깨는 편편하게 엉덩이는 올리면서 몸의 중심으로 끌어올리는 것이 중요하다. 적절한 턴o아웃을 하연서 쁠리에를 잘하는 것은 또한 완벽한 도약을 위하여 필수적인 것이다. 공중에 떠 있는 동안에 몸은 똑바로 세우고 발가락은 포인트가 되도록 한다.

에땅드르 (ETENDRE)

에땅드르는 뻗치는 것으로서 무용의 기본 원리 중의 하나이다. 발을 뻗을 때 근육을 꽉 조이거나 긴장하지 않고 자유롭게 움직이도록 하는 것이 중요하다. 이러한 동작은 아아치가 경련을 일으킬 수 있고 만약에 아아치 경련이 적당히 치료되지 않으면 부상의 결과로 이어질 수 있다.

훼떼 (FOUETTE)

움직이는 다리와 상체가 연관된 휘감는 동작이다. 다리와 발에 과도한 압박을 주지 않도록 엉덩이를 완전하게 풀업하고 턴o아웃 하는 것이 대단히 중요하다. 휘감는 동작을 하는 동안에 복부 근육을 사용하는 것이 필요하고, 지지하고 있는 다리가 부드럽게 전환이 될 수 있도록 몸의 중심을 확실하게 지키며, 발을 안정되게 착지한다.

글리싸드 (GLISSADE)

보통 높은 엘레바숑을 요하는 도약을 하기 전에 이루어지는 미끄러지는 동작이다. 복부로부터 풀업이 되는 것이 필요하고 5번 포지션 쁠리에에서 턴o아웃을 해야 지지한 발이 다리와 몸에 강력한 도약을 제공할 수 있다. 만약에 그 발이 부정확한 체중 분배와 불충분한 턴o아웃의 조정이 요구된다면 글리싸드를 하는 과정에서 부상을 입을 수도 있을 것이다.

제떼 (JETE)

체중이 한발에서 다른 쪽 발로 이동하면서 다리를 던지는 동작으로 실행되는 도약하는 스텝. 모든 도약하는 동작에서 중요한 것은 무용수는 지지하고 있는 다리로부터 훌륭한 도약을 확신하기 위하여 몸의 중심이 잡혀야만 한다. 높은 엘레바숑 일수록 공중에서 정확하게 포인트한 발로 충분한 시간을 가질 것이며 그 다음 바닥에 올바르게 놓여야 착지할 때 부상을 최소로 줄일 수 있다.

빠 드 바스끄(PAS DE BASQUE)

세 개의 동작으로 하는 바스끄(Basque) 민속 무용에서 유래된 스텝. 엉덩이로부터 풀업이 되는 것이 중요하며 그래서 체중이 발의 뒤꿈치에 실리지 않도록 한다. 이것은 무용수가 좀 더 쉽게 도약할 수 있을 것이며 발의 근육에 불필요한 긴장을 방지하게 될 것이다. 이와 같이하여 부상을 피한다.

삐루엣(PIROUETTE)

한발로 서서 몸을 회전. 첫 번째로 무용수는 먼저 양발에 체중을 적당하게 분배하여야 한다. 두 번째로 회전하는 동안 지지하는 다리의 무릎을 똑바로 펴는 것은 필수적이다. 만약에 그렇게 하지 않으면 몸의 정렬은 흐트러질 것이고, 체중 이동의 원인이 되어, 발의 부상의 원인이 될 수 있다. 또한 무용수가 좀더 쉽게 회전을 할 수 있도록 회전하는 동안 한 점을 유지하는 것이 필요하고 다리와 상체에 긴장을 예방한다.

쁠리에(PLIE)

골반으로부터 바깥쪽으로 다리를 돌리면서 무릎을 구부리는 동작. 드미ㅇ쁠리에를 하는 동안 발은 발가락을 긴장시키지 않고 바닥에 편안하게 놓여야만 한다. 발은 무릎이나 발목보다도 더 턴ㅇ아웃이 되어서는 결코 안 될 것이다. 발이 안쪽이나 바깥쪽으로 돌아가지 않도록 하는 것이 중요하다. 그렇게 하는 것은 근육에 긴장을 더해 주고 부상의 결과로 남을 수 있을 것이다. 안쪽이나 바깥쪽으로 돌리는 것은 또한 무릎에 긴장을 초래하고 마찬가지로 부상을 야기시킬 것이다.

를르베(RELEVE)

몸을 드미ㅇ포인트나 완전한 포인트로 올리면서 수행하는 동작. 무용수는 엉덩이 위와 발의 볼에 중심을 두어야만 한다. 양쪽의 엉덩이를 통하여 상체가 풀ㅇ업이 되는 것이 중요하다. 만약에 무용수의 체중이 골고루 분배가 되지 않으면 도약을 하려고 할 때 가외의 긴장이 발에 가해질 것이다. 이것은 부상의 기회를 만들 것이다. 턴 아웃은 발목과 마찬가지로 넓적다리 위쪽으로부터 조정이 되어야만 한다. 를르베를 할 때 발목은 올리거나 내리는 동안에 흔들려서는 안되며 를르베 자세로 균형을 잡고 있는 동안에도 혼흔들려서는 안된다. 볼안정한 발목은 중족골 머리에 위험을 줄 수 있고 그 부분에 고통을 일으킬 수 있다. 특정적인 부상은 종자골염, 활액낭염, 피막염, 골막염, 그리고 신경염과 신경통을 포함한다. 바닥에 착지할 때 체중이 발뒤꿈치로 이동되지 않고 내려오도록 주의하여야 할 것이다.

소떼(SAUTE)

드미 쁠리에로 시작하고 끝마치는 도약하는 동작. 모든 뛰는 동작에서 무용수는 다리와 발에 어떤 긴장도 주지 않도록 복부에서 풀업이 되어야만 하고 체중은 골고루 분배가 되도록 하여야 한다. 적절한 턴 아웃은 위로 도약하거나 착지하는 동안에 무릎과 발에 어떤 부상이든 피하기 위해 필수적이다.

시손느(SISSONE)

양발로부터 한쪽 발로 뛰기. 모든 뛰는 동작은 엘레바숑을 요하므로 무용수는 상체를 풀업 하여야만 하고 체중은 이 동작을 실행하기 전에 양쪽 다리의 중심에 있어야 한다. 왜냐하면 착지는 오직 한쪽 발로만 하기 때문에 만약에 체중이 적절히 분배되지 않으면 가외의 압박이 지지하는 발에 부상을 일으킬 것이다.

당듀(TENDU)

한쪽 다리를 미끄러트리면서 바깥쪽으로 뻗어서 포인트 자세를 한다음 다시 닫힌 자세로 돌아오는 동작. 지지하고 있는 다리는 곧게펴고 바닥에 적절한 위치에 놓고. 발은 안쪽이나 바깥쪽으로 구르지않게 하고, 발가락으로 바닥을 단단히 밀착하고 체중은 골고루 분배한다. 무용수가 발을 바깥쪽으로 미끄러트릴 때 엉덩이를 올리지 않아야 하고 혹은 적당히 뻗어서 정렬이 흐트러지지 않도록 하고 근육을 강화시키는 것이 중요하다.

5. 발의 부상 예방[6]

가. 휴식과 영양

무용수는 부상의 위험을 줄이기 위하여 남자나 여자나 많은 개인적인 태도와 무용 습관을 통제할 수 있다. 예를 들면 피로는 무용수가 피해야 하는 필요 조건 중의 하나이다. 몸이 피로할 때 부상에 대하 기회는 대단히 커진다. 신체는 계속된 훈련이 역효과를 낳아 후에 슬럼프에 빠지게 한다. 무용수는 이와 같은 한계에 도달했을 때충분히 쉴 수 있도록 훈련되어야만 한다.

피로가 쌓이는 시간을 구분하기 위하여 무용수는 과로의 조짐을인식해야만 한다. 무용수는 근육, 관절, 그리고 건에서 계속적인 통증과 뻣뻣해지는 것을 경험할 것이다. 혹은 하체가 들어올리기에 너무 무거운 느낌이 들 것이다. 무용수는 종종 두통, 식욕부진, 나른함, 생리 불순 등을 경험할 수 있고 실제로 행동 능력이 떨어진다. 또한 감정적인 반응도 피로에 영향을 줄 수 있다. 그것은 무용 연습의

6) 앞의 책 P.P43o51.

실행과 흥미의 저하, 신경과민, 의기소침, 그리고 휴식 불능 등을 포함한다. 과로의 결과는 무용수의 정상적인 능력보다도 훨씬 떨어지는 수준으로 춤을 추게 될 것이다.

부족한 영양과 바이타민 혹은 미네랄 부족은 피로하게 만든다. 약물 복용이나 마약은 또한 같은 문제를 일으킬 수 있다. 예를 들면 암페타민은 피로를 줄이거나 막을 수 없다. 그것은 다만 피로의 느낌을 줄이고 아픔을 가릴 뿐이다. 이러한 경우에 몸에 큰 손상을 입을 수 있게 된다.

피로는 다음과 같은 부상을 유발할 수 있다. 장지굴근(長指掘根)의 좌상(挫傷), 스트레스 골절, 염좌(捻挫), 그리고 과다 사용으로 갈라지는 증후군 등이다. 근육의 유연성을 증가시키고 튼튼하게 훈련하는 것은 과도한 스트레스에 예민하게 반응하는 것을 방지할 수 있다. 휴식은 피로의 조짐이 보이자마자 취한다. 10분에서 15분 동안 아픈 곳에 얼음을 댄다. 압박하고 올리는 것은 또한 치료에 도움을 준다. 그러나 다시 말하지만 과도로 사용하여 생긴 부상에 가장 효과적인 치료는 휴식이다.

대부분 피로와 과다 사용의 부상은 초보자와 그리고 적당한 근육 조절과 기력이 발달하지 않은 신참의 무용수에게서 발생한다. 그러나 전문가들도 또한 이러한 부상을 당하기 쉽다.

나. 스트레칭(STRETCHING, 늘이기)

스트레칭은 무용수가 유연한 몸을 유지하게 할 수 있다. 가능한 부상을 예방으로 스트레칭은 무용수가 취할 수 있는 대단히 중요한 수단이다. 모든 과다 사용 증후군 부상들의 75%가 적당한 유연성 훈련으로 치료될 수 있다고 평가되었다.

발은 신체의 독립된 부분이 아니다. 발은 신체와 연결되어 있고 몸의 영향을 받는다. 단지 발만 유연성을 증가시키지 말고 몸 전체의 유연성을 증가시킨다. 몸 전체가 유연한 것은 그만큼 부상이 일어날 기회를 줄이게 될 것이다.

예를 들면 단단한 슬건(膝腱=Hamstring) 근육은 장딴지에 부가적인 긴장을 일으킬 것이다. 이러한 긴장은 발목에 영향을 주는 작용을 일으킬 것이다. 이러한 부분에 반복되는 힘은 발목 통증을 유발시킨다. 적당한 스트레칭과 슬건에 중점을 두고 몸 전체의 유연성 훈련을 하면 발목 부상을 예방할 수 있다. 춤을 추기 전에 모든 근육을 워밍업 한다.

스트레칭은 무용하기 전과 후에 해야 될 것이다. 만약에 연습이나 공연 중에 휴식 시간이 있다면 다시 스트레치를 하는 것은 좋은 방법이 될 것이다. 개개인의 신체에 적합하고 특별히 필요에 따라 그것에 적합한 스트레칭을 개발하는 것은 중요하다.

"고통이 없으면 얻는 것이 없다"라는 철학적인 말은 스트레칭에는 적용되지 않는다. 스트레칭은 어떤 긴장이나 아픔을 야기시켜서는 안될 것이다. 자신의 한계 내에서 스트레치 한다. 다른 무용수와 스트레치 경쟁을 벌이지 말아야 할 것이다.

정상적인 스트레치는 마지막에는 약 1분 동안 해야 할 것이다. 처음에는 20~30초 동안 가볍게 스트레칭한다. 완전히 긴장을 풀고 편안한 스트레칭를 느끼도록 한다. 그 다음 천천히 더 강하게 스트레칭을 시작하고 추가적으로 30초 동안 그 자세를 지속한다. 아픔이나 극단적인 긴장은 느끼지 않을 것이다. 만약에 스트레칭을를 과도로 하면 부상이 일어날 수도 있다. 스트레칭은 부상을 피하고 유연성을 증대시키기 위하여 한다는 것을 염두에 둔다. 서서히 스트레칭을를 푼다.

호흡은 천천히 리듬에 맞추어 조절되도록 한다. 호흡을 멈추지 말 것. 갑자기 변화시키지 말 것. 모든 동작은 점진적으로 천천히 이루어져야 한다. 갑자기 튀어 오르기나 뛰기는 근육에 해로울 수 있다.

스트레치 변화의 느낌은 시간이 필요하고 바람직한 효과를 얻기 위해서는 더욱더 많은 시간이 필요하다. 만약에 어떤 사람이 매우 팽팽한 상태에서? 시작한다면 스트레치가 되는 정도에 따라 시간을 조절한다. 총 60초 동안 하는 대신에 30초로 시작한다. 몇 주일 후에 40초로 늘린다. 그 다음 50초로 늘린다. 시간은 중요한 요소가 아니다. 스트레치의 느낌이 어떠하냐가 매우 중요하고 그리고 시간을 조절해야 할 것이다. 자기 자신의 늘어나는 한계점에서 편안한 상태에서 하라. 특별히 필요한 날에는 더 오랫동안 스트레치 시간을 요할 것이다. 몸은 적당한 스트레치를 위하여 적절한 시간을 결정한다.

다. 발 훈련

튼튼하고 건강한 발을 갖고 있는 것은 유리하다. 어떤 무용수들을 위해서는 부가적인 발의 훈련이 도움이 된다. 일상적인 연습에 이러한 훈련을 추가하는 것은 일어날 수 있는 부상을 예방할 수도 있다. 발을 강하게 하는 여섯 가지 훈련은 매일같이 할 수도 있다. 시간은 몇 분밖에 걸리지 않는다. 이것들은 기본적으로 움직이는 연습이다. 또한 Isometric exercises(조용한 동작으로 근육을 강화하기 위한 일련의 운동, 물체가 움직이지 않을 정도로만 밀기)를 할 수도 있다. 다음 훈련은 모두 맨발로 한다.

1) 아아치로 구부리는 동안에 발가락을 부드럽게 아래로 감는다. 발을 C자 형태로 만든다. 이 자세로 약 10초 동안 유지한다. 그 다

음 푼다. 발을 바꾸어서 이러한 아아치 강화 훈련을 반복한다.

2) 걷는 동안에 발가락을 올리고 약 2초 동안 체중을 유지한다. 그 다음 다른 쪽 발에 체중을 옮겨서 또 2초 동안 유지한다. 이와 같은 행동을 1분이나 2분 동안 한다.

3) 앉아 있는 동안 발가락을 감는다. 발을 바닥에 대고 세게 민다. 아아치가 올라오기 시작할 것이다. 이 자세를 약 5초에서 10초 동안 유지하고 그것을 몇 번 반복한다.

4) 한쪽 발의 발가락에 체중을 둔다. 체중을 받지 않은 발의 발등은 바닥에 발의 끝을 댄다. 발바닥을 올리도록 한다. 동시에 발끝을 아래로 민다. 이 자세로 약 5초 동안 유지한다. 발을 바꾸어서 연습을 반복한다.

5) 앉아서 발 앞 바닥에 타올을 놓는다. 한번에 한쪽 발을 사용하여 타올을 집어 올리도록 한다. 발을 바꾸어서 연습을 반복한다.

6) 발 앞에 타올을 둔 채로 뒤꿈치를 바닥에 댄다. 발의 앞부분을 사용하여 타올을 옆으로 밀어내도록 한다. 그 다음 다른 쪽 옆으로 타올을 밀어내도록 한다. 다른 발로 반복한다.

이와 같은 간단한 연습은 어느 곳에서든지 하루에 몇 번씩 반복할 수 있다. 정상적인 활동을 하는 무용수들은 모든 클래스에서 하는 것이 그들의 발과 하체를 강하게 만드는데 도움을 줄 것이다. 그 하나의 예는 드미-쁠리에 이다. 매번 그것을 할 때마다 발의 발바닥 근육과 아아치를 강화시킨다. 를르베는 발가락, 발의 볼, 그리고 하체의 뒤쪽 근육을 강화시킨다. 부상을 피하기 위하여 워밍 업과 쿨링 다운(Coolong Down)에 의한 유연한 스트레칭의 중요성을 다시 한 번 기억하라.

라. 마사지(MASSAGE)

마사지 또한 치료 방법에서 매우 가치 있는 보탬이 될 수 있다. 쑤시고 피로한 발을 위하여 마사지는 스트레스와 염좌를 완화시키는데 도움을 줄 것이다. 그것은 또한 어떤 염증이 있는 상태를 치료하는 방법으로도 사용될 수 있다. 의사는 당신을 마사지 치료 전문가에게 보낼지도 모른다.

일반적인 발 마사지를 위하여 다음과 같은 지시를 따라라. 발을 따뜻하게 한 후에 마사지하라. 가장 좋은 시간은 온수 목욕을 한 후이다. 한쪽 발을 다른 쪽 무릎 위에 놓는다. 손의 뒤꿈치 쪽을 사용하여 발을 둥글게 원을 그리듯이 마사지한다. 발가락 쪽에서부터 시작하여 뒤꿈치 쪽으로 진행한다. 각각의 발가락을 나누어서 각 방향으로 구부리고 각 발가락을 부드럽게 돌린다. 아주 조심스럽게 발가락을 확 잡아당긴다. 발바닥과 발 가장자리를 따라 움직인다. 아아치 부분을 엄지손가락으로 마사지한다. 그다음 다른 발을 반복해서 마사지한다.

마. 발의 위생

적절한 위생은 예방 의학의 중요한 형식이다. 많은 문제와 잠재적인 부상을 만약에 무용수가 그의 발과 다리에 갖고 있다면 피할 수 있다. "예방을 위한 1원은 치료를 위한 1억의 값어치와 같다"라는 격언은 사실이다. 다음과 같은 기본적인 제안을 따라 한다.

· 매일 같이 발을 씻고 말린다. 발을 말린 후에 파우더를 바른다. 발가락 사이를 특별히 주의하라.

· 발톱의 끝을 약간 둥글게 손질하라. 발톱의 구석 안까지 자르지 마라 손톱깎이나 그 밖의 적당한 도구를 사용하라.

- 자연 섬유(면, 모)의 양말을 신고 매일 같이 갈아 신는다. 양말은 땀을 흡수할 것이며, 발이 숨을 쉬게 할 것이고 발 냄새가 나게 하는 박테리아를 줄일 것이다.
- 발을 부드럽게 하기 위하여 목욕 후에 속돌로 단단하고 거친 피부를 부드럽게 문지른다. 피부에 보습제를 바른다. 단단한 피부의 일부의 층은 어떤 무용수들에게 필요하기도 하지만 그러나 너무 두껍게 해서는 안 된다. 그렇지 않으면 그것은 아픔과 압박의 원인이 될 것이다. 족 병 전문의는 극단적인 피부 경질이나 티눈은 제거하도록 한다.
- 신은 편안하고 잘 맞도록 하라. 잘 안 맞는 신은 무서운 상해를 일으킬 수 있다.
- 밤에는 손에 바르는 크림이나 로숀을 발에 바른다. 이것은 건조함과 균열을 방지할 것이다.
- 덥거나 추위에 과도한 노출은 삼가할 것. 겨울에는 따뜻한 양말과 구두나 부츠를 신을 것. 발이 햇볕에 타지 않게 할 것.
- 니코틴과 카페인은 발의 혈액 순환을 줄일 수 있다. 두 가지 모두 지나친 것은 피하도록 하라.
- 티눈과 피부 경질은 집에서 치료하는 것은 삼가라. 그리고 어떤 경우든 날카로운 도구와 자극적인 약품은 발에 사용하지 말 것.

6. 부상 예방을 위한 Flooring(마루 설치)

　무용수들, 발레단의 감독, 무대감독, 기술 감독, 제작 전문가, 발레 교사는 물론 마루를 설치하는 제작자들까지도 발레 연습실과 무대

마루의 상태, 관리, 비용, 안전에 관계가 있다. 발레 연습실이나 무대 위에서 인생의 대부분을 지내는 무용수들에게는 그들의 안전과 부상 방지를 위하여 가장 적힙한 조건의 마룻바닥이 필요하다. 그것은 그들의 예술 활동에 지대한 영향을 끼친다는 것은 누구도 부인하지 않을 것이다. 노련한 무용수들은 마룻바닥의 상태에 대하여 민감하다. 바닥은 미끄럽지 않은가, 구멍 난 곳은 없는지, 못이 튀어나온 것은 없는지, 바닥의 탄력성은 어떤가, 이 모든 것은 무용수의 부상과 연관이 되어 있다. 그렇기 때문에 마룻바닥은 무용수들의 부상 방지를 위하여 대단히 중요하므로 언급을 하고자 한다.

다음의 글들은 미국의 마룻바닥 전문 제조업체의 사장인 Bob Dagger의 논문을 인용한 것이다. [7]

가. 표면

모든 사람들은 스튜디오나 무대의 마루에 결코 왁스를 칠해서는 안된다는 것을 알고 있다. 무대는 왁스를 칠하지 않지만 복도 같은 다른 곳은 거의 칠한다는 것을 인식해야 한다. 무용수들은 연습실이나 무대 위에 갈 때까지 왁스를 묻히는 것을 피하려고 슈즈 위에 양말을 신는다. 혹은 발이나 슈즈를 무대 옆에 깔아놓은 카페트에 닦을지도 모른다.

마루는 또한 너무 따뜻하거나 너무 추울 수도 있다. 뉴욕 시티 발레단의 무대 제작 매니저인 Perry Silvey는 저녁 공연 전에 무대 위에 이슬이 내리고 추웠던 이탈리아의 옥외 무대를 서술하였다. 빨리 닦는 것이 필요하였다. 캐나다 Judith Marcure 무용단의 쥬디 마

7) Bob Dagger. 마루의 밑바닥에서부터 표면까지 Dance Magazine 1993. 12. P.P78-80

커스 예술 감독은 반대의 경우를 서술하였다. 옥외 무대에서 햇빛이 너무 강하면 무용은 고통스러웠다. 뜨거운 마루는 막간 동안에 물로 여러 번 끼얹는다.

쬬프리 발레단의 제작 매니저인 Stephen Mauer는 남성 무용수들이 회전하기 쉽도록 흡수성이 적은 단단한 표면을 좋아하고 여성 무용수들은 포인트 웍을 위한 끌림 때문에 더 부드러운 표면을 좋아한다는 것을 발견하였다.

어떤 무용단은 슈즈에 송진을 사용하는 것을 절대로 반대한다. 만약에 마루가 미끄러우면 와이어 부러쉬로 슈즈 바닥을 문지르거나 슈즈의 뒤꿈치를 물에 적신다. o 슈즈 수명이 짧아지나 적절한 해결책이다.

Pacific Northwest 발레단의 조명 디자이너인 Rico Chiarelli는 송진을 사용하는 것은 결국에는 바닥을 미끄럽게 만든다는 것을 발견하였다. 그는 무대의 바닥을 1년에 두 번씩 정규적으로 암모니아와 물로 깨끗하게 닦는다.

마이에미시티 발레단의 제작 매니저인 Richard Carter는 송진은 비닐 표면의 기공을 메움으로서 본래의 목적을 상실한다. 그래서 미끄러진다는 것을 발견하였다.

메트로포리탄 발레단의 제작 매니저인 Jonathan Ledden은 송진 사용을 제한하고 무대의 표면을 따뜻한 물과 소독용 알코올로 닦는다. 약 30분 동안 있다가 페인트칠해진 마루에 콜라와 물이 섞인 용액을 엷게 분무기로 뿌린다. (콜라 혹은 설탕과 물을 혼합하여 사용하는 것은 가장 보편적으로 무대 공연 준비에서 사용된다.)

나. 마루 표면과 탄성

조프리 발레단의 무대 매니저인 David Nash는 가장 좋은 마루는 무용수의 몸으로부터 에너지를 분산시켜야만 하고 무용수가 재도약하도록 충분한 탄력을 가져야 한다고 설명한다. 그러나 무용수가 완전하게 착지를 하기 전에 탄력이 이루어져서는 안 된다. 트램펄린처럼 지나치게 많이 탄력을 주어서도 안 된다.

이와 같이 복잡한 조건들을 충족시키기 위하여 많은 전문가들은 너무 단단하지도 않고 너무 부드럽지도 않은 Basketweave(바구니 짜기) 구조의 마루를 더 좋아한다. 그러나 메트로포리탄 발레단의 Ledden은 탄력 있는 마루를 선택한다. 왜냐하면 그는 바구니 짜기 식의 마루는 너무 유연하고 무용수의 다리에 충격을 주는 것을 발견하였다. 다른 사람들은 너무 유연하면 착지가 끝나기 전에 다시 튀어 오르는 것은 어느 마루에서든 사실이다 라고 하며 동의하지 않는다. 그러나 통계적으로 이동시 휴대할 수 있는 바구니 짜기식 마루는 60%~80%의 다리 부상을 줄이는 것으로 밝혀졌다.

전문가들의 충고가 모순되는 소리로 들릴지 모르지만 그들은 공연의 필요에 따라 구분하여 무대를 평가한다는 것을 염두에 두어야 한다. 오늘날 휴대하고 다닐 수 있는 여러 가지 변형된 것들이 있고 복잡한 설계로 이루어진 고정된 무대도 있다.

다. 부상 예방

30년 전에는 대부분 나무 표면의 미끄러지는 위험에 집중되었지만 부상에 관련된 마루의 역할에 대한 관심은 새로운 과학의 기여라고 본다-무대 구조.

첫 번째 기여- 전함의 리놀리움(Linoleum=실내 마루 깔개의 일종)-

찢어지지 않고 미끄러뜨릴 수 있는 힘을 무용수에게 준다. 결과적으로 Marley 마루는 -비닐 마루를 위한 일반적인 용어가 되었다- 현대의 비닐은 더욱 쉬운 유지와 휴대할 수 있는 방법을 주었다. (운송 도중의 많은 온도 변화에 대처해야 한다.) 오늘날의 대부분의 마루 제작의 디자인과 비닐 깔개는 발목의 역할을 줄여 수직과 수평의 동작을 최소화하여 안정된 착지를 하도록 하는데 초점을 두고 있다.

디자이너들은 미끄러운 마루는 무용수가 착지할 때 턴-아웃을 지키기 위하여 넓적다리와 종아리 근육을 꽉 조이려고 근육의 피로를 만든다는 것을 알고 있다. 그리고 끈적끈적한 마루는 무용수가 쉽게 회전율 할 수가 없고 발목과 무릎이 비틀어져 무릎과 발목에 부상을 일으킬 수 있다. 너무 부드러운 마루는 상해를 일으킬 수 있고, 넓적다리를 주체스럽게 하고, 종종 근육 조직에 가벼운 부상을 입는다. - 염좌, 긴장, 파열, 근육이나 건의 손상. 그러나 적당하게 탄력 있는 것은 피로와 긴장 해소 그리고 건 염을 줄일 수 있다. 적당하게 탄력 있는 마루는 딱딱한 지점을 갖고 있지 않다: 부드러운 지점이 없다. 그러나 균등한 탄력을 갖는다.

무용을 위한 마루는 기준이 없다는 두 가지 이유가 있다. 무용의 형태에 따라 다른 방법의 마루 깔기가 필요하고 그리고 그 다음에 하나의 기준이 새워져야 한다. 제작 매니저는 안전을 제공하기 위하여 제작하는 사람들의 완전 무결에 기대를 걸어야 한다.

7. 치료를 위한 심리적인 접근

부상을 입은 무용수에게 있어서 가장 혼돈을 일으키는 문제는 상처나 고통보다는 연습이나 공연을 계속할 수 없게 되는 것이다. 그리고 그들의 동료나 지도자들로부터 격려될 수 있고 혼자서 회복의 과정에 직면해야만 할는지도 모른다. 이러한 처지에 놓인 무용수들은 특별히 심리적인 고통에 민감하게 나타난다. 이때 무용수은 순간적으로 무능력해질 수 있으므로 효과적으로 대처하는 능력이 필요할 것이며, 공포를 경험하고, 실패자로서 자신을 인식할 수도 있고, 그러한 스트레스에 잘못 적응하는 경우도 있을 것이다. 간혹 부상을 당한 어떤 무용수들은 충분히 회복을 할 가능성이 있음에도 불구하고 부상 이전의 상태로 되돌아오지 않는 경우도 있다. 이것은 대개 부상으로 인한 심리적 장애가 주된 요인일 수 있다. 이러한 심리적 장애의 극복을 위하여 심리학적인 접근방법에 대하여 논한 Taylor. J. and Taylor, C.의 무용 심리학[89]에서 간추려 보고자 한다,

가. 부상의 치료에서 심리적인 접근

동기, 자신감, 긴장, 그리고 집중은 무용 공연에 매우 중요하고 또한 이와 같은 심리적 요인들은 부상의 회복에 중요한 영향을 준다. 신체 부상의 심리적 치료에 대한의 가치와 중요성을 설명 하고자 한다.

A. 자신감

자신감은 회복 과정에서 3단계가 필요하다. 첫째, 부상당한 무용수들은 고통스럽고 장기간의 물리치료의 프로그램에 전념하고 성공적으로 수행할 자신의 능력을 믿어야 한다. 만약 무용수들이 집중적인 치료 프로그램을 가지고도 충분히 회복할 수 있다고 믿지 않는다

8) Taylor J., and Taylor C,. 박중길역 '무용 심리학'. 등불 1995. 10. 20. P.P.183-2029)

9)　　 ‥　　　　 ‥　　　 ‥

면 그들은 열심히 전념하지 않을 것이다.

둘째, 부상당한 무용수들은 치료 프로그램의 효과에 확신을 가져야 한다. 그 프로그램의 성공을 믿는 것은 그 프로그램을 완벽하게 수행할 수 있다는 자신의 능력을 믿는 것과 같다.

셋째, 무용수들은 치료 프로그램이 끝나면 이전의 상태로 되돌아가 공연할 수 있다는 것을 믿어야 한다. 만약 이것을 믿지 않는다면, 그들은 그 치료 프로그램을 열심히 하고자 할 동기를 전혀 갖지 못할 것이다.

B. 동기

치료 과정의 기간과 긴장 때문에 무용수들은 고도의 동기를 갖고 있어야 한다. 이것은 간혹 치료 프로그램에 자신감과 확신이 부족하고, 회복에 관해 흥분하고, 그리고 집중적인 문제 때문에 어렵다. 이 모든 문제들은 충분한 회복을 방해하면서 동기를 감퇴시킬 수 있다.

C. 불안

심각한 부상을 당하여 회복 기간이 길어지면 무용수들은 여러 방식으로 불안을 느끼게 된다. 가장 분명한 원인은 부상과 관련된 고통이다. 재활 프로그램 도중에 부상과 치료 훈련에서 꾸준한 고통이 나타난다. 고통은 몸에 엄청난 스트레스를 주며 치료 과정을 방해할 수 있다. 불안은 또한 부상당한 무용수들이 그 프로그램의 성공 여부를 걱정할 때에 일어나기도 한다. 이 문제는 재활 프로그램과 그것을 성공적으로 완수할 그들의 능력과 관계하고 있다.

부상과 회복은 또한 도와주고 후원하여는 무용수들의 공연 수명에 대한 위험기회를을 줄임으로서 불안을 해소시킬 수있다. 무용에 대한 심리적 안정, 클래스, 리허설, 그리고 공연의 참여, 그리고 다른 무용수들과의 우정. 그래서 무용수들은 치료 과정을 참아 내야 할 뿐만 아니라 더 이상 악하뎌지 않는 환경에서 그 과정을 이겨내야 한다.

치료 도중에 사회적 후원의 상실은 아주 특별한 관심의 대상이다. 건강한 무용수들은 부상 당한 무용수들을 외면하는 경향이 있는데 이것은 부상이 전염될 수 있다는 일종의 미신 때문이다. 부상당한 무용수를 혼자 남기거나 고립시키면 회복 과정에 매우 해롭다. 비록 이것이 발생하는 이유가 충분히 명확하지 않지만 다른 사람의 도움은 무용수들에게 자신감과 동기를 증가시키게 되어 불안을 감소시킨다. 또한 도움을 잘 받은 무용수들은 뛰어난 면역 시스템을 갖게 된다.

불행히도 불안은 치료 프로그램이 거의 끝나고 곧 회복이 될 것 같은 상태가 되더라도 사라지지 않는다. 무용수들은 스튜디오와 무대로 되돌아 올 때 새로운 관심을 갖고 있다. 거의 대부분 부상 이전의 상태로 되돌아갈 그들의 능력에 대한 의심들이다. 다시 이것은 자신감과 결부되고 있다. 또한 부상이 완쾌된 이후에 트레이닝과 공연 도중에 부상의 재발에 대한 공포도 있을 수 있다. 이러한 걱정은 공연할 그들의 능력에 대한 확신을 감소시켜 공연에 집중하게 할 수 없게 하는데 이것은 결국 부상의 위험을 증가시킨다.

불안은 또한 직접 신체를 쇠약하게 하는 효과를 갖고 있다. 가령 불안은 호흡 즉, 산소의 유입을 불규칙하게 한다. 산소가 부족하면 치료는 더 장기화된다. 불안은 극도의 근육 긴장을 일으키는데 이것은 고통을 증가시키고 부상당한 부위에 혈액순환을 방해한다. 더욱이 스트레스는 면역 시스템의 효과를 감소시킴으로서 치료를 둔화시킨다.

D. 집중

집중은 치료의 질에 영향을 미친다. 무용수들은 치료 과정의 긍정적인 측면보다는 부상의 부정적인 측면에 집중하는 경향이 있다. 이것이 생길 때 자신감과 동기는 부정적으로 영향을 받아서 효과를 감소시키게 된다. 또한 적절한 목표가 없이 무용수들은 치료 도중에 고도의 긴장을 유지하는데 어려움을 갖게 되며 이것은 회복 과정을 느리게 한다.

집중은 또한 회복 후 연습과 공연에 중요하다. 공연보다는 부상당한 부위를 생각하면 재 부상의 가능성을 조장한다. 또한 자신감을 잃게 하고 새 부상에 대한 가능성으로 불안을 가중시킨다.

나 심리 치료 프로그램

심각한 부상은 신체적, 심리적인 문제를 일으킨다. 훌륭히 계획된 재활은 부상에서 충분히 회복하는 데 필요하다. 마찬가지로 그 이전 상태로 완벽하계 회복하기 위하여 계획된 심리 치료 프로그램(PReP)은 회복 과정의 한 부분이 되어야 한다. 이 프로그램은 PPEP와 비슷하다. PReP에는 기본적으로 5개의 전략이 있다. (A) 목적 설정, (B) 이완 트레이닝, (C) 무용 심상?, (D) 다양한 PPEP 테크닉들, (E) 사회적 후원. 이 테크닉의 목적들은 회복 과정의 질을 높이고 그 길이를 단축시키면서 재활 과정에 영향을 주는 4개의 심리적 영역들(자신감, 동기, 불안, 그리고 집중)을 극대화시키는 것이다.

A. 목적 설정

효과적인 PReP를 조직하기 위하여 무용수들은 방향과 포커스를 제공할 다양한 목적들을 설정한다. 목적 설정은 부상당한 무용수들에게 여러 가지의 도움을 준다. 이것은 치료 프로그램에 대한 동기와 실행력을 증가시킨다. 이것은 그들에게 부상에 대한 제어의 느낌을 주며 자신감을 증가시키고 불안을 줄인다. 또한 부상당한 무용수들이 치료의 중요한 부분에 집중하게 하고 부상의 부정적인 측면들의 주위를 돌리게 한다. 무용수들은 간혹 회복이 되기도 전에 가능한 무대에 빨리 복귀하기 위해서 치료 과정을 중도에 그만두는 경향이 있다. "나는 항상 느린 것이 빠른 것이라고 말했다. 성공하기 위하여 어떠한 실수도 하지 않고 세심한 단계를 밟아야 한다."[10] 목적 설정은 무용수들에게 이러한 세심한 단계를 제공하며 스튜디오나 무대에 복귀하기 전 충분히 회복하는 데 필요한 시간을 갖게 한다. 치료 목적의 4개의 형태는 다음과 같이 구성되어야 한다. 신체적. 심리적. 지속성/회복, 그리고 공연.

1) 물리치료의 목적: 물리 치료의 각 측면을 위한 특정 목적이 설정될 필요가 있다. 이러한 목적은 모션, 강도, 스태미너, 그리고 유연성의 범위와 같은 치료 문제들을 포함하고 있다. 이들 영역을 위하여 부상당한 무용수들이 해야 할 매일, 주일, 그리고 매월의 목적들이 있어야 한다. 무용수를 치료하는 의사는 이러한 목적들이 적절한가를 검토해야 한다.

2) 심리적 목적: 심리적 회복 목적도 또한 설정되어야 한다. 이러한 목적은 다음 4가지의 심리적 영역에서 인식된 문제들을 토대로 설정되어야 한다. 자신감, 동기, 불안, 그리고 집중. 치료 과정을 방해할 어떤 장애 요소를 다루는 방법을 인식하고 계획을 세워야 한다.

10) Edward Villella In Montee. 1992. P.44

3) 지속성/회복 목적:이 목적은 현재의 신체적, 기술적, 그리고 심리적 능력의 쇠퇴를 극소화하기 위하여 설정되어야 한다. 더욱이 부상당한 무용수들은 그들의 회복을 가속화할 목적을 확립해야 한다. 무용수들이 회복하기 위하여 기술적, 신체적, 그리고 수행 목적의 설정은 유익할 것이다. 무용수들은 그들의 진전을 지속시키기 위하여 발전시킬 필요가 있는 것이 어떤 기술적인 기술이며, 부상 후에 재확립해야 할 필요가 있는 것이 어떤 기술인가를 확인해야 한다. 기술적인 기 이러한 기술들은 무용 심상이나 다른 무용수들에 대한 비데오 관찰, 그리고 부상의 한도 내에서 이러한 기술에 대한 제한된 신체적 연습에 따라 실행될 수 있다.

무용수들이 건강할 때 그들은 거의 시급히 실행해야 하는 것과 직접 관계되지 않은 영역들을 개선시키고자 충분한 시간을 갖지 않는다. 그 때문에 자신의 신체적 약점을 보완하는데 필요한 시간이다. 이것은 무용수의 신체적 조건들이 전반적으로 개선됨으로서 나타난다. 이것은 또한 무용수들이 부상에서 회복하기 위해서만 하는 것이 아니라 향후 무용을 향상시키기 위하여 훈련하고 있다는 느낌을 줄 것이다. 가령 무릎 부상에서 회복 중인 어떤 남자 무용수가 들어올리는 동장을 잘하기 위하여 그의 상체 훈련을 하는데 많은 시간을 소비할 수 있다.

부상당한 무용수들은 그들의 실행에 영향을 주는 심리적 감정적 영역들을 집중적으로 개선시키기 위하여 이러한 신체적 비 가동 시간(Downotime)을 가질 수 있다. 무용수들이 그들의 장점과 약점에 관하여 대화를 나누고, 자신감과 긴장과 같은 영역들을 확인하도록 돕는다. 이러한 방법으로 무용수들은 부상에서 회복할 때 잘 실행하기 위하여 심리적으로 더욱 준비할 수 있다.

4) 공연 목적: 설정되어야 할 마지막 목적은 무대로 복귀하는 것과 관련되어 있다. 어떤 부상에서 회복한 무용수들은 곧바로 중요한 배역을 기대하지 않아야 한다. 오히려 그들은 바람직한 공연 수준에 점진적으로 도달하도록 일련의 공연 목적을 설정하여야 한다.

부상당한 무용수들은 건전한 목적 설정 프로그램을 발전시킬 필요성을 이해하여야 한다. 이러한 목적들을 실행하고 집중하는 것은 무용수들이 완벽한 회복을 하게 하여 무대에 성공적으로 복귀하게 할 것이다.

B. 이완 트레이닝

치료를 촉진하는 중요한 테크닉은 적극적으로 이완 훈련을 하는 것이다. 엄청난 불안은 치료를 느리게 한다. 앞서 언급한 바와 같이 불안은 재활 과정의 어려움과 스튜디오나 무대에서 활동할 수 없다는 강박 관념에서 비롯된다. 불안은 모든 사람에게 분명히 나타나지 않을 수 있으며 부상당한 무용수 자신도 간혹 느끼지 못하는 경우도 있다. 이것은 바로 치료 과정에 중요한 영향을 주고 있다. 그 결과 무용수들은 불안 심리가 있으며 그 불안을 덜기 위한 단계를 가져야 한다.

무용수들이 연습해야 할 가장 중요한 연습들은 호흡 법과 점진적인 이완이다. 그들은 특별히 부상 주위의 근육들을 풀기 위하여 부상 주위에 대해 점진적인 이완을 하여 치료를 촉진해야 한다. 부상당한 무용수들은 재활 도중에 고통을 덜고 피의 흐름을 원활하게 하기 위하여 이완 테크닉들을 이용해야 한다. 그들은 또한 근육이 긴장되고 피로하고 고통의 최고조에 이를 때에 재활에 따라 즉시 이완율 해야 한다.

C. 부상 치료를 위한 무용 심상

정신적 마음가짐은 신체적. 기습적, 그리고 심리적 공연을 위한 강력한 도구이다. 이것은 또한 치료를 촉진하고 치료 기간 동안에 공연을 할 수 있도록 도움을 준다. 마음가짐은 실제로 치료 과정을 도울 수 있다. 마음가짐은 암과 다른 질병의 치료 부분으로 이용되어 왔다. 이것은 또한 체온을 바꾸고 혈압을 증가시키는 것을 입증하였다. 부상당한 무용수들은 부상의 회복을 가속화시키기 위하여 사용된 마음가짐이 손상된 부분과 어떻게 치료 과정이 작용하는가에 대해 충분한 이해를 해야 한다. 또한 그들은 부상당한 부분에 대한 시각적인 설명을 해야 한다. 그들이 치료사나 의사를 갖게 되면 부상 부위에 대한 상세한 설명을 듣게 되어 그 부위의 정확한 상태를 알 수 있다. X-ray와 도표는 특히 유용하다. 부상당한 무용수들은 부상 치료 프로그램을 위한 마음가짐 즉 심상을 발전시키기 위하여 이완 시기에 따라 즉시 이 방법을 이용해야 한다. 가령 손상 부위가 치료 중 즉, 부러진 다리가 완쾌 중에 있고 파열된 근육 조직이 회복 중에 있다고 스스로 긍정적 믿음을 갖게 한다.

치료 중에 무용 심상은 또한 무용수들이 훈련받을 수 없는 동안에 무용 공연을 지속시키는 데 사용될 수 있다. 치료 중에 불행한 측면은 무용수들이 부상 이전의 상태로 회복할 수 없다는 점에 깊이 빠져들 경우이다.

그러나 다행히도 무용 심상은 실질적인 연습이 없이도 기술과 공연 개선을 일으키게 하기 때문에 상실한 트레이닝과 공연 시간의 효과를 줄이는 데 이용된다. 무용 심상은 또한 부상당한 무용수들을 심리적 감정적으로 돕는다. 그들이 심상 중에 자신의 춤추는 모습을 연상하게 하면 자신감과 긍정적인 자세를 갖게 되며 동기가 증가된다. 이것은 그들이 동료들에게 뒤떨어지기보다는 오히려 더 훌륭한 무용수가 된다는 감정을 준다. 부상당한 무용수들은 프로그램을 확립하여 치료에 대한 심상을 공연 심상으로 대체해야 한다. 무용 심상은 규칙적이고 필요한 무용수들의 재활 프로그램의 일부로서 구성되어야 한다.

D. 치료에서 PPEP 테크닉을 이용하기

치료 과정의 중요한 측면은 무용수들이 그들의 생각, 감정, 그리고 행동과 관련하여 어떻게 부상에 반응하는가 하는 것이다. 부상당한 무용수들은 간혹 부상의 심각성을 지나치게 염려하거나, 그 결과에 대해 지나치게 비관적으로 생각하게 된다. 무용수들 또한 자신들이 활동할 수 없다는 점에 대해 상당한 슬픔을 경험하기도 한다. 더욱이 무용수들은 충분히 회복되기도 전에 무대에 복귀하는 것과 같은 자기 파괴적인 행동을 하기도 한다.

치료 과정에서 일어날 수 있는 예상치 못한 문제들 때문에 부상당한 무용수들은 자신감을 고취시키고, 불안을 덜고, 집중을 하기 위한 연습과 테크닉을 이용해야 할 것이다. 긍정적인 자기 독백과 감정을 유지하고, 회복에 관한 공포를 덜고, 그리고 치료 프로그램에 대한 고도의 실행노력을 하는 것이 특별히 중요하다.

E. 사회적 후원

이미 언급된 바와 같이 사회적 후원의 결여와 고립에 대한 느낌은 특히 회복을 어렵게 만든다. 그 결과 부상당한 무용수들이 다른 무용수들과 자주 접촉하게 하고, 그들이 필요한 후원을 받도록 활동적인 보조를 취하게 한다.

1) 협동: 부상당한 무용수에 대한 사회적 후원을 발전시킬 한가지 방법은 그들 자신의 트레이닝 단체 속에 참여시키는 것이다. 이것은 무용수들이 함께 치료를 하고 서로를 후원하고 자극시키게 한다. 무용수들이 그들의 그룹에 대한 특정한 명칭을 만들게 하고, 그들에게 무엇인가 중요한 의미를 부여할 유니폼과 같은 T-셔츠를 입게 하여 그들의 고립감을 줄이도록 한다.

부상당한 무용수들로 구성된 후원 단체나 운동 선수와 같은 다른 사람들도 또한 도움을 줄 것이다. 이렇게 모임을 구성하면 부상당한 무용수들이 재활 과정에 대한 그들의 경험을 나눌 수 있으며, 그들의 진전 상태를 토론할 수 있으며, 그들이 회복이나 무대에 다시 설 수 있는가에 대한 두려움과 불안을 나타내도록 한다.

2) 다른 동료들과의 단체 토론: 부상에 대한 무용수들의 공통적인 반응은 충분히 회복할 수 없다는 것과 그들의 직업적인 활동이 끝날 것이라는 감정이다. 전형적으로 일어나는 고립감 때문에 부상당한 무용수들은 부상당한 무용수들이 회복 중에 있거나 심각한 부상으로부터 성공적으로 치유된 다른 무용수들과 함께 정기적으로 만나게 함으로써 이러한 편견을 설명할 필요가 있다. 단체 토론은 부상당한 무용수들에게 그들의 감정들이 공통적이고 부상에 따른 스트레스에 대한 정상적인 반응임을 느끼게 한다. 무용수들 또한 건강한 무용수들이 경험했던 것과 부상당한 무용수들이 예상할 수 있는 것을 설명하는 무용수로부터 어떤 의견을 얻을 수 있다. 더욱이. 그러한 모임들은 이제 건강한 무용수들이 회복을 가속 중인 부상당한 무용수들에게 실질적인 아이디어를 제공하게 한다. 마지막으로 그들은 부상당한 무용수들에게 긍

정적인 본보기 역할, 표상, 자세, 그리고 부상과 회복에 대한 희망감을 제공한다.

3) 무용수들을 상호 연계시킨다.: 무용수들이 부상을 당했을 때 그들은 스튜디오에 나오지 않을 수 있으며 다른 무용수들과의 접촉을 피하기도 할 것이다. 무용수들이 스튜디오와 그 연습에 관련되도록 해야 한다.

부상당한 무용수들이 클래스에 충분히 참여할 수 없다고 하더라도 부상의 정도에 따라 그들이 할 수 있는 연습들이 있다. 가령 무릎 부상을 입은 무용수는 어떤 연습에서 다리 동작을 할 수 없지만 상체와 팔 동작들을 연습하여 이익을 얻을 수 있다. 그래서 부상당한 무용수들은 다른 무용수들과 접촉을 하고 또한 그들의 무용에 대한 어떤 측면들을 계속 개선시킨다. 또한 클래스를 조직하고 지도하는 데 있어서 교사에게 도움이 되도록 부상당한 무용수들을 그 클래스에 참여시킬 수 있다. 가령 교사는 그들이 각 연습을 발표하게 할 수 있다. 만일 그들이 충분히 경험한다면, 그들은 교사가 테크닉 교정을 할 수 있도록 도울 수 있다. 교사가 그들을 조교로 활용하면 그들의 참여 의식을 고취시킬 수 있다

부상당한 무용수들은 공연과 리허설에도 참여하여 기여를 할 수 있다. 그들에게 분장이나 의상, 무대 상에서 무용수에게 신호를 주기, 무대 뒤에서 무용수들을 안내하는 것과 같은 어떤 역할을 주게 되면, 그들의 직업적인 활동이 부상에 관계없이 계속되고 있다는 감정을 주게 된다.

이러한 경험 모두가 사회적 후원 그 이상의 이익을 제공한다. 무용의 여러 측면에 참여하는 것은 교육적이며, 전반적인 무용 경험의 이해와 인식을 넓게 한다. 무용수들이 부상에서 회복 하였을 때, 그들

은 공연과 무용 참여에 대한 전체의 질을 고취시키기 위해서 이러한 경험들을 이용할 수 있다.

8. POINTE와 관련된 부상과 치료

타고난 능력, 동기, 헌신 이외에도 무용수는 유연한 몸과 발, 타고 난 턴-아웃, 튼튼한 무릎, 그리고 포인트 웍의 엄격함을 살려서 적절 한 기술을 발달시키도록 완벽한 연습을 해야 한다. 로얄발레학교의 정형외과 의사인 Juston Howse 박사는 그의 저서 '무용 기술과 부 상 예방'에서 언급하기를 무용과 관련된 부상이 없는 것은 "신의 행 동이다."[11]라고 말한다. 일, 주, 월당 무용에 사용되는 시간은 여러 가지이다. 체험의 수준, 해부학적인 한계, 기술적인 지식, 교육의 질 과 잘 맞는 슈즈, 이전의 부상 경력, 춤을 추는 겉모습, 그리고 힘과 몸의 상태 정도가 포인트와 관계된 부상을 입는 가능성을 결정하는 요소들이다. 많은 직업적인 무용수들은 물론 노스 캐롤라이나 예 술 학교에서 학생들과 함께 일을 하는 Stuart Wright는 그의 저서 Dancer's Guide to Injuries of the Lower Extremities에서 "실질 적으로 모든 무용 부상들은 불완전한 기술의 결과이다."[12]라고 말한 다. Wright는 부정확한 선과 부적절한 체중 지지는 부상을 유도하 는 주된 요소라고 말한다. 그리고 기술적인 정확도가 부상을 예방하 고 치료하는 가장 좋은 수단이라고 제시한다.

11) Howse, Justin, Dance Technique and Injury Prevention. New York Theatre Arts Book.1988 P.59

12) Wright, Stuart Dancers Guide to Injuries of the Lower Extremities Diagnosis,Treatment and Care (Cranbury. NJ: Cornwall Books. 19的), p.14

최상의 기술을 갖고 있더라도 포인트 슈즈를 신는 무용수들은 발에 상처를 입거나 까지는 경우가 있다. 포인트 슈즈의 구조적인 문제점과 장시간의 과도한 연습과 리허설 혹은 피로에서 기인된 흐트러진 자세나 정확한 자세로 발을 유지하는 근육이 약한 것 등이 신체적인 압박과 긴장의 원인이 된다. 부상은 또한 선생들이나 안무자들의 실수의 결과일 수도 있다. 의사들은 많은 발레 부상들은 각각의 겨울과 봄의 '호두까기 인형'과 그 밖의 공연 도중에 급격히 증가한다고 생각한다. 리허설 일정이 갑자기 겹치면서 연습량이 증가하므로 부상은 과도하게 사용한 결과이다.

Wiiliam Hamilton 박사는 직업적인 무용수들의 부상과 비직업적인 무용수들의 부상은 판이하게 다르다고 말한다. 그는 '발레의 활동에서 엄청난 진화론 혹은 적자생존'을 발견했다. 대개 '나쁜' 몸과 재능이 없는 어린이들은 훈련 과정에서 제외되고, 전문적으로 들어가기 위하여 '순종의 경주마'를 남긴다. 그는 부상의 대다수는 비전문적인 무용수들로 본다. 왜냐하면 그들의 몸의 유형은 발레에 적합하지 않았기 때문이다.

미국의 포인트 무용수들은 러시아의 무용수들보다도 습관적인 부상을 더 입는다고 한다. 왜냐하면 그들은 그들의 훈련의 시작에서 육체적인 한계가 덜 펴진 것 같기 때문이다. 그들은 또한 좀 더 무리하게 사용하여 혹사하는 문제들이 나타나는 것 같다. 러시아 무용수들은 더 긴 공연 기간을 갖고 공연들 사이에 좀 더 일관된 간격을 두고 그들은 많은 회복기를 준다. 미국의 큰 발레단들은 한 시즌을 위하여 6주에서 8주 동안 집중적인 리허설을 준비한다. 그러면 단원들은 리허설을 계속하고 그 시즌 동안에 클래스도 한다. 작은 발레단들은 종종 지극히 짧은 기간에 매우 강한 리허설을 갖는다. 그래서 여러 달 동안 활발하게 활동하지 않을 수도 있다.

많은 부상의 중요한 문제점은 대체적으로 무용수는 해부학, 근육학, 그리고 자신의 몸의 생물 역학의 가장 기본적인 지식조차도 부족하다는 것이다. 포인트 무용의 예술적인 요구와 마찬가지로 신체적인 면에 있어서 이러한 부족한 지식은 치명적인 것이다.

이 장의 다음 글들은 포인트와 관련된 부상과 치료에 대하여 자세하게 알아보기 위하여 Janice Barringer와 Sarah Schlesinger가 공동으로 집필한 『The Pointe Book』[13] 을 인용하기로 한다.

가. 부상의 종류

무용과 관련된 주된 부상의 종류는 세 가지로 나눈다. 첫 번째가 급성의 부상인데 그것은 발목을 삐는 것과 같은 빈번하게 발생하는 부상들이다. 급성의 부상은 가볍거나 보통이거나 심하든지 간에 그 부상들은 부드러운 세포 조직을 둘러싸며 출혈을 일으킨다. 이러한 부상의 치료는 먼저 부드러운 세포 조직에 부상을 줄이도록 꾀한다. 회복은 본래의 외상과 출혈의 정도에 직접적으로 달려 있다.

해밀턴 박사는 급성의 부상이 일어날 때 무용수들에게 두문자어(頭文字語)인 RICE를 상기하도록 제시한다 - Rest(쉬고), Immobilization(고정시키고), Cold(냉찜질하고), 그리고 Elevation(들어 올리기). 쉰다는 것은 그 부상이 더 많은 출혈과 부어오르는 것을 피하기 위하여 체중을 싣지 않는 것을 의미한다. 고정은 부목을 대는 것을 뜻하며, 가벼운 부상의 경우에는 순환이 잘되도록 충분히 느슨하게 간단히 붕대로 고정시킨다. 그러나 부어오르는 것을 막도

13) Janice Barringer, Sarah Schlesinger 'The Pointe Book', Princeton Book CO. 1991 p.p137-162

록 충분히 압박한다. 들어 올리기와 냉찜질은 또한 부어오르는 것을 가라앉히는 데 도움을 준다. 얼음은 얼음 주머니나 수건으로 싸서 피부에 직접 닿시 않도록 한다. 부상의 초기 12시간에서 24시간 이상을 간헐적으로 냉찜질을 한다. 이때에는 온찜질은 하지 않는다. 왜냐하면 온찜질은 혈관을 넓히고 과다한 출혈의 원인이 될 수 있다. 출혈은 24시간에서 36시간 후에는 더 이상 중요한 문제가 아니며, 그리고 그때에 온찜질은 순환을 증가시킬 수 있고 치료하는 과정에서 긍정적인 영향을 준다.

급성의 부상에서 해밀턴 박사는 그의 환자들에게 부상당한 다리를 올리고, 그리고 24시간 동안 그 다리를 냉찜질하라고 말한다. 그 다음 가능한 한 많이 체중을 다리에 싣지 않도록 하고 24시간 동안 다리를 올리고 있고, 36시간 후에 온찜질을 하기 시작하라고 한다.

무용과 관련된 부상의 두 번째 종류인 만성적인 부상들은 결코 치료되지 않거나 혹은 환자가 완전하게 회복되지 않는 것이다. 만약에 급성의 부상이 부정확하게 치료되거나 부적당한 휴식을 취하면 그것은 만성적인 부상으로 발전될 수 있다. 건염, 과다 사용으로 인한 좌상(挫傷), 휴식의 부족 때문에 결코 고쳐지지 않는 Stress Fractures(압박 골절), 혹은 만성적으로 단단하게 되어 당기는 슬건(腺腱) 근육, 그리고 흉터의 조직이 아프게 되는 것 등이 그 예이다. 만성적인 문제들은 치료 기간의 연장을 요하게 되고 여러달 동안 무용수를 제한할 수 있다.

부상의 세 번째 종류는 치료는 하나 다시 재발하는 부상들이다. 예를 들면 삔 발목은 치료될 수도 있지만, 그러나 여전히 약하게 된다. 그러므로 그것은 한달 후에 다시 부상을 입을 수도 있다. 이런 재발은 오직 강화시키고 재활을 통해서 없앨 수 있다. 이러한 부상들 중에 어떤 것들은 단단한 마루 바닥이나 잘못된 테크닉, 나쁜 발의 자세, 삐뚤어진 몸의 정렬 등과 같은 외부의 요소들 때문일 수도 있다.

해밀턴 박사는 만성적인 부상은 직업 무용수들에게 가장 보편적인 것이고 특수한 부상들은 발레단마다 빈도가 다르다고 말한다. 그것은 발레단마다 다른 마루 바닥에서 무용을 하는 것과 같이 다른 안무적인 스타일, 얼마나 많이 공연 여행을 하는가, 그리고 그 발레단에서 추구하는 연습형태와 성격의 결과이다.

나. 발과 발목의 포인트와 연관된 부상들

1986년에 James Garrick 박사는 5년 동안 두개의 직업 발레단과 하나의 큰 전문 발레 학교로부터 무용수들의 1,055가지의 부상에 대하여 분석하고 연구한 결과를 보고했다. 무용수들의 연령의 범위는 5세~40세가 연구 대상이었다. 그는 부상들 중에 9%는 척추에서 일어났고, 3.8%는 상체, 9.7%는 엉덩이, 22.3%는 무릎, 11.4%는 다리, 16.6%는 발목, 21.6%는 발에서 일어났다고 말한다.[14]

포인트 슈즈와 포인트 웍은 무릎, 다리, 엉덩이, 척추 등에 여러 가지 부상과 연관되어 있고 포인트 무용은 발과 발목에 가장 직접적인 영향을 받도록 되어 있다. 대개의 부상은 안쪽이나 바깥쪽으로 쏠리거나 휘어진 발, 약한 발목, 늘어난 인대, 결함 있는 테크닉에 의해 연약해진 너무 높거나 낮은 아아치 등과 같은 문제들과 같이 상체로부터 시작된다. 반면에 Novella 박사는 만약에 무용수가 발에 부상이 있다면 그 원인은 엉덩이나 혹은 등등이 약한 것이고 그것이 발

14) Garrick, James G. 'Ballet Injuries' Medical Problems of Performing Artists. Hanley andBelfus Inc. 1986. p.p.123-127.

에 압박을 준다고 제시한다. 몸통의 상부에 적당한 힘이 없다면 무용수는 대단히 힘들게 착지할 것이고 발에 부상을 입을 수 있다. 아래의 발과 발복의 부상과 상태에 대한 글은 우리들이 면담한 개인적인 상식을 받아 드린 제안이나 정보를 편집한 것이다. 이와 같은 주요한 요약은 무용수가 부상을 확인하는 데 도움을 줄 것이다. 그것은 확실하게 자격이 있는 의학 전문가의 충고를 대신하는 것을 의미하는 것은 아니다. 환자들이 의사의 감독 없이 가장 하찮은 발 문제들조차 개인적인 치료를 해서는 안 될 것이다.

A. 발

발레 부상들에 대한 Garrick 박사의 연구에 의하면 발의 부상들은 두 번째로 자주 나타나는 부상 이였다. 포인트 무용은 거의 발로 도전하는 것으로 새로운 목록에 덧붙일 필요가 있다. 무용수는 발가락 끝으로 체중을 견디어야 할뿐만 아니라 비해부학적으로 설계된 포인트 슈즈의 측면에서 적응하여야 한다.

발과 발목에 부상을 입었을 때 하지 쪽에 체중이 실리지 않도록 하고 Novella 박사는 바 연습과 그 외 다른 연습을 할 때 발이 결부되지 않도록 하라고 제시한다.

B. 발 피부의 문제
1) 발의 무좀

발의 무좀은 습기 차고 어두운 환경 속에서 성장하는 진균성의 전염병이다. 꼭 조이고 꼭 맞는 슈즈와 땀을 흘리는 발은 무좀에 대해서는 이상적인 환경을 제공한다. 무좀을 예방하기 위해서는 무용수는 적어도 하루에 한번은 발을 닦아야 할 것이고 발가락 사이 피부를 말리도록 주의한다. 만약에 상태가 악화하면 약국의 약품으로 치료하거나 혹은 의사가 강한 항균제를 처방할 수 있다. 방지 대책으로 일단 그 상태를 깨끗하게 유지할 필요가 있고 그래야 쉽게 회복될 수 있다. 무좀은 전염성이 있다. 그래서 의상실이나 샤워실에서 슈즈를 신지 않음으로서 줄일 수 있다.

2) 물집

물집은 부드러운 피부가 슈즈 안에서 앞과 뒤로 마찰될 때 계속적인 마찰이 원인이 된다. 이 마찰은 피부의 층을 분리하고 어떤 피부층은 다른 피부 층위로 미끄러진다. 그 결과로 깨끗하거나 피가 섞인 액체가 물집에 가득 찬다. 포인트 슈즈가 원인이 된 많은 물집들은 피멍이 든다. 물집은 정확하게 맞지 않는 슈즈에서 생길 수도 있고 혹은 길을 들이는 과정에서 발전될 수도 있다. 너무 목꼭 맞게 꿰맨 타이츠나 양말 혹은 너무 헐렁하여 주름지는 것은 원인이 될 수 있다.

건조용 파우더를 사용하는 것은 습기와 물집이 생기는 기회를 제거할 수 있다. 물집이 생기기 쉬운 무용수들은 때때로 관례적으로 그들의 문제되는 발가락에 반창고를 감거나 혹은 페트롤륨 젤리로 미끄럽게 하거나 양털로 감싼다. 소문에 의하면 러시아의 독재정치 시절에 발레리나들은 물집을 방지하기 위하여 그들의 슈즈 속에 얇은 천의 조각을 넣었다.

물집이 생기기 전에 물집을 잡는 것이 최선이다. 경고 표시는 열이 나고 붉은 '화끈거리는 곳'이다. 무용수는 피부가 자극을 받는 곳을 발견하자마자 페트롤늄 젤리 같은 마찰을 방지하는 물질을 사용하거나 혹은 그 지점을 반창고나 면포로 감싼다. 다음 좋은 보호제는 약국에서 구입할 수 있는 미끄러지는 마찰을 감소시키는 패드인 Spanco Second Skin 이다.

일단 일어난 물집은 작은 괴로움이 될 수 있고 혹은 심각한 영향을 줄 수도 있다. 그 무용수는 물집이 터져서 흘러나오기 전에 물집을 치료해야 할 필요가 있다. 일단 물집이 터지면 그 무용수는 무용을 계속하는 동안에 발생하는 오염을 방지하는 방법을 찾아야 한다. 껍질이 벗겨진 피부가 노출될 때 큰 물집과 함께 무용의 고통은 극심해질 수 있다. 이러한 경우에 더욱더 마찰을 가하여 위험이 깊어지거나 그 부분이 오염되는 것보다는 물집을 치료할 시간을 주는 것이 더 필요할 것이다. 그 노출된 피부는 머타이올레이트(Merthiolate)로 치료될 수 있다.

피맺힌 물집은 오염될 위험이 크기 때문에 의학적인 전문가들의 직접적인 진찰이 필요하다. 그러나 물집이 맑은 액체로 채워져 있다면 터지지 않은 물집을 무용수 자신이 치료할 수 있다. 먼저 알코올로 물집이 생긴 부분을 소독하고 나서 바늘을 알코올이나 불꽃으로 소독한다. 바늘을 사용하여 가장자리 따라 둥글게 몇 군데 물집을 찌른다. 조심스럽게 살균된 패드로 물집을 눌러서 액체를 배출시킨다.

무용수들은 옛날에는 죽은 피부를 잘라 버리라고 말하였다. 그러나 지금은 오염의 위험을 줄이기 위하여 남겨 두도록 충고한다. 그 다음 물집에 항생제 연고를 바르고 면포로 덮는다. 이러한 전 과정을 24시간 동안에 3회 이상 반복한다. 3, 4일 후에 죽은 피부는 자연스럽게 벗긴다. Spenco Second Skin과 같은 제품으로 부드러운 새 피부를 덮도록 하거나 새 피부가 강해질 때까지 시간을 갖는다.

가능한 시기가 오면 신선한 대기로 물집을 노출시키며 소독이 유지되도록 주의한다. 만약에 물집이 치료되기 전에 포인트 무용을 하여야만 해서 고통스럽다면 물집을 여러 겹의 면포로 감싸도록 한다.

3) 못 박힌 피부

못 박힌 피부는 발의 바닥이나 옆에 나타나는 두껍거나 딱딱한 피부의 층이다. 그것들은 마찰과 발의 피부를 문지르는 압박에 의해 기인한다. 그것들은 보통 손가락 관절과 발가락의 상부와 슈즈가 뒤꿈치를 문지르는 아킬레스건에 발생한다. 평발이나 아아치가 대단히 높은 무용수들의 발은 많이 못 박히는 피부로 발달하는 경향이 있다. 지나치게 못이 박히는 피부는 또한 종종 기울어진 뒤꿈치의 한쪽에 형성되고 혹은 엄지발가락이 불균형을 이룬다. 너무 두꺼워진 굳은살은 고통을 제공할 수 있고 감각이 얼얼하게 할 수 있다. 그것은 또한 갈라지고 피가 날 수 있으며 오염이 생길 수 있다. 탄력을 잃은 두꺼워진 굳은살은 덩어리로 움직이기 쉽고 실제적으로 찢어질 수 있다.

고통스러운 물집은 굳은살 아래에 형성될 수 있다. 만약에 이러한 물집이 터지면 굳은살은 떨어질 수 있고 오랫동안 발이 쑤시는 결과를 가져오며 치료하는 과정에서 고통스럽다. 두 번째의 중족골 아래에 생기는 굳은살은 때때로 딱딱한 심을 형성한다. 그래서 굳은살은 또 다른 숙고할 만한 고통의 근원이다. 두 번째 중족골의 아래에 생기는 굳은살은 건막류와 함께 무용수들에게 흔히 일어나는 문제이다.

굳은살을 제거하기 위하여 순한 비누를 몇 숟갈 넣은 따뜻한 물에 발을 10분에서 15분 동안 담근다. 그 다음 부드럽게 연마용 줄로 굳은살을 제거한다. 그리고 그 부분을 소량의 올리브 기름으로 마사지한다. 한번에 굳은살의 층을 완전히 제거하려고 하지 마라. 그러나 굳은살의 주위에 있는 정상의 피부와 같은 수준으로 굳은살이 남아 있도록 해야만 한다. 끝으로 손톱 줄의 미세한 쪽으로 그 부분을 매끄럽게 다듬는다. 목욕과 샤워 후에 이 과정을 반복하라. 결코 너무 많이 굳은살을 벗겨 내지 않도록 주의한다. 그 부분은 무용하기 전에 면포로 감싸서 보호할 수 있다.

4) 티눈

티눈은 부정확하게 맞춘 슈즈로부터 비정상적인 압박의 결과로 나타나고 아주 고통스러울 수 있다. 굳은살과는 다르게 티눈은 체중을 받지 않는 곳에서 형성되거나 혹은 발가락 사이에서 발달한다. 높은 아치를 가진 무용수들은 그들의 발가락이 구부러지는 경향이 있기 때문에 티눈에 잘 생긴다.

티눈에는 두 가지 종류가 있는데, 하나는 단단하고 다른 하나는 부드럽다. 양쪽 모두가 조직이 안으로 눌리는 원인으로 일어나는 것으로 피부의 상부를 압박하는 슈즈로부터 일어난다. 티눈은 신경의 끝을 압박하고 염증의 원인이 되며 그것들은 고통스럽고 무력하게 할 수 있다. 단단한 티눈은 거의 모두 작은 발가락의 상부나 옆에서 발견된다. 그리고 짧은 포인트 슈즈가 원인이 될 수 있다. 단단한 티눈을 제거하는 가장 전형적인 방법은 그것의 원인이 되는 마찰을 제거하는 것이다. 다시 말하면 티눈이 형성된 지점을 면포로 감싸고 포인트 슈즈를 맞추는 방법이 문제의 원인이 되는지 면밀히 조사한다.

외과적인 티눈 제거는 무용수들에게 해당되는 선택이 아니다. 화학적인 티눈 패드도 또한 피해야 할 것이다. 왜냐하면 피부가 화학적인 화상을 입어 오염의 위험이 있기 때문이다. 만약에 무용수가 이러한 패드를 사용하려면 주의 깊게 지시 내용을 읽고 붉은 반점(특히 다리 위로 타고 올라오는 붉은 층), 열 아픔, 혹은 부어오르는 등과 같은 오염의 표시를 알아야 할 것이다. 만약에 이러한 증세가 지속되면 즉시 의학적인 치료를 찾아야 할 것이다. 왜냐하면 피에 독이 퍼질 수도 있고 항생제가 필요하기 때문이다.

단단한 티눈의 크기를 안전하게 줄이기 위하여 5분~10분 동안 따뜻한 비눗물에 발을 담근다. 발을 말리고 올리브 기름으로 발가락을 마사지한다. 주의 깊게 손톱 줄의 굵은 쪽으로 티눈을 문지르고 미세한 쪽으로 그 부분을 다듬는다. 이것을 처음부터 너무 깊게 들어가서는 안 된다. 티눈이 피부와 같이 될 때까지 샤워나 목욕으로 부드러워진 티눈을 이러한 일상의 일을로 반복한다. 족병 치료사들만이 티눈을 잘라 낼 수 있다.

발가락 사이에서 습기가 찬 환경에서 발달하는 부드러운 티눈은 딱딱한 티눈보다 더 부드럽게 나타나 보인다. 그것은 진회색이고 종종 넷째와 다섯 번째 발가락 사이에서 나타나는데 중족골 부분을 너무 꼭 조이는 포인트 슈즈에 의한 것이다. 부드러운 티눈은 따뜻하고 습한 환경에서 성장하기 때문에 발은 방부제 파우더와 함께 가능한 한 건조하게 해야만 한다.

부드러운 티눈을 치료하기 위하여 무용수는 눌리는 부분이 없도록 발가락을 분리해야 한다. 일단 압박이 사라지고 그 부분이 건조하게 유지되면 부드러운 티눈은 사라질 것이다. 발가락은 양털, 면, 혹은 발가락 사이에 끼울 수 있도록 만든 제품 등으로 분리할 수 있다. 이렇게 하지 않으면 발톱이 빠질 수 있고 매우 아프고 위험하게 오염될 수 있는 종기의 원이 된다. 만약 이와 같은 분리하는 방법이 성공적이지 않다면 티눈을 덥고 있는 물집 같은 것을 제거할 가능성에 대하여 의사와 상담한다. 다시 한번 말하지만 부드러운 티눈의 외과적인 제거는 무용수들을 위해서는 취할 수 있는 방도가 아니고 약물 처리된 티눈 패드도 부드러운 티눈에 사용하는 것은 피해야 할 것이다.

Novella 박사는 만약에 두꺼운 티눈이 신경이 꼬여서 덮여 있다면 무용수가 그것을 느끼지 못하고 종양이 될 수 있다고 경고한다. Novella 박사는 종종 이것이 세 번째와 네 번째 발가락 사이에서 발생하는 것을 본다. 의사는 부드러운 티눈 주위의 감도가 발의 나머지 부분과 같거나 다른가를 알기 위하여 조사할 것이다. 만약에 같지 않다면 그것이 오염으로 진전되기 전에 그 원인을 발견하도록 하여야 할 것이다.

5) 피부염

피부염은 어떤 것의 반응으로 일어나는 피부 자극이다.- 발은 보통 알러지를 일으키는 물질이나 스트레스, 발은 종종 가려움, 화끈거림, 혹은 빨개진 부분 등으로 영향을 받는다. 빨간 혹이나 물집이 나타날 수도 있다. 접촉성 피부염은 보통 알레르기를 일으키는 물질이 피부에 닿은 결과이다. 때때로 슈즈 가죽은 고도로 알레르기를 일으키는 강한 화학 반응을 일으킨다. 만약에 필요하다면 알레르기의 종류를 알기 위하여 실험을 병행할 수 있다.

C. 발톱의 문제

발톱은 보기보다 훨씬 더 복잡한 구조로 이루어졌다. 각각의 발톱은 6개의 부분을 갖고 있다. 안쪽으로부터 시작하여 모질(母質), 발톱 반월, 각피(角皮), 뿌리, 발톱 밑바닥, 발톱 끝이다. 발톱은 케라틴 단백질로 만들어진다. 머리카락을 만드는 단백질과 비슷하다. 문제를 없애기 위하여 발톱은 적당하게 정돈하고 깨끗이 유지되어야 한다.

1) 살 속으로 파고드는 발톱

살 속으로 파고드는 발톱은 발톱 옆의 끝이 말리거나 발의 부드러운 피부를 밀고 들어갈 때 발생하며. 자극과 감염의 원인이 된다. 살 속으로 파고든 발톱은 너무 짧거나 좁은 포인트 슈즈로부터 비정상적인 압박에 의해 원인이 될 수 있고. 부정확하게 손질한 발톱에 의하여 포인트 웍에 의한 원인으로 두꺼워진 발톱에 의하여 원인이 될 수 있다.

발톱 속이 붉게 되는 것은 첫 번째 신호다. 심하게 아프고 부어오르는 것이 뒤따른다. 만약에 고름이나 감염이 나타날 때는 즉시 의사를 만날 것. 만약 고통이 일어나면 발을 뜨거운 물에 담그고 박테리아 균의 번식을 막는 비누로 하루에 여러 번 닦고 발톱이 자라는 동안 약한 알코올로 적신 솜으로 피부와 떨어지도록 발톱의 끝 모서리 부분의 속에 밀어 넣는다. 발톱 밑바닥으로부터 발톱을 들어 올릴 때 솜은 고통을 덜게 해 줄 것이다. 만약에 살 속으로 파고든 발톱을 빼야만 하는 경우가 되었을 때는 의사에게 보이는 것이 현명한 일이다. 족병 치료사인 Steven Baff 박사는 심각한 경우에 살 속으로 파고든 발톱을 잘라냄으로써 치료한다. 그래서 발톱 주위의 조직에 염증을 일으키지 않도록 하거나 발톱 근에 화학요법이나 레이저 광선을 이용하여 살 속으로 파고든 부분을 영구히 제거한다.

무용수들은 단지 발톱의 모서리를 약간 둥글게 다듬음으로써 그 문제를 피하는 데 도움이 될 수 있다. 발톱은 발톱 밑바닥의 어떤 곳에라도 연결되도록 충분하게 둥글지는 않다. 어떤 무용수들은 발톱의 가운데가 조금 짧게 자른다. 발톱을 U자 혹은 V자 모양을 하고, 그리고 나서 발톱 관의 모서리를 양털로 감싼다. 좋은 손톱깎이를 사용하는 것이 발톱을 유지하는데 필수적이다.

2) 멍이 든 발톱

그 발톱은 포인트 슈즈 속에서 매일 같이 깨려서 멍이든 증거일 수 있고 발톱의 밑에서 피가 난다. 이것은 만약에 특별히 포인트 슈즈가 너무 짧거나 너무 좁은 것은 물론 발톱이 너무 길기 때문이다. 발가락 속에서 혈관이 터질 때 이 피는 나갈 곳이 없어서 발톱 밑에서 피가 엉기는 원인이 된다. 이러한 상황은 발가락에 무엇을 떨어트림으로써 또한 일어날 수 있다.

만약에 그 발톱에 외상이 생기자마자 얼음 찜질을 하고 주기적으로 얼음 찜질을 하면 피가 엉긴 것이 그 형태로 유지될 수도 있다. 만약에 발톱과 발톱 밑바닥 사이에 피가 들어간 후에 2일 안에 치료된다면 발톱은 보존될 수 있다.

발톱을 치료하기 위하여 James Garrick 박사는 종이를 묶는 클립을 빨갛게 될 때까지 불꽃에 가열하여 그것으로 발톱에 구멍을 뚫어 피를 제거하라고 제안한다. 그 클립은 그 과정을 완전하게 하기 위하여 여러 번 재가열해야만 똑같은 치료를 할 수 있다. 이 방법은 즉시로 효력을 가져올 것이다. 이러한 과정이 실행된 후에 하루에 3번 따뜻한 물과 소금에 담그고 발톱에 소독약을 바른다. 발톱을 반창고로 감아서 보호한다.

만약에 곧바로 충분히 치료하지 않으면 발톱은 아마도 한 달 안에 빠질 것이다. 만약에 발톱이 나기 시작하면 감염의 염려는 없고, 피부 아래를 보호하기 위하여 고무줄을 붙인 테이프를 붙여서 발톱의 위치를 움직이지 않게 한다. 새로운 발톱이 자라는 데는 약 6개월이 걸린다.

3) 두꺼워진 발톱

두꺼워진 발톱은 계속하여 꼭 조이는 포인트 슈즈에 의하여 생기고 회색빛 나는 검은 색이거나 갈색이다. 그 압박은 발톱의 부가적인 층을 만들고 교대로 발톱의 층에 더 많은 압박을 가한다. 두꺼워진 발톱을 치료하는 데는 족병치료사와 상담한다.

4) 진균 발톱

황갈색이 되고 스폰지 형태로 된 두꺼운 발톱은 무좀의 증상이 나타날 수도 있다. 무좀 증상은 매우 심각한 상황일 수 있고 다른 발톱으로 퍼질 수 있다. 무좀의 증상으로 의심이 가면 즉시 의사에게 보일 것.

D. 발가락의 문제들

1) 여러 가지 길이의 발가락

Richard Braver 박사는 인구의 1/3이 첫째 발가락보다 둘째 발가락이 더 길고, 1/3이 두 번째 발가락보다 첫 번째 발가락이 더 길고, 1/3이 두 개의 길이가 같은 발가락을 갖고 있다고 추산한다. 두 번째와 세 번째 발가락은 압박을 받는 발가락의 역할로서 중요하지 않다. 그래서 발의 볼에서 고통은 압박 골절을 일으킬 수 있다. 둘째 혹은 셋째 발가락이 더 긴 발은 포인트 슈즈에서 고려되어 설계되지는 않고 최근에 소개된 교정 장치가 부적절한 압박을 피하도록 발가락을 올리거나 혹은 재배치하여 도움을 줄 수 있다.

2) 버니언(腱膜瘤. Bunions. 무지외반증)

Tom Novella 박사는 거의 모든 무용수들은 엄지발가락에 버니언을 갖고 있거나 버니언으로 발전하는 어떤 단계에 있다고 느낀다. 버니언은 엄시 빌가락이 작은 발가락 쪽 안쪽 각으로 힘을 쓸 때 형성되는 엄지발가락의 바깥쪽에 있는 뼈 같은 혹이다. 돌출부는 엄지발가락의 뼈의 하나가 골절로 밀려나거나 이탈에 의해서 원인이 된다. 돌출부의 압박은 그 주위를 두껍게 하는 원인이 되고 압박을 가중시킨다. 버니언의 일부는 피부와 뼈 사이에 활액낭으로 된다. 이와 같은 액체로 가득 채워진 액낭은 딱딱한 뼈로 느껴질 것이다. 빨갛게 부어오른 버니언은 염증을 일으키는 활액낭의 원인이 된다.

무지외반증(Hallux Valgus)은 첫 번째 중족골이 다른 쪽 발의 방향으로 벗어날 때 나타나고 발의 옆에 혹을 형성한다. 이런 상태는 종종 유전이고 대개 첫 번째 발가락보다 두 번째 발가락이 더 긴 발에서 나타나며 첫 번째 중족골이 짧다. 그리고 발의 볼이 너무 유연하다. 포인트로 무용하고 턴-아웃을 하기 위하여 돌리는 것은 발의 안쪽에 인대를 늘려서 약간? 무지 외번증의 증상의 원인이 될 수 있다. 어떤 버니언은 무용하는 동안에는 고통을 유발하지 않지만 어떤 경우에는 돌출한 골절에 슈즈의 압박이 골절의 활액낭염 혹은 염증의 원인이 될 수 있고, 고통을 일으킬 수 있고 붓고 약해진다. 버니언이나 무지외반증의 경우에 꼭 맞는 포인트 슈즈의 압박과 마찰이 이러한 문제들을 만들 수 있다.

버니언이 고통스러울 때 엄지발가락은 적당한 각도에서 다른 발가락 속으로 압착되는 것을 방지하도록 엄지발가락과 두 번째 발가락 사이의 간격을 둘 수 있다. 발가락 띄우개는 양털 혹은 1인치 정도의 작은 직사각형으로 접은 종이 타올로 만들 수 있고 발가락 사이에 끼운다.

보호 요령은 포인트 슈즈(그리고 일상의 구두)의 지나친 압박을 피하기 위하여 중족골을 가로지르는 부분이 충분히 넓은 것을 선택하도록 하고 발은 포인트에서 적절히 놓이도록 한다. 버니언 둘레에 패드를 대는 것은 도움이 되고 버니언 보호용 고무 혹은 Scholl 박사의 버니언 부목은 압박으로부터 고통을 덜어 줄 수도 있다. 압박을 줄이도록 포인트 슈즈의 옆이나 뒤를 가늘게 자르거나 이러한 부분들을 V자 형으로 자르고 신축성있는 고무나 면포로 채운다.

버니언 돌출부가 견딜 수 없고 염증을 일으킬 때는 얼음찜질을 하고 더운물로 찜질한다. 반염증성인 것은에도 또한 도움이 될 수 있다. 종종 버니언의 결과로서 발의 다른 부분이 상해를 입기 시작할 수도 있다. 무용수는 둘째 발가락 아래가 아플 수 있고 혹은 Hammertoe(추상족지=발가락 특히 둘째 발가락의 기절골이 펼쳐지고 되고 중점골과 말절골이 굴곡 되어 매발톱과 같은 형태를 나타내는 상태)로 발전될 수 있다. 부드러운 티눈이 첫째와 둘째 발가락 사이에 생길 수 있다.

대부분의 의사들은 버니언 수술의 모험은 무용수들을 위한 이익을 능가한다고 동의한다. 성형의 결과가 더 매력적일 수 있고 이러한 수술은 관절의 제한된 상태나, 드미 포인트에서 기술적인 기능 범위가 급격히 줄어들거나, 만성적으로 아플 때 시도한다.

3) 버니언에떼(Bunkmette, 소건막류, 제5중족의 두 〈頭〉 외면의 팽창)

버니언에떼(때때로 재단사의 버니언이라 부름)는 다섯 번째 중족골 머리의 팽창이다. 이 선천적인 상태의 발이 비정상적인 압박에 노출되는 원인이 된다. 그래서 활액낭은 그것을 막기 위하여 관절 위에 형성될 수 있다. 이 활액낭에 액체가 가득 찰 때 염증을 일으키고, 화끈거리고, 붓고, 그리고 고통이 따를 수 있다. 반염증성은 얼음찜

질을 하면 고통과 부어오르는 것을 줄이는 데 도움이 된다. 버니언
에떼는 포인트 슈즈의 입빅으로부터 그것을 막기 위하여 상업적으
로 제작한 보호대로 감싸거나 면포 혹은 펠트(Felt)로 댈 것이다

4) 해머토(Hammertoes)

해머토는 말리거나 아래쪽으로 구부러진 발가락이다. 그 상태는 유
전적일 수 있고 혹은 너무 꼭 조이거나 너무 짧은 슈즈를 신어 악화
될 수 있고, 이와 같은 발가락 관절에 힘을 주고, 실근(伸筋)건을 긴
장시킨시키게 된다. 결과적으로 발가락은 조여지고 건은 영구히 짧
아진다. 해머토는 버니언을 수반할 수 있다. 그것은 종종 높은 아아
치를 갖인은 사람이나 혹은 첫째 발가락보다 둘째 발가락이 긴 사
람이 개인적으로 발생한다. U 자 형의 보호 패드는 슈즈의 안쪽에
서 마찰로부터 구부러지는 해머토와 티눈의 원인을 보호할 수 있다.
이러한 발가락 끝의 티눈이나 관절의 구부러진 지점은 해머토로 부
터의 고통의 실제적인 원인이 된다. 다른 곳에 있는 단단한 티눈을
치료하는 것처럼 해머토의 단단한 티눈을도 치료한다. 족 병 치료사
들은 만약에 그것이 심하면 그 티눈을 잘라 낼 것이다.
해머토는 그것에 체중이 실리지 않도록 리허설이나 공연을 하는 동
안에 발가락 옆에 1/2인치 정도의 반창고를 붙일 수 있다. 족병치료
사는 발가락에 반창고를 붙이도록 권할 것이다. 해머토는 오로지 수
술로서 치료될 수 있으며, 무용수들을 위해서는 권장할 만한 선택이
아니다.

5) Hallux Limitus와 Rigidus

엄지발가락의 딱딱함은 10대의 무용수들에게는 보편적이고, 충격이

나 힘주는 부분에 강한 압박을 줌으로서 생긴다. 반복되는 긴장은 발가락 관절에 염증을 일으키는 원인이 되고 Hallux Limitus의 단계로 굳어진다. 엄지발가락 움직임의 범위가 제한되고, 무용수가 드미-포인트를 할 때 몸의 체중이 발의 바깥쪽으로 실리며, 발목 바깥쪽을 삐거나 발의 근육을 약하게 하여 다리의 바깥쪽에 통증이 오게 하는 원인이 된다. 그 원인을 제거하지 않으면 발가락은 완전히 굳어질 수 있으며, 포인트 상태에서는 Hallux Rigidus라 부른다. 주된 증세는 무용수가 드미-포인트에서 완전한 포인트로 갈 때 첫째 중족골의 관절에서 극단적인 고통이 온다. 그 경우 엄지발가락의 이러한 고통을 피하기 위하여 체중을 발의 바깥쪽으로 옮긴다.

무용수는 염증이 생기지 않도록 쿠션이 있는 구두를 신고 그 부분의 밑과 관절의 뒤에 즉시 패드를 댄다. 몇 주 동안의 휴식이 필요할 것이다. 이러한 상태에서는 의사의 조언을 얻도록 하고, 극단적인 형태로 기능을 복원시키기 위해서 수술이 필요할 것이며, 이 중요한 관절의 연약함이 영원히 갈 수 있다.

6) 눌린 엄지 발가락

여러 시간 동안의 연속적인 포인트 웍의 결과로 발가락 관절의 인대가 접질릴 수 있고, 연골은 타박상을 입고, 혹은 관절의 피막이 늘어나거나 찢어질 수 있다. 이러한 부상들의 어떤 것은 극단적 부상을 당할 수 있다. 그곳에서 염증이 일어나지 않도록 치료하고 하루에 세번씩 15분 동안 얼음으로 마사지한다.

7) 신경종(Neuromas)

Morton의 신경종은 발의 볼로부터 발가락의 중족골 사이에서 쑤시는 고통이 특징인 신경조직의 혹이다. 발의 볼에 이와 같이 확대된 염증이 생긴 신경은 보통 셋째와 넷째 발가락 사이에서 일어나지만 때때로 넷째와 다섯째 발가락 사이에서도 발생한다.

처음에 Morton의 신경종은 중족골의 머리로부터 발뒤꿈치 쪽으로 뻗치는 얼얼한 느낌이 나타나고, 체중을 발에 지탱할 때 증상이 나타난다. 결국에는 그 느낌이 다른 곳에도 나타난다. 그 다음 그것은 발의 볼에서부터 발가락 쪽으로 전기적인 충격과 같이 쑤시는 것통증이 시작된다. 그와 함께 마비와 경련이 일어날 수 있다. 고통은 대개 신을 벗었을 때 사라진다. 만약에 이 증상을 무시하면 여러 신경은 더 붓고 영원히 상처가 된다. 그 상태는 보통 극단적으로 꼭 맞고 중족골의 머리가 함께 밀집되는 포인트 슈즈에 원인이 있다.

만약에 압박이 제거되면 신경은 정상으로 돌아온다. 하루에 세 번 20분 동안 얼음찜질로 치료하고 염증이 생기지 않도록 한다. 수업, 리허설, 혹은 공연 후에 얼음으로 차게 하라. 또한 영향을 받은 발가락을 분리하는 특별한 발가락 패드를 약국에서 찾아라. 신경에 압박을 줄이도록 아픈 부분에 패드를 대라. 다행히 몇 주 안에 편안하게 될 것이다. 포인트 웍을 하기 전에 더 넓은 슈즈를 신어보고 슈즈를 맞추도록 하라. 만약에 이러한 노력이 편안함을 얻는 데 실패하면, 조언을 위하여 족병치료사를 만나라. 신경종의 외과적인 수술은 관절이나 뼈가 포함되지 않고, 이 과정은 무용수들에게 문제로서 제외되지 않는다.

E. 발바닥과 발등의 문제

1) Extensor Tendonitis

이 부상은 발등에 고통을 수반하며, 포인트 슈즈가 너무 꼭 끼고 이 부분에 충분한 여유가 없을 때 일어날 수 있는 것으로 빨갛게 붓는다. 압박과 마찰의 결과로서 신근 건은 염증이 생긴다. 발등은 붓고 발가락을 들어 올리면 불편하다.

발을 감싸거나 혹은 포인트 슈즈의 내부를 면포로 감싸서 건을 보호하라. 가능한 한 빨리 발 등에 여유가 있는 포인트 슈즈를 찾도록 숙달된 슈즈 만드는 사람과 상의하라.

2) Dorsal Exostosis(배면 외골증)

발등에 이러한 뼈 혹은 유전적일 수 있고 혹은 엄지 발가락이 계속적으로 짓눌려서 원인이 된다. 마찰은 혹을 더 악화시키는 포인트 슈즈에 원인이 있고, 염증을 일으키고, 붓는다. 편평족 혹은 내전된 발은 특히 이러한 혹이 걸핏하면 나타난다. 붓거나 더욱 악화된 뼈 혹을 하루에 20분 동안 여러 번 얼음으로 치료하고 염증을 방지하라. 압박을 방지하기 위하여 면포로 혹을 감싼다.

3) 발바닥 근막염(Plantar Fascitis)

발바닥 근막은 뒤꿈치에서 시작하여 발가락의 기저에서 중족골의 뼈와 연결된 가는 섬유질 조직의 촘촘한 다발이다. 그것은 발을 사용할 때마다 늘어났다 오그라들었다 한다. 만약에 그것을 너무 많이 늘이면 유연성을 잃으며, 상처가 나고 발바닥 근막염이라 부르는 과다 사용 상태의 원인이 된다. 주요한 증세는 발바닥의 고통이며 발이 붓거나 멍이 들 수 있다. 높은 아아치와 단단한 근막을 가진 무용수들은 이러한 부상에 주된 후보들이다.

고통의 원인이 되는 그러한 동작들로부터 쉬는 것으로 부상을 치료하고 염증이 생기지 않도록 하고, 냉찜질, 그리고 목욕으로 대비한다. 근막에 압박을 줄이고 전문의와 상의할 것.

4) 발바닥 사마귀

발바닥에 이러한 바이러스 원인으로 발달하는 것은 무용수가 마치 슈즈 속에 무엇이 있는 것처럼 느낀다. 발바닥 사마귀는 발바닥 바깥쪽보다는 뒤꿈치 밑에, 발의 볼에, 혹은 엄지 발가락의 옆에서 자란다. 못 박힌 피부의 표면을 계속해서 가로질러서 정상의 피부에 융기를 만들고, 발바닥 사마귀가 둥글게 둘러싸고, 오로지 부드러운 표면에 종양을 남긴다. 때때로 사마귀는 집단으로 나타난다. 만약에 하나만 생겼다면 발바닥 사마귀는 결국 그대로 남아 있다. 만약에 그것들이 더욱 커다랗게 성장하거나 혹은 거북하면 그것을 제거하는 것에 대하여 족병전문의에게 진료를 받아라.

발바닥 사마귀는 전염성이다. 그래서 의상실이나 분장실 그리고 샤워실에서 신을 신어라. 만약에 이러한 시설을 같이 쓰는 급우나 발레단의 동료의 발바닥 사마귀를 발견한다면 진한 클로락스로 그 부분을 소독하라.

5) 종자골염

만약에 고통이 발가락을 밀어낼 때 발의 볼과 연결되는 엄지발가락의 바닥에서 나타나면 종자골 뼈가 자극될 것이다. 종자골은 엄지발가락에 연결되는 건에서 매우 작은 뼈다. 그것들은 도르래 같은 역할을 하며 긴장될 수도 있고 뺄 수도 있다. 종자골은 버니언 혹은 무지외번증이 있을 때 특별히 상해를 받기 쉽다. 뼈대가 굵은 발이 딱딱한 바닥 위에서 무용을 하는 것은 또한 위험하다. 종자골의 증상은 드미-포인트 자세에서 중족골 아래에서 느껴지는 고통으로 알게 된다. 또한 혹이 나타날 것이다. 휴식, 얼음찜질, 그리고 항염제가 치료하는데 사용될 것이다. 그곳의 고통이 없어질 때까지 계속 휴식하라. 그 다음 천천히 활동을 다시 시작한다. 종자골 아래에 패드를 대는 것은 계속해서 크게 충격을 줄일 수 있다. 만약에 고통이 2주일이 지난 후에도 상당히 심하고, 종자골이 파손되었거나 깁스가 필요하다면 족병전문의를 찾아야 한다.

6) 스트레스 골절

스트레스 골절은 어느 뼈에서나 일어날 수 있고. 무용수의 부상 중 거의 다섯 번째로 자주 일어나는 것으로 James Garrick 박사는 등급을 매기고 있다. 그것들은 연습량과 방법에 의해서 큰 부상을 입을 수 있다. 무용을 다시 할 수 있을 때까지 무리한 스트레스 골절이 일어나지 않게 해야한다. 발의 볼 아래에 있는 종자골 혹은 중족골의 골간에서도 부상이 일어 날 수 있다. 노련한 무용수들은 스트레스 골절이 보통 두 번째 중족골의 중심에서 일어난다. 그 뼈는 활동과 연습으로부터 나무껍질처럼 두꺼워질 수도 있다. 초심자 무용수들에서는 그것이 보통 두 번째 중족골의 중간에서 일어난다.

스트레스 골절은 칼슘을 한 부분에서 옮겨다가 다른 곳으로 옮겨 그 부위가 강해지려고 하는 몸의 시도의 흔적이다. 스트레스 골절은 칼슘을 옮기고 내리는 과정 동안에 발생하는 '너무나 많고', '너무 빠른' 부상이다. 스트레스 골절은 뼈가 거의 부러지려는 지점까지 구부렸을 때 발생한다. 신체적인 흔적은 X-ray에서 보이지도 않을 머리털 정도의 머리털 미세한 갈라짐의 형태로 나타난다. 스트레스 골절은 진단되기 전에 휴식으로 치료될 수 있다. Garrick 박사는 일찍이 그의 이력에서 스트레스 골절의 진단에 적합하도록 뼈를 세밀히 조사하기 위하여 방사성 동위원소를 사용했다.

스트레스 골절은 어떤 기간 동안 발전되고, 그 부분은 어떤 고통이 나타나기 전에는 보통 부드럽게 느껴진다. 이 부분은 페니 동전의 크기보다도 작다. 결국에 그 고통은 심해지고 화끈거리는 감각이 골절의 주위를 감싼다. 그 부분은 만지면 심하게 아프고 아마도 부을 것이다. 스트레스 골절이 있을 때 가끔 체중이 실리면 견디기 어렵게 된다.

초기 단계의 스트레스 골절을 치료할 때 아프지 않은 상태는 하루 혹은 이틀 정도의이를 완전한 휴식으로 치료할 수 있다. 항염제는 이 아픈 기간에는 유용할 수 있고, 만약에 부어있다면 얼음찜질을 적용할 수 있다. 더욱 심각한 스트레스 골절에는 일주일의 긴 휴식 기간 동안 부목이 필요하다.

무용을 다시 할 수 있을 때 무리한 스트레스 골절이 일어나지 않게 해야 한다. 이러한 과정의 단계에서는 포인트 슈즈 안에 충격을 흡수하는 얇은 층의 패드를 넣어라. 불편함이 직감될 때는 더욱 가벼운 움직임의 수준으로 낮추어라. 정상으로 돌아올 때까지 활동의 수준을 올렸다가 내렸다가 한다. 그 다음 앞으로의 골절을 피할 페니 동전만 한 크기의 부드러운 부분의 경고 신호를 주시하라.

가능한 한 빨리 스트레스 골절을 확인하는 것이 중요하다. 왜냐하면 만약에 무시되면 그것은 뼈 속에서 계속해서 일어날 수 있고, 실제로 부러지는 원인이 된다. 진전된 골절의 결과는 부목이나 깁스, 고정이 요구될 수 있고, 회복하는 데 오랜 시간이 걸린다. Steven Baff 박사는 진전된 스트레스 골절을 치료할 때 붕대의 압축 형태인 외과용의 신을 사용한다. 이것은 염증을 억제하고, 발을 단단하게 하는 붕대의 젖은 형이며, 발의 모습대로 윤곽을 잡고 기능을 위하여 정상적인 자세로 고정시킨다.

스트레스 골절은 만약에 무용수가 심한 활동을 할 가능성이 있다면 피해야 한다. 몸은 심하게 활동하는 시점에서 약 3주 동안 스트레스 골절에 가장 취약하다. 그러므로 뼈의 이동이 절정에 다다랐을 이 시점인 8일 혹은 10일 동안은 원상 회복되기 위한 운동의 강도를 낮추도록 한다.

Tom Novella는 힘든 연습을 하는 대단히 활동적인 무용수들과 10대 후반의 월경기를 갖은 사람들은 뼈를 강하게 하는 데 필요한 에스트로겐 순환의 부족 때문에 스트레스 골절의 경향이 있을 수도 있다는 이론을 갖고 있다. 만약에 어떤 젊고 활동적인 무용수가 아직도 전성기를 갖지 못하고 스트레스 골절에 걸린다면 의학 전문가에게 여분의 칼슘 섭취의 필요성에 물어보아야 할 것이다.

어떤 스트레스 골절은 무용수가 빠르게 움직이고 스텝들 사이에서 발뒤꿈치를 내리지 않고 수행할 때 일어난다. 장딴지 근육이 튀어오른 후에 쁠리에를 하지 않으면 그것이 완전하게 열리지 않는다. 그래서 그것은 완화되는 것 대신에 충격으로 남는다. 발뒤꿈치가 바닥에 닿게 하면 근육 에너지를 사용하고 발의 볼에 스트레스를 제거한다. 스트레스 골절은 또한 반복되는 도약과 올리기의 충격에 의해 일어날 수 있다. 포인트 슈즈 재료의 충격 완화 부족과 탄력이 없는 무용 마루도 또한 한 원인이다.

무용수가 만약에 딱딱한 포인트 슈즈를 신고 활동하다가 맨발이나 부드러운 구두를 신고 활동할 때 스트레스 골절이 발전될 수 있다. 발가락은 단단한 받침대로 보호된 후에 마루와의 접촉에서 잘 견딜 수 없을 것이다. 반면에 너무 짧은 포인트 슈즈는 발가락이 아래로 구부러지거나, 눌리거나, 관절이 앞쪽으로 나오는 원인이 된다. 그 결과 발가락은 무용수가 를르베와 도약에서 착지할 때 정확하게 사용하지 못하여 발의 볼에 스트레스 골절을 입을 수도 있다.

F. 뒤꿈치 문제

1) 활액낭염

활액낭은 마찰에 노출되는 부분에서 발견되고 있는 섬유질 세포로 둘러싸인 혈액 주머니이다. 활액낭의 벽은 습하고 기름져서 미끄러질 수 있다. 뼈 위로 가로질러 가는 인대와 건이 있는 곳에 마찰을 쉽게 하여 활액낭은 그곳의 움직임을 가능하게 만든다. 활액낭에 너무 많은 압박의 자극을 줄 때는 벽이 두꺼워질 수 있고 염증을 일으킬 수 있다. 분비액이 형성되고, 혈액낭은 커지고 더 많은 자극의 원인이 된다. 염증이 생긴 활액낭은 처음에는 스폰지 같이될 것이지만 점차로 성장하여 단단해지고 좀 더 고통을 일으킨다. 활액낭염은 또한 활액낭에서 아주 미세한 혈관이 터져서 발에 직접적인 영향이 그 원인이다.

활액낭염은 슈즈가 너무 좁거나, 너무 뾰족하거나, 혹은 너무 꼭 조이는 결과로 발의 여러 부위에서 일어날 수 있다. 발이 기우뚱거리는 무용수는 발의 안쪽에 있는 활액낭을 자극한다. 포인트 무용수들은 종종 중족골 활액낭염 혹은 뒤꿈치 활액낭염으로 고생한다. 활액낭염의 경우에는 꼭 끼는 포인트 슈즈와 도약과 심하게 뛰고, 평탄하지 않은 표면은 특히 쁠리에를 하는 동안과 도약과 뛰기에서 발의 볼을 가로질러 쑤시는 고통의 원인이 될 수 있다. 왜냐하면 중족골의 머리에 있는 혈액낭이 멍이 들고 염증을 일으키기 때문이다.

중족골 활액낭염의 염증은 항염제와 3일 동안 하루에 3번씩 그 부분을 냉찜질하므로서 도움을 줄 수 있다. 그 다음 따뜻한 물에 담그거나 목욕을 한다. 어찌하던 이러한 문제는 체중을 지탱하는 것으로 부터 이 시점에는 완전한 휴식이 최선의 해결책이다. 회복은 1개월 에서 3개월이 걸릴 수 있다. 하이힐은 피해야 하고, 일반 구두에는 여분의 쿠숀을 넣는다. 이러한 고통은 스트레스 골절과 같은 중족 골에 전염병이 걸리는 다른 문제들과 혼동될 수도 있기 때문에 의학 전문가에게 가서 보여야 한다.

뒤꿈치 활액낭염은 선천적일 수도 있고 혹은 단단하게 졸라맨 끈이 나 너무 뻣뻣한 슈즈 뒤축의 압박으로 원인이 될 수 있다. 뒤꿈치 종 골 활액낭염은 뒤꿈치의 중앙에서 발견되고 건과 피부 사이에 활액 낭의 염증이다. 활액낭염의 다른 형태인 Haglund의 기형은 뒤꿈치 의 옆에 자리잡고 단단한 구조로 돋아난 형태로 자리 잡는다. 뒤꿈 치 활액낭염은 종종 아주 낮거나 높은 아아치를 갖은 무용수들에게 서 볼 수 있다.

피부 물집은 너무 많은 슈즈의 압박이 있다는 경고 신호가 될 수 있 다. 화끈거리거나 쑤시는 감각은 심한 고통이 앞설 수 있다. 일단 그 부분에 압박이 제거되면, 부은 것은 항염제를 먹고 하루에 두 번씩 20분 동안 발꿈치를 얼음으로 찜질하면 몇 주안에 제거될 수 있다. 발꿈치가 꼭 끼는 슈즈를 피하고, 면포를 슈즈 뒤축에 넣고, 뒤꿈치 를 들어올린다. 어떤 무용수들은 그들의 포인트 슈즈 뒤꿈치를 자르 고 편안하게 하려고 고무줄을 넣어서 꿰맨다.

2) 타박상

타박상은 발의 부위에 종종 일어나는 멍이다. 피부 혹은 발의 뒤꿈 치는 특히 타박상에 민감하다. 타박상은 피부 아래에서 갇혀서 어느 곳으로도 빠져나가지 못하고 남아 있는 피멍을 야기한다. 부드러운 타박상은 약간의 염증을 제공하고, 대개의 불편함은 근육의 경련으로부터 온다. 부은 깃을 가라앉히기 위하여 냉찜질과 압박을 하며, 근육의 경련을 막기 위하여 점진적으로 스트레치를 한다. 만약에 불편함이 5분에서 10분 이상 계속되면 탄력 있는 붕대로 감고 그날은 쉰다. 만약에 증세가 그 다음날에도 있다면 목욕으로 대비해 보라. 좀 더 심각한 타박상은 근육이나 뼈에 심한 타격의 결과이다. 그리고 대단히 고통스럽고 접촉할 때 부드러움이 요구된다. 24시간 동안 간헐적으로 그 부분을 얼음으로 찜질하고 탄력 있게 감싼다. 부상의 부위를 올려라. 심각한 타박상에 따라서 골절의 가능성을 줄이기 위하여 전문의를 찾는 것이 현명한 일이다.

3) 무용수의 뒤꿈치

때때로 탄력이 없는 마루 표면에서 너무 많은 포인트 웍을 하는 것은 무용수의 뒤꿈치 뼈 위에 염증이 생긴다. 그것은 발과 연결된 발목의 관절에 부상을 입은 반작용으로 나타난다. 고통은 매번 발을 포인트한 때마다 아킬레스건의 부위에서 깊게 나타난다.

치료는 3일 동안 하루에 세번씩 얼음으로 찜질하고 항염제를 먹는다. 포인트 웍이 매우 불편할 것이다. 그래서 무용수들은 고통이 가라앉을 때까지 포인트 웍의 시간을 제한하도록 하여야 할 것이다. 만약에 고통이 10일 동안에 거의 가라앉지 않으면 발의 뒤쪽에 있는 삼각뼈, 그 밖의 옆의 뼈에 증상이 있을 수 있기 때문에 족 병 전문의에게 보여라.

4) 뒤꿈치 타박상

종골 골막염온 무용수가 경험할 수 있는 가장 급성 부상 중의 하나이다. 그것은 발꿈치 밑이나 혈액낭을 덮고 있는 조직이 반복되는 압박에 의해 일어난다. 뼈대가 굵은 발을 가진 무용수들이나 울퉁불퉁한 형태의 발목뼈를 가진 무용수들은 확실히 이러한 부상을 입기 쉽고 부정확하게 도약하고 과도하게 사용하므로서 일어날 수 있다. 그것은 또한 작은 동작의 스텝에 의해서도 일어날 수 있다. 그 부상은 뒤꿈치 중심부의 뒤쪽 아래가 올리거나 도약을 한 후에 강하게 예리한 고통이 일어난다. 이러한 부상은 또한 뒤꿈치가 마루와 닿는 동안 지극히 고통스럽다.

얼음찜질을 즉시 해야 하고 하루에 3번 계속하여야 한다. 또한 항염제도 먹어야 한다. Garrick 박사는 밖에서 신는 신의 뒤축을 높이기 위하여 단단한 뒤꿈치 컵을 씌우고 원래의 형태로 개조하기를 제시한다. 무용수는 또한 타박상으로부터 고통스런 압박을 치료하기 위하여 패드를 받치거나 붕대로 감을 수 있다.

5) 뒤꿈치 돌기

뒤꿈치 돌기는 뒤꿈치 뼈 밑에 뼈가 자란 것이다: 평발을 가진 무용수들은 그곳이 발병할 가능성이 있다. 앞서 말한 발바닥 근막염은 또한 뒤꿈치에 있는 유연한 뼈의 조각을 당김으로써 뒤꿈치 돌기가 생길 수 있다. 아침에 일어나서 체중 지탱의 지점으로 뻗은 후에 고통이 뒤꿈치 뼈의 앞쪽으로 압박이 주어질 때 느껴진다. 치료는 압박을 제거하고 염증을 없애는 것이다. 항염제도 도움이 될 수 있고 한번에 15분에서 20분 동안 얼음찜질이 권유된다. 휴식, 목욕, 그리고 구두에 지지물을 대는 것이 또한 유용할 것이다. 만약에 증세가 며칠이 지난 후에도 호전되지 않는다면 족 병 전문의에게 도움을 청하라.

G. 발목

발레 부상의 연구에서 Garrick 박사는 발목이 세 번째로 중요한 해부학적인 분야로 발견하였다. 이러한 부분의 예리한 부상은 과도하게 사용하여 생긴 부상보다 흔하였다. 염좌는 다른 어떤 관절보다 발목이 더 복잡하다. 이러한 염좌의 대부분은 13살에서 18살의 무용수들이 기술적인 기술을 습득하는 동안에 잘못 디디거나 착지가 나쁜 결과다. 아아치가 높고 아주 유연한 발을 가진 무용수는 근육, 건 그리고 연골이 그들의 최고의 능력 이상으로 뻗치므로 종종 발목의 긴장과 골절을 방지할 인대의 힘이 부족하다.

1) 아킬레스건염

몸에서 가장 큰 아킬레스건은 다리 뒤에서 아래로 뻗은 장딴지 근육에서 뒤꿈치 뼈까지 연결되어 있다. 아킬레스건은 무용수들이 포인트로 올리도록 한다. 아킬레스건염은 과로와 타박상을 입은 뒤꿈치에 의하여 원인이 될 수 있다. 어떤 무용수들은 그들의 뒤꿈치를 내리지 않고 보호하려고 한다. 그 결과 아킬레스건이 긴장한다. 부정확하게 맞춘 슈즈 뒤의 압박, 고무줄, 혹은 리본의 매듭이 또한 아킬레스건의 문제를 일으킬 수 있다.

발레 부상에서 Garrick 박사의 연구는 10대 중반 이후에 일어나는 아킬레스건염의 대부분의 예는 발목이나 발의 부상 이후에 장딴지 근육의 과도한 사용의 결과이거나 부적당한 회복이었다. 더 나이 먹은 무용수들에서의 문제는 여러 해 동안 반복되는 부상으로부터의 미세한 파열의 결과일 수 있다.

아킬레스건염의 증세는 건의 길이에 따른 고통, 부기, 특히 를르베에서는 대단한 고통을 포함한다. 발목이 움직일 때 미세한 소리가 뒤꿈치 뒤에서 들릴 수 있다 그 고통은 보통 아침에 일어났을 때가 최악이다.

건염은 아킬레스건을 구성하는 독특한 미세한 세포가 파열될 때 시작한다. 이러한 찢어진 세포는 붓고 아픈 결과가 된다. 그리고 나서 부은 아킬레스건은 그것을 둘러싼 보호막과 마찰이 되고 마찬가지로 보호막도 붓는 원인이 된다. 아킬레스건염의 첫 번째 증세가 나타났을 때 적당한 행동 요령을 결정하기 위하여 전문의에게 상담하는 것이 현명한 일이다. 그 전문의는 늘이기(스트레치)의 조화, 항염제, 그리고 증세가 가벼운 경우에는 얼음찜질 혹은 더 심각한 경우에는 가능한 길게 3주 정도 무용을 완전히 중지하는 것이다.

무용을 다시 시작해도 안전하다고 할 때 무용수는 바 연습을 주의 깊게 시작하고, 조심스럽게 건을 스트레치 한다. 처음에 모든 를르베, 포인트 웍, 그리고 도약은 제외되어야 한다. 만약에 고통이 나타나지 않으면 오로지 몇 가지 연습을 더 추가한다. 만약에 어떤 고통이 발전하면 무용수는 즉시 중단이 필요하고. 그 부분에 많은 휴식을 주고, 올리고, 얼음찜질을 한다. 만약에 계속된다면 아킬레스건염은 치료가 매우 어려워질 것이다. 장딴지 근육을 강하게 하는 것은 아킬레스건염에 대한 좋은 보호 대책이다.

2) 삔 발목

Tom Novella 박사는 삔 발목은 포인트 무용수들에게서 그가 보는 가장 보편적인 부상임을 발견한다. 발목뼈는 관절의 바깥쪽보다는 안쪽으로 더 쉽게 말릴 수 있다. 만약에 외상의 사고가 안쪽으로 깊게 접질리도록 힘을 주었으면 발목 바깥쪽의 인대가 갑작스런 움직임에 대항한다. 그리고 늘어나고, 긴장하고, 혹은 파열할 될 수도 있다. 이러한 유형의 염좌를 바깥쪽 염좌라 부르고 발목의 바깥쪽이 아프고 붓는 결과로 나타난다. 발목 안쪽의 염좌는 아주 적게 일어나며 발이 몸의 바깥쪽으로 접질렸을 때 일어나고 발목의 안쪽에서 고통이 생긴다. 염좌는 발목 근육이 약하거나 짧은 다섯 번째 중족골과 같은 이러한 구조적인 문제 때문에 일어날 수 있다. 만약에 발 가운데가 튼튼하지 못하면 가운데가 낫 모양으로 휘어지고 드미-포인트 혹은 를르베를 하는 동안 그렇게 될 수 가 있다. 상해의 정도를 판단하기 위하여 부상을 입은 발목을 조사할 때 그 무용수는 접질린 부위에 체중을 싣거나 그곳이 어떤 고통으로 비틀릴 때 발견할 것이다. 어찌하던 만약에 발목에서 무엇인가 갈리는 것처럼 느껴지거나. 무감각하거나 혹은 차가운 느낌이 들거나, 혹은 염좌보다 더 심한 부상으로 판단될 때 즉시 전문의에게 보여야 할 것이다. 만약에 고통이 발목의 안쪽에 있다면 중앙의 골절로 볼 수 있으며 특별히 의학적인 전문의를 찾는 것이 중요하다.

접질린 발목의 최초의 부기는 파열된 인대로부터 안으로 피를 흘린 결과로 생기고 부드러운 세포를 감싼다. 이 부기는 발목을 뻣뻣하게 만든다. 부기를 억제하기 위하여 부상한 발목뼈 주위를 양말로 감싸고 그리고 나서 붕대로 발목 부분을 감는다. 그 부분을 24시간 동안 감싸는 것을 유지한다. 또한 간헐적으로 붕대 위에 얼음찜질을 한다. 발목 염좌를 입은 후에 곧바로 뜨거운 찜질을 하지 마라. 만약에 부기가 첫날 이후에도 남아 있거나 어떤 반점이 남아 있으면 X-ray를 찍으러 전문의에게 보이고 골절을 검사한다.

부기가 가라앉은 후에 목욕을 하고 순환을 증가시키기 위하여 따뜻한 비눗물과 차가운 비눗물에 번갈아 가며 담근다. 근육이 약해지지 않게 하기 위하여 발목을 움직이기 시작하라. 발목의 활동 범위를 늘리고 고통이 따르는 활동 수준 이상으로 움직인다. 고통 없이 그것을 할 수 있을 때까지 하라. 밤에는 여러 개의 베개 위에 부상한 다리를 올려놓고, 만약에 부은 것이 간헐적으로 나타나면 붕대를 사용하라.

Hamilton 박사는 무용수가 무용을 다시 할 수 있을 때까지 대신에 수영이 도와줄 수 있다고 제안한다. 발목의 활동이 정상으로 되돌아올 때 가슴 깊이의 물에서 25분 동안 간단한 수영을 한 후에 바 연습을 하라고 제시한다. 물의 부력 속에서 를르베. 쁠리에, 당듀, 그리고 후라뻬를 하는 것은 힘과 활동을 회복하는데 도움을 준다. 무용수가 스튜디오에서 바 연습을 시도할 준비가 된 때에는 처음에는 를르베를 하지 않고 양발 모두 바닥에 대고 바 연습을 할 것이다. 앞으로 삐는 것을 피하기 위하여 무용수의 연습은 힘을 만들 기간을 생각할 필요가 있고 양쪽의 발목과 발의 중앙에 균형을 잡을 필요가 있다. 때때로 평형 판과 같은 장치를 만들어 사용하여 평형 훈련을 하고 테니스 공을 이용할 수도 있다.

무용 의학에서 대부분의 대가들은 무용수의 발목 염좌는 연습으로 고칠 수 있다는데 동의한다. 그리고 무용수가 약해져서 움직이려고 할 때 깁스 하는 것보다는 치료를 해야 하고 미래의 부상을 당하게 되는 원인이 된다. 만약에 염좌의 상태가 깁스를 요하면 공기 깁스가 유용하다고 생각한다. 이 유형의 깁스는 발을 포인트도 할 수 있고 구부릴 수도 있도록 하지만 안쪽이나 바깥쪽으로 말리지 않는다. 그것은 Velcro로 잠그는 것으로 깁스를 신을 수도 있고 벗을 수도 있다. 심한 염좌의 예에서 공기 깁스는 치료하는 시간을 보통 3개월에서 6개월을 6주에서 8주로 줄일 수 있다.

3) 후부 충돌 증후군(Posterior Impingement Syndrome)

Garrick 박사의 연구는 포인트로 무용을 하는 것은 이러한 일상의 과다 사용의 문제에 있다고 발견하였다. 충돌은 무용수가 뿔리에를 하는 동안 적용되는 압박의 결과로 일어나는 발목의 상태다. 발목의 뼈를 둘러싸고 있는 피부와 부드러운 세포는 아코디언과 같이 압축하고 주름지게 한다. 어떤 발목뼈는 세포가 붓게 하는 원인이 되어 유연성을 막는 혹으로 발달하여 영향을 미친다. 발목의 앞과 뒤의 부드러운 세포나 뼈의 이러한 형성의 결과 뿔리에 혹은 포인트로 올리는 것은 불가능하다. 순간적인 편안함은 부드러운 조직의 염증과 부기를 줄임으로써 얻는다. 그러나 학생이 진지한 무용을 좀 더 많은 무용 시간을 소비할 때 휴식할 기회는 더 적어지고 부드러운 조직은 부은 상태로 머물고 영원히 두꺼워진다. 이것은 이미 꽉 찬 발목 뒤에 또 다른 장애물을 첨가하게 한다.

강한 장딴지 근육은 이 문제를 피하는 데 도움이 되고 무용수들은 기술적인 조절로 발목의 압박을 없애려고 시도할 수 있다. 여분의 조직과 뼈를 제거하는 수술이 그 문제를 위한 유일한 치료이다. 어찌하던 어떤 무용수들은 조직이나 뼈가 다시 두꺼워질 때마다 여러 번 수술을 받아야만 한다. Garrick 박사의 연구에서 무용수들의 이 수술의 경험은 거의 대부분이 10대 후반에서였다[15]고 한다.

15) 앞의 책. p.125

III. 맺음말

발레 하면 포인트 슈즈를 연상하듯이 발레 예술에서 포인트 웍의 비중은 대단히 큰 것으로 발레를 배우는 학생은 물론 전문 발레 무용수들에게 포인트 웍은 발레를 시작할 때부터 발레를 그만두는 그 시점에까지 항상 염두에 두어야 할 중요한 요소다.

발은 태어나면서부터 계속하여 발달하고 변하여 골화라는 형성 과정을 거쳐 약 20세가 되어야 성장을 멈춘다. 그렇기 때문에 발레의 포인트 웍은 자라고 있는 어린 신체와 골화 중추에 특별한 영향을 줄 수 있다는 점을 감안하여 그들의 골격과 체격에 따라서 다르게 훈련을 시켜야 할 것이다.

모든 사람의 얼굴이 각각 다르듯이 발레를 하는 모든 무용수들의 발 또한 서로 다르다. 그렇기 때문에 어떤 포인트 슈즈를 선택하는가에 따라서 발의 부상을 최소로 줄이고 가장 효율적인 포인트 웍을 할 수 있는가가 결정된다고 본다. 포인트 슈즈의 선택에서 가장 중요한 점은 일단 편안하게 잘 맞는 것이어야 할 것이며 올바른 넓이와 올바른 길이로 맞추면 오랫동안 안전하고 행복한 그리고 무용수로서 편안한 경력을 갖게 될 것이다.

발레를 배우는 학생이 포인트 웍을 언제 시작하는가 하는 문제에 대하여 의학적인 전문의나 발레 교사들은 한마디로 결론을 내리지 못하고 있다. 학생의 나이, 골격, 뼈의 발달 상태, 체격, 훈련기간, 체중. 그리고 학생의 태도 등을 포함한 모든 요소들을 결합시켜 판단을 내려야 할 것이다.

일단 포인트 웍을 시작하면 무용수는 항상 발의 부상에 대한 위험을 줄이기 위하여 개인적인 태도와 무용 습관을 통제할 필요가 있다. 예를 들면 피로는 무용수가 피해야 하는 필요 조건 중의 하나로서 몸이 피로할 때 부상에 대한 기회는 대단히 커진다. 그 다음으로 몸을 유연하게 하여 부상을 예방할 수 있다고 한다. 단단하고 뻣뻣한 근육은 부가적인 긴장을 초래하여 부상에 이르게 된다. 평소의 충분한 스트레칭으로 봄을 유연하게 만들면 부상의 위험은 그 만큼 줄어들게 될 것이다. 과다 사용으로 생긴 모든 부상들은 75%가 적당한 유연성 훈련으로 치료할 수 있다는 연구 결과만 보아도 몸의 유연성이 무용수들에게 그만큼 중요한 것이다.

무용수의 부상은 신체적인 요인에서 오는 것도 있지만 나쁜 환경에서 오는 부상도 상당히 많다는 것을 알았다. 마룻바닥의 표면은 물론 그 아래의 구조가 무용수에게 가해지는 충격으로부터 안전하게 보호해 줄 수 있도록 완충 작용을 잘할 수 있어야 하고, 연습실은 물론 무대의 적당한 온도와 습도 유지, 산소 공급 등 환경적인 요인이 발의 부상 예방에 중요하다.

부상 예방에 대한 최선의 노력을 하고도 부상을 입었을 경우에 무용수에게 있어서 가장 어려운 문제는 상처나 고통보다는 연습이나 공연을 계속할 수 없게 된다는 것이다. 이때 무용수들은 순간적으로 무력해지고 그러한 스트레스에 잘못 적응하는 경우도 있을 것이다 부상을 당한 무용수는 동기, 자신감, 긴장 그리고 집중을 가져서 이와 같은 심리적 요인들을 잘 활용하여 회복에 힘쓰도록 해야 할 것이다.

타고난 능력, 동기, 헌신 이외에도 무용수는 유연한 몸과 발. 타고난 턴-아웃, 튼튼한 무릎, 그리고 포인트 웍의 엄격함을 살려서 적절한 기술을 발달시키도록 완벽한 연습을 하여 최상의 기술을 갖고 있더라도 포인트 슈즈를 신는 무용수들은 발에 상처를 입는 경우가 있다. 포인트 슈즈의 구조적인 문제점과 장시간의 과도한 연습과 리허설, 혹은 피로에서 기인된 흐트러진 자세나 정확한 자세로 발을 유지하는 근육이 약한 것 등이 신체적인 압박과 긴장의 원인이 되고, 또한 선생들이나 안무자들의 실수의 결과일 수도 있다. 많은 부상의 중요한 문제점은 대체적으로 무용수는 해부학. 근육학, 그리고 자신의 몸의 생물 역학에 대한 지식이 부족하다는 점이다. 포인트 무용의 예술적인 요구와 마찬가지로 신체적인 면에 있어서 이러한 부족한 지식을 인식하고 있을 때 부상을 예방할 수 있고, 일단 부상이 생겼을 때 신속하게 대처하여 가장 빠른 시간 안에 회복될 수 있도록 하고 후유증이 남지 않도록 하는 것이 발레 예술로서의 생명을 연장시켜 주는 가장 중요한 요소라고 말할 수 있을 것이다.

✳ Plier와 Vertical Jump와의 相關性에 關한 研究

서 정 자

중앙대학교 예술대학무용학과 교수

I. 緒 論

舞踊의 Exercise 課程 또는 作品을 構成 按舞할때 各種 動作이 要求된다. 이러한 動作은 作品內容과 性格에 따라 適合한 動作을 連結하거나 또는 새로운 動作을 創作하는 것이 一般的이다. 또한 하나의 作品을 構成, 按舞할때도 動作의 種類를 골고루 音樂的 Rhythm 및 特性에 따라 흔히 連結한다.

"그 동작은 4種目으로 크게 區分 되는데"

①그것은

1. 미끌어지는 勤作 (Pas glissé)

2. 跳躍하는 勤作 (Pas Jeté)

3. 두들기는 (打) 動作 (Pas Entrechat)

4. 回轉하는 勤作 (Pas Pi routte)

또한 이것이 다시 여러 動作으로 區分된다. 그런데 도약의 경우를 보면 ① Ass emble ② Sauté ③ Temps Levé ④ Changement de pieds 等 으로 나누어져 "舞踊은 美的인 法則으로 自己의 思想感情을 表現한다는 것은 情緒敎育을 豊富히 하고 人間을 슬기롭게 形成하는데 극히 必要하며 또한 크나큰 役割이 되므로 앞으로는 動作의 技術性이 要求되기 때문에 価値가 있는 表現이 選擇되어져야 한다." ② 특히 이러한 動作은 배구 및 籠球等의 Sports에서도 많이 利用되는 動作으로 그 主要性 舞踊에서만은 아닌 것으로 이에 關한 硏究를 發表한 바 있다. 그러나 위와 비슷한 Jeté動作이 舞踊에서 重要한 位置를 지니고 있음에도 불구하고 이것을 그 硏究對象으로 한 것은 別로 없는 실정이다. 그래서 著者는 이 動作의 效果的인 脚力(Leg Strength) 과의 相關을 調査分析하여 合理的 條件들을 究明하고 이에 報告하는 바이다.

II. 研究計劃

1) 對象

選定 對象은 H大學校 舞踊鶴科學生과 H女子高等學校 學生으로 그 內容은 (Table-1)과 같다.

(Table-1) The List of Subjects

College	Subjects	Total
College dance Major Student	10	70
H. High school girl's	60	

2) 研究期間

1974/6/30 ~ 1974.11.30

3) 研究方法

(1) 研究內容

① Leg Strength (kg)

② Angle (°)

③ Vertical Jump (cm)

(2) 測定道具

測定에 使用한 道具는 (Table-2)와 같다.

(Table-2) The Lists of Tools

Tools	Type	Makers
Back Strength	Smedly	T. K. K
Angle	考案製作品	S. I. E. H. Y. U
Vertical Jump 台	S. I. E. H. Y. U	S. I. E. H. Y. U

(3) 測定方法

① 脚筋力(Leg Strength)

被檢者는 그림 ⓐ에서 보는 바와 같이 筋力計발판위에 양발의 뒷꿈치는 붙이고 발끝은 15°程度 벌리어 自然스럽게 선 다음 팔을 펴서 손잡이를 바로잡고 허리를 편채 무릎 角을 110°가량 굽힌다.

② 무릎角 (Knee Angle)

그림 ⓑ에서 보는 바와 같이 5 回 實施하여 그 中 좋은 記錄을 擇하였으며 이때 취급한 角은 大腿와 下腿사이에 이루어지는 무릎 角(Knee Angle)을 測定한 것이다.

그림 ⓐ   그림 ⓑ

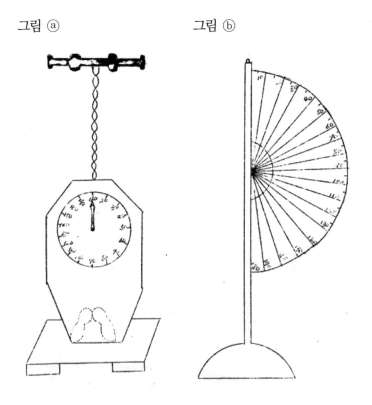

③Vertical Jump

被檢者를 그림 ⓒ와 같이 Vertical Jump 台의 벽면에서 20cm 떨어진 바닥에 벽면과 평형한 직선을 긋는다.

測定者의 벽쪽 손가락 끝에 백묵가루를 묻히고, 바닥에 그어진 선에 벽쪽 발이 닿을 정도로 양쪽발울 모으고 선 다음 될수 있는 한 높이 뛰어 손가락에 묻은 백묵가루로 測定台에 表示한다. 5回 實施 그 中 좋은 成績을 cm 單位로 記錄하였다.

그림 ⓒ

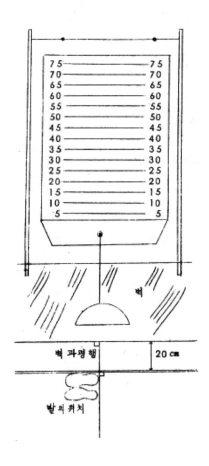

III. 結果 및 討議

舞踊科 學生과 女子高等學校 學生을 測定結果를 集團別로 集計한 統計値는 다음 (Table-3)와 같다.

(Table-3) The Results of Measuring Items

Divide Item of Measurment	College dance Major Student		High school girl's	
M.S.D	M	S. D	M	S. D
Leg Strength(kg)	120.5	.20	116.3	17.26
Angle (°)	92.7	8.16	102.2	13.13
Vertical Jump(cm)	40.3	4.75	33.2	4.69

(Table-3)에 依하면 舞踊人과 非舞踊人의 測定結果는

1) 脚力(Leg Strength)은 舞踊人이 120.5kg, 비무용인이 116.3kg이다.

2) 角(Angle)은 舞踊人이 92.7kg, 非舞踊人이 33.2kg이다.

3) Vertical Jump는 舞踊人이 40.3cm, 非舞踊人이 33.2cm이다.

그런데 이들 두 集團間의 相關性을 보면 다음(Table-4, Table-5) 과 같다.

(Table-4) The Correlation of physical measurement.

	Vertical Jump
Leg Strength	0.68
Angle	0.75

(Dance major student)

(Table-5) The Correlation of physical measurement.

	Vertical Jump
Leg Strength	0.21
Angle	0.41

(General student)

(Table-4)에서 보는 바와 같이 舞踊人은 Leg Strength와 Vertical Jump는 0.68로 確實히 相關이 있는 것을 볼 수 있다.

非舞踊人은 Leg Strength와 Vertical Jump에서 0.21의 相關을 보이고 있고 Angle과 Vertical Jump에서는 0.41을 보임으로 이는 確實히 相關이 있음을 알 수 있다.

이러한 結果를 綜合해 볼 때 Vertical Jump도 舞踊人의 Plier의 직접적인 영향을 준다고 할 수 있다.

여기에 對한 先行研究로는 柳(1966) 人間統戒學과 体育科學이라는 것이 있는데 이를 뒷받침해 주어 確實한 근거 자료가 되며 Plier 角에 있어서 技術的인 指導로서 教育的인 Jeté 動作을 하는 데 많은 도움이 되리라 思料된다.

Ⅳ. 結論

以上의 結果를 고찰한 결과 다음과 같은 結論을 얻었다.

1) 舞踊人에 있어 角과 脚力은 높이 뛰는데에 相關性이 있고 그 中 角이 더욱 相關이 높은 것을 볼 수 있다.
2) 非舞踊人 역시 같은 傾向性이나 舞踊人보다는 脚筋力(Leg Strength)은 14.2kg, Vertical Jump는 7.1cm만치 能力이 떨어 진다.
3) 따라서 무용에 있어서 Plier 動作은 demi plier와 Grand plier의 中間角度가 보다 效果的인 높은 Jeté를 할 수 있고 이 역시 脚力 을 수반해야 함을 알 수 있다.

註

①蘆原英子 : パリエの 基礎知識. 東京 : 創元社, 1950, PP.256-265
②徐正子 : 舞踊에 있어서 表現技術. 漢陽大學校論文集Ⅴ, 1971, P.339

參考文獻

1. 유근석, 김양곤, 중·고등무용 : 대한교육문화사, 1965.

2. 漢陽大學校 論文集, 第五卷, 舞痛에 있어시 表現技術 : 光明印刷
   公社, 1971.

3. 文敎部, 休育敎育資料斑書(10) : 서울신문사 출판국, 1973.

4. 鄭範誤, 敎首心理統計的方法 : 凡文社, 1960.

5. 金鍾翊, 孝校休育全卷 15 : 大韓孝改体育會 : 1966.

6. 최해운, 休育大百科事典 : 芸文館, 1972.

7. 스포츠 과학 연구보고서.

8. 蘆原英子, パリエの 基礎知識, 東京 : 創元社, 1950.

9. 松田岩男外 1 人, スポーツの 休力測定, 東京 : 大修館書店,
   1970.

10. 松本亮, 森乾, クラシック パリエ, 東京 : 音菜之友社, 1969.

11. 大韓休育會, 休育, 통권 66 , 1971 .

12. N. D. Millard, B. G. King, 이병희교열, 해부, 생리 : 대한간
    호협회 출판부, 1973.

13. Valer prestor, F. L. G., Hand book for modern
    Educational dance, macdonald & Evans, 1963.

14. Wells K. F., Kinesiology (3rd Ed) philodelphia and
    London. 1962.

Abstract

A Study on Correlation Between Plier and Vertical Jump

Jung Ja, Suh

Dancing played a large parts in the everyday life of the primitive than it does in our culture primarily. Dancing has been an enchainnument to it composition of variety of movement. It is divided for kinds.

There are ① pas glissé ② pas Jeté ③ pas ontrechat ④ pas tournant.

This title study on correlation Between Plier and Vortical Jump is intended for all those who are interested in study of Jaté technique and should therefore be able to follow the problem without difficulty.

It is necessary movement to dance composition for beauty movement and dynamic technique and need to Variety sports. In under to seek the way to find, more, reliable method of obtaining the true value of measurement in more efficient method comparison was made after careful research of correlation between plier and Vertical Jump. Therefore, I would like to suggest the teaching method of modern Educational dance.

The results were as the following

1) correlation between plier and Vertical Jump

    Dance major student   0.75

    general student   0.41

2) correlation between leg strength and Vertical Jump

    Dance major student   0.68

    general student   0.21

✳ Dramatic Ballet인 「Petrouchka」作品分析

藝術大學 副教授 서 정 자

I. 序論

낭만주의 발레(Romantic Ballet)는 17C부터 융성하기 시작해서 18C말엽 이태리의 미라노(Milano) 스카라座가 中心이 되었고, 19C 전반은 프랑스의 파리 오페라座가 中心이 되어 그 榮華를 누렸으나, 그 後 머지않아 오페라가 대단한 세력으로 대두 되었고 발레에서 낭만적인 것이 노베르(Noverre)[16]의 思想을 잃게 되자 쇠퇴기에 접어들

---

16) ✳ 藝術大學 副教授(舞踊)) Jean Georges Noverre (1727—1810) : 프랑스 안무가, 발레 개혁가. 1760년 「Lettres sur La Danse et Sur les Ballets」를 출간하여 재래식 동작을 버릴 것을 주장, 의상개혁촉구, 특히 가면을 벗을 것을 주장. —Anatole Chujoy & P.W. Manchester, The Dance Encyclopedia, N.Y, 1949, p.679.

게 되었다. 그 思想은 即 재래식 勤作을 버릴 것을 주장하고, 또 의
상의 개혁을 촉구하고 특히 가면을 벗을 것을 주장한 그의 精神을
잃고 몽환적인 스펙타클로만 기울어져 全體的인 效果로 보아 主役
舞腦手만을 빛내려고 하는 데 고심했기 때문에 문제가 제기되었다.
浪漫主義 운동은 독일에서 발생 1830年 이후에 탄생한 것으로 어느
날 밤 오데옹 (Odéon) 극장에서 젊은 빅토르 위고의 詩劇「헤르나
니」가 첫 공연을 가졌을 때부터 일어났으나 19C 중엽에 浪漫主義 발
레는 그 세력이 약화되었다. 이러한 현상이 유럽 전 地域을 通하여
공통적으로 發生하였기 때문에 按舞家는 더 이상 그 곳에 머물 수가
없어서 다른 곳으로 떠나게 되었다. 이 때 파리의 유명한 按舞家인
마리우스 쁘띠빠(Mar ius Petipa)[17]가 발레 룻쓰(Ballet Russes)에 가
서 일하게 되면서 발레의 재기를 이룩하게 된 것이다. 그러나 이러한
경우는 쉽게 재기하게 된 것이 아니고 쁘띠빠와 동행하는 동행자가
있었다는 사실이다. 음악가인 차이코프스키 (Peter I. Tchaikovsky)
나 프세볼로프스(Vesevolovsky)와 같은 名演出家가 존재했기 때문
에 재기할 수 있게 된 점이다. 물론 프세볼로프스키는 발레에 대해
서는 잘 모르지만 舞臺장치 부분에는 크게 기여할 수 있었기 때문에
큰 도움이 되었다.

프세볼로프스키, 쁘띠빠; 차이코프스키의 이 3仁祖는 각기 자기
분야에 있어서는 적어도 완벽했다. 그러므로 그 유명한 作品인「잠자
는 숲속의 미녀 (The Sleeping Beauty)」와 같은 훌륭한 작품을 만
들어 낼 수 있었다. 이 3인조 이후에 새로운 藝術時代로 이끌어 갈
또 하나의 3인조가 탄생하게 되었는데 그가 바로 명연출가인 디아길

---

17) Ibid., p.726. —Petipa Marius (1819-1910) : 프랑스 안무가겸 러시아 황실발
레단 댄서. 1841년 파리 오페라 극장에서 화니 엘슬러와 공연. 1847년 부터 50
여년간 러시아 황실극장 재직.

래프 (Serge Diaghilev)[18]로서 발레 룻쓰를 이끌어 간 장본인이다. 프세볼로프스키와 같이 디아길레프도 발레에 대해서 크게 아는 바는 없지만 조명의 전문가였으며, 그는 귀족과 외교관, 예술비평가와 흥행사의 자질을 모두 갖추고 있어서 제작의 새로운 기준과 발레의 可能性의 새로운 개념을 도입하는데 성공했다.

또한 디아길레프는 안무가를 보는 안목과 무용수를 선택하는 안목이 뛰어났기 때문에 성공의 근원이 되었다. 그리하여 이 새로운 3인조는 활기를 찾기 시작했는데 이들은 디아길레프, 훠 킹(Michel Fokine), 스트라빈스키의 구성원이었다.

이들의 構想은 浪漫主義 발레의 흥미를 잃고 지쳐있는 전 유럽인들에게 기발한 아이디어로 선택한 근대의 발레인 드라마틱한 작품인 「페트루슈카(Petrouchka)」의 제작 공연이 파리의 첫 공연에서 대성공을 하였다. 물론 이 3인조에 의한 작품으로「페트루슈카」는 작풍 자체가 새롭고 기발한 점에서 성공을 거두었다는 점보다 더 중요시 해야 할 점은 작품속에 포함되어 있는 哲學的인 측면과 藝術的인 측면, 教育的인 측면이 同時에 내포되어 있는 대단원의 이미지가 통합되어 있다는 점이 실제로 부각된다.

1911년 파리「샤틀레(Châtelet)극장」에서 初演한 「Petrouchka」는 훠킹의 特殊한 接舞法을 돕기 위해 撫臺美術과 장치는 알렉산드르 베노이스(Alexandre Benois)가 담당했는데, 성 페테르스부르그(St. Petersburg) 광장의 분위기와 색채를 그대로 표현하기 위해 러시아에서 무대장치를 만들어 공수해서 공인하도록 했다는 기록도 있다.

이와같이 작품세계를 위한 철두철미한 방법은 「페트루슈카」를 기

18) Ibid., p. 296. −Serge Diaghilev(1872-1829) : 러시아 태생의 국제적 흥행주. 처음에 법학공부를 함. 1904~1908년 페테르스부르그와 파리에서 미술전람회 개최. 1911년 러시아 발레단 창설.

점으로 스트라빈스키 작곡 「불새(Fire Bird)」, 「봄의 제전(Le Sacre du Printemps)」등의 작품으로 현대 감각에 발맞추어 영원히 잊을 수 없는 작품들을 탄생시켰다.

현대인들의 대부분이 스트라빈스키의 음악성을 쉽게 이해하지 못하고, 연주가 어렵기 때문에 훌륭한 작품으로 인정하면서도 그렇게 쉽게 공연되고 있지 못하는 실정이다. 그러나 보존할 가치가 있는 작품에 대해서는 올바르고 쉽게 이해할 수 있도록 자료를 분석할 필요가 있다고 생각되므로 본 연구에서는 드라마틱한 발레로서 유명한 「Petrouchka」 작품에 대한 집중 분석을 하고자 하는 데 그 목적이 있다.

「Petrouchka」는 무용조곡으로 제 1 장에서부터 제 4 장으로 나뉘어지고 있는 데 제 1 장은 성 페테르스부르그(St. Petersburg)의 축제의 광장으로 카니발의 市場을 그리고, 제 2 장은 페트루슈카의 房, 제 3 장은 무어인의 房, 제 4 장은 대축제의 광장이 다시 돌아온다.

이 작품은 하루 동안의 일상생활을 통한 주변의 얘기를 묘사한 것으로서 우리들의 이야기와 멀지 않은 점과 인간의 심리를 파헤친 점이 중요시 된다.

스트라빈스키의 작곡은 피아노 스켓치가 되는대로 발레단의 스튜디오로 가지고 가서 곧 훠킹이 안무하고 바슬라브 니진스키 (Vaslav Nijinsky)[19]가 추어 보면서 고칠 점은 다시 고치곤 했다. 문자 그대로 협동 작업이었다. 그러나 이런 작업이란 무용과의 긴밀도는 높겠지만 음악 작품 으로서는 그러한 제약이 구김살이 생기게 되나 무용을 위

---

19) Horst Koegler, The Cocise Oxford Dictionary of Ballet, London, 1982, pp.302~303.. −Vaslav Nijinsky (1890-19S0) : 대표작으로는 페트루슈카, 목신의 오후, 발레 룻쓰(Balle Russes)에서 Anna Pavelova와 함께 활약, 그후 그만 무용생활을 정리하고 정신질환자로 투병.

한 음악이라면 단호히 필요하다고 본다.

스위스에서 휴양하면서 오케스트라와 피아노를 위한 관현악곡을 구상중에 있던 그에게 디아길레프가 찾아와 발레 작품으로 둔갑하게 된 것으로 완전히 끝내기는 로마에서 였다. 그래서 페트루슈카의 제 1,2장에서는 피아노가 협주곡처럼 활약을 하는데 원래가 순음악 작품으로 구상했던 만큼 예술적으로 높은 질을 유지해서 최대의 걸작이 되었다.

19C 중엽 카니발 당일의 광장을 무대로 해서 스트라빈스키가 그에게는 아저씨뻘 되는 베노이스와 합작한 4 장의 「페트루슈카」는 인형의 몸이면서 인간의 마음을 지녔기 때문에 겪어야 하는 페트루슈카의 슬픈 운명을 발레 테마로 했다는 것보다 심리를 파고든 극적 구성으로서 무용으로 표현되는 본격적 비극이라고 해도 좋을만큼 높은 예술성을 지니고 있다.

또한 마임적인 요소가 많으므로 드라마틱 발레로서 동작에 있어서 의사 전달과 묵극적 양식의 표현이 관객에게 이해력을 돕는 데 높이 평가되고 있으므로 근대의 발레 가운데서 가장 중요한 작품이라 할 수 있다. 또한 우리의 민속적인 무용이나 놀이 등을 통해 마당놀이로 이용한 작품들이 속속 창조 되어지는 시점에서 광장 자체의 마당에서 ① 극중극을 한다는 점, ② 가설무대가 설치 되어 있어 관객의 시야에는 두개의 막이 있다는 점과, ③ 인형에게 인간의 혼을 불어 넣었다는 점이 특이할만 하다. 「페트루슈카」作品의 表現의 다양성, 동작의 現代性. 高度의 테크닉, 안무의 특수한 가변성 등이 특이하다. 따라서 「페트루슈카」의 작품을 통해 분석한 결과를 후세에 전할 수 있는 평가 높은 작품으로서 존재하게 하는 데 동기가 있다. 그 자세한 내용을 고찰하여 비극으로서의 작품의 가치성과 작품의 연출방법에 의해 예술적인 작품으로 더해가므로서 적극 참여하도록 돕고자 한다.

지금까지 인형을 주제로 한 발레 작품은 「코펠리아(Coppelia)」, 「호도까기 인형 (The Kutcraoker)」 등이 있는데 이 두 작품은 페트루슈카와는 달리 다만 인형으로서의 역할을 인간이 흉내낸 것일뿐 인간의 내면성을 표현한 것은 아니였다.

「페트루슈카」는 희·노·애·락의 심리적 내면성의 파악과 인간의 본연의 자세로 돌아가야 되는 순리적인 진실성이 철학과 교육의 공동작업 작품으로 높이 평가되고 있다. 그러므로 본론에서 구체적으로 「페트루슈카」作品을 분석하고자 한다.

II. 本論

1. 「Petrouchka」의 탄생

톱밥으로 만든 세 인형에게 생명을 넣어 주어 그 인형들이 인간과 같이 사랑을 느끼게 되고 삼각관계의 갈등으로 발전하여 순정적이고 허약한 페트루슈카는 마침내 무어인에게 애인을 빼았기고 죽음을 당하여 망혼은 유령이 되어 나타난다는 극의 줄거리는 진귀한 것은 아니다.

아울러 발레, 특히 황실발레의 정통적인 계통을 이끈 전통적 작품의 줄거리라는 점에서 보면 착상이 비약되어 있고 안무가의 임무에 해당하는 무용창작자의 창조적 구상력에 자유의 날개를 부여하는 파격적인 것 임을 쉽게 인정할 수 있을 것 이다. 그렇다고 하는 것도 이 발레의 착상은 발레 대본작가의 머리가 아니고, 거꾸로 작곡가와 무대미술 담당자가 했으며 우선 작곡자의 착상에 의해 그것이 미술가 의 참가에 의해 채택된 후 안무가의 손에 의해 만들어졌다.

이와같은 상황에서 최초의 착상은 작곡가 이고르 스트라빈스키 (Igor Stravinsky)이고 피아노와 관현악을 위한 작은 협주곡풍의 작품을 쓰려고 생각하고 있는 사이에 결심한 것을 자서전 가운데에서 다음과 같이 서술하고 있다.

"「봄의 제전」 창작에 착수하기 전에 피아노가 가장 중요한 역할을 할 수 있는 관현악곡으로 소협주곡과 같은 것을 써서 기분 전환을 하려고 생각했다. 그리하여 작곡하고 있는 사이에 하나의 인형이 돌연 생명을 얻어 참을성이 많은 오케스트라를 잔뜩 화나게 하는 모습이 생생하게 가슴에 떠올라 왔다. 그러자 오케스트라도 가만히 있지 않고 트럼펫 이 위협적인 자세로 응수한다. 가련한 인형은 푸념하면서 기가 죽어버린다.

이러한 나의 음악 성격에 따라 그 결과 이 인형이 사람으로 됨을 한 마디로 표현하는 원가 좋은 제목은 없는가하고 며칠이나 머리를 짜냈지만 좀처럼 생각나지 않았다. 어느날 나는 기쁨에 뛰었다. 드디어 제목이 발견되었다. 어떤 나라 어느곳에서든지 구경거리에 없어서는 안되는 불멸의 불행한 주역 「페르루슈카」."[20]

이 이야기를 들은 디아길레프는 스트라빈스키에게 피아노 주연의 협주곡 정도로 하기에는 아깝고 더욱 악상을 발전시켜 발레로 하자고 설득, 여러가지 줄거리의 세부에 대해서 조언하고 무대미술 담당

20) Komaki Ballet Company Performance Program 참조. 1969. 3.

의 베노이스(Benois)[21] 가 훌륭한 무대장치로 색채적으로 이것을 살리는 동시에 극적 효과라고 하는 관점으로 종종 조언을 주던 끝에 프로그램에서는 스트라빈스키와 베노이스의 공동제작의 대본이라는 형태로 완성되었던 것이다.

인형이면서 아름다운 처녀같이 노래하거나 춤을 추거나 하는 인형을 소재로 하는 것은 「코페리아」도 있고 「호프만의 뱃노래」의 올림피아도 있다. 그러나 이 둘은 주역의 주된 활약을 담고 있는데 반해 「페트루슈카」에서는 인간성의 영원의 비극을 인형극, 더구나 그것은 민중에게 가장 가까운 시장의 가설 흥행장의 공연물이라하는 친밀감이 깊은 형식으로서 제시해 디아길레프 발레 룻쓰(Diaghilev's Ballets Russes)의 레파토리로서 이 작품의 초연(1911년) 이전의 공연물과는 상당히 진행법을 달리한 새로운 경지를 개척하고 현대발레에 눈에 띠게 근접한 성격을 갖추었다는 점에 중요한 의의가 있다.

「페트루슈카」를 발레적으로 불후의 명작으로 만들었던 사람은 물론 안무가 훠킹[22]의 공로이고 주역 페트루슈카를 초연한 니진스키(Vaslav Nijinsky), 발레리나를 맡은 깔사비나(Tamara Karsavina)[23]두 무용수가 잘 어울려 20세기 초기 최대의 인물들이었던 점, 무어 인으로 춤춘

---

21) Ibid., Horst Koeglert, p.53. —Benois, Alexander Nicolaieich (1870-1960) : 발레룻쓰의 무대미술과 의상담당. 그의 집안온 예술가족. St. Petersburg에서 디아기레프와 Bakst와 함께 대학에서 법학을 공부. 「라·실피드 (La Sylphide)」, 「지벨(Giselle)」, 「메트부슈카」 외 많은 작품을 디자인했음.

22) Ibid., p.159. —Michel Fokine (1880-1942) : 러시아 댄서겸 안무가. 황실아카메미에서 수업. 마린스키극장의 멤버,「페트루슈카」 안무의 근대 발레 작품의 안무대가.

23) Ibid., p.227. —Tamara Karsavina (1885-1978) : 디아길레프 발레룻쓰시대 마린 스키(Maryinsky) 극장의 Ballerina, 유명한 무용가 Platon Karsavin의 딸. 출연작품에는 「Swan Lake」, 「Le Coreaire」, 「Raymonda」 等.

올로프(Alexandre Orlov)[24]이 흥행사에 체케티 (Enrico Cecchetti)[25]이
가 역을 맡았던 것 같이 각 배역에 그 사람들을 얻은 것도 이 작품의
초연의 성공에 기여하는 점이 많았다는 것은 틀림없다.

그러나 발레로서 전체의 안무를 좀더 주의해보면 시장을 무대로
하는 이상 많은 군중의 등장이 전제조건으로 된다. 그들 군중의 움
직임의 안무는 아주 자연스럽고 어느 나라의 어떤 제전이나 시장이
서는 날의 번화한 장소에서 보는 군중과 같은 전혀 색다르지 않은
움직임을 하게 하면서 이것을 통일성이 없이 혼란으로 빠져들지 않
고 줄거리의 전개에 필요한 분위기와 배경을 만드는 재료로서 활용
해 이 가운데 인형극 고유의 형식을 취해 적절한 곳에 웃음거리를
만든 가운데 깊은 페이소스(Pathos)를 지닌 비극을 발레적으로 전개
하면서 완벽한 훠킹(Michel Fokine)의 안무의 심미성 으로 본다면
초연보다 70여년이 지난 오늘날에 이르기까지도 새로운 생명을 보증
하는 것 일 것이다 라고 생각한다.

2. 「Petrouchka」의 內容的인 分析[26]

「페트루슈카」는 1 막 4 장의 풍자적인 발레로서 이고르 스트라빈
스키(Igor Stravinsky) 작곡, 미첼훠킹(Michel Fokine) 안무, 대본은
스트라빈스키와 알렉산드르 베노이스(Alexandre Benois)가 공동으

24) George Balanchine, 「Complete Stories of the Great Ballet」, Francis
Nfason, 1954 PP. 268-269. -Alexandre Orlov는 1911년 「페트루슈카」의 初演
당시 무어인으로 출연해 그의 명성을 얻었다. 발레룻쓰의 일원.

25) Ibid., Horst Koegler, p.88. -Enrico Cecchitti (1850-1928) : 이태리 무용수
겸 발레 마스터(Master)로 발레기법중에 하나인 체켓티 메소드(Method)를 확
립한 위대한 인물.

26) George Balanchine, 「Complete Stories of the Great Ballet」, Francis
Mason, 1954, pp.268-275.

로 썼고, 무대 장치와 의상은 베노이스가 맡았다. 초연은 디아길레프 발레룻쓰(Diaghilev's Ballets Russes)가 1911년 6월 13일 파리의 샤틀렛 극장(Théâtre du Chatelet)에서 했는데 이 때 페트루슈카에는 바스라프 니진스키, 발레리나에는 타마라 깔사비나(Tamara Karsavina), 무어인에는 알렉산드르 올로프(Alexandre Orlov)가 그리고 흥행사(Charlatan)에는 앙리꼬 체케 티(Enrico Cecchtti)가 각각 역 을 맡았다.

1) 제 1 장 축제의 광장(아침)

The Shrovetide Fair(사순재 직전 3일간의 기념장이 서는 날)

첫 장면은 옛 성 페테르스부르그에 있는 큰 광장의 장면이다.

때는 1830년 겨울 모든 대중들이 다함께 마지막 축제를 위해 모이는 사순재 하루 전날.

막이 열리기 전에 오케스트라는 음악이 커지면서 즐겁고 떠들석한 분위기의 축제를 묘사하고 그리고 누구든지 각자 자기의 좋은 시간을 가질 결심으로 점점 축제 분위기가 고조되는 분위기로 변한다. 농부들, 집시들, 군인들 그리고 잘 차려입은 사람들 모두 축제에 입는 옷을 입고 눈이 깔린 광장에 뒤섞여서 시장의 노점들은 무대앞쪽으로 깃발로 둘러싸 깃발들이 펄럭이게 장식하였고 큰 상점은 모두 무대 뒷쪽에 위치하여 있다. 또 하나의 무대같은 것에 파란색에 무늬가 있는 막이 드리워져 있다. 그 가설무대위에 러시아어로 "인생극장(Living Theatre)"이라고 쓰여있다. 그 뒤에 꼭대기에 기들이 꽂여 있는 관공건물들의 뾰족탑이 보인다. 군중들은 끊임없이 움직여 춥지않게 하려고 한다. 몇몇은 발을 동동 구르고 팔을 둥글게 감아 가슴에 올리고 서로 대화를 하고 있다. 어떤 이는 큰 노점에서 뜨거운 차를 사고 있고 그 차 주전자는 김이 무럭무럭 난다. 그러나 그 추운날씨는 오로지 그들에게 좋은 활력을 증가시켜 줄 뿐이다. 누구든지 행복하게 보이고 다함께 참가하는 전통적인 축제의 즐거움을 찾아 행복해 보인다. 군중들이 음악에 맞춰 둥글게 빙 빙돌며 스스럼없이 떠들석하게 흥겨워하고 하나의 음률속에 뒤섞이지 않고 가지각색의 떠들석함 속에서 각 리듬이 재빨리 바뀌어 가며 리듬을 강조하여 나타난다. 그것은 서로간의 떠들석함 서로 인사하는 소리, 웃음소리, 호객하는 사람들의 지속적인 외침, 세명의 농부들의 열광적인 힘찬 춤이다. 군중이 먼데서 나는 손풍금 소리를 듣지만 그 작은 소리는 그 광장에서 나는 떠들석함에 거의 들리지 않는다. 군중들 속에서 거리의 노래를 손풍금으로 연주하는 사람을 군중들이 그의 곁에 서서 주시한다.

무릎을 덮는 작은 담요를 팔에 걸치고 트라이앵글을 든 한 소녀가 그에게 다가온다 . 그녀는 눈위에 그 담요를 놓고 모든 사람들의 주위를 집중시키기 위하여 연속적으로 트라이앵글을 두들긴다. 그리고 유쾌한 기분으로 춤을 추기 시작한다. 그녀의 춤은 멈추지 않고 한 점에서 신속하게 돌아서 관중에게 보여주도록 깨끗하게 안무되어져 있다. 그리고 사람들은 그녀의 묘기에 감동을 갖기 시작한다. 또한 풍금 연주자는 한손으로는 풍금을 연주하고 다른 손으로는 코오넷(Cornet)을 불고 있다. 그가 끝마쳤을 때 무대의 다른 한 쪽에 서 연예인의 경쟁팀이 관중들을 끌기 시작하자 그는 좀 슬픈 거리의 노래를 다시 시작한다. 다른 무용수가 Hurdy-gurdy[27]의 연주에 맞추어 돌기 시작한다. 그리고 새로운 그룹은 소녀와 그녀의 반주자에

27) Hurdy-gurdy (허디거디) : 옛날의 현악기의 일종, 송진을 철한 바퀴를 돌리어 현(弦)에 마찰시켜 소리를 냄. 손잡이를 돌려서 타는 악기(Barrel Organ 따위).

의해서 새로운 형태를 꾸민다. 그 풍금 연주자와 그의 파트너는 새로운 팀을 힐끗 보고는 그들 연기의 템포의 속도를 올린다. 두 무용수들과 두 악사들은 공개적으로 경쟁한다. 그 소녀들(무용수)은 다른 사람의 움직임을 흉내낸다. 그리고 관중들은 마치 테니스 시합을 보는 것 처럼 한쪽 무용수를 보고 다음 다른쪽 무용수를 주시한다. 마침내 그 두 무용수들은 그들의 힘을 모두 소비하고는 그 시합은 끝난다. 그들의 춤은 둘다 똑같은 자세로 끝난다. 구경꾼들은 칭찬하며 박수갈채를 보낸다. 양쪽 커플은 답례한다. 그리고 모든 사람들은 즐거워 한다. 그 광장은 하나의 다른 인사로 떼지어 빙빙도는 사람들로 꽉 메어진다. 그리고 오케스트라는 귀에 거슬리는 서곡으로 전환되어 다시 시작한다. 우악스럽게 생긴 상인들이 들어 와 군중이 즐거웁게 활기찬 러시안 민속춤을 춘다. 그 장면은 활기있게 열광한다. 그리고 사람들은 들뜬 좋은 기분이다. 음악은 이 열광에 중복되어 최고의 음량에 이른다. 두 북치는 사람은 파란 커텐이 드리워진 무대 뒤에서 나와 앞쪽으로 걸어 나온다. 군중들은 뒷쪽으로 물러선다. 북이 위풍당당하게 울리자 모든 사람들이 무대쪽을 바라본다. 오케스트라의 웅장한 화음이 갑자기 끊기어 정지한다. 높은 모자를 쓴 한 남자가 커텐사이로 그의 머리를 내민다. 그 사람이 흥행사(Charlatan)이다. 그는 "인생극장(Living Theatre)"의 감독인 흥행사이다. 모든 군중들이 그를 보자 조용해진다. 그는 마법으로 흥행을 하는 흥행사로 그가 커텐 뒤에서 걸어 나올 때 그가 무슨 일을할 것인지를 정말로 확신한다. 이상스러운 표시로 장식된 길고 검은 옷을 입고 있고 그의 얼굴은 희고 그의 위협적인 몸짓은 이상하게도 군중들을 끌어당긴다. 그는 플룻을 떼어든다. 오케스트라가 불길한 일이 일어날 기미를 암시하는 괴상한 몇 소절을 연주한다. 그리고 나서 흥행사가 동양적인 주문을 외우는 것이 아니라 그의 악기인 플롯을 연주하여 뜻밖에 군중들을 놀라게 한다. 그러나 그 멜로디는 듣기좋은 멜로디로서 애원하듯이 반복하여 연주한다. 이 연주는 그의 마법의 노래이다. 그 음악은 닫혀진 커텐속의 흥행물에 영적인 세개의 생명을 가져올 것이다. 군중들은 넋이 빠져 기다리고 있다. 흥행사가 갑자기 신호를 하니까 커텐이 열리고 관객은 세개의 작은 칸막이로 분리된 무대를 본다. 각각의 칸막이에는 움직이지 않는 인형이 무표정하게 관중을 뚫어지게 바라보고 있다. 중앙에는 빨간볼에 드레스텐 도자기 (Dresolen-China)[28]같은 용모의 Prima Ballerina가 있다. 발레리나는 긴장이 되어 **빳빳한** 자세이고 왼쪽에는 무어인이 있는데 눈과 입이 희고 얼굴은 새까맣다. 그는 터어번을 쓰고 있고 빛나는 웃옷을 입고 허리에는 장식띠를 둘렀고 금색의 화려한 무늬의 바지를 입었다. 오른쪽에는 완전히 축 늘어진 페트루슈카가 있다. 그의 얼굴은 하얗게 뒤덮여 있고 그의 몸은 흐늘흐늘하며 헝겊으로 만든 인형같다. 그의 의상은 상투적인 디자인으로 되어 있지 않다. 검은 장화를 덮히도록 아래로 쳐진 헐렁한 바지, 웃옷은 목쪽에 주름을 잡았다. 모자는 아무렇게나 모두 그의 모습을 우스꽝스럽게 만든다. 발레리나와 무어인이 그들 스스로 똑바로 몸을 잡는 동안 페트루슈카의 머리는 옆으로 축 늘어져 있다. 세 인형중에 그는 제일 움직이고 싶어하며 움직인다. 페트루슈카는 힘이 없고 하찮아 보이기 때문에 좀더 꾸임이 없어 보인다. 발레리나와 무어인은 긴장하여 자세를 취하였기 때문에 움직임에서 곧 튀어 오를 것같은 자세다. 그러나 페트루슈카의 자세는 어쩌면 인형이 되어 피곤하고 지친 것을

28) Dresden China : 獨逸 동부의 都市인 Dresden에서 生座되 는 白色의 도자기.

연상케한다. 세 인형은 흥행사가 그의 마법의 神에게 呪文을 다 끝마칠 때까지 움직이지 않고 있다. 그에 따른 음악은 조용하고 신비롭고 이상스럽다. 흥행사가 ㄱ이 피리로 새빈 짧게 소리를 끝내자 페트루슈카, 발레리나, 그리고 무어인은 벌떡 일어나서 러시안 춤의 생기 있고 재빠르게 그들의 발을 움직인다. 인형들은 정지해서 조용해졌다. 그들의 발은 재빠르게 움직였다. 그들의 몸이 잠시 멈추어 보이도록 바닥에서 떨어지기도 한다. 그들은 그렇게 자연스럽게 生命을 얻는다. 그들의 발은 각각 활기 있게 각각 두드러진 춤을 추게된다. 그들은 제 힘으로는 움직이지 못하리라는 것을 믿기가 어렵다. 그러나 그것은 한 순간이었다. 음악은 점점 속도를 요구하였고 인형들은 숙달된 작은 북의 두들기는대로 움직이는 인형들이지만 그 음악에 맞추어 완전하게 춤을 춘다. 곧 그들은 그들의 팔걸이 의자를 버리고 아래로 내려온다. 군중들은 그들에게 자리를 비켜주고 구경꾼들은 즐거워 하며, 인형들의 움직임은 거의 기계적으로 움직이는 무언극을 벗어나 춤을 춘다. 무어인과 페트루슈카는 발레리나 인형에게 홀딱 반하고 있다. 무어인은 발레리나와 함께 서로 희롱하고 발레리나는 더 호감을 갖는 것으로 보인다. 이에

따라 페트루슈카는 질투심에 격분하여 그의 적인 무어인을 공격하게된다. 흥행사는 그 연극을 멈추게 신호를 보내고 세인형들은 그들의 틀에 박힌 춤으로 저도 모르게 되돌아 온다. 한편으로는 눈바닥 위에 세인형이 엉덩방아를 찧기도 한다. 무대가 점점 어두워지고 군중들은 흩어지기 시작한다. 흥행사가 또 다른 신호를 보내자 인형들은 모두 움직임을 즉각적으로 중지하고 경직되어 움직이지 않고 조용해지고 막이 내린다.

2) 제 2 장 페트루슈카의 방

다음에 觀客들은 인형들의 사생활인 무대 뒤를 보게된다. 페트루슈카의 방은 신통찮고 볼품없는 작은 방이다. 높은 산 얼음의 꼭대기가 벽을 따라 모두 색칠되었고 바닥과 천정 전면은 희뿌연하게 부풀어진 것같다.

그 방은 이 세상에서 한 인물의 성격묘사를 위해 장치가 함축되어 치장되어 있다. 오른쪽 벽에는 흥행사의 커다란 초상화가 달려 있다. 왼쪽에 있는 문에는 운반하는 쇠스랑 그림이 무시무시하게 장식되어 있다. 그 문은 꽉 닫혀 있다. 페트루슈카는 자신이 몸을 일으키려고 미약하나마 노력을 한다. 그것은 경이로운 일로 보여지고, 모든 일에 대해서 암시하는 그의 투박스러운 몸짓은 절망적이기만 하다. 그는 그의 주인 밖에는 볼 수 없는 방에 감금되어 있다.

피아노는 오케스트라가 조용하게 쉬고 있는 동안 페트루슈카의 절망을 구체적으로 표현하는 절망의 주제곡을 연주하여 분위기를 더욱 조성하게 된다.

그는 누군가가 그를 구해줄 것처럼 뛰어오르기도 하고 벽을 세게 두들기기도 하고 문을 열려고 하다가 힘없이 방을 배회하고 있다. 그러나 오로지 혼자뿐 그는 자기를 몰라주는 세상에 대해서 화를 낸다.

트럼펫이 화려하게 울리고 페트루슈카는 흥행사의 초상화쪽으로 돌아서서 사회의 일반적 행동인 그의 생활을 구속하는 흉악한 마법에 도전적으로 그의 두 주먹을 불끈 쥐고 부르르 떨며 흔든다. 좋은 운명의 가치가 있는 것을 시험하는 것처럼 페트루슈카는 인간의 느낌을 표현하는 것을 흉내내는 춤을 춘다. 피아노는 페트루슈카에 맞추어 반주하여 그의 성격을 강조하게 한다. 그의 팔은 뻣뻣하지만 그의 심장을 감싸잡았다가 기대하는 몸짓으로 양팔을 벌린다. 이것으로써 관객들은 페트루슈카의 무언화된 사랑의 표현으로서 좀더 인형을 이해할 수 있을 것이다.

그는 인간이 되기를 바라는 꼭두각시다. 그러나 그렇게 될 수가 없다. 왜냐하면 그를 만든 흥행사 때문에 그렇게 할 수가 없는 것이다. 그의 이중성질중 일면은 흥행사를 증오하면서 말못하는 자신을 증오하고 또 다른 일면은 인간의 感淸을 위해 인간의 몸짓을 애절하게 흉내낸다. 그는 우리들로 하여금 연민의 정을 일으키게 하는데 그의 이 세상에 대해 격분과 또한 그의 자신에 대해 격분하는 것을 보기 때문이다. 그의 부자유스러운 투박한 팔과 다리는 그의 자유를 나타내려고 헛되게 가득차 있다. 그러나 그가 돌아서서 그의 감금된 방에 발레리나가 들어온 것을 보았을 때 페트루슈카의 모든 몸가짐은 바뀐다. 그때 음악은 쾌활해지고 명랑해지며 페트루슈카는 기쁘게 뛴다. 발레리나는 한 곳에 움직이지 않고 서서 세련되지 않은 표정으로 놀란 몸짓을 한다. 그녀는 우아하게 그를 싫어하는 적절한 형식적인 제스츄어를 한다. 페트루슈카는 게다가 자기 자신을 걱정한다. 그리고 발레리나는 높이 뛰는 동작으로 싫어하는 표현을 증가시켜 움직이기 시작한다. 확실히 발레리나는 대단히 제어할 수 없는 인형이다. 그녀는 돌아섰고 그리고 떠나 버렸다.

페트루슈카는 한번 더 절망을 한다. 그리고 다시 이 세상에 대해서 겨루는 표현인 압도적인 오케스트라와 피아노 반주에 맞추어 그는 그의 슬픔을 나타내 보인다. 흥행사는 언제나 그를 단순한 인형으로만 생각할 것이다. 발레리나는 무슨일이 있든지 결코 그에게 호감을 갖지 않을 것이다. 그러나 천치같은 익살은 부릴 것이다. 페트루슈카는 그의 지친 몸을 방에 내던진다. 벽에다 꽝 부딪치고, 마침내 오른쪽 벽에 커다란 구멍을 내는데 성공한다. 그리고 그가 수포로 돌아 갔다고 생각할 때 벽이 무너진다.

3) 제 3 장 무어인의 방

무어인 또한 흥행사에 의해 구속되어 있다. 그러나 그의 거처하는 방은 화려하게 치장되어 있고 호화롭게 가구를 비치하였다. 모든 것이 색채로 튀겨 홀뿌린 듯한 무늬로 만들었다. 긴 침대의자는 호랑이 가죽으로 덮여있고 푹신한 등받이가 있는데 무대 왼쪽에 자리잡고 있다. 키 크고 무성한 야자수가 벽에 그려져 있고, 화려한 색채로 사나운 짐승들과 뱀같은 것을 그려 숲이 우거진 정글같이 방의 분위기를 나타낸다. 오른쪽에 있는 문에는 살아 움직일 듯한 뱀으로 장식되어 있다. 긴 침대의자 위에 무어인이 누워있다. 그는 한가하게 코코낫 열매를 갖고 놀고 있다. 음악은 느리고 거의 활기가 없다. 무어인은 코코낫 열매를 던져 올렸다 받았다하며 한가롭고 즐겁게 놀고 있다. 페트루슈카와 달리 무어인은 그의 거처하는 방을 만족해하고 정글 같이 만들어 놓은 방에서 체념하고 만족하게, 짐승이 우리에 있는 것같이 그 시간이 행복해 보인다. 그는 또한 잔인한 광대같지 않아 보인다. 그는 인형이다. 그는 곧 단조로운 놀이에 싫증을 낸다. 그리고 그 놀이를 복잡하게 바꾸려고 한다. 그의 두발로 코코낫 열매를 움켜 잡았다가 그것을 떨어뜨리고 잡아올리고 그짓을 여러번 반복한다. 그러나 이 놀이는 무어인의 오락을 위해 만족하지 못한다. 그는 코코낫 열매에 슬며시 화를 낸다. 그는 열매를 흔든다. 동물같이 어찌할 수 없는 희생물의 머리를 흔드는 것처럼, 그는 그 열매 속에서 나는 어떤 소리를 듣는다. 그는 그 코코낫 열매를 깨뜨릴 수가 없다. 그는 마루위에 코코낫 열매를 놓고 언월도를 떼어든다. 음악은

두번 코코낫 열매를 깨뜨리는 노력을 나타내는 꽝 하는 소리를 낸
다. 그러나 그 코코낫 열매는 바위처럼 단단하다. 무어인은 놀란다.
그는 그의 강한 타격에 잘 견딜 수 있는 신기한 그 물체를 눈을 둥그
랗게 뜨고 노려본다. 그리고는 그것은 마법이 걸려있다고 결정한다.
그는 무릎을 꿇고 절을 하고는 신을 숭배하는 것처럼 그의 장난감을
숭배한다.

　문이 한쪽으로 열리자 드럼의 신호가 울리며 발레리나가 입장한
다. 그녀는 그녀의 입술에 뿔나팔을 대고 춤을 춘다. 그리고 그 방
으로 쾌활하게 걸어들어오며 북의 장단에 맞추어 그녀는 춤을 춘다.
무어인은 신으로 숭배하던 코코낫 열매를 까맣게 잊어버리고 대단히
흥미롭게 그녀를 주시한다. 그 유쾌한 기분을 짤막한 음악으로 표현
한다. 발레리나는 이러한 간단한 반응에 의해 황홀해 한다. 무어인
은 페트루슈카의 공개적인 호감과는 다르다. 그리고 무어인으로 하
여금 월츠춤을 억지로 추게 한다. 그는 이 춤에 의해서 단순한 호감
이상으로 크게 즐거워하고 또한 계속 춤을 추기를 강요한다. 그의 동
작은 발레리나의 우아한 춤의 결에서 원시적이고 소박하다. 그렇지
마는 그는 발레리나의 월츠의 리듬에 맞춰 꾸밈이 없이 춤을 춘다.
그는 가엾게도 부족해 보이고, 다른 멜로디들로 대조시킨 이중주의
혼돈된 것을 흉내내는 오케스트라와 같은 그의 자신의 개인적인 리
듬으로 고집한다. 무어인은 지금 우아한 발레리나에 홀려있고 긴의
자쪽으로 그녀를 끌어당겨 그의 사랑을 나타낸다. 발레리나는 이러
한 무어인의 행동에 대해 대경실색하는 체 한다. 그러나 그녀는 무어
인이 모르게 마음을 사로잡는다. 또한 무어인이 그의 허벅다리 위에
그녀를 올려 놓았을 때 거의 저항하지 않는다. 그들은 밖으로부터 시
끄러운 소리를 듣고 호색적 인 장난을 중단한다. 페트루슈카를 상징

하는 멜로디가 트럼펫 소리로 알리고 그 광대는 방안으로 들어오려는 노력의 결과 문안으로 그의 팔을 밀어 넣는다. 그는 발레리나가 곤란한 상태에 빠졌다고 생각하고 그녀를 도우려고 들어오는 순간, 페트루슈카가 튀어 들어오는 힘처럼 두 남녀는 죄진 것처럼 펄쩍 편다. —그들은 서로 떨어지면서 펄쩍 뛴다. 질투심 많은 페트루슈카는 무어인의 행동에 대해 호되게 꾸짖고, 그의 직분을 나타내는 음악이 울리면서 무어인에게 위협적으로 다가간다. 무어인은 페트루슈카의 갑작스런 출현으로 놀란 것으로부터 정신을 차리고 동물적인 으르렁거리는 모습으로 응전한다. 그 다음 그는 그의 언월도를 빼들고 방을 빙돌면서 그 광대를 뒤쫓기 시작한다. 발레리나는 침대의자 위에 기절해 있고 무어인 은 페트루슈카가 문쪽으로 재빨리 나가 도망쳐서 보이지 않을 때까지 뒤를 쫓는다. 무어인은 발레리나를 상기 했을 때 그 침입자를 쫓는 것을 그만둔다. 그는 그의 칼을 놓고 침대의자로 되돌아가서 그의 허벅다리위에 발레리나를 끌어당겨 놓는다. 그 야만인의 뜻대로 그의 머리를 휙 올렸다 내릴 때 막이 내린다. 세인형의 사생활은 일반적인 인간의 행동이기 이전에 거의 무언극과 같이 표현된다. 이리하여 페트루슈카는 언제나 실패하고 만다.

4) 제 4 장 대축제의 광장(저녁)

우리들이 무대 뒤의 연극을 보고 있는 동안 바깥 세상은 성회일 직전의 3일간의 장이 열리고 있으며, 음악은 우리들에게 축제 기분을 갖도록 한다. 무대를 위해 매우 짧은 순간 박수를 치는 것은 아직도 무대가 어둡지 않기 때문이고 흥겹게 축하하는 관중들은 결코 귀가하려는 기세가 보이지 않는다. 무대 뒤쪽에 있는 인형극장은 어둡고 조용하다. 지속적인 원기를 돋구는 그들에 의해 자극되어 농부들은 웃고 채찍질하며 그들은 흥취의 마지막 절정에 이른다. 유모의 무리들이 군중들 속에서 빠져 나와 한 줄로 선 다음 명랑하고 쾌활한 러시아의 민속음악에 맞추어 민속석인 춤을 추기 시작한다. 군중들은 그 춤의 리듬에 동요된다. 유모들의 원무는 길들여진 곰의 등장을 알리는 오케스트라의 힘들게 끄는 음조에 중단된다. 몇가지 간단한 재주로 곰을 지휘하고 구경군의 두려움에 대해 웃는 조련사에 의해 움직이는 곰의 활보는 그 장면에서 서투르고 어색하다. 활기차고, 모든 다른 춤들을 압도하는 장면인 마부의 춤이 그 뒤를 따른다. 유모들의 춤의 테마 음악이 다시 들려오고 유모들은 마부들과 함께 춤을 춘다. 그들은 그들의 즐거움을 만끽하면서 지쳐 보인다. 그러나 각자의 스텝으로 활기있는 힘을 얻는다. 멋지게 차려입은 가장 무도회 참가자들이—마귀, 각양각색의 동물들로—그 광장을 지나가며 사람들을 몹시 놀라게 한다. 그러나 거의 모든 사람들은 처음에 보고 있던 춤에 정신을 빼앗기고 있고, 서서 보고있는 동안 따라 흉내내고 완전히 그 분위기에 휩싸여 무대는 차츰 빙빙 도는 많은 색채들로 변한다. 음악의 열광적인 박자가 점점 고조됨에 따라 무용수들은 열광한다, 그리고 어두워지기 시작하고 눈이 오기 시작한다. 그들의 움직임은 축제 열기의 마지막 표현으로 옛러시아 파동의 그림 구도를 만든다.

술주정꾼의 열광적인 춤은 닫혀진 인형극장 커텐 뒤에서 움직임의 신호에 의해 그들의 주의를 끌지 못한다. 그들은 모두 돌아서서 극장안에서 나는 이상한 소리를 들으며 무슨 일이 일어나는가를 기다린다. 페트루슈카는 그를 상징하는 음악 소리에 맞추어 밖으로 튀어 나온다. 그리고 우리들은 페트루슈카를 뒤쫓아 나오는 무어인으로부터 도망치는 페트루슈카를 볼 수 있다. 관중들은 인형들의 겉으로 나타난 자연적인 생활에서의 무언의 일이라 생각하며 무어인의 언월도의 강타를 피하려는 페트루슈카를 넋을 잃고 쳐다본다. 무어인의 야성적인 힘은 페트루슈카를 압도한다. 그 광대는 궁지에 몰린다. 그는 그의 팔로 그의 머리를 가리고 공포에 벌벌 떤다. 무어인은 그의 칼로 한번 내려쳐서 그를 쓰러뜨린다. 페트루슈카는 아파서 몸이 겹처질 만큼 구부린다. 그의 혹심한 고통을 반영하는 음악이 흐르고 살려고 대단히 노력하지만 그러나 그의 두 다리는 쭉뻗고 그의 몸 전체가 경련적으로 부르르 떤다. 그리고는 그는 죽는다.

그가 단순한 인형이라고 믿지 않는 그를 둘러싸고 있는 사람들은 그의 죽음을 사실로 생각한다. 범죄를 범한 것으로 생각한다. 페트루슈카의 죽음을 지켜본 누군가가 경찰을 불러 오고, 흥행사가 그 괴상한 일에 대해 설명하려고 나온다. 흥행사는 매우 재미있는 기세로 그들은 오해였다고 모든 사람들에게 페트루슈카를 들어 올려 보여준다. 페트루슈카는 무슨 일이든지 결코 할 수 없는 만들어 놓은 흐늘흐늘한 넝마에 톱밥을 넣은 인형이다. 그러나 그는 죽었다. 경찰은 납득을 하고 사람들은 그들의 머리를 갸우뚱하며 서서히 그 자리를 떠나기 시작한다. 흥행사 혼자 남아 그 인형을 잡고, 그리고 무대는 거의 완전히 어두워진다. 그는 그 가설극장 안으로 다시 들어간다. ―아마도 잘못된 그 광대 인형을 그의 방에 집어 넣으려고 ―그 때 페트루슈카의 취주(페트루슈카를 상징하는 음악)가 그의 발걸음을 멈추게 째지게 울린다. 그는 올려다 본다. 그 가설 무대 꼭대기에서 페트루슈카의 망령이 흥행사에게 그의 주먹을 흔든다. 그리고 그의 진실을 믿지 않을 그밖의 모든 사람들에게.

3. 작품 「Petrouchka」속에 그려진 페트루슈카 인물고찰

페트루슈카는 일상적으로 믿을 수 없는 톱밥으로 만든 인간의 마음을 지닌 인형이라고 말 할 수 있다.

반은 비극, 반은 희극적인 페트루슈카와 같은 인물은 백여년 동안 유럽의 대중적인 연극에서 흔히 볼 수 있는 공통적인 수법을 가지고 있다. 예를들면 삐에로, 파크(장난꾸러기 요정)와 같은 인물, 즉 엄숙하거나 딱딱하지 않은 광대, 언제나 불운하지만 재미있는 사람, 그러나 누구보다도 마지막에 매우 현명한 방법으로 일을 처 리 하는 사람—찰리 채플린 (Charlie Chaplin)의 방랑자와 같은 재미있는 사람이다.

「페트루슈카」는 러시아의 「펀치와 쥬디의 사랑 이야기(Russian Punch and Judy Show)」에서 그들의 젊음을 발레로 보여준 창조자들과 길은 대중적인 성격을 발레로 표현한 것이다. 처음에 그 인형은 단순히 기계적으로 움직이는 행복한 인형이었다. 그후 그는 아름다운 무용수에게 반하게 되어 그녀를 차지하려고 한다. 그렇지만 모든 것이 그를 반대한다. 그는 그녀를 잃고 죽는다. 모든 사람들이 웃는다. 그는 자신의 마지막 웃음에서 그가 원하는 모든 것을 얻는다.

4. 「Petrouchka」에 나타난 환상(fantasy)과 현실(reality)

훠킹의 「페트루슈카」는 환상과 현실이 결합된 발레의 좋은 예이다. 추운 네바(Neva)에서 해마다 열리는 「버터시장」(Butter Fair)에서 일찌기 19C 민중의 유형인 러시아 유모들, 마부, 사관생도, 귀족, 거지들 그리고 시민들은 공상적인 인형극을 즐겼다. 페트루슈카는 여러 무대에서 수만번 공연을 가진 영국의 「펀치」(Punch), 불란서의 「뼈에로」(Pierrot), 이태리의 「페 드릴로스」(Pedrillos), 「할레퀸」(Harlequins), 콜롬빈(Columbines) 등 그밖의 인형극과 같은 종류의 것이다. 「페트루슈카」는 모욕을 당하는 사람으로 인간의 영혼을 지녔다. 무표정하게 색칠된 것 같지 않은 발레리나와 비정서적인 무어인, 페트루슈카, 이들은 그의 주인에 의해 조종되지만 인간처럼 그들 자신을 표현하고자 노력한다. 페트루슈카는 그가 죽을 때 군중들이 정말로 눈물을 흘리도록 만들고 누군가 경찰과 흥행사에게 달려가도록 그의 죽은 운명을 정말로 믿도록 만들면 성공한 것이다. 만약 이 주인공이 마임을 잘 해낸다면 흥행사가 "그는 오로지 인형일 뿐이다"라고 말한 후에도 관객은 믿지 못할 것이다. 그렇기 때문에 페트루슈카의 실제 인물의 모양, 크기 의상 등이 인형과 똑같아야 하기 때문에 실제 인물의 얼굴의 원형을 마스크로 만들어서 똑같이 분장(make-up)을 하도록 한다. 그렇기 때문에 관객은 그가 인형임을 믿지 못하게 되는 것이다.

좋은 마임은 생활의 한 모습인 세 인형들의 기계적인 움직임과 거의 막대기같은 움직임으로도 해낼 수 있다.

그 밖의 페트루슈카는 막이 내릴 때 가설무대의 발코니에서 운명에 대해 울부짖는데 많은 여러 인간들도 이와 같다고 말할 수 있다. 「페트루슈카」는 공상적인 이야기지만 실제 인간 행동에 뿌리를 갖고 그의 관객에게 여운을 남기고 죽는 마지막 울부짖음은 마임에서는 작은 동작이지만 발레의 크나큰 클라이막스를 이루고 있다.

5. 그리이스 비극과 「Petrouchka」

「페트루슈카」가 무대예술로서 아주 역사적인 것이라고 일컬어 지는 것은 그 창조과정이 모든 분야에서 완전한 형태로 창조되고 종래의 발레에서 그 예를 볼 수 없는 발레의 작품세계를 갖고 있기 때문이다. 그러나 「페트루슈카」의 내용을 자세히 검토해 보면 그리이스 古代劇인 아테네 悲劇의 傳統에 의한 것으로 생각된다. 유럽演劇은 中

世를 母態로 해서 탄생한 近世劇과 그리이스·로마 古代劇의 전통에 의한 劇의 두 개의 흐름이 전체적인 원천이라고 할 수 있다.

「페트루슈카」의 대본, 구성 등의 발상도 역시 소포클레스가 아테네 비극의 양식을 답습했던 것이다.

그리이스 비극의 발상은 배우의 창조자 데스피스라는 사람이 한 사람의 연기자에 의해서 연기하기 시작한 것으로 그것을 받은 아이스큐로스가 배우를 2人으로 함에 따라 활발한 대화를 추진시켜 單純한 것에서 復雜한 연극의 形態가 생겨나고 뿐만 아니라 悲劇으로서의 내용의 價値를 한 층 높였다. 소포클레스는 더욱이 아이스큐로스의 創作을 답습해 배우는 3人을 위해서 그리스 비극을 完成했다.

이들 傳統이 후에 中世에서 發達한 近世劇의 모태로 되어 있는 것이다.

「페트루슈카」가 가설무대에서 나오는 3개의 인형인 페트루슈카, 발레리나, 무어인은 인간의 혼을 인형에게 옮겨 일어나는 사랑의 갈등이고 그리이스 비극을 現代에 소생시켰다는 것은 틀림없는 일이다.

발레에 등장하는 人物이나 動物등의 취급도 구성에서도 명확히 그리이스·로마극의 전통을 방불시키는 것이 있다. 페트루슈카는 추한 그리고 약한자의 애정을 나타낸다.

학대받는 자의 無念과 폭력 권력에 굽히지 않고 무용수(발레리나)에 대한 熱情的인 사랑을 쫓는 비통한 자세를 상징하고 있다.

그리고 발레리나는 그리이스적 소박 無垢인 여자의 애교를 표현하고 힘 있는 사람에게 실연당한 여자의 순간적인 動作과 精神을 나타내고 있다. 또 무어인은 폭력, 권력, 금력의 모두를 갖춘 독재자이고 이 세 각각의 인물의 원형은 지금부터 먼 기원전 560년경부터 그리이스 비극의 전형적인 題材도 있고 현대에까지 미치는 연극적 주축을 이루고 있는 것이 있다.

베노이스는 화가인 동시에 연극에도 상당히 조예가 깊다. 원래 그는 마린스키 극장(현 키로프 극장)을 中心으로 한 러시아 예술의 爆熟期에 있어서 혁신을 부르짖고 활약한 人物이고, 디아기레프의 영향을 많이 받아서 그 후에 예술혁신을 일으키고, 거인이 되지만, 디아기레프의 예술활동이 발레룻쓰에서 확장된 것은 실은 이 베노이스가 영향을 준것에 큰 힘을 입었다. 스트라빈스키 작곡의 「페트루슈카」는 무용의 입장에서 한 마디로 말하면 고전 발레에 대해서 우아함을 부정하고 무용의 움직임의 준비동작을 없앤 것으로서 이른바 근대 발레의 기법의 혁신을 낳고, 「페트투슈카」 발레작품에는 우아한 동작이 배제된 드라마틱한 동작의 요소가 포함되어 있어 우아한 동작은 보이지 않는다. 돌발적인 동작이나 감정의 변화를 페트루슈카라는 인형의 형체화 속에서 인간의 극적심리의 흐름을 표현했다. 이 작품에 의해서 처음으로 근대 발레의 무용 음악, 미술 등의 종합적 창조가 완성되어 소리 높여 승리를 고할 수 있게 된 것이다.

6. 「Petrouchka」의 감상

「페트르슈카」가 디아길레프 발레 룻쓰(Diaghilev's Ballet Russes)가 낳은 근대 발레의 기념비적인 걸작이라는 것은 말할 것도 없다.

러시아 길거리의 인형극에서 소재를 얻었기 때문에 러시아적 리듬과 러시아적 색채가 넘치는 4 장의 발레는 러시아 발레 가운데에서도 가장 러시아적인 작품이지만 톱밥 인형의 몸이면서 어설픈 인간의 마음을 지닌 페트루슈카의 슬픈 운명을 그린 이 발레는 심리의 흐름을 발레로 전개한 최초의 것이었다고 본다. 더구나 그 훌륭한 극적 구성은 단순히 劇的 테마를 갖는 발레라고 하는 이상으로 「발레에 의해서 표현된 비극」이라고 말할 정도로 긴밀한 극적효과로 이 작품을 높여 주고 있다.

제 1장의 사육제로 떠들썩한 광장에서 우리들은 우선 가설 흥행장에서 춤추는 페트루슈카와 무용수와 검둥이 무어인, 3인의 인형을 구경꾼과 함께 쳐다본다. 그리고, 제 2장의 페트루슈카의 방과 제 3장의 무어인의 방에서는 가설극장 안의 인 형들이 방으로 들어가는 특권을 부여받고 광장의 사람들 누구도 알지 못하는 사이 에 연기 되고 있는 인형들의 비정한 사랑의 얘기를 본다. 그리고 최후의 제 4장에서는 놀라 떠드는 군중인 인간들 앞에 끌고 나와 이 비극의 결말을 다시 군중과 함께 쳐다보는 것이지만, 이른바 길고 높은(long and up) 2개의 관점을 가지고 인간의 세계와 인형의 세계를, 그리고 축제의 흥청거림에 비등하는 환락과 그 뒤에 흐르는 절망적인 페이소스(pathos)를 對比的으로 반복해 이끌어가는 구성은 '완전한 발레 드라마'라고 말할 수 있을 것이다.

이 발레는 또 최초의 제 1장에서 이미 명확해진 것처럼 발레의 상투적인 안무법이나 약속에서 벗어나 있다. 여기에서 추구되고 있는 표현형식은 어디까지나 주제에 충실하게 적응하려고 하는 것이지만 그것은 이 발레의 안무자인 훠킹(Fokine)이 새로운 발레의 창작이념으로서 가지고 있는 다음 5가지 원칙의 구체화에 지나지 않았다. 그리고 구체화의 가장 빛나는 성과를 들고 있는 것이 이 「페트루슈카」이 기 때문에 근대발레로서의 「페트루슈카」의 성격을 아는데는 이 5가지의 원칙을 보는 것이 가장 빠른 길이다.

발레창작의 5가지 원칙

(1) 두말할 것도 없이 평범한 댄스 스텝의 어중이 떠중이—오합지졸

一를 모아 만든 것이 아니고 주제에 적응한 새로운 형식을 산출한 것, 취급된 시대와 국민의 성격을 표현하는 데 가장 적합한 형식을 산출한 것. 이것이 우리의 새로운 발레의 제 1원칙이다.

(2) 무용도 묵극적인 몸짓도 드라마적인 연기(action) 표현에 역할을 하지 않는한 발레에 있어서는 어떤 의미도 없다. 그들은 전체의 발레의 구조와 관계가 없는 단순한 오락적인 것은 아니다.

(3) 오래된 인습적인 몸짓을 피하고 손짓에 의한 의사 표현을 전신의 마임에 의해 바꿔놓는다.

(4) 옛날 발레에서는 장식에서만 집단에 편성되어 집단이나 군집의 표현성에 관심을 갖는 일이 없었다. 우리 발레는 얼굴의 표현에서 집단의 육체와 집단무용의 표현성으로 나아간다.

(5) 새로운 발레는 음악의 배경이나 노예인 것을 거부하는 동시에 화가나 음악가에게 완전한 자유를 주어 균등의 조건에서 자매예술과 제휴한다. 그 합치는 어디까지나 자신의 일이고 어느 범위까지가 다른 예술가의 영향인가 누구도 서술할 수 없을 만큼 완전한 것일 것이다.

이와 같이 제 1원칙에서 제 4의 원칙은 주로 안무자의 영역이지만, 제 5원칙의 자매예술가와의 협동에 있어서도 「페트루슈카」는 드문 긴밀을 갖고 창작된 발레였다.

여기에서 그 제작과정을 상세히 서술할 수가 없지만 발레의 비밀을 완전히 알고 있는 스트라빈스키와 베노이스가 공동으로 구상을 한데 모아 한편은 그것을 악보에 쓰고, 한편은 배경과 의상의 디자인을 조형화 하는 사이에 훠킹이 동작을 짜낸 정연한 팀一웍(team work)은 발레 창작의 하나의 이상적인 형태를 나타내는 것이었다. 그리고 그 협동의 승리가 「페트루슈카」를 '무용도 음악도 배경도 마치 一人의 손으로 완성한 것' 같은 작품으로 승화시킬 수 있었던 것이다.

III. 結 論

이상에서 고찰한 결과 1막 4장의 드라마틱한 풍자적인 발레작품으로서의 「페트루슈카」는 現代발레에 획기적인 공헌을 했다. 즉 연극적인 주축을 중심으로 「페트루슈카」속에 담겨져 있는 그 時代의 배경에서 기발한 아이디어나 현대적 감각으로서 관객을 사로 잡을 수 있었던 이 작품만이 가진 동작과 내용의 多樣性, 創造的 表現의 動作 등이 중요하게 나타나고 있다. 페트루슈카의 마지막 울부짖음은 인간의 마음을 찌를듯한 訓示를 하는 것같은 작품속의 배경 즉, 음악, 조명, 연기가 혼연일체가 되어서 人生주변에서 교훈을 담았기 때문에 철학적인 측면과, 교육적인 측면에서 훌륭한 작품으로서 후대에 영원히 존재해야 할 것이고, 특히 예술적인 측면에 서의 이 ① 페트루슈카의 드라마틱 발레는 무대장치의 구성에서 중요한 위치를 차지하고 있다. 이러한 종합적인 점들이 근대 발레의 필요성과 함께 방향을 제시하여 관객의 호응도와 저변확대를 위한 작업에 공헌하였다.

그러므로 20C 발레의 작품성향에 지대한 역할을 하였기 때문에 현대의 발레의 발판이 되었다.

즉「페트루슈카」라는 작품속에 인물을 통하여서 본 그의 獨白은 지나치게 된 자기행위에 대한 반성과 후회가 엇갈려서 이루어지는 심리적 갈등을 묘사한 점이 관객에게 정의로운 감정과 자연의 순리적인 법칙을 암시하고 있는 점이 지적될 정도로 작품상의 주제가 선명했던 것이 중요시된다.

② 또한 니진스키가 「페트루슈카」를 출연해서 성공하게 되었던 개인적인 연기력과 성격이 니진스키의 크나큰 역할로 가능하였고 이것이 적중했던 것도 또한 괄목할만 하다.

그의 열의는 보통이 아니었고 짧은 무용생활 동안 「페트루슈카」와 같은 훌륭한 작품을 남긴 것은 역사적으로 길이 빛날 것이다.

③ 또 다른 한 가지 중요한 사실은 극중극 즉 무대위에서 또 하나의 가설무대를 이용하여 무대위에 있는 출연자가 관객의 입장에서 또 하나의 가설무대와 이어졌기 때문에 친근감을 갖는 무대로 설정하였다. 이것은 한국의 민속춤의 마당놀이와 같이 함께 즐겁게 호흡한다는 개념에 의하면 이 작품은 서양무용의 마당놀이 형식을 개발할 수 있는 가능성을 찾을 수 있다. 또한 영국 로열발레(Royal Ballet)에서 있었던 싱코페이션스(Syncopations)이란 작품도 그러한 면모를 엿볼 수 있었다. 그러므로 우리의 민속춤이나 놀이와 같이 많은 사람에게 친근감을 가질 수 있다고 본다.

④ 1막 4장으로 이루어진 발레 작품으로 「페트루슈카」는 훠킹의 거대한 걸작중의 하나로 생각할 수 있고, 그것은 거의 모든 주요한 발레단에서 레퍼토리로 갖고 있다.

「페트루슈카」는 좀 감동적인 추억을 가질 수 있는 발레이다. 디아기레프 제작의「페트루슈카」는 언제나 누구든지 페트루슈카를 할 때는 춤추기 곤란하고 피곤에 지칠 정도로 힘든 역이다. 그러므로 이 作品의 페트루슈카 역을 맡는다는 것은 가장 훌륭한 남성무용수 이어야 하며 이 작품을 통한 무용수의 기술 및 연기력을 인정할 수 있다.

「페트루슈카」는 현대 레퍼토리로서 매우 유명한 발레이기는 하지만 정말 대단한 걸작인 초연으로 영원히 잊을 수 없는 훌륭한 작품이지만 좀처럼 재 상연되지 않는다. 무용수에 대한 탁월한 연출과 극적인 연기, 음악, 제스츄어에서 탁월하게 연기를 하여야 하기 때문에 공연 빈도수가 그리 많지 않은 것이다. 그런 가운데도 Danish발레단의 옛 멤버들이 젊은 무용수들에게 「페트루슈키」를 가르지는 것에 수고를 아끼지 않아 안무자의 원본 Step과 생각을 정확하게 보유하였고 그리하여 Royal Danish Ballet단에서 페트루슈카 원본 그대로 보유하고 있다. 다음은 공연 연보를 조사하여 기록하였다.

Petrouchka 作品의 공연기록 연보

안무 : Michel Fokine 대본 : Igor Stravinsky, Alexandra Benois
옴악 : Igor Stravinsky 무대장치의상 : Alexandra Benois

연번	공연년 월일	장소	Petrouchka	Ballerina	Moor's	Charlatan	Performance Company
초연	1911. 6.13	파리	Vaslav Nijinsky	Tamara Karsavina	Alexandra Orlov	Enrico Cecchetti	Diaghilev Ballet Russes
2	1916. 1.24	N.Y	Leonide Massine	Lydia Lopokova	Adolph Bolm		Royal Danish
3	1925. 10.14	코펜 하겐	Royal Danish Ballet 재안무				
4	1934. 1.10	N.Y					The Ballet Russes de monte carlos
5	1940. 11.20	N.Y	Yurek Lazowski	Tamara Toumanova	Alberto Alonso	Marian Ladra	
6	1942. 10.8	N.Y	Lazowski	Irina Baronova	Richard Read	Simon Semennoff	Ballet Theatre (A.P.T)
7	1950.	Lon- don	Nicholas Beriosoff				London Festival Ballet
8	1957. 3.26	Lon- don	Alexandra Grant	Margot Fonteyn	Peter Clegg		Royal Ballet Covent Garden

9	1963.10.24	London	Rudolf Nureyev	Nedia Nerina	Keith Rosson		
10	1970.3.13	N.Y	Edward Verso	Erika Goodman	Christian Holder	Yurek Lazowski	The City Center Joffrey Ballet
11	1970.6.19	N.Y	Ted Kivitt	Eleanor D'Antuono	Bruce Marks		A.B.T
12	1980.11.24	Seoul	김 긍 수	서 정 자	남 상 열	박 희 태	서 정 자 Ballet단
13	1983.11.9	Seoul	김 긍 수	서 정 자	남 상 열	박 희 태	서 정 자 Ballet단

⑤ 이상에서 나타난 공연기록만 보더라도 1911년 초연이래 현재까지 10여회가 넘는 기록 뿐이다. 그러나 작품성에 대한 훌륭한 가치성이 명확하므로 현재까지 존재하게 된 것이다. 다만 언급한 바와 같이 어려운 작품인 관계로 손쉽게 다룰 수 없는 것으로 누군가 작품분석을 하여 후세에 전하여야 한다고 보며 이와같이 결론에서 얻어진 결과로 드라마틱 발레(Dramatic Ballet)의 안무 구성 방법이 창조 되어질 수 있으며 그로 인하여 근대 발레에 많은 발전을 가져올 것을 확신하며 기대한다.

參 考 文 獻

1. 드라마(Drama) 1972. 12號, 3號. 大韓公論社, 1972.

2. 朴容九, 世界의 音樂, 創造社, 1969.

3. 小收正英, 페트루슈카(Petrouchka)의 獨白, 三書(東京), 1975.

4. 小收正英, パレエへの招待, 日本放送出版協會(東京), 1980.

5. 鄭承姬, 西洋舞踊史, 보진재, 1981.

6. 韓路檀, 戱曲論, 正音社, 1968.

7. 희랍劇全集(悲劇 I, II), 에우리피데스편, 현암사, 1968.

8. Anatole Chujoy & P.W Manchester, The Dance Encyclopedia, Simon & Schuster (N.Y), 1936.

9. Cyril W. Beaumont, Michel Fokine and His Ballett Dance Horizons (N.Y), 1981.

10. George Balanchine, Complete Stories of the Great Ballet, Francis Mason, 1954.

11. Horst Koegler, The Concise Oxford Dictionary of Ballet, Oxford Uni. Press (London), 1972.

12. Joan Lawson, Mime, A Dance Horizon Republication, 1957.

13. Thames & Hudson, A Concise History Ballet, Almery Somogy (Paris), 1964.

14. Richard Bucle, Nijinsky, Peguin Books (U.S.A.), 1971.

An Analysis on Petrouchka, the Dramatic Ballet

Petrochka" is generally considered the greatest because it is the supreme example of a perfect collaboration. The idea to make "Petrocuhka" was first conceived by Igor Stravinsky, the Famous composer, and its Libretto was written by Stravinsky and Benois, choreography by Michel Fokine, music by Stravinsky, Scenery and costumes by Benois. When first performed by Diaghilev's's Ballets Russes at Theatre du Chatelet (Paris) on June 13th 1911, Vaslav Nijinsky was casted for Petrouchka, Tamara Karsavina for the Ballerina, Alexandre Orlov for Moor, and Enrico Cecchetti for the Showman.

Petrochka" is the burlesque ballet in one act and four scenes; the scene 1,'the Butte week Fair', the scene 2,'Petrochka's Room', the scene 3, 'the moor's Room', the scene 4, 'the Fair'.

Petrouchka, the main role in 'petrouchka', is the puppet who has the man's mind. Such a character half−tragic and half comic could be found offen in the popular theatre in Europe, and "Petrouchka" took its popularity into a ballet. At first Petrouchka was a happy puppet acting only mechanically, but falling in love with the beautiful Ballerina he bemoars his fate, his hopeless love for her, and finally dies in despair. The crowd laugh at him but Petrouchka by his last

cry gets, all that he want.

"Petrouchka" is the ballet which combines the Fantasy with the Reality, that is, the fanciful story of which the real life lies at the root. The idea of its libretto and composition was based on the Greek tragedy.

"Petrouchka", the dramatic ballet in one act and 4 scenes, is the satirical one with the setting of St. Petersburg (Russia) in about 1900. With the original idea and the modem sense it fascinated the audience and made a great contribution to the modem ballet. In "Petrouchka", the diversity of the movement and the contents, the creative expression in the movement were made much of more than was in the preceding period.

By the analysis we could find its excellence in the aspects of the philosophy, the education and the art. The summary of this analysis is as follows;

First, the contents that give the catharsis to the audience with the tragedy, the modern music by Stravinsky and the setting of a plot made a basic ground in the modern ballet.

Second, "Petrouchka" was succeeded at premiere owing to the fact that Nijinsky was the fittest in his acting and personality for the role of the Petrouchka.

Third, unlike other ballets there is another stage and thus on the stage as well as seat is found the audience and the real audience in the seat see the double curtains before them. In the respect that the dancers and the audience keep time together, we would find possibilities of the development in the ballet from the mode such as the Korean "Madang Noli" (the Play in the Yard).

Fourth, though many of the ballet companies have "Petrouchka" as their repertoire, the frequency of its performance is very low because its music is difficult and it demands the dancer's excellent acting and ballet techniques.

Finally, as the conclusion, we suppose that the choreographic method of this dramatic ballet should contribute for the creation in the future modem ballet.

✳ 우리나라 상고시대 및 고대의 무용과 음악의 발달

藝術大學 副教授 서 정 자

```
                          목차

      머리말
      제1편 상고시대 및 고대
        제1장 환단고기
        제2장 규원사화(揆園史話)
        제3장 중국의 사서들(中國 史書)
        제4장 삼국시대(三國時代)
      결 론
```

머 리 말

 여러해 전에 한국학 연구회가 국제 세미나에 참가하게 적었을 때, 그때 우리 한국발레하우스에 그 서울 사무실을 두었기 때문에 러시아와 중국에서 온 우리나라의 학자들과 국내의 학자들을 만나게 되고, 또 한국학을 연구하는 이들이 정기로 거기에 모여서 강의를 듣기도 하고 토론을 하는 자리에 나도 청강할 기회가 있어서 우리나라 고대의 전통 무용과 음악에 관한 것을 더러 알게 되었다. 이미 오래 전부터 우리 나라의 전통 춤의 대가들이 한국학의 연구가들을 찾아 지도 교수에게 한국 고대 가극·노래와 춤에 대한 내력과 그 정신을 열심히 더듬고 있다는 사실을 알고 나도 그것을 알고 싶은 충동을

부록 | 우리나라 상고시대 및 고대의 무용과 음악의 발달 389

받게 되었다. 그러나 예비 지식과 한문과 이두를 제대로 공부하지 못한 내가 더구나 현재의 일에 바빠서 그 소망을 이루지 못하고 있다. 다만 한국학 연구회의 지도 교수들의 친절한 지도를 받아 강의를 더러 듣고서 그 청강록을 토대로 하여 정리한 내용의 일부를 자료로 모은 것이 이 논문의 골자이다. 앞으로도 기회 있는 대로 공부를 계속하려는 것이 나의 욕망이기도 하다.

그래서 이번에는 우선 상고 시대, 즉 고구려, 백제, 신라 3국이 세워지기 전과 3국 정립 및 신라의 반도 통일 시대의 일부를 정리해 보려 한다.

제1편 상고 시대 및 고대

제1장 환단고기

제1절 삼성기전 상편(上編)

우리 나라의 전통 무용(춤)과 음악(노래)과 가극의 내력을 고전문헌에서 찾아보면 선진 민족인 만큼 그 내력이 매우 오랜 것이다.

무리가 함께 노래를 부르며 춤을 추는 것은 수두(蘇塗·소도) 제천(祭天)에서 시작되었다. 소도는 제천(하늘과 조상에 제사)을 행하는 곳으로서 거기에서 교육도 행(行)하고 3신(神)에 대한 제사도 행했다. 후세에는 점차로 확대(擴大)되어서 거기에서 3황(皇)과 단군(檀君)도 제사의 대상이 되고 묘장(墓葬) 사냥(漁獵) 전진(戰陣) 출행(出行)의 제사로까지 발전하였다. 그 곳에 단을 쌓고 신목(神木·솟대)을 세우고 그 곳에서 나라의 큰 모임(國中大會)을 열었다. 그 곳을 신경(神境) 혹은 천단(天壇) 제천단(祭天壇)이라고 하였는데 참성단(塹城壇)

도 그런 제천단 중의 하나이다. 단군이 개국(開國)했을 때에도 우리 민족 전체가 즐거워하고 그에게 복종하였다고 기록되었다.[29]

제2절 삼성기전(三聖紀全)

그리고 같은 책의 하편(下篇)에 환웅(桓雄)천황이 단군의 고조선 이전에 한국의 수도 신시(神市)에서 백성을 교화(敎化)할 때 무리를 다스리고 소도(蘇塗)를 주관하고 영토를 주관하며 무리와 의논하여 하나로 화백(和白) 하고 지생(智生)을 아울러 닦았다고 기록되어 있다.[30]

제3절 단군 세기(檀君 世紀)

단군 세기에 제2세 단군 부루(夫婁)는 B.C. 2240년부터 58년간 재위(在位) 했는데 백성과 더불어 산업을 다스려서 나라가 부유하여 굶주리거나 추위에 떠는 백성이 한사람도 없었다. 모든 제후)諸侯)의 선악을 살피어 상벌을 신중히 하며 하천(河川)을 파서 치수(治水)를 잘하고 농상(農桑)을 권장하며 건축에 힘쓰고 학문을 일으켜 문화가 크게 진보했다. 주군)州郡)을 더 설치하고 유공한 자를 군(君)에 봉(封)했다.

신시(神市) 이래로 국중대회를 열고 하늘에 제사하며 조상과 선대(先代)의 덕을 기리고 서로 화합하는 노래를 제창하였다. 기뻐서 부르는 노래 어아가(於阿歌)를 불러서 근본에 감사하며 천지인(天地人)이 화합하는 식(式)을 행했는데, 이것이 참전계(參全戒)이다. 그 가사(歌詞)는 "어아 어아 우리 조상신의 큰 덕을 배달 나라 우리들이 백백천천년 잊지말세 착한 마음(善心)은 활이 되고 악한 마음은 과녁

---

29) 桓壇古記 三聖紀全 上篇(新羅人 安令老 著)

30) 三聖紀全 下篇(高麗人 扶婁係)

이 되니 우리들 백백천천인은 활줄같이 착한 마음 곧은 살로 동심(同心)일세. 어아 어아 우리 백백천천인한 활로 과녁 뚫어 끓는 물 같은 착한 마음 속에 악한 마음은 한덩이 눈(雪)이로다. 어아 어아 우리들 백백천천인의 활 같이 굳은 마음 배달 나라의 광명이다. 백백천천년의 높은 은덕 우리의 위대한 조상신들 위대한 조상신들"이라는 것이었다.[31] 이 어아가를 고구려의 광개토왕 때에는 진중에서 사졸들에게 언제나 부르게 하여 사기를 도왔다 한다. 하늘에 제사(祭天)할 때에 부르는 노래로 애환가(愛桓歌, 지금의 애국가와 같은 것), 두리가(兜里歌)도 같은 류의 노래라고 한다.

제3세 단군 가륵(嘉勒) 2년(B.C.2181)에 삼랑(三郎) 을보륵(乙普勒)에게 명하여 정음(正音) 38자를 만들어 말을 서로 통하게 하니, 세종 대왕의 훈민정음은 이것을 정리한 것이다. 그 글은 훈민정음 보다 몇 자 더 많은「  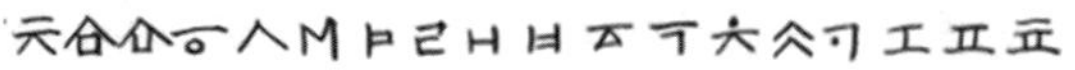 」이다. 일본의 호즈마쯔다헤(秀眞傳) 48자 기타 신대(神代)문자라는 것도 가림도를 모방한 것이다.

3년(B.C. 2180)에 신지(神誌)인 고굴(高契)에게 명하여 배달유기(倍達留記)를 편수(編修)하게 했다. 이것이 우리나라 최초의 역사책인데, 지금은 없어져서 찾을 길이 없다. 그런 것이 있었더라면 우리의 음악 무용의 더 오랜 내력도 알 수 있었으련만 애석한 일이다.

음악 무용과 직접적으로는 관계되지 않지만 기왕에 우리 문화가 일본에 건너간 것을 이야기하게 되었으므로 일본과의 관계되는 것을 하나 더 말하겠다. 가륵 10년(B.C. 2173)에 두지주(斗只州)의 예읍(濊邑)이 반란을 일으키므로 여수기(余守己)에게 명하여 그 추장 소시

31) 檀君 世紀 第2世 檀君 扶婁條

모리(素戶毛製, 소머리牛頭)를 목베게 하였다. 이로부터 그 땅을 소시모리라고 하다가 지금은 음이 변해서(轉音하여) 소머리 나라(牛首國)가 되었다. 그 후손에 샨야노(陝野奴, 陝은 섬 혹은 힘으로 읽기도 한다)라는 자가 있어 바다로 노망하여 삼도(三島, 즉 일본)에 웅거하면서 스스로 천왕이라고 일컬었다. 그후에도 35세 단군 사벌(沙伐) 50년(B.C. 723)에 장수 언파불합(彦波弗哈)을 바다 위의 구마소(熊襲)에 보내어 평정하고, 또 36세 단군 매륵(買勤) 38년(B.C. 667)에 샨야후(陝野候) 배폐명(裵幣命)을 보내어 해상을 토벌하게 했다. 12월에 三島를 모두 평정했다.(마한 세가 하(下)에는 전선 500척을 이끌고 가서 토벌했다고 한다.)

제11세 단군 도해(道奚) 원년(B.C. 1891)에 5가(加는 고관(高官)의 칭호이니, 대관(大官), 장관, 족장, 부족장, 씨족장이다)에게 명하여 12명산(名山)의 제일 좋은 곳을 택하여 국선 소도(國仙蘇塗)를 설치하고 무리를 교화 훈련하며, 산에 올라 영월(迎月)을 노래하며 춤을 추니 먼 곳에까지 미치지 아니하는 곳이 없이 덕교(德敎)가 만민에게 퍼져 칭송을 받았다고 한다.[32]

제13세 단군 흘달(屹達, 音達(一云代)) 16년(B.C. 1767)에 주현(州縣)을 정하여 분직(分職)의 제도를 세웠다. 관(官)은 권(權)을 겸하지 않고 정(政)은 법(法)을 넘지 않고 백성은 향(鄉)을 떠나지 않으니 일하는 바가 스스로 편안하므로 현가(絃歌, 음악)가 역내(域內)에 넘쳤다. 20년(B.C. 1763)에 소도를 많이 세워 천지화(天指花)를 심고 미혼자제가 글읽기와 활쏘기를 익히니 그들을 국자랑(國子郞)이라 하며 국자랑이 출행(出行)할 때에 머리에 천지화를 꽂으므로 천지 화랑

---

32) 懷君 世紀 第11世 檀君 道奚紀

이라 하였다.[33]

제16세 단군 위나(尉那) 28년(B.C. 1583)에 적국의 모든 한(諸汗)이 영고탑(寧古塔, 吉林省 寧安縣)에 모여 3신과 단군왕검의 제사를 지내고 무리와 더불어 5일 대연(五日大宴)을 베풀었다. 밝은 등은 밤을 지키고 경(經)을 창(唱)하며 뜰을 밟고 횃불을 줄지어 들고 둥그렇게 돌아가며 춤을 추며 애환가(愛桓歌, 산유화야 산유화야 하는 노래)를 제창했다.[34]

제24세 단군 연나(延郡) 2년(B.C. 1160)에 여러 분봉국의 왕들(諸汗)이 조(詔)를 받들어 소도를 더 만들고 제천(祭天)하였다. 나라에 큰일(大事)이나 이재(異災)가 있으면 그때마다 기도하여 백성을 안정시키고 뜻을 한데 모았다.[35]

제44세 단군 구물(丘勿) 원년(B.C. 425)3월 큰물이 도성을 침몰시켰다. 구물이 적병을 물리치고 여러 장수의 추대를 받아 단을 쌓아 하늘에 제사를 지내고 장단경에서 즉위했다. 국호를 바꾸어 대부여(大夫餘)라 하고 삼한 (三韓)을 3조선이라 했다. 치제(治制)에 있어서는 단군 일존(一尊)을 만들었으나 화전(和戰)의 권한(權限)은 한 분에게 맡겨 두지 않았다. 해성(海城)을 개축하여 평양이라고 부르도록 하고 이궁(離宮)을 지었다.(평양이 환단고기에 처음으로 등장했는데, 이 평양은 한반도 대동 강변의 평양이 아님이 분명하다. 해성은 요녕(遼寧)성에 있는 해성인 것이다. 이 평양이란 서울(首都)이란 뜻이다.) 2년에 예관의 청에 의하여 3신영고제(三神迎鼓祭)를 지냈는데, 무리를 거느리고 임금이 친히 행차하여 세번 절에 아홉번 머리를 조아려(三六

33) 檀君 世紀 第13世 權君 屹達紀
34) 第16世 檀君 延那紀
35) 第24世 檀君 延那紀

大禮) 경배했다.

그후 점점 더 크고 강한 나라가 되었다가, B.C. 296년에 제47세 단군 고열가(古列加)가 즉위하여 어질고 순하기만 하고 결단력이 없어서 B.C. 238년에 물러나 은퇴하고, 북부여가 일어나고, 열국시대로 들어가고 말았다.

이상은『단군 세기에서 추렸는데 단군 세기는 단군기 원년으로부터 금상(고려 공민왕) 12년까지 무릇 3616년인 해의 10월 3일에 홍행촌수(紅杏村叟)가 강도(江都의 해운당(海雲堂)에서 썼다』고 기록되어 있다.[36]

제4절 태백일사(太白逸事)

(一) 신시본기(神市本紀)

위에서 본 바와 같이 환국(桓國) 신사(神市)의 환웅(桓雄) 시대와 고조선 단군 시대이래 이어 내려온『소도 제천의 국중대회는 그 명칭은 다르지만, 부여의 영고(迎鼓), 예(穢)의 무천(舞天), 고구려의 동맹(同盟), 진한(辰韓)'의 소도제, 마한의 제신(祭神), 중세이래의 연등(燃燈) 팔관(八關) 등은 모두 소도와 같은 의미의 국중대회(國中大會)의 맥을 이어 온 것이다. 소도 제천의 고속(古俗)은 환웅이 조강(筆降)하였고 신주(神州) 흥왕(興王)의 영지(靈地)에서 시작되어, 10월이면 반드시 모여 조상의 공덕을 전송(傳誦) 하여 잊혀지지 않게 하는 국중대회인 것이다. 비록 여러 씨족으로 나뉘었지만, 환단(桓壇) 일원(一源)의 예손(裔孫)인 것이다. 어디 살거나 모여서 원단(圓壇)을 쌓고 제천(祭天)했다』고 하고, 또『10월 제천은 마침내 천하 만세의 유속(遺俗)이 되었다. 이는 곧 신주(神州는 신시와 같은 말) 특유의 성전(盛

36) 환단고기 단군 세기의 끝에서

典)이며, 외방(外邦)에 비할 바가 아니다』라고 하였다.[37]

(二) 삼한관경본기(三韓管境本紀)

(1) 마한 세가(馬韓世家)

마한 세가에 의하면 『성(性)이 광명에 통하고 재세이화(在世理化)하여 홍익인간하며 소도가 도처에 세워지고, … 노적(露積)이 산처럼 쌓이고 만백성이 기뻐하여 태백환무의 노래(大白環舞之歌)를 지어 전하였다』고 하였다.[38]

B.C. 667년에 섭야후에 명하여 전선(戰船) 500척을 이끌고 가서 왜인의 반란을 평정했다.[39]

번한 세기 상에 B.C. 2301년에 요중(遠中)에 12성을 쌓았다.

(2) 번한 세가 하(番韓世家 下)

번한 세가 하편에 의하면 B.C. 1282년에 백성을 위하여 금(禁法) 8조(禁八條)를 만들었다. 살(殺), 상(傷), 도적(盜), 소도 훼손(毁蘇塗), 예의를 잃는 자(失禮義), 일을 부지런히 하지 아니하는 자(不勤勞), 음란(邪淫), 사기(詐欺)를 벌하였다. 스스로 속죄(讀罪)하면 비록 면할 수 있으나, 이를 공표하므로 백성들이 오히려 수치스럽게 여겨서 결혼도 할 수 없었다. 그래서 백성들은 마침내 도적질을 하지 아니하여 문을 잠그는 일이 없었고, 부녀자는 정신(貞信)하여 음란하지 아니하고, 밭이나 들이나 도읍을 막론하고 그릇에 담아서 먹고 마시니 어질고 사양하는 풍속으로 화했다. B.C. 1280년에 은나라 왕 무정(殷武丁)이 번한에 부탁하여 천황께 글을 올리고 방물을 받쳤다.

---

37) 이조 중종때 이 백이 편저한 태백일사의 신시본기

38) 馬韓世家 上

39) 마한 세기 하

B.C. 1130년 임나가 천황의 조(詔)를 받들어 동쪽 교외에 천단을 쌓고 삼신(조상신)에 제사했다. 무리가 둥글게 춤을 추며(環舞) 북을 치고 노래 부르기를 『정성으로 천단을 쌓고 축수(祝壽)하세. 황은(皇恩)을 축수하세. 만만세. 만만이 풍년을 즐거워하도다.』라고.

B.C. 943년에 누사(樓沙)가 천조(天朝)에 들어가 천황을 뵙고 별궁에서 한가히 지내는 태자 형제에게 노래를 지어 바쳤다.

『형은 동생을 반드시 사랑하고, 동생은 마땅히 형을 공경할지라. 항상 작은 일로써 골육(骨肉)의 정을 상하지 마오. 말도 오히려 같은 구유에서 먹고, 기러기도 또한 한 줄을 짓나니, 비록 내실(內室)에서 환락하더라도 세언(잔소리, 細言)은 신청치 마소서』라고.

B.C. 935년에 한수인(漢水人) 왕문(王文)이 이두법(吏頭法)을 지어 천황께 바치니 그를 자상히 여기어 삼한이 같이 시행하도록 명했다. 이두는 노래를 짓는데 많이 사용했다. B.C. 902년에 상장(上將) 고력(高力)을 보내어 회군(淮軍)과 함께 합력하여 주(周)를 패하게 했다.

B.C. 339년에 연 나라가 침입하므로 수유(須臾人) 기후(箕詡)가 자제 5 천명을 이끌고 와서 싸움을 도왔다. 진 번2한(二韓)의 병과 협력하여 연(燕) 병을 대파했다. 또 일부의 군대를 보내어 싸우려 하니, 연이 사신을 보내고 공자(公子)를 인질(人質)로 하여 사죄했다. B.C. 323년에 기후가 명을 받들어 군령을 대행했다. 기후, 기욱(箕煜), 기석(箕釋), 기윤(箕潤)이 차례로 죽고 기비(箕丕))가 입(立)하더니, 기비가 종실(宗室) 해모수(解慕漱)로 하여금 대권(大權)을 쥐도록 몰래 약속하고 도와주었다. 기비가 죽고 그의 아들 기준(箕準)이 B.C. 194년에 유적(流賊) 위만(衛滿)에게 유혹당하여 패배하고 마침내 바다로 들어가서 돌아오지 아니했다.[40]

40) 환단고기 태백일시 신시본기의 번한 세가 하

(三) 소도 경전 본훈(蘇塗經典 本訓)

태백 일사 소도 경 전 본훈에 의하면 선인(仙人 즉 國仙) 발귀리(發貴理)가 제천(祭天)의 예를 마치고, 인하여 송(頌)을 지어 『무릇 일신(一神)이 내려와 성(性)은 광명(光明)에 통하고 재세이화(在世理化) 홍익인간(弘益人間)함은 이를 천제(天帝)가 환웅(桓雄)에게 내려 신시가 단군에게 전하는 바이라』고 했다.

삼일신고(三一神誥)는 본래 신시개천(神市開天)의 세(世)에 나와서 책(書)이 된 것이니, 천신 조화의 근원과 세계 인물의 화(化)를 상론(詳論) 하였다. 환국은 하늘에 제사하고 신고를 조술(祖述)하여 순천(順天) 자화(自化)하므로 이미 의식(衣食)이 고르고 권리가 평등하게 삼신(조상신) 에게 귀의(歸依)하여 서원(誓願)하는 기쁨을 나누었다. 화백(和白)하여 공정하고, 믿음을 지키고, 협력하고, 분업하여 서로 돕고, 남녀가 직분이 있고, 노소가 복리를 함께 누렸다. 사람이 서로 다투고 송사(爭訟)하지 아니하고, 나라가 서로 침탈(侵奪)하지 아니했다.

신지비사(神誌秘詞)는 단군 달문(達門)때 사람 발리(發理)가 지은 것이다. 본래 삼신고제(古祭)의 서원문(誓願文)이다. 상고 제천의 요지(要旨)는 신을 기쁘게 하여 백성에게 복을 내리게 하려는 나라를 위한 생각과 아울러 충의를 장려하고 전 국민의 단결을 굳게 하려는 것이었다. 그러기 위해서 언제나 노래와 춤이 곁들여졌던 것이다. 우리나라에는 옛날부터 문자가 있었다. 신시에는 산목(算木)이 있었다. 치우(蚩尤)에는 투전목(鬪佃目)이 있었다.[41]

41) 최태영 노교수는 소년 시절에 그 산목을 실제로 사용했고, 투전목은 시장에서 흔히 매매하는 것을 보았으며, 또 가지고 놀았다고 한다.

부여에는 서산(書算)이 있었다. 그 산목은『 ― 二 三 亖 l T 〒
〒 〒 X 』이다.

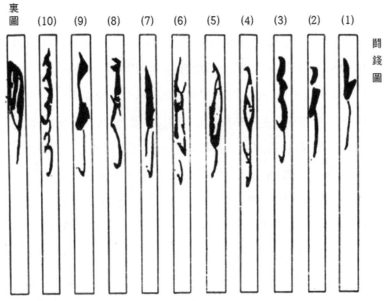

裏圖 (10) (9) (8) (7) (6) (5) (4) (3) (2) (1)

鬪錢圖

• 각 6매 60매로 一조로 하고 10을 장이라고 칭함.
유인후지 실물의 1/6임.

전목은 다음과 같다.

단군 세기(世紀)에 단군 가륵(嘉勤) 오년에 삼랑(三郞) 을보륵(乙普
勤) 정음(正音) 38자(字)를 찬(讀)하니, 이를 가림토(加林土 혹은 加林
多)라 하였다 한다. 그 문자는 단군 세기 3세 단군 가륵(嘉勒)조에서
이미 본바 와 같다.

그 외에도 발해에도 글이 있어서 이 태백이 능히 해독했고, 물에
떠내려보낸 동국한송정곡(東國寒松亭曲)을 새긴 거문고를 건져내어
고려 광종 (光宗)때 장유(張儒)가 능히 풀었다고 한다.[42] 신시의 악

42) 거문고 조각은 時라하니, 그것은 거문고에 맞춰 노래한 것임을 알 수 있다.

(樂)은 공수(貢壽, 供授歌列)라고 하였다. 공수는 우리가 돌아가며 열을 지어 노래 소리로써 조상신을 크게 기쁘게 하여 나라의 길조(吉祚) 융창(隆昌)과 민심의 즐거움을 대언(代言)하였다. 삼국사기는 이를 도솔(兜率)이라고 했다. 도솔가는 그 내용이 전치 않으나 대개 기쁨과 평강을 신께 빌고 임금의 어진 정치(仁政)를 칭송하는 노래이다. 따라서 제분수를 알아 자족하자는 것이었다. 단군 부루때는 어아의 악(於阿之樂)이 있었다. 신시의 옛 습속(古浴)에서 조상신(삼신)을 제사하여 맞이하는 노래로서, 그것은 대조신(大祖神)을 삼신(三神)이라 하고, 하늘(우주)의 주재자(主幸者)라고 하였다. 이로부터 참전(參佺, 敎化, 修養)을 숭상(崇尙)하여 조의(皂衣)에는 계(戒)가 있고, 율(津)이 있었다. 착한 마음은 수행(修行)의 근본이 되었으며, 과녁은 가상적 악의 우두머리가 되었다. 제사는 반드시 삼가하여 보본)報本)을 알게 하였으며, 한마음으로 단결하여 스스로 마땅히 접화군생(接化群生)하여 안으로 수양하며 밖으로는 겸손하게 하였다. 모든 것이 시의(時宜)를 얻었으므로 배달국의 광명이 백백천천년 쌓여 높아졌다. 그 큰 은덕이 어찌 일각에 잊혀지겠는가. 옛날 제사에는 무천(舞天)의 악(樂)이 있다고 한다. 제사는 무릇 선조가 살아있는 것처럼 치성을 드리고자 하는 것이다. 지나간 먼 일을 사모하여 조상에 보답하는 것은 살아 이어져서 거듭하기를 바라는 후손에 대한 가르침이 있는 것이다.

현대의 우리는 반드시 신주를 모시고 제물을 차리고 제사를 하지는 아니할지라도, 아니 그보다도 그 교훈과 공적을 말과 글로써 표현하고 기리 기리며 배우고 더불어 실현하기 위하여 추모회를 열고 잊지 말고 실현할 것을 다짐하는 것이 진정한 제사라고 생각한다. 거기에는 춤과 노래도 자연히 나타날 수 있을 것이다.

대변경(大辯經)에 이르기를 단군 구물(丘勿)이 국호를 고치고 수도를 지금의 개원(開原)으로 옮겨 그 곳을 역시 평양(수도)이라 했다. 3조선의 칭(稱)은 단군 색불루(索弗婁)때에 시작되어 미비(未備)했으나 이에 완비(完備)하였다. 3한(韓)에는 분조관경(分朝管境)의 뜻이 있었다. 3조선에는 분권(分權)관경의 제(制)가 있었다. 이보다 먼저 전쟁과 흉년이 거듭하고 정치(政治)의 잘못으로 나라의 힘(國力)이 쇠했으므로, 정치를 개선하려고 천제(天帝)의 묘정(廟庭)에 큰 나무(蘇塗木)를 세우고 북을 매어 달도록 명하고 기일을 정하여 나이순으로 서로 마시며 성책(成冊, 成策)하도록 했다. 이것을 구서(九誓)의 모임 이 라 했다. 구서회(九誓會)때 마다 구서의 글(文)로써 했다. 첫 번째 절(初拜)로 부터 아홉 번째 절을 하고, 매번 한가지씩 맹세를 하였는데, 그 맹세의 요지는 효도, 성경(誠敬), 보본, 제사, 접객(接客), 선린, 영재의 육성, 교육, 인륜, 교화, 형제 우애, 친목, 인서(仁恕)의 도를 향국(鄕國)에 까지 옮길 것, 사우(師友)를 믿고 덕의(德義)로써 서로 닦고 깨우쳐 학문과 사업을 성취하여 신실성근할 것, 나라에 충성하여 부국 증진 국토 보호 국권의 회복 확장하여 충의 절기를 이룩할 것, 공손하고 삼진(眞性, 眞命, 眞精) 겸양 상존(相尊) 합군(合群 즉 群衆和合) 공근(恭謹)할 것, 정사(政事)를 밝히 알아 치란(治亂) 행형 기타에 침월(侵越) 하지 말고 지식과 견문은 고매(高邁)하고 언로(言路)를 널리 수렴하고 기예를 연마하고 경험을 쌓아 명지(明知) 달견(達見)하도록 할 것, 전진(戰陣)은 존망이 결정되는 곳이다. 나라가 망하면 군부(君父)는 목우(木偶) 가 되고, 주인이 서지못하면 처자는 노예가 되리니 자치하며 신의로써 서로 구제하고 많은 사람을 양육할 것, 청렴(淸廉)하고 사리(私利)에 치우치지

아니할 것, 직업에 임하여 반드시 책임을 지고 정기(正氣)가 피어나

정의 공리(公理)를 수행할 것 등이다.

참전계경(參佺戒經)은 을파소(乙邑素)선생이 전했다고 한다. 그 강령에 성·신·애·제·화·복·보·응 (誠·信·愛·濟·禍·福·報·應) 의 8조(條)가 있다. 을파소가 쪽지를 붙여서 말하기를 『신시의 이화(理化)의 세상에 8훈(訓)을 날(經)로 하고 5사(事)를[43] 씨(緯)로 하여 교화(敎化)가 크게 행해져서 홍익제물(私益濟勿)하였으니, 참전(參佺, 교화 수양하는 것)이 이루어지지 않는 곳이 없었다. 지금의 사람들도 전계(참전하는 계)에 의하여 더욱 열심히 힘쓰면 백성들을 잘 살게 하는 일이어찌 어려운 일이 되겠느냐』고 말했다.

위에서 본 바대로 9서의 집회에서는 아홉 번의 절과 맹세를 하였을 뿐이고, 음악이나 춤을 추는 것은 기록에 없다.

(四) 고구려국 본기(高句麗國 本紀)

태백일사 고구려국 본기에 의하면 고구려의 선조는 부여국의 시조해모수(解慕漱)이다. 해모수는 부여(夫餘)의 고도(古都)에서 기병(起兵)하여 무리의 추대를 받아 왕이 되었다. 부여의 단군이 내려온 것은 B.C. 239년 4월이었다. 고구려의 시조 고주몽은 해모수의 둘째아들 고진(高辰)의 손자 불리지(弗離支)의 아들이다. 불리지가 화백의 딸 유화(柳花)를 만나 그에게 장가들어 고주몽을 낳았는데 그때가 B.C. 79년 5월 5일이었다. 불리지가 죽고, 유화가 아들 주몽을 이끌고 웅심산(지금의 舍簡)으로 돌아왔는데 일찍이 오래도록 사방을두루 다니다가 가섭원에서 살다가 관가에 선택되어 목마(牧馬)되어미구에 관가의 싫어하는 바가 되어 몇 사람과 더불어 졸본에 이르렀는데, 마침 부여의 왕이 사자(嗣子)가 없으므로 주몽이 왕의 사위가

43) 5사는 主穀 主命 主刑 主病 主善惡(主善惡의 判斷)이다.

되어 대통(大統)을 이었다. 그가 고구려의 시조다. 32년(B.C. 27)10월에 북옥저(北沃沮)를 쳐서 멸했다. 이듬해에 눌견(吶見 지금의 常春, 失蒙家 城子)로 도읍을 옮겼다. 유리제(琉璃帝) 19년에 도읍을 국내성(國內城)으로 옮겼는데, 이를 황성(皇城)이라 하였으며, 성내에 있는 환도산(丸都山)에 성을 쌓고 일이 있으면 거기에 살았다. 대무신제(大武神帝) 20년에 낙랑국(樂浪國)을 쳐서 동압록 이남을 차지했다. 산상제(山上帝) 원년에는 공손탁 (公孫度)을 쳐서 파(破)하고 현도(玄菟)와 낙랑군(郡)을 정벌하고 요동(遼東)을 다 평정(平定)하였다. 법을 만들고 공을 세워 천하의 화(化)를 이루었다.

명상(名相) 을파소(乙巴素)가 국상(國相)이 되어 젊은 영준(英後)올 뽑아 선인도랑(仙人徒郎)이라 하고 교화를 관장하는 자를 참전(參佺)이라 하고, 무예(武藝)를 관장하는 자를 조의(皂衣)라 하며, 마음과 힘을 닦아 후공(後功)을 준비하게 했다.

을지문덕이 말하기를 재세이화(在世理化)하고 홍익인간(弘益人間)함에 그 요지(要旨)가 있다고 했다. 조대기(朝代記)에 이르기를 동천제(東川帝)도 단군이라 했다. 또 삼륜구덕가(三倫九德歌)를 장려하였다. 조의선국선을 나라 사람의 모본으로 삼았다.

광개토호태황(廣開土好太皇)의 융공성덕(睦功聖德)은 백왕에서 빼어났다. 18세에 등극하여 천악(天樂)을 예진(禮陣)했다. 진중(陣中)에서는 언제나 사졸(士卒)들에게 어아가(於阿歌)를 부르게 하여 사기(士氣)를 도왔다. 말을 타고 순수(巡符)하여 마리산(麻利山) 참성단(塹城壇)에 올라 三神(祖上神)을 친제(親祭)하고 천악(天樂)을 사용하였다. 중국의 땅을 많이 점령했다.

한번은 스스로 바다를 건너 이르는 곳마다 왜인(倭人)을 격파하였다. 왜인은 백제의 보좌(介佐)이었다. 백제가 먼저 왜와 밀통하여 그를 시켜 신라의 경계를 침범하므로 제(帝)가 수군(水軍)을 친히 거느리고 여러 성을 공취(攻取)하는 길에 천제하고 돌아올 때 라·제·가락 여러 나라가 모두 입공(入貢)하였다. 글안(契安), 평량(平凉)이 모두 평복(平服)하고 임나(任那, 본시 대마도에 있던 나라)와 이국(伊), 왜국의 등속이 모두 칭신(稱臣) 하였으니, 태동에 강성함이 으뜸이었다. 이보다 먼저 협보(俠父)가 남한(南韓)으로 도망하여 마한(馬韓)의 산중에 살았는데, 따라 나온 자의 수가 100가(家)이었다. 흉년이 연속하므로 이곳 저곳을 떠돌아다니다가 무리를 유혹하여 잠항(潛航)하여 가락국 인이 먼저 와서 살고 있는 일본 땅 구야한국(拘邪韓國)에 도착했는데, 바로 가라해(加羅海)의 북안(北岸) 이었다. 그 곳은 본래는 웅습성(能襲城, 구마소) 지금의 能本城(구마모도) 이다.

고구려의 장수제(長壽帝)나라를 잘 다스리고 강토를 회척(恢拓)하여 웅진강(能津江) 이북이 다 우리에게 속했다. 문자제(文咨帝)는 명치(明治) 라고 개원(改元)했다. 11년에 제(濟) 노(魯) 오(吳) 월(越)이 우리에게 속하여, 국토가 점점 커졌다. 평강제(平岡帝)는 담력과 무예가 있어, 18년(A.D. 578)에 대장 온달(溫達)을 보내어 갈석산(碣石山)과 배찰산(拜察山)을 치고 유림관(楡林關)까지 추격하여 북주(北周)를 대파하고 유림진(楡林鎭, 지금의 산서) 이동을 다 평정하였다.

영양제(嬰陽帝) 때는 천하가 크게 다스려져서 나라가 부강하고 백성이 은성(設盛)하였다. 수나라(隋主) 양광(楊廣)은 본래 선비(鮮卑)의 유종(遺種)으로 남북을 통합하고 그 여세로 우리 고구려를 얕보아 대병을 몰고 재차 침범하다가 우리 화살에 맞아 철병하고 『적은 나라를 치다가 만세의 비웃음거리가 되었구나』 하였다. 후인이 그 일을 노래하여 『한의 아이들아 요동으로는 나가지를 말아라. 개죽음이 울부짖는다. 문무 높은 환웅 자손이 뻗고 뻗어, 양광 세민은 바라만 보고도 도망을 쳤다』고 하였다.

고구려의 을지문덕은 산에 들어가 도를 닦아 크게 깨닫고, 마리산에 가서 경배하고, 백두산에 올라가 신시의 고속을 따라 천제(天祭)했다. 홍무(弘武) 23(서기 612)에 수나라 군사 1백 30여만 명에 수송 병까지 합하면 총 수백만명이 수륙 양면으로 쳐들어오므로, 문덕 장군이 조의(皂衣) 강병을 거느리고 기계(奇計)로써 수나라의 수백만 대군을 쫓아가 살수에서 대파하여, 살아서 돌아간 수나라 군사가 2,700명이었다. 우리는 그들의 주현(州縣)에 들어가 다스리고 유민을 안심시켰다.

수제(隨楊帝)는 이듬해에 다시 요수를 건너 요동 성을 공격했으나 성의 수비는 여전히 견고하여 쉽게 함락되지 아니하고, 때마침 본국으로부터 반란의 기별이 와서 황황히 철귀하여 반란을 평정하였으나, 제3차의 원정의 목적을 이루지 못하고 자국 내의 동요로 당(唐)에게 나라를 빼앗기고 말았다. 수나라 멸망의 원인은 고구려 원정의 실패에 있는 것이다. 그 즈음에 고 구려에 영양 왕이 돌아가고 그의 아우 영유(榮留)왕이 즉위했다.

려·당 양국은 화친하여 포로를 교환하고, 문화의 교류를 시작하여, 당의 선전에 따라 고구려가 도교(道敎)를 환영하여, 고구려에서 유·불·도 3교가 정립하게 되었다. 그러나 당태종 이세민(李世民)이 즉위하여 세계 제국 건설의 야심으로 이웃나라를 침략하기 시작하여, 양국의 관계가 차차 험악해졌다. 당태종이 사람을 보내어 전일의 전몰 장병의 유해를 장례 제사하고 고구려의 전승 기념물을 파괴하며 지리를 정탐하는 등 고구려의 감정을 매우 상했다. 고구려는 당을 경비하기 위하여 서기 631년에 천여리의 장성을 쌓기 시작하여 16년의 세월에 10만 명을 동원하여, 그 거대한 역사가 채 끝나기도

전에 고구려 귀족 사회 자체내에 큰 정변이 일어났다.

서부대인(西部大人) 연개소문(淵蓋蘇文)이 도교를 파강(破講)할 것과 장성의 역사를 정지할 것을, 이해를 들어 극진(極陳)한 때문에, 임금이 불열(不悅)하여 소문의 병사(兵士)를 빼앗고 정성을 쌓는 일의 감독을 시키더니, 은밀하게 여러 대인(大人)과 더불어 소문을 주살(誅殺)할 것을 의논하였다. 소문이 이 말을 듣고, 탄식하며 말하기를 『어찌 몸이 죽어서 나라가 온전히 되는 이치가 있느냐. 일이 급하니, 때를 놓칠 수가 없다』고 하고, 부병(部兵) 을 전부 모아 열병(閱兵)을 하려는 것처럼하고 성대하게 주찬상을 벌려 모든 대신을 초청하여 함께 그것을 보게 하고, 모두가 임석하자 소문이 큰 소리로 말하기를 『문에 범과 이리가 가까이 다가오는데 사람 구할 생각은 아니하고 도리어 나를 죽이려 한다. 빨리 이를 제거하라.』고 하니, 임금이 변고를 듣고 미복(微服)으로 몰래 송양(松壤)으로 도망해 가서 조서를 내려 나라 사람들을 모으려 했으나 한사람도 오지 아니하니, 스스로 부끄러운 마음을 이기지 못하여 운쇄(殞碎)하여 붕(崩)했다.

조대기(朝代記)에 이르기를 『연개소문은 개금(蓋金)이라고도 한다. 그의 아버지, 조부, 증조부가 모두 막리지(莫離支)인 명문이다. 홍무 14년(서기 605)생으로 아홉 살에 조의국선에 선발되어, 웅호(雄豪) 성신(誠信)하며 아량(雅量)이 있고 위지경천(緯地經天)의 재능(才能)이 있어, 사람들이 모두 감복하여 한 사람도 딴 뜻을 품는 자가 없었다. 참으로 일세(一世)의 쾌걸(決傑)이었다. 국방에 주력하고 당(唐)을 방비하는 일이 대단하여, 백제의 상좌평(上佐平)과 더불어 구존(俱存)할 뜻을 세우고 신라의 김춘추 (金春秋)를 청하여 당인(唐人)이 패역하여 금수 같으니, 우리가 사구(私仇)를 잊고 이제부터 3국의 힘을 합하여 당나라의 수도 장안(長安)을 무찌르면 주악한 당(唐)을 사로

잡을 수가 있을 것이다. 그리하여 이긴 후에는 구지(舊地)에 따라 연정(聯政)을 하고 인의(仁義)로서 함께 다스려 서로 침략하지 않기로 약조하고 영구히 준수함이 어떠하겠느냐』고 재삼 권했으나 춘추가 끝내 듣지 않았다. 이 얼마나 아까운 일인가.

서기 645년에 당주(唐主) 이세민(李世民)이 여러 신하에게 『요동은 본래 중국의 땅인데, 수(隋)가 네 차례나 원정했어도 능히 이기지 못했다. 나의 지금의 출병(出兵)은 중국 여러 나라의 자제의 원수를 갚고자 한 것이다.』하고, 세민이 친히 수십만 대군을 이끌고 요택(遼澤) 당도했다. 세민이 안시성(安市城)을 공격했다. 세민이 백가지 계책을 써서 뇌물로써 유혹도 해보았지만, 겉으로는 따르는 체하고 속으로는 어기며 여러번 습격하여 사상한 당나라 군사가 많았다. 고구려 군대가 진을 치고 지구 작전(持久 作戰)을 하다가 하룻밤에 표변하여 급습 전격(急襲 電擊)하니, 세민이 포위를 당할뻔 하고 두려워했다. 허한 틈에 기습을 당한 세민이 백계가 쓸모가 없어 요동 출병을 후회했다. 먼저 안시성을 치는 것이 유리하다고 하여 진격했으나, 성을 굳게 지키며, 성에 올라가 세민의 죄목을 들어 꾸짖는 바람에, 세민의 노기가 극에 달하여, 성이 함락되는 날에는 남녀를 모두 한 구덩이에 묻어 버리겠다고 하였다. 안시성 사람들은 그 말을 듣고 성을 더욱 튼튼히 지키므로 함락시킬 수 없었다. 안시성주 양만춘이 깊은 밤에 정병(精兵) 100명을 줄을 타고 내려가서 치니, 적군은 서로 밟아 많이 죽었다. 세민이 분을 참지 못하여 출진하더니, 마침내 세민의 왼쪽 눈이 양만춘이 쏜 화살에 맞았다. 연개소문이 추격하매 세민이 항복을 애걸했다. 만춘은 군대를 앞세우고 장안에 입성(入城)하여 세민과 약정(約定)하니, 산서 하북 산동 강좌가 모두 고구려에 귀속되었다. 문자제(文咨帝)에 이르러 명치 11년(서기 502) 11월에 월주(越州)를 공취(攻取)하고 요서(遼西) 진평(晉平)등 고을을 공취하여 백제의 군(郡)을 廢했다. 소문은 비상한 위걸이다. 그가 살아있은 즉, 고구려와 백제가 구존(俱存)하더니, 막리지가 죽어나니 려·제가 함께 망했다. 막리지나 임종에 그의 아들 남생(南生)과 남건(南建)을 돌아보고『너의 형제는 서로 우애해라. 화살이 묶으면 강하고, 나뉘면 꺾인다. 이를 잊지 말아서, 천하 이웃나라 사람의 웃음거리가 되지 않도록 하라』고 일러 주었다. 때는 개화 16년 10월 7일 [보장왕 25년, 서기 66년이라는 것이 통설인 것 같다] 묘는 운산(雲山)의 구봉산(九峰山)에 있다.

또 말하기를 평양에 을밀대가 있는데, 세상에서 전하기를 을밀 선인(仙人)이 세웠다고 한다. 을밀은 안장제(安藏帝, 고구려 제22대 임금, 서기 6세기)때 조의(皂衣國仙)가 되어 나라에 공(攻)이 있었다. 본래 을소(乙素)의 후손 이었다. 집에서 글을 읽고 활쏘기를 익히고 삼신(祖上神)을 노래하며 무리를 받아들여 수련(修練)하며 그 의용(義勇)으로 봉공(奉公)하니, 일세(一世)의 조의로서, 그 무리 3,000이 구름처럼 모여서, 다물흥방의 노래(多勿興邦之歌)를 제창(濟唱)했다. 다물은 회복(恢復)의 고어(古語)이다. 옛 땅과 건전한 기풍을 회복하면 나라가 흥할 것이다. 이로 인하여 일신을 희생하여 그 나라와 그 의(義)을 온전히 하는 기풍을 크게 고취했다. 그 노래는『먼저 간 것은 법이 되고, 뒤에 오는 것은 위(上)가 된다. 법이 되는 것은 고로 날 것도 사라질 것도 없고(不生不滅), 위가 되는 것은 고로 귀한 것도 천한 것도 없다(無貴無賤). 사람 속에서 천지가 하나가 되고, 마음은 신(神)과 더불어 본래 하나이다. 그런 고로 그 허(虛) 그 조(粗)가 같고, 그 근본은 같으므로, 유신(唯神)과 유물(唯勿)이 둘이 아니다(不二). 진(眞)은 만가지 선(善)의 극치가 됨이며, 진은 일중(一中)

에서 극치를 주재(主宰)하는 고로 3진은 일중에 돌아가고, 그런 고로 일신이 곧 3이다. 천상 천하에 다만 내가 스스로 있음이여, 다물은 나라를 일으키고, 스스로 있기 때문에 함이 없이 일을 함에 나라를 일으키는 고로 말이 없이 가르침을 행한다. 진명(眞命)이 커져서 성품을 낳아 광명에 통한다. 집에 들면 효도하고 밖에 나서면 충성한다. 광명은 그래서 모든 선을 행하지 아니함이 없고, 효와 충은 그래서 모든 악을 일체 짓지 아니한다. 백성의 의(義)로운 바는 나라를 소중히 여기는 것이다. 나라가 없으면 어찌 생기겠느냐. 나라가 소중하기 때문에 백성이 사물이 있어 복을 누리고, 내가 있기 때문에 나라에는 혼이 있어 덕이 된다. 혼의 생(生)이 있고 각(覺)이 있고 영(靈)이 있음이여. 일신(一神)의 그윽한 거처는 천궁(天宮)이 되고, 3혼은 그래서 지혜와 생(生)을 함께 닦을(雙修할) 수 있다. 일신(一神)은 그래서 형(形)과 혼을 함께 이루는 것이다. 우리 자손이 나라를 잘 이루도록 함이여. 태백의 교훈은 우리의 스승이다. 우리 자손들은 그래서 통합되고 불균(不均)함이 없다(모두 평등하다)』고 했다. 우리들의 스승은 그래서 가르침마다 새롭다 고 했다.

을밀선인은 일찍이 대(臺)에 올라 살면서, 하늘에 제사하고 수련하는 것을 임무로 삼았다. 대개 국선의 수련법은 참전(參佺)으로 계(戒)를 삼아 스스로를 건전하게 하고 서로 영광되게 하고, 나를 희생하여 사물을 존립시키며, 몸을 버려 의(義)를 지켜서 나라 사람들을 위하여 기풍을 일으키는 것이다. 천추(千秋)에 우러러 감흥을 일으켜, 모든 사람의 사표가 되고, 사람들의 존경하는 상징이 되어, 후세의 사람들이 그 대(臺)를 을밀이라 하니, 금수강산 제일의 명승지의 하나이다.

태백일사는 위에 기술한 것 외에 대진국(大震國 즉 발해)본기와 고려국본기를 기술하고 있으나, 노래의 배경 설명이 너무 길어진 때문에 발해와 백제는 생략한다.

태백일사의 저자는 고려국본기 까지 기술하고 나서 다음과 같이 발(跋)을 썼다.

태백일사 발(跋)

서기 1324년에 괴산에서 귀양살이를 하게 되 어 자못 무료하여 집에 간직한 상자를 조사해서 역사로 가치 있는 것과 평소에 고로(古老)들에게 들은 것들을 합쳐서, 1340년에 내가 찬수관이 되어 내각의 비밀 서적들을 읽어 얻은 것들을 곁드려서 이름지어 태백일사라고 하였다. 그러나 이를 세상에 내보내지 못하고 비장했기 때문에 밖에 내보내지 못했던 것이다. 일십당 주인 씀.

환단고기 발

1949년 봄에 나는 강도(江都) 마리산에 들어가서, 대영절(大迎節)에 대시전(大始殿)에 가서 이정산 유립(李靜山 格立)씨로 부터 환단고기의 정서하는 일을 위촉받았다. 국조의 고사(古史)를 알고자 하여 이를 승낙했다. 환웅 18세와 단군 47세를 지났으니, 기자가 어찌 그 사이에 끼여들 틈이 있겠느냐. … 뒤에 이 책을 보는 자 반드시 공경하리니, 청하에 이 글을 써서 이 책의 뒤에 붙인다.

신시기원 5848년 5월 상순 동복[同福]오형기[吳炯基]발.

제2장 규원사화(揆園史話)

규원사화는 근조선 숙종 시대(肅宗時代) 사람 북애자가 쓴 책이지만, 고려 때 사람 청평(淸平)이 유(儒), 불(佛)의 사상이 아닌 우리나라 본래의 도가(道家)의 입장에서 여러 고사를 참고하여 쓴 고려 때 사람 청평(清平)의 진역유기(震域遺記)에 의하여 저술한책으로서, 사대(事大)사상을 배척하고 주체 사상이 뚜렷한 매우 특색 있는 볼만한 책이다. 그래서 우리 조상들의 위대한 공적을 두드러지게 기술한 특색있는 책이다. 그래서 조상 전래의 제천 보은하는 제사에 대한 관심과 단군님의 교설을 전하려는 의도는 매우 두드러지면서도 내가 여기서 말하려는 가무에 대한 기술은 별로 없다. 그러나 그것이 그 가무의 배경을 찾는데는 크게 도움이 되므로 간단히 기술하려 했다.

一. 조판기(肇判記)에서 우주에 천지가 창조되던 때 혼돈(混沌)하고 암흑하더니 땅 과 생물이 생기고 환하게 밝아지고 환나라의 환웅이 세상을 다스려 신국 시대가 세워진 것을 기록했다.

二. 태시기(太始記)에서 치우(蚩尤) 고시(高失) 신지(神誌)의 후예가 번성해서 큰 활을 쓰는 9파의 이(夷)족의 일을 기록했다.

三. 단군기(檀君記)에서 청평산인(清平山人) 이명(李茗)의 조대기(朝代記)를 인용(引用)하여 저술한 진역유기 3권에 의하여 우리나라의 옛역사를 기술했는데, 다음과 같다.

이제부터 약 1천여면 전에 중국의 요(堯)와 같은 때에 신시의 박달나무 (檀木) 아래의 제단에서 이어받아 넓고 강대한 나라 조선의 임금이 되니 그가 단군 제1세이다. 박달 임금은 한자(漢字)로 번역하여 후세에는 단군 이라고 부르게 된 것이다. 도읍을 태백산 기슭의 우수하(牛首河) 언덕에 세우고 임검성이라 했다. 지금의 만주 길림(吉林) 땅에 소밀성이 속말강 남쪽에 있는데, 소말·속말은 모두 소머리(牛頭)라는 뜻이다. 지금 춘천에 우두촌이 있는데, 맥국(貊國)의 옛도읍이니, 맥국 역시 단군의 후예이므로 당연한 일이다. 청평이 말하기를 속말수 북쪽에 발해 중경(中京) 현덕부(縣德府)라는 곳이 단군이 처음 도읍 하였던 곳이기 때문에 임검성은 평양(서울)이라 하였다. 발해가 거란에게 패망하여 그 유민이 고려로 올 때 그 중에는 발해 왕자를 비롯하여 많은 귀족 고관 선비들이 왔으므로 청평의 기록은 발해 사람이 비밀히 감추어 두었던 것에 근거하였다고 한다.

김부식이 사기를 쓸 때 발해 역사를 몰랐을 리가 없는데 왕검에 대해서만 몇 구절을 적었을 뿐이고 발해사에 대하여는 전혀 다루지 않았으니 김부식은 그 허물을 면할 수 없을 것이다. 그가 중국 책에 취하고 또 큰 뜻이 모자라니 한심스럽다. 우리나라는 건국 초부터 여러 나라가 모두 국중대회를 열고 제천 보은하며 가무를 즐겼다. 발해에도 보본단이 있었다.

단군은 천하의 땅을 나누어 공을 세운 겨레들에게 봉토를 하여 여러 분국(分國)을 만들고, 백성들로 하여금 제사를 드리게 하고 제사를 마친 후 무리들에게 8조의 교훈으로 깨우쳤는데, 그 요지는 마음이 깨끗하고 정성스러워 화합하고, 양심에 따라 하늘이 주신 범(天範)을 지키며 어버이와 하늘을 공경하여 효충하며 원망하지 말고 사양하며 서로 돕고 사랑하며 남을 해하거나 좋지 못한 생각을 하지 말라는 것이다.

북애자는 옛날 평양이란 수도 서울의 의미요, 단군의 수도 평양은 모두 중국에 있었고, 신시의 환웅이나 조선의 단군이 내려 온 곳은 백두산 기슭이요, 그 태백산은 영변의 묘향산이 아니고, 송화강이 있는 백두산인데, 영변의 묘향산이란 생각은 일연의 삼국유사에 태백산을 영변의 묘향산이 라고 주석을 잘못 쓴데서 생긴 오해임을 역설하고 있다.

그리고 북애자는 주체 의식이 강하고 사대사상을 배척해서, 공자가 조선에 낫다면 조선을 중화라고 중국을 이(吏)라고 했을 것이라고 하고, 우리가 처음에는 선진 대국이었음을 강조하고 있다. 그러기에 태시기(太始記)에 우리가 회남(淮南) 산동(山東) 낙양(洛陽)을 차지했을 때에 중국 사람이 활과 돌의 힘민 믿고 투구와 갑옷을 쓸 줄 모르던 우리 치우가 투구와 갑옷을 만들매 이것을 보고 구리 머리(銅頭) 쇠이마(鐵額)한 자라고 하였다고 하고, 저자의 서문에서 『평양을 거쳐 용만에 이르러 통군정(統軍亭)에 올라서 북으로 요동 평야를 바라보니 가까운 거리에 있는 것 같았다. 만약 한 줄기 압록강을 너머 서면 벌써 우리의 땅은 아니다. 슬프다. 우리 조상이 살던 예강토가 남의 손에 들어간지 이미 천년이요, 이제는 그 해독이 날로 심하니 옛날을 그리워하고 오늘을 슬퍼하며 안타까움을 금할 수가 없었다. 뒤에 다시 평양에 돌아오니 마침 을지문덕의 사당을 세운다 했다.

후세에 고루한 이들이 중국 책에 빠져 주(周)나라를 높이는 사대주의(事大主義)만이 옳은 것이라 하고 먼저 그 근본을 세워 내 나라를 빛낼 줄을 몰랐다. 고려 이후 조공 바치는 사신들을 보내기 수백 년이 되었건만 이는 한하지 아니하다가 졸지에 만주를 불구 대천의 원수로 하니 이 무슨 까닭인가. 아, 슬프다. 하늘이 효종(孝宗)에게 십년만 더 살수 있게 하였던들 곧 군대를 요심(遼審)으로 보내고 배를 등채(登菜)로 달리게 했을 것이다. 슬프다. 후손이 조상의 덕망이나 업적을 이어 받지 못하고 매년 시월이면 반드시 제천 하던 단조(檀朝)의 남긴 제도를 버리고 백성들이 무당 박수에게
부탁하니 이는 옛풍속의 찌꺼기로써 큰 폐단이다.

옛날 부루임금은 천하에 명령을 내리어 추수기 끝난 후에는 모여서 신곡으로 하늘에 드리고 아울러 단검(植檢)께도 살아 계신 때와 다름없이 정성을 다하여 제사를 드리라하니, 백성들이 다 기뻐했다. 수십 나라의 제후들이 와서 섬기며 어아의 음악을 지어 사람들과 신

령들을 기쁘게 했다. 임금이 공을 표창하고 상을 내리고 음악을 연주하고 또 조천무(朝天舞)지어 춤을 추게 하였다.』

그러나 후세에 조상의 가르침을 이어 받지 못하고 선현들도 끝나고 그 다스리는 방법과 넓은 길도 어두움에 묻히고 국력이 쇠약해 졌다. 고열가에 이르러서는 왕실은 시들어 힘이 미약하고 제후들은 점점 강해져서 왕의 명령을 받드는 자가 없으매, 임금이 물러나 은퇴하고, 열국시대로 들어갔다. 그 후 시대는 여러번 바뀌어서, 북애자의 시대에는 사정이 매우 달라지고 옛날의 바른 역사를 찾기가 어려웠기 때문에 서문의 끝에 말하기를 『각처로 다녀서 송경에 왔을 때 아내가 죽었다는 소식을 듣게 되었다. 그래서 바삐 집으로 돌아와 지내자니 쓸쓸하여 옛집의 남쪽에 있는 부아악(負兒岳) 양지 바른 곳에 규원서옥(揆園書屋)을 짓고 제가(諸家)의 책을 모아 연구를 하면서 여생을 마치고자 했다…. 조선은 국사가 없다는 것이 무엇보다도 큰 걱정이다. 우리나라의 옛 경사(經史)가 여러 번 병화(兵禍)를 입어 흩어지고 없어지게 되었다. 이를 어찌하랴. 그러나 다행히도 산골짜기에서 청평이 저술한 진역유기 중 삼국이전 고사가 있는 것을 얻으니 비록 그것이 간략하고 자세하지는 못하나 항간의 선비들이 구구하게 떠드는데 비하면 오히려 씩씩한 기운이 더 높으니 이에 다시 한번 한사제전(漢史諸傳)에서 글을 빼내어 사화(史話)를 만들게 되니 자주 밥맛을 잊을 지경이었다…. 만일 하늘이 내게 장수(長壽)를 누리게 한다면 이 역사를 완성하게 될 것이지만, 그러나 이는 또한 국사를 완성하는 선구적 역할을 하는데 지나지 않을 뿐이다. 후세에 만일 이 책을 잡고 우는 사람이 있다면 내가 넋이라도 한없이 기뻐하리라.

숙종(肅宗) 원년(서기 1795년) 을묘 삼월 상순, 북애노인은 규원초당에서 서문을 쓴다.』고.

제3장 중국의 사서(史書)들

　중국의 문헌 중에도 예기(禮記) 효경(孝經)처럼 우리 나라 상고(上古)의 가무(歌舞)에 관하여는 그 형식 일만에 관한 기록이 더러 있으나, 구체적 내용은 알아볼 길이 없다. 그후 부여(夫餘) 삼한(三韓) 삼국(三國)등 고대 (古代)의 중간적 시대에 관하여는 중국의 여러 사서에는 우리의 역사와 비교 혹은 확인함에 참고될 만한 것이 적지 않다. 그 여러 가지 책에는 대동소이한 것이 중복되어 있으므로, 여기에는 우선 삼국지 위서 동이전(中國의 三國誌 魏書 東夷傳)을 주(主)로 하고 후한서(後漢書) 진서(晉書) 통전(通典) 등에서 더러 보태어서 간략하게 말하기로 한다.

　부여·옥저·예·삼한·삼국은 남북의 광범한 지역에 나뉘어 살았으나, 대체로 같은 언어와 풍습을 가졌으므로 서로 비슷한 가악을 즐겼고, 흔히 제천(祭天) 의식(儀式)·농경 사회의 집단적 종교적 축도(祝禱)에 속하는 것으로 짐작된다. 가무는 간단한 악기의 반주에 의하여 대동소이(大同小異) 한 민족적 공통적인 것이었다. 제천 숭조 보은을 내용으로 하는 축도와 함께 조상의 교훈을 기억하며 민족의 단결을 굳게 하기 위한 국중대회(國中大會) 로서, 가무도 그 속에서 생겨나서 발전하였다. 농경 생활인 만큼, 정초의 해가 바뀔 때, 춘경을 끝낸 5월, 달 밝은 가을의 추석, 추수를 감사하는 10월의 나라를 세운 기념이 되는 10월 같은 계절(季節)을 계기로 하여 영고(迎鼓)·동맹(東盟·東明)·무천(舞天)·제천(祭天)의 대회를 열었다. 그러므로 그 가무는 집단적인 것이요, 아직은 개인적 서정적(敍情的)인 음악·무용으로 발달해 가는 중간의 가무에 지나지 못했다.

부여전(三國誌 魏書 東夷傳)

장성 북쪽 평지에 사는 강용 근후(强勇 謹厚)한 국민으로서, 은정월(設正月) 제천에, 국중대회를 열고 연일 음식과 가무를 즐긴다. 이를 영고(迎鼓, 맞이굿)이라고 한다.

고구려전(高句麗傳)

부여의 별종(別種)으로, 언어제사(言語諸事)가 많이 부여와 같다. 조의(皂衣) 국선이 있고, 행보함에 모두가 달음박질을 한다. 백성이 가무를 좋아하여 저녁이면 남녀가모여 서로 노래 유회(歌戲)한다. 행보 함에 모두가 달음박질한다. 10월 제천 국중대회를 동맹(同盟, 同明과 같은 뜻)이라고 한다.

동옥저전(東沃沮傳)

그 언어가 고구려와 많이 같고, 때때로 조금 다르다. 그 인성(人性)이 질소, 정직, 강용(强勇)하다. 음식 거처 의복 예절이 고구려와 유사(有似)하다.

읍루전(揖樓傳)

그 인형(人形)이 부여와 비슷하고, 언어는 부여·고구려와 같지 않다. 대군장(大君長)이 없고 법속(法浴)의 가장 강기(網紀)가 없다.

예전(機傳)

문호(門戶)를 닫지 아니하고, 도적질하지 아니한다. 언어 법속이 대개 고구려와 같고, 의복은 다른 점이 있고, 동성(同性)이 혼인하지 않고, 기위(忌緯)가 많다.

10월절 제천에 밤낮 음주(飮酒) 가무(歌舞)하는데, 이를 무천(舞天)이라고 한다. 그리고 호랑이를 신으로 제사한다. 보전(步戰)에 능하다.

마한전 (馬韓傳)

『한(韓)에는 3종이 있는데, 마한은 무릇 50여 나라가 있었다. [이 50여 나라는 성읍국(城邑國)일 것이다. 후한서에는 54국이라고 하고 있다.] 큰 나라(大國)는 만여집(家)이고 소국(小國)은 수천집, 모두 10여만 호(總十 餘萬戶)이다. 환영의 말(桓靈之末)에 한예(韓穢)가 강성하여 군현(漢國의 郡縣)이 능히 이를 제어(制)하지 못하여, 백성이 한국(韓國)으로 흘러 들어간다. 한강 이남에 분포된 부족국가들을 중국인은 개국(盖國) 또는 진국 (辰國)이라고 총칭하고 진왕이 신지(臣智)라고 일컬어졌다.』[44]

마한에서는 5월 하종(下種)이 끝나면(耕種을 單하면) 풍년을 비는 제사를 지내면서 무리가 모여서 밤낮 가무 음주하였는데, 그 춤은 수십 명이 서로 어울려서 혹은 높게 혹은 낮게 땅을 밟으며 그것에 손발을 맞추었다. 그리고 10월에 추수가 끝나면 감사 축제도 그와 같이 행했다. 신을 믿어, 나라의 고을에도 각각 주제(主祭)를 한 사람씩 세워서 천신에게 제사하였는데, 그를 천군(天君)이라고 이름했다. 또 여러 나라에 각각 별읍(別邑)이 있어서, 소도라고 이름하고, 큰 나무를 세우고 방울과 북을 걸고, 귀신을 섬겼다. 그 속으로 도망한 모든 사람은 모두 돌려보내지 않아서 도적에게 좋게 했다.

진한전 (辰韓傳)

노인이 스스로 전하는 말에 진(秦)의 역사(役事)를 피하기 위해서

44) 이병도 국사대관 p.47

도망해온 사람들이 마한에 오매, 마한 사람들이 그 동쪽 경계의 땅을 베어 주었다. 거기는 성책(城柵)이 있고, 그 언어가 마한과 다른 것이 있다. [晋書에는 秦人과 類似한 것이 있으므로 어떤 이는 이를 秦人이라고도 한다. 춤추기를 좋아하며, 비파(瑟)를 잘 탔는데, 그 모양이 축(筑)과 비슷하다고 했다.]

변진전 (弁辰傳)

변진 역시 12국이 있고 또 소별읍(小別邑)들이 있었다. 각기 거사(渠師)가 있었는데, 큰자는 신지(臣智)라고 했다. 그 12국이 진왕에 속하고, 진왕은 흔히 마한 사람이 되었다. 여러 저자(市)가 모두 쇠를 쓰고 또 쇠(鐵)를 매매했다. 중국처럼 돈(賤)을 썼다. 그 나라에서 쇠가 나서 그것을 공급했기 때문에 한(韓) 예(穢) 왜(倭)가 모두 거기서 쇠를 가져갔다. 그들도 풍속이 가무(歌舞)를 즐기고, 비파(瑟)라는 악기를 잘 탔는데, 그 악기의 모양이 축(抗)과 같았고, 또 음곡(音曲)이 있었다.

지금까지도 진한인은 머리가 편평하고, 가다가 만나면 길을 양보하는 습속이 있다. 변진전에 의하면, 성곽이 있고, 의복 거처가 진한과 같고, 언어 습속이 서로 비슷하며, 귀신에게 제사하는데 다른 것이 있고, 12국이 모두 사람의 외양이 크고, 의복이 깨끗하고 머리가 길고, 폭 넓고 가는 옷감(廣幅의 細布)을 만들었고, 특히 법속(法浴)이 엄준(嚴峻)하였다고 한다.

제4장 삼국 시대

고대의 삼국 시대부터는 제사(祭祀)와 악(樂)에 대한 기록이 남아 있어서 악기(樂器), 악사, 악사의 복색, 악곡, 가무, 가면(假面), 가극 등의 종류와 내용을 상당히 자세하게 알 수 있다.[45]

각종 제사를 설명하고 그 다음에 음악에 대하여 신라의 것을 비교적 상세히 기술하고 고구려와 백제의 것도 간략하게 기술하였다.

신라의 악기는 삼현(三絃) 가야금 비파 삼죽(三竹) 박판(拍板, 박자 맞추는 나무쪽) 북(大頭 小頭 등)이 있었는데, 현금은 5현 7현 등 여러 가지가 있고, 처음에는 대개 중국의 것을 모방하거나 그것을 보고 우리가 창작했지만, 나중에는 100여곡을 지어서 연주하였다고 한다. 삼죽저(三竹笛)에는 7조(調)가 있고, 대금(大琴)은 324곡, 중금(中琴)은 245곡, 소금(小琴)은 298곡이 있다. 대악(1樂)은 백결(百結)선생이 가난한 생활을 하는 그의 부인을 위로하기 위하여 방아 소리를 낸 것이라고 한다.

여러 가지 가무(歌舞)에는 감(監) 가척(歌尺) 무척(舞尺) 금척(琴尺)이 여러 사람씩 있고, 복색도 청색과 적색이 있었는데, 고세에 그 기록이 있을 뿐, 연주하는 모습은 자세히 전해지지 않았다. 척(尺)은 우리 나라에서 하급 전업자(下級專業者)를 일컫는 말이다. 궁척(弓尺) 수척(水尺) 따위 등 척의 예가 많다. 신라 때에는 악공(樂工)을 모두 척이라고 했던 것이다.

춤추는 사람의 복색(服色)을 신라에서는 일종의 두건(頭巾)과 자색 큰 소매 예복에 붉은 띠를 두르고 도금한 허리띠에 검은 가죽신을 갖추었다.

최치원(崔致遠)의 詩에 향악잡영(鄕樂雜詠 七言絶句) 5수(首)가 있

45) 삼국사기 제32권, 잡지(雜誌) 제1 제사 악(樂)

어서 삼국사기에 기록되어 있다.[46]

금환(金九) (금빛 공 놀리기)

몸을 돌리고 팔을 휘둘러 금환을 희롱(놀리)하니, 달이 굴고 별이 뜨는 듯이 눈에 가득 차다. 좋은 동료(同僚) 있다 한들 어찌 이보다 나으랴. 큰 바다에 풍파가 없을 줄(세상이 태평한 줄) 정히 알겠구나.

월전(月顚) (이마에 달 같은 가면을 쓴 탈춤)

어깨는 으쓱하게 높이고 목은 움츠리고 머리털은 일어서고, 팔 건은 선비들이 술잔을 다투네. 노래 소리 듣고 사람들이 다 웃는데 밤에 휘날리는 깃발이 새벽을 재촉한다.

대면(大面) (악귀를 물리치는 황금빛 가면을 쓴 춤)

황금빛 얼굴을 한(금빛 얼굴의 가면을 쓴) 그 사람이 손에 구슬 채찍을 들고 귀신 노릇을 한다. 빨리 걷기도 하고 천천히 달리 기도하여 우아하게 춤을 추니. 완연히 붉은 봉황새가 요 임금때(태평성대)의 봄에 춤추는 것 같구나.

속독(束毒) (가면 춤)

쑥대가리(엉킨 머리)에 쪽빛 얼굴이 사람과는 다른데 떼를 지어 뜰에 와서 난(鸞)새 춤을 추니, 북치는 소리 둥둥 울리고 겨울 바람 쓸쓸하게 부는데 남으로 달리고 북으로 뛰어 한정이 없구나.

---

46) 三國史記 卷第三, 雜志 第一樂, 鄕樂雜詠

산예(狻猊) (사자춤)

머나 먼길 서방 사막 건너 만리나 오느라고 털옷은 다 해지고(털은 다 빠지고) 먼지만 남았구나 머리를 흔들고 꼬리를 저어 어진 덕에 배어(길 들어) 있네. 호기야백수(온갖 짐승)의 재주와 비할 것인가.

고구려의 음악은 통전(通典)에 이르기를 『악공인(樂工人)은 자색 라사 모자에 새깃으로 장식하고, 황색의 큰소매돗에 자색 라사 띠를 띠었으며, 통 넓은 바지에 붉은 가죽신을 신고, 5색 노끈을 매었다. 춤 추는 네사람은 뒤에 복상투를 틀고 붉은 수건을 이마에 동이고, 금 고리로 장식하며, 두 사람은 황색 치마 저고리와 적색 바지를 입고, 두 사람은 적황색 치마 저고리 바지인데, 그 소매를 매우 길게 하고 검은 가죽신을 신었으며, 쌍쌍이 함께 서서 춤춘다. 악기는 탄쟁(彈箏) 국쟁(搊箏) 와공후(臥箜篌) 견공후(堅箜篌) 비파 5현금 의취적(義觜笛) 생(笙) 횡적(橫笛) 통소(簫) 소필률(小篳篥) 대필률(大篳篥) 도피 필률(桃皮篳篥) 요고(腰鼓) 제고(齊鼓) 담고(擔鼓) 패(貝) 각 하나이다.』 책부원구(冊府元龜)에는 『고구려 악에는 5현금 쟁 필률 횡취(橫吹) 통소 북 따위가 있는데, 갈대를 불어 곡조를 맞춘다』고 하였다.

백제의 음악은 통전(通典)에 이르기를 『백제의 악은 당나라 중종(唐 中宗) 시대에 공인(工人)들이 죽고 헤어졌는데 당의 현종 개원(唐 玄宗 開元) 년간에 백제악을 다시 설치했으므로 음곡이 없는 것이 많다. 춤추는 자 두 사람은 자색 큰 소매 치마 저고리와 선비들이 쓰던 관에 가죽신을 신었다. 악기의 남은 것은 쟁저 도피필률 공후 인데 악기류가 많이 중국과 같다』고 하였으며, 북사(北史)에는 『고각(鼓角) 공후 쟁 우(竽) 적(笛) 등이 있다』고 했다.

위는 삼국사기의 기록이지만 삼국유사(三國遺事)에는 특히 노래와 가 극의 가사가 많이 실려 있다. 이를테면 헌화가(獻花歌) 안민가(安

民歌) 도솔가(兜率歌) 등등이 그것이다.

그 중에서도 처용가(處容歌) 같은 것은 신라에 널리 퍼지고, 고려 시대에도 처용무(舞)로 발전되고 그 악무(樂舞)와 가사(歌詞)는 극의 형식으로 화하여 조선조에까지 내려왔다. 노래와 춤이 극으로 화함에 따라서 본래의 노래(原歌) 외에 허다한 사설(辭說)이 첨가되고 정작 원가(原歌)는 끝의 두구(二句)를 삭제해지기까지 했다. 어쨌든 그것이 고려 시대에 널리 관행(慣行)된 것은 세상이 다 아는 일이다. 신라의 노래는 순 한문으로 뿐만 아니라, 이두(吏頭)로 엮어져서 널리 불려지고 궁중에서까지 그 가극이 오래 성행되었다. 그러므로 이 논문에서는 삼국 시대 가무 가극의 대표로 그것을 기술하고 끝맺으려 한다. 우리 나라의 제사나 무당의 굿과 함께 음악 가무가 맥을 이어 오고 있지만 신라 이래의 가사들과 유교 및 불교적인 것들과 무당의 굿거리 등은 각각 하나의 논제의 대상이 되므로 이번에는 참아 두고 앞으로 차차 논급하려 한다. 유교식 축제례에는 아악이 곁드려 있고, 불교식 의례에는 범패와 불교 음악이 곁드려 있고, 무당의 굿에는 공수 타령가락과 무당춤이 잽이의 기악이 반드시 있게 마련이다. 그런 것들은 뒤의 연구로 미루어 두고 우선 처용의 노래 춤 극을 통틀어 기술할 수 밖에 없다.

처용가의 시원(始原)은 삼국유사의 제2권 기이(紀異第二) 처용가이다.[47] 삼국유사에 다음과 같이 기재되어 있다.

처용랑(處容郞)과 망해사(望海寺)

제45대 헌강대왕(憲康大王)시대에 서울로부터 해내(海內)에 이르기까지 집과 담이 연(連)하고 초가(草家)는 하나도 없었으며 풍악(風樂)

47) 僧一然著 三國遺事 卷 第二 紀異 第二, 處容歌. 望海寺

과 노래가 길에 끊어지지 않고 풍우(風雨)는 4철 순조로 웠다. 이에
대왕이 개운포(開雲浦)에 놀러 나갔다가 장차 돌아올 때 낮에 물가에
서 쉬었는데 홀연히 구름과 인개가 자욱하여 길을 잃을 정도이었다.
괴상히 여겨 좌우에게 물으니, 일관(日官)이 아뢰되 이것은 동해(東海)
의 용(龍)의 조화이므로 좋은 일을 행하여 볼 것이라 하였다. 이에 당
해(當該) 관원에게 명하여 용을 위하여 근처에 절을 세우도록 하였다.
왕의 명령이 이미 내리매 구름이 개이고 안개가 흩어졌다. 그래서 개
운포(開雲浦)라고 이름을 지었다 동해의 용이 기뻐하여 아들 일곱을
데리고 임금 앞에 나타나서 임금을 따라 서울에 와서 정사(政事)를 보
좌하였는데 이를 처용이라 하였다. 왕이 미녀(美女)로써 아내를 삼게
하여 그를 머물게 하고자 하고 또 급간(級干)의 직(職)을 주었다. 그의
아내가 매우 아름다웠으므로 역신(疫神)이 흠모하여 사람으로 변하
여 밤에 그 집에 가서 몰래 동침(同寢)하였다. 처용이 밖으로 부터 집
에 돌아와 자리에 두 사람이 누운 것을 보고 노래를 부르며 춤을 추
고 물러 나갔다. 노래에 가르되『동경(경주 서울) 밝은 달에 밤드러(새
어) 놀다가 돌아와 자리를 보니 다리가 넷이더라. 둘은 내해었고 둘은
뉘것인고, 본대 내해다 마는 빼았겼으니 어찌하리고』라고 하였다.

이 노래가 처용가인데, 이 노래를 삼국유사의 이두대로는『東京明
期月良 夜入伊遊行如何 人良沙寢矣見昆 脚烏伊四是羅 二肹隱吾下
於叱古 二肹隱誰支下焉古 本焉吾下是如焉於隱 奪叱良乙如何理古』
이고, 양주동(梁柱東)의 우리글 발음대로는『ᄉᆡ ᄇ ᄇ기 ᄃ래 밤드
러 노니다가, 드러ᅀᅡ 자리 보곤, 가르리 네히어라, 둘흔 내해엇고,
둘흔 뉘해언언고, 본ᄃᆡ 내해다 마ᄅ, 아ᅀᅡ ᄂ엇디 ᄒ리고』[48] 그때
에 신(神)이 모습을 나타내어(現形)하여 앞에 꿇어앉아 가로되 내가

48) 梁柱東 著 朝鮮古歌研究 三七八面

공(公)의 아내를 사모하여 지금 과오(過誤)를 범하였는데 공이 노(怒)
하지 아니하니 감격하여 아름답게 여기는 바이다. 금후(今後)로는 맹
세코 공의 형용을 그린 것만 보아도 그 문(門)에 들어가지 않겠노라
하였다. 이로 인하여 나라사람들은 처용의 형상을 문에 붙여서 사귀
(邪鬼)를 물리치고 경사를 맞아 드렸다. 왕이 이미 서울에 돌아와 영
취산 동쪽 기슭의 승지(勝地)를 택해서 절을 세우고 이름을 망해사
(望海寺)라고 하였으니 용을 위하여 세운 것이다.

이 노래는 삼국유사의 이야기에서 생겨서 발전된 것인데 처용이
욕된 것을 참아서 모든 사람에게 복되게 했다는 인욕보살(忍辱菩薩)
과 關聯되는 것인 듯하다. 처용이란 말은 속칭 제용의 음을 빌린 音
借字라고 하는 해설이 맞는 것 같다.[49]

결 론

위에서 살펴본 바 처럼 상고 시대부터 고대에까지 걸쳐서 제1장 환
단고기, 제2장 규원사회, 제3장 중국의 사서들, 제4장 삼국사기의
신라의 악, 고구려의 악, 백제의 악에 대한 설명을 했는데 삼국유사
에 있는 것을 하나만 본보기로 썼지만 삼국유사에는 수없이 많은 歌
舞가 있으므로 점차적으로 찾아 기록할 것이나 현대어가 아니고 모
두 吏頭이므로 여기서부터는 따로 독립된 논문을 쓸 예정이다. 그것
이 고려, 이조에까지 계속해서 발달되는데 본격적인 춤과 노래, 타령
까지 방대한 분량인데, 그 본류가 무당의 공수에 남아 있다. 이것은
근대적 노래와 춤뿐만이 아니라 무속의 노래와 춤을 계속 연구해야
될 과제이다.

49) 前揚 揚往東 著 朝鮮古歌研究 三十一面 및 三八四面

✳ 近代舞踊의 指導에 關한 研究

Study on the teaching method of modern Educational Dance

서 정 자

Ⅰ. 序 論

人間이 地球上에 살게된 以來로 舞踊은 人間의 生命과 같이 存在해 온 人間所産의 文化이다. 그러나 舞踊이 高次元的인 藝術로서 크게 發展하지 못한 것은 事實上 舞踊人들의 責任이 큰 것이라 아니 할 수 없으며 또 그들의 科學的인 研究的態度가 큰 原因이 된다. 舞踊教育이 人間을 形成하는 데에 身體的인 面으로나 情緒的인 面에 影響을 미칠뿐만 아니라 各己 自己들의 生活周邊에서 發生하는 思

想感情을 아름답게 表現한다. 恒常 새로운 方法으로 삶을 營爲하듯이, 이 새로운 삶은 創造的인 美的 調和의 方向을 設定한다. 이 美의 調和 手段의 전형적 표현의 媒介體가 바로 舞踊의 動作이다.

이 創造的인 美的 調和의 近代 舞踊의 指導에 關한 方法은 그들 自身이 누구나 創作할 수 있는 方法으로서 그것에 依하여 活動한다. 舞踊에 있어서는 어떠한 舞踊이던지, 卽 Folk, Ballet, Ballroom dancing 또는 다른 種類의 어떠한 舞踊이던지 스텝을 써서 利用하게 된다. 제일 基本이 되는 여러가지 動作을 內面的인 問題에 忠實하기 爲해서 段階的으로 習得 터득해야만 한다. 왜냐하면 이 世上에 태어난지 몇 달도 되지 않은 어린아기가 기어 다니지도 않고 갑자기 걷거나, 뛰어 다닐 수는 없는 것 처럼 舞踊도 또한 이것과 같다. 그리고 舞踊의 重要性이나 價値性을 전혀 無視하고는 內容이 없는 움직임에 지나지 않는다. 이 價値性은 舞踊을 專攻하는 사람들에게는 切實히 要求되는 問題이다. 좀 더 이러한 面이 科學的으로 啓發되어야 하며 모든 題目이나 空間的인 方法으로 이끌어 져야 한다. 따라서 必要없는 動作과 線의 흐름은 점차 除外하고, 오히려 內的인 面에 忠實해야 한다. 그리고 舞踊이 모든 사람에게 生活化되고 舞踊을 理解하고 舞踊을 하고자 願하는 舞踊人口가 점차 增加하여야 한다. 그러나 現實은 比紋的 이 方面의 專門家가 다른것에 比하여 너무나 적다. 表面的인 理由로는 상당한 힘이 든다는 핑계로서 年輪이 올라 갈수록 斷念하는 者가 많아진다. 藝術이란 어떤 限界가 있는 것이 아니다. 무엇이 던지 무르익으면 익을 수록 哲學의 깊이가 있는 것이며 舞踊도 動作이라는 媒介體로서 外部에 나타내는 것인데 이 動作이 대부분의 경우에 사람마다 完全히 動作에 대한 理解가 끝나기도 前에 그만 두어 버린다. 그러나 이러한 사람일 수록 어떤 目標를 達

成하기 까지는 꾸준한 勞刀이 必要하다. 그리고 特히 舞踊指導에 있어서 靑少年, 少女의 指導問題를 어떻게 하여야만 全人的 人間으로서 舞踊을 專門的으로 欵果있게 指導할 것인가 하는 問題가 發生한다. 그러므로 筆者는 舞踊이 좀더 敎育的이면서 科學的이고 藝術的 表現의 理想的 方向의 指導方法을 考察해 보고자 한다.

II. 舞踊의 敎育的 價値性

西紀 1945年 解故을 契機로 學校敎育에 큰 轉換이 있음과 동시에 舞踊敎育에 있어서도 型에 대한 近代의 舞踊과 旣性作品의 注入은 自己發達과 創意的 面으로 轉換되었다. 이와같은 轉換은 새로운 敎育價値觀을 根據로 하여 이루어 졌으므로 다음에 그 根據를 살펴 보기로 한다.

1. 舞踊은 身體에 依한 美의 形成이다.
(1) 律動의 즐거움(活動感淸의 滿足)

「20世紀의 文化人은 技術文明으로서는 世界를 支配하였으나 精神 文化로서는 原始民族을 支配하여 왔다, 고 어떤 音樂人은 말하였다. 그것은 個人主義思潮의 必然的인 結果로서 보다 複雜하게 보다 많은 大衆으로부터 떨어진 音樂이 機械文明의 메카니즘(Mechanism) 중에서 解法을 目的으로 하는 사람들을 救하고 黑人의 勞動歌—苦役을 가볍게 하고 解故을 절규하고 神에 기도한다—를 바탕으로 하는 째즈에 依하여 卽興演泰 自由스러운 解放感을 맛보고 리듬과 멜로디를 만들어 내는 悲痛한 緊迫感中에 마음을 풀어서 不安을 잊어

버릴려고 하는 現代의 大衆音樂風潮 에로의 諷刺이기도 하다.」[50]

事實 世界的인 째즈의 流行은 19世紀의 精神主義로부터 現代에 이르는 行動主義에로의 推移中에 생겨난 것이다. 韓國에서도 서기 1926年 初期에 처음으로 받아 들여 졌으나 肉體에 대한 閉鎖的인 精神主義 儒教主義는 오히려 官能的 肉體的인 音樂으로서 그것을 받아드렸으나 一部分에 끝였다. 그러나 解放以後 그들의 封建的인 意識에 대한 反抗과 現實의 不安으로부터의 逃避生活을 즐기려는 젊은 世代의 에너지 (Energy) 發散과 結合하여 急速히 取入되기에 이르렀다.

이러한 째즈의 際盛이 반드시 健全한 流行이라고는 말할 수 없지만 거기에는 儒教的인 모랄(Moral)이나 權威로 부터 脫皮한 생생한 人間의 生命的인 躍動을 認定하지 않으면 안된다. 元來「人間의 身體的 活動은 生命的인 躍動―律動―과 結合되여 있고 움직인다는 것은 모두 象徵的인 것으로 되어 있는 것이다.」[51]

칼 붓츠텔(Karl Buthuhell)은 그의 著書「勞動과 리듬」중에서 初期의 人類에 게는 勞勤, 遊獻, 藝術을 自己 自身중에 融合하고 있는 다만 一種의 人間活動이 있었을 뿐이라고 말하고 人間의 精神的, 肉體的, 活動의 元來의 統一性중에 우리들은 이미 遊戲의 主要 形體 및 모든 藝術 卽 움직이는 藝術 내지 靜止의 藝術을 그의 本質중에 包含하고 있으며 이것을 具顯하는 것이라고 說明하고 다시 우리들의 感情으로서 이러한 여러 種類의 要素를 묶고 있는 中心은 리듬이며 그 時間的 經過에 있어서 運動의 株序가 세워질 節制이다.

50) 鄭植永, 俞泰榮譯, 近代化를 위한 敎育計劃, Old stand, et al, Schools for the sixies, NEA, 1963(서울; 載東文化社, 1967) pp. 81~82.

51) Alfons Kirchgassner, Die Machtigen Zeichen. (Basel-Freiburg-Wien, 1959) p.81.

그리고 이 리듬은 人間의 有機的 本質에서 생긴다고 說明하고 있다. 이 「리듬의 價値를 참으로 알고 있는 사람들은 째즈(Jazz)도 알고 텝(Tap)도 알 수 있다.」[52] 이와같이 리듬은 動物의 肉體, 一切의 自然的 活動을 가장 節制的인 힘의 消費의 規制的 要素로서 支配하고 있는 것이다. 달리고 있는 말(馬)이나, 짐을 실은 낙타, 물 위에 지나가는 船船이나, 망치를 휘 둘르고 있는 대장쟁이도 똑 같이 리듬이 칼(Rhythmical)하게 움직이고 있다. 리듬은 快感을 일으키고 勞動을 容易하게 하는것 뿐만 아니라 美的 愛好의 源泉이며, 또 그것이 있기 때문에 上下의 區別없이 「人間이 行하는 모든 觀點을 널리 퍼지게 하여」[53] 모든 人間의 感覺에 內在하고 있는 藝術의 要素인 律動美를 動作으로 表現하게 하고 있는 것이다.

音樂心理學者 에룬스트 쿠르트(E. Kurth)는 生命의 에너지의 深低로부터 肉體의 힘 및 精神의 힘 等 여러 가지 特種의 近代의 舞踊이 發生한다. 그 近代의 舞踊이 가장 놀랍고 현저하며 모든 特殊現象에 있어서도 가장 풍부한 것은 運動의 에너지이며 더욱이 이 에너지는 特種의 緊張形式을 外部로 表現한다고 말하며 全體性을 主로 하는 게스탈트(Gestalt)의 立場에서 힘의 作用을 취하고 있다.

우리들은 이러한 律動의 勤作을 日常生活이나 場所에 따라서 찾아 볼 수가 있다. 갓난 애기는 유리상자 속에서 조용히 잠을 자고, 아이들은 노래소리에 맞추어 줄 넘기를 한다. 거기에는 共通된 律動의 喜悅이 있다. 이와 같이 律動은 그러한 活動에 힘과 休息을 가져오며 快活한 흐름을 만든다.

52) Doris Humphrey, The art of making dances, (Holt, Rinehart and Winston, New York, 1959) p.104_

53) Doris Humphrey, Ibid,p.104.

舞踊은 그것이 表現으로서 어떠한 內容을 갖는가, 안 갖는가를 不問하고 이러한 律動的 身體活動을 基礎로 하여 行하여 진다. 우리들의 손과 발은 律動의 흐름을 타고 輕快하게 흐를 때 닫혀진 마음도 열리고 굳어졌던 筋肉의 不必要한 緊張도 어디론지 살아져 버린다. 「만약 한번이라도 손을 가지고 춤을 추었던가, 아름다운 音의 흐름을 타고 身體를 움직인 經驗을 가진 사람은 그가 춤을 추는 가운데 모든 근심을 잊어버리고 無意識的으로 微笑가 自身의 볼을 스치고 알지 못하는 사람과도 談笑하는 氣分으로 解放된 惑을 갖는 것을 意識할 것이다.」[54]

律動的인 動作은 自己의 身體를 素材로 하여 意志的 支配와 重方에 依存하고 自由로히 行하여지는 連續─緊張과 弛緩─運動의 原理를 氣分좋게 實現시켜 心身을 陶醉시키는 것이다. 거기에는 年齡을 超越하고 民族을 超越하며 時代를 超越하는 永續的인 人間活動의 즐거움이 있다고 할 것이다. 舞踊은 이러한 律勤의 즐거움을 사람들에게 賦與하고 그 身體活動의 生理學的 效果와 同時에 마음의 解放으로서 사람들을 運動에 끌어 들이는 것이다.

(2) 아름다운 身體─身體意織의 昇華

藝術은 各己 獨自的인 表現活動形式율 通하여 人格을 形成한다. 그들은 藝術經驗으로서 美의 形式이라고 하는 共通된 基盤을 가지면서 表現活勤形式─여러 藝術의 特性─으로부터 誘導되는 各個의 場을 所有하고「誘導되는 移行過程 卽 Lewin의 Topology 心理學의 立場에서 볼 때 Locomotion이라고 할 수 있다. 이 移行過程은 어떤 힘(Force)의 作用에 依한 것이라고 할 수 있다. 舞踊室에 가면 춤이

54) Margaret, N.H Rubier; Dance, A Creative, art, Experience, 1940, p.98.

추고 싶어진다. 이것은 個人과 더불어 있는, 위에서 말한 場의 힘, 다시 말하면 Force of Field 의 作用의 結果라 할 수 있다.」[55] 舞踊은 表現活動形式을 「身體의 動作」에서 얻어 지고 있다. 身體表現을 通하여 行지하여 지는 美의 形式인 것이다.

音樂은 音을, 彫刻은 靑銅이나 代理石을, 繪畵는 繪具나 畵布를 使用하여 表現活動을 한다. 이것들은 表現의 素材로서 당연히 音樂에 있어서는 어떠한 아름다운 音을 求하고 繪畵에 있어서도 어떠한 아름다운 線과 色彩를 求한다.

人間의 身體 그것을 素材로 하여 表現活動을 追求하는 舞踊은 必然的으로 어떤 表現慾求에 맞고 自由로히 아름답게 움직이는 身體를 要求한다. 卽 身體勤作의 美的 改造를 要求한다. 이러한 改造의 움직임 중에는 좋아하고 좋아하지 않고를 不問하고 當然히 自己 自身이 그의 動作을 意識하고 問題視하지 않으면 안된다. 元來 身體는 自己의 外面的인 表現으로서 個性을 代表하는 것이며 또 自己의 內面을 남에게 傳達하는 表現體로서의 機能을 가지고 있다. 말하자면 퍼어서낼리티(Personality) 의 代表라고 할 수가 있다.

「身體的 特徵은 사람이 社會的이기 때문에 다른 사람으로부터 여러 가지 評價를 받는 根據가 되는 同時에, 自己自身도 그것에 依하여 評價와 期待를 갖게끔 되고 性格形成에 相當히 重要한 役割을 하고 있기 때문에 아름다운 스타일이나 勤作은 成人에게 있어서 대단히 큰 關心事인 것이다. 더욱이 自我 意識이 發達하는 靑年期에 있어 서는 아주 一律的」[56]이 라고 한것은 아름다운 스타일을 爲해서

55) 朴俊熙. 敎育心理學(서울; 旺文社. 1960) p.104.

56) Williams, J.F. The principles of physical educations. (Philadelphia London; W.B.Sounders Co, 1956.) p.5

食事를 줄이고 굵은 다리 때문에 全人格을 傷한 것 같이 고민하는 靑年들을 볼 때 理解할 수 있는 일이라 하겠다.

舞踊的 經驗은 이러한 自己의 퍼어서낼리티의 代表인 身體를 素材로 하여 行하는 活動으로서 表現이라는 內面의 主題에 들어가기 前에 이미 퍼어서낼리티가 關與하게 되는 것이다. 大衆의 눈 앞에 공공연하게 提示되는 身體活動은 單純한 表現의 素材로서 容觀視되기 前에 强方한 自我의 緊張과 身體意識을 눈뜨게 한다.

좋은 表現으로서 自己가 생각하는 것을 表現하고 作品에 餘合하는 創作의 기쁨이나 勞苦를 經驗하기 前에 아름답게 움직이는 身體, 아름다운 포즈(Pose)나 스타일이 먼저 意識되어 어떤 者는 滿足과 優越을 느끼고 어떤 者는 不滿과 劣等感에 빠지게 된다. 말하자면 舞踊的 經驗은 身體의 美的 關心에 關聯하여 表現하기에 앞서 經驗者를 하나의 危機的 場面에 부딪치게 하고 그 危機的 場面의 보다 좋은 解決을 얻으려는 勞方은 하나의 積極的인 精神治療가 되기도 한다.

舞踊의 經驗은 本來의 體型을 바꾸는 데까지는 이르지 않았을지라도 自己의, 特徵을 알고 律動的인 아름다운 動作이 熟達되어 恒常 좋은 身體行動을 하도록 하게 한다. 또 좋은 作品이 반드시 高度의 技術만으로서 成立되는 것이 아니고 마음을 그대로 表現하는 것이므로 努力에 依하여 누구라도 그 自身만이 自己의 아름다움을 創造해 낼 수 있다는 것을 體驗시키므로서 새로운 自己能力이나, 自己의 美的改造의 可能性을 發見하고 不必要한 葛藏을 防止하며 滿足과 希望을 갖게 할 수도 있다.

舞踊이 單純한 律動運動의 鍊習이나 反對로 藝術性의 伸展이 너무 멀리 떨어져 있을 경우에는 그 敎育的 效果는 限定된 一部의 問

題에만 局限되게 마련이다.

舞踊을 敎育的 藝術經驗으로서 그 活動形成을 널리 注視할 때, 그것은 舞踊을 經驗하는 對象의 여러가지 欲求를 充足시키는 것으로서 人間形成을 爲한 相互問題解決의 契機를 얻게 되는 것이다. 따라서 身體의 美化를 目標로 하는 問題도 그 하나라 하겠다.

2. 舞踊은 새로운 美的 經驗에 依한 自己 形成이다.

(1) 創造的 自己表現(自我의 安定과 自己擴充)

人間은 世上에 나와서부터 社會關係에 놓여 있게 마련이다. 母親, 家族, 友人들…과 自己를 둘러 싼 人間關係의 폭 넓은 狀態에서 새로운 事物에 接觸하고 많은 知識을 배워서 社會化되어 간다.

이러한 過程은 또 한편으로 보면 家族이나 友人에게 사랑을 받고 싶다고 생각하고, 認定을 받고 싶어하며, 잘 생각하여 주었으면 하는 생각을 하고 훌륭한 일을 하고 싶다고 생각하는 것 等 自己를 社會的 關係에 있어서 反省하고 自己의 個性을 自覺하여 自己를 確立하면서 社會生活에 適應하는 個性化를 이룩하기도 한다.

이와 같이 自己를 다른 것으로부터 區別하여 意識하고 自己의 獨立에 依하여 일을 逐行할려는 뜻은 「일찍이 유치원에 다니기 始作하는 時期인 兒童期 前般부터 急速히 나타난다」[57]

幼兒는 아직 잘 할 수 없는 일이라도 他로부터의 干涉을 받지 않고 무엇이던지 自己가 할려고 하며 自己를 언제나 他人의 注意속에 있게 하고 칭찬듣기를 좋아한다.

「兒童의 後期에는 社會的 經驗이 풍부하게 되고, 또 客觀的 思考가 進步하므로서 自己나 他人의 行動을 批判하고 自己를 돌아보며 自

---

57) Arnold Gesell and Francis, Child development, 1949, p.60.

己를 表現하고 親舊나 成人에게 自己를 印象的으로 만들려고 한다」[58]

靑年期에 있어서는 自己主張을 强하게 내세우고 새로운 經驗을 찾아서 自己를 試驗하고 擴張할려고 애쓰며 이러한 追求는 美나 眞理哲學 等의 純粹性으로 向하게 되어진다.

이러한 人間을 貫徹하는 自己主張의 志向은, 이것이 知的으로 向하여 지는 論理나 哲學的 把握이 되고, 다시 情緖的인 追求에 이르러서는 藝術的 覺醒이 되고, 또 美的인 經驗을 客觀的으로 表現할려고 하는 創造活動으로 發展하기도 한다. 從來 이러한 美意識에 基因한 創造的인 自己表現은 幼兒期로부터 그림이나 文章 詩歌 等의 創作活動에 依하여 채워지고 늘어나기는 하나 「어디까지나 個個人의 性格과 興味에 맞도록 學生 中心的인 表現이 이루어 저야 하는 것이다」[59]

그런데 學校舞踊은 旣成作品으로서 오래동안 他人의 表現의 受容을 第一로 하고 藝術活動의 特權인 自己表現이라는 能動的인 動作을 抑制하여 왔다. 만약 이러한 狀態가 容認된다고 한다면 舞踊은 藝術로서의 成長이 좌절되고 同時에 人間敎育으로서 貴重한 自我發展에 貢獻하는 것을 姑害하는 것이 되며 敎育的 價値도 減少된다고 보아야 옳을 것이다. 왜냐하면 舞踊이라고 하는 自己身體를 素材로 하여 行하여 지는 表現活動이야 말로 自己內面에 가장 强烈한 影響을 미치는 것으로 생각하여, 一定한 年齡을 通한 自己表現의 欸求로 보고, 美에로의 志向을 滿足시키는데 最適한 活動의 하나로 생각되어 지기 때문이다.

幼兒는 그 言語나 描畵에 滿足한 技能을 發揮하지 못하는 대신 손을 흔들고 발을 움직여서 自己感情을 表示하고 있다. 이것은 「整

58) 江橋愼四郎, 體育敎材硏究(東京 ; 法政大學出版部, 1956). p.42.

59) 小林信次, 舞網史(東京 ; 消遙書院, 1961). p.141.

理가 안된 表現이나 이것이 차츰 커지게 되어서 言語表現으로 옮겨지게 마련이다. 例를 들어 國民學校 6學年에서 身體的 表現數字가 7이라고 하면 5年後인 高等學校 3學年에는 半以下인 3이라는 數字로 줄어 들게 되는 것이다.[60] 이와같은 아이들의 素朴한 身體表現은 누구에게나 共通的으로 賦與된 自己表現 方法인 것이다. 身體活動이라는 自己表現은 아이들이 大部分 槪括的 方法으로서 自己感情을 나타내고 있는 것이라고 볼 수 있는 것이다.

佛簡西革命의 前鎬을 이루었다는 J.J Rouessau는 敎育思想에 새로운 波校을 던진 Emile 을 通하여 自然主義思想을 鼓吹했다. 그 內容에는 「自然에 따르는 敎育을 하여야 하며 兒童의 本性은 善이라는 것과 幼兒時의 身體敎育을 重視했다.[61] 兒童들에게는 自然속에서 賦與된 自己表現을 自由로히 할 수 있도록 하여야 한다. 精密하게 개(犬)를 推寫하지 못하는 아이들이라도 개의 模敬을 쉽게하며, 개에 對한 愛情이나 무서움을 表示하고, 滿足하는 것을 볼 수 있다. 또 言語나 文章表現에 表現할 수 없는 感淸을 리듬이칼한 動作에 실어서 象徵的으로 춤을 춘다. 이러한 自己表現의 活動이 보여짐으로서 아이들은 創造性을 늘리고 또 要求阻止에서 오는 不適應行動으로부터 逃避할 수 있다.

그러나 靑年에 있어서의 舞踊創作은 自己表現으로서 다시 意義가 있는 것이다. 卽 表現에 있어서는 作者는 한個의 人間이며 同時에 表現의 道具이다. 이 內部的 動力과 外部的 機構의 同一이라고 하는 二重性은 舞踊의 創造經驗을 他와 區別되는 「特殊한 體驗」으로서 認識시키고 있다.

60) 中島花, 發達と表現(東京 ; 明治圖書, 1968) p.116.
61) 柳根碩, 體育原論(서울 ; 學校體育史, 1966) p.114.

一般的으로 藝術活動에 있어서는 素材를 通하여 感淸을 客觀化하고, 客觀化된 感淸은 다시 스스로 움직여서 作者는 作品을 만들고, 作品은 作者를 만들어서 美의 形成이 이루어 진다.

舞桶創作은 이 觀點에서 볼 때 흐르는 아름다운 動作 卽 身體를 通하여 客觀化된 感淸은 그 客觀化 過程의 순간마다, 卽時 表現者인 作者에 作用하여 격렬한 感淸的 相互交流作用이 行하여 진다. 「그것은 作品을 만드는 사람으로서 무엇인가를 表現하고자 하는 마음의 秋求, 그리고 어떤 좋은 테마가 되는 것을 찾아 헤매는 마음 卽 心理的 欲求가 제일 처음생기기 때문이다」[62]

이와 같은 外部와 內部—素材와 感淸—의 융합은 그 중에 自己를 投入하는 機能的 快感을 一層 强하게 느끼고 다시 自己心身의 美的 擴充과 昇華를 나타낼 때, 스스로 活力을 느끼게 하는 結果가 된다.

또 舞網創作에서는 한 作者로서의 人間이 하나의 表現을 나타낼 때, 스스로 全方을 다 하여 活動하고, 自己自身의 意圖에 따라서 그 思想感情을 나타낸다. 그러나 일단 거기에 表現된 作品의 表現은 自己이지만 自己는 아니다. 對象에 대한 美的 創造的 價値로 부터 知性의 參加에 依한 形式에 까지 끌어 올려진 結實 卽 客觀化된 構想이다. 그러므로 自己 스스로가 作用하면서 自己自身이 아닌 人間을 構想하며, 人間을 本位로 한 作者自身의 意識을 떠난 作品의 鑑賞은 또한 있을 수 없는 것이다.

이러한 舞踊創作의 予盾的 實體, 運命的인 抵抗은 自己感淸的 傾向을 보다 客觀化하고 批判하며 昇華하여 질 것을 願한다. 自己이면서 自己를 超越한 世界에로의 努力과 開拓을 要求한다. 이러한 能勤的인 美의 體驗이야 말로 個性을 伸展하고 또 널리 一般的인 美의

62) 朴外仙, 舞踊槪論(서울 ; 寶普齊, 1964) P.154.

受容性이 짙어지고 自己의 個性을 自覺하여 人格發展에 努力하는 契機가 되는 것이다. 그것은 가장 强烈한 創造的, 美的 經驗에 依한 自己形成의 場으로서 Lewin 에 依하면 세 가시 特質을 가지 고 있다고 한다. 卽 「①은 方向, ②는 强度, ③은 適用點이다」[63]

이러한 經驗의 待質의 反復에 依하여 美的 欲求가 보여지고 情諸는 安定되며 다시 보다 높은 美의 覺醒이 推進되고 永續的인 感情의 傾向 卽 美的 情操가 높여 지는 것이다. 그것은 主로 情意의 面에서 人間의 좋은 變化를 나타내고 精神的 新陳代謝의 役割을 맡아 個人의 精神構造 卽 퍼어서낼리티의 形成을 創造해 내는 것이다.

(2) 「다이나믹(Dynamic)한 人間疏通―集團表現―」[64]

自己를 表現의 素材로 하는 舞踊은 그것을 集團活動의 場 卽 구릅表現으로서 취하여 질 때 前述한 意義外에 새로운 意義를 發見한다.

一般的으로 모든 藝術은 繪畵던가 調刻이던가 무엇이던 간에 個人의 表現創作을 逐行하기 爲하여 藝術的 經驗은 個人的 側面에서 考察되는 것이 많다. 音樂의 合唱이나 合奏, 舞踊의 群舞 等 方法的으로는 個人을 超越한 表現方法으로서 集團表現을 活用하며 그 敎育的 움직임에 따른 集團의 性格을 注視하여 온 것은 重要한 일이다. 또 實際로는 個人의 藝術的 意圖具現의 한 方法으로서 集團의 成員은 오히려 道具化되어 있는 경우가 많다. 그러나 舞踊이 그 敎育的 價値를 多面的 으로 發揮할려고 할 때 그 個人的인 美的, 表現活動만을 問題視하는 것은 斷片的이다.

63) Kurt Lewin, Environmental Forces, Handbook of child Psychology, edited by K. Murchson, 2nd ed, 1933, p.507,

64) Doris Humphrey, Op. Cit, p.98.

學校는 個人의 놀이터 와는 다른 集團의 教育場이며 여기서 하는 學習은 個人으로 뿐만 아니라 社會的인 人間交涉場으로서 進行된다. 個人은 本來부터 派立한 個人으로서는 存在할 수 없는 社會的 存在이며 또한 個人을 發展시키는데 있어서도 個人의 位置와 集團과의 關係를 그대로 보아 넘길 수는 없는 實情에 있는 것은 오늘날 모든 學習理論이 明確히 그것을 指捕하는 바와 같다.

教育的 經驗의 하나인 舞踊은 個人的인 創造活動으로서 그것에 關聯하는 人間形成에 作用하는 一面과 이러한 對人交涉을 가지고 그 結合에 依하여 成立하는 社會的 構造를 具備한 集團作用의 一面을 重視하지 않으면 안된다. F.J. Brown은 「人格이란 社會集團에 있어 그 사람의 役割에 對한 人間的인 것이고 또 集團에 있어 人間의 行動을 決定한다고 말한 바와 같이 集團속에 나로 存在하는 것이다. 集團創作속에 包含되어 있는 個人은 더 큰 意味를 갖고 나타나는 것이다」[65]라고 한 바를 舞踊에 비추어 볼 때, 群舞의 藝術性을 높이고 이것을 逐行할 때는 相互接觸과 交流를 거쳐서 비로서 藝術的 結晶을 짓는 過程이 必要하며, 그 間의 相互交涉과 그것에 依한 個性의 鑛充을 꾀한다는 것은 藝術을 通한 價值獲得으로서 注目되어야 한다. 現在 많은 藝術舞踊家들은 個性만을 强調하고 이 集團性格에 關해서는 거의 言及하지 않고 있다. 그러나 人間教育으로서의 舞踊은 이것들에 對하여 正當한 理解와 明白한 解釋을 갖지 않으면 안된다. 만약 學校에서 行하여 지는 구릅表現이 이러한 理解를 못할 때 集團活動은 그 意義를 喪失하고 大部分의 學生은 단순한 道具的役割을 떠 맡는데 不過한 結果에 빠질 危險도 짙어 진다.

그러면 구릅表現이 갖는 場은 어떠한 構造를 가지고 있는 것인가,

65) 柳根碩, 前揭書, P.69.

또 그것을 어떻게 解釋하여야 할 것인가.

藝術的經驗은 물론 個人의 欲求에 依하여 美的인 感情表現을 知的인 뒷 받침에 依하여 綜合되어 지는 것이며 또 그것들을 받아들인 個人도 美的感情과 結合하여 經驗을 認識한다. 그것은 個人과 個人의 美的傳達, 卽 마음과 마음과의 콤뮤니케이션 (Communication)으로서 「創作舞踊의 形式으로도 重要한 것이다」[66] 이러한 意味의 立場에서는 個人의 創作은 이미 言語를 超越한 人間疏通의 場에 서 (立) 있다고 말하지 않으면 안된다.

그러나 구를表現 卽 集團創作에 있어서는 다만 完成된 作品과 觀客이라는 表現者와 鑑賞者 相互間의 人間疏通이 아니라 더욱 親近하며 더욱 생생한 表現者 自體의 相互間에 人間疏通이 行하여 저서 創作活動이 굳게 結合된 人間關係에 依하여서 만 成立하는 性質을 가지고 있다.

例를 들면 구룹表現에 있어서는 우선 구룹成員에 依하여 主題를 選擇 決定하지 않으면 안된다. 이것은 구룹活動成立의 第一步이다. 賦與된 目標가 아니라 우리들 自身이 決定한 目標에 向할 때 成員은 集團의 一員으로서의 自己를 自覺하여 責任을 가지고 行動한다. 從來 旣成作品을 表現할 때는 敎材의 選擇自體가 이미 敎授의 손에 依하여 決定되어 저서 兒童이나 學生의 要求와의 結合은 희박하였다. 그러나 지금은 敎授는 助言이나 援助의 役割을 맡고 구룹成員이 여러가지 表現欲求를 披瀝하여 討議하고 구룹의 意志로서 그 題材의 內容. 卽 全體의 目標나 方針을 決定하게 한다.

다음에 決定한 主題를 어떠한 樣式中에 그 內容을 집어 넣을 것인가. 그 「構想」에 關하여 다음에 槪觀하여 보자. 「構想」에 있어서는 구

66) 朴外仙, 前揭書, p.179.

롭의 成員數나 個個의 個性, 技能의 熟達 等을 全部 包含하여 생각하지 않으면 안된다. 다시 構想을 基礎로 하여 役割의 分擔이 行하여 진다. 서투른 役割로 부터 익숙한 役割에 이르기 까지 成負은 깊은 相互理解下에 合議하여 分擔한다. 움직이는 活動이 始作하면 各個의 役割에 따라 他人과의 하모니(Harmony)를 考慮한 表現方法의 工夫가 展開된다. 말(言語)없는 말을 예민하게 느끼게 하기 爲하여서는 풍부한 이메지(Image)와 知性이 움직이지 않으면 않된다. 또 自己自身의 눈으로 分別할 수 없는 身體表現에서는 相互間에 서로 돕고 서로 눈의 役割을 하여 주는 경우가 많다. 全體와 均衡(Balance)을 맞추고 自己役割의 個性을 發揮하면서 한편으로는 全體中의 自己位置를 아름답고 바르게 判斷하여 全體昂揚을 爲해서 보다 有效하게 움직이는 힘 이 되도록 하여야 할 客觀的인 態度를 必要로 한다.

때로는 全體意志나 美的判斷이 一致하지 않는것도 있을 것이다. 對立하는 意見을 通하여 볼 때, 하나의 個性 A 와 하나의 個性 B 는 불꽃을 뛰기며 相剋하는 경우도 있다. 격렬한 摩擦은 個人의 立場에서 보면 새로운 「環境의 遭遇이며 自己擴充인 것이다. 環境도 層階가 있고 그것을 認知하는데 따라 다르며 直接 몸으로 부딛치는 것이 重要하다」[67]

教育的 意圖下에 行하여 지는 藝術經驗은 藝術經驗으로서의 一般的 效用과 同時에 이러한 表現活動의 獨自性을 適正히 取하여 그 經驗過程中에 人格形成의 多面的 貢獻을 期待하지 않으면 안된다. 勿論 이러한 經驗은 다만 教育的 立場뿐만 아니라 藝術의 本質에 照應하고 個人을 超越한 藝術로서 새로운 進展을 賦與하는 것은 自明한 있이다.

67) Kurt Lewin, A dynamic theory of Personality, Translated by D.K. Adams and K.E. Eener, 1935, p.103.

(3) 舞踊은 身體的 美的 經驗에 依하여 生活을 高揚시키는 것이다.

(a) 레크리에이션(Recreation) 으로서의 活動

積極的인 適應手段이나 律勤의 즐거움을 다른 사람들과 함께알게 될 때, 거기에 스스로 心身을 쾌활하게 하고 사람들과 親密感을 갖게하는 기분이 생긴다.

어린 아이들이 저희들 끼리 노는(遊獻) 自由로운 時間에, 노래를 부르는 놀이는 아이들의 즐거움의 表現으로서 自然스럽게 생겨나는 즐거움의 手段인 것이다.

青年이나 成人은 近代社會의 抑壓으로 부터 생기는 緊張이나 疲勞를 除去하고 積極的으로 自己 回復의 努力을 爲하여 娛樂을 求하고 스포오츠나 낚시질, 바둑, 映盡 等에 依하여 精神治療的인 效果를 얻는다.

拘束된 體制下의 生活은 國民學校로 부터 始作하여 學生生活을 通해서 成人의 職業生活에 이르기 까지 繼續하는 것이다. 自我意識의 未發達로 束轉을 느끼지 못하는 아이들에 있어서 遊織는 生活 그 自體이며 娛樂이 아니라고 말 할 수 있지만 그들은 그들대로의 緊張場面을 가지고 그것과 解放된 즐거움과를 스스로 區別하고 있다. 그러나 自由를 拘束받고 있는 많은 成人의 生活이나 새로운 經驗을 求하여 끊임없는 努力을 하는 青年에 있어서 平素의 生活로 부터 絶斷된 雰圍氣中에 自己를 解放하고 또 새로운 結合을 求하는 것은 生活에 適應하고 生活을 積極的으로 建設하기 爲한 必須的인 것이다.

이러한 建設的인 娛樂 레크리에이션이라는 말로 學校敎育 社會敎育에도 積極的으로 취하여지고 있다. 「舞踊의 美를 즐기고 있는 것은 現代社會의 새로운 領域의 進出인 것이다」[68], 오늘날 舞踊이 레크

---

68) 小林信次, 前揭書, p.146.

리에이션으로서 活用되는 여러가지文化가 사람들 앞에 提供되여 지고 있다. 讀書, 編物, 映畵, 演劇, 라디오, T.V 等 個人的으로 活用되는 것으로부터 스포오츠, 댄스, 合唱 等의 集團參加로서 行하여지는데 까지 많은 種類가 있으며 個人을 解放하고 또 社會的 共感을 얻는 魅力을 具備하고 있다.

　이러한 많은 種類中에 舞踊도 하나의 有效한 手段으로서 活用되는 것이다. 왜냐 하면 舞踊은 身體活動이며 美에로의 積極的 參加이기 때문이다. 一體 受動的인 娛樂은 敎養的 價値인 反面에 自己逃避的이며 孤立的이고 閉鎖的으로 되기 쉽다. 그것에 對하여 自己의 身體를 가지고 行動的으로 參加하는 娛樂은 땀 흘리며 行하는 積極的인 解放인 것이다. 또 身體活動에 따르는 音樂은 人間의 보다 情熱的인 結合을 갖게하며 깊은 感情의 交流를 促進한다. 舞踊은 이와같이 運動에 依한 積極的인 自己解放과 集團參加, 音樂에 依한 情緖的인 沒入과 人間交流의 面을 準備하여 레크리에이션의 한 種目으로서 特色있는 一面을 가지고 있다고 생각된다. 感情이 풍부한 靑年이 포오크댄스(Folk Dance) 를 좋아한 남어지 趣味로서 藝術舞踊을 探知할려는 意欲마저 갖게 하는 수가 있다.

　舞踊은 이런 意味에서 嚴格한 藝術로서의 美의 追求와 同時에 生活建設의 實用的 價値를 課하여 人間生活을 建全하고 豊富하게 하는 役割을 하는 것이다. 舞踊은 本來 男女가 서로 함께 行하는 즐거움의 方法으로 發生한 것이다. 近代化된 여러 種類의 스포오츠나 屋外運動도 男女가 서로서로 마주쳐서 힘을 發揮하는 것은 그렇게 많지 않다. 이 點에서 보더라도 舞踊은 年少한 때 부터 老年에 이르기까지 男女의 人間關係를 원활히 하고 調和의 기쁜 맛을 알게 하는 最高의 것이다.

다시 學校敎育에 있어서 레크리에이션의 重視는 現在生活의 充實만을 爲한 것은 아니다. 이것은 個人的인 自覺과 同時에 社會生活의 樣式에 規定된다. 레크리에이션은 우리나라에서 뿐만 아니라 Platform for Physical education에서 말한것과 같이「Enjoy Wholesome recreation」[69] 이라고 말하고 있으며 가까운 「日本에서도 國民學校의 體育目標에 重要하게 表示되어 있다」[70]. 卽「各種 身體活動을 레크리에이션으로 바르게 活用할 있다」[71]고 되어있는 것이다. 이와같이 레크리에이션은 社會的 環境에서 發生하는 共通된 意義를 認定하는 集團生活의 適應方法으로서 活用되여지고 있다. 舞踊의 敎養은 現在의 레크리에이션의 役割을 하는데만 끝일것이 아니라 이와 같은 여러가지 生活에 適應하는 方法을 배움으로서 그 建設的役割을 創造的으로 다룰 수 있게 하지 않으면 안될 것이다. 그것은 韓國과 같이 社會的으로 레크리에이션의 歷史가 짧은 國家에서는 점차 建設을 하여 나가지 않으면 안된다.

(b) 感賞의 즐거움—美意識의 深化

創造的表現으로서의 能動面은, 한편에서 볼 때, 그것은 깊은 鑑賞, 예리한 觀察이라는 受容面에 支持되고 있다. 一般的으로 藝術的活動은 特定의 體驗과 特定의 素材와의 關係에서 發生하는 動因에 依한 形成活動이다. 「舞踊을 鑑賞한다는 것은 一般사람들에 있어서는 藝術作品을 鑑賞하고 自己周邊에 藝術的 美를 發見하므로서

69) 문교부 ; 증학교교육과정 해설, 서울 ; 대한교과서주식회사, 1963, p.225.

70) 日本文部省, 小學校學習指導要領體育科編, 1953, p.5.

71) Brownell and Hagman; Physical education Foundation and Principles. Mccrow Hill, 1951, p.178.

自己를 높이고 그 精神生活을 豊富하게 하여 주는 것」[72]이라고 말한 것과 같이 自己의 昇華이고 言語나 思惟로서 취할 수 없는 外的 內的인 感覺的對象을 그 混池狀態에서 끌어내어 眞實한 形象의 現實에 들어가지는 것이며 「自己感情을 移入하여 그 美的感覺과 教養에 依하여 그 價値를 주는 것이다」[73]. 이러한 過程중에는 당연히 感覺과 表象 卽 直觀的 感覺的 受容에서 誘發된 特定의 慾求가 方向지어 진다. 美意識의 深化를 契機로하여 教育的인 近代舞踊의 指導가 行하여 질 때야 말로 舞踊은 넓게 一般의 人間的教養으로서 生活을 高揚시키는 깊은 意義를 認定받게 되는 것이다. 美意識의 覺醒이나 洗練된 方向으로 進行되어 저야 하는 意圖的 教養手段으로서의 舞踊은 對象에 따라서 그 教育方法이 달라저야 하며 特히 心身의 發達에 맞는 近代舞踊의 指導內容을 알아야 한다.

Ⅲ. 舞踊教育 指導課程의 16가지 系列

舞踊을 指導함에 있어 效果的인 成果를 얻기 爲해서는 指導內容을 내가지 系列로 區別하는데 各系列의 大部分은 몇 개의 目的을 가지고 있으며 그것이 두 개나 或은 그 以上의 形態로 壓縮되어지게 마련이다. 이 系列은 다시 4種類의 Group으로 分類되어지고, 그 群의 各個가 다시 4개의 內容을 包含하게 된다.

이 各 Group 中의 4개의 內容中 먼저 계재된 內容은 發達시켜야 할 各 分野의 項이며 그 마지막에 있는 項은 各項의 內容과 形態가

---

72) 朴外仙, 前揭書, p.190.

73) 波鳥, 한국아동정서교육전집(서울 ; 한국정서교육위원회, i960) p.5.

壓縮된 統合으로 이루어진 것 이다.[74]

그러면 우선 16가지 系列에 關한 內容을 結介하면 다음과 같다.

(1) Ⅰ; 筋肉運動의 感覺을 일깨우는 內容.

(2) Ⅱ; 重心과 리듬의 時間的인 要素의 導入內容.

(3) Ⅲ; 筋肉活動範圍諫習의 導入內容.

(4) Ⅳ ; ⓐ 動作의 흐름을 通한 간단한 空間要素에 連結되는 重心
과 時間의 內容.ⓑ動作의 흐름을 通한 리듬變化에 있어 空間要素
의 諫習內容.

(5) Ⅴ; 간단한 動作과 相互間에 適應하게 하는 能方, 또는 작은 群
舞活動으로 導入시키는 內容.

(6) Ⅵ;모든 活動에 있어 신체숙련을 目的으로 하는 內容.

(7) Ⅶ;重心, 時間, 空間要素를 連結하는 基礎的 活動內容.

(8) Ⅷ;이것은 (7)번과 同一한 內容임.

(9) Ⅸ;ⓐ 身體의 形態를 만드는 內容.

ⓑ 空間에서의 모양과 形態를 만드는 內容.

(10) Ⅹ ;移動과 그 能力을 發達시키는 動作과 內容.

(11) ⅩⅠ;方向과 基礎的인 空間調和를 이루는 內容.

(12) ⅩⅡ; 空間能方과 空間의 形態를 中心으로 하는 內容.

(13) ⅩⅢ; ⓐ 立面的活動을 위한 민첩성과 感情發達을 中心으로 한 內容.

ⓑ 立體的動作과 그 能力 發達을 위한 內容.

ⓒ 立體的인 空間要素의 內容.

(14) ⅩⅣ; 큰 群舞에서의 構成員으로서 活動할 수 있는 指導內容.

(15) ⅩⅤ;ⓐ 큰群舞의 形態와 構成을 위한 內容.

---

74) Joan Russell, Creatiue dance in the secondary school, (Macdonald &
Evans. Ltd., London W.C,Z, 1969) > pp.33~46

ⓑ 群舞活動에의 形式을 위한 內容.

(16) XVI；ⓐ 表現과 傳達을 中心으로 한 신체숙련의 內容.

ⓑ 表現과 傳達의 統合과 部分的能方을 發達시키는 內容.

ⓒ 表現과 傳達의 統合的인 面에서 본 部分의 空間形成能方

發達의 內容.

ⓓ 表現의 統合的面에서 본 部分의 傳達, 發達의 內容.

위에 설명한 것은 全體的인 16가지 系列의 內容이고 이것을 4개씩

묶어 各己 Group으로 만들되, 그 內容인 즉 身體機能發達에 關

한 것, 動作形成方에 關한 것, 空間構成에 關한 것, 社會性發達

에 關한 것으로 하였다. 그 內容은 다음과 같다.

1. Group; 身體機能發達에 關한 系列

(1) 筋肉運動의 感覺을 일깨우는 內容. (Ⅰ).

(2) 모든 動作作活에 있어서 신체숙련을 目的으로 하는 內容(Ⅵ).

(3) 立面的活動을 위한 민첩성과 感情發達을 中心으로 한 內容 (X

Ⅲ).

(4) ① 動作의 흐름을 通한 간단한 空間要素에 連結되는 重心과 時

間의 內容(Ⅳ①).

② 이것은 卽 Ⅳⓐ는 勤作의 흐름이 있는 동안 I에서 Ⅱ까지를 連

結할수 있다.

2. Group; 動作形成力에 關한 系列

(1) 重心과 리듬의 時間的인 要素의 導入內容(Ⅱ).

(2) 重心, 時間, 空間要素를 連結하는 基礎的인 活動內容(ⅦⅡ).

(3) 移動과 그 能力을 發達시키는 動作과 內容(X).

(4) ⅦⅡ번 內容과 같고, 이것은 作品活動을 하는동안에 Ⅴ에서 Ⅵ까지를 連結할 수 있다.

3. Group; 空間構成에 關한系列[75]

(1) 筋肉活動範圍練習의 導入內容(Ⅲ).

(2) 身體의 形態를 만드는 內容(ⅠX@).

(3) 方向과 基礎的인 空間調和를 이루는 內容(XI).

(4) ① 空間能刀과 空間외 形態를 中心으로 하는 內容(XⅡ)[76]

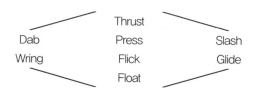

② ⅠX에서 XI까지 統合連結한다.

4. Group; 社會性發達에 關한 系列

(1) 간단한 動作과 相互間에 適應하게 하는 能力 또는, 작은 群舞活

75) Jean Carroll and Peter Lofthouse, Creative dance for boys, (Macdonald & Evans Ltd., London W.C.1. 1969), p.12.

76) Jean Russell, op. cit, p.42.

動으로 導入시키는 內容(V).

(2) 큰 群舞에서의 構成員으로서 活動할 수 있는 指導內容(XIV).

(3) 큰 群舞의 形態와 構成을 위한 內容(XV).

(4) ① 表現의 統合的인 部分의 傳達內容(XVI).

② 15개의 모든 系列과 統合連結할 수 있다.

以上에서 말한바와 같이 身體機能發達, 動作形成力에 關係된 諸問題, 또는 空間構成에 關한 것, 社會性發達에 關한 것이 群舞感覺에 關한 것의 全體가 統合 됨으로서 하나의 結晶體가 成立되는 것이다. 卽 身體, 動作形成力, 空間構成, 社會性發達을 위한 16가지의 系列은 螺旋形의 모양을 나타내고 있는데 이것이 어떻게 發展해 가고 있는가의 過程을 한 눈에 볼 수 있으며, 이 16가지의 系列은 또한 舞踊敎育指導過程에서 대단히 큰 役割을 하고, 刻果的인 指導能力을 도와 준다. 이것을 뒷받침하기 위해서 4개의 그림을 수반하는데 이 4개의 그림은 16가지 系列에 있어서 螺旋形의 發展을 볼 수 있고, 이것이 舞踊敎育指導過程에 손잡이가 되는데 도움을 준다. 다음 그림에서 볼 수 있는 各各의 모서리에 있는 名稱의 설명은 아래와 같다.

(1) B 表示는 身體를 中心으로 하는 內容이다 (Body)

(2) E 表示는 動作形成을 中心으로 하는 內容이다(Effort).

(3) S 表示는 空間을 中心으로 하여 活動하는 內容이다(Space).

(4) R 表示는 他人間에 關係를 表示한 內容이다(Social Relationship).

(그림 1)의 說明 ; 動作活動의 組織的인 方法을 알 수 있다. 身體勤作의 全體的인 問題를 分離增强하고, Rhythm 과 空間勤作內容을 通한 動作의 흐름의 連結을 나타낸 것임.

(그림 2)의 說明 : 動作活動의 方法을 보게 된다. 諌習하는 中間에 自

己 파트너와 같이 活動하는 동안 무엇인가 얻게 된다. 人間들의 신체숙
련도의 增加와 이들의 努力範圍가 作品活動 위에 基礎를 둔 것이다.

(그림 3)의 說明 : 作品의 組織的인 方法을 볼 수 있다. 춤의 形態
는 集中하고 形態와 方向을 鍊習하는 作品의 方法을 볼 수 있다. 한
쪽에서 다른 쪽으로 移動하는 것을 배우는 것은 作品을 하는데 있
어서 動作形成能力의 숙달을 增加시킨다. 恒常 새롭고 活氣있는 動
作을 形成하고 또 形成된 動作은 人生의 힘을 샘솟게 한다. 이러한
여러가지를 總合하여 完全體로 만드는 것이다.

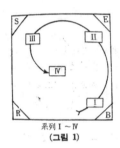
系列 I ~ IV
(그림 1)

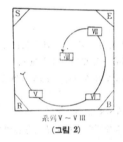
系列 V ~ VIII
(그림 2)

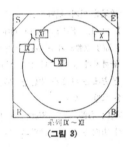
系列 IX ~ XII
(그림 3)

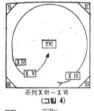
系列 XIII ~ XVI
(그림 4)

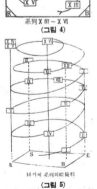
16가지 系列의 螺旋形
(그림 5)

(그림 4)의 說明 : 立體的인 形態에서 作品活
動을 하는데는 動作의 흐름을 使用한다. 큰 群
을 다루는 作品에 關하여 배우고 Group 形式을
부여하는 形態의 知識을 利用한다.

舞踊敎育指導에 있어서, 이미 만들어 졌던 모
든 作品을 總合하여 다듬어서 점차적으로 完全
하게 만들어야 한다.

(그림 5)의 說明 : 16가지 系列을 順次的으로
둘때에 螺旋形의 發展狀態를 나타낸다.

IV. 空間指導에 必要한 諸問題

舞踊指導의 動作活動에 必要한 空間指導教育의 目的은, 自己의 身體를 다른 部分으로 移動할 때나 또는 어 떻한 方向으로 움직이고, 또 어떻게 이러한 方向이 動作과 어떠한 關係를 가지고 있는 것인가에 있다. 그래서 여기서 必要한 것을 다음의 6가지로 나누어 說明하여 보겠다.

1. 立體的 交叉의 設定

이 立體的인 交叉의 設定에 對한 內容에 있어서 動作은 다음과 같이 區別한다. 이것은 (1) 上과下(Up, down) (2) 側面과 側面 卽 右, 左(Right side, left side) (3) 前進과 後進 (Forward, backward)의 6가지로 나눈다. 이것을 動作活動에 適切히 利用함으로서 空間指導를 하는데 커다란 效果를 얻게 된다.[77]

①②; 上, 下 (Up, down) 動作

空間的 立體크기를 따라 定하여 지는 것이다. 이러한 方向이 身體를 지나갈때는 正確하게 척추 끝까지의 線과 다리 또는 머리위를 正確하게 지나간다. 이것을 순간적으로 느끼는 가장 간단한 方法은 身體가 休息을 必要로 할때 일어나고 앉고 하는 勤作이 따르는 것으로서 하나의 線을 그릴수 있다.

③④; 右側, 左側 (Right side, left side) 動作

이 方向은 허리를 通하고 그리고 空間에 있어서 右側을 擴張하고, 또 左側을 擴張한다. 이것은 身體의 넓이와 關係된다.

양팔의 中心이 擴張하는 것을 느낄수 있다. 右側이나 左側을 同

---

77) Eleanor Methemy, Movement and meaning, (New York, St. Louis, London, Sydney), 1968, PP.101~102

時에 옆으로 잡아당겨야 한다.

⑤⑥; 前進, 後進(Forward, backward) 動作

이것은 身體의 中心을 지나가고 前, 後의 空間을 擴張하는 것이다. 이 動作은 허리 앞에 있는 中心에서 한 손으로 당기는데 의해서 始作하고 그리고 한 손은 허리 뒤 部分에서 始作한다.

그리고 前進과 後進은 잡아 당기는 것 같이 始作하는 것이다. 이와같이 6가지의 方向은 身體의 中心에서부터 全部關係되어 이루어지는 것이다.

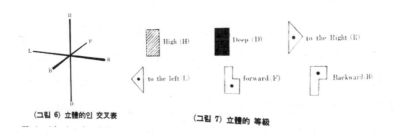

(그림 6) 立體的인 交叉表　　　(그림 7) 立體的 等級

卽 上, 下, 左, 右, 前進 그리고 後進이다. 이러한 方向을 爲해서는 상징적으로 쓰여지고 있으며 方向은 身體의 一面과 動作을 連結해서 나갈때 實行할 수 있다. 活動의 結果라는 것은 올라가거나, 내려가거나, 엇갈리거나, 펼치거나, 물러가거나, 그리고 앞으로 나가는 것이다. 이것을 空間的인 立體的 等級이라고 부르고(그림 7) 動作을 하는데 있어 身體를 交代로 움직여나갈 수 있다.

「身體를 움직이는 데는 筋肉의 付着點과 方向 그리고 動作의 形態로서 效果的인 利用을 할 수 있는 것이다.」[78] 6가지 基本的 方向에 따른 動作의 利用에 따라 生産價値는 모두 다른 效果 롤 얻는 것이다.

(1) 空間的 立體的 交叉表를 基礎로 하는 動作變化.

78) Eleanor Metheny, op. cit, p.26.

팔과 손의 部分에 依해서 이끌어지는 行動結果에 따라 여러가지 뜻을 가지는 動作이 된다. 即 손등은 바깥쪽으로 내미는 뜻을 갖고, 손가락 끝은 무엇인가 꿰뚫는 뜻의 行動을 하고, 손바닥은 눌르는 뜻의 行動을 하여 손의 옆면은 어떤 것을 짜르는 것 같은 行動을 하나 하면, 주먹은 힘을 表示한다. 方向은 어깨軸이 中心이 되여 方向을 가리키게 되고 팔꿈치는 어깨에 따라서만 方向이 變動되나, 前腕이 멀게 되고 燒尺關節에 依해 內外轉을 한다. 가슴은 몸의 前, 後를 가르키고, 머리는 모든 쪽을 가르킬 수 있다. 6가지 方向表示에 있어서 가벼운 머리의 動作은 兒童들에게 方向을 알아보는데 도움이 되고, 더욱 頭部의 各面 即 정수리, 턱, 양귀, 머리의 後部 및 얼굴등으로 明確한 方向을 찾아 볼 수 있다. 다리動作 또한 方向을 指示할 수 있으며, 特히 다리의 무릎은 위를 향하는데 있어서 가장 重要한 特徵을 갖이고 있었다. 다리를 中心線에 가까이 움직이거나, 멀리 벌리는 動作을 할 때는, 높고 낮은 度에 따라서 動作을 하게 하는것이 특히 必要한 것이다.

위에 말한 이러한 모든 動作은 다만 例를 든 것으로서 各己 여러가지로 活用되어야 할 것이다. 그러나 이러한 것들은 經驗과 實際錬習으로서 活用段階를 여러모로 취득할 수 있는 것이다. 高低의 等級은 작은 動作에서부터 큰 動作으로 옮겨 가거나, 또는 다리를 뻗고 작게 움직이는 動作이다. 音樂의 强弱에 따르는 것도 좋은 方法이라 하겠다.

(2) 中心과 周邊移動

지금까지 말한 動作들은 擴張하는것을 팔과 다리가 交代로 屈伸하여 身體中心으로 되 오는 것들이있다. 그러나 다른 移動動作은 意識的이 아니고 自然的으로 나타나는 것을 提起하겠다.

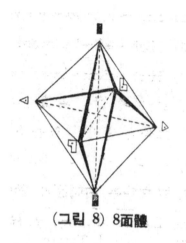

(그림 8) 8面體

이 自然的으로 나타나는 移動動作은 中心移動과 周邊移動을 連結시킴으로서 自然히 身體動作은 8面體의 形體를 構成한다.

即 中心移動이 8面體의 中心을 通過하는 動作을 하는 동안, 이 周邊動作은 가장자리로 移動하는 動作을 취하게 된다. 例를 들면, 中心을 通한 꼭지점으로부터 꼭지점 周邊위에서 轉回한 前面까지 身體를 리드하는 팔은 8面體의 內部에 二個의 制動機의 役割이나 혹은中心動作의 要素를 이루고 또 8面體의 언저리 위에서 8面體의 周邊動作形態를 이룬다. 이 周邊動作을 할 때에, 四技는 줄곧 뻗쳐야 하고 가벼운 느낌을 주도록 하여야 하며 밝은 氣分을 갖도록 하여야 한다. 그런데 中心動作은 구부리고 쭉 펴야하며, 普通 보다 强한 느낌을 주어야 하고 動作에 있어서 柱身이 되어야 한다. 中心動作이나 周邊動作은 어느 連續에서 든지 서로 同伴할 수 있으며 身體의 伸張變化는 教授에 依하여 指摘받고 가리켜저야 한다. 그러므로써 授業의 즐거움을 맛보게 되고 발랄한 活動과 參與意識을 기르는 歡聲을찾을 수 있다. 더욱이 木造나 푸라스틱製의 面體의 模型이 있으면 그들의 方向을分明하게 認識시키는데 크게 도움이 될 것이다.

(3) 移動의 發達

「回轉하는 것, Jumping 하는 것, 移動하는 것은 周邊移動으로부터 自然的으로 發生한다. Rhythm에 있어서의 스텝은 ⅓박자이며, 이 ⅓박자는 또한 흐름을 부드럽게 하는 것을 도와 줄 것이다.」[79]

動作移動의 熟諫이 나 特殊하고 特別한 發達은 끊임없는 敎育과 經驗에 依해서 만 찾을 수 있는 것이다. 이러한 動作의 흐름은 一定한 動作方式을 갖추어야 하는 것으로서 이에 따른 形態를 비추어 보면, 오른쪽 위로 향하고, 왼쪽 위로 향하는 것, 앞을 향해서 위로 향하는 것, 뛰는 것, 뒷쪽으로 위로 향하는 것 등을 들 수 있다. 그리고 아래로 향하는 6가지 動作은 무게의 中心을 낮게 하는 Jumping에 對照를 이루고 있는 反面에 8가지 動作은 水平의 變化와 함께 移動의 動作을 일으킨다. 또 側面과 前進이나 後進의 動作은 좁히거나 넓히는 特性을 나타내는 動作이다. 그러므로 사람들은 이러한 動作의 반복으로 移動發達을 經驗하고 촉진하며 自然히 意識하게되고 즐겁고 無限한 結合을 찾을 수 있게되고 또 6가지 Ring에 있어서의 自然的인 連續은 Jumping, Travelling, Turnning에서 찾을 수 있게된다.

2. 對角線의 設定

動作에 있어서 또 다른 움직임은 對角線을 따라 움직일 수 있다. 이 對角線은 다음과 같은 4個의 形態의 線으로 表現할 수 있다. 即

(1) High~right~forward to deep~left~back ward.

79) Margery J. Turmer, Dance Handbook (N.J; Prientice-Hall, inc., 1966) p.61.

(2) High~left~forward to deep~right~back ward.

(3) High~left~backward to deep~right~forward.

(4) High~right~backward to deep~left~forward.

이 4가지의 線은 身體의 中心을 지나가고 空間을 넓히는 것이다. 사람이 방안의 수心에서 있다면 그들은 방안에 있는 8個의 구석진 곳을 향해 볼 수 있을 것이다.

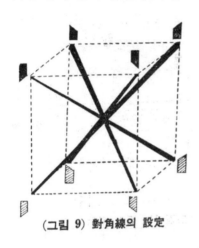

(그림 9) 對角線의 設定

이 4개의 對角線이 全身에 依해서 충분히 動作이 이루어 졌을 때, 이러한 위에서 말한 順序대로 리드하는 右側面의 動作을 對角線 等級이라고 부른다. 여기에는 上右一前進, 下左一後進, 上左一前進 下右一後進, 上左一後進 下右一前進, 上右一後進, 下一左一前進의 8가지로 區分된다. 따라서 높고 낮음, 前進一後進, 後進一前進動作 사이의 끊임 없이 變化할 수 있는 動作을 볼 수 있으며 넓혔다一좁혔다 하는 勤作의 連續은, 넓혔다一좁혔다, 좁혔다一넓혔다, 넓혔다一좁혔다 하는 方法을 使用할 수도 있다. 이와 類似하게 다리도 立體的인 等級으로 取扱하여 모든 對角線의 꼭지점을 이루는 動作은 발끝으로 지탱하고 重力의 中心을 낮게하고 무릎을 깊히 구부리므로서 아주 깊이 빠져 있는 모양을 나타나게 한다. 그리고, 身體를 구부리고 아취의 形態를 만들며 또는 비트는 것은 立體的 等級에 屬하는 動作이며 또한 이 對角線은 3가지 立體의 方向의 統合이기 때문에, 身體의 動作은 들어 올리거나 혹은 내린다. 또는 펼치거나 좁힌다. 前進하거나 後退

하는 것 등 이 3가지 活動의 連結이라 볼 수 있다. 척추를 일으킬 뿐
만 아니라 아취와 구부리는 것도 同時에 할 수 있고, 낮게 또는 둥
근모양과 수축하는 것도 잘 하여야 한다. 왜냐 하면 이 對角線의 方
向을 完成하기란 대단히 어렵기 때문이다. 이들은 또한 더욱 더 움
직여야 하며 各 對角線의 反對側의 끝머리는 훌륭한 勤作을 爲해
서 유연성을 요구하는 動作과 完全히 對照를 이룬다. 이와같이 對角
線의 動作은 變動性을 完全하게 나타내기 때문에, 對角線의 等級은
가끔 可動等級(Mobile scale)이라고 부르며, 立體等級은 安定된 等
級(Stable scale)이라고 부른다. 不安定하다는 말은 普通 使用하지는
않지만 變하기 쉽다는 뜻을 가진 勤作보다는 變化에 對한 確實性은
이 말이 더 强力하다. 그러므로 對角線 等級은 때로는 不安定한 等
級(Labile scale) 이라고도 부른다.

(1) 對角線의 諸動作

對角線은(그림 10)에서와 같이 立體的인 交叉와 함께 方向에 따라
서 여러가지 動作을 만들수 있고 立體의 엇갈림을 利用할수 있다.

(2) 中心과 周邊의 變化

「8個의 對角線의 方向이 함께 周邊에서接하게 될때에 健全한 立體의
正 6面體를 만든다는 것을 發見할수 있으며, 正 6面體의 周邊의 動作
은 回轉과 비트는것을 함께 極端的인 連續動作을 일으키게 한다.」[80]
여기에는 모서리 卽 가장자리와 面의 두가지로 나누어 진다. 例를
들면, 모서리는 High~right~forward to deep~right~forward

---

80) Valerie preston, F.L.G., Handbook for modem Educational dance,
(Macdonald & evans Ltd., 1963), P.87.

이다. 平面圖의 例를들면 High~right~forward to deep~right ~back ward이고, 中心移動의 例로는, High~ right~foward to deep~left~back ward이다. 이것을 그림으로 表示하면(그림 10)과 같다.

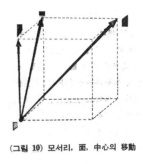

(그림 10) 모서리, 面, 中心의 移動

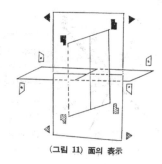

(그림 11) 面의 表示

(3) 3個의 面의 設定.

여기에는 全部 27個나 되는 基本方向이 있으며, 이것은 6가지의 測定할 수 있는 크기와 8가지의 對角線(사선)과 12가지의 直徑의 方向과 中心으로 나누어진다. 直徑의 3個의 面으로 區分하는데 이것은

① 額狀面(Frontal)

② 水平面(Horizonatl)

③ 正中面(Saggital) 으로 區分한다. (그림 11)

Door平面圖는, 側面에서 구부리는 척추의 能刀과 身植의 均衡을 단련시키는 것이기 때문에 上, 下의 길이와 폭이 밖으로 發展하는 것이다.

Wheel 平面圖는, 身體의 上, 下에 四肢를 가지고 있으며 또 척추를 아취나 둥근모양을 할 수있게 가지고 있기 때문에 前進─後進의 길이와 폭이 밖으로 發展하는 것이다.

Table 平面園는, 펼치거나 좁히거나 하는 道具와 척추를 비트는 능력을 通한 側面—側面으로 發展하는 것이다. 卽 Table 平面은, 移動, 回轉과 Jumping 의 行動과 함께 連結하고, Door平面에 있어서의 動作은 올리는데 있어서 初步的인 動作으로서 오르고 떨어지는 것이며, wheel 平面은 移動하는데 있어서 前進과 後進을 表現하는 것이다.

(1) 平面에 있어서의 指導

各 面은 각모서리를 가지고 있는 한장의 종이와 같이 2個의 立體圖가 가리킨 4個의 要點을 가지고 있다. 그러므로 平面에 있어서 動作活動의 指導는 다음과 같은 形式을 따라야 한다.

① Door Plan 에 있어서 ; 上—右, 下—右, 下—左, 上—左,
② Wheel Plane에 있어서 ; 前進—上과 下, 後進—上과 下,
③ Table Plane에 있어서 ; 左와 右—前進, 左와 右—後進.

▶方向은 大部分이 높은 것이고 오른쪽으로는 조금이기 때문에 上—右라 부르고 右—上이라고 부르지 않는다.

┗은 前進하는 쪽이 大部分이고 높이는 것이 적기 때문에 前進—上이라고 부른다. ⊡은 左—前進이라고 부르며 같은 種類의 理由로 前進—左라고 부르지 않는다. ①②③은 身體의 오른쪽 옆과 같이 中心으로부터 나타날때 따라오는 行動을 發見한다.

V. 靑少年舞雨敎育의 指導問題

靑少年舞踊敎育의 一般的인 指導內容은 事實上 愼重한 假說을 前提로 한다. 事實 舞踊敎育에 있어서 動作의 經驗은 少年에 대한 價値나 少女에 대한 價値를 比紋할때 아무런 差異가 없는 것이다.

Laban에 依한 動作活動의 原理를 보면 人間은 身體를 通해서 動作을 하겠끔 表現하고 있다. 이것은 少年의 舞踊이라고 하는것이 根本的으로 少女의 舞踊과 差異가 없음을 뜻한다. 또 少年의 音樂이나 少女의 音樂, 少年의 그림이나 少女의 그림, 또 少年의 評이나 少女의 評이 있다는 것 以外에 어떤 다른 存在를 示唆한다는 것은 참으로 無意味한 것이다. 이러한 媒介體에 있어서와 같이 舞踊動作에 있어서도 이와 같은 모든 活動안에서 약간의 相異한 强勢가 存在할 뿐이다.

이러한 强勢는 相異한 身體的인 性의 構成으로부터 發生한다. 또다른 것들은 少年과 少女가 받아들이는 相異한 社會的인 環境으로부터 發生한다. 어쨌든 우리의 社會에서는 靑少年의 무용을 보다더 融通性있게 認知하고 그 役割과 敎育의可能性을 强調하여야 한다. 舞踊을 混合班에서 가르칠때 舞踊의 잠재력을 充分히 表現할 수 있고 大部分 容易하게 活動할 수 있다. 現在 우리들의 社會에 있어서는 아직도 少年들의 舞踊指導敎育을 等閑視하고 있는 位置에 놓여있으며 混合班이라 하더라도 分離해서 배우고 있는 現狀이다. 그러므로 그들이 舞踊을 할때에 自身들이 어리석다든지 또는 男子답지 못하다는 느낌을 갖으며 또 舞踊의 價値에 關한 合理的인 說明이 나 Curriculum에 있어서 그舞踊의 重要性이나 學生이나 敎授들間에 깊은 認識을 주고 있지 못하다.

그러므로 舞踊에 대한 敎育的인 主張은 少年에 대하여 表現된 實質的인 材料가 舞踊을 할때에 이들의 男性的인 任務에 그들의 價値를 再確信시키는 假定下에 이루어져야 한다.

「藝術은 人生의 장식이 아니다. 그것은 人間을 人間으로서 特徵을 갖는 것이다. 이것은 作品의 形態이다. 그리고 作品은 人類에 特有한

하나의 活動이다.」했고[81] Ernst Flsher는 "作品은 自然의 變型이다"라는 主張에 依하여 이 현저한 主張을 正當化했다. 이 象型W은 그 自身이 원래 Whitehead의 用語中에서 「놀이의 發生, 宗敎의 儀式, 야만인의 儀式, 舞踊, 동굴의 그림, 詩的 文學, 散文, 音樂으로부터 儀式에 進化라는 用語에서 明示되었다.」[82]한 것으로 미루어 이러한 같은 時代의 形態에 있어서의 明示를 우리들의 特有한 社會에 있어서 等閑視하고 또한 信用하지 않는 것은 敎育的인 Program의 部分에서 舞踊이 等閑視되고 있기 때문이다. 물론 다른 社會에 있어서는 이들 男性의 男子다운 舞踊과 信念을 둘다 維持하는데 使用된다. 그것은 歷史를 通하여 强力히 表現된 手段이었던 이 하나의 藝術形態가 Curriculum 에서 뺀다고 하는것은 그릇된 方向으로 이끌어 나가는 것이라고 생각하였기 때문이다. 「根本的으로 原始生活의 發生과 關係되어 있는 舞踊은 모든 時代의 文化發展의 表現과 不可分의 關係를 갖고 있으며 차례로 過去의 社會形態에 對하여 그의 影響을 미쳤다.」[83]는 것을 看過해서는 안된다. 敎育에 있어서 藝術의 位置는 大部分의 우리들의 學校에 있어 열광적인 承認을 받고 있다. 言語, 音響, 또는 그림을 通하여 表現하는 어떤 兒童들에게 그 자리에서 自己의 心情을 表現하게 하는 것은 困亂하다. 그러나 動作이라는 다른 媒介體를 使用할 수 있는 兒童은 卽時 成功的으로 動作에 依한 表現으로서 크게 滿足하는 것을 자주 發見한다. 그리고 어떤 兒童들의 動作은 모든 다른 사람들 보다도 이들의 創造的인 可能性을 完遂하는데 큰

81) Ernst Fischer, The Necessity of art, (Pelican, 1963) p.15.

82) A.N. Whitehead, Adventures of ideas (Pelican, 1942) P.312.

83) Margaret N.H' Double, Dance A Creative Art experience, (University of Wisconsin press, 1940), p.46

役割을 한다. 그러므로 「舞踊은 人間의 經驗을 表現하고 批評하는 言語의 組織과 發生에 關係하고 있다.」[84]는 點을 重視해야 한다.

舞踊은 이것이 다른 藝術形態와 제휴하고 있으나, 이 또한 體育프로그램(Physical education program)에 있어서 體操와 게임과 運勤競技와 連結짓고 있다는 것은 舞踊에로의 變遷過程과 큰 關係를 가진 까닭이다. 이와 같은 點을 理解할 수 있는 것은 舞踊이 永續的으로 人間動作을 包含한 모든 活動과 이어지고 있기 때문이라는 點이라 하겠다. 體操는는 環境을 支配하는 問題— 다른 사람의 意志에 따라 均衡을 自身이 몸으로서 견디고, 器具위에서 뛰고, 높은 마루위에서 安全하게 着地하는 問題를 解決할려는 動作을 하는 途中에 여러 面에서 兒童들은 喜悅을 느낄 것이다. 이러한 活動的인 動作을 계속하는 동안 兒童들은 점차 다른 目的에 適應하는 能力이 크는 것이 普通이다. 卽 그 目的은 어떤 目標를 얻게 되고 여러 가지 새로운 方法을 얻게 된다. 무용에 있어서 動作은 內的 目的을 表現하는 것이 普通이며 內的感情이나 氣分 또는 外的인 實體에의 直觀, 또는 自身이 움직이는 動作의 형상을 불러 일으키게 되며 이러한 반복은 最初에는 未熟한 經驗을 가지고 차차 程度를 높이고 統制하는 舞踊의 藝術的인 方法으로서 形成된다. 舞踊에 反應하는 잠재력은 우리들의 모든 中心에 있으며 靑少年들의 無意識的인 動作에서 볼 수 있는데, 그것이 묻혀서 쌓트지 않는 理由는 우리의 特有한 社會的인 狀況으로 制約되고 또 다른 한편에는 學校에서 舞踊에 對한 最初의 動機가 敎師에 依하여 별로 提供되어지지 않으며 게임이나 運動競技에서와 같은 動機를 提供하는 競爭의 興味가 存在하지 않기 때문이다.

잠재력 개방의 方法은 지금까지 動作表現을 하여보지 못한 少年에

84) 松本千代榮, 舞簡美の探究 (東京 ; 大修館書店 1957) pp23~34.

게 强力한 效果를 나타낼 수 있어야 하며 완곡한 方法을 취하여야
한다. 卽 Nuffield 科學과 新數學과 個人의 筆體를 學校에서 硏究
하는 경우에 發見하고 表現하는 自然의 方法과 手段으로서 즉시 받
아드릴 수 있는 柔軟과 適應性이 있는 것과 같이, 舞踊의 경우에 있
어서도 適應性을 나타내는 接近法을 採擇하지 않으면 안 된다.

그리고 正當한 態度와 信念은 成功의 本質로서 理解의 基礎를 除
外하고서는 達成할 수 없다. 理解는 舞踊動作의 깊은 意味의 探究
에서 비로서 發生하는 것이다. 「藝術家가 되기 爲하여 經驗을 記憶
으로 記憶을 表現으로, 實體를 形態로, 포착하고, 붙잡고 또 變形
하는 것을 必要로 한다.」[85]는 點이 重要하다. 이에 舞踊의 理解를 爲
하여 Rudolf Laban에 依하여 形成된 分類에 따라 說明하여 보면,
動作을 宇宙의 現象으로 보았으며 特히 人間動作의 本質과 意味를
硏究하였다.

그는 첫째로 動作藝術(Bewegungs kunst)이라는 用語의 關係로부
터 有益한 效果를 얻는데 關係하였다. 그는 우리에게 人間動作의 複
雜한 現象과 單純한 現象中에서 여러 觀點을 다음과 같은 觀點으로
認識하였다.

卽 「1. 身體動作의 性格.

2. 身體를 움직이는 場所.

3. 身體를 움직이는 方法.

4. 關係的인 諸 問題」[86]이다.

이와 같이 動作은 이 4가지 觀點에 關하여 따로따로 孤立하여서
는 存在할 수 없다.

85) Ernst Fischer, op. cit. p.9.

86) Joan Russell, op. cit. p.37.

「人間의 動作은 人間의 身體없이는 表現할 수 없다. 우리는 人間關係를 通하여 個人이 成長하고, 個人의 發達은 創作的인 關係를 만들 수 있는 것이다. 動作을 새로히 試圖하는 것도 人間의 身體를 通한 過程이다.」[87]이것은 努力을 하지 않는 限 存在할 수 없으며, 空間에서 나타내지 않으면 안된다. 이것이 나타나자 마자 自身은 環境과 다른 사람과의 關係를 갖는다. 이것은 各 個人이 한 集團體로, 이 集團體가 社會의 構成因子로 되고, 하나의 社會가 國家를 代表하고 한 國家가 世界로 發展하는 個人이라는 存在가 國家를 代表하기 爲하여 重要한 要因이 되는 것이기 때문에 젊은 이들에게 健全한 身體와 精神을 갖춘 人格形成者로서 敎育하기 爲하여 科學的인 올바른 舞踊 指導가 必要한 것이다.

VI. 結 論

近代舞網을 指導한다는 것은 하나의 技術로서의 敎育이 必要하다. 많은 系列과 範圍를 如何히 할 것인가 하는 問題와 傳達方法을 가장 理想的이고 敎育的인 指導로 한다는 것이 重要한 問題이다. 前述한 바와 같이 舞踊敎育의 價値性을 바탕으로 해서 舞踊敎育指導課程의 16가지 系列과 究間指導에 必要한 諸 問題, 靑少年 舞踊敎育의 指導問題를 通해서 충분한 理解와 넓은 意味의 活動속에서 近代舞踊의 指導를 6가지 觀點에 立脚하여 指導하여야 한다. 敎育的인 指導를 할 때 科學的이고 體系的인 指導方法으로 人間生活動作에 크게 도움을 줄 수 있는 6가지 觀點을 살펴보면,

87) Jean Carroll and Peter Lofthouse, (Macdonald & evans Ltd, London W.C.I., 1969) p.47.

① 表現하는 方法　　② 勤作의 內容

③ 社會的인 關係　　④ 場所問題

⑤ 伴奏

⑥ 他 學科와의 關係 등으로 나누어 그 內容을 綜合하여 한 눈에 볼 수 있도록 한다면 다음과 같은(표 1)를 얻을 수 있다.

(Fig I)

Number	Lesson Part Aspect	Lesson Content		
		(A) Part	(B) Part	(C) Part
I	Presentation	Recall, Respon	Experiment	Observe & do
II	Content	Body VIII	Rhythrmic	Space XVI
III	Social	Alone	Partner	Group
IV	Placing	Room Space	On Spot	Free
V	Sound	Drum	Clap	Record
VI	Link with Other Lesson	New	Development	Development

上記한 表의 指導方法은 하나의 形式과 技術의 效果的인 成果를 이룰 수 있는 重要한 要式이다. 이 要式의 完全한 기억과 응용의 끊임없는 反復만이 近代舞踊을 훌륭하게 完成시키는 綜合的 敎育方法이라고, 筆者는 믿는 바이다.

參考文獻

1. 鄭植永, 俞泰榮譯, 近代化를 爲한 敎育計劃―Ole stand, et al, Schools for the sixties, NEA, 1963(서울: 載東文化社, 1967).

2. 朴俊熙, 敎育心理學, 旺文社, 1960.

3. 柳根領, 體育原論, 學校體育社, 1966.

4. 문교부 : 중학교교육과정해설, 대한교과서 주식회사, 1963.

5. 江橋愼四郎, 體育敎材研究, 東京; 法政大學 出版部, 1956.

6. 小林信次, 舞踊史, 東京; 逍遙書院, 1961.

7. 中島 花, 發達と 表現, 東京; 明治圖書, 1968.

8. 日本文部省, 小學校學習指導要領體育科編, 1953.

9. Joan Russell, Creative dance in the secondary school, macdonald & Evans Ltd., 1969.

10. Noverre Jrns Beaumont, C.W., Letters on dancing ballet, Dance Horizons, 1966.

11. Laban, R., Modem Educational dance, Macdonald & Evans, 1963.

12. Eleanor Metheny, Mcgraw―Hill book Co, 1968.

13. Jean Carroll and Peter Lofthouse, Creative dance for boys, Macdonald & Evans Ltd., 1969.

14. Ernst Fischer, The necessity of art, pelican, 1963.

15. Margaret NH' Double, Dlance―A Creative art experience, University of Wisconsin Press, 1940.

16. Valerie Preston, F.L.G., Handbook for Modem Educational dance, Macdonald & Evans Ltd., 1963―

17. Walter Sore 11, The language of dance, Macdonald & Evans Ltd., 1966.

18. A.N. Whitehead, Adventures of ideas, pelican, 1942.

19. Bruner, J.K., On knowing, Harvard University Press, 1962.

20. Preston-Dunlop, Valerie, Handbook for Modem Educational dance, Macdonald & Evans, 1963.

21. Ghiselin, B. (Ed), The creative process, Mentor, 1952.

Abstract

Study on the teaching method of
modern Educational Dance

Suh, Jung Ja

This title Study on the Teaching Method of Modem Educational Dance is intended for all those who are interested in study of educational dance, especially about the method of modem educational dance and who would like to know more about it. Most people who read it will had some practical experience of moving in a creative. And should therefore be able to follow the problem without difficulty.

By learning about movement in this way both the expressive and the impressive properties of it are used, which is unlike the teaching of other forms of dancing where impressive is used exclusively. The aim of this title is not to learn one of walking but to experience many ways, not one kind of posture but many so that the body is a versatile instrument capable of bieing used at will and not an instrument which can only do a limted selection of movements. The very title states a deliberate false premise. There is no difference between the movement experience that is valuable for boys and that which is valuable for girls. Other arise from the different social conditioning that boys and girls recieve. Even is our society, however, which is becoming more flexible, role cognitions and expectations cannot be neglected. I do like to suggest the teaching method of Modem Educational Dance as a (Fig 1). This Figure states the contents of program for teaching. This should carry out with spiral development procedure.

✳ 三國時代의 歌舞

서 성 자

序論
제1장 우리의 가무와 중국인의 기록

우리 민족은 고조선(古朝鮮)이래 하느님을 섬기며 조상을 받드는 (敬天 崇朝하는) 보은(報恩)사상의 수두(蘇塗)교의 특징을 가져서, 천지와 사람이 하나가 되어 다스리는 자와 인민이 함께 즐기는 국중 대회(國中大會)를 철에 따라 열고, 그 축제(祝祭)에는 모두가 한가지로 먹고 마시며 춤을 추며, 제관이 개국 이래의 역사와 역대의 공적과 선조들의 교훈을 엮어서 세년가(世年歌)를 판소 식으로 부르는 전통이 있어서 노래하고 춤추면서 뜻 깊은 내용의 노래를 불렀다. 그 곳에는 수두나무(蘇塗木) 소대를 세웠으므로, 그 곳을 『솟대백이』라고 불렀다. 『솟대백이』라는 지명(地名)과 유적이 도처에 있어서, 나도 자주 가보았다. 흔히 이름 있는 학자들도, 우리 민족이 집단적으로 노래 부르며 춤추기를 좋아하는 민족이라고 중국의 역사책에 기록되어 있기 때문에 그 노래의 내용은 알 수 없다고 말하고 있지만, 그 내용을 역사에 기록된 세년가 혹은 제문(祭文) 또는 축가(祝歌)의 귀중한 내용까지 확실히 알 수 있다. 중국인도 삼국지(三國志)의 한전(韓傳)의 춤의 내용을 설명한 부분이 없지 아니하다. 알려진 양주동 같은 작가도 알아보지도 아니하고서 『震城의 上代歌謠는 文獻의 缺乏으로 말미암아 이제 그 具體的 內容을 稽考할 길이 없고, 다만 中國史書의 古于所傳을 通하야 歌樂形式의 一班을 堆知할뿐이다.』[88]라고 쉽게 말했다.

한국학 연구회의 강좌에서 지도교수는 고래의 『조선왕조실록』의 세종기와 『솟대백이』의 지명과, 『표제음주동국사략』의 동국세년가(東國世年歌)과 일본의 단군사당 王 山宮의 매년 축제일에 읽어온 우리말로 된 축사(祝祠)및 한국악기의 반주로 불러 내려온 신무가(神無歌)등의 증거물을 발견한 바에 의하여 노래와 춤의 내용까지 역력히 알게 되었다. 그리고 최치원의 칠언절구(七言絶句一鄉樂雜詩 五首)의 공 눌리기·사자춤 등 다섯 가지 탈춤 같은 것을 무용과 가극(歌劇)의 내용을 상당히 설명했다고 할 수 있다. 그런 것들은 차차 기술하려 한다.

우선 중국 역사에 실린 바에 의해서도 우리 민족적 축제를 철에 따라 열고 함께 음식과 술과 노래와 춤을 매우 즐기는 민족이라는 것을 기록에 남겨서, 그들이 우리에게 참고자료가 되게 했으므로, 그 중에서 비교적 오래되고 자세한 대표적인 것 몇 개 만 추려 보기로 하자. 우선 부여·고구려·예·옥저 및 삼한 등에 대하여 중국인의 기술한 바를 추려보면 다음과 같다.

(1) 후한서(後漢書)에 의하면[89], 왕제(王制)에 이르기를, 동방(東方)을 이(夷)라고 하는데, 「이」라는 것은 근저(根底)라는 뜻이다. 어질고

---

88) 예술대학 무용학과 교수) 梁柱東 著 『朝鮮 古歌 研究』第1面 序說 一, 上代 歌謠의 一班

89) 후한서 八十五 동이열전(東夷列傳) 제74

호생의 덕(仁而好生)이 있음을 말한다. 만물이 땅(地)을 근저로 하여 생겨나는 고로 유순(柔順)하며 잘 도어(道御)하여 죽지 아니(不死)하는 나라가 있다. 산해경(山海經)이라는 지리책에 군자의 나라, 오래 수(君子國壽)하고 죽지 아니하는 나라가 있다고 했다. 고구려 이(夷)에는 아홉 종류(九種)가 있다. 그래서 공자(孔子)가 『중국에는 도(道)가 행해지지 아니하니, 뗏목을 타고 바다를 건너가고 싶다』고 했다.[90] 그의 제자 구이(九夷)가 누추(陋)한 곳인데 어찌 가려느냐고 하매, 공자는 군자가 사는 곳인데 그곳이 어찌 누추하겠느냐[91]고 했다. 예의를 아는 민족이라는 말이다. 그리고 후한서에 이가 점점 중국땅에 와서 살며… 자리를 잡고(土着하여) 술을 마시고 노래하고 춤추기를 즐기고 있다고 하였다.

1) 부여(夫餘)는 현토(玄菟) 북쪽에 남(南)에 고구려로 더불어 있는데… 본래 예(濊)의 땅이니… 궁실(宮室), 창고, 감옥, 육축(六畜)의 이름이 관청의 설비가 있고 사람들이 강용(强勇) 근후(勤厚)하여 도적질하지 아니한다. 농산물이 풍부하다. 음력 섣달 제천대회(祭天大會)에는 연일(達日) 계속(繼續)하여 모두 함께 먹고 마시며 노래하고 춤추는데, 이를 영고(迎鼓)라고 한다. 이때에 형벌 옥사를 단정(斷形獄)하며 군사(軍事)가 있어도 제천(祭天)하며, 길흉(吉凶)을 점(占)친다. 밤에도 행인(行人)이 없지 아니하며, 노래 부르기를 좋아해서 노래 소리가 끊이지 아니한다. 그 풍속은 용형(用刑)이 엄급(嚴急)하다고 하였다.

90) 論語, 公冶長篇
91) 論語 子 干篇

2) 고구려(高句麗) 나라는 요동(遼東)의 동쪽에 있는 큰 나라이다. 큰 산이 많고 골 짜기가 길고, 농토가 적어서, 힘써 일해도 자자(自資)가 부족하다. 그러므로 그 습속이 음식을 절제하며, 궁집을 많이 건축한다.… 그들은 부여의 별종(別種)이어서, 언어(言語)와 법칙이 부여와 많이 같다.… 행보함에 모두가 달음질하듯이 빨리 한다.… 시월(十月) 제천(祭天)대회를 동맹(東盟)이라고 한다. 그 공회때는 모두 비단에 수놓은 옷을 차려입고 금은의 노리개로 꾸민다. 동맹은 동맹(東盟)과 같은 뜻이다.… 옥저(沃沮)와 동예(東濊)가 모두 고구려에 속했다.

3) 동옥저(東沃沮)는 대체로 고구려와 비슷하다.

4) 예(濊)도 본래 조선 땅에 있었는데, 동성이 혼인하지 아니하며(同姓不婚) 꺼리는 것(忌諱)이 많아서 사람이 병으로 죽으면 그 집을 버리고 새 집을 짓고 옮겨가서 살았다. 누에를 치고 솜과 삼(麻)을 심어서 옷감을 잘 만들었다. 시월 제천(十月祭天)을 무천(舞天은 祭天舞를 거꾸로 했다)이라고 하여, 밤낮 먹고 마시며 노래하는 것은 마찬가지였다. 활(檀弓)과 적은 말(果下馬)과 피물(約皮)과 해산물등이 많이 산출되었다.

5) 한(韓)에는 3한(마한, 진한, 변진. 馬韓 辰韓 弁辰의 3種)의 무릇 78국이 있었는데, 마한이 그 중 큰 나라이어서 그 중의 54국이다. 馬韓이 진왕(辰王)을 세워 목지국(目支國)에 도읍했다. 그들은 하종(下種)을 끝내고 5월에 신에게 제사하며 주야 주회(酒會)를 열고 무리 지어 노래하고 춤을 추었는데, 수십인이 함께 따라서 춤추고, 시

월에 농사를 끝내면 역시 그와 같이했다. 여러 국읍(諸國邑)에 각각 한 사람씩 천신을 위하여 주제(主祭)하는 제사장을 천군(天君)이라고 일컬었고 큰 나무의 솟대(蘇塗)를, 세우고 신을 섬겼다. 진한 노인의 말에 의하면, 중국의 진(秦)나라에서 고역(苦役)을 피하여 한국(韓國)으로 온 사람들에게 마한이 동쪽 국경에 토지를 베어 주어서 살게 하였다. 토지가 기름져서 농산물이 풍족하고, 그 나라에서 쇠(鐵)가 나서 예·왜·마한 사람이 모여서 시장(市)을 이루어 무역을 하며, 쇠로써 화폐로 하였다. 노래와 춤과 음주와 북과 줄풍류(琵絃樂器)를 좋아하는 풍속이 생겼다. 진한 사람과 변진 사람이 섞여 살게 되었다.(雜居) 각 소읍(小邑)마다 거사(渠師)가 있고 그 중 큰 자를 신지(臣知)라 하고, 그 밑에 여러 계급의 관직이 있었다. 한·예(韓·濊)가 강성하여 중국 영제(靈帝) 말기(末期)에는 중국의 주현(州縣)이 그들을 통제(統制)할 수 없었다.

(2) 삼국지 위서(三國志 魏書)에 의하면 다음과 같다.(삼국지는 후한서 보다 상세하다)[92]

1) 부여전(夫餘傳)
부여는 장성(長城) 서쪽에 있다. 동이의 지역에서 가장 평지(平地)가 넓다. 토지가 좋아서 5곡을 경작하기에 의토(宜土)이다. 5과(果)는 생산하지 아니했다. 사람의 성질 (人性)이 강용(强勇) 근후(勤厚)하다. 여러 가지 나라의 기구가 설치되어 있었다. 도적 질하는 자가 적었다. 나라에 임군(君王)이 있고, 6축 이름에 의한 6가(六加와 六使)가 있고, 모든 사람이 예의를 알고 식기를 사용하여 음식을 먹고,

92) 三國志 三十 魏書 三十

은정월(股正月)에 제 천(祭天)하는 국중대회(國中大會)를 열고 연일 (連日) 음식·가무(歌舞)하는데 이를 영고(迎鼓, 맞이굿)라고 했다. 그 시기에 형옥(形獄)을 단행(斷行)하고, 수인(囚人)을 풀어 주었다. 조 상이 물려준 보옥(寶玉)이 창고에 가득 차 있었다. 평시에도 집마다 무기와 투구가 준비되어 있었다. 고을마다 읍락(邑落)의 호민(豪民) 이 있고, 백성하호(民下戶)는 옛날에 모두 종(奴僕)이었다. 흰옥(白 衣)을 숭상하고 가죽신을 신었다. 군사(軍事)가 있을 때에도 제천(祭 天)하고 소의 발굽(牛蹄)으로써 길흉을 점쳐서, 제가(諸加)는 싸우 고, 하호(下戶)는 식량(糧)과 음식을 저날랐다. 부여에는 수한(水旱) 이 고르지 못하여(不調)하여 오곡이 익지 못하면 국왕이 미리 알고 예비하지 못한 데 대한 책임을 지고 물러나거나 심하면 목숨을 받치 는 특수한 책임정치의 습속(習俗)이 있었다. 그리고 형이 죽으면 동 생이 형수를 취하는 습속이 있었다. 그러나 하늘에 제사(祭天)하는 국중대회의 가무(歌舞)하는 상례(常例)와 남녀노유(男女老幼)가 밤 낮으로(길에 보행자가 끊어지지 아니하고)함께 길을 걸으며 노래하는 소리가 그치지 아니하는 풍습은 다른 동족들과 같았다.

2) 고구려 전(高句麗 傳)

고구려는 요동의 동쪽에 있었다. 남(南)은 조선, 동은 옥저, 북은 부 여와 접(接)했다. 환도(丸都)에 수도(首都)를 정했다. 방(方)2천리 호 (戶)3만, 큰 산과 깊은 골짜기에 평원과 택지(擇地)가 없어서, 산곡 (山谷)을 따라서 살며, 좋은 밭(良田)이 없어서, 힘들며 농사를 하여 도 배(口腹)를 채우기에 부족했기 때문에, 풍속이 먹을 것을 절약(節 食)하고, 궁실을 다스리기를 좋아하며 사는 곳의 좌우에 큰집을 세 우고 영성(靈星)과 사직(社稷)에 제사를 지냈다. 인성(人性)이 급(急)

했다. 관직(官職)은 상가(相加)이하 여러 가지 사자(使者) 조의(皂依) 선인(先人)에 이르기까지 높고 낮은(尊卑)의 등급(等級)이 있었다. 고구려는 부여의 별종(別種) 이어서 말(言語) 기타 여러 가지 일에 부여와 같은 것이 많다. 여러 대가(大加)도 그들의 사자와 조의, 선인 등을 두었지만, 경대부(卿大夫)의 가신(家臣)과 왕가(王家)의 사자·조의·선인들이 같은 서열(同列)일 수 없었다. 그 나라의 대가(大家)로서 농사 짓지 아니하고 앉아서 먹는 자(坐食者)가 만여구(萬餘口)나 되고, 하호(下戶)가 쌀·물고기·소금 등을 멀리 등에 지고 나르는(供給하는) 것이었다. 그러나 그 백성들은 언제나 노래하고 춤추면서 함께 즐겼다(共樂했다). 고구려의 국중 읍락(邑落)이 밤늦도록 남녀가 무리 지어 노래와 희극(歌戲)을 했다. 고구려에는 큰 창고(大倉庫)는 없고 집집마다 적은 창고(小倉庫)가 있었다.

그 사람들은 깨끗(淸潔)하며, 부여와는 달리 행보 함에 모두가 다름쳤다. 고구려에는 시월제천(十月祭天)하는 국중대회를 동맹(東盟)이라고 이름했다. 이미 말한 것처럼 그 공회(公會)에는 모두 비단옷에 수를 놓고 금은으로 장식을 했다. 감옥은 없고, 범죄한 자가 있으면 여러 가(加)가 평의(評議)하여 사형(死刑)하고 그 처자를 종으로 하였다.

중국의 왕망(王莽)의 초기(初期)에 고구려의 군사(兵)를 보내어 호(胡)를 정벌하려고 했으나 고구려가 가지 아니하매, 고구려를 하구려(下句麗)라고 불렀다. 고구려의 말(馬)은 모두 작아서 산에 오르는데 편리했다. 사람들이 기력(氣力)이 있어서 전투를 익혔다.

3) 동옥저전(東沃沮傳)

동옥저는 고구려 개마대산의 동쪽에 있는데, 큰 바닷가이다. 그 지형이 동북은 좁고, 서남은 길다. 북은 읍루(挹婁)·부여 남은 예맥과 접했다. 호는 5천, 큰 군왕은 없고, 대대로 읍락마다 각기의 장수(長帥)가 있다. 그 언어(言語)는 고구려와 대체로 같고, 조금 다르다. 작은 나라가 큰 나라의 사이에 있어서 마침내 고구려에 속했다. 그 땅이 비옥하고 배산향해(背山向海)하여 5곡에 의토(宜土)가 농사를 잘 지었다. 인성이 질직강용(人性質直彊勇)하고, 우마(牛馬)가 적어서 모보전(矛步戰)에 편리했다. 의식주(衣食住)와 예절이 고구려와 비슷했다.

4) 읍루전(挹婁傳)

읍루는 부여의 동쪽에 있었다. 큰 바닷가이다. 남은 옥저에 접했다. 그 토지에는 험한 산이 많았다. 사람의 모습은 부여와 비슷하나, 부여·고구려와 같지 아니하다. 5곡·우마(牛馬)·삼베(麻布)가 생산되었다. 대군(大君)은 없고, 읍락마다 각기 대부(大夫)가 있었다. 산림 사이 굴 속에 살았다. 인구는 적으나, 험한 산이어서, 이웃 나라 사람들이 그 활과 화살(弓矢)을 두려워했다. 그래서 정복할 수 없었다. 배를 타고 이웃 나라로 건너가서 이웃 나라들의 걱정거리가 되었다. 동이의 류가 모두 그릇에 음식을 먹는데 오직 읍류만이 그렇지 않고, 그 법속(法俗)이 가장 기강(紀網)이 없었다.

5) 예전(濊傳)

예는 남은 진한(辰韓)과, 북은 고구려와 접(接)하고, 동은 큰 바다이다. 조선의 동은 모두 그 땅이다. 호(戶) 2만이다. 문이 없어 열어 두어도 백성이 도적질하지 아니한다. 그 후 40여세, 상투를 틀고 조선옷을 입은 위만 후(候)가 왕의 칭호를 참칭(潛稱)하고 일어나서, 천하가 진(秦)에 반(叛)하매, 중국인 수만 명이 조선 땅으로 피해갔다. 한의 무제(漢武帝)가 위만을 쳐서 한4군(漢四郡)을 만들었다. 이후 예에는 대군장(大君長)이 없고 거수(渠帥)가 있었다. 후에 다시 고구려에 속한 바가 되었다. 그 언어 법속이 대체로 고구려와 같다. 그러나 동성 불혼(同性不婚)하며, 꺼리는 바(忌諱)가 많아서 병으로 죽은 사람이 있으면 그 집을 버리고 새 집을 지어 이사하였다. 그들은 주옥(珠玉)을 보화로 여기지 않았다. 보전(步戰)에 능하고, 단궁(檀弓)과 바다의 피물(魚皮) 작은말(果下馬)·삼베와 누에 비단 등이 생산된다. 그렇지만 시월절 제천(十月節 祭天)에 주야 술 마시며, 노래하고 춤추는 것은 다른 종족과 같은데 이를 무천(舞天)이라고 했다. 무천은 천제무(天祭舞)를 거꾸로 쓴 것이다. 그러나 호랑이(虎)를 신(神)으로 제사하며, 별을 보아 해의 풍약(豊約)을 미리 알고 있다. 살인자는 죽이고, 좀도덕은 달리 체벌(仲罰)한다.

6) 한전(韓傳)

3한(韓)은 대방의 남에 있는데, 동서가 바다이다. 방(方)4천리이다. 진(辰)한은 옛날의 진국(辰國)이다. 마한(馬韓)은 서(西)쪽에 있다. 그 백성이 자리 잡고 농사하며, 뽕과 누에에 대하여 알고, 면포를 만들었다. 각기 장수(長帥)가 있고, 큰 자는 스스로 신지(臣智)라고 한다. 그 다음이 읍차(邑借)이다. 산과 바다 사이에 산재(散在)하는 작고 큰 나라가 무릇 50여국 인데, 큰 나라는 만여(萬餘) 가호(家戶)요, 작은 나라는 수천가(數千家)요, 모두 10여만호(總十餘萬戶)이다. 진왕(辰王)이 월지국(月支國)을 다스리고, 그 밑에 여러 가지 직호(職號)가 있다. 각 국읍(國邑)에 주수(主帥)가 있으나, 읍락(邑落)이 잡거(雜居)하여 잘 제어(制御)하지 못했다. 그러나, 국중 축제는 단국 개국이래 수두(蘇塗)의 제천(國中大會)과 부여의 영고, 고구려의 동맹, 예의 무천 등은 한결 같은 경천(敬天) 숭조(崇祖) 보은(報恩)하면 천지인(天地人)이 하나가 되고 군민(君民)이 함께 즐기며(共樂) 민족의 단결을 굳게 하는 종교적 의식이며 국중대회의 민족사회의 전통(傳統)이어서, 단순한 노래와 춤이 아니고 없어서는 안될 큰 행사이므로 3한 시대에도 없을 수 없는 일이었다. 그러므로 삼한에서도 이 축제만은 끊이지 않고, 오히려 5월 하종(下種)을 필한 절기의 풍년을 기원하는 축제와 시월 추수가 끝난 때(이것은 농경사회 세계의 공통의 감사절이기도 한다)의 추수 감사절 두번의 대축전을 거행하게 되었다. 이 3한의 축제의 가무에 대해서는 중국의 역사 저자도 그 춤의 내용까지 상세히 기록한 것이다.[93] 상례대로 5월에 하종을 끝내고 신(神)에 제사하고, 무리가 떼를 지어서 노래하며 술을 마시고, 밤낮 쉬지 않고, 수십인이 반주하는 음악과 박자에 맞추어서 같이 혹은 일어나서 높이, 혹은 낮게 땅을 밟으면서 손발이 서로 응하고 몸을 움직여서, 마치 방울춤(鐸舞)을, 추는 것과 같다고 기록했다. 그리고 시월 농공(農功)을 필(畢)한 후에도, 또한 그와 같이한다고 했다. 신을 신앙하며, 국읍마다 각기 한사람씩 세워서 천신께 제사하게 하며 그를 천군(天君) 이라고 이름했다. 또 여러 나라에 각각 별읍(聖邑)이 있어서, 수두(蘇塗)라는 큰 나무를 세우고 방울과 북을 걸고, 신을 섬기며, 도피(逃避)해서 그 곳에 이르면 돌려보내지 아니하여 범죄자를 모여들게 하는 폐단도 생겼다고 한다.

7) 진한전(辰韓傳)

진한은 마한의 동에 있는데, 그 노인이 전하는 말에는 진의 역(秦

93) 삼국지(三國志 魏書, 東夷傳, 韓傳)

役)을 피하여 한국(韓國)으로 온 자들에게 동쪽 경계의 땅을 주어서 살게 했다고 한다. 그 말도 같지 아니한 진(秦)사람과 비슷한 사람들이 있다고 한다. 처음에는 6국이던 것이 12국으로 나뉘었다고 한다.

8) 변진전(辰傳)

변진은 12국인데, 역시 여러 소읍(小邑)에 각각 거수(渠帥)가 있고, 큰 자는 신지(臣智), 그 다음의 여러 가지 직위가 있었다. 그런데 마한 사람이 진왕(辰王)이 되었다. 토지가 비옥하여 5곡이 잘되고, 양잠과 작포(作布)도 하고, 소와 말을 부렸다. 큰 새의 날개(大鳥翼)로 죽은 사람을 장례(葬禮)해 보내어서 죽은 사람이 날아 올라가기를 바랐다. 그 나라에서 쇠(鐵)가 나서 한(韓) 예(濊) 왜(倭)에 공급하여 모두 그것을 가져가기 위하여 시장이 서고, 쇠를 돈처럼 사용했다. 시집 장가드는 예속(禮俗)이 바르고 남녀가 유별(有別)하였다.

그들 역시 노래와 춤과 악극과 술을 즐기는 풍습이 있었다. 변진의 현악기 거문고와 비파류중의 슬(瑟)은 그 모양(形)이 축(筑)과 같은데, 역시 그것을 타는 음곡(音曲)이 있다. 그런데 그들은 마해의 머리를 돌로 눌러서 편평하게 한다는 것이다. 의복이 깨끗하며, 길을 양보하고, 세포(細布)를 만든다.

제2장 삼한 삼국의 歌舞一般에 對한 우리의 記錄

고대의 가무는 대체로 집단적·종교적인 것으로 발전하였으므로, 역사는 소도 제전·국중 대회의 가무에서부터 기록하고 있다. 그러므로 역사상 개인적·서정적(敍情的)인 것은 훨씬 더 뒤늦게 기복이 생겼다. 김부식은 『삼국사기』에서 신라의 3대 임금 『유리 이사금(儒理

尼師今)이 도솔가(兜率歌)를 지으니 이것이 가악(歌樂)의 시초(始初) 이었다.』고 했다. 그것은 말하자면 국왕이 나라의 정치를 잘하여 백성을 평안하게 한 것을 노래한 것이었다.[94] 그리고 같은 삼국사기에, 고구려 제2대 유리왕(琉璃明王)이 3년 10월에 외로운 환경에서 어느 날 나무 아래에서 쉬다가 꾀꼬리(黃鳥)가 모여드는 것을 보고 느낀 바 있어『꾀꼬리는 오락 가락, 암놈 수놈 놀건마는, 나는 뉘와 함께 돌아가리』라고 노래했다는 기록이 있다.『이것이 삼국사기에 나타난 개인적 서정시이다』라고 양주동은 말했다.[95] 그리고 양주동은『集團的·宗敎的 아닌 個人的·敍情風의 歌謠가 發生됨은 훨씬 더 時代가 나려옴을 要한다』고 하였는데, 그것은 기록에 대한 것이요. 사실로는 어느 편이 먼저 생겼는지를 단언하기 어렵다고 생각된다.

중국인의『옛날의 한국의 음악 무용 기타의 습속』에 대한 기록은 이 정도로 끝내려 한다. 그 후의 저술에도 대체로 이와 비슷한 역사의 기술이 많으나 내용이 비슷하여 이 이상의 중복을 피하거니와, 위의 후한서와 삼국지만 보아도 거의 같은 기록이 중복되고 있다. 그러나 참고로 위의 두 가지를 비교해 보았다. 대체로 예로부터 한인이 음악과 무용을 즐겼다는 것과 그 생활 정도가 상당히 높았다는 것을 참고함에 족하다고 생각했다. 다만 그것이 가무의 형식을 소개한 데 대하여, 우리는 그 내용과 그 정신을 무게 있게 다루어야 한다고 생각한다. 수두(蘇塗·소도), 영고, 동맹, 무천, 오월과 시월 농경사회의 계절 축제, 이 모든 것이 이름은 서로 다르나, 그 내용과 정신적 맥락에는 매우 중대한 민족적 전통이 흐르고 있음을 우리로서는 무

94) 삼국사기 신라본기 제1권 유리이사금 5년 11월 기사.

95) 삼국사기 고려본기 제1권, 유리왕 3년 10월 기사.
  ─양주동저『조선 고가 연구 제13면』

게 있게 다루어야 한다. 그 국중대회는 단순 오락이 아니라 민족의 얼과 정신적 목적이 있는 국가 민족의 전통이 이어져 있는, 그 생맥이 있는 것이다.

羅代歌樂에 關한 最初의 記錄은 三國史記·儒理尼師今年條에 비로소 보인다. 遺事도 簡單한 記載나마 이를 特記하였다. 거기에『… 是年民 俗歡康, 始製兜率歌, 此歌樂之始也.』라고 하고 있다. 그러나 『毋論 史記에 「此歌樂之始也」라 함은 新羅의 俗歌樂이 이때부터 始作되였다 함이 아니오, 國祖所定의 歌樂이 이른바 「兜率歌」란 名稱의 노래로부터 濫觴된 것을 이름이다. 이 「도솔가」는 그 內容이 傳치 않으나마 史記所記에 依하야 大略 「民俗 歡歌」을 謳歌한 노래, 惑은 王의 仁政을 頌揚한 노래임을 알 수 있다.』고 양주동이 주의 깊게 말해주었다.[96] 그러나 여기 내가 미리 말해 두고 싶은 우리 나라의 「단국세기」「마한세기」「소도경전본훈」같은 책에는 훨씬 일찍이 「어아가」「영고가」「무천악」「태백환무지악」「공수」 등이 있었다는 기록이 허다히 있다는 것이다. 그것은 뒤에 말하겠다.

소도(蘇塗)가 선(立)한 곳에는 의례히 계율(戒律)이 있었다. 충·효·신·용·인(忠·孝·信·勇·仁)의 5상(常)의 도(道)가 그것이다. 소도의 옆에는 반드시 경당(扃堂-훈련학교)을 세우고 미혼 자제로 하여금 사물(事物)을 강습하게 하였다.[97] 환웅(桓雄) 천황의 조강(肇降)이 이 산에서 있었고 소도 제천의 고속(蘇塗 祭天의 古俗)은 반드시 이 산 (백두산)에서 시작되었다. 비록 여러 씨족으로 나뉘었지만, 신은 환단(桓壇) 일원(一源)의 예손(裔孫)에 불외(不外)한다. 신시 조강의 공덕은 틀림없이 전송(傳誦)되어 잊혀지지 아니하니 했으므로 선왕(先王)

96) 梁柱東 著 朝鮮古歌研究 第一四面
97) 태백일사, 삼신오제 본기 제一

과 선민(先民)이 그 삼신(三神) 고제(高祭)의 성지(聖地)를 가리켜 삼
신산이라고 하였음이 또한 틀림없다.[98] 포염지표(布念之標)를 지었는
데, 그 글에 이르기를 한신(一神)이 나려와 성(性)이 광명에 통하고
재세이화(在世理化)하며 홍익인간(私益人間)한다고 하였다. 이로부터
소도가 도처에 세워지고 산 마루에서 모여든 백성들이 마을을 이루
고 그들이 기뻐하여 태백 환무(環舞)의 노래를 지어 전하였다.[99]

태백산은 제천(祭天)하는 곳이다. 환웅이 순행하다가 이 곳에 머물
렀다. 우사(雨師)는 영고(迎鼓)하며 환무하였다.[100] 제11세 단군 도해
(道奚)가 서기전 1891년에 오가(五加)에 명하여 12명산의 좋은 곳을
택하여 국선(國仙) 소도를 설치하고, 그 주위에 심은 많은 박달나무
들 중의 가장 큰 나무를 택하여 제사를 지냈는데, 윗 사람은 의관을
정제하고 큰 검을 차고 음악을 듣게 하고, 아랫사람들은 함께 다스
리며 세상이 평안하고 무병 장수하며 여유가 있어서 탐심을 내거나
도적질하지 않으므로 산에 올라 달맞이 노래를 부르며 춤을 추니,
먼 곳에까지 알려졌습니다. 덕교가 만민에게 보탬이 되어 칭송하는
소리가 사해에 넘쳤습니다. 이같이 교화에 힘쓰시기를 바랍니다라고
했다.[101]

제44세 단군 구물(丘勿)때, 서기 429년 3월에 예관(禮官)이 청하
여 삼신 영고제를 行했다.(삼신 영고제는 소도제의 변형인 것 같다)[102]
제16세 단군 위나(尉那)때 서기 1583년 9환의 제한(諸汗)이 영고탑

98) 태백일사, 신시본기 제3.
99) 마한세기 上
100) 삼한일사, 삼한관경본기(三韓觀境本紀 第四)
101) 단군세기 十世단군 도해 기사.
102) 단군세기 제44세 구물 기사.

(길림성 영안현, 寧古塔)에 모여 환웅과 단군에 제사를 지내고 무리와 더불어 5일간 큰 잔치를 베풀었다. 밝은 등을 들고 노래 부르며, 일변 횃불을 줄지어 들고 둥글게 돌아가며 춤을 추면서, 애환가(愛桓歌, 祭天행사 때에 부르던 옛신가(神歌) 중의 하나다. 어아가 다음으로 보이는 노래, 백성을 꽃으로 비유하여 그 번영함과 태평 세월을 노래하는, 오늘의 애국가와 비슷한 것)를 제창하였다. 애환가에 이르기를 『산유화여 산유화(山有花)여, 지난 해의 종(種)이 만 그루요, 금년 종이 만 그루다. 불함(不咸)에 봄이 오니, 꽃이 만홍(萬紅)이다. 천신을 섬기고 태평을 즐기네.』라고 하였다.(어아가는 기뻐서 부르는 노래로, 광개토왕 때는 진중에서 병사들로 하여금 부르게 해서 사기를 도왔다. 삼국사기에서 말하는 도솔가의 하나이다.[103]

신시(神市)의 악(樂)은 공수(貢壽 혹은 供授 또는 頭列)라고 했다. 무리가 돌아가며 열(列)을 지어 노래 소리로써 삼신을 크게 기쁘게 했다. 삼국사기는 도솔가(兜率歌)라고 했다. 삼국사기에서 도솔이란 것은 그밖에 불가의 도솔 도솔천(天), 미륵 보살의 정토를 의미하지만, 여기에서는 노래(사내, 舍內)를 의미하므로 그 의미가 아주 다르다. 옛날 제천에는 무천(舞天)의 악이 있었다고 한다. 그리고 제2세 단군 부루때에는 이미 어아의 악(於阿之樂)이 있었다고 한다. 옛날 제천 무천의 악이 있었다고 한다. 그리고 제사를 드리는 것은 선조가 살아 있을 때를 본떠서 선조가 항상 살아 있는 것처럼 정성을 드려서 지금의 삶을 거듭하기를 바라는 후손에게 가르침이 있는 것이다. 이로부터 참전(參佺=敎化·修鍊)을 숭상(崇尙)하여, 조의(皂衣)에는 계(戒)가 있어 수련을 하게 한다.[104]

103) 단군세기 제16세 단군위나 기사. 환단고기, 고구려국 본기 제6.
104) 환단고기, 태백일사, 소도경전 본훈 제5

조대기(朝代紀)에 이르기를 동천왕(東川王)도 단군이라고 하고, 동맹제때 마다 평양에서 삼신을 맞이했다. 삼륜구덕가(三輪九德歌)를 장려했다. 조의선인(皂衣先人)은 모두 그의 선발된 자로서, 나라의 사람들이 그를 본보기로 삼았다.

광개토왕의 높은 덕과 거룩한 덕을 백왕에서 빼어났다. 18세에 광명전(光明殿)에서 등극하여 천악(天樂)올 예진(禮陳)하였다. 언제나 진(陣)중에 다다라서는 사졸들에게 어아가를 부르게 하여 사기를 도왔다. 말을 타고 순행할 대 마리산(麻利山)에 이르러 참성단(塹城壇)에 올라 삼신을 친히 제사(親祭)하고, 천악(天樂)을 연주하게 했다. 또 한 번은 스스로 바다를 건너가서 이르는 곳마다 왜인을 격파했다.[105]

위에서 본 바대로, 신시이래 국중대회를 철따라 상황 따라 열고 하늘과 조상에 제사를 하여 그 덕을 기리고, 서로 화합하는 노래를 제창하며 유회를 하였다. 시월대회 기타 국중대회의 식을 거행하는 것이 참전계(參佺戒)이며 그런 때 흔히 부론 노래인 어아가(於阿歌)이다. 그 가사는 다음과 같다.

… 어아 어아, 우리의 크신 조상님네 크신 공덕을 배달나라 우리들 백백천천 모두 가 잠시라도 잊지 말자. 어아 어아, 착한 맘(善心)온 큰 활이 되고, 못된 맘(惡心)은 과녁(矢的) 되어, 우리들 백백천천은 모두가 큰 활줄처럼 똑같은 착한 맘(善心)이니, 곧은 화살 같은 똑같이 한맘(一心)이다.

어아 어아 우리들 백백천천은 모두가 큰 활이니, 펄펄 끓는 뜨거운 물과 같은 하나된 착한 마음 속에 모두 악한 맘을 한 송이의 눈(雪)처럼 녹여 버린다.

어아 어아 우리들 백백천천은 모두가 큰 활이다. 굳게 뭉친 굳은

105) 환단고기, 고려국 본기 제6

한맘(一心)은 배 달나라의 광영일세. 백백천천년 크신 은덕 우리들의 큰 조상 님이시어, 우리들의 큰 소상 님이시어.[106]

신축년(新丑年)은 임검 부루의 원년이니 이미 부루가 임금자리에 올라 아버지의 뜻을 이어 천하를 다스리고 삼년에 나라 안을 돌아다닐 때 예(禮)로써 제천(祭天)하고 다시 제후로 하여금 제사 지내기를 옛날과 같이하게 하였다.

도랑을 파고 길을 닦아 농업을 일으키고 목축을 장려하고 학문을 열어 널리 가르치니 백성들은 더욱 살기 좋다고 이를 기리니 천하는 크게 빛났다.

천하에 명령을 내리어 초겨울 추수가 끝난 후에는 주민들이 모여서 신곡을 천신 하는 제사를 하늘에 드리고 아울러 하늘에 계신 단검(壇檢)께도 제사 드리라 하니 백성들이 다 기뻐하여 추대하고 그리워하기를 살아 계실 때와 같이하였다.

처음에 부루(夫婁)가 임금 자리에 오르실 때에 우(虞)나라는 남국(藍國)과 인접한 땅으로 영토를 삼은 지 수십 년이었다. 부루(夫婁)가 제가로 하여금 그 땅을 쳐서 그 무리를 다 쫓으니 이때에 온 세상의 제후들이 와서 임금으로 섬기겠다는 이가 수십이었다. 이에 어아지악(於阿之樂)올 지어 사람들과 신령들을 기쁘게 하였다. 어아(於阿)라는 것은 기뻐서 하는 말이다. 때에 신령스러운 짐승이 청구(靑丘)에 나타났으니 터럭은 회고 꼬리가 아홉이므로 글을 지어 상서로움을 이르고 이에 고시씨 에게 상을 내리어 온 나라로 하여금 음악을 연주하며 기쁘게 하고 또 조천무(朝天舞)를 짓게 하였다. 선라(仙羅)를 앙숙(盎肅) 땅에 봉했다가 수년 후에 또 도라(道羅)와 동무(東武)를 봉하여 그 공을 표창하였으니 곧 후의 옥저(沃沮)·비류(弗流)·

106) 단군세기, 2세 단군 부루기

졸본(卒本)의 여러 나라다. 임금으로 있은 지 三十四 년만에 세상을 떠나셨다. 수는 一百四十六세요, 그 아들 가륵(嘉勒)이 임금이 되었다.[107]

또 말하기를 『평양(平壤)에 을밀대(乙密臺)가 있는데 세전(世傳)에 을밀선인(乙密仙人)이 세웠다고 하였다. 을밀은 안장제(安藏帝)때 조의(皂衣)가 되어 나라에 공이 있었다. 본래 을소(乙素)의 후손이었다. 집에서 살면서 독서를 하고 습사(習射)를 하고 삼신(三神)을 노래하고 무리를 받아 수련을 하고 의용(義勇)으로 봉공(奉公)하니 일세의 조의(皂衣)였다. 그 무리 3,000이 운집(雲集)하여 다물흥방지가(多勿興邦之歌)를 제창(齊唱)하고 이로 인하여 가히 그 몸을 버려서 뜻을 온전히 하는 기풍(捨身全義之風)을 일으킨 자이었다. 그 노래는

『먼저 간 사람이 법(法)이 됨이여

뒤의 사람이 위(上)가 된다네.

법이 되는 것은 고로 불생불멸(不生不滅)하고

위가 되는 것은 고로 무귀무천(無貴無賤)한다네.

사람의 몸 속에서 천지(天地)가 하나가 됨이여

마음과 몸은 본래부터 하나라네.

고로 허(虛)와 조(祖)가 같나니

근본은 유신(唯神)과 유물(唯物)이 둘이 아니기 때문이라네.

진(眞)이 만선(萬善)의 극치가 됨이여

신은 일중(一中)에서 극치를 주재(主宰)한다네.

고로 삼신(三神)은 일중(一中)으로 귀일(歸一)하고

일신(一神)이 곧 삼(三)이라네.

천상천하유아자존(天上天下唯我自存)』함이여

107) 규원사화 명지대학 역 86-87면

486 다시 못 올 새벽의 춤

디 물은 나라를 일으킨다네.

자존은 고로 무위지사(無爲之事)에 있고

홍방은 고로 불언지교(不言之敎)를 행한다네.

진명(眞命)이 커져서 성(性)을 낳아 광명에 통함이여

집에 들면 효도하고 밖에 나면 충성하나니

광명은 고로 중선무불봉행(衆善無不奉行)하고

충효는 고로 제악일체막작(諸惡一切莫作)한다네.

오직 백성의 의(義)로운 바는 곧 나라를 중히 함이여

나라가 없으면 어찌 태어나리.

나라가 중하니 고로 백성이 물(物)이 있어 복이 되고

내가 나온 고로 나라에는 혼이 있어 덕이 된다네.

혼이 생(生)이 있고 각(覺)이 있고 영(靈)이 있음이여

일신(一神)이 유거(攸居)하니 천궁(天宮)이 되고

삼혼(三魂)은 고로 지(智)와 생(生)을 쌍수(雙修)한다네.

일신(一神)은 고로 형(形)과 혼(魂)이 또한 구연(俱衍)함을 얻는다네.

우리 자손들이 나라를 위하도록 함이여

태백교훈(大白敎訓)은 우리의 스승이라네.

우리 자손들은 통합(統合)되고 불균(不均)함이 없다네.

우리의 스승은 고로 가르침에 불신(不新)이 없다네.』 하였다.

을밀선인(乙密仙人)온 일찍이 대(臺)에 살면서 제천수련(祭天修諫)을 업(業)으로 하여 전념하였다. 대개 선인 수련의 법은 참전(參佺)으로 계(戒)를 하고 이름을 건전히 하여 서로 영화롭고 나를 회생하여 사물을 존립시키며 몸을 버려 의(義)를 온전히 함으로써 국인(國人)을 위하는 식풍(式風)인 것이다. 천추(千秋)를 우러러 넉넉히 감흥을 일으키니 역시 사람을 존중하는 상징인 것이다. 후인이 그 대(臺)를

가리켜 을밀이라 하니 곧 금수강산 제일의 명승이다.[108]

위에서 본 바대로 삼국사기나 삼국유사에 기재된 백제 유민(遺民)의 산유화(山有花)와 신라의 수많은 사내(思內 : 詞腦, 詩腦) 도솔(兜率)이라는 노래는 신라와 고구려의 유리왕 때의 기사(記事)일지 모르지만 그런 노래, 그런 조(調)의 현가(絃歌)소리와 환무(環舞), 어아가(於阿歌), 애환가(愛桓歌)의 제창 등은 고조선 단군 시대 및 배달의 신시(神市)시대 이래로 소도와 함께 이미 오랜 전통을 가지고 있었다는 것을 주목해야 한다.[109]

제3세 단군가륵(嘉勒, 서기전 B.C. 2162년부터 45년간 재위)은 한글의 원본인 가림토청음 38자를 만든 것으로도 유명하지만, B.C. 2173년에 반란을 겪은 일이 있었다. 여수기(余守己)에게 명하여 반란을 일으킨 추장 소시모리를 목베었다. 이로부터 그 땅을 소머리나라(牛首國)이라고 한다. 그 후손에 섬승노(陝野奴, 본래는 샨이라고 했을 듯하다)라는 자가 바다 위로 도망하여 왜의 땅으로 가서 천왕이라 참칭하였다고 기록되어 있다. 일본의 우가야 왕조사 연구가들은 그 사실은 인정하고 있다. 자세한 것은 주에 길게 설명한다.[110] 현재까지 그 후손들

108) 檀君古記. 太白逸史. 高句麗國本紀弟六

109) 단군 개국 후 태평세의 현악. 三聖紀全 上 / 소도 제전에서의 환무. 三聖紀全 下 / 11세 단군 도해때 B.C.1891년 迎月을 노래하며 노래하고 춤을 춤. 단군세기. 도해 / 16세 단군 위나, 1610년의 애환가를 제창하며, 횃불을 줄지어 둥그렇게 돌아가며 춤을 춤. 단군세기 / 16세 위나 기사.

110) 규원사화에는 소머리(牛頭)에 대하여 다음과 같이 설명하고 있다.
우리 말에 「단」이란 박달이라고도 하고 혹은 백달(白達)이라고도 한다. 그리고 임금을 임검이라 하니 당시에는 한자가 없었기 때문에 백달임검이라 한 것이다. 그러나 후세에 역사를 저술하는 사람이 단군으로 번역하고 다시 후세에 이르러 다만 단군이란 글자만 기록하고 단군이 백달임검이라는 것을 알지 못한 때문이니 한자가 지니는 공(功)과 죄(罪)가 반반이라고나 할까?
지금 만약 한글「諺文」을 병용하였다면 이런 폐단이 없고 초야에 묻혀있는 어리석은 사람도 이를 쉽게 깨달아서 문화를 계발시키는 것이 더 빨랐을 것이다. 이에 대하여는 장황하게 기술하지 아니한다. 이에 여러 고을의 땅의 길흉을 판단하여 도읍을 태백산 서남쪽 우수하(牛首河) 언덕에 세우고 임검성이라 하였다.

은 소머리(牛頭)라는 성을 가지고 있다. 소머리 대왕신사와 八王子 정
거장(驅)에서 가까운 곳에 牛頭山寺(지금은 宗觀寺로 改名)가 있었다.

지금의 만주 길림(吉林)땅에 소밀성(蘇密城)이 있으니 속말강(速末江) 남쪽에
있는데 이것이 곧 그 땅이다. 속말강은 또 소밀하(蘇密河)라고도 하니 이는 예
전의 속말수다. 신라 때에 속말(粟末), 말갈이란 것이 있어 속수(粟水)의 땅을 차
지하고 살던 대씨(大氏)가 일어나는 선구가 되었다. 대개 말갈이란 예전 숙신(肅
愼)의 후예요 또 단군의 유족이다. 후손이 변변치 못하여 선조의 옛 강토를 남
의 손에 넘기고 구구한 말갈의 한 갈래가 겨우 분유(枌榆)의 땅에 살더니 대씨
가 한번 호령하매 이에 따르는 자가 수십만이었다.
천문(天門)에 크게 이겨 나라의 기초가 정해지니 이 어찌 우연한 일이랴! 대개
소밀(蘇密), 속말(粟末)은 모두 소머리란 뜻이다. 소밀, 속말과 소머리는 음이 서
로 근사하였으나 오랜 세월을 지나는 동안 거의 잘못 전해지기는 하였으나 오히
려 그 뜻은 잃지 아니하였다. 성인의 정한 바니 신의 감화를 입어 만년(萬年)을
지나되 그 운치가 계속되지 아니하랴!
지금 춘천(春川) 청평산(淸平山) 남쪽으로 十여리 떨어진 소양강(昭陽江)과 신
연강(新淵江)이 합치는 곳에 우두대촌(牛頭大村)이 있으니 산 속은 넓게 트이고
강물줄기는 안고 도는데 이것이 맥국(貊國)의 옛 도읍지다. 맥국 역시 단군 때에
나왔으니 도읍을 세우는데 그 이름을 이어 받은 것은 당연한 이치다. 청평이 말
하기를 속말수(粟末水) 북쪽에 발해 중경 현덕부(縣德府)라는 곳이 있으니 이
곳이 단군이 처음 도읍 하였던 곳이기 때문에 임검성 곧 평양이라 하였다. 북으
로 상경 홀한성(忽汗城)을 가자면 육백리라 하고 또 고왕(高王)의 꿈에 신인이
금부(金符)를 주며 말하기를 「천명이 네게 있으니 우리 진역을 다스리라」고 했기
때문에 나라이름을 진(震)이라 하고 건원(建元)을 천통(天統)이라 하며 항상 공
경하여 하늘에 제사지내더니 자손에 이르러 교만해져서 차차로 이를 폐지하고
또한 유교와 불교를 아울러 일삼아서 나라가 드디어 시들어졌다고 한다.
지금 국내외의 서적에는 이런 말이 없다. 대개 홀한이 패하며 흉악한 요의 포로
가 남고 궁실의 창고에 감추어 둔 것이 다 타버리매 어찌 책을 얻어 보존하랴!
그러나 발해왕자를 비롯하여 많이 고려로 왔다. 청평은 대개 발해 사람이 비밀
히 감추어 두었던 것을 근거로 하여 기록하였다고 한다. 환단고기의 역자 김은
수씨는 이렇게 설명하고 있다.
우수주-〈규원사화〉와 〈단군세기〉의 관계 기사를 뽑아 소개하기로 한다.〈규원사
화〉에 「도읍을 태백산 서남쪽 牛首河 언덕에 세우고 임검성이라 하였다. 지금 만
주 길림땅에 蘇密城이 있으니, 速末江 南쪽에 있는데 이것이 곧 그 땅이다. 속
말강은 또 소밀하라고도 하니 이는 예전의 속말수다. 대개 蘇密, 涑末, 粟末은
모두 소모리란 뜻이다. 지금 春川 淸平山 남쪽으로 십여리 떨어진 소양강과 신
연강이 합치는 곳에 牛頭大村이 있으니 이것이 맥국의 옛 도읍지다. 맥국 역
시 단군 때에 나왔으니 도읍을 세우는데 그 이름을 이어받은 것은 당연한 이치
다.」고 하였다. 牛首나 牛頭는 우리 말의 소모리란 뜻으로 그것이 蘇密 또는 粟
末로 전음 되었다는 뜻이다. 〈단군세기>에는 다음과 같은 기사가 있다. 「두지
주 예읍이 반하므로 余守己에게 명하여 그 추장 素尼毛□(소시모리)를 참하였
다. 이로부터 그 땅을 칭하여 소시모리라 하였다. 지금은 전음 하여 牛首國이라
한다. 그 후손에 陝野奴(섬승노)라는 자가 있어 海上으로 도망하여 삼도에 의거
하여 天王이라 참칭하였다.」고 하였다.(申學均 譯, 明知大出版部 刊〈揆園史話〉
pp. 46-47 참조)

주명(主命)·주곡(主穀)·주병(主兵)·주형(主刑)·주병(主病)·주선악(主善惡)·주홀(主忽)등 제관을 두었다. 그리고 그 아들 부루(夫婁)로써 호가(虎加)를 삼았으니 여러 가(加)를 총괄하는 이다. 신시씨로 마가(馬加)를 삼았으니 주명관(主命官)이오 고시씨(高矢氏)로 우가(牛加)를 삼으니 주곡관(主穀官)이오, 치우씨는 웅가(熊加)를 삼으니 주병관(主兵官)이요 둘째 아들 부소(夫蘇)로써 응가(膺加)를 삼으니 주형관(主形官)이오, 셋째 아들 부우(夫虞)로써 노가(鷺加)를 삼으니 주병관(主病官)이오 주인씨(朱因氏)로 학가(鶴加)를 삼으니 주선악관(主善惡官)이오, 여수기(余守己)로 구가(狗加)를 삼으니 이는 모든 고을을 나누어 다스리게 한 것이다. 이들을 단군 팔가(八加)라 한다. 이에 흰소[白牛]를 잡아 가지고 태백산록에서 하늘에 제사지냈다. 예전에 법에 하늘에 제사 지낼 때는 반드시 먼저 좋을 날을 정하고 흰소[白牛]를 골라 잘 길러서 제사 지낼 때가 되면 그 소를 잡아 머리를 산천(山川)에 제물로 드리니 백두란 쇠머리를 말하는 깃으로 여기에 말미암은 것이다. 대개 하늘에 제지내고 조상에게 보답하는 예식은 단군에게서 비롯되었다.

후세의 역대 여러 나라들이 제사지내지 않은 나라가 없으니 부여(扶餘)·예(濊)·맥(貊)·마한(馬韓)·신라(新羅)·고구려(高句麗)등 제국은 시월로써 하고 백제는 사중월(四仲月)로써 하되 각각 도천(禱天)·무천(舞天)·제천(祭天)·교천(郊天)·영고(迎鼓)·동맹(東盟)이라 말한다. 부여는 또 하늘에 제사지낼 때 소를 잡아서 발굽으로 길흉을 점치는 풍속이 있었다. 대개 그 원류가 오래고 멀고 침잠하여 풍속이 됨을 가히 알 수 있다. 대개 존비(尊卑)의 예절은 반드시 신(神)을 공경하는 데서부터 일어났다. 상하·존비의 차례가 정해지매 선왕의 세상을 다스리는 방법이 행해지고 신을 공경하는 예가 제천 하는 것보다 큰 깃이 없으니 만고에 통하고 사방에 이르매 사람으로서 하늘을 두려워할 줄 모르는 사람이 없었다. 이로써 역경(易經)에 말하기를 『크다 건원(乾元)이여, 만물이 이에 의해서 비롯된다』 하니 이는 하늘을 이음이오, 또 만물에 앞서 난다고 하니 대개 성인이 하늘을 체득하여 백성을 다스리었다. 홍범팔정(洪範八政) 三에 말하기를 『사(祀)라 하니 신명을 통하고 그 근본을 갚는 것을 말한다』고 하였다. 그러므로 육지에는 짐승이면서 제사지내는 승냥이가 있고 물에는 물고기이면서 제사지내는 물개가 있다. 대개 승냥이와 물개는 짐승으로 오히려 보본(報本) 할 줄 아는데 하물며 사람으로서 은혜에 보답하는 예절을 알지 못한대서야 되겠는가.

또 하물며 신시씨가 인간 세상에 자리 잡기 위하여 하늘로부터 내려왔거늘 환검이 뜻을 이어 일을 처리함에 조금도 느슨함이 없었다. 그리고 환검이 겨우 솥을 만들어 상천에 제사지냈다. 태백산은 신시씨가 오르고 내린 신령스러운 땅이다. 단군이 임금의 자리를 계승하고 또 시작한 곳이 바로 그 땅이니 이것이 또 태백에서 비로소 행해졌다. 이는 우리 나라 만세의 국전(國典)이 되었기 때문에 고대의 임금은 반드시 먼저 상제(곧 한 큰 주신 및 단군을 공경하여 섬김으로써 도를 삼았다.[111])

(1) 우리 가악(歌樂)의 역사적 배경(略史)

상고시대부터 삼국시대까지의 가무의 역사적 배경을 알기 위하여 그 나라 역사의 줄거리만이라도 말해둔다. 개국 전에 원주자 중 일부는 호랑이 토템 족이 되고, 곰 토템 족은 조선 족에 동화되었다. 신시역대기에 의하면, 신시에 도읍한 환국 배달은 환웅18대, 역

111) 규원사화 명지대학 역 52–53면

년 1565년간을 지나서 고조선의 개국의 주력이 되었다. 단군왕검(檀君王儉)이 서기전 2333년에 모두 백성의 추대를 받아 고조선의 넓은 지역의 강대한 봉건제 국가를 세우고, 홍익인간의 주의와 하늘을 공경하고 조상을 받들어 보은하는 소도의 전통을 이어 도로써 접화군생(接化群生)하였다. 국가의 기구를 갖추어 분담시키고, 전잠(田蠶)에 힘쓰고 치산치수에 부지런하여 산에도 적이 없고, 들에 굶주리거나 추위에 떠는 자가 없고 현악과 노래가 끊임없었다.[112]

고조선(高朝鮮)은 국력(國力)이 강하고 영토가 넓은 강대한 광역(廣域)국가이어서 대 단군의 밑에 수십의 봉건 왕들이 있어서 봉건 제후들이 나누어서 통치했다. 청구(靑丘) 엄국(奄國) 서주(徐州) 추(追) 맥(貊) 예(濊) 숙신(肅愼) 고구려(高句麗) 고죽(孤竹) 회복했으나, 그곳을 신라가 혼자 모두 차지하매, 신라를 멀리하고 고구려에 접근하게 되었다. 약세의 후진국으로 가야와 이론에서 바다 건너가서 변신한 왜적의 침입을 받고 고구려의 구원을 청했던 그 신라가 그 동안 급성장(急成長)해서 삼국간의 정세가 유동적인 것으로 변했다. 때로는 신라·백제·가야가 공동전선을 펴기도 했다.

그러나 가야는 반도 남단에 끼어 들어서 신라가 백제의 압력을 받고 고구려의 정벌을 받기도 해서 가야가 김해의 금관가야(본가야)를 맹주로 하고 연맹을 조직해 보았으나, 통일된 큰 나라가 되어 보지 못했는데, 가야의 쇠(鐵)가 생산되어 그것을 공급하게 된 관계로 왜인과 왕래가 빈번한 것이 인연이 되어 금관가야의 주력이 왜국으로 빠져나가서 금관가야의 왕실이 532년에 신라에 대항(夾降)하여 황족 대우를 받고 그 왕손인 김유신(金庾信)이 신라의 명상이 되었다. 고령의 대가야는 562년에 신라에게 정복되어 모두 신라에 합쳐졌다.

112) 삼성기전 상하(三聖紀全 上下)

그래서인지 일본인들은 가야와 신라를 구별없이 신라라고 하고, 또 가야를 임나라고 하고 있어서 역사상 혼란된 논란이 생긴 것이다. 모두 신라에 합쳐진 때문에 고구려·백제가 망하기 전까지는 삼국이 정립했다가, 고구려·백제가 망한 후는 통일이 아니라 발해와 신라의 남북조(朝)가 병립했다가, 발해가 멸망된 후에는 사람만이 고려에 합하여 통일이 된 것이다.

그런데 「임나 일본부」라는 괴상한 논란은 한일간에 큰 문제가 되었으므로 여기 간략하게 해설해야겠다.

일인들은 가야가 모두 신라에 합쳐진 때문인지, 가야와 신라를 혼동하고 나아가서는 신라를 포함한 넓은 지역을 임나라고 하면서, 그 지역은 임나 일본부(任邸 日本府)라는 오늘의 식민지 통치기관 같은 것이 있어서 반도의 남부를 지배했다는 의식적 왜곡을 하고 있다. 그것은 가야가 그 지역을 통치하다가 그 관청의 주력부대까지 바다를 건너가서 왜로 변신하고 나서 그곳이 왜의 식민통치기관이 있었다고 의식적으로 착각하고, 끈질기게 회복함 꿈을 버리지 못하다가 백제가 망하고 백제의 왕실이 왜 섬에 가서 천지천황(天智天皇)이 된 뒤에나 완전히 임나 회복을 단념하게 된 것이다. 그전에는 일본이란 나라이름도 생기지 아니했고, 그전에는 가야왕실이 가야 본토를 통치하고 있었던 것이다. 우리가 이북에서 남하한 지금도 우리 고향, 우리 땅을 그리워하며 단념하지 못하는 것과 같은 심정의 표현이라는 것을 나는 근년에야 이해하게 되었다. 나라가 망해서 쫓겨나간 고향을 현재 사는 섬에서 반도의 남단을 수백년 동안 식민통치를 한 곳이라고 착각하고서, 후손들에게 몽유병적 교육을 하면서 의식적으로 착각을 사실이라고 주장하고 있는 것이다.

그러나 우리가 이해할 수 없는 것을 최근에서 대한 제국을 36년간

강점하고 갖은 잔인한 차마 못할 가지가지의 죄악을 범하고 민족말
살정책을 감행하면서 만주의 두 간도를 중국대륙을 낚기 위한 낚시
미끼로 던지고 38선이 생기는 결과의 원인을 만들어 놓고서도 8·15
에 물러가면서 적산 가옥의 벽에 「20년 후에 다시 보자」고 써 놓고
간 그들이 우리를 깨우고 발전시키고 물러갔다고 하면서 장래엔 당
연히 다시 지배해야 한다고 망언하면서 20세기에서도 임나 일본부
의 미련을 버리지 못하는 것은 우리와 그들 자신의 장래를 위하여
근심할 악몽에서 깨어나지 못하고 망령된 꿈을 꾸고 있는 그들의 착
각이다.

우리가 신라의 역사를 돌아보면,

1) 儒理尼師今

유리이사금(儒理尼師今)이 즉위하니, 이는 제2대와 남해(南海)의 태
자이다. 처음에 남해가 돌아간 후 유리가 당연히 즉위해야 할 터인
데, 대보 탈해(大補 脫解)가 본디 덕망(德望)이 있으므로 유리는 위
를 그에게 사양하니, 탈해는 말하되 왕위는 나와 같이 용렬한 사람
이 감당할 바가 아니다. 내가 들으니 지혜 있는 사람은 이(齒)가 많
다하니 떡을 물어 시험하자고 하였다. 「이 삼성(三姓)이 나이를 추려
년치(年齒)차례로 서로 위를 계승하였다. 그러므로 이사금이라고 칭
하였다」고 하였다.

2년(25년) 봄 2월, 친히 시조의 사당에 제사하고 대사령(大赦令)을
내렸다.

5년 겨울 11월, 왕이 국내를 순시하다가 한 할멈이 기한에 쪼들려
죽게 된 것을 보고서 「내가 하찮은 몸으로 윗자리에 있어 백성을 잘
기르지 못하고 노·약으로 하여금 이 지경에 이르게 하였느니 모두

나의 허물이다」고 말하고 자기 옷을 벗어 입혀 주고 자기 먹을 음식을 나루이 먹이고 따라서 유사(有司)에게 명하여 곳곳마다 방문하여 홀아비, 홀어미, 고아, 늙은이, 병자로서 자활(自活)할 수 없는 자를 급양(給養)하게 하니 이에 이웃나라 백성이 소문 듣고 오는 자가 많았다. 이 해에 백성들이 즐겁고 편안하게 비로소 도솔가(兜率歌)를 지었다. 이것이 가악(歌樂)의 시초였다.

9년 봄, 육부의 명칭을 고치고 인하여 성을 내려 주었다. 왕이 육부를 정한 다음 한가운데를 갈라 둘로 나누고서 왕녀 사람으로 하여금 각기 부내의 여자를 거느리고 끼리끼리 편을 지어 가을 7월 16일부터 날마다 일찌감치 대부(大部)의 뜰에 모여 길쌈을 하고 한밤중에 파하되 8월 15일 되면 그 성적의 다소를 고사(考査)하여 진 편이 주식을 장만하여 이긴 편에게 사례하도록 하였다. 그날 밤에는 노래·춤 온갖 놀음놀이가 벌어진다. 그것을 가배(嘉排)라 일렀다. 그 때 진편에서 한 여자가 나와 춤추고 탄식하며 회소회소(會蘇會蘇一모이는 뜻)라고 하는데 그 소리가 애절하고 청아하였다. 뒷사람이 그 소리로 인하여 노래를 짓고 이름을 회소곡(會蘇曲)이라고 하였다.

2) 基臨尼師今

기림 이사금(基臨尼師今) [基立이라고도 함]은 조분이사금의 손자다. 아버지는 이찬 걸숙(乞淑) [乞淑은 조분왕의 손자라고도 함]이다. 천성이 관후하여 사람들이 다 칭송하였다. 유리왕이 돌아가니 위를 계승하였다.

비열홀(比列忽)을 순행하여 친히 나이 많은 자가 가난하고 곤궁한 자들을 등급을 가려 곡식을 주었다. 3월, 우두주(牛頭州)에 이르러 태백(太白山)에 망제(望祭)하였다. 낙랑·대방(帶方) 두 나라가 와 항복하였다.

그 다음 新羅本紀 第四에는 智證麻立干, 法典王, 眞興王, 眞智王, 眞平王이 차례로 즉위했다.

3) 智證麻立干

지증마립간(智證麻立干)의 성은 김씨요, 휘는 지대로(智大路) [혹은 智度路 또는 智 哲老]다. 내물왕(奈物王)의 증손이요, 갈문왕(葛文王) 습보(習寶)의 아들이요 소지왕(炤知王)의 재종재(再從弟)다. 이 왕은 체격이 장대하고 담력이 월등하였다. 소지왕이 돌아가고 아들이 없으므로 위를 계승하였다. 그때 나이는 64세였다.

신라 왕 가운데 거서간(居西干)이 하나, 차차웅(次次雄)이 하나, 이사금(尼師今)이 열여섯, 마립간(麻立干)이 넷이다. 그런데 신라 말의 명유(名儒) 최치원(崔致遠)의 저작인 제왕연대력(帝王年代曆)에는 다 아무 왕이라, 칭하고 거서간 등은 아예 말하지 않았으니 아마도 그 말이 야비하여 족히 칭할 바 못된다는 성싶다. 그렇지만 저 좌전(左傳)·한서(漢書)는 중국의 사서로되 오히려 초어(楚語) [楚나라 말인]의 곡어도(穀於塗) 흉노어(흉奴語)의 탱리고도(撑犁孤塗)등이 들어 있으니 이제 신라 사적을 기록할진대 그 방언을 남겨 두는 것이 또한 당연한 일일 것이다.

3년(502년) 봄 3월, 순장(殉葬)을 금지하라는 영을 내렸다. 먼저는 국왕이 돌아가면 남녀 각각 5명씩을 순장하였는데 이제 와서 금지하게 된 것이다. 친히 신궁(神宮)에 제사하였다. 3월, 주·군주에게 각각 농사를 권장할 것을 명했다. 비로소 소를 이용하여 밭을 갈았다.

4년 겨울 10월, 여러 신하가 아뢰되 「시조께서 창업한 이래 국호(國號)를 정하지 못하고 혹은 사라(斯羅) 혹은 사로(斯盧), 혹은 신라

(新羅)라 하였는데 신등(臣等)은〈신(新)〉은 덕업(德業)을 일신(日新)한다는 뜻이요, 라(羅)는 사방을 망라한다는 뜻이 있는 것인즉 그로써 국호를 정하는 것이 마땅할 줄로 생각되오며 또 예로부터 국가를 지닌 분은 다 제왕(帝王)이라 칭하였는데 우리 시조께서 나라를 세워 제22대에 이르도록 다만 방언만을 칭하고 존호를 바로잡아 못하였으니, 지금 여러 신하의 총의(總意)에 의하여 삼가 신라국왕(新羅國王)이라는 존호(尊號)를 올리오」하니 왕은 응낙하였다.

6년 봄 2월, 왕은 친히 국내의 주·군·현을 정하였다. 실직주(悉直州)를 신설하고 이사부(異斯夫)를 군주(軍主)로 삼았다. 군주의 명칭이 이에서 시작되었다. 겨울 11월, 비로소 유사를 시켜서 얼음을 저장하여 쓰게 하고 또 배(船)를 만들어 이용하도록 했다. 15년 가을에 왕이 돌아가니 시호(諡號)를 지증(智證)이라 하였다. 신라의 시호법(諡號法)이 이에서 처음으로 비롯되었다.

4) 法興王

법흥왕(法興王)의 휘는 원종(原宗) [册府元龜에는 성은 慕 이름은 泰로 되었음]이요 지증왕의 장자다. 어머니는 연제부인, 비는 박씨 보도부인(保刀夫人)이다. 왕은 키가 7척이요 성품이 관후하여 사람을 사랑하였다. 지증왕을 이어 왕위에 올랐다.

3년(516년) 봄 정월, 친히 신궁에 제사하였다. 용이 양산 우물 속에 나타났다.

4년 여름 4월, 비로소 병부(兵部)를 신설하였다.

5년 봄 2월, 주산성(株山城)을 쌓았다.

7년 봄 정월, 율령(律令)을 선포하고 비로소 백관의 공복(公服)에 주(朱)·자(紫)의 차서(次序)를 정하였다.

8년 양(梁)나라에 사신을 보내어 토산물을 바쳤다.

9년 봄 3월, 가야국 왕이 사신을 보내어 혼인을 청하므로 이찬 비조부(比助夫)의 누이를 보내주었다.

11년 가을 9월, 왕이 국경 남쪽을 순시하고 국토를 개척하였다. 가야국 왕이 와서 회견(會見)하였다.

12년 봄 2월, 대아찬 이등(伊登)을 사벌주군주(沙伐州軍主)로 삼았다.

15년 비로소 불법을 시행하였다. 처음 눌지왕 시대에 묵호자(墨胡子)라는 중이 고구려에서 일선군(一善郡)으로 오니 군민 모례(毛禮)가 제 집에 굴실(窟室)을 만들고 거기 있게 하였다. 때마침 양나라에서 사신을 보내어 옷감과 향(香)을 전했는데 여러 신하가 그 향의 이름과 또는 소용처(所用處)를 몰라 사람을 시켜 향의 유래를 널리 물었다.

향기가 대단하여 신성(神聖)께 정성를 통할 수 있으며 그 신성은 삼보(三寶)보다 나은 것이 없으니 불타(佛陀) 달마(達磨) 승가(僧伽)다. 만약 소원을 두고 이것을 피우면 반드시 영험이 있으리라 하였다. 그때 왕녀가 병이 들어 위독하니 왕은 묵호자를 시켜 향을 피우며 맹세를 표하게 하였더니 과연 병이 낫는지라 왕은 매우 기뻐하며 후히 사례하였다. 묵호자는 나와서 간 곳 없이 사라졌다. 비처왕(毗處王 一招知王) 때 아도(阿道) [我道라고도 함]라는 중이 제자 3명과 함께 역시 모례의 집에 왔었는데 그 모습이 묵호자와 비슷하였다. 그는 몇 년을 머물러 있다가 병든 바도 없이 죽었고 그 제자 3명은 그대로 남아있어 경률(經律)을 강독하니 신봉자가 때때로 있었다. 이에 와서 왕도 역시 불교를 흥기(興起) 시키려 하되 여러 신하가 믿지 않으며 말썽을 부리니 왕이 난처하게 여기자 근신(近臣) 이차돈(異次頓) [處道라고도 함]이 아뢰기를 「소신(小臣)을 베어 중의(衆議)

를 일정케 하시오」하니 왕은 「도를 일으키자는 것이 근본인데 무죄한 사람을 죽인단 말이오」하자, 이차돈은 「만일 도(道)만 행하게 된다면 신은 죽어도 유감이 없소」하였다. 왕은 이제 여러 신하를 불러 물으니 모두 하는 말이 「요새 보면 소위 중이란 것들이 머리 깎고 검정 옷 입고 의론이 기괴하여 상도(商道)가 아니니 지금 만약 내버려 두면 후회가 있을지 모르오. 신등(臣等)은 중죄(重罪)를 입는 한이 있더라도 감히 명령을 받들지 못하겠소」하는데 이차돈만은 「지금 여러 신하들의 말이 옳지 못하오. 무릇 비상한 사람이 있은 연후에 비상한 일이 있는 것이거늘, 듣건대 불교는 이치가 깊다 하니 믿어야 될 줄 아오」하였다. 왕은 「여러 사람의 말이 일치되어 깨뜨릴 수 없는데 그대 홀로 딴말을 하니 양편을 들어줄 수는 없소」하고 드디어 형리(刑吏)를 시켜 목을 베게 하였다. 이차돈이 죽음에 다다르자 「나는 법을 위해 형을 받으니 불이 신령하다면 내가 죽은 뒤에 반드시 이상한 일이 있으리라」하더니 급기야 목을 베자 피가 솟는데 빛이 희어 젖과 같으므로 여러 사람이 보고 괴이히 여겨 다시는 불교를 비방하지 않았다. [이는 金大間의 鷄林雜傳에 의거하여 쓴 것이요 韓奈麻 金用行의 소작인 我道和尙碑의 기록과는 전혀 다름].

16년 살생을 금지하는 영을 내렸다.

18년 봄 3월, 유사(有司)에게 명하여 제방(提防)을 수리하였다. 여름 4월, 이찬 철부(哲夫)를 승진시켜 상대등(上大等)으로 삼고 국사를 총지(總知)케 하였다. 상대등의 관(官)이 이에서 비롯되었다. [요즘의 재상과 같았음]

19년 금관국주(金官國主) 김구해(金仇亥)가 비(妃) 및 세 아들 노종(奴宗)·무덕(武德)·무력(武力)과 함께 국고의 보물을 가지고 와 항복하니 왕은 예를 다하여 대접하고 상등(上等)의 위를 제수하고 그

나라를 그의 식읍(食邑)으로 만들어 주었다. 아들 무력은 벼슬이 각
간에 이르렀다.

21년 상대등 철부가 죽었다.

23년 비로소 연호(年號)를 건원(建元) 원년이라 칭하였다.

25년 봄 정월, 외관에게 가족을 데리고 부임해도 좋다는 명령을 내
렸다.

27년 가을 7월, 왕이 돌아가니 시호(諡號)는 법흥(法興)이라 하고,
애공사(哀公寺) 북봉(北奉)에 장사하였다.

5) 眞興王

진흥왕(眞興王)의 휘(諱)는 삼맥종(三麥宗)[深麥夫라고도 함]이다.
법흥왕의 아우 갈문왕 입종(立宗)의 아들이요 어머니는 김씨니 법
흥왕의 딸이요 비는 박씨니 사도부인(思道夫人)이다. 나이 7세에 법
흥왕의 뒤를 이어 서니, 왕태후가 정무(政務)를 섭행[攝行]하였다.

2년 백제가 사신을 보내어 화친을 청하므로 허락하였다.

5년 봄 2월, 흥륜사[興輪寺]가 완성되었다. 3월 누구에게나 제 집을
떠나 중이 되는 것을 허락하였다.

6년 가을 7월, 이찬 이사부가 아뢰되 「국사[國史]는 군신[君臣]의 선
악을 기록하여 만대에 보여 주는 것이니 지금 편찬하지 않으면 후대
에서 무엇으로 보겠고」하니 왕이 절실히 느끼고 대아찬 거칠부[居柒
夫]등을 시켜 널리 문사를 모집하여 편찬케 하였다.

9년 봄 2월, 고구려가 예[濊]인과 더불어 백제의 독산성을 공격하여
백제가 구원을 청하므로, 왕은 장군 주령[朱冷]을 보내어 정병 3만
명을 거느리고 가 쳐 많이 베고 사로잡곤 하였다.

10년 봄, 양나라가 사신을 시켜 유학승[留學僧] 각덕[覺德]과 함께

부처의 사리〔舍利〕를 보내오므로 왕은 여러 관원을 데리고 홍륜사〔興輪寺〕 앞 길에 나가 맞아늘었다.

11년 봄 정월, 백제가 고구려의 도살성〔道薩城〕을 빼앗았다. 3월, 고구려가 백제의 금현성〔金峴城〕을 함락하였다. 왕은 두 나라 군사가 다 피곤함을 타 이사부로 하여금 군사를 거느리고 가 쳐 두 성을 빼앗아 더욱 높이 쌓고 무장병 오천 명을 두어 지켰다.

12년 봄 정월, 연호를 고쳐 개국〔開國〕이라 하였다. 3월, 왕이 순행 중에 낭성〔娘城〕에 머물러 우륵〔于勒〕및 그 제자 이문〔尼文〕이 음악을 안다는 말을 듣고 특별히 불러들여, 왕이 하림궁〔河臨宮〕게 앉고 주악〔奏樂〕을 시키니 두 사람이 각각 새 노래를 만들어 연주하였다. 이에 앞서 가야국 가실왕〔嘉實王〕이 12현금〔十二絃琴〕을 만들어 12개월의 율〔律〕을 본뜨고 우륵을 시켜 곡조를 만들게 하였던 것인데 그 나라가 어지럽게 되자 우륵은 악기를 가지고 우리 나라로 들어왔던 것이다. 그 악기의 이름은 가야금〔加耶琴〕이다. 왕은 거칠부 등으로 하여금 고구려를 쳐 승리하고 열 고을을 빼앗았다.

13년 왕은 계고〔階古〕·법지〔法知〕·만덕〔萬德〕 세 사람을 시켜 우륵에게 악을 배우게 하니 우륵은 그 사람들의 능력을 헤아려 계고에게는 가야금을, 법지에게는 노래를, 만덕에게는 춤을 가르쳐 과업〔課業〕이 완성되자 왕은 연주를 시켜보고서 「전에 낭성에서 듣던 그 소리와 다름이 없다」하며 후히 상 주었다.

14년 봄 2월, 왕은 유사에게 명령하여 월성 동쪽에 신궁을 건축케 하였는데, 황룡〔黃龍〕이 그 땅에 나타나므로 왕은 의심하여 불사〔佛寺〕로 고치고 황룡사〔黃龍寺〕라 이름하였다. 가을 7월, 백제의 동북 변읍을 탈취하여 신주〔新州〕를 만들고 이찬 무력〔武力〕을 군주로 삼았다. 겨울 10월, 왕은 백제 왕의 딸을 맞아들여 소비〔小妃〕로 삼았다.

15년 가을 7월, 명활성〔明活城〕을 수축하였다. 백제 왕 명농〔明穠
一聖王〕이 가량〔加良〕과 함께와 관산성〔官山城〕을 공격하니 군주 각
간 우덕〔于德〕, 이찬 탐지〔耽知〕등이 마주쳐 싸워 이롭지 못하게 되
자, 신주군주 김무력〔金武力〕이 주병〔州兵〕을 이끌고 달려갔다. 싸움
이 시작되자 비장〔裨將〕인 삼년산군〔三年山郡〕의 고간〔高干〕 도도〔都
刀〕가 번개같이 공격하여 백제 왕을 죽이니, 이에 여러 군사가 승세
를 타 크게 이기고 좌평〔佐平〕 4명 병졸 2만9천6백명을 베어 한 필
의 말도 돌아가지 못했다.

16년 봄 정월, 완산주〔完山州〕를 비사벌〔比斯伐〕에 신설하였다. 겨
울 10월, 왕은 북한산을 순행하여 국경선을 정하였다. 11월, 북한산
에서 돌아왔다. 지나온 주·군에 교서를 내려 「1년의 세납〔稅納〕을
면제하고 죄수 중 두 가지 사형죄〔死刑罪〕에 해당한 자만 제외하고
나머지는 다 용서하라」하였다.

17년 가을 7월, 비열홀주〔比列忽州〕)를 신설하고 사찬〔沙飡〕 성종
〔成宗〕을 군주로 삼았다.

18년 국원〔國原〕을 소경으로 만들었다. 사벌주를 패하고 감문주〔甘
文州〕를 신설함과 동시 사천 기종〔起宗〕을 군주로 삼았다. 신주를
폐하고 북한산 주를 신설하였다.

19년 봄 2월, 귀척〔貴戚〕의 자제와 육부의 호민〔豪民〕을 이사시켜
국원을 실하게 만들었다. 내마 신득〔身得〕이 포〔砲〕와 노〔弩〕를 만들
어 바치므로 성 위에 비치하였다.

23년 〔562년〕 가을 7월, 백제가 변경의 민가를 침략하므로 왕은 군
사를 내어 항전〔抗戰〕하여 1천여 명을 죽이고 사로잡곤 하였다. 9
월, 가야〔加耶〕가 배반하니 왕은 이사부를 시켜 토벌하게 하고 사다
함〔斯多含〕으로 부장〔副將〕을 삼았다. 사다함이 기병〔騎兵〕 5천을

거느리고 앞질러 전단문[栴檀門]에 들어가 백기를 꽂으니 온 성중이 겁내어 어찌할 바를 모르다가 이시부가 군사를 끌고 들이닥치므로 일시에 다 항복해 버렸다.[113] 공을 논한 바 사다함이 가장 크므로 왕은 좋은 전토(田土)와 사로잡은 인구 2백 명을 주었다. 사다함은 세 번을 사양하였으나 왕이 강권하니, 이에 그 인구를 받아 놓아서 양민을 만들고 전토는 병사들에게 나눠주니 나라 사람들이 아름답게 여겼다.

25년 사신을 북제(北齊)에 보내어 조공하였다.

26년 봄 2월, 북제 무성황제(武成皇帝)는 조서를 내려 사지절동이교위낙랑군공 신라왕(使持節東夷校尉樂浪郡公新羅王)이란 관작을 주었다. 가을 8월, 아찬 춘부(春賦)를 명하여 국원을 지키게 하였다. 9월, 완산주를 패하고 대야주(大邪州)를 신설하였다. 진(陳)나라는 사신 유사(劉思)를 보내어 중(僧) 명관(明觀)과 함께 예방하고 불경 1천 7백여 권을 전달하였다.

27년 봄 2월, 지원(紙園), 실제(實際) 두 절이 완성되었다. 왕자 동륜(銅輪)을 세워 왕태자로 삼았다. 사신을 진에 보내어 토산물을 바쳤다. 황룡사가 준공되었다.

28년 연호를 고쳐 대창(大昌)이라 하였다. 여름 6월, 사신을 진에 보내 토산물을 바쳤다. 겨울 10월, 북한산 주를 폐하고 남천주(南川州)를, 비열홀주를 폐하고 달홀주(達忽州)를 신설하였다.

31년 여름 6월, 사신을 진에 보내어 토물산을 바쳤다.

32년 사신을 진에 보내어 토산물을 바쳤다

113) 이병도역 삼국사기 제59면의 주에 의하면 「진흥왕 23년(서기 562) 가야 (大加邪일 터인데) 가병합되기 전에 망했다는 것은 우스운 말이다. 또 신라가 자진하여 고령의 대가야를 정복한 기사가 있으므로 삼국사기 필자의 불찰로 인한 가필(加筆)일 것이다」라고 한다.

33년 봄 정월, 연호를 홍제(鴻濟)라 하였다. 3월, 왕태자 동륜이 죽었다. 사신을 북제에 보내어 조공하였다. 겨울 10년 20일 전사한 한 장병을 위하여 팔관연회(叭關筵會)를 외사(外寺)에 베풀고 7일만에 파하였다.

35년 봄 3월, 황룡사의 장륙불상(丈六佛像)이 완성되었는데 동(銅)의 중량은 3만 5천 7근이고 도금(鍍金)의 중량이 1만 1백 98푼이었다.

36년 봄·여름이 가물었다. 황룡사의 장륙상이 눈물을 흘려 발치까지 내려왔다.

37년 봄, 원화(源花)를 받들기 시작하였다. 처음에 임금이나 신하가 모두 사람을 알 수 없음을 고민한 나머지 끼리끼리 떼지어 놀게 하고 그 속에서 행동을 관찰하여 뽑아 쓸 양으로 미녀 남모(南毛), 준정(俊貞) 두 사람을 간택하여 그를 중심으로 도중(徒衆) 3백여 명을 모이게 하였더니 두 계집이 서로 경쟁하고 질투하다가 준정은 마침내 남모를 자기 집으로 꾀어 술을 강권하여 취하게 한 뒤 끌어다가 강물에 던져 죽여 버렸다. 그로 인하여 준정도 사형에 처하게 되니 도중은 화목을 상실하여 해산되었다. 그 뒤 다시 미모의 남자를 데려다 곱게 꾸며 화랑(花郎)이라 칭하고 그를 떠받들게 하니 도중이 구름처럼 모여들어 혹은 도의(道義)로써 연마하고 혹은 가악(歌樂)으로써 즐기며 산수를 유람하여 먼 지방도 안가는 데가 없었다. 이로 인하여 그들의 간사함과 바름을 알게 되어 그 중 착한 자만을 뽑아 조정에 천거하였다. [金大問의 花郎世紀에 「어진 세상, 충신도 이에서 나왔고 良將勇卒도 이에서 나왔다」 하였고 崔致源의 鸞郎碑序에 「나라에 현묘한 도가 있으니 그 이름은 풍류다. 敎를 만든 근원은 仙史에 자세히 실려 있거니와 그 핵심은 儒佛仙 3교를 포함하고 중생을 敎化하는 것이다. 이를테면 집에 들면 부모에게 효도하고 벼슬하면 나라에 충성하는 것은 魯司冠(孔子)의 늡요, 無爲의 事에 처하고 不信의 교를 행하는 깃은 周柱史(老子)의 宗이요, 모든 악한 일은 행하지 않고 착한 일만을 수행하는 것은 竺乾太子(釋迦)의 化다」고 하였고, 唐나라 令孤燈의 新羅國紀에 「귀인의 자제 중에 아름다운 자를 뽑아 분을 발라 곱게 꾸미어 이름을 花郎이라 칭하였다. 온 국민이 다 그를 높이어 섬겼다.」하였다] 안홍법사(安弘法師)가 수(隨)에 들어가 불법을 공부하고 호승(胡僧) 비마라(▨摩羅)등과 함께 돌아와 능가승만경(稜伽勝蔓經)과 및 부처의 사리(舍利)를 올렸다. 가을 8월, 왕이 돌아가니 시호는 진흥(眞興)이라 하고 애공사(哀公寺) 북봉(北峯)에 장사하였다. 왕은 어린 나이에 즉위하여 한결같은 마음으로 부처를 받들다가 말년에 와서는 머리를 깎고 가사(袈裟)를 입고 법운(法雲)이라 지칭하며 여생(餘生)을 마쳤다. 왕비 역시 본받아 여승이 되어 영흥사(永興寺)에 거주하다가 돌아가니 나라 사람이 예로써 장사하였다.

居柒夫傳(三國史記 列傳 第四)에 의하면 신라 거칠부(居柒夫) [荒宗이라고도 함]는 성은 김씨(金氏)니 내물왕(奈勿王)의 5세 손이다. 조부는 각간 잉숙(仍宿)이요, 아버지는 이찬 물력(勿力)이다. 거칠부가 젊어서부터 세속에 얽매이지 않고 원대한 뜻이 있어 머리를 깎고 중이 되어 사방을 유람 다니다가 문득 고구려를 엿보고자 하여 그 지역에 들어가 법사(法師) 혜량(惠亮)이 법당을 열고 경을 설명한다는 말을 듣고 드디어 나아가 불경에 대한 강의를 들었다. 하루는 혜량이 묻기를 「사미(沙彌)는 어디서 왔느냐」고 하니 거칠부는 「저는 신라 사람입니다.」라고 대답하였다. 그날 저녁에 법사가 불러 들여 손을 잡고 가만히 말하기를 「내가 사람을 많이 겪었다. 네 얼굴을 보니 단정코 범상한 유가 아니다. 아마도 딴 생각이 있는 것이 아니냐」고 하니 거칠부는 대답하되 「저는 변방에서 태어나 도리(道理)를 못 들었기로 스님의 덕망을 듣고 와 문하에 없던 것이오니 원컨대 스님은 거절 마시고 어두운 소견을 깨우쳐 주시옵소서」하였다. 스님은 말하기를 「노승이 불민하지만 그대를 인식하고 있다. 이 나라가 비록 작으나 사람을 알아보는 자가 없다고 여겨서는 안된다. 그대가 잡힐까 염려되기 때문에 일러주는 것이니 빨리 돌아가는 것이 좋다」고 하였다. 거칠부가 떠나려고 하자 스님은 또 말하기를 「너의 상이 제비 턱에 매 눈이라, 장래 반드시 장수가 될 것이니 만약 군사를 거느리고 여기 오게 되거든 행여 나에게 해는 끼치지 말라」고 하였다. 거칠부는 「만약 스님 말씀과 같이 되고서 스님과 즐거움을 함께 않는다면 저 해를 두고 맹세하겠습니다」고 대답하고 드디어 본국으로 돌아와 직에 되돌아와 벼슬을 하여 대아찬에 이르렀다.

진흥왕 6년에 조정의 명령을 받들어 여러 문사를 모아 국사를 편수(編修)하고 관 이 파진찬으로 올라갔다. 12년에 왕은 거칠부 및 대각찬(大角찬), 구진(仇珍), 각찬(角찬), 비태(比台), 잡찬(잡찬), 탐지(耽知), 잡찬 비서(非西), 파진찬(波珍찬), 노부(奴夫), 파진찬 서력부(西力夫), 대아찬(大阿찬), 비차부(比次夫), 아찬(阿찬), 미진부(未珍夫) 둥 8명의 장군을 시켜 백제와 더불어 고구려를 침범하였다. 그리하여 백제병은 먼저 평양을 쳐부수고 거칠부 등은 승세를 타서 죽령(竹嶺)이외 고현(高峴) 이내의 열 고을을 빼앗았다. 이때를 당하여 법사 혜량은 그 문도를 거느리고 노상에 나와 있노라니 거칠 부는 말에서 내려 군례로써 읍하고 앞에 나가 아뢰기를 「지난해 유학하던 날에 법사의 은혜를 입어 목숨을 보전하였는데 지금 뜻밖에 만나 뵈오니 무엇으로 보답할 바를 알지 못하겠나이다」하니 혜량은 대답하되 「지금 우리나라 정치가 혼란하여 멸 망할 날이 멀지 않으니 귀국으로 보내주기를 원합니다.」라고 하였다. 이에 거칠부는 수레에 같이 타고 왕께 뵈오니 왕은 그를 승통(僧統)으로 삼고 비로소 백좌강회(百座講會)와 및 팔관법회(八觀法會)를 두었다.

진지왕(眞知王) 원년에 거칠부는 상대등(上大等)이 되어 군국의 사무를 전임하고 늘그막에 집에서 죽었다. 나이는 78세였다.

이병도역 삼국사기 거칠부전의 주에 의하면 八觀筵會의 설치는, 居柒夫傳에 의하면 高句麗의 名僧으로 新羅에 歸化한 惠亮法師와 관련이 있었던 것 같다. 즉 그 法師의 奏請에 의하여 始設되었던 것이 아닌가 한다. 그러나 八觀齊란 것은 당시 中國 六朝에서도 盛行하던 것으로, 여덟가지의 惡을 關閉한다는 佛敎의 八戒(不殺生·不偸盜·不邪淫·不妄語·不飮酒·不坐高廣大牀·不著華만瓔珞·不習歌舞妓樂)에 관한 齊式이니, 이는 특히 中國의 영향으로 볼 수 있다, 단, 후세 高麗時代의 八關會는 이름은 이와 같으나, 內容·性質에 있어서는 매우 달라 東方固有의 信仰과 儀式이 많이 加味되었다.

6) 眞智王

진지왕(眞智王)의 휘는 사륜(舍輪) [金輪이라고도 함]이요 진흥왕의 차자(次子)다. 어머니는 사도부인(思道夫人)이요 비는 지도부인(知道夫人)이다. 왕태자가 일찍 죽었기 때문에 왕이 돌아가자 진지가 위에 서게 되었다.

원년(576년) 이찬 거칠부를 상대등(上大等)으로 삼고 국사를 위촉하였다.

3년 가을 7월, 사신을 진에 보내어 토산물을 바쳤다. 백제에게 알야산성(關也山城)을 주었다.

4년 가을에 왕이 돌아갔다.

7) 眞平王

진평왕(眞平王)의 휘는 백정(白淨)이요 진흥왕의 태자 동륜(銅輪)의 아들이다. 진지왕이 돌아가니 위를 계승하였다.

원년(579년) 8월, 이찬 노리부(弩里夫)를 상대등으로 삼았다.

7년 7월, 고승(高僧) 지명(智明)이 불법을 구하기 위하여 진(陳)에 들어갔다.

11년 봄 3월, 원광법사가 불법을 구하러 진(陳)에 들어갔다. 가을 7월, 서울 서쪽에 홍수가 져서 민가 3만 3백 60호가 떠내려가고 사망자가 2백여 명에 달하였다. 왕은 사자를 보내어 곡식을 주어 구호하였다.

18년 봄 3월, 고승 담육(曇育)이 불법을 연구하러 수에 들어갔다. 사신을 수에 보내어 토산물을 바쳤다.

22년 고승(高僧) 원광(圓光)이 조빙사(朝聘使)로 갔던 내마 제문(諸文), 대사 횡천(橫川)과 함께 돌아왔다.

24년 대내마 상군(上軍)을 사신으로 삼아 수에 보내어 토산물을 바쳤다. 가을 8월, 백제가 와서 아막성(阿莫城)을 치니 왕은 장병을 시켜 마주 쳐 싸워 크게 무너뜨렸으나 귀산(貴山)과 추항(箒項)은 전사하였다. 9월 고승 지명(智明)이 수나라에 갔던 사신 상군과 함께 돌아오니 왕은 지명 공의 계행(戒行)을 존경하여 대덕(大德)으로 삼았다.

25년 가을 8월, 고구려가 북한산성을 침범하였다.

27년 봄 3월, 고승 담육이 수에 갔던 사신 혜문과 함께 돌아왔다. 가을 8월, 군사를 보내어 백제를 침범하였다.

30년 왕은 고구려가 자꾸 국내를 침범함을 걱정하여 수의 병력을 빌어서 고구려를 정복할 양으로 원광은 말하되 「제가 살자고 남을 없애는 것은 불가의 행동이 아니나 빈도(貧道)가 대왕의 수초(水草)를 먹고사는데 감히 명령에 복종하지 않겠소」하고 지어 바쳤다. 2월, 고구려가 북변을 침범하여 인구 8천 명을 사로잡아 갔다. 4월, 고구려가 우명산성(牛鳴山城)을 빼앗았다.

33년 왕은 수에 사신을 보내어 글월을 올리고 군사를 청하니 수양제(隋煬帝)는 허락하였다. 출병한 사실은 고구려본기(高句麗本紀)에 실려 있다. 겨울 10월, 백제의 군사가 들어와 가잠성(假岑城)을 포위하여 백 일을 나니 현령 찬덕(讚德)이 굳게 지키다가 힘이 다하여 죽고 성도 함락되었다.

35년 봄에 가물었다. 여름 4월, 서리가 내렸다. 가을 7월, 수의 사신 왕세의(王世儀)가 황룡사에 와서 백고좌(百高座)를 마련하고 원광 등의 법사를 청하여 불경에 대한 설명을 들었다.

36년 진흥왕비 비구니(眞興王妃 比丘尼)가 돌아갔다.

8) 貴山

귀산(貴山)은 신라 사량부(沙梁部) 사람인데 아버지는 아간(阿干) 무은(武設)이다. 귀산이 젊어서 부락 사람 추항(箒項)과 더불어 벗이 되었다. 이 두사람이 서로 말하기를 「우리들이 사군자(士君子)와 더불어 종유키로 하면서 먼저 마음을 바르게 하고 몸을 닦지 아니하면 욕을 자초하는 결과를 알지 못한 것이니 어진 이의 곁에서 도를 들어야 하지 않겠느냐」하였다. 이때 원광법사(圓光法師)가 수(隋)에 들어가 유학하고 돌아와 가실사(加悉寺)에 거처하며 사람들의 존경을 받고 있으므로 귀산 등은 그 문하에 나아가 옷자락을 걷어잡고 아뢰되「몽매한 속인이 아무런 지식이 없으니 원컨대 한 말씀을 내려 주시어 종신의 훈계를 삼도록 해주시오」하니 법사(法師)는 말하기를「불계(佛戒)에 보살계(菩薩戒)가 있어 그 종류가 열 가지다. 그대들이 남의 신하와 자식이 되었으니 능히 감당하지 못할 것이다. 지금 세속의 오계(五械)가 있으니 첫째는 임금을 섬기되 충성하고 둘째는 어버이를 섬기되 효도하고 셋째는 벗을 사귀되 신의가 있고, 넷째는 싸움에 다다르면 후퇴함이 없고, 다섯째는 산 것을 죽이되 가려서 하라는 것이다. 그대들은 경솔히 말고 실행하라」하였다. 귀산 등은「다론 것은 명령대로 하겠으나 유독 산 것을 죽이되 가려서 하라는 그것은 알아듣지 못하겠소」하니 사(師)는「여섯 제일(齋日)과 봄·여름에 죽이지 않으니 이는 시기를 가리는 것이요, 기르고 부리는 것은 죽이지 않으니 말·소·닭·개를 말한 것이요, 작은 것은 죽이지 않으니 그 고기가 한 입에도 차지 않는다는 것이다. 이는 물건을 가리는 것이다. 이와 같이하여 다만 자기의 소용에 그치고 많이 죽이지 않으면 이는 세속의 선계(善戒)라 할 수 있다」고 하였다. 귀산등은「지금부터 받들어 실행하여 조금도 어기는 일이 없도록 하겠소」하였다. 진평왕(眞平王) 건복(建福) 19년 가을 8월에 백제가 대군을 동원하여 와 아막성(阿莫城)을 [莫을 暮라고도 씀] 포위하니 왕은 장군 파진간(波珍干) 간품(간품)·무리굴(무리굴(武梨屈)·이리벌(伊梨伐)과 급간(級干) 무은(武殷)·비리야(比梨邪)등을 시켜 군사를 거느리고 가 항거하는데 귀산·추항이 모두 소감(少監)의 직으로 출전하였다. 이 싸움에 백제가 폐하여 천산(泉山)의 늪으로 후퇴하여 군사를 잠복시키고 대기하는데 우리 군사가 진격하다가 힘이 피곤하여 끌고 돌아오기 시작하였다. 그때 무은이 후군장(後軍將)이 되어 군의 맨 꼬리에 섰는데 복병이 갑자기 나와 갈고리로 걸어 끌어내리니 귀산은 외치

며 「나는 일찍이 스님에게 들으니 용사는 군에 당하면 후퇴가 없다고
하였다. 어찌 패해 달아날까보냐」하고 적 수십 명을 쳐죽이고서 자기
말을 태워 자기 아버지를 내보내고 추항과 더불어 창을 휘두르며 힘
껏 싸우니 제군(諸軍)이 보고 용기를 내어 들이쳐 적의 시체가 들에
가득하고 한 필의 말도 돌아간 것이 없었다. 귀산 등은 온몸에 창을
맞아 중도에서 죽으니 왕은 여러 신하와 함께 아나(阿那)의 법에 나
가 맞아 시체 앞에서 통곡하고 예로써 장사함과 동시에 귀산에게 내
마(奈麻), 추항에게 대사(大舍)의 위를 추종하였다.

47년 겨울 11월, 사신을 당에 보내어 조공 바치고 따라서 고구려가
길을 가로막고 조회도 못하는 것을 호소하였다.

48년 가을 7월, 사신을 당에 보내어 조공을 바치니 당 고조는 주자
사(朱子奢)를 보내와 고구려와 화친할 것을 유시하였다. 8월, 백제
가 주재성(主在城)을 공격하니 성주 동소(東所)가 항거하여 싸우다
죽었다. 고허성(高墟城)을 쌓았다.

진평왕 일대의 역사는 백제 혹은 고구려가 신라를 치고, 신라는 그
것을 막느라고 고전하며 땅을 빼앗기고, 간혹 그것을 신라가 회복하
고 간혹 신라가 백제를 치러 간 사실이 수없이 반복되었다. 그래서
신라는 수·당에 연속해서 사신을 보내어 조공하며, 구원병을 보내
달라는 교섭을 하면, 수·당은 자기 한나라의 힘으로는 번번이 고구
려나 백제를 치러갔다가 크게 패한 때문에 신라의 요구를 들어주지
못하고 고구려와 화친할 것을 권하며 위로할 뿐이었다.

9) 善德王

11년 봄 정월, 사신을 당에 보내어 토산물을 바쳤다. 가을 7월, 백
제 의자왕(義慈王)이 대군을 발동하여 서울 서쪽의 40여 성을 쳐

빼앗았다. 8월, 백제는 또 고구려와 합세하여 당항성(黨項城)을 빼앗아 우리의 당(唐)과의 통로를 끊으려 하므로 왕은 사신을 보내어 당제에게 급박한 사정을 알렸다. 이 달에 백제는 장군 윤충(允忠)이 군사를 거느리고 대야성(大耶城)을 쳐 함락시키니 도독(都督) 이찬 품석(品釋), 사지 죽죽(竹竹), 용석(龍石)이 다 전사하였다. 겨울, 왕은 백제를 쳐 대야성의 원수를 갚으려고 이찬 김춘추(金春秋)를 고구려에 보내어 군사를 요청하였다. 처음 대야성의 패전에 도독 품석의 아내도 죽었는데 그는 곧 춘추의 딸이었다. 춘추는 그 소식을 듣고 기둥에 의지해서 종일토록 눈 한번 깜박이지 않고 사람이나 동물이 앞을 지나가도 살펴보지 아니하더니 이윽고 하는 말이 「대장부가 어찌 백제를 못 없앤단 말이냐」하고 곧 왕에게 나아가 아뢰되「진은 고구려에 가서 군사를 청하여 백제에 대한 원한을 갚고야 말겠소」하니 왕이 허락하였다. 고구려 고장왕(高藏王)은 본래 춘추의 명망을 들었느니라 먼저 호위를 엄하게 하고서 접견하니 춘추는 아뢰되 「지금 백제가 무도(無道)하여 독사나 돼지처럼 되어 우리 강토를 침범하므로 우리 임금이 대국의 병마를 얻어 그 부끄럼을 씻고자 하여 소신으로 하여금 하집사(下執事)에게 명령을 전달케 한 것이옵니다」하니 고구려 왕은 죽령은 본시 우리 땅이니 너희가 만약 죽령 서북의 땅을 반환한다면 군사를 내줄 수도 있다」고하였다. 춘추 대답하되 「신은 우리 임금의 명령을 받들어 군사를 청한 것이온데 대왕은 환란을 구하여 이웃끼리 좋게 지낼 생각은 아니하고 다만 사신을 위협하여 땅을 반환하라고 강요하시니 신은 죽음이 있을 따름이오. 그밖에는 모르겠소」하였다. 고구려 왕은 춘추의 말이 불손함에 노하여 별관에 가두었다. 춘추는 몰래 사람을 시켜 본국 왕에게 고하니 왕은 대장군 김유신에게 명하여 결사대 1만 명을 거느리고 달려가게 하였다. 유신이 군사를 몰고 한강을 지나 고구려 남쪽 경계에 들어서니 고구려 왕은 듣고 춘추를 석방하여 돌려보냈다. 유신을 승진시켜 압량주 군주(押梁州軍主)로 삼았다.[114] 이 기사는 태백일사 고구려 본기와 서로 다르다.

고구려가 수(隨)의 군대(大軍)를 물리치며 국방의 외교에 힘쓰던 때, 단군 이래의 조선고유의 도교(현문지도)를 숭상하는 조의선인(皂衣仙人)출신인 막리지(莫離支) 연개소문(淵蓋蘇文)이 고성제(高成帝)가 설도하는 중국 도교의 진리 강의를 파하고 성(城) 만드는 과도한 역사(役事)를 정지할 것으로서 왕께 청하므로 왕이 불쾌하게 여겨서, 연개소문을 축(築城) 현장감독으로 내쳐 제거하려는 것을 알아차린 연개소문의 압력과 민중의 반대에 부딪쳐서, 임군 자리에서 밀려난 후, 보장제(普臧帝)가 즉위하여 뜻을 얻어 국방과 당(唐)을 방비하는 일에 매우 성(盛)하였다는 환단고기의 고구려본기의 기록은 김부식의 삼국사기와는 그 내용이 아주 다르다. 삼국사기는 연개소문을 본성이 포악 잔인한 위인이고, 또 중국의 도교를 받아들이도록 왕에게 청했다고 기록하고 있다. 환단고기의 저자는 연개소문이 조의선인 출신으로 주체의식이 강했다고 보고 있다. 그래서 고구려가 먼저 백제의 상좌평(上佐平)과 더불어 구존(俱存)할 뜻을 세우고 또 신라(新羅)의 사자(使者) 김춘추(金春秋)를 청하여 사저(私邸)의 객사(館)에서 말하기를 「당인(唐人)이 패역(悖逆)을 많이 하여 금수(禽獸)에 가깝다. 우리가 모름지기 사구(私仇)를 잊고 이제부터 삼국(三國)의 서족(舒族)이 힘을 합하여 장안(長安)을 직접 무찌르면 추악한 당을 사로잡을 수가 있을 것이나. 이긴 후에는 구지(舊地)에 따라 연정(聯政)을 하고 인의(仁義)로써 함께 다스려 서로 침략하지 않

114) 삼국사기, 신라본기 제5 선덕왕 11년 기사.

기로 약속하고 영구히 준수하면 어떻겠는가」하고 재삼 권하였으나, 춘추(春秋)가 끝내 듣지 않았다. 이 얼마나 아까운 일 인가라고 이백(李伯)은 애석해하고 있다.[115] 그런데 김부식은 이와는 달리, 신라의 왕이 백제를 치기 위하여 고구려에 첨병(諂兵)하기 위하여 김춘추를 고구려에 보냈는데, 고구려 왕이 김춘추를 잡아 가두어서 양국이 반목하게 되었다고 삼국사기에 기록하고 있다.[116]

제3장 고구려의 전성(全盛)과 노래

위에 이미 말했거나 뒤에 말할 것 외의 고구려에 대한 부분을 이제 여기에서 말하려 한다.

고구려의 시조 고주몽은, 옥저와 백제의 시조와 마찬가지로 부여에서 일어났다. 그런데 고구려 시조는 그 연호를 다물(多勿)이라고 정했다. 다물은 회복(回復)이라는 뜻이다. 고구려는 정치 이념(理念)을 다물(회복)로 한 것이다. 그 뿐 아니라 제38세 단군의 이름도 다물이다. 고구려가 개국 초부터 회복을 정치 이념(理念)으로 한 만큼, 고구려는 과연 고조선의 영토를 회복하는 큰 사업을 성취해냈다. 국토를 회복한 것도 회복의 하나이다.

고주몽이 성장하여 사방을 주유하다가 가섭원(迦葉原)을 택하여 거기서 살다가 관가에 뽑혀 말지기로 임명되었다. 얼마 안되어 관가의 미움을 사서 오이(烏伊)와 마리(摩離)와 협보(陜父)와 함께 도망하여 졸본으로 왔다. 때마침 부여 왕은 후사가 없었다. 주몽이 마침내

115) 太白逸史, 高句麗國本紀 第六
116) 삼국사기 신라본기 제5 선덕왕 11년 기사 참조

사위가 되어 대통을 이으니 이를 고구려의 시조라 한다.

유리명제(琉璃明帝)의 19년 또 눌현으로부터 국내성(國內城)으로 옮겼으니, 또한 황성(皇城)이라고도 했다. 성안에 환도산(丸都山)이 있는데 산 위에 성을 쌓고 일이 있으면 여기에서 머물렀다. 대무신열제(大武神烈帝)의 20년, 제는 낙랑국을 습격하여 멸망시켰으니, 동압록 이남이 우리에 속했는데 애오라지 해성(海城)의 남쪽, 바다 근처의 여러 성들만은 아직 항복하지 않았다. 산상제(山上帝)의 원년 동생 계수(罽須)를 파견하여 공손탁(公孫度)을 공격하여 격파하고 현도와 낙랑을 정벌하여 이를 멸망시켰다.[117]

을파소[118]는 국상이 되더니 나이 어린 준걸 들을 뽑아서 선인도량(仙人道郞)이라 하였다. 교화를 관장함을 참전이라 하였으니, 무리들을 선택하여 계(戒)를 지키고 신을 위하는 일을 맡겼다. 무예를 관장하는 자를 조의라 하였으니 바른 행동을 거듭하여 규율을 만들고 공동을 위하여 몸을 바친다. 일찍이 무리들에게 말하기를,

「신시이화의 세상은 백성들의 지혜가 열림에 따라서 날로 지극한 다스림에 이르게 되었다. 이에 만세에 걸쳐서 바꿀 수 없는 표준이 되는 이유가 된다. 때문에 참전에 계가 있으니, 신의 계시를 따라 무리를 교화하고, 한맹(寒盟)[119]에 율이 있으니 하늘을 대신하여 공을 행한다. 모두가 스스로 마음을 써서 힘을 모아 뒤에 공(功)이 이루어지기를 바란다」라고 했다.

---

117) 평양의 낙랑국과 한사군(漢四郡)의 낙랑은 구별해 읽어야 한다.

118) 을파소 : ? ~AD203. 고구려 산상왕 때의 재상. 압록곡 사람. 유리왕 때의 대신 을소(乙素)의 손자. 〈參佺戒經〉은 그의 저작으로 전한다.

119) 한맹 : 한맹제(寒盟際)의 준말. 동맹(東盟), 동명(東明)이라고도 한다. 〈위지〉에는 「왕도(王都)의 동쪽에 수혈(遂穴)에 있어 10월에 국중대회를 열고 수신(遂神)을 제사지내며, 목수(木隨)를 신좌(神座)에 모신다」고 했다.

을지문덕은 말한다. 「도(道)는 이로써 천신을 섬기고 덕은 이로써 백성과 나라를 덮는다. 나는 이런 말이 천하에 있음을 안다. 삼신일체의 기를 받아 이를 나누어서 성·명·정을 얻으니, 광명을 마음대로 하고 앙연(昂然)하여 움직이지 않으나 때가 되면 감동이 일어나니 도는 이에 통한다. 이것이 체(體)가 삼물(三物)인 덕(德)·혜(慧)·력(力)을 행하고 화하여 삼가(三家)인 심(心)·기(氣)·신(身)이 되며 즐겨 삼도(三途)인 감(感)·식(息)·촉(觸)을 채우는 이유이다. 그 중요함은 날마다 재세 이화하고 조용히 경도(境途)를 닦아 홍익인간 함을 간절히 생각함에 있다. 한국(桓國)은 오훈(五訓)을, 신시는 오사(五事)를, 조선은 오행육정(五行六政)을, 부여는 구서(九誓)를 말한다. 삼한의 통속도 역시 오계(五戒)가 있어 효(孝), 충(忠), 신(信), 용(勇), 인(仁)이라 한다. 모두 백성을 가르침에 있어 올바름과 공평함을 가지고 무리를 정리함에 뜻이 있다.」120

책성에 태조무열제 기공(紀功)의 비가 있다. 동압록의 황성(皇城)121에 광개토경대훈적(廣開土境大勳績)의 비가 있다. 안주(安州) 청천강변에 을지문덕의 석상이 있다. 오소리강(烏蘇里江) 밖에 연개소문의 송덕비가 있다. 평양 모란봉의 중간 기슭에 동천제(東川帝)의 조천석(朝天石)이 있다. 삭주(朔州) 거문산(巨門山)의 서쪽 기슭에 을파소의 무덤이 있다. 운산(雲山)의 구봉산(九峰山)에 연개소문의 묘가 있다.122

〈조대기〉에 가로대 「동천제(東川帝)도 역시 단군이라 한다. 한맹의

120) 오계 : 효·충·신·용·인인데 뒷날 화랑오계도 여기서 비롯됨이 아닐지?

121) 황성 : 국내성

122) 조천석 : 현재 알려진 조천석은 동명왕 기린마(麒麟馬)를 타고 승천하였다는 곳으로 평양의 부벽루 아래에 있다고 하나 물론 사실과는 다르다. 우선 동명은 부여의 왕이요 주몽은 고구려 시조. 주몽 때에 평양에 고구려가 도읍하지도 않았거늘 어찌 부벽루에서 승천할 수 있단 말인가? 고려 이후의 사대가들이 만든 억설에 지나지 않는다.

절기가 될 때마다 삼신을 평양에서 제사하여 맞이한다. 지금의 기림 굴(箕林窟)은 즉 그 제사지내던 곳이다,라고 했다. 크게 맞이하는 의식은 처음에는 수혈(邃穴)에서 행해졌다. 구제궁(九梯宮)에 조천석이 있었으니 길을 가는 사람은 누구나 볼 수 있었다. 또 삼륜구덕(三輪九德)의 노래가 있어 이를 권장하였다. 조의선인은 모두 선택되었으니 국인이 그 선출됨을 긍지로 여기는 바였다. 그렇지 않다면 영광으로써 왕의 사자와 동등하게 여겼겠는가?

광개토경호태황은 융공성덕(隆功聖德)하여 어느 왕보다 탁월했다. 사해 안에서는 모두 열제(烈帝)[123]라 칭한다. 나이 18세에 광명전에서 등극하고 하늘의 음악을 예로서 연주했다. 군진에 나아갈 때마다 병사들로 하여금 어아(於阿)의 노래를 부르게 하고 이로써 사기를 돋우었다. 말을 타고 순수하여 마리산에 이르러 참성단에 올라 친히 삼신에게 제사지냈는데 역시 천악(天樂)을 사용하였다.

한번은 스스로 바다를 건너서는 이르는 곳마다 왜국(倭國)사람들을 격파하였다. 왜인은 백제의 보좌였다. 백제가 먼저 왜와 밀통하여 왜로 하여금 신라의 경계를 계속해서 침범하게 하였다. 제는 몸소 수군을 이끌고 웅진 임천(林天)[124] 와산(蛙山)[125] 괴구(愧口)[126] 복사매

---

123) 열제 : 〈수서〉는 고국원왕을 소열제라 기록했고 대무신왕을 대무신열제라 하였음도 위에서 보았다. 그러니 광개토경호태왕도 열제라 한 모양이다.

124) 임천 : 종래엔 부여군 임천면으로 비정했다.

125) 와산 : 지금의 보은이라 비정.

126) 괴구 : 충북 괴산 이라고 배정해 옴.

(伏斯買)[127] 우술산(雨述山)[128] 진을례(進乙禮)[129] 노사지(奴斯只)[130] 등
의 성을 공격하여 차지하고 도중에 속리산(俗離山)에서 이른 아침을
기해서 제천하고 돌아오다. 때에 곧 백제·신라·가락의 여러 나라가
모두 조공을 끊임없이 바쳤고 거란(거丹)·평량(平涼)[131]도 모두 평정
굴복시켰다. 임나(任那)[132]와 이왜(伊倭)[133] 무리는 신하로써 따르지 않
는 자가 없었다. 해동의 번성함은 이때가 그 극성기이다. 이보다 앞
서 협보(陜父)는 남한(南韓)으로 도망쳐 마한의 산중에 살았다. 그를
따라온 자도 수백가였는데 몇 해 지나지 않아 큰 흉년에 시달려 유
리하고 방황했다. 협보는 장혁(將革)을 알고 무리를 유혹하여 양곡
을 도둑질하여 배에 싣고 패수(浿水)를 따라 내려와 해포(海浦)로부
터 몰래 항해하여 곧바로 구야한국(拘邪韓國)[134]에 이르니 곧 가라해

127) 복사매 : 지금의 영동(永同) (삼국사기 지리지 4 고구려 참조)

128) 우술산 : 대덕군, 공주군 (삼국사기 지리지 3 참조)

129) 진을례 : 진례군(進禮郡), 지금의 금산군, 무주군.

130) 노사지 : 지금의 대전, 유성 (삼국사기 지리지 3 참조)이상은 〈삼국사기〉 지
리지를 기준한 비정인 바 〈삼국사기〉 지리지는 근본적으로 역사의 재조명을 받
아야 할 기록이다. 〈삼국사기〉는 대륙의 백제나 대륙의 고구려 따위는 상상조차
하지 못하는 사서이기 때문이다. 따라서 이상의 지명 고증은 결코 정확한 것이
라 볼 수 없다.

131) 평량 : 감숙성 평량현(平涼縣)의 서북쪽

132) 임나 : 지금의 대마도 서북에 있었다. 이를 일본사학은 한반도 남단에 비
정하고 고대에 일본이 이곳을 지배하였다고 망발하였으나 이제 그런 거짓말을
믿을 사람은 없다. 악명 높은 식민사학은 창녕~김해 지방을 임나일본부(任那日
本部)라고 억지를 부렸음은 누구나 다 아는 지난날의 옛이야기이다.

133) 이왜 : 일본의 이국(伊國)과 왜국(倭國). 이국을 이세(伊勢)라고도 한다. 왜
국과 인접했다.

134) 구야한국 : 변진구야국인이 먼저 들어와 살던 곳으로 구야본국인이 다스
렸으며 당시 일본에 있던 100여국 중에서 가장 큰 나라였다.(대진국본기 참조
pp.297~) 구야국은 변진 중의 한 나라 가야(伽倻) 가락(駕洛) 가락(伽落) 가라
(伽羅) 가량(加良) 등으로 불리며 지금의 김해지방에 위치했던 나라라고들 해
왔다. 邪는 耶의 오식인듯.

(加羅海)[135]의 북안(北岸)이다.

여기서 수개월 농안 실다기 아소산(阿蘇山)으로 옮겨가서 기거했다. 이를 다파라국(多婆羅國)의 시조라 한다. 뒤에 임나를 병합하여 연정를 세워 이를 통치케 하다. 3국은 바다에 있고 7국은 물에 있었다. 처음 변진 구야국(弁辰拘邪國)의 사람들이 한때 모여 산 적이 있었는데, 이를 구야한국이라 한다. 다파라를 다라한국(多羅韓國) 이라고도 한다. 홀본(忽本)으로부터 와서 고구려와 일찌감치 친교를 갖고 있었으므로 늘 열제의 통제를 받았다. 다라국은 안라국(安羅國)[136]과 함께 이웃하며 성(姓)이 같다. 본래 웅습성을 갖고 있으니 지금의 구주(九州)의 웅본성(熊本城 구마모또 시로)이 그것이다.

왜(委)는 회계군(會稽郡)[137]의 동쪽, 동야현(東冶縣)의 동쪽에 있었다. 배로 9,000리를 건너서 나패(那覇)에 이른다.[138] 다시 1,000리를 건너면 근도(根島)에 이른다. 근도는 또한 저도(抵島)라고도 하였다. 때에 구노인(狗奴人) 은 여왕(女王)과 상쟁(相爭)하여 길을 엄하게 막았다. 구야한(狗邪韓)에 가고자 하는 자는 대개 진도(津島)(대마도 북쪽 섬) 가라산(加羅山) 지가도(志加島)[139]를 경유하여 비로소 말로호자(末盧戶資)[140]의 경내에 도착하였다. 그의 동쪽 경계가 바로 구야한

135) 가라해 : 일본 구주 남쪽의 바다.

136) 안라국 : 이도국(伊도 ? 國)은 축자(抗자 ?)에 있다. 바로 휴우가국(日何國)이다. 이로부터 동쪽은 왜에 속하고 그 남동은 안라에 속하였다. 안라는 본래 홀본인(忽本人)이었다.(대진국 본기 참조)

137) 회계군 : 중국 절강성에 있는 지명. 춘추시대 월나라의 본거지다.

138) 나패 : 일본 규우수(九州) 남쪽 난세이 제도에 딸린 오끼나와 섬 남단에 있음.

139) 지가도 : 志駕鳥? 후꾸오까의 역사적인 명소 「漢倭奴國王」의 황금 옥새가 발견된 곳이다. 단 이 옥새 발견 설은 일부러 조작된 것으로 본다.

140) 말로호자 : 말로국. 본래 읍루인(挹婁人)이 모여 살던 곳이다.
(대진본기 참조)

국(狗邪韓國)의 땅이었다. 회계산(會稽山)은 본래 신시(神市) 〈중경(中經)〉을 감춰 둔 곳이며 사공(司空) 우(禹)가 3일 동안 재계(齋戒)를 하고〈중경〉을 얻어서 곧 치수(治水)에 공이 있었으므로 우(禹)가 돌을 다듬어서 산의 높은 곳에 부루(夫婁)의 공[141]을 새겼다고 하는 곳이다. 오(吳)와 월(越)은 본래 구려(九藜)의 구읍(舊邑)이었으며 산월(山越)과 좌월(左越)[142]은 다 그 후예가 분 분천(分遷)한 땅이었다. 항상 왜(倭)와 왕래하며 장사하여 이득을 보는 자가 점점 많아졌다. 진(秦) 시절에 서시(徐市)가 동야(東冶) 해상(海上)에서 곧바로 나패(那覇)에 이르러 종도(種島)를 지나 뇌호내해(뇌戶內海)를 따라 비로소 기이(紀伊)에 도착하였다. 이세(伊勢)에 옛 서복(徐福)의 묘사(廟祠)가 있었다. 혹은 단주(亶州)는 서복(徐福)이 살 곳이라고도 하였다.

장수홍제호태열제(長壽弘濟好太烈帝)[143]비는 건흥(建興)[144]이라고 연호를 바꿨다. 인의로써 나라를 다스려서 강역을 널리 넓혔다. 이에 웅진강(熊津江) 이북이 모두 고구려에 속하게 되어 북연(北燕)[145] 실위(室韋)[146]의 여러 나라들이 모두 족속의 서열에 들어오게 되었다.

---

141) 부루태자의 공 : 이 말은 〈오월춘추〉에 나오는 창수사자가 전한 금간옥첩의 고사와 꼭 같다. 〈오월춘추〉가 〈한단고기〉를 표절했을까? 반대로 〈한단고기〉가 〈오월춘추〉를 각색했을까? 독자의 판단에 맡긴다.

142) 산월과 좌월 : 좌월은 백제의 영토였으나 고구려 문자제(21대) 명치 11년 11월에 고구려의 영토자의 판단에 맡긴다.

143) 장수홍제호태열제 : 장수왕이 있으니 그의 제호를 홍제호태열제라 봐야할까? 이런 기록에 접할 때마다 김부식의 소행이 더욱 비열해 보인다. 김부식의 곡필 때문에 여기 장수왕의 재위 연대를 밝히는 것도 주저하게 된다.

144) 건흥 : 한국 사학자로서 건흥이란 고구려의 연호를 아는 자 있는가? 장수왕의 연호라는 것을 아는 이 있는가?

145) 북연 : 북연은 당시 고구려가 중국 대륙에 세운 전초국가였다.

146) 실위 : 거란의 한 부족.

또 신라 매금(寐錦)[147] 백제 어하라(於瑕羅)[148] 남쪽 평양에서 만나 납공(納貢)과 수비 군사의 수를 정했다.

문자호태열제(文資好太烈帝)는 명치(明治)[149]라고 개원하였다. 11년 제(劑)·노(魯)·오(吳)·월(越)의 땅[150]은 고구려에 속했다. 이에 이르러 나라의 강토는 더욱더 커졌다.

「평강상호태열제(平講上好太烈帝)」[151]는 담력이 있고 말을 잘 타고 활 쏘는 것을 잘했으니, 곧 주몽의 풍이 있었다. 대덕(大德)으로 개

147) 매금 : 광개토왕의 비문 중 「昔新羅□綿」에서 판독되지 않은 글자의 하나로 참고가 될 만하다.

148) 어하라 : 소서노(召西奴)나라, 곧 비류(佛流)의 나라다. 장수왕(AD. 413-491)때가 지도 비류의 나라 이름이 잔존해 있었음이 주목된다. 〈삼국사기〉에는 비류가 자살한 것으로 되어 있으며 소서노는 실로 여자의 몸으로 고구려 백제 두나라를 세운 여걸이다. 유리태자가 책봉되자 불리함을 느낀 온조(溫祚)와 비류의 형제는 어머니를 모시고 피신하여 패수(浿水) 대방(帶方)의 땅이 비옥하였으므로 그곳에 많은 땅을 사서 장원을 일구어 큰 부자가 되니, 그 땅이 10년동안에 북쪽으로 대수(帶水, 곧 하북성에 있음) 에 이르고 반 1,000리의 땅으로 커졌다. 주몽에게 사람을 보내 내부(內附)할 뜻을 밝히니, 주몽은 크게 기뻐하여 소서노를 책호하여 어하리라고 하였다는 기록이 보인다.김성호(金聖昊)는 여기 대방을 황해도로 보고 백제의 건국을 황해도로 잡아 식민사학을 규탄하였다. 그러나 그가 식민사학자들이 말하는 〈대방=황해도 설의 함정에 빠졌으니 애석한 일이다. 현재 〈이십오사〉 수서(隨書)지리지 중의 요서군(遼西郡)조에는 대방 및 대방산의 기록이 있으니 확인하기 바란다. 물론 이 요서군도 현재의 요서가 아님은 사학의 상식이니 설명 않는다. 따라서 김성호의 논문 〈비류백제와 일본의 국가 기원〉은 이 대방 위치를 바로 잡아 새로 썼으면 천하일품의 논문이 될 터이다. 어째서 반도사관의 중독이 그토록 무섭던가? 어하라 곧 소서노→비류의 나라가 5세기까지 잔존했음은 놀라운 발견이 된다. 김성호의 비류백제론은 서광이 아닐 수 없다.

149) 문자호태열제와 명치 : 21대 문자왕(492-519)인 듯, 삼국사기에 문자명왕 혹은 명치호왕이라 있으니 아마 문자왕의 연호가 명치였던 것도 확실하다. 김부식은 무엇이 두려워서 이를 이토록 숨기려 했던가?

150) 제·노·오·월의 땅 : 제는 산동반도, 노나라 역시 산동반도, 월은 양자강 남쪽의 땅, 이들의 땅은 실질적으로 중국대륙 전체 곧 양자강 남북의 동해안을 가리킨다. 그 땅이 고구려 땅이라니 아마도 이 때가 고구려 전성기가 아닐는지?

151) 평강상호태열제 : 그의 연호가 대덕인 점으로 보아 영락(永樂)을 썼던 광개토경호태왕올 지칭함이 아니오, 아마도 평원왕(平原王 25대 559-590)을 말하는 듯하다. 이런 비정을 할 때마다 김부식의 죄업이 더욱 돋보인다. 〈삼국사기〉엔 「평원왕을 혹은 평강상호왕이라 한다.했으니 틀림없어 보인다.

원하더니 잘 다스려 밝게 교화했다. 대덕18년 병신(A.D.156) 제(帝)는 대장 온달(溫達)[152]을 보내 갈석산(碣石山)[153] 배찰산(拜察山)을 토별하고 추격하여 유림관(楡林關)[154]에 이르러 북주(北周)를 크게 격파하니, 유림진(楡臨鎭) 동쪽은 모두 평정되었다. 유림은 지금 산서성의 경계이다.

영양무원호태열제(嬰陽武元好太烈帝)[155]때 천하는 크게 다스려져 나라는 부하고 백성은 은성했다. 수나라 왕 양광(楊廣)[156]은 본래 선비(鮮卑)의 유종족인 바, 남북의 땅을 통합하여 그 여세를 몰아 우리 고구려를 모욕하고 업신여기더니, 상국(上國 고구려)을 업신여기고 자주 대병을 일으켰으나 고구려는 이미 대비가 있어 한번도 패한 적이 없었다. 홍무(弘武) 25년[157] 양광은 또다시 동쪽으로 침략해 와서 먼저 장병을 보내 비사성(卑奢城)[158]을 여러 겹으로 포위케 했다. 관

152) 온달 : ?-590년, 평원왕 때 장수

153) 갈석산 : 사기 및 통전에 갈석산의 기록은 요수(곧 요동, 요서)의 위치와 낙랑군의 수성현의 위치 등을 명확히 해줌으로써 빈번히 인용되는 산 이름이다. 즉, 갈석산은 한나라 낙랑군 수성현에 있는데 진시황이 쌓은 만리장성이 동쪽으로 요수(옛날의 요하)를 끊고 이 산에서 일어났다고 했다. 곧 만리장성의 기점이 갈석산이요, 그곳 산해관 쪽이 낙랑군 수성 현이며, 장성에 의해 잘리는 물이 요수 즉 옛날의 요하(지금의 난하)인 것이다.- 두계(斗溪)이병도는 수성 현을 오늘의 황해도 수안(遂安)이라 비정했으니 황해도에 만리장성이 있으며 갈석산이 있는가? 또 장성에 양단 되는 요수는 어느 강을 말함인가? 사학은 몰라도 일반은 황해도에 갈석산, 만리장성이 없음을 다 안다.

154) 유림관 : 산시성 경현의 동북에 있는 관문. 목은 이색의 정관음(貞觀吟)은 당태종이 양만춘 장군의 백우전(화살)에 눈알이 빠진 것을 읊었는데, 읊은 곳이 유림관작으로 더욱 유명하다.고구려쯤 주머니에 든 물건일 뿐아무것 아니라고 큰소리 치더니어찌 알았으리요검은 꽃(눈알)이 흰깃 화살에 맞아떨어질 줄.유림관이야말로 중국 장안을 지키는 북방의 중요한 관문이다.

155) 영양무원호태열제 : 26대 영양왕(590-618)인 듯.

156) 양광 : 수나라(581-619)의 2대왕 양제(煬帝 604-608)의 이름.

157) 홍무 25년 : 홍무는 영양제의 연호인 듯. 홍무 25년은 A.D. 614년이다.

158) 비사성 : 만주 요동반도 끝의 대련(大連)부근에 있던 고구려 성. 비도성(卑層城)이라고도 함.

병은 싸웠으나 승리하지 못하니 바야흐로 평양을 습격하려 했다. 제
께서는 이를 듣고 완병술(緩兵術)을 쓰려 했다. 계략을 꾸며 곡사정
(斛斯政)[159]을 보냈다. 때마침 조의(皂衣) 가운데 일인(一仁)이라는 자
가 있어 자원하여 따라 가기를 청한 끝에 함께 표를 양광에게 바쳤
다. 양광이 배에서 표를 손에 들고 읽는데 절반도 채 읽기 전에 갑자
기 소매 속에서 작은 활을 꺼내 쏘아 그의 뇌를 맞혔다. 양광은 놀
라 자빠지고 실신했다. 우상(右相) 양명(羊皿)은 서둘러 양광을 업게
하여 작은 배로 갈아타고 후퇴하여 회원진(懷遠鎭)[160]에 명을 내려
병력을 철수시키도록 하였다. 양광은 좌우에게 말하여 가로되, 「내가
천하의 주인이 되어 몸소 작은 나라를 쳐도 승리하지 못하니 이는
만세의 웃음거리가 아니겠는가?」라고 했다. 양명 등은 얼굴색이 검게
변하여 대답 못하고 말았다. 후인들은 이를 노래로 불러 가로되,

오호 어리석은 한나라 어린애들아
요동을 향하지 마라, 개죽음이 부른다.
문무(文武)의 우리 선조 환웅이라 불렀느니
자손들은 이어져서 영웅호걸도 많단다.
주몽 태조 광개토님
위세는 세상에 울려 더할 나위 없었고
유유 일인(一仁)양만춘은
나라 위해 몸 바꿔 스스로 사라졌다.

159) 곡사정 : 고구려에 망명해 온 수나라의 시랑(侍郎)
160) 회원진 : 조양에 가까운 곳에 있는 듯. 하북성의 북쪽에 있는 해상기지.
회원진의 이름은 사천성 승경현(崇慶縣)의 서쪽에도 있다.

세상 문명은 우리가 가장 오래이니
오랑캐 왜구 다 물리치고 평화를 지켰다.
유철(劉徹)[161] 양광 이세민도
보기만 해도 무너져서 망아지처럼 도망갔다.
영락기공비(永樂紀功碑)는 천 척
만가지 기가 한 색으로 태백산은 높단다.

라고 하였다.

을지문덕은 고구려국 석다산(石多山)사람이다. 일찍이 입산하여 수도하고 꿈에 천신을 보고 크게 깨닫다. 3월 16일이면 마리산으로 달려가 공물하며 경배하고 돌아오고, 10월 3일이면 백두산에 올라가 제천(祭天)했다. 제천은 곧 신시(神市)의 옛 풍속이다.

홍무(弘武) 23년[162] 수군 130여 만이 바다와 산으로 나란히 공격해 왔다. 을지문덕은 능히 기이한 계책으로 군대를 이끌고 나아가서 이를 초격(鈔擊)[163]하고 추격하여 살수에 이르러 마침내 이를 대파하였다. 수나라 군사는 수복 양군이 무너져 살아서 요동성[164](오늘의 창려성)[165]까지 돌아간 자가 겨우 2,700인이었다. 양광은 사신을 보내 화해를 구

161) 유철 : 한나라 7대 왕 무제(武帝 B.C. 141-87)의 이름.

162) 홍무 : 영양왕 23년, 곧 A.D. 612년이다.

163) 초격 : 약탈 공격하다.

164) 요동성 : 오늘의 창려성이라고 주해하였다. 요동을 오늘의 요동반도로 아는 실로 무식한 경향을 개탄한다. 창려는 하북성 동해안, 곧 북경의 동쪽에 있는 지명이요, 여기가 요동성이다. 명심하길 바란다. 행여 현재의 요동반도 요양성이라고 착각하지 말라!

165) 창려성 : 옛날의 요동성. 지금의 하북성의 북쪽 동해안, 산해관 남서쪽 해안에 있다. 여기가 옛 고구려의 요동성이면 창려 바로 서쪽에 안산(安山)이라는 지명이 있으니 그곳이 안시성(安市城)의 옛터가 아닐까? 지도에서 확인하도록 하라.

걸했으나 문덕은 듣지 않고 영양제(嬰陽帝)도 또한 엄명하여 이를 추격하게 하였다. 문녁은 제강과 더불어 승승장구하여 똑바로 몰아붙여 한쪽은 현도도(玄菟島)로부터 태원(太原)[166]까지 추격하고 한쪽은 낙랑도(樂浪道)로부터 유주(幽州)[167]에 이르렀다. 그 주군(州郡)에 쳐들어가 이를 다스리고 그 백성들을 불러다가 이를 안심시켰다.

여기에서 건안(建安)[168]·건창(建昌)·백암(白岩)[169]·창려(昌黎)의 제진(諸鎭)은 안시(安市)에 속하고, 창평(昌平)[170]·탁성(涿城)[171]·신창(新昌)[172]·용도(俑道)의 제진은 여기(如祈)에 속하고, 고노(孤奴)·평곡(平谷)[173]·조양(造陽)[174]·누성(樓城)·사구을(沙構乙)은 상곡(上谷)[175]에 속하고, 화룡(和龍)[176]·분주(粉州)·환주(桓州)[177]·풍성(豊城)·압록은 임황(臨黃)에 속했다. 모두 옛처럼 관리를 두고 다스렸다. 이에 이르러 강병 백만으로 강토는 더욱 더 커졌다.

양광은 임신(A.D.612)의 오랑캐라고 한다. 출사(出師)가 성대하기로는 예전에는 그 예가 없었다. 그런데 조의(皂衣) 20만인을 가지고 모

166) 태원 : 산서성의 성청(省廳) 소재지이다.

167) 유주 : 난하와 황하 하루 사이 하북성 북쪽. 북경의 동쪽 해안 일대를 유주라 한다.

168) 건안 : 요녕성 개평현. 건안성은 당산 경내에 있다.

169) 백암 : 요녕성 요양현의 동북 갈석산 남쪽.

170) 창평 : 하북성 북경의 북쪽.

171) 탁성 : 탁록이나 탁군일지도 모르겠다.

172) 신창 : 하북성 신성현 동쪽

173) 평곡 : 하북성 북경의 동북.

174) 조양 : 찰하리성 회래현.

175) 상곡 : 지금의 북경 북쪽의 남쪽.

176) 화룡 : 길림성 연길현의 남쪽.

177) 환주 : 난하 상류, 조양의 북쪽.

조리 그 군을 멸망시켰는데 이는 을지문덕 장군 한 사람의 힘이 아니겠는가? 을지공과 같은 분은 곧 만고의 세상의 흐름을 만드는 한 성걸(뽄傑)이다. 문충공(文忠公) 조준(趙俊 ? -1405 고려)이 명나라 사신과 더불어 축배하고 함께 백상루에 올라 이렇게 시를 읊었다.

> 살수는 탕탕하게 흘러 푸르고 허하고나.
> 수나라 병사 백만은 물고기 밥이 되었지.
> 이제 가던 길 멈춰 어부와 초부에게 그때 얘기 듣나니
> 정부(征夫)의 한마디 비웃음 남기기엔 오히려 모자라네

라고 하였다.

옛 역사에서 말하기를

「영양무원호태열제(嬰陽武元好太烈帝)의 홍무(弘武) 9년 제는 서부대인(西部大人) 연태조(淵太祚)[178]를 보내 등주(登州)[179]를 토벌하고 총관(摠官) 위충(韋忠)[180]을 잡아죽이게 하다」라고 하였다. 이보다 앞서 백제는 병력으로써 재나라·노나라·오나라·월나라 등지를 평정한 후 관서(官署)를 설치하여 호적을 정리하고, 왕작(王爵)을 분봉(分封)하여[181] 험난한 요새에 군대를 주둔시키고, 정벌한 곳의 세금을 고르게 부과하여 모든것을 내지(內地)[182]에 준하게 하였다. 명

---

178) 연태조 : 연개소문의 아버지.

179) 등주 : 산동성 모평현(牟平縣)

180) 위충 : 수나라의 영주자사(榮州刺史)

181) 분봉하여 : 백제의 행정제도를 알리는 자료이다. 군현제(郡縣制)가 아니라 분봉제도였다는 증거이다.

182) 내지 : 본국. 일제시대에 일본인들이 일본을 내지, 한국을 외지라 하던 것이 기억에 새롭다.

치(明治)[183]에 연간에 백제의 군정이 쇠퇴하고 진흥치 못하매 권익 (權益)의 집행이 모두 성조(聖朝)(고구려를 말함인가?)로 돌아왔다. 성읍을 구획짓고 문무의 관리를 두었는데 수나라가 또 군대를 일 으켜 말썽이 났다. 남북이 소요하여 사방이 온통 시끄러워지니 해 독은 백성들에게 미치게 된 지라. 제는 몹시 화를 내어 삼가 하늘 의 □을 행하여 이들을 토벌하니, 사해에 그 명령을 따르지 않는 자가 없게 되었다. 그런데 수나라 왕 양견(揚堅)[184]은 은밀하게 모반 의 뜻을 품고 감히 복수의 군대를 내어 몰래 위충 총관을 파견하 여 공명을 위해 관가를 부수고 읍락에 불지르고 노략질하게 하였 다. 이에 제는 곧장 장병을 보내 적의 괴수를 사로잡아 죽이니, 산 동지방은 이에 다시 평정되고 해역은 조용해졌다. 이 해에 양견은 또 양량왕(揚浪王)[185] 세적(世績) 등 30만을 파견하여 싸우도록 했 으나 겨우 정주(定州)를 출발하여 아직 요택(遼澤)에도 이르지 못하 였을 때 물난리를 만나서 식량은 덜어져 배고픔은 심하고 전염병마 저 크게 돌았다. 주라후(周羅候)는 병력을 모아 등주에 웅거하여 전 함 수백 척을 징집시켜 동래(東萊)로부터 배를 띄워 평양으로 향하 게 하였는데, 고구려가 이를 알아차리고는 후군으로써 이를 방어하 도록 내보냈는데, 갑자기 큰 바람이 일어나서 전군이 물에 떠다니 는 판에 백제가 수나라에 청하여 군의 향도가 되려 하다가 고구려 의 타이름을 받아 실행에 옮기지 않았다. 좌장군 고성(高城)은 은 밀하게 수나라와 친할 마음이 있어 은밀하게 막리지(莫離支)의 북

183) 명치 : 고구려 문자왕(21대 A.D. 492-519)의 연호이며 명치 연간은 백제의 동성왕과 무령왕때에 해당한다.

184) 양견 : 수나라 1대 왕 문제(581-604)의 이름.

185) 양량왕 : 수나라 문제의 넷째 아들.

벌 계획을 막았다. 이에 여러 차례 청해서 출사하여 백제를 공격함으로써 공을 세웠다. 그러나 홀로 막리지는 대중의 의견을 물리치고 남수북벌(南守北伐)[186]의 정책에 집착하여 여러 차례 이해관계를 들어 말하므로 이 말에 따르게 되었다. 고성[187]이 이 즉위하게 되자 전 황제의 모든 정책은 폐기되었다. 사신을 당나라에 파견하여 노(老子)의 상(像)을 구하여 백성들로 하여금 도덕경(道德經)을 청강시켰다.

또 무리 수십만을 동원하여 장성을 쌓게 하였으니 부여 현으로부터 남해부(南海府)에 이르는 1,000여 리이다. 때에 서부대인(西部大人) 연개소문(淵蓋蘇文)은 청하여 도교를 강하는 것과 장성 쌓는 일을 중지시키고자 했으나 제는 기꺼워하지 않고 소문의 병사를 빼앗고는 장성을 쌓는 일의 감독을 시키더니, 은밀하게 뭇 대인과 더불어 의논하여 연개소문을 주살 하고자 하였다. 소문은 앞질러 이 말을 들을 수 있어 장탄식하며 말하기를,

「어찌 몸이 죽고나서 나라를 다스릴 수 있으랴? 일은 급하다. 때를 잃지 말지라.」

하고 모든 부장을 모아 마치 열병하는 것처럼 하고는 성대하게 술상을 벌려 뭇 대신을 초청하여 함께 이를 시찰하자고 하였다. 모두가 참석하자 소문이 소리를 크게 내며 격려하기를,

「대문에 호랑이 여우가 다가오는데 백성 구할 생각은 않고 되려 나를 죽이려 한다. 빨리 이를 제거하라」

186) 남수북벌 : 고구려의 국방외교정책. 남쪽은 현상 유지, 북쪽은 적극적으로 대응하는 정책. 곧 대륙에 뜻을 두고 한반도의 대응책은 평화유지 정도에 두었다는 점이 그 정책의 특징이다. 우리의 역사는 북진론이 적극적일 때 흥했고 남진책이 주도할 때 쇠잔했음은 하나의 교훈이다.

187) 고성 : 고구려 27대 영류왕(618-642)의 이름.

하니, 제는 변고를 듣고 평복으로 몰래 도망쳐 송양(松壤)으로 가서 조서를 내려 나라의 대신들을 무으려 했으나 한 사람도 오는 사람 없고 보니 스스로 부끄러움을 이기지 못하여 마침내 저절로 숨이 떨어져 붕어 하였다.

〈조대기(朝代記)〉에 가로되 「연개소문은 일명 개금(蓋金)이라고도 한다. 성은 연씨, 그의 선조는 봉성(鳳城) 사람으로 아버지는 태조(太祚)라고 하고, 할아버지는 자유(子遊)라 하고, 증조부는 광(廣)이라 했으니, 나란히 막리지가 되었다. 홍무 14년 5월 10일 태어났다. 나이 9살에 조의선인에 뽑혔는데 의표웅위(儀表雄偉)하고 의기호일(意氣豪逸)하여 졸병들과 함께 장작개비를 나란히 베고 잠자며, 손수 표주박으로 물을 떠 마시며, 무리 속에서 스스로의 힘을 다하였으니, 혼란한 속에서도 작은 것을 다 구별해내고, 상을 베풀 때는 반드시 나누어주고,정성과 믿음으로 두루 보호하며, 마음을 미루어 뱃속에 찾아 두는 아량이 있고, 땅을 위(緯)로 삼고 하늘을 경(經)으로 삼는 재량을 갖게 되었다. 사람들은 모두 감동하여 복종해 한 사람도 딴 마음을 갖는 자가 없었다. 그러나 법을 쓰는 데 있어서는 엄명으로써 귀천이 없이 똑같았으니 만약에 법을 어기는 자 있으면 하나같이 용서함이 없었다. 큰 난국을 만난다 해도 조금도 마음에 동요가 없었으니 당나라 사신과 말을 나눔에 있어서도 역시 뜻을 굽히는 일이 없었고, 항상 자기 겨레를 해치는 자를 소인이라 하고, 능히 당나라 사람에게 적대하는 자를 영웅이라 하였다. 기쁘고 좋을 땐 낮고 천한 사람도 가까이할 수 있으나 노하면 권세 있는 자나 귀한 사람 할 것 없이 모두가 겁냈다. 참말로 일에의 쾌걸인저!」라고 했다. 스스로 「물 가운데 살아서 능히 잠행할 수있고 온종일 더욱 건장하게 피로할 줄 모른다」고 말하였다. 무리들 모두 놀라 땅에 엎드려

절하며 가로되 「창해의 용신(龍神)이 다시 몸을 나타내심이로다」라고
했다.

소문은 마침내 고성제(高成帝)를 내어 쫓고 무리와 더불어 함께 고
장(高藏)을 맞아들여 이를 보장제(寶藏帝)로 삼다. 소문 드디어 뜻을
얻어 만법을 행하니, 대중을 위한 길은 성기(成己)·자유·개물(開物)·
평등으로 하고, 삼홀(三忽)을 전(佺)으로 하고, 조의(皂衣)에 율이 있
게 하고, 힘을 국방에 쏟아 당나라에 대비함이 매우 완전하였다. 먼
저 백제의 상좌평(上佐平)[188]과 함께 의(義)를 세웠다. 또 신라의 사신
김춘추(金春秋)에게 청하여 자기의 집에 머무르도록 하며 말하기를
「당나라 사람들은 패역하기를 짐승에 가깝습니다. 청컨대 우리나
그대들은 반드시 사사로운 원수를 잊고 지금부터 삼국은 백성의 뜻
을 모으고 힘을 합쳐 곧바로 당나라 서울 장안을 쳐들어가 도륙한
다면 당나라 괴수를 사로잡을 수 있을 것이오! 전승의 뒤에 옛 영토
에 따라서 연정(聯政)을 실시하고 인의로써 함께 다스려 약속하여 서
로 침범하는 일이 없도록 할 것을 영구준수의 계획으로 함이 어떻겠
소?」라고 하며 이를 재삼 권하였으나, 춘추는 종내 듣지 않았으니 애
처롭고 가석할 일이었다.

개화(開化) 4년(645년)에 당주(唐主) 이세민(李世民)이 여러 신하에
게 말하기를 「요동은 본래 제하(諸夏)의 땅인데 수씨(隨氏)가 네 차례
나 출사(出師)하였어도 능히 얻지를 못하였다. 나의 지금의 출병(出
兵)은 제하 자제(子弟)의 원수를 갚고자 한 것이다.」하고 세민(世民)
의 친히 활과 화살을 차고 이세적(李世勣) 정명진(程名振) 등 수 10
만을 요택(遼澤)에 당도하였다. 진창(진흙길) 200여 리에 인마(人馬)
가 통할 수 없으므로 도위(都尉) 마문거(馬文擧)가 말을 채찍질하여

188) 백제의 상좌평 : 백제의 성충(? -656년)

달려서 공격하였다. 이미 합전(合戰)하였던 행군 총관(行軍摠管) 장군예(將軍乂)는 대패하였다. 이도종(李道宗)은 흩어진 군사를 수습하고 세민은 스스로 수 100기(驥)를 거느리고 세적과 만나 백암성(白岩城)의 서남을 공격하였다. 성주(城主) 손대음(孫代音)은 거짓으로 사람을 보내어 항복을 청하였다. 실은 틈을 타서 반격하고자 한 것이었다. 세민이 안시성(安市城)에 이르러 먼저 당산(唐山) 진병(進兵)하여 성을 공격하였다. 북부 욕살(褥薩) 고연수(高延壽)와 남부 욕살 고혜진(高惠眞)은 관병(官兵)과 말갈병(靺鞨兵) 15만을 이끌고 직전(直前)에 이르렀다. 안시성(安市城)에 연하여 높은 산의 험한 곳에 의거하여 보루(堡壘)를 만들고 성중(城中)의 조(粟)를 먹으며 병사를 놓아 그 군마(軍馬)를 약탈하니 당노(唐奴)는 감히 범하지 못하였다. 돌아가려고 하면 진창이 막고 앉아 있으면 곤궁하여 반드시 패하였다. 연수(延壽)가 군을 이끌고 곧바로 안시성에서 40리 되는 곳까지 나아가 대로(對盧) 고정의(高正義)에게 사람을 보내어 물었다. 나아가 들어 사리에 익숙하였기 때문이었다. 고정의가 말하기를 「세민은 안으로는 군웅(群雄)을 베고 집을 바꾸어 나라를 만들었으니 역시 범상하지 않다. 이제 전 당(唐)을 의거하여 왔으니 그 예리함은 가볍게 볼 바가 아니다. 우리를 위한 계략은 둔병(頓兵)하고 싸우지 않는 것보다 나은 것이 없다. 오래오래 세월을 끌며 기병(騎兵)을 분견(分遣)하여 그 양도(糧道)를 끊어 양도(糧道)가 이미 다하여 싸움을 구하나 얻을 수가 없고 돌아가고자 하나 길이 없게 하면 곧 이길 수가 있다」고 하므로 연수가 그 계략을 따라 적이 오면 싸우고 가면 그치고 또 기행을 보내어 양로(糧路)를 분탈(焚奪)했다. 세민이 백 가지 계책을 써서 뇌물로써 유혹하면 겉으로는 따르고 속으로는 어기며 여러 번 음습(陰襲)하여 함렬(陷裂)시키니 적의 사상자가 혹다(酷多) 하였다. 연수(延壽) 등이 말갈과 더불어 합병(合兵)하여 진을 치고 지구작전(持久作戰)을 쓰다가 하루 밤에 표변(豹變)하여 급습전격(急襲電擊)하니 세민이 거의 포위를 당할 뻔하고 비로소 두려운 기색이 있었다. 세민이 다시 사신을 보내어 재보(財寶)를 품고 와서 연수에게 말하기를 「나는 귀국의 강신(强臣)이 군상(君上)을 시(弑)하였으므로 죄를 물으러 왔다가 교전하기에 이르러 귀경(貴境)에 들어왔는데 마초(馬草)와 군량(軍糧)을 공급하지 않으므로 간혹 몇 곳을 분략(焚掠)한 바가 있다. 귀국의 수례(修禮)를 기다려서 교린(交隣)을 받아들여 반드시 복구할 것이다.」고 하니 연수가 말하기를 「좋다. 귓병을 30리를 물리면 나는 제(帝)를 볼 것이다. 그러나 막리지(莫離支)는 위국(爲國)의 주석(柱石)이다. 군법은 자재(自在)하니 여러 말이 필요 없다. 너의 군(君) 세민(世民)은 아비를 폐하고 형을 시(弑)하고 제비(弟妃)를 음납(淫納)했다. 이는 죄를 물을 만하다. 이렇게 전하라」하였다. 이 때에 사방을 독찰을 보내 수비를 더하고 산에 의지하여 스스로 공고히 하고 허(虛)를 타서 기습을 하니 세민이 「백계(百計)가 쓸모가 없어 요동 출병의 불리(不利)를 통한(痛恨)하였으나 후회가 막급하였다.」고 하였다.

류공권(柳公權)의 소설에 『6군(軍)을 고구려가 승(乘)한 바가 되었다. 장수는 위태로 워서 움직이지도 못하였다. 「영공(英公)의 기(旗)가 흑기(黑旗)에 포위되었습니다」고 척후가 보고하였다. 세민은 크게 놀랐다. 끝내는 스스로 탈출하였으나 두려움은 그와 같았다」고 하였다. 〈신구당서(新舊唐書)〉 및 사마공(司馬公)의 〈통감(通鑑)〉이 말을 하지 않은 것은 어찌 위국휘치(爲國諱恥)가 아닐 것인가.

이세적(李世勣)이 세민에게 「건안(建安)은 남쪽에 있으며 안시(安市)는 북쪽에 있습니다. 우리의 군량은 벌써 떨어졌습니다. 요동(원

주 : 지금의 昌黎에서 수송해올 수도 없습니다. 지금 안시를 넘어서 건안을 공격하다가 만약 고구려가 그 수송을 끊는다면 세(勢)는 반드시 궁하게 됩니다. 먼저 안시를 치는 것만 못합니다. 안시가 함락되면 북을 울리고 나아가 건안을 취하여야 합니다.』하였다. 안시성 사람들은 세민의 깃발이 덮는 것을 보고 문득 성(城)에 올라 북을 치며 떠들면서 침을 뱉어서 세민을 꾸짖고 그 죄목을 무리(衆)에게 알렸다. 세민이 노기가 극심하여 성이 함락되는 날에 남녀 모두를 구덩이에 묻어버리겠다고 하였다. 안시성 사람들이 그 말을 듣고 더욱 튼튼히 지키므로 쳐들어 와도 함락되지 않았다. 때에 장량(張亮)의 병(兵)은 사비성(沙卑城)에 있었으므로 그를 부르고자 하였으나 이루지 못하였다. 먼 길을 돌아오기 때문에 실기(失機)하고 말았다. 장량은 장차 병을 이동하여 오골성(烏骨城)을 습격하려고 하다가 도리어 관병(官兵)에게 패하였다. 이도종(李道宗) 역시 험조(險阻)에 있었으므로 움직일 수가 없었다. 이때에 당노(唐奴) 제장(諸將)들은 스스로 서로 갈리었는데 세적(世勣)만이 홀로『고구려가 나라를 기울여 안시를 구하므로 안시를 버리는 것만 같지 못하니 직접 평양을 치자』고 하였다. 장손 무기(長孫無忌)는『천자가 친정(親征)하는 것은 제장(諸將)과는 다르니 요행을 바고 위험을 타는 것은 불가하다. 지금 건안(建安)과 신성(新城)의 적중(敵衆)은 수 10만이며 고연수(高延壽)가 이끄는 말갈(靺鞨) 역시 수 10만이다. 국내성(國內城) 병(兵)이 만약 또 오골성(烏骨城)을 돌아서 낙랑(樂浪) 모두 길의 험(險)을 차단(遮斷)해버리게 되면 저들의 세는 날로 성하여 위급함이 포위에 임박하게 되어 우리가 적을 탐하여도 후회가 미치지 못한다. 안시를 먼저 치고 다음으로 건안을 취한 후에 장구(長久)하게 나아가는 것만 같지 못하니 이것이 만전(萬全)의 계책이다』고 하므로 결정을 짓지 못하였다. 안시

성주(安時城主) 양만춘(楊萬春)이 그것을 듣고 야심(夜深)을 타서 수 100의 정예가 성에서 줄을 타고 내려가니 적진(▓陣)이 스스로 서로 짓밟아 살상이 대단하였다. 세민이 이도종(李道宗)을 시켜 성의 동남 모퉁이에 토산(土山)을 쌓다. 관병이 성이 헐린 곳을 따라 출격하여 마침내 토산을 빼앗고 참호를 파서 지키니 군세(軍勢)가 더욱 떨쳤다. 당노(唐奴)들의 제진(梯陣)은 거의 전의(戰意)를 잃고 부복애(傳伏愛)는 전패(戰敗)하여 참수(斬首)를 당하고 도종(道宗)이하 모든 무리가 맨발로 청죄(請罪)하였다. 막리지(莫離支)는 수 100기를 이끌고 난파(灤坡)에 순주(巡駐)하여 정형(情形)을 상세하게 묻고 총공사결(總攻四擊)할 것을 명령하였다. 연수 등이 말갈과 더불어 협공하고 양만춘은 성(城)에 올라 독전(督戰)하니 사기가 더욱 떨쳐 1당 100이 아닌 것이 없었다. 세민이 이기지 못한 것을 분하게 여겨 감히 결전에 나아가니 양만춘이 곧 화살을 당겨 반공에 띄웠다. 세민이 출전하여 마침내 왼쪽 눈에 맞고 떨어졌다. 세민이 궁하여 조치(措置)하지 못하고 사이에 끼어 달아나는데 세적(世勣)과 도종(道宗)에게 명하여 보기(步騎) 수 10,000을 이끌고 후군이 되게 하였다. 요택(遼澤)의 진창에 군마(軍馬)가 갈 수 없으므로 장손무기(長孫無忌)에게 명하여 10,000인을 이끌고 풀을 베어 길을 메우게 하고 물이 깊은 곳에는 차(車)로써 다리를 놓는데 세민이 스스로 말채찍으로 나무를 묶어 역사(役事)를 도왔다.

동(冬) 10월에 포오거(薄吾渠)에 이르러 말(馬)을 세우고 길을 메우는 일을 감독하였다. 제군(諸軍)이 발착수(渤錯水)를 건너는데 폭풍과 폭설이 사졸(士卒)들을 적시어 죽는 자가 많으므로 길에 불을 피우게 하여 기다렸다. 때에 막리지(莫離支) 연개소문(淵蓋蘇文)이 승승장구(乘勝長驅)하여 심히 급하게 그를 추격하였다. 추정국(鄒定

國)은 적봉산(赤峰山)에서 하간현(河間縣)에 이르고 양만춘(楊萬春)은 신성(新城)에 직향(直向)하니 군세(軍勢)가 크게 떨쳤다. 당노(唐奴)가 갑병(甲兵)을 많이 버리고 도망하여 바로 역수(易水)를 건넜다. 때에 막리지가 연수에게 명하여 통도성(桶道城)을 개축하게 하였다. 지금의 고려진(高麗鎭)이다. 또 제군(諸軍)을 분견(分遣)하였는데 일군(一軍)은 요동성 지금의 창려(昌黎)를 지키게 하고 일군(一軍)은 세민(世民)을 뒤따르게 하고 일군은 상곡(上谷)을 지키게 하였다. 지금의 대동부(大同府)다. 이때에 세민은 궁하여 조치할 바가 없으므로 곧 사람을 보내 항복을 구걸하였다. 막리지가 정국(定國)과 만춘(萬春) 등 수 10,000기(騎)를 이끌고 의장고취(儀仗鼓吹)를 성진(盛陣)하여 앞세우고 장안(長安)에 입성(入城)하여 세민과 더불어 약정(約定)하니 산서(山西) 하북(河北) 산동(山東) 강좌(江左)가 다 우리에게 귀속되었다. 이 때에 고구려가 백제와 더불어 외경(外競)하였는데 모두 요서(遼西)에 땅이 있었다. 백제의 영토는 요서 진평(晉平)과 강남(江南) 월주(越州)의 속현(屬縣)으로 1은 산음(山陰) 2는 산월(山越) 3은 좌월(左越)이었다. 문자제(文咨帝)에 이르러 명치(明治) 11년 11월에 월주를 공취하여 군현(郡縣)을 개서(改署)하고 송강(松江) 회계(會稽) 오월(吳越) 좌월(左越) 산월(山越) 천주(泉州)라 하였다. 12월에 신라(新羅)의 백성을 천주(泉州)에 옮겨서 거기를 채웠다. 이해에 백제가 조공(朝貢)을 바치지 않으므로 병사를 보내서 요서(遼西) 진평(晉平) 등의 군(郡)을 공취하여 백제의 군을 폐하였다.

왕개보(王介甫)가 말하기를 『연개소문은 비상한 사람이다. 과연 막리지가 살아 있은즉 고구려와 백제가 구존(俱存)하더니 막리지가 죽고나니 백제와 고구려가 함께 망하였다. 막리지는 역시 인걸이로다.』고 하였다. 막리지가 임종할 때 남생(男生)과 남건(男建)을 돌아보고 이르기를『너희 형제는 사랑하기를 물같이 하여라. 화살은 묶으면 강하고 화살은 나뉘면 꺾인다. 모름지기 이를 잊지 말아라』하였다. 이말은 천하 인국(隣國)의 사람들에게 웃음을 남겼으니, 때는 개화(開化) 16년 10월 7일이었다. 묘(墓)는 운산(雲山)의 구봉산(九峰山)에 있다.

고려진(高麗鎭)은 북경(北京) 안정문(安定門) 밖 60리 쯤에 있다. 안시성(安市城)은 개평부(開平府) 동북 70리 쯤에 있다. 지금의 탕지보(湯池堡)다. 고려성(高麗城)은 하간현(河間縣) 서북 12리에 있다. 모두 태조무열제(太祖武烈帝)가 쌓았다. 당(唐) 번한(蕃漢)의 고려성(高麗城) 회고시(懷古詩)한 수가 세상에 전한다. 그 시에

『벽지의 성문은 열려 있고
운림(雲林)의 성가퀴는 길기도 하구나.
물은 맑아 만조(晩照)가 머물고
모래는 어두워서 촉성(燭星)은 밝다.
첩고(疊鼓) 소리에 연운(連雲)이 일어나고
새 꽃은 땅을 박차고 단장을 한다.
거연(居然)한 아침에 저자는 변하는데
관현(管絃)의 소리는 다시 일지 않는다.
형극(刑棘)은 황진(黃塵)속에
호봉(蒿蓬)은 옛 길섶에
가벼운 먼지는 비취를 묻고
거친 언덕 위엔 소와 양이 있다.
당년(當年)의 일을 어찌하지 못하는데
가을 소리에 조용히 기러기가 날아간다.』하였다.

내 비록 글을 할 줄 모르나 그 운을 뒤따라서 잇는다.

『요서에는 지금도 성터가 남았네

　생각하면 명방(名邦)의 운조(運祚)가 길었지.

　연나리 산봉우리 전색(戰色)은 많고

　요하의 흐르는 물 하늘빛을 같이하네

　풍림(風林)은 골짜기에서 춤을 추는데

　산새는 나무에서 울려고 하네.

　간모(干旄)의 관방(關防)은 하룻밤에 변하고

　호매(呼賣)의 진령(振鈴)은 처량하게 들리네.

　연(燕)과 양(凉)은 원래는 우리의 것

　관병이 말에 물 먹이던 곳이네.

　영웅은 오지 않고 시사(時事)는 가고

　양(羊)을 몰아내듯 적을 쫓지 못하네.

　지금 나는 무한한 옛뜻을 조상(弔喪)하며

　핵량(核郞)의 만리행을 전멸한다네.』

〈조대기(朝代記)〉에 이르기를 『태조(太組) 융무(隆武) 3년에 요서(遼西)에 10성을 쌓아서 한(漢)을 방비하였다. 10성은 1은 안시(安市)로 개평부(開平府)의 동북쪽 70리에 있다. 2는 석성(石城)으로 건안(建安)의 서쪽 50리에 있다. 3은 건안으로 안시의 남쪽 70리에 있다. 4는 건흥(建興)으로 난하(灤河)의 서쪽에 있었다. 5는 요동(遼東)으로 창려(昌黎)의 남쪽에 있다. 6은 풍성(豊城)으로 안시의 서북쪽 100리에 있다. 7은 한성(韓城)으로 풍성의 남쪽 200리에 있다. 8은 옥전보(玉田堡)로 옛 요동국(遼東國)이며 한성(韓城)의 서남쪽 60리에 있다. 9는 택성(澤城)으로 요택(遼澤) 서남쪽 50리에 있다. 10은 요택으로 황하(黃河)의 북류(北流) 좌안(左岸)에 있다. 5년 봄 정월에 또 백암성(白岩城)과 통도성(桶道城)을 쌓았다』고 하였다.

〈삼한비기(三韓秘記)〉에 이르기를『〈구지(舊志)〉에 이르되 요서에 창요현(昌遼縣)이 있다. 당(唐)때에 요주(遼州)로 고쳤는데 남에는 갈석산(碣石山)이 있고 그 아래가 백암성(白岩城)이다. 역시 당 때에 이른바 암주(岩州)가 곧 여기다. 건안성은 당산(唐山)의 경내(境內)에 있다. 그 서남은 개평(開平)이라 하며 한편 개평(蓋平)이라고도 한다. 당 때에 역시 개주(蓋州)라고 한 것이 이것이다.』라고 하였다.

고주몽(高朱蒙)이 재위시(在位時)에 일찍이 말하기를『만약 적자(嫡子) 유리(琉璃)가 오면 당연히 태자로 봉하겠다.』고 하므로 소서노(召西奴)가 장차 두 아들에게 불리할 것을 염려하여 도망하여 여러 곳으로 옮겨 다니더니 마려(摩黎) 등이 온조(溫祚)에게 말하기를『신이 들으니 마한(馬韓)의 쇠패(衰敗)가 끝이 왔으니 곧 가서 입도(入都)할 시기입니다』하니 온조가 대답하고 곧 배를 편성하여 바다를 건너 비로소 마한 미추홀(彌鄒忽)에 이르니 가는 곳마다 사야(四野)가 텅텅 비어 있고 사람이 살지 않은 지가 오래이었다. 한산(漢山)에 도착하여 부아악(負兒岳)에 올라가 살 만한 곳을 바라보고 마려(馬黎) 오간(烏干)등 10 신하가 말하기를『오직 이 하남(河南)의 땅은 북으로 한수(漢水)를 대(帶)하고 동으로 고악(高岳)을 거(據)하고 남으로 옥택(沃澤)을 열며 서로는 대해(大海)로 막으니 이 천험지리(天險地利)는 얻기 어려운 형세이므로 마땅히 이 곳에 도읍 함이 가하며 다시 다른 곳을 구하는 일은 불가합니다.』하므로 온조(溫祚)가 10 신하의 논의를 따라 마침내 하남위지성(河南慰支城)에 도읍을 정하고 잉용(仍用)하여 백제(百濟)라 칭하였는데 백제(百濟)에서 왔기 때문에 호(號)

를 얻었다. 뒤에 비류(沸流)가 죽고 그 신민(臣民)이 그 땅을 가지고 귀부(歸附)하였다. 연전에 김성호씨는 비류가 죽지아니 하고 바다를 건너기시 왜국을 세웠다는 가설을 내어서 문제를 일으켰다.

사로(斯盧)의 시왕(始王)은 선도산(仙桃山) 성모(聖母)의 아들이다. 옛날 부여제실 (夫餘帝室)의 딸 파소(婆蘇)가 남편이 없이 잉태하므로 사람들에게 의심을 당하여 눈수(嫩水)로부터 도망하여 동옥저(東沃沮)에 이르러 또 배를 띄워서 남하(南下)하여 진한(辰韓)의 내을촌(奈乙村)에 닿았다. 때에 소벌도리(蘇伐都利)라 하는 자가 있어서 그 말을 듣고 가서 거두어서 집에서 기르니 나이 13이 되어 기억(岐嶷) 숙성(夙成)하고 성덕(聖德)이 있었다. 이때에 진한(辰韓) 육부(六部)가 공존(共尊)하여 거세간(居世干)이 되고 서라벌(徐羅伐)에 도읍을 세워 진한(辰韓)이라 칭국(稱國)하니 또한 사로(斯盧)라고도 하였다. 임나(任那)는 본래 대마도(對馬島) 서북계(西北界)에 있었다. 북(北)은 바다로 막히고 다스림(治)이 있었는데 국미성(國尾城)이라 하였다. 동서(東西)에 각각 허락(墟落)이 있었는데 혹은 공(貢)하고 혹은 반(叛) 하였다. 후에 대마 두 섬이 마침내 임나에게 제어(制御)를 받게 되었다. 그러므로 이로부터 임나는 곧 대마의 전칭(全稱)이 되었다. 자고로 구주(仇州)로 대도(對島)는 곧 삼한(三韓)이 분치(分治)하던 땅이었다. 본래는 왜인(倭人)이 세거(世居)하던 땅이 아니었다. 임나는 또 나뉘어서 삼가라(三加羅)가 되었다. 소위 가라(加羅)라는 것은 수읍(首邑)의 칭(稱)이었다. 이로부터 삼한(三汗)이 상쟁(相爭)하여 세월이 오래도록 해결하지 못하였다. 좌호가라(左護加羅)는 신라(新羅)에 속하고 인위가라(仁位加羅)는 고구려(高句麗)에 속하고 계지가라(鷄知加羅)는 백제(百濟)에 속한 것이 이것이다. 영락 10년에 삼가라(三加羅)가 모두 우리에게 귀속(歸屬)되었다. 이로부터 해륙(海陸)의 제왜(諸

倭)를 다 임나(任那)가 통치하였다. 10국(國)으로 분치(分治)하고 호(號)를 연정(聯政)이라 하였다. 그리하여 고구려가 직할(直轄)하고 열제(烈帝)의 명(命)한 바가 아니면 자전(自專)하지 못하였다.

아유타(阿蝓佗)는, 삼국유사(三國遺事)〉가 서역(西域)이라고 말하였는데 지금 제고기(諸古記)를 고(考)한 즉 아유타는 지금의 섬라(暹羅)라고 말하므로 아유타인은 대식(大寔)의 침략을 받아 이곳에 도착하여 산 것일 것이다. 이명(李茗)의 〈유기(留記)〉에 『옛날에 백제의 상인(商人)이 있었는데 바다로 아유타에 가서 재보(財寶)를 많이 얻어 돌아왔다. 그 사람이 우리를 따라서 내왕(來往)했는데 날로 더욱 교밀(交密)했다. 그런 풍속이 나약하고 병(兵)에 익숙하지 못하여 다른 사람에게 많이 제어 당하였다.』고 하였다. 또 말하기를 『평양(平壤)에 을밀대(乙密臺)가 있는데 세전(世傳)에 을밀선인(己密仙人)이 세웠다고 하였다. 을밀은 안장제(安藏帝)때 조의(皂衣)가 되어 나라에 공이 있었다. 본래 을소(乙素)의 후손이었다. 집에서 살면서 독서를 하고 습사(習射)를 하고 삼신(三神)을 노래하고 무리를 받아 수련을 하고 의용(義勇)으로 봉공(奉公)하니, 일세의 조의(皂衣)였다. 그 무리 3,000이 운집(雲集)하여 다물흥방지가(多勿興邦之歌)를 제창(齊唱)하고 이로 인하여 가히 그 몸을 버려서 뜻을 온전히 하는 기풍(捨身全義之風)을 일으킨 자이었다. 그 노래는

『먼저 간 사람이 법(法)이 됨이여
　뒤의 사람이 위(上)가 된다네.
　법이 되는 것은 고로 불생불멸(不生不滅)하고
　위가 되는 것은 고로 무귀무천(無貴武賤)한다네,
　사람의 몸 속에서 천지(天地)가 하나가 됨이여

마음과 몸은 본래부터 하나라네.

고로 허(虛)와 조(粗)가 같나니

근본은 유신(唯神)과 유물(唯物)이 둘이 아니기 때문이라네.

진(眞)이 만선(萬善)의 극치가 됨이여

신은 일중(一中)에서 국치를 주재(主宰)한다네.

고로 삼신(三神)은 일중(一中)으로 귀일(歸一)하고

고로 일신(一神)이 곧 삼(三)이라네.

천상천하유아자존(天上天下唯我自存)함이여

다물은 나라를 일으킨다네.

자존은 고로 무위지사(無爲之事)에 있고

홍방은 고로 불언지교(不言之教)를 행한다네.

진명(眞命)이 커져서 성(性)을 낳아 광명에 통함이여

집에 들면 효도하고 밖에 나면 충성하나니

광명은 고로 중선무불봉행(衆善無不奉行)하고

충효는 고로 제악일체막작(諸惡一切莫作)한다네.

오직 백성의 의(義)로운 바는 곧 나라를 중히 함이여

나라가 없으면 어찌 태어나리.

나라가 중하니 고로 백성이 물(物)이 있어 복이 되고

내가 나온고로 나라에는 혼이 있어 덕이 된다네

혼이 생(生)이 있고 각(覺)이 있고 영(靈)이 있음이여

일신(一神)이 유거(攸居)하니 천궁(天宮)이 되고

삼혼(三魂)은 고로 지(智)와 생(生)을 쌍수(雙修)한다네.

일신(一神)은 고로 형(形)과 혼(魂)이 또한 구연(俱衍)함을 얻는다네.

우리 자손들이 나라를 위하도록 함이여

태백교훈(太白敎訓)은 우리의 스승이라네.

우리 자손들은 통합(統合)되고 불균(不均)함이 없다네

우리의 스승은 고로 가르침에 불신(不新)이 없다네.』

하였다.

을밀선인(乙密仙人)은 일찍이 대(臺)에 살면서 제천수련(祭天修練)을 업(業)으로 하여 전념하였다. 대개 선인 수련의 법은 참전(參佺)으로 계(戒)를 하고 이름을 건전히 하여 서로 영화롭고 나를 회생하여 사물을 존립시키며 몸을 버려 의(義)를 온전히 함으로써 국인(國人)을 위하는 식풍(式風)인 것이다. 천추(千秋)를 우러러 넉넉히 감흥을 일으키니 역시 사람을 존중하는 상징인 것이다. 후인이 그 대(臺)를 가리켜 을밀이라 하니 곧 금수강산 제일의 명승이다.

제4장 삼국시대의 歌舞

삼국 이전의 삼국시대까지 전해 내려온 노래들은 위에 기술했고 삼국시대에 생긴 옛 노래 중에 고구려에서 지어진 것은 고구려 역사 속에 함께 기술했으므로 이제 여기에 다시 중복해서 기술하지 아니한다.(그것들은 구전(口傳)이나 한문(漢文)으로 전해 온 것임을 물론이다.)

가락국이나 신라의 노래 중에도 순한문으로 된 것은 비교적 간단한데, 하나는 군중(群衆)이 임금을 맞이하기 위하여 부른 노래로서 삼국유사(三國遺事) 제2권, 가락국기(駕洛國記)의 九천 군중이 춤추면서 부른 노래다,

「龜何 龜何, 首其 現也. 若不現也. 燔灼而喫也. 거북아 거북아 머리를 내밀어라. 머리를 내밀지 아니하면 구어 먹으리라.」는 노래이다. 나라 이름도 군신(君臣)의 칭호도 없을 때, 그곳에서 무슨 이상한 소

리가 있어 사람들이 나와 보니, 여기가 어디냐 물으므로, 구지라고 대답하니, 하늘이 나에게 이곳에 와서 나라를 새롭게 하라고 명해서 왔으니, 니희들은 산봉(山奉) 위에서 이 노래를 부르며 무도(舞蹈)하면 대왕(大王)을 맞이하여 기뻐서 뛰리라고 하였다. 추장의 무리 9천이 그대로 하매, 하늘에서 금함이 내려와서 그것을 열어 본즉 여섯 개의 금알이 있었다. 그 알을 아도의 집에 모여 두고 각기 흩어졌다. 다음날 밝은 때 촌사람들이 다시 와 보니, 여섯 알이 용모가 깨끗한 아이로 화했고, 십여일 지나매 키가 9척이나 되었다. 그 달 보름날 즉위하였다 모두 6가야의 왕이 되었다는 것이다. 그 중의 하나가 수로(首露)이다.

그 다음의 하나는 삼국유사 제2권 수로(水路夫人)의 헌화가 중에 있는 성덕왕 때 바다의 용(龍)에게 약탈(掠奪)된 아름다운 부인을 내놓으라고 군중이 합창한 노래이다. 그 바다노랫말(海歌詞)은 수로부인의 꽃을 받치는 노래 헌화가(獻花歌)와 함께 기록되어 있다. 그것은 헌화가(獻花歌)를 설명할 때 다시 말하게 되겠지만, 다음과 같은 짧은 노래이다.

「龜乎龜乎出水路, 掠人婦女罪何極. 汝若悖逆不出獻, 人網捕掠燔之喫. 거북아 거북아 수로를 내놓아라. 남의 부녀를 빼앗아 가고, 거역하며 내놓지 않으면, 그물로 잡아서 구어 먹으리라.」는 것이다.

순한문(漢文)이 아닌 것 같은 데가 있는 것 같기도 하나 그런 대로 읽어 알 수 있다.

삼국사기(三國史記) 제32권 잡지(雜志) 제1중의 악(樂)부에는 다음과 같이 기록하고 있다.

樂

　신라의 악(樂)은 3죽(三竹)·3현(三絃)·박판(拍板)·대고(大鼓)·가무(歌舞)로 되었다. 춤은 두 사람이 추게 마련인데 뿔이 돋친 두건을 쓰고 큰 소매가 달린 자색 궁복을 입고 붉은 가죽에 도금(鍍金)으로 장식한 허리띠를 띠고 검은 가죽신을 신는다. 3현은 첫째 현금(玄琴), 둘째 가야금(加倻琴), 셋째 비파(琵琶), 3죽(三竹)은 첫째 대금(大笒), 둘째 중금(中笒), 셋째 소금(小笒)이었다.

　玄琴은 中國 樂部의 琴을 모방하여 만들었다. 살피건대 琴操에 이르기를, 『伏犧氏가 琴을 만들어 몸을 닦고 本性을 다스려서 그 天眞을 되찾게 하였다』고 했으며 또 이르기를, 『琴의 길이 三尺六寸大分은 三百六十六日을 상징하고, 너비 六寸은 六合(天地와 四方)을 상징하며, 文(字)의 위쪽을 池[池라는 것은 물이니, 평평함을 말함이다]라 하고, 아래쪽을 濱[濱이라는 것은 服이다]이라 한다. 앞이 넓고 뒤가 좁은 것은 尊과 卑를 상징하고, 위가 둥글고 아래가 모진 것은 하늘과 땅을 본뜸이다. 五絃은 五行을 상징하고 큰 줄은 인군이 되고, 작은 줄은 신하가 되는 것인데, (周나라의) 文王과 武王이 두 줄을 더하였다』고 했다. 또 風俗通에 이르기를, 『琴의 길이 四尺五寸은 四時와 五行을 본받은 것이요, 七絃은 七星을 본받은 것이라』하였다 玄琴을 제작함에 있어, 新羅古記에는 『처음 晋나라 사람이 七絃琴을 高句麗에 보냈는데, 高句麗에서 그것이 樂器인줄은 알았지만, 그 聲音과 치(타)는 법을 몰랐다. 國人 중에서 능히 그 音律을 알아서 탈 수 있는 사람을 (널리) 구하여 후히 상을 주게 하였다. 이때, 第二相인 王山岳이 그 본 모양을 보존하면서 자못 그 제도를 고쳐 만들고, 겸하여 一百餘曲을 지어 연주하였다. 그때에 玄鶴이 와서 춤을 추었으므로 드디어 玄鶴琴이라고 하였는데, 후에 와서는 단지 玄琴이라

고 하였다. 新羅 사람 沙飡燕永의 아들 玉寶高가 地理山(智異山) 雲
上院[189]에 들어가, 거문고를 배운 지 五十年에, 新調 三十曲을 自作
하여 續命得에게 전하고, 續命得은 貴金先生에게 전하였는데, 貴金
先生도 역시 地理山에 들어가서 나오지 않았다. 新羅王이 琴道가 끊
어질까 근심하여 伊飡允興에게 일러, 어떤 방법으로든지 그 音律을
전해 얻게 하라 하고, 南原(京)의 公事[190]를 위임하였다. 允興이 赴
任하여 총명한 少年 두 사람을 뽑으니, 그 이름이 安長·淸長이었다.
그들로 하여금 山(地理)中에 들어가 傳習하게 하였다. 先生(貴金이 가
르치면서도 그 중 微妙한 것은 숨기고 傳授치 않았다. 允興이 婦人과 함
께(거기로) 가서 말하기를, 우리 임금이 나를 南原에 보낸 것은 다름
이 아니라 先生의 기술을 전해 받으라는 것이다. 지금 三年이 되었으
되 先生이 비밀로 하여 전하여 주지않으니, 내가 復命할 길이 없다고
하며, 允興이 술을 받들고, 그 婦人은 잔을 들고 膝行(무릎으로 기어
감)하면서 禮와 誠을 다한 후에, 그가 秘藏하던 飄風 등 세 曲을 전
수 받았다. (그리하여)安長은 그 아들 克相·克宗에게 전하고[191] 克
宗은 일곱 曲을 지었다. 克宗의 뒤에는 거문고로 작업을 삼는 자가
한둘이 아니며, 지은 音曲이 두 調가 있으니 一은 平調, 그는 羽調
인데 모두 一百八十七曲이었다. 그러나 그 나머지 聲曲으로 유전하
여 기록할 수 있는 것은 얼마 안되고 다 흩어져서 모두 기재할 수 없
다. 玉寶高가 지은 三十曲은 上院曲이 하나, 中院曲이 하나, 下院曲

189) 地理山의 雲上院은 당시 音樂의 한 센터인 듯하며, 위치는 아래의 南原關
係의 이야기로 보아, 지금의 雲峰 부근인 듯하다.

190) 南原은 新羅 五小京의 하나요, 小京의 長官은 仕臣 혹은 仕大等이라 하였
다. 여기의 이른바 公事는 그 長官職의 일을 맡기었다는 말일 것이다.

191) 玉寶高로부터의 禁(玄琴) 系統을 알기 쉽게 表示하면 다음과 같다. 玉寶
高→續命得→貴金→一安長─克相 ─淸長─克宗

이 하나, 南海曲이 둘, 倚品(嵒)曲이 하나, 老人曲이 일곱, 竹庵曲이
둘, 玄合曲이 하나, 春朝曲이 하나, 秋夕曲이 하나, 悟沙息曲이 하나,
鴛鴦曲이 하나, 遠岾(호)曲이 여섯, 比目曲이 하나, 入實相曲이 하나,
幽谷淸聲曲이 하나, 降天聲曲이 하나인데, 克宗이 지은 七曲은 지금
없어졌다. 加耶琴은 역시 中國 樂部의 箏(쟁, 가야금 같은 악기)을 본
떠서 만들었다. 風俗通에 이르기를 『箏은 秦나라 음악이라』하고 釋
明에는 『箏은 줄을 높이 하여(소리가) 箏箏然하고, 井州·梁州의 箏은
비파와 같다』고 하였다. 傅玄(中國 晉나라의 文人)은 말하기를, 『위가
둥근 것은 하늘을 상징하고 아래가 평평함은 땅을 상징하고, 가운데
가 빈 것은 六合(宇宙)에 准하고, 줄의 기둥은 十二月에 비겼으니, 이
것은 仁·智의 器具라』하였다. 阮瑀(완우, 魏나라의 文人)는 말하기를,
『箏은 길이가 六尺이니 音律數에 응한 것이요, 열 두 줄은 四時를 상
징하고, 기둥의 높이 三寸은 三才(天·地·人)를 상징한 것이다』고 하였
다. 加耶琴은 箏과 制度가 조금 다르기는 하지만 대개 비슷하다. 新
羅古記에는 이렇게 말하였다. 加邪(大加郡)國 嘉實王[192]이 唐나라 樂
器를 보고 만들었는데,[193] 王이, 여러 나라의 方言이 각기 다르니, 聲
音을 어찌 일정하게 할 것이냐 하며, 省熱縣人인 樂師于勒을 명하여
十二曲을 짓게 하였다. 그 후, 于勒이 그 나라(加邪國)가 어지럽게 되
므로, 樂器(加邪琴)를 가지고 新羅 眞興王에게로 歸化하니, 王이 받

---

192) 嘉寶王은 新羅本紀 眞興王 十二年條에 嘉悉로 되어 있거니와(見前), 이는
音相侶로 인한 異寫일 것이다. 그의 在位 年代는 藥師 干勒과의 관계로 보아,
眞興王代에 당한 듯, 어떻든 大加倻의 末期王임에 틀림없다.

193) 加耶琴은 여기에는 嘉寶(悉)이 唐樂器를 보고 만들었다고 하나, 이는 잘
못일 것이다. 왜냐하면 魏志韓傳 弁辰條에 이미 「俗喜歌舞飮食, 有瑟 其形侶
筑, 彈之, 亦有音曲」이라 하여, 中國의 古樂器인 筑(琴과 같은 絃樂器)과 같은
瑟이 있다고 하였음으로 써다. 이는 확실히 加耶琴 그것을 만한데 불과하다고
생각되거니와, 혹시 嘉寶王 때에 多少 이를 개량하였는지도 모르겠다.

아들여 國原(지금 忠州)에 편안히 거처하게 하고, 大奈麻 注知[194]·階古와 大舍 萬德을 보내어 그 業을 傳受하게 하였다 三人이 이미 十一曲을 전해 받고 서로 이르기를 『이것(十一曲)은 緊多하고 음란하니, 우아하고 바른 것이라고 할 수 없다』하고, (그것을) 요약하여 五曲을 만들었다. 于勒이 듣고 처음에는 怒하다가 그 다섯 가지의 音調를 듣고는 눈물을 흘리며 탄식하기를 『즐겁고도 방탕하지 않으며, 애절하면서도 슬프지 않으니 바르다(正)고 할 만하다. 네가 왕의 앞에서 演奏하라』하였다. 王이 듣고 크게 즐거워하였는데, 諫臣이 의논하여 아뢰기를 『망한 加郡國의 音律은 취할 것이 못됩니다.』하였다. 王이 이르기를 『加郡王이 음란하여 스스로 멸망하였는데 음악이 무슨 죄가 되겠느냐? 대개 聖人이 음악을 制定하는 것은 人情으로 緣由하여 調節하게 한 것이니, 나라의 다스리고 어지러움은 음악 곡조로 말미암은 것이 아니다』하고, 드디어 행하게 하여 大樂이 되었다. 加耶琴에는 두 音調가 있는데, 하나는 河監調요 二는 嫩(눈)竹調이며, 모두 一百八十曲이었다. 가야금과 우륵에 대하여는 악사 진흥왕 12년조에도 말한 바 있다.

于勒이 지은 十二曲下은, 一은 下羅加都,[195] 二는 上加羅都,[196] 三은 寶伎, 四는 達巳,[197] 五는 恩勿,[198] 六은 勿慧(未詳), 七은 下奇物

194) 本紀 眞興王 十三年後에는 法知로 連見되고 있으므로, 本紀의 것이 옳다고 생각된다.

195) 마치 저 나일江의 下流處(三角洲)를 下이집트(Lower Egypt), 上流處를 上이집트(Upper Egypt)라고 하듯이, 우리 나라의 나일江이라고 할 수 있는 洛東江의 下流處에 있던 本加邪(지금 金海)의 首都를 「上加羅都」, 中流處에 있던 大加邪(지금 高靈)의 서울을 「下加羅都」라고 하였던 모양이다.

196) 앞의 주 참조

197) 達己는 지금 醴泉의 古號요, 思物은 지금 泗川의 古號인 思勿에 比定]하고 싶다.

198) 앞의 주 참조

(未詳), 八은 師子伎, 九는 居熱,[199] 十은 沙八分(未詳), 十一은 爾款 (未詳), 十二는 上奇物(未詳)이라 한다.[200] 泥文이 지은 三曲은, 一은 鳥, 二는 鼠, 三은 鶉(순)이다. [敕…字는 未詳이다.]

琵琶는 風俗通에 이르기를, 『近代樂家가 지은 것인데, 起源을 알 수 없다. 길이 三尺五寸은 天·地·人과 五行을 본 뜬 것이요, 四絃은 四時를 상징한 것이라』하고, 釋明에는 『琵琶는 본래 胡人들이 馬上 에서 타던 것으로서, 손을 앞으로 미는 것을 琵라 하고, 손을 뒤로 당기는 것을 琶라 한 것인데, 그것이 그대로 이름이 되었다』고 하였 다. 鄕琵琶(我國琵琶)는 唐製와 大同小異한 것으로, 역시 新羅에서 시작되었지만 누가 처음 만들었는지는 알 수 없다. 그 音은 三調가 있으니, 一은 宮調, 二는 七賢調, 三은 鳳凰調이며, 모두 二百十二曲 이다.

三竹(管樂器)은 역시 唐笛을 모방하여 만든 것이다. 風俗通에, 笛 은 漢나라 武帝때 兵仲이 만든 것이라고 하였다. 또 상고하여 보면, 宋玉의 笛賦가 있는데, 玉은 漢나라 이전 사람이니, 아마 이 說은 틀 린 것 같다. 馬融은 말하기를, 近代의 雙笛은 羌(西戎種族)에서부터 시작되었다 하고, 또 笛은 滌(척)으로서, 사예(邪穢)의 마음을 씻어 雅正으로 들게 하는 것이니, 長이 一尺에 구멍이 四十七이라고 한다.

鄕三竹은 역시 新羅 때부터 시작되었으나, 누가 만든지는 알 수 없다. 古記에 이르기를, 神文王 때, 東海中에서 홀연히 한 작은 산 이 나타났는데, 형상이 거북 머리와 같고, 그 위에 한 줄기의 대나무

---

199) 居烈에는 두 곳이 있다. 지금 居昌의 古號가 居列. 晉州의 古號도 居烈이 라 하여 列과 같이 烈이 同音異字로 되어 있을 뿐인데, 여기의 居烈은 물론 古 來의 雄州巨牧인 晉州로서, 大加倻의 하나인 古寧(居烈과 音近)加耶에 당한다 고 나는 認定한다.

200) 이상과 같이 地名으로 나타나는 曲調는 말할 것도 없이 該當地名의 民謠 曲으로 보아야 할 것이다.

가 있어, 낮에는 갈라져 둘이 되고 밤에는 합하여 하나가 되었다. 王이 사람을 시켜 베어다가 笛을 만들어, 이름을 萬波息이라고 하였다 한다. 이런 말이 있으나 괴이하여 믿을 수 없다. 三竹笛에는 七調가 있으니, 一은 平調, 二는 黃鐘調, 三은 二雅調, 四는 越調, 五는 船涉調, 六은 出調, 七은 俊調이었다. 大笒은 三百二十四曲, 中笒은 二百四十五曲, 小笒은 二百九十八曲이 있다.

會樂(악)과 辛熱樂은 儒理王 때 지은 것이요, 究阿樂은 脫解王 때 지은 것이요, 技兒樂은 姿姿土 때 지은 것이요, 思內[詩腦하고도 함] 樂은 奈解王 때 지은 것이요, 갈입파리가?舞는 奈密(勿)王때 지은 것이요, 憂息樂은 訥祇王때 지은 것이다. 碓(대)樂[201]은 慈悲王때 사람인 百結先生이 지은 것이요, 竿引은 智大路王(智證王)때에 지은 것이다. 捺絃引은 眞平王 때 사람인 淡水가 지은 것이요, 思內奇物樂은 原郎徒(花郎徒)가 지은 것이다. 內知는 日上郡(入置未詳)의 음악이요, 白實은 押梁郡(慶北經山)의 음악이요, 德思內는 河西郡(蔚山)의 음악이요, 石南思內(石南은 지금 彦陽, 思內는 見上)는 道同伐郡(蔚山)의 음악이요, 祀中은 北隈郡(位置未詳)의 음악인데, 이들은 모두 우리 鄕人들이 기쁘고 즐거워서 지었던 것이다. 聲樂器의 수효와 歌舞하는 모습은 후세에 전하여지지 않는다. 다만 古記에 이르기를, 政明王(政明은 神文王의 이름) 九年에, 新村에 거동하여 잔치를 베풀고 음악을 연주케 하였는데, 茄舞에는 監이 六人이요 茄尺이 三人, 舞尺이 一人이며, 下辛熱舞에는 監이 四仁, 琴尺이 一人, 舞尺이 二人, 歌尺이 三人이며, 思內舞에는 監이 三人, 琴尺이 一人, 舞尺이 二人, 歌尺이 二人이며, 韓岐舞에는 監이 三人, 琴尺이 一人, 舞尺이 二人이며, 上辛熱舞에는 監이 三人, 琴尺이 一人, 歌尺이 二人이며

201) 本書 列傳(第八) 百結先生傳에 자세히 보인다.

小京舞에는 監이 三人, 琴尺이 一人, 舞尺이 一人, 歌尺이 三人이며, 美知舞에는 監이 四人, 琴尺이 一人, 舞尺이 二人이었다. 哀莊王 八年에 音樂을 연주하였을 때 처음으로 思內琴을 연주하였는데, 舞尺 四人은 青衣요, 琴尺 一人은 赤衣, 歌舞 五人은 채색 옷에다 수놓은 부채에 또 金으로 아로새긴 띠를 띠었으며, 다음에 碓琴舞를 연주했을 때에는, 舞尺은 赤衣, 琴尺은 青衣였다고 하였다. (文獻이)이러할 뿐인즉, 그 자세한 것을 말할 수 없다. 新羅때에는 樂工을 모두 尺[202]이라고 하였다. 崔致遠이 詩에 鄕樂雜誌詩 五首가 있으므로 여기에 기록한다.

金 丸[203]

몸을 돌리고 팔 휘두르며 金丸을 희롱하니,
달이 구르고 별이 흐르는 듯 눈에 가득 신기롭다

좋은 同僚 있다 한들 이보다 더 좋으리,
넓은 세상 泰平한 줄 이제서 알겠구나.

---

202) 尺은 우리 나라에서 古來로 下級專業者를 일컫는 용어이니, 여기의 琴尺·舞尺·歌尺 外에도 職官志의 鈞尺·弓尺·木尺 등과 高麗 및 朝鮮時代의 水尺·禾尺·楊水尺(이들은 後世의 白丁類)·津尺·刀尺·墨尺·雜尺 등등의 명칭이 있다. 丁茶山의 雅言覺非에는 水尺을 巫자伊(무자이)라고 한다는 말이 있는데, 자伊(자이)는 아마 後世의 訓稱인 것 같고, 반드시 古代尺에도 공통된 것이라고는 생각되지 않는다. 古代의 尺은 古音이 「치」인 것으로 보아, 國語에 職業의 稱인치(벼슬아치·장사치·갖바치 등등)에 해당한 것이 아닌가 나는 추측한다.
203) 金丸은 金色의 공을 가지고 희롱하는 一種의 曲藝.

月　顚[204]

높은 어깨 움츠린 목에(곱추 모양), 머리털 일어선 모양(假髮을 얹은 것),

팔 걷은 여러 선비들 술잔 들고 서로 싸우네(醉喜獻).

노랫소리 듣고서 사람들 모두 웃는데,

밤에 휘날리는 길벗 새벽을 재촉하누나,

대　면[205]

황금빛 얼굴 그 사람이(方相氏, 黃金四目이란 設이 있음)

구슬채찍 들고 귀신 부리네.

빠른 걸음 조용한 모습으로 운치 있게 춤추니,

붉은 봉새가 堯時代 봄철에 춤추는 것 같구나.

束　毒[206]

엉킨 머리 藍빛 얼굴, 사람과는 다른데,

떼지어 뜰 앞에 와서 鸞 새 춤을 배우네.

북치는 소리 둥둥 울리고 겨울바람 쓸쓸하게 부는데,

남쪽 북쪽으로 달리고 뛰어 한정이 없구나.

204) 假面, 醉喜劇(唐을 거쳐 들어온 西域系統의 歌劇).
205) 疫神을 驅逐하는 驅儺禮(唐의 影響).
206) 假面戲(역시 西城系統의 것)

狻　猊[207]

一萬里 머나먼 길 西方沙漠 지나오느라
털옷은 다 헤어지고 티끌만 뒤집어썼네.

머리와 꼬리를 흔드는 모습, 人德이 배어 있도다.
영특한 그 기개 온갖 짐승 재주에 비할소냐?

高句麗의 音樂은 通典에 이르기를, 『樂工人은 紫色 羅紗 帽子에
새깃으로 장식하고, 黃色의 큰 소매 옷에 紫色의 羅紗띠를 띠었으
며, 통 넓은 바지에 붉은 가죽신을 신고, 五色 노끈을 매었다. 춤추
는 네 사람은 뒤에 복상투를 틀고, 붉은 수건을 이마에 동이고 金고
리로 장식하며, 二人은 黃色치마 저고리와 赤黃色 바지요, 二人은 赤
黃色 치마 저고리 바지인데, 그 소매를 극히 길게하고 검은 가죽신을
신었으며, 쌍쌍이 함께 서서 춤춘다. 樂器는 彈箏(탄쟁)하나, 搊箏하
나, 臥箜篌(와공후)하나, 竪箜篌하나, 琵琶 하나, 五絃琴 하나, 義嘴
(취)笛 하나, 笙 하나, 橫笙 하나, 簫 하나, 小篳篥(필률) 하나, 大篳
篥 하나, 桃皮篳篥 하나, 腰鼓 하나, 齊鼓 하나, 擔鼓 하나, (具) 하
나이다.[208] 唐나라 武太后(武則天) 때는 오히려 二十五曲이 있었는데,
지금은 오직 한 曲을 익힐 수 있고, 衣服도 점점 衰敗하여 그 본래
의 풍습을 잃었다』고 하였다(中國에 導入된 高句麗樂을 말한 것). 册府
元龜에는 『(高句麗)樂에는 五絃琴과 爭·篳篥·橫吹·簫·鼓 따위가 있
는데, 갈대를 붙어 곡조를 맞춘다』고 하였다.

百濟의 音樂은, 通典에 이르기를, 『百濟의 樂은(唐나라) 中宗時代

207) 御子劇(역시 西域系의 것). 狻猊(산예)는 즉 사자춤.
208) 李惠求 「高句麗樂과 西域樂」(韓國音樂研究) 참조.

에 工人들이 죽고 흩어졌는데, 開元(唐玄宗의 年號)年間에 妓王節이 太常卿 되어, 다시 아뢰어서(百濟樂을) 설치하였으므로 音曲이 없는 것이 많다. 춤추는 사 누 사람은 紫色 큰 소매치마 저고리와 章甫冠(선비들이 쓰던 관)에 가죽신을 신었다. 樂의 남은 것은 爭과 笛·桃皮 **篳篥**·空候인데 樂器類가 많이 內地(中國을 의미함)와 같다』고 하였으며, 北史에는 『鼓角·**篳篥**·爭·**竽**·虎笛의 樂이 있다』고 하였다.

삼국사기와 삼국유사의 가악(歌樂)·춤·악기 등에 대하여, 사내가(思內歌, 詞腦歌, 詩腦歌), 새내악(樂), 사내춤, 사내가무(歌舞), 사내악기(樂器)등의 「사내」란 말의 기사(記史)를 추려 보면, 우선 삼국사기 32권 잡지(雜誌) 제1에는 제사·악(樂)이 악부(樂部)에는 애장왕(哀莊王)8년의 옴악 연주의 사내금(琴)기타의 사내악·사내무(舞)·사내가무에 대한 해설이 있고, 삼국유사 제2권의 원성대왕(元聖大王) 신공 사뇌가(身空詞腦歌 歌詞는 亡失되었음). 경덕(景德)왕이 그 의미가 매우 높다고 한 찬기파랑(讚耆婆郎) 사뇌가 등의 노래 이름이 기록상에 보인다. 사내라고 밝히지는 않았으나, 사내인 것으로 삼국사기 신라본기 제1, 유리(儒理) 이사금 5년의 도솔가와 9년의 가배의 회가(會歌 희소곡의 약침 會蘇く), 고구려 본기 제1, 유리(琉璃)왕 3년의 꾀꼬리 노래(黃鳥歌), 삼국유사 2권 수로(水路)부인조의 헌화(獻花)가와 해가사(海歌司 龜手く)와 삼국유사 가락국기 노래들을 향가(鄕歌) 또는 사내가 라고 통칭하고 있는데, 그 중에는 가사(歌詞)가 없어진 것도 있고, 곡조가 없어진 것도 많다. 그보다도 물게자(勿稽子)의 경우처럼 가사도 곡조도 노래이름도 알 길이 없으나 많이 부르며 악기를 다룬 것이 의심 없는 것도 있다. 원효(大使) 의 염불가무 처럼 가사의 말 그대로 전하는 것은 없으나 그 가사의 뜻과 반주한 악기는 잘 알 수 있는 것도 있다. 양주동의 저서에는 노래의 이름

도 가사도 곡조도 알 길이 없는 것과 노래의 이름만 전해 오고 가사
는 미상(未詳)인 것 20수편 열거하고 있다.[209] 어찌 되었거나, 사내(思
內)·사뇌(詞腦)·시뇌(詩腦)기타의 여러 가지는 결국 우리말 사내(사뇌)
의 한자(漢字)의 빌려 온 차자(借字)라는 것이 틀림없다. 또 신라 향
가의 다수가 이두로 전해져 왔다. 그럼에도 불구하고 같은 남의 글
이라도 이두로 빌린 것보다 본래의 한자와 한문으로 된 것은 후세의
우리가 본뜻을 쉽게 알 수 있고, 이두로 된 것은 알기가 매우 어려
운 것이 사실이다. 그래서인지 본격적 한문으로 된 것은 향가(사내)
로 치지 않는 이도 있다. 그러나 나는 우리말로 전해 오는 사내지(思
內調)가 제일 반갑지만, 그것은 다소 후대의 말로 변하면서 고려시대
이후의 것과 함께 워낙 많이 전해져서 시대를 구분할 수 없으므로
모두 중세인 고려 이후의 것과 함께 다루기로 한다. 그리고 고려 때
에도 이두로 지은 것이 있는데, 그것을 가사의 형식이 이두라고 해서
신라향가와 함께 다루는 이도 있지만 그것은 고려시대로 가져가기로
한다. 그러면 이번 회에는 우선 순한문식으로 된 것이나 이두로 된
것이 분명한 것만 될 수 있는 대로 연대순(年代順)으로 배열하기로
한다.

鄕歌와 吏頭

　이두(吏頭, 吏讀)은 3국 시대부터 한자(漢字)의 음(音)과 뜻(訓)을
빌어서(借字하여) 우리말을 표기(表記)하는데 쓰이던 글자(文字)를 말
한다. 물론 전부 한자로 기사(記寫) 되어 있다. 그렇지만 그 글자 쓰
는 법(周字法)은 뜻을 빌린 것(한자를 그 원래의 뜻대로 쓴 것)을 원의
(原意)라고 하고, 그 원의와는 관계없이 그 음훈만을 빌어서 우리말

209) 양주동의 조선고가(古歌)연구 22–24면.

을 표기하는 것을 좁은 의미의 차자라고 한다. 실은 모두가 한자를 빌어서 쓰므로 넓게 말하면 차자 아닌 것이 없다. 한문에 토를 다는 (懸吐)데서부터 시작되었을지 모른다. 우리 나라 학생이나 학자의 대다수가 단군 이래의 가림토나 세종이래의 훈민정음처럼 매우 편리한 글이 있었는데도 그것은 언문이니 반절이니 하면서 쓰지 아니하려는 잘못된 버릇이 있었다. 그래서 서당에서는 말할 것도 없고 사가에서도 글을 한다는 사람은 한자만 썼다. 「내가 어렸을 때까지도 한글로 토를 달아 가르친 것은 아버지 때부터이고, 내가 할아버님께 배울 때까지는 한글로 토를 달지 아니하고, 한문에 이두에서 발달된 약자인 토(吐, 口訣)를 달아서 배웠다」라고 최태영교수는 말한다. 그것은 「하고, 하니, 하야, 하다, 을, 은」이 아니고 「ソロ(爲古의 약자), 爲尼, 爲也, ソ夕(爲多), 乙, P(隱)」이라고 토를 달았다는 것이다. 이두는 때로는 그 음을 빌리고 때로는 그 뜻을 한자에서 빌리고 그 두 가지를 섞어서 우리말을 표기했다는 것이다. 비교적 알기 쉬운 것 몇 가지만 예로 보이면,[210] 乙(을), 은(隱), 去隱(간, 지난), 去隱春(지난봄, 간봄), 慕(그림), 憂音(시름), 何如爲理古(어찌하릿고), 於叱古(었고), 見昆(보곤, 보고서는), 卽也(卽이여), 毛冬居叱沙(모든것사), 望良古(바라고), 爲去等(하거든), 史伊衣(사이에), 吾下(내해, 내것), 深以(깊이), 埋多(묻다), 乙良(을란), 㠯等(거든), 果(과), 臥(와) 따위다. 우스운 것은 일본에 건너가서 일본인으로 변신(變身)한 한인(韓人)들이 P(何) イ(伊) ウ(宇) エ(江) オ(於)라는 가나(假名)를 만들고, Pイコ(哀号, 우는 소리), ウチサツコ(打麻乎, 어찌사오), ウチツコ(射等痛, 어찌라고), ウガヤ(上加邪) 따위의 일본이두를 만들었다.

양주동 교수는 이두를 다음과 같이 분류하였다.

210) 明律直解와 新羅歌詞 중에서

詞腦歌中에 使用된 漢字用法은 따로 細論을 要할지나 이제 義·借字用法의 輪廓만을 보이면 다음과 같다.

一. 義字

　　1. 音 讀 善化公主主隱 善化公主

　　　　法界毛叱所只 法界

　　2. 訓 讀 法隱春　　　가·봄

　　　　心未筆留　　　ᄆᆞ含·ᄇᆞᆰ

　　3. 義訓讀 今日此矣　오ᄂᆞᆯ

　　　　何如爲理古　　엇디

二. 借字

　　1. 音 借 薯童房乙　　을

　　　　君隱父也　　　은·여

　　2. 訓 借 民是　　　이

　　3. 義訓借 遊行如可　다

以上이 그 大綱이나 音訓借를 通하야 그 借用된 樣相·形式·動機等에 着眼한다면 꽤 複雜한 여러 가지 區別이 생긴다. 다음이 그 略別이다.

1. 正借 原音·訓을 그대로 借한 것.

2. 轉借 原音·訓을 비슷이 借한 것.

3. 通借 原音·訓의 通音을 借한 것.

4. 略?借 原音·訓의 一部를 借한 것.

5. 反切 二字의 音·訓을 反切한 것.

6. 戱借 義·音·訓을 짓궂게 借한 것.

그러나 詞腦歌에 가장 慣用된 記寫法은 體·用言의 一單語를 먼저 義字로 表示하고 다음 그 말의 末音 또는 末音節을 主로 音借字로 添記함이니 이를 義字末音添記法이라 한다.

心音　ᄃᆞᆷ　慕里　그리
栢史　즈　持以　디니
風未　ᄇᆞ래　待是　기드리

다음 釋注한 臨한 著者의 態度는 요컨대 다음의 몇 가지 條項으로 要約된다.

(一) 借字解讀에서 될수록 歸納的인 忠實한 飜譯을 期한 것.

(二) 注記의 實際에선 鮮初·乃至 麗代의 古語彙·古語法을 細密히 紊互하는 一方, 그 音約的面一特히 當時의 俗音·方言등을 卞斷히 考慮할 것.

(三) 全篇의 解讀·注記를 通하야 特히 歌謠로서의 音數律을 考慮한 것.[211]

사내지(舍內調)의 借字

우리는 위의 기술한 바에 의하여 신시(神市)시대와 고조선의 단군 이래 부여·구려·옥저·예·삼한·삼국 지역의 살아오면서 대략 같은 언어·습속을 가졌고, 한결같이 노래와 춤을 즐겼다는 것과 흔히는

211) 양주동 저 조선고가사 연구 六十面以下

집단적으로 행해진 소도의 천제·영고·동맹·무천·五월 하종(下種)과 시월 추수가 끝난 뒤와 전몰(戰歿)장병을 위한 팔관(八關)회의 의식(儀式)과 국선 조의 화랑도 嘉排 군대등 훈련 단체의 수양과 사기(士氣)를 위한 집단적 합창과 개인의 정서에 속하는 한두 가지의 사례 등을 대략하였다. 거기에는 간단한 악기 반주 혹은 독주가 있고, 집단적 춤을 추었다는 것을 알았다. 그중 신라의 팔관은 후일 고려의 팔관회나 연등회와는 성질이 같지 아니한 것이다. 그런데 그 대부분이 민족적 종교적 행사이어서 한밝(天) 해(大陽) 감(검·곰) 수(雄) 등으로 호전(互轉)되었다. 그리고 신라의 도솔가는 도솔천(도率天·淨土)의 종교신앙과 관계되는 것도 있지만, 그런 관계가 없는 노래 혹은 순연(純然)한 종교적인 의식의 축가와 서정적인 노래의 중간 형식인 것과, 종교적 신앙과 관계가 없는 노래인 것도 있다. 신라의 思內·詞腦는 사내란 고어(古語)의 借字라고 양주동은 말하고 있다. 최태영 교수는 다음과 같이 말한다.

『내가 어려서 사나지로구나 라는 말을 들은 것은 서도 지방의 땔나무꾼이 구월산에 가서 나무를 베어서 지게에 지고 산에서 내려오면서 사내지로구나. 저 건너 갈모봉에 비가 묻어서 들어온다. 누역을 허리에 두르고 기음 매러 갈거나 라고 육자배기를 부르는 것을 들었다. 그 노래는 흔히 들었지만, 그 의미에는 모르는 단어가 많았다. 꽤 나이가 들어서야 대강 알았지만, 그 첫구절의 「사나지」는 대학교수 때야 알았다. 이제 한구 한구 해석해 보면 사내는 思內이고 「지」는 조(調)이다. 첫구절은 노래 한 곡조라는 뜻이다. 갈모는 비올 때 갓(모자) 위에 쓰는 우장이고 봉은 산봉이므로 맞은편의 갓모 같은 산봉에 비가 구름에 묻서 내리려고 한다는 뜻이다. 누역은 조롱이라는 띠풀로 엮어서 만든 비옷인데, 머리에는 삿갓을 쓰지만 허리에는 띠풀로 엮

은 두터운 우장을 둘러야 하므로 김맬 때 등에 비를 맞지 않도록 그
것을 허리에 두르고서라는 뜻이다. 기음은 김 즉 잡추이고 맨다는 것
은 뽑아 낸다는 뜻이다. 구십년전의 그 나무꾼은 자신도 뜻을 모르
면서 사내지로구나 라고 자기가 부르는 것이 무슨 곡조라는 설명부터
내뽑았을 것이다. 그 다음의 구절은 그 시절의 사람은 모두 잘 아는
사연이었을 것이다. 그러니까 오랜 옛날에는 사내나 사내지도 노래나
향가라는 의미로 상용(常用)되었음은 틀림없다. 사내지란 우리말을
그옛날에 한자(漢字)를 빌려서 思內·詞腦등으로 표기(表記)한 것, 즉
借用한 것임을 알 수 있다. 그것부터가 이두인 것이다.」

여기「山花歌」의 用例에 대하여 말해 두어야겠다. 梁柱東 교수는 다
음과 같이 말했다.「山有花歌」는 或은 男女相悅之辭 或은 百濟遺民의
노래, 또는 怨女가 지은 노래의 曲名 等으로 傳하는데, 이는 或 羅代
以來의 傳統曲인「ㅅ니ㅣ」樂의 原義를 忘却한 後人이 비슷한 音의 漢
字語로「山有花」라 雅譯한 것일지니 그 遺義·原稱은 近人의 筆錄中에
도 아직도 依稀하며,「ㅅ니ㅣ지로구나」는 端的으로「ㅅ니ㅣ調로구나」의 說
傳, 곧 노래 첫머리에「調腦格·思內調」임을 明示하는 辭이다.

山有花歌一篇, 男女相恨之辭, 音調悽惋, 如伴促玉樹.

(增補文獻備考卷二四六·百濟歌曲)

江南五月草如煙, 遊女行歌滿水田, 終古遺民悲舊主, 至今哀唱 似當年.
江邊漁唱起三更, 霜露橫空月正明. 定是梨園供奉典, 向來亡國 爲何聖
聞昔樓臺橫復斜, 三千羅 殺擅繁華, 生前富貴露晞草, 身後悲歌 山有花
山花落盡子規啼, 千古思歸露已迷, 溺上游魂招不得, 王孫芳草 自妻妻

(莆菴·李師命詩)

初四日夕, 李兄興其內從趙泰聖來話, 趙居善山府, 話府舊事. 府民有女, 稼同府良家子, 不爲夫所得, 遂遺還, 父之後妻不容, 文往夫家, 文見逐, 遂歸內舅家, 舅興父謀改適, 女知之, 將自決, 就吉治隱書院傍山下深澤, 呼榮女兒, 教自製山有花一曲, 使習 之, 其歌曰 天高而高, 地廣而廣, 此身無所容, 無寧水相抗, 長爲魚腹葬. 榮女旣誦, 仍請曰, 汝歸語콤親, 吾死于 此水, 遂人水死, 事聞旌, 其女名香娘云.(浮齊日記卷二·康寅 正月)

山有花歌, 此爲洛東里娘作也. 昔有里浪, 因不見答於姑夫, 投 江水而死, 里人哀之, 出水**償**聯袂 歌, 其詞不二, 纏綿悽惻今南 土士女, 每臨風對月, 抵節哀吟, 聲振林**樾**, (東環錄卷四·尙州)

以上 吾人은 「詞腦·思內」 및 「詩腦·辛熱」로써 稱號되는 「東方·凍土」의 義의 歌樂이 一方으로 「鄕歌·鄕樂」이라 對譯된 所以然을 述하였다. 곧 問題의 「詞腦·詞腦歌」는 「鄕歌」의 原語를 全音寫한 것에 不外한다. 그럼으로 史記·遺事·均如傳中엔 或 古記·古體대로 「詞腦·思內·辛熱」 等으로 記寫된 一方 향가라고도 말하고 있다.

勿稽子는 奈解尼師今 때의 사람이다. 집안이 대대로 微微하지만 사람됨이 활달하고 젊어서 壯한 뜻이 있었다. 이때에 浦上의 八國이 함께 모의하고 阿羅國(지금의 咸安郡)을 치니, 阿羅의 사신이 와서 구원을 청하였다. 尼師今이 王孫██音으로 하여금 近郡 및 六部의 군사를 거느리고 가서 구원케 하여 드디어 八國 군사를 破하였다. 이 싸움에 勿稽子가 큰 功이 있었는데, 王孫에게 미움을 받기 때문에 그 功이 기록되지 아니하였다. 누가 勿稽子에게 이르기를 『그대 功이 제일 컸는데 기록되지 아니하였으니 원망하는가』하매, 『무슨 원망이 있으랴』하였다. 또 누가 말하기를 『어찌하여 王에게 아뢰지 않느냐』하였다. 勿稽子는『功을 자랑하고 이름을 求하는 일은 志士의 할 일이 아니나. 나만 뜻을 奮勸하여 後日을 기다릴 뿐이라』하였다. 그 후 三年에 骨浦(지금 昌原郡)·柒浦(지금 泗川郡?)·古史浦(지금 固城郡) 三國 사람들이 와서 竭火城을 공격하니 王이 군사를 거느리고 나가 구원하여 三國 군사를 크게 破하였다. 勿稽子가 數十餘級을 베었는데, 功을 의논할 때에 또 所得이 없었다. 여기서 그 婦人에게 말하기를『일찍이 들으니, 신하된 도리는 위태롭게 되면 목숨을 내놓고, 어려운 일을 당하면 자기 몸을 잊는다고 하였다. 전일의 浦上·竭火의 싸움은 위태롭고 어려운 일이라고 할 수 있었다. 그런데도 능히 목숨을 내놓고 몸을 잊는 것으로써 여러 사람들에게 알리지 못하였으니, 장차 무슨 면목으로 저자(市)와 朝廷에 나갈 것이랴』하고 그만 머리를 풀고, 琴을 가지고 師彘山(위치미상)에 들어가 돌아오지 아니하였다.

백결선생은 어떤 (來歷의) 사람인지를 모른다. 狼山(지금 慶州의 狼山)아래에 살았는데, 집이 매우 가난하여 옷이 헤어져 백 군데나 잡아매어 마치 메추라기 달아맨 것과 같았으므로, 세상 사람들이 東里의 百結先生이라 이름하였다. 일찍이 榮啓期(中國古代의 거문고타며 즐기던 異人)의 사람됨을 사모하여 (언제나)거문고를 가지고 다니며 모든 喜怒悲歡과 不平事를 거문고로 풀었다. 歲暮가 되어 이웃에서는 방아를 찧는데, 그 아내가 방아 찧는 소리를 듣고 말하기를『남들은 모두 곡식이 있어 방아를 찧는데 우리만이 없으니 어떻게 이 해를 보낼까』하였다. 先生이 하늘을 우러러보며 탄식하기를『무릇 死와 生은 命이 있고 富와 貴는 하늘에 달리었으니, 그 오는 것을 막을 수 없고 가는 것을 따를 수 없거늘 그내는 어째서 傷心하는가. 내가 그대를 위하여 방아소리를 내어 위로하겠소』하고, 이에 거문고를 타며 방아소리를 내니, 세상에서 전하여 이름하기를 碓樂(대악)이라 하였다.

元曉不覇

聖師 元曉의 俗姓은 薛氏, 祖父는 仍皮公 또는 赤大公이니 지금 赤大淵 옆에 仍皮公廟가 있다. 父는 談▨乃[212]末이다. 처음에 押梁郡의 南 [지금 章山郡임] 佛地村의 北쪽 要谷 娑羅樹아래서 났다. 村名 佛地는 或은 發智村 [俗言에 弗等乙村이라 함]이라고도 하였다. 娑羅樹란 것은 俗에 이르되 師의 집이 本是 이골(谷)西南에 있었는데 母가 滿朔[213]이 되어 이골 밤나무 밑을 지나다가 忽然히 解散하였다. 倉皇하여 집에 돌아가지 못하고 그 남편의 옷을 나무에 걸고 거기서 寢居하였다. 因하여 이 나무를 娑羅樹라고 하였는데 그 나무의 열매가 異常하여 지금도 娑羅栗이라고 稱한다. 古傳에 옛적에 절을 主管하는 이가 있어 寺奴一人에 一夕饌으로 밤 두개씩을 주었다. 寺奴가 官에 호소하였더니 官吏가 괴이히 여겨 그 밤을 가져다 檢查하니, 한개가 한 바리에 가득 차므로, 도리어 한 개씩을 주라고 判決을 내리었다. 그래서 栗谷이라고 하였다 한다. 師가 이미 出家하여 그 집을 喜捨하여 절을 삼고 初開라 이름하였다. (또)나무 곁에 쫓음이었고 唐僧傳에는 本是 下湘州人이라 하였다. 按하건대 麟德[214]三年間에 文武王이 上州와 下州의 地를 나누어 歃良州를 두었으니 즉 下州는 지금 昌寧郡이요 押梁郡은 本是 下州의 屬縣이다. 上州는 지금 尙州니 또는 湘州라고 한다. 佛地村은 지금 慈仁縣에 屬하니 곧 押

212) 乃末은 즉 奈麻(新羅官等의 十一等級)
213) 産期
214) 唐高宗年號로 新羅文武王五年

梁郡內의 分開된 곳이다. 師의 兒名은 誓幢이다 [幢은 俗에 毛라고
한다]. 처음에 (⊥)어머니 꿈에 流星이 品속에 들어옴을 보고 因하
여 胎氣가 있더니 해산하려 할 때 五色구름이 땅을 덮었으니 眞平王
三十九年=大業[215]十三年이 丁丑이었다. 낳으매 穎異하여 스승을 따
라 배우지 아니하였다. 그 遊方의 始末과 弘通의 盛한 業跡은 唐傳
과 行狀에 자세히 실리었으므로 모두 記載치 않고 다만 鄕戰에 실린
한두 가지의 異事를 記錄하겠다. 師가 일찍이 하루는 春意가 動하여
거리에 唱歌하여 이르되 「뉘가 沒[216] 柯斧(자루낀 도끼)를 許하련고,
내가 支天柱[217](하늘을 버틸 기둥)를 깎아 볼 가나」하였다. 사람들이
모두 그 뜻을 알지 못하였다. 때에 太宗[218]이 듣고 이르되 「此師가 貴
夫人을 얻어 賢子를 낳고자 하는 도다 나라에 大賢이 있으면 그 利가
莫大하도다」하였다. 때에 瑤石宮 [지금 學院이 바로 이곳이다]에 홀
로된 公主가 있었다. 官吏를 시켜 元曉를 찾아 宮(瑤石)으로 데려 가
라 하니 官吏가 勅命을 받들고 찾을 새 (元曉)이미 南山에서 내려와
蚊州橋[沙川은 俗에 年川 또는 蚊川이라 하고 또 橋名을 楡橋라한
다]를 지나다가 만났다. 師가 일부러 물에 떨어져 옷을 적시니 官吏
가 師를 데리고 官(雍石)에 가서 옷을 갈아 말리고 因하여[거기] 留
宿하였다. 公主가 果然 孕胎하여 薛을 낳았다. 聰이 나매 叡敏하여
經史에 널리 通하니 新羅十賢 가운데 한사람이었다. 方音[219]으로써
中國과 夷邦(新羅)의 地方風俗과 物名을 通會하고 六經文學을 訓解

215) 隋煬帝의 年號
216) 産期
217) 因家棟換之村
218) 新羅의 太宗武烈王(金春秋)
219) 吏讀式邦音

하여 지금도 海東의 明經을 業으로 하는 자가 傳受하여 끊어지지 않는다. 曉가 이미 失戒하여 薛聰을 낳은 以後로는 俗服을 바꾸어 입고 스스로 小姓居士[220]라 號하였다. 偶然히 광대를 만나 큰박(瓠)을 舞弄하였는데, 그 形狀이 奇怪하였다. (曉)가 그 形狀대로 한 道具를 만들어 이름을 華嚴經의 一切無㝵[221]人 一道出生死」란 것으로써 無㝵(碍)라 命名하여 노래를 지어 世上에 퍼지었다. 일찍이 이것을 가지고 數많은 村落을 돌아다니며 노래하고 춤추어 化詠하고 돌아왔으므로 桑瓮樞牖[222], 獲猴之輩로 하여금 모다 佛陀의 號를 알게하여 누구나 南無(念佛)를 할 줄 알았으니 曉의 法化가 크도다. 그가 난 마을의 村을 佛地라 이름하고 절을 初開寺라 하여 自稱 元曉라 한 것은 모다 佛日을 처음으로 빛나게 하였다는 뜻이다. 元曉라는 뜻이 또한 方言이니 當時人이 모다 鄕言으로 始旦[223]을 稱함이다. 일찍 芬皇寺에 居住하여 華嚴經疏를 ■할세 第四十廻向品에 이르러 마침내 絕筆하고, 또 일찍이 公事로 因하여 몸을 百松[224]으로 나누었으므로 모다 位階의 初地[225]라고 하였다. 또한 海龍의 誘導로 因하여 詔를 路上에서 받고 三味經疏를 擇하더니 筆研을 소의 두 뿔 위에 놓았으므로 角乘이라고 하였다. 그것은 또한 本始二覺[226]의 微旨를 나타냄이다. 大安法師가 헤치고 와서 종이를 붙였으니 또한 音을 알고

220) 一本에는 小性居士라 하였음

221) 無碍는 즉 無礙 生死가 곧 湟槃임을 아는 것이 無碍란 것이다.

222) 桑瓮樞牖 貧者의 佳家요 獲猴之輩 원숭이의 무리
즉 더벅머리 總角이란 뜻

223) 새밝(새벽)

224) 松은 多枝多葉한 植物이니 그와 같이 몸이 매우 奔忙하다는 뜻

225) 法皆의 처음 階段은 대단히 일이 많으므로써다.

226) 自覺과 覺他

和唱하였다. 그가 죽으매 聰이 그 遺骸를 粉碎하여 眞容을 만들어 芬皇寺에 安置하고 敬慕終天[227]의 뜻을 表하였다. 聰이 그때 곁에서 拜禮하였더니

望塑像이 忽然 고개를 돌려 돌아보았다. 지금도 여전히 돌아본 채로 있다. 曉가 일찍이 居하던 穴寺옆에 聰의 쉼터가 있다고 한다. 讚하노니『角乘은 처음으로 三昧經의 軸을 열었고 舞壺(舞弄하던 표주병)는 마침내 萬街의 風을 겪었다. 달 밝은 瑤石宮에 봄잠을 이루고 가버리니 문을 닫친 芬皇寺에 찾는 그림자가 비었도다.』廻顧至(洴文)

이두(吏頭)로 남아 있는 삼국시대의 노래들

歌 名	作 者	年 代	出 典
薯童謠	百濟武王	眞平王(西紀六00以前)	(卷二·武王)
彗星歌	融天師	仝(西紀五七九一六三二)	(卷五·融天師)
風 謠		善德王代(西紀六三五年項)	(卷五·良志使錫)
願住生歌	廣德妻	文武王代(西紀六六一一六八一)	(卷五·廣德嚴莊)
慕竹旨郎歌	得烏	孝昭王代(西紀六九二一七0二)	(卷二·竹旨郎)
獻花歌	失名老人	聖德王代(西紀七0二一七三七)	(卷二·水路夫人)
怨 歌	信忠	孝成王元年(西紀七三七年)	(卷五·信忠街冠)
兜率歌	月明師	景德王十九年(西紀七六年0)	(卷五·月明師)
爲亡妹營齊歌	仝	景德王代(西紀七四二一七六五)	(卷五·月明師)
安民歌	忠談師	仝(仝 上)	(卷二·景德王)
讚耆婆郎歌	仝	仝(仝 上)	(卷二·景德王)
禱千手觀音歌		希明 仝 (仝 上)	(卷三·永才遇賊)
遇賊歌	釋永才	元聖王代(西紀七八五一七九八)	(卷五·永才遇賊)
處容歌	處容	憲康王五年(西紀八七九年)	(卷二·處容郞)

以上을 一覽하건댄 遺事所載現存歌謠의 製作年代는 最古「薯童謠」의 第二十六眞平王代(西紀六世紀末)로부터 最近「處容歌」의 第

227) 父母의 喪 終天抱恨이라 한데서 나온 것

四十九憲康王代(西紀九世紀末)까지 무릇 二十 四代·二百八十餘年間
의 所作이다.

武 王 古本作武康. 非也. 百濟無武康.

乃作謠. 誘群童而之唱云. 善化公主主隱 他密只嫁良置古薯童房乙
夜矣卯乙抱遺去如. 童謠滿京. 達於宮禁. 百官極諫. 竄流公主於遠
方. 將行. 王后以純金一斗贐行. 公主將至竄所. 薯童出拜途中. 將故
待衛而行. 公主雖不識其從來. 偶爾信悅. 因此隨行. 潛通焉. 然後知
薯童名. 乃信童謠之驗. 同至百濟

武 王 [古本에는 武康이라 하였으나 그릇된 것이니 百濟에는 武康이
없다.]

第三十年武王의 이름은 璋이다. 그 母親이 寡婦가 되어 서울 南池邊
에 집을 짓고 살던 중, 그 연못의 龍과 交通하여 璋을 낳고 兒名을
薯童이라 하였는데, 그 度量이 커서 헤아리기가 어려웠고, 항상 薯
蕷(마)를 캐어 팔아서 生活을 하였으므로 國人이 거기 依하여 이름
을 지었다.[228] 新羅眞平王[229]의 셋째 公主 善花 [혹은 善化라고도 쓴
다]가 아름답기 짝이 없다는 말을 듣고 머리를 깎고(新羅)서울로 가
서 薯蕷(마)를 가지고 동네 아이들을 먹이니 아이들이 親해서 따르
게 되었다. 이에 童謠를 지어 여러 아이들을 꾀어서 부르게 하였는
데 그 노래에 「善化公主님은 남그 스기(몰래) 얼어(嫁)두고 薯童房

228) 「맏둥」을 薯童이라고 書稱한데서 생긴 說話이므로 믿을 수 없다. 薯童은
나의 硏究한 바로는 武王의 兒名이 아니라 그 훨씬 以前의 東城王(年代·吳都·
未多)의 이름으로 王十五에 新羅 通婚한 事實을 로맨스化한 說話일 것이다.

229) 以上과 같다면 여기 眞平王도 위의 武王과 同時代人으로 하기爲한 造作
일 것이니 실상은 毗處麻立干이라야 할 것이다.

(님)을 밤에 몰(몰래)안고가다」라 하였다. 童謠가 서울에 퍼져 대궐에 까지 알려지니 百官이 임금에게 極諫하여 公主를 먼 곳으로 귀양보 내게 하였는데 장차 떠나려할새 王后가 純金一斗를 노자로 주었다. 公主가 귀양處로 갈 때 著童이 送中에서 나와 마지하며 待衛하고 가 려 하거늘 公主는 그가 어디서 온 지는 모르나 偶然히 믿고 기뻐하 매 따라가며 潛通하였다. 그 후에야 著童의 이름을 알고 童謠의 맞 은 것을 알았다. 함께 百濟로 와서 母后가 준 金을 내어 生計를 꾀 하려 하니 著童이 大笑하며 이것이 무엇이냐 하였다. 公主 가로되 이 것은 黃金이니 可히 百年의 富를 이룰 것이다. 著童이 가로되 내가 어려서부터 「마」를 파던 곳에 (黃金을)흙과 같이 쌓아 놓았다 하였 다. 公主가 듣고 大警해 가로되 그것은 天下의 至寶니 그대가 지금 그 所在를 알거든 그 寶物을 가져다 父母님 宮殿에 보내는 것이 어 떠하냐고 하였다. 著童이 좋다 하여 金을 모아 丘陵과 같이 쌓아 놓 고 龍華山[230] 師子寺의 知命法師에 가서 金 輪送의 方策을 물었다. 法師가 가로되 내가 神力으로써 보낼 터이니 金을 가져오라 하였다. 公主가 편지를 써서 金과 함께 師子寺앞에 갖다 놓으니 法師가 神 力으로 하루밤 사이에 新羅 宮中에 갖다 두었다. 眞平王이 그 神의 變通을 이상히 여겨 더욱 尊敬하며 항상 편지를 보내 安否를 물었 다. 著童이 이로부터 人心을 얻어 王位에 올랐다. 하루는 王이 夫人 과 함께 師子寺에 가다가 龍華山下의 큰 못 가에 이르매 못 가운데 서 彌勒三尊이 나타나므로 수레를 멈추고 敬禮하였다. 夫人이 王에 게 이르되 나의 所願이 이곳에 큰절을 이룩하면 좋겠다고 하였다. 王산이 허락하고 知名에게 가서 못을 메울 것을 물었더니 神力으로 하룻밤에 산으 무너 못을 메워 平地를 만들어서 彌勒三像과 回殿·

230) 今 益山 彌勒山

塔·廊無를 각각 세 곳에 세우고 額號를 彌勒寺 [國史에는 王興寺[231]
라 하였다]라 하니 眞平王이 百工을 보내서 도와주었는데 지금까지
그 절이 있다[三國史에는 이이를 法王의 아들이라 하였는데 여기에
는 獨女의 아들이라 傳하니 자세치 않다.]

融天師彗星歌 眞平王代

第五居烈郎, 第六實處郎, 一作突 處郎 第七寶同郎等, 三花之徒,
欲遊楓岳, 有彗星犯心大星. 郎徒疑之. 欲罷其行. 時天師作歌歌至.
星怪卽滅. 日本兵遠國. 反成福慶. 大王歡喜. 遺郎遊岳焉. 歌曰. 舊
理東尸汀叱. 乾達婆矣遊烏隱城叱肹良望良古 逢曉邪隱邊也藪耶 三花矣岳音
見賜烏尸聞古 月置八切爾數數於將來尸波衣 道尸掃尸星利望良古 彗
星也白反也人是有叱多 後句, 達阿羅浮去伊叱等邪 此也友物比所音
叱彗叱只有叱故

融天師彗星歌 眞平王代

第五 居烈郎,[232] 第六 實處郎,[233] [혹은 突處郎이라고 씀], 第七 寶同
郎[234] 等 세 花郎의 무리가 楓岳[235]에 놀려고 하였을 때, 彗星이 心大
星[236]을 犯하였다. 郎徒들이 疑訝하여 旅行을 中止하려고 하였다. 이

231) 이 事實을 武王時로 보았기 때문에 武王時에 建造한 王興寺로 誤認한 것
이다.
232) 花郎의 이름
233) 花郎의 이름
234) 花郎의 이름
235) 金剛山의 別稱
236) 二十八宿中 心宿의 大星

때에 融天師가 鄕歌를 지어 부르매 怪星이 곧 없어지고 日本兵이 물러기가서 도리어 福慶이 되었다. 大王이 기뻐하여 郎徒들을 楓岳에 놀러 보냈다. 그 鄕歌에 『옛날 東方水邊에 乾達婆가 놀던 城을 바라보고 倭軍이 왔다고 봉화를 사르게 한 東海邊이 있도다. 三郎花의 오름을 보읍심을 듣고 달도 빨리 그 빛을 나타내므로 길을 쓰는 별을 바라보고 彗星이라 말한 사람이 있다. 後句 아아 달이 아래에 떠 갔도다. 어이유 무슨 彗星이 있을꼬』

良志使錫

釋良志. 未詳祖至考鄕邑. 唯振現拂迹於善德王朝. 錫杖頭掛一布帒. 錫自飛至檀越家. 振佛而鳥. 戶知之納齋費. 帒滿則飛還. 故名期所住. 期神異莫測皆雜膽. 神妙絶比. 又善筆礼. 靈廟丈六三尊, 天王像, 井殿塔之瓦, 天王寺塔下八部神將. 法林寺主佛三尊, 左右金剛神等, 皆所塑也. 書靈廟. 法林二寺額, 又嘗彫磚造一小塔. 竝造三千佛. 安其塔置於寺中, 致敬焉. 其塑靈廟之丈六也. 自入定, 以正受所對, 爲樣式, 故傾城士女爭運泥上. 風謠云, 來如來如來如來如哀反多羅哀反多矣徒良 功德修叱如良來如. 至今土人春 役作皆用之. 蓋如干此. 像初成之費. 入敎二萬三千七百頭 或云 [改] 金時租, 議曰. 師可謂才全德充. 而以大方, 隱於末技者也. 議曰. 齋罷堂前錫杖閑. 靜裝爐鳴自焚檀後植. 殘經讀了無餘事, 柳塑圓容合掌看.

良志使錫

釋 良志는 그 祖考와 鄕邑이 未詳하고 오직 善德王朝에 事蹟을 나

타냈다. 錫杖[237]위에 한 布袋를 걸어 두면 錫杖이 저절로 날아 施主의 집에 가서 혼들리며 소리를 내었다. 그 집에서 알고 齋費[238]를 넣되 布袋가 차면 날아 돌아왔다. 그러므로 그가 있던 곳을 錫杖寺라고 하였다. 그의 헤아릴 수 없는 神異함이 모다 이와 같았다. 일방雜譽(藝)에 通하여 神妙함이 비길 바 없었으며 또한 筆札[239]을 잘하여 靈廟寺의 丈六三尊, 天王像, 殿塔의 기와와 天王寺塔밑의 八部神將과 法林寺의 主佛三尊, 左右金剛神等이 모다 그의 만든 것이다. (또 그는) 靈廟寺와 法林寺의 懸板을 썼으며 또 일찍이 磚(벽돌)을 彫刻하여 한 작은 塔을 만들고 거기에 三千佛을 새겨 그 塔을 揉式을 寺中에 安置하고 致敬하였다. 그가 靈廟寺의 丈六像을 만들때에 入定[240]에서 正受[241]의 態度로 삼았으므로 城中의 土女가 다투어 진흙을 날랐다. 民諸에 『온다 온다 온다 온다 서럽더라 서럽도다 이몸이여 功德 닦으러 온다』하여 지금도 鄕人들이 방아 찧을 때에 그렇게 부르니, 대개 여기서 시작된 것이다. 像만드는데 든(처음)費用이 곡식으로 二萬三千七百碩이었다. [或은 금색[242]改塗時의 租라 한다] 論評하나니 師는 可히 丈가 온전하고 德이 充實하여 大方家로서 未技에 숨은 이라고 하겠다. 讚하나니 『齋罷하니 堂前의 錫杖은 한가롭도다 靜裝하고 爐鴨에 焚檀하면서 殘經을 읽고나니, 餘事가 없도다 圓滿한 塑像을 만들고 나서 合掌하고 보리라.』

237) 중의 지팡이
238) 佛事費用(곡식등속)
239) 붓으로 그리는 것 書畫의 謂
240) 禪定에 들어감을 이름
241) 三昧의 境을 이름이니 맘속에 모든 雜念이 除去되고 오직 明鏡고 같은 法心이 들어 앉을 뿐
242) 原文의 缺字 補譯

廣德 嚴莊 願往生歌

其婦 乃芬皇寺之婢 盖十九應身之一德 嘗有歌云. 月下伊底赤 西方
念丁去賜里遣 無量壽佛前乃 惱叱古音 鄉言云報言也. 多可支白遣賜
立 誓音深史隱尊衣希仰支兩手集刀花乎白良願往生願往生 慕人有如
白遣賜立阿邪 此身遣也 四十八大願成遣賜去.

廣德 嚴莊 願往生歌

文武王代에 沙門[243]廣德과 嚴莊이란 두 사람이 서로 친하여 밤낮으
로 약속하되 먼저 安養[244]으로 돌아가는 자는 모름지기 (서로)告하자
고 하였다. 廣德은 芬皇(寺)西里 [혹은 皇龍寺에 西去房이 있다 하니
어느 것이 오른지 모르겠다]에, 隱居하여 신 삼는 것을 業으로 하며
妻子를 데리고 살았다. 嚴莊은 南岳에 庵子를 짓고 (거기에)居하여
광작으로 田耕에 힘썼다. 어느 날 日影은 붉은 빛을 띠고 松陰은 고
요히 저물었는데, 窓밖에 소리가 나며 告하기를 『나는 이미 西쪽으
로 가니 그대는 잘 있다가 速히 나를 따라 오라』하였다. 莊이 門을
열고 나가 보니 雲外에 天樂소리가 나고 光明은 땅에 뻗쳤었다. 翌日
에 莊이 廣德의 居所를 訪問하였더니 果然 德이 죽었다. 이에 그妻
와 함께 遺骸를 거두어 蒿里[245]를 만들고 나서 그 妻에게 이르되 『남
편이 죽었으니 같이 삶이 어떠하냐』하매 그 妻가 좋다 하여 드디어
留宿하였다. 밤에 잘 때 男女의 情을 通하려 하니 그가 부끄러이 여
기며 말하되 『師가 西方淨土[246]를 求함은 나무에 올라 고기를 求하

243) 梵語 sramana의 譯이니, 또는 僧尼, 桑門이라고도 씀
244) 西方極樂國의 異名
245) 사람이 죽으면 靈魂은 돌아간다는 中國古事에서 葬事를 意味한다.
246) 極樂

는 格이라고 할 수 있다.』하였다. 嚴莊이 驚怪하여 물어 가로되『廣德이 이미 그랬거늘 난들 어찌 어니되겠느냐』妻가 말하되『夫子(廣德)가 나와 十餘年이나 同居하였으되 아직 하루 저녁도 자리를 같이 하지 않았거늘 하물며 더러운 짓을 하리요, 다만 每夜 端身正坐하여 한소리로 阿彌陀佛의 이름을 외우고 혹은 十六觀[247]을 지어 觀[248]이 이미 熱達하여 明月이 窓에 비치면 그 빛에 加趺(正坐)하였다. 그 精誠이 이와 같았으니 비록 西方淨土로 가지 않고자 한들 어디로 가리요. 대개 千里를 가는 자는 그 첫걸음으로써 親定할 수 있나니 지금 師의 觀은 東으로 간다 할지언정 西으로는 갈 수 없다』하였다. 莊이 부끄러워 물러가 곧 元曉法師에게로 가서 律要[249]를 懇求하였다. 曉가 銀觀法을 지어 指導하였다. 藏(莊)이 그제야 몸을 깨끗이 하고 뉘우쳐 自責하며 一心으로 觀을 닦아 또한 西昇하였다. 銀觀法은 元曉法師本傳과 海東 僧傳中에 있다. 그 婦人은 즉 芬皇寺의 종이니 대개 十九應神[250]의 하나다. 德이 일찍이 노래를 지어 이르되『달아 이제 西方까지 가시나이까. 無量壽佛前에 말씀 아뢰다가 盟誓깊으신 無量壽佛前에 우러러 두손모아 사뢰기를 願往生 願往生이라고 그리워하는 사람 있다고 사뢰고 사뢰 주소서. 아아 이 몸 버려두고 四十八大願이 다 成就하실가』

---

247) 西方極樂에 往生하는 여러 門戶
248) 迷妄을 깨치고 眞理를 觀達하는 것
249) 往生의 重要한 方法
250) 法華普門品三十三身十九說法中의 十九를 取한 것으로 觀音의 應化를 말함이다.

孝昭王代 竹旨郎 赤作竹曼 赤名智官

去隱春皆理米 毛冬居叱沙哭屋尸以憂音 阿冬音乃叱好友賜烏隱 貌
史年數就音墮支行齊目煙廻於尸七史伊衣 逢烏支惡知作乎下是 郎也
慕理尸心未 行乎尸道尸 蓬次叱巷中宿尸夜音有叱下是

孝昭王代 竹旨郎 [竹曼이라고도 하고 또 智官이라고도 한다]

第三十二代 孝昭王때에 竹曼郎의 徒中에 得烏[혹은 谷이라 함] 級
干[251]이 있어 風流黃卷[252]에 이름이 올라 날마다 出動하더니 한 열
흘 동안 보이지 아니하였다. 郎이 그 母를 불러 아들이 어디 있는가
를 물으니, 그 母가 말하되 幢典[253] 牟梁(部)益宣阿干[254]이 내 아들
을 富山城 倉直으로 任命하였으므로 (急히)달려가노라고 郎에게 告
하지도 못하였노라 하였다. 郎이 가로되 네 아들이 만일 私事로 갔
다면 찾아볼 必要가 없지만, 公事로 갔다니 응당 가서 대접하리라
하고, 舌餅 한합과 술 한 병을 가지고 左人 [우리말에 昔叱知[255]이
奴僕을 말함]을 거느리고 가매 郎의 무리 百三十七人도 威儀를 갖
추고 따라갔다. 富山城에 이르러 門直에게 得烏失이 어디 있는 가고
물으니, 가로되 지금 益宣의 밭에서 例에 따라 부역하고 있다고 하
였다. 郎이 밭으로 찾아가 가지고 간 酒耕을 먹이고 益宣에게 休暇
를 얻어 같이 돌아가도록 請하였으나 益宣이 굳게 拒否하여 허락하
지 아니하였다. 이때 使吏侃珍이 推火郡[256] 能節의 租(地代)三十石

251) 新羅官等의 弟九位
252) 花郎徒의 名薄
253) 軍職名—즉 部遂長
254) 新羅官等의 第六位
255) 昔叱知는 「갇지」의 借字, 現今語 「거지」 (乞人)의 原語인 듯함
256) 今 密陽君

을 거두어 城中으로 輪送하다가, 郞의 重士[257]의 風을 아름다히 여기고 益宣의 暗塞不通[258]함을 더러히 여겨, 가지고 가던 三十石을 益宣에게 주고 要請하였으나 그래도 허락하지 아니하므로, 또 珍節 舍知[259]의 駿馬鞍具를 주니, 그제야 허락하였다. 朝廷의 花主[260]가 이 말을 듣고 사람을 보내어 益宣을 잡아다 그 더럽고 추한 것을 씻어 주려고 하니, 益宣이 도망하여 숨거늘, 그의 長子를 (대신) 잡아갔다. 그때는 仲冬極寒의 날로, 城안 못(池)에서 목욕을 시켰더니 얼어붙어 죽었다. 大王이 이 말을 듣고 命令 하기를 牟梁里人으로 벼슬하는 자를 모다 몰아내어 다시는 官公署에 부치지 못하게 하고 黑衣[261]를 입지 못하게 하며 만약 중이 된대도 절에 들어가지 못하게 하였다. 史上 侃(侃)珍의 子孫은 命하여 枰安戶孫(長?)[262]을 삼아서 표창하였다. 이때 圓測法師는 海東의 高僧이로되 牟梁里人인 때문에 僧職을 주지 아니하였다. 처음에 述宗公[263]이 朔州都督使가 되어 任所로 가게 되었는데, 당시 三韓(東方)에 兵亂이 있어, 騎兵三千으로써 護送하였다. 一行이 竹旨撤에 이르니 한 居士가 그 嶺路를 닦고 있었는데 公이 보고 歎美하였고 居士도 또한 公의 威勢가 매우 盛함을 좋게 여겨 서로 마음에 感勤되었다. 公이 州理[264]

257) 선비를 重히 여기는 것
258) 맘이 어둡고 막히어 변통이 없다는 것
259) 新羅官等의 第十三位
260) 花郞團體를 管掌하는 官職
261) 黑衣는 僧衣
262) 唐制에 一里의 事務를 統轉하는 戶를 怦定戶라 한다
263) 眞得女王時代
264) 州理는 州治, 즉 州廳所在地를 말함이니 高麗時代에는 成宗諱(治)를 避하여 흔히 治字의 代로 理字를 使用하였다.

卦任한지 한 달이 지나서 꿈에 居士가 房안으로 들어오는 것을 보았
는데 夫婦가 꼭 같은 꿈을 꾸었다. 더욱 괴상히 여겨 이튿날 사람을
보내어 居士의 安否를 물으니, (그 地方)사람이 가로되 居士가 죽은
지 며칠 되었다 하였다. 使者가 돌아와 居士의 죽음을 告하매 날짜
를 따져 보니 바로 꿈꾸던 날이었다. 公이 말하기를 아마 居士가 우
리 집에 태어날 것이라 하고 다시 군사를 보내어 嶺上北峰에 장사지
내고 돌로 彌勒을 만들어 무덤 앞에 세웠다. 아내는 과연 꿈꾼 날로
부터 태기가 있더니 아이를 낳으매 이름을 竹旨라 하였다. (그 아이
가)자라서 出仕하여 庾信公과 더불어 副師가 되어 三韓을 統一하고
眞德·太宗·文武·神文의 四代에 거쳐 大臣이 되어 나라를 安定하게
하였다. 처음에 得烏谷이 郎을 사모하여 노래를 지어 가로되『간봄
그리(慕)매 모든 것이 시름이로다. 아담하신 모습에 주름살지시니,
눈 돌이킬 사이에 만나옵기 지(作)오리, 郎이여 그리운 마음의 가을
길, 쑥구렁(蓬卷)에 잘밤(宿夜)은 있으리』라 하였다.

水 路 夫 人(獻花歌·唱海歌詞)

聖德王代, 純貞公赴江陵太守, 今溟州 行次海汀晝饍. 傍有石峰. 如
屏臨海, 高千丈 上有 躑獨花盛開, 公之夫人水路見之. 請左右曰. 折
花獻者其誰. 從者曰. 非人跡所到. 皆辭不能. 傍有老翁牽停牛而過
者, 聞夫人言折其花. 赤作歌詞獻之. 其翁不知何許人也. 便行二日程.
又有監海亭. 晝饍次海龍忽攬夫人入海. 公顚倒躃地. 許無所出. 又有
一老人, 告曰. 故人有言. 衆口鍊金. 今海中傍生. 何不畏衆口乎. 宜
進界內民. 作歌唱之. 以杖打岸. 則可見夫人矣. 公從之. 龍奉夫人出
海獻之. 公問夫人海中事. 曰, 七寶宮殿, 所饌甘滑香潔. 非人間煙火.

此夫人衣襲異香. 非世所聞. 水路姿容絶代. 每經過深山大澤. 被神物
掠攬. 衆人唱海歌詞曰. 龜乎龜鍾乎出水路. 掠人婦人罪何極. 汝苦傍
逆不出獻 入網浦播掠之 老人獻花歌曰. 紫布岩乎 過希執音乎手母牛
放敎遺 吾肹不喻慙肹伊賜等 花肹折叱可獻乎理音如

水 路 夫 人(獻花歌및 唱海歌詞)

聖德王때에 純貞公이 江陵太守[지금 溟州]로 卦任하는 途中 바닷가
에서 晝食을 하고 있었는데 곁에 石峰이 있어 屛風과 같이 바다를
들렀다. 높이가 千丈이나 되고, 그 위에는 躑躅[265](척촉)花가 滿開하
고 있었다. 公의 夫人 水路가 보고 左右에게 『누가 저 꽃을 꺾어 오
겠느냐』하니 從者들이 대답하되 人跡이 이르지 못하는 곳이라 하여
모다 응하지 아니하였다. 곁에 한 늙은이가 암소를 끌고 지나다가 夫
人의 말을 듣고 꽃을 꺾어, 歌詞를 지어 함께 들이었는데, 그 늙은이
는 어떠한 사람인지 알 수 없었다. 그후[266]順行二日에 또 臨海亭이라
는 곳에서 점심을 먹던 차, 海龍이 忽然 나타나 夫人을 끌고 바다 속
으로 들어갔다. 公이 허둥지둥 발을 구르나 計策이 없었다. 또 한 老
人이 있어 告하되 옛날 말에 여러 입(口)은 쇠도 녹인다 하니 이제 海
中의 물건인들 어찌 여러 입을 두려워하지 아니하랴. 境內의 백성을
모아서 노래를 지어 부르고 막대로 언덕을 치면 夫人을 찾을 수 있
으리라 하였다. 公이 그 말대로 하였더니 龍이 夫人을 받들고 나와
(도로)바치었다. 公이 夫人에게 海中의 일을 물으니 夫人이 말하되
七寶宮殿에 飮食이 맛있고 향기롭고 깨끗하여 人間의 料理가 아니

265) 철쭉꽃

266) 이 說話는 위의 桃花浪의 說話와 또 아래의 處容妻의 그것과 한가지 羅
人의 肉體美尊重을 엿볼 수 있는 貴重한 資料로 볼 수 있다.

라고 하였다. 夫人의 옷(衣)에서는 人世에서 일찍이 맡아보지 못한 異香이 풍기었다. 원래 水路夫人은 絶世의 美容이라 매양 깊은 山과 큰 못을 지날 때마다 展次 神物에게 부뜰림을 당하였다. 여러 사람이 부르던 唱海歌詞에는 『거북아[267] 거북아 水路를 내노아라. 남의 婦女 뺏어 간罪, 얼마나 큰가. 네 만일 拒逆하여 내놓지 않으면 그물로 잡아 구어 먹으리』라 하였고 老人의 獻花歌에는 『자줏빛 바위갓에 잡은 암소 놓고, 날(我)아니 부끄러이 하려든(할진대), 꽃을 꺾어 바치오리다』고 하였다.

信忠掛冠

孝成王潛邸時, 與賢士信忠. 圍碁於宮庭栢樹下 當謂曰. 他日苦忘卿. 有如栢樹. 信忠興拜. 隔數月. 王卽位賞功臣, 忘忠而不第之. 忠怨而作歌, 帖於栢樹. 樹忽黃悴, 王怪使審之, 得歌獻之, 大驚曰. 萬機缺掌. 裝忘乎角弓. 乃召之賜爵祿. 栢樹乃蘇, 歌曰. 物叱好支栢史秋察尸不冬爾屋支墮米 汝於多支行齊敎因隱仰頓隱面矣改衣賜乎隱冬矣也, 月羅理影支古理因淵之叱, 行尸浪. 阿叱沙矣以支如 支兒史沙叱望阿乃 世理都 之叱逸烏隱第也 後句亡. 由是寵現於兩朝. 景德王王則孝成之弟也 二十二年癸卯, 忠與二友相約. 樹冠入南岳, 再徵不就. 落髮爲沙門. 爲王創斷俗寺居焉, 願終身立 壑以奉福大王. 王許之. 留眞在金堂後壁是也. 南有村名俗休. 今說云小花里. 按三和尙傳. 有信忠奉聖寺. 與此相混. 然計其神文之世, 距景德巳百餘年. 況神文興信忠乃宿世之事. 則非此信忠明矣. 宣詳之. 文別記云. 景德王代. 有直長李俊. 高僧傳作李純. 早曾發願. 年至知命. 須出家創佛寺.

267) 위의 說話에는 龍일 하면서 여기에는 거북이라 하여 있다. 獻花歌

天寶七年成子. 年登五十矣. 改創槽淵小寺爲大刹. 名斷俗寺. 身赤削髮. 法名孔宏長老. 住寺二十年乃卒, 與前三國史所載不同. 兩存之闕疑. 讚曰. 功名未已鬢先霜. 君寵雖多百歲忙. 隔岸有山類入夢. 逝將香火祝吾皇.

信忠掛冠

孝成王이 潛邸時[268]에 賢士 信忠과 더불어 宮庭 잣나무 밑에서 바둑을 두었는데, 어느 날(信忠에게)이르기를 他日에 내가 만일 그대를 잊는다면 저 잣나무와 같으리라 하매, 信忠이 일어나 절하였다. 두어 달 후에 王位에 올라 功臣에게 賞을 주되 信忠을 잊고 차례에 넣지 아니하였다. 忠이 원망하여 노래를 지어 잣나무에 부쳤더니, 나무가 忽然 말라 버렸다. 王이 이상히 여기어 사람을 시켜 조사하게 하였던 바, 노래를 얻어 바쳤다. 王이 大驚하여 가로되「萬事를 堂握함에 거의 角弓[269]을 잊을 뻔하였다」하고 그를 불러 爵綠을 주니, 栢樹가 다시 蘇生하였다. 그 노래에 하였으되「무릇 잣이 가을에 아니 울어 (시들어)떨어지매 너 어째 니저시랴 하고 말씀 하옵신 우러러 뵙던 낯이 계시 온데, 달 그림자 옛못에 가는 물결을 원망하듯 모래를 바라보나, 世上도 싫증이 나는구나」하였고, 뒷句는 없어졌다. 이로써 寵愛가 兩朝에 두터웠다. 景德王 [王은 孝成의 弟] 二十二年 癸卯에 忠이 두 벗과 相約하여 벼슬을 버리고 南岳(智異山)에 들어갔다. 다시 불러도 나오지 않고 落髮하고 중이 되어 王을 爲하여 斷俗寺를 세우고(거기에)居하여 一生을 丘壑에 마치며 大王의 福을 빌고자

268) 아직 王되기 前
269) 角弓은 詩小雅의 篇名이니 周의 幽王이 九族을 멀리하고 참소하고 아첨하는 자를 좋아하매 骨肉이원망하여 이 詩를 지은 것

願하므로 王이 許하였다. 金堂後壁에 眞影을 두었으니 이것이 그것이다. 南쪽에 俗休라는 村이 있는데 지금은 訛傳하여 小花里라 한다. [三和尙傳에 依하면 「信忠奉聖寺」와 이것과를 서로 混同하는데, 따지어 보면 神文王의 世는 景德王代를 去하기 百餘年이 되거든 하물며 神文王과 信忠과 宿地의 因緣이 있다는 事實을 이 信忠이 아님이 明白하다. 잘 살필 것이다]. 또 別記에는 景德王代에 直長 李俊 [高僧傳에는 李純이라 하였음]이 일찍이 發願하여 知命[270]이 되면 出家하여 佛寺를 세우겠다 하더니 天寶七年[271]戊子에 五十歲가 되자 檀淵小寺를 改創하여 큰 寺利을 만들어 斷俗寺라고 하였다. 몸도 또한 削髮하고 法名을 孔廣長老者라 하고 절에 居住한지 二十年에 죽었다 하니, 前 三國史에 記載된 것과 같지 않다. 두 가지를 그대로 실어 疑心을 덜고자 한다. 讚하나니 「功名은 다하지 아니하였건만 鬢髮은 먼저 희어지고, 임금의 寵愛는 비록 많으나 나이는 바쁘게 먹는 도다. 강 언덕을 격하여 山을 바라보고 자주 꿈속으로 들어갔다. 가서 香火를 올리어 우리 임금의 福을 빌지어다」.

月明師兜率歌 乃 亡味營齋歌

景德王十九年庚子四月朔, 二日並現, 挾句不滅. 日官奏, 請緣僧作散花功德, 則可禳. 於是紫壇於朝元殿. 萬幸靑陽樓. 望緣僧. 時有月明師, 行干阡陌時之南路. 王使召之. 命開壇作啓. 明奏殞. 巨僧但屬於國仙之徒, 只解鄕歌, 不閑聲梵. 王曰. 旣卜緣僧, 雖用鄕歌可也. 明乃作兜率歌賦之. 其詞曰, 今日此矣散花唱良巴寶白乎隱花良汝隱 直

270) 論語에 「五十而知天命」이라 한데서 나온 것으로, 五十을 이름
271) 唐玄宗年號로 新羅景德王七年

等隱心音矣命叱使以惡只 彌勒座主部立羅良, 解曰. 龍樓此日散花歌.
桃送青雲一片花, 殷重直心之所使, 遠邀僊兜率大潛家. 今俗請此爲
散花歌, 誤矣. 宣云兜率歌, 別有散花歌, 文多不載. 旣而日怪卽滅.
王喜之. 賜品 茶一襲, 水精念珠百八箇. 忽有一童子. 儀形鮮潔. 跪奉
茶珠. 從殿西小門而出. 明請是內宮之使. 王請師之從者. 及玄徵而俱
非. 王甚異之. 使人追之. 童入內院塔中而隱. 茶珠在南壁畵慈氏像
前. 知明之至德興至誠. 能昭假于至聖也如此, 朝野莫不聞知. 王益敬
之. 更贐絹一百定. 以表鴻誠. 明又嘗爲亡妹營齋. 作鄕歌祭之. 忽有
驚颷吹之錢, 飛擧向西而役. 歌曰. 生死路隱 此 矣有阿米次肹伊遺
吾隱枝良內如辭叱都 毛如云遣去內尼叱古克 於內秋察早隱風未 此
矣彼矣浮良落尸葉葉如一等隱枝良出古克去奴隱處毛冬乎丁 阿也 彌
陀刹穴逢乎吾道修良待是古如, 明常居四天王寺, 善吹笛.

月明師兜率歌 乃 亡味營齋歌

景德王 十九年 庚子四月一日에 해 둘이 나란히 나타나 열흘 동안이
나 없어지지 않았다. 一官이 奏하기를 緣僧[272]을 請하여 散花功德을
지으면 災殃을 물리치리라 하였다. 이에 朝元殿에 깨끗한 壇을 設
하고 靑陽樓에 幸行하여 緣僧을 기다렸다. 때에 月明寺가 仟陌[273]
남쪽길을 가므로 王이 使者를 보내 불러 壇을 열고 祈禱文을 지어
라 하였다. 月明이 아뢰기를 僧은 國仙의 徒에 屬하여 단지 鄕歌를
알뿐이요 梵聲에는 익숙치 못하다 하니, 王이 이르되 『이미 緣僧으
로 뽑혔으니 鄕歌라도 좋다』고 하였다. 이에 月明이 도率歌를 지어
바쳤다.

272) 因緣있는 중
273) 길 두렁

그 歌辭에『오늘 이에 散花歌를 불러 뿌린 꽃아 너는 곧은 마음에 命을 심부름하여 彌勒座主를 모셔라』하였다. 그(詩) 解釋에 이르기를 龍樓에 오늘 散花歌 불러, 靑雲에 一片花를 보내니 設重한 直心의 부리는 바 되어 멀리 도率의 大仙歌를 맞이하라 하였다. 지금 俗에 이것을 散花歌라고 하나 잘못이고 宜當 도率歌라야 할 것이다. 散花歌는 따로 있으나 글이 번다 하여 실지 않는다. 조금 있다가 해의 괴변이 사라졌다. 王이 嘉尙하여 品茶[274]한봉과 水精念珠 百八箇를 下賜하였다. 忽然히 의양이 깨끗한 한 童子가 공손히 茶와 珠를 받들고 宮殿 西쪽 小門에서 나타났다. 月明은 이것이 內宮의 使者라 하고, 王은 師의 從者라 하였더니, 玄徵[275]이 닥치매 모다 아니었다. 王이 매우 이상히 여겨 사람을 시켜 뒤를 쫓게 하니 童子는 內院塔 속으로 숨고, 茶와 珠는 南壁畵 彌勒像앞에 있었다. 月明의 至德과 至誠이 이와 같이 至聖[276]에게 結介된 것을 알고 朝野가 모르는 자가 없었다. 王이 더욱 恭敬하여, 다시 絹百疋를 주어 鴻誠[277]을 表하였다. 月明이 또 일찍이 亡妹를 위하여 齋를 올리고 鄕歌를 지어 祭祀할세, 忽然히 狂風이 일어 紙錢[278]을 날려 西쪽으로 向하여 없어졌다. 그 鄕歌에 하였으되『生死路는 이에 있으매 저허하여 나는 갑니다 말도 못다 이르고 가는가. 어느 가을 이른 바람에 이곳에 저 곳에 떨어지는 잎 같이 한 가지에 나가지고 가는 곳 모르는가, 아아 彌勒刹에 만나 볼 내 道 닦아 기다리고다』月明이 항상 四天王寺에 있

274) 좋은 茶
275) 神의 標徵
276) 佛의 謂
277) 큰 정성
278) 옛날에는 神主대신으로 紙錢을 만들어 부치고 제사한다.

어 저(笛)를 잘 불렀다. 일찍이 달 밝은 밤에 저를 불며 門앞에 큰길을 지나니 달이 가기를 멈추었다. 이로 因하여 그 길을 月明里라 하였다. 法師도 또한 이로써 이름이 나타났다. 師는 곧 能俊大師의 門人이다. 新羅사람이 鄕歌를 崇尙한 자 많았으니 대개 詩頌과 같은 類다. 그러므로 往住 능히 天地鬼神을 感動시킴이 한두 가지가 아니었다. 讚하나니 『바람은 紙錢을 불어 저 世上에 가는 누이의 路資를 삼고 부는 저는 明月을 움직여 姮娥[279]를 살게 하도다. 도솔이 하늘에 連하여 멀다고 하지 마라. 萬德花 한 곡조 노래로 맞았으니.』

景德王 忠談師 表訓大德 安民歌

德經等, 大王備禮受之, 王御國二十四年, 五岳三山神等, 時或現侍於殿庭. 三月三日, 王御歸正門樓上. 請左右曰. 誰能途中得一員榮服僧來. 於是適有一大德, 威儀鮮潔, **徜徉**而行. 左右望而引見之. 王曰非吾所請榮僧也. 更有一僧, 被衲衣, 負筒樓. 一作荷**簣** 從南而來. 王喜見之. 邀致樓上. 視其筒中. 盛茶具已. 曰. 汝爲誰耶. 僧曰忠談. 曰何所歸來. 僧曰. 僧每重三 重九之日, 烹茶饗南山三花嶺彌勒世尊. 今玆旣獻而還矣. 王曰, 寡人赤一**甌**茶有分乎. 僧乃 煎茶獻之. 茶之氣味異常. **甌**中異香郁烈. 王曰. 朕嘗聞師讚者姿郞詞腦歌, 其意甚高, 是其果乎. 對曰然 王曰. 然則爲朕作理安民歌. 僧應時奉勅歌呈之. 王佳之. 封王師焉, 僧再拜固辭卜受. 安民歌曰 君隱父也. 臣隱愛賜尸母史也. 民焉狂尸恨阿孩古爲賜尸知民是愛尸知古如 窟理叱大**肹**生以支所音物生叱 **肹**喰惡支良治良羅, 此地 捨遺只於冬是去於丁, 爲尸知國惡支持以 支知古如後句, 君如臣多支民隱如, 隱內尸等焉國惡

279) 항아는 仙女의 이름이니 그의 亡妹에 비유한 것이다.

太平恨音叱如

景德王 忠談師 表訓大德 安民歌

(唐에서) (道)德經等을 (보내니) 大王이 禮를 갖추어 받았다. 王이 御
國한지 二十四年에 五獄 三山[280]의 神들이 간혹 現身하여 殿庭에 모
시더니, 三月三일에 王이 歸正門樓上에 臨御하여 左右에게 묻되 누
가 능히 途中에서 榮服僧[281]을 데려올 수 있겠느냐 하였다. 이때 마
침 威儀가 깨끗한 한 大德(高僧)이 있어 길에서 排個하고 있었다. 左
右가 바라보고 데리고 와서 보이니, 王이 가로되 내가 말하는 榮僧
이 아니라 하고 도로 보냈다. 다시 한중이 있어 納衣[282]를 입고 樓筒
[혹은 荷삼태기궤…라 함]을 지고 南쪽에서 오는지라, 王이 기뻐하여
樓上으로 迎接하고 그의 통속을 보니 茶具가 담겨 있었다. 네가 누
구냐고 물으니, 忠談이라고 대답하였다. (또)어디서 오느냐고 물으니,
가로되 내가 매양 重三[283]과 重九[284]에는 차(茶)를 다려서 南山 三花
嶺의 彌勒世尊에게 드리는데, 오늘도 드리고 오는 길입니다 하였다
王이 나에게도 차 한 그릇을 주겠느냐 하니 중이 차를 다려 드리었
다. 차의 맛이 異常하고 그릇 속에서 異香이 풍기었다. 王이 가로되
내가 들으니 師의 耆婆郎을 讚美한 詞腦歌[285]가 그 뜻이 매우 높다
하니 果然 그러하냐. 대답하되 그러합니다. 그러면 나를 爲하여 安民
歌를 지으라고 하였다. 忠談이 곧 命을 받들어 노래를 지어 바치니

280) 奈歷(今 慶州) 骨火(今 永川) 穴禮(今淸遠)
281) 威儀가 있는 僧侶
282) 僧衣
283) 三月三日
284) 九月九日
285) 歌謠의 別稱

王이 아름다이 여겨 王師를 封한대 忠談이 再拜하고 굳이 사양하며 받지 아니하였다. 그의 安民歌[286]에 가로되『君은 아비요 臣은 사랑스런 어미시라, 民을 즐거운 아해로 여기시니, 民이 恩愛를 알 지로다, 구물구물 사는 物生들, 이를 먹여 다스리니, 이 땅을 버리고 어디로 갈소냐, 나라를 지닐 줄 알 지로다』하고, 後句에는『君답게 臣답게 民답게 할찌면, 나라는 太平하리이다』하였다.

讚耆姿郎歌曰

咽嗚爾處米 露曉邪隱月羅理 白雲音逐于浮去隱安支下 沙是八陵隱 汀理世中 耆郎矣皃史是史藪邪 逸鳥川理叱磧惡希 郎也持以支如賜 鳥隱 心未際叱肹逐內良齊 阿耶 栢史叱枝次高支好 雪是毛冬乃乎尸 花判也.

王玉莖長八寸, 無子, 廢之, 封沙梁夫人. 後紀滿月夫人. 謚景垂太后, 依忠角干之女也. 王一日詔表訓大德曰, 朕無祜不獲其嗣. 願大德請於上帝而有之. 訓上告於天帝 還來奏云. 帝有言. 求如卽可, 男卽不宣 王曰. 願轉女成男, 訓再上天請之, 帝曰. 可則可矣, 然爲男則國殆矣. 訓欲下時, 帝又召曰. 天與人不可亂. 今師往來如隣里. 渴洩天機. 今後宜更不通. 訓來以天語論之. 王曰 國雖殆, 得男而爲嗣足矣. 於是滿月王后生太子. 王喜甚. 至八歲王崩. 太子卽位. 是爲惠恭大王, 幼沖故, 太后臨朝, 政條不理. 盜賊峰起. 不遑備禦. 訓師之說驗矣. 小帝旣女爲男, 故自期晬至於登位, 常爲婦女之戱. 好佩錦囊 與道流爲戱, 故國有大亂, 修(終)爲宣德與金良(敬信)相所弑. 自表訓後, 聖人不生於新羅云.

286) 백성을 편안케 한다는 노래

讚耆姿郎歌[287]

『열치(헤치)고 나타난 달(月)이, 흰 구름 쫓아 떠가는 어디에, 새파란 냇물 속에 耆郎의 모습 잠겼세라, 逸(延 ?)鳥川 조약돌이 郎의 지니신 마음 갓(際)를 쫓고자, 아一잣(栢)가지 높아 서리(霜) 모를 꽃판(花判)이여』

王(景德)의 玉莖[288]의 長이 八寸이었는데 아들이 없으므로 妃[289]를 發하여 沙梁夫人을 封하였다. 後妃 滿月夫人의 諡號는 經垂太后니 依忠角東의 딸이다. 王이 하루는 表訓大德을 불러『내가 福이 없어 아들이 없으니 大德은 上帝에게 請하여 아들을 있게 하여 달라』하였다. 表訓이 天帝에게 올라가 告하고 돌아 와서 아뢰되『上帝가 말하기를 딸은 可하나 아들은 不當하다 하십디다』. 王이 말하되『딸을 바꿔 아들로 해주기를 願한다』. 表訓이 다시 올라가 天帝에게 請하니 天帝一가로되『그렇게 할 수는 있으나 아들이 되면 나라가 위태하리라』하였다. 表訓이 나려 오려 할 때 天帝가 다시 불러 이르되『하늘과 사람 사이를 문란케 못할 것이니, 지금 大師가 이웃과 같이 往來하여 天機를 누설하니, 今後에는 다시 通하지 말라』하였다. 表訓이 돌아 와서 天語로써 開論하니 王이 가로되『나라는 비록 위태하더라도 아들을 얻어 뒤를 이으면 足하다』하였다. 그후 滿月王后가 太子를 나으매 王이 매우 기뻐하였다. 太子가 八歲때에 王이 돌아가므로 卽位하니 이가 惠恭大王이다. 王이 어린(幼)까닭에 太活가 攝政하였는데 政事가 다스려지지 못하고 盜賊이 벌떼와 같이 일어나 이루 막을 수 없었으니, 表訓의 말이 맞았다. 王이 女子로서 男子가

287) 耆姿郎(花郎名)을 찬미하는 노래
288) 生殖器
289) 王歷表에도 「先妃三毛夫人, 出宮無後」라 하였다.

되었으므로, 돌날로부터 王位에 오를 때까지 항상 婦女의 짓을 하여 비단 주머니 차기를 좋아하고 道流(道士)와 함께 희롱하므로, 나라가 크게 어지러워졌다. 마침내 王은 宣德과 金良相[290]의 죽인바 가되었고, 表訓以後에는 新羅에 聖人이 나지 아니하였다 한다.

芬皇寺千手大悲 盲兒得眼

景德王代, 漢歧里女希明之兒. 生五稔而忽盲. 一日其母抱兒, 詣芬皇寺左殿北壁畫千手大悲前. 令兒 作歌禱之. 遂得明. 其詞曰. 膝肹古召㫆 二尸掌音毛乎支內良 千手觀音叱前良中 祈以支白屋尸置內乎多

千隱手口叱千隱目肹 一等下叱放一等肹除惡 攴二千萬隱吾羅 一等沙隱賜以古只內乎叱等邪阿邪也 吾良遺知支賜尸等焉 放冬矣用屋尸慈悲也根古, 讚曰. 竹馬蔥笙戲陌塵. 一朝雙碧失瞳人. 不因大士迴慈眼, 虛度楊花幾社春.

芬皇寺千手大悲 盲兒得眼

景德王代[291]에 漢岐里에 사는 女子 希明의 兒孩가 나지 五年만에 갑자기 눈이 멀었다. 어떤날 그 어머니가 애를 안고 芬皇寺 左殿 北壁畫의 千手大悲앞에 가서 아이를 시켜 노래를 지어 빌었더니, 마침내 눈을 떴다. 그 노래 가로되『무릎을 꿇고 두손을 모아서 千手觀音앞에 빌어 삷아두나이다. 즈문(千)손 즈믄눈을 가지셨아오니 하나를 내어 덜어 둘 없는 내오니 하나를랑 주시옵시라. 아아 나에게 주시업시사. 나에게 주시면 慈悲가 클것이로이다』하였다. 讚하나니『竹

馬[292]·葱笙[293] 陌塵[294]에 놀더니 하루 아침에 두눈이 멀었도다. 大士가 慈眼을 돌리지 않았던들 헛되이 楊花를 보냄이 몇 春社[295]던고』

英才遇賊

釋永才性滑稽 不累於物. 善鄉歌. 暮歲將隱于南岳. 至大峴嶺, 遇賊六十餘人. 將加害. 才臨刃無懼色. 怡然當之. 賊怪而問其名. 曰永才. 賊素聞其名. 乃命□□□作歌. 其辭曰. 自矣心米 兒史毛達只將來 吞隱日遠島逸□□ 過出知遺 今吞藪未去遺省如 但非乎隱焉破□ 主次弗 □□史內於都還於尸郎也 此兵物叱沙過乎好尸日沙也內乎吞尼 阿耶 唯只伊吾音之叱恨隱▨陵隱安支尚宅都乎隱以多

賊感其意, 贈之綾二端, 才笑而前謝曰, 知財賄之爲地獄根本. 將避於窮山. 以餞一生. 何敢受焉. 乃投之地. 賊又感其言. 皆釋劒投戈. 落髮爲徒. 同隱智異. 不復蹈世. 才年僅九十矣. 在元聖大王之世. 讚曰. 策杖歸山意轉深. 綺紈珠玉豈治心 綠林君子休相贈. 地獄無根只寸金.

英才遇賊

僧 永才는 天性이 滑稽하여 財物에 매이지 않고 鄉歌를 잘하였다. 晚年에 장차 南岳에 隱居하려고 하여 大峴嶺에 이르렀을 때 도적 六十餘人을 만났다. (賊이)장차 加害하고자 하매 才는 그 칼날 앞에

292) 竹馬를 타며 놀던 벗
293) 파로 피리를 만들며 놀던 벗
294) 巷間
295) 立春後五戊日을 春社라 한다 여기는 그저 「봄」 「해」란 뜻

(조금도) 두려워하는 빛이 없고 和氣롭게 對하였다. 賊이 이상히 생각하여 그 이름을 물으니 永才라고 대답하였다. 賊이 平素에 그 이름을 들은 지라 (그에게)命하여 노래를 짓게 하였다. 그 歌詞에 가로 되「제 마음에 모든 形骸를 모르려 하던 날 멀리 ㅁㅁ지나치고 이제란 숨어서 가는 중이라 오직 그르친 破戒僧을 두려워할 形骸에 또 돌아가노니, 이 칼을 사 지내곤 좋은 날이 새리러니 아— 오직 요맛 善은 새집이 안되니다」. 도적이 그 뜻에 感動하여 綾二端을 주었다. 才가 웃고 謝禮하여 가로되「財賄가 地獄에 가는 根本임을 알아 장차 窮山에 숨어 一生을 보내려고 하거든 어찌 敢히 이것을 받으리요」하고 땅에 던졌다. 도적이 또 그 말에 感動되어 모다 그 가졌던 칼과 창을 버리고 머리를 깎고 才의 從弟가 되어 같이 智異山에 숨어 다시 世上에 나오지 않았다. 才의 나이 九十이니 元聖大王때이었다. 讚하나니『策杖하고 산에 돌아가니 그 뜻은 더욱 깊어, 綺紈珠玉인들 어찌 그 마음을 다스리라 綠林[296]의 君子가 서로 譜物을 하였으나, 地獄에 갈 寸金의 根因도 없었다.』

處容郎 望海寺

第四十九, 憲康大王之代, 自京師至於海內. 比屋連墻, 無一草屋, 笙歌不絶道路, 風雨調於四時, 於是大王遊開雲浦, 在鶴城西南 今 蔚州 王將還駕, 晝歇於汀邊. 忽雲霧冥曀. 迷失道路. 怪問左右. 日官奏云. 此東海龍所變也. 宜行勝事以解之. 於是勅有司. 爲龍刱佛寺近境. 施令已出. 雲開霧散. 因名開雲浦. 東海龍喜. 乃率七子現於駕前. 讚德獻舞奏樂. 其一子隨駕入京. 輔佐王政. 名曰處容. 王以美女

296) 山賊을 말함

妻之. 欲留其意. 又賜級干職. 其妻甚美. 疫神欽慕之. 變爲人. 夜至
其家. 竊與之宿. 處容自外至其家. 見寢有二人. 乃唱歌作舞而退. 歌
曰. 東京明期月良夜入伊遊行如可入良沙寢矣見昆脚烏伊四是良羅 二
胯隱吾下於叱古 二胯隱誰支下焉古本矣吾下是如馬於隱奪叱良乙何
如爲理古. 時神現形, 跪於前曰. 吾羨公之妻. 今犯之矣. 公不見怒. 感
而美之. 誓今已後. 見畫公之形容. 不入其門矣. 因此, 國人門帖處容
之形. 以僻邪進慶. 王旣還. 乃卜靈鷲山東麓勝地, 置寺, 曰望德寺,
亦名新房寺. 乃爲龍而置也. 又幸鮑石亭. 南山神現舞於御前. 左右不
見. 王獨見之. 有人現舞於前. 王自作舞, 以像示之, 神之名或曰祥審,
故至今國人傳此舞, 曰御舞詳審, 或曰御舞山神. 或云. 旣神出舞. 審
象其貌. 命工摹刻. 以示後代. 故云象審 或云霜髥舞 此乃以其形稱
之. 又幸於金剛嶺時, 北岳神呈舞, 名玉刀鈐, 又同禮殿宴時, 地神出
舞, 名地伯級干, 語法集云, 于時山神獻舞, 唱歌云, 智理多都波,都波
等者, 蓋言以智理國者. 知而多逃, 都邑將破云謂也. 乃地神山神知國
將亡. 故作舞以警之. 國人不悟. 謂爲現瑞, 耽樂滋甚 故國終亡.

處容郎 望海寺

第四十九代 獻康大王時代에 서울로부터 海內에 이르기까지 집과 담
이 連하고 草家는 하나도 없었으며, 풍악과 노래가 길에 끊이지 않
고 風雨는 四철 순조로웠다. 이에 大王이 開雲滿 [鶴城西南에 있으
니 지금 蔚州[297]]에 出遊하였다가 장차 돌아올새 낮에 물가에서 쉬
었는데 忽然히 구름과 안개가 자욱하여 길을 잃을 程度이었다. 괴
상히 여겨 左右에게 물으니 日官이 아뢰되 이것은 東海龍의 造化이
므로 좋은 일을 行하여 풀 것이라 하였다. 이에 當該官員에게 命하

297) 지금 蔚山

여 龍을 爲하여 近處에 절을 세우도록 하였다. 王令이 이미 내리매 구름이 개이고 안개가 흩어졌다. 그래서 開雲滿라 이름지었다. 東海 龍이 기뻐하여 아들 일곱을 데리고 임금 앞에 나타나서 德을 讚揚 하여 춤을 추며 音樂을 演奏하였다. 그 中一子는 임금을 따라 서 울에 와서 政事를 하였는데 輔佐하였는데 이름을 處容이라 하였다. 王이 美女로써 아내를 삼게 하여 그를 머물게 하고자 하고 또 級干 의 職을 주었다. 그의 아내가 매우 아름다웠으므로 疫神이 흠모하 여 사람으로 變하여 밤에 그 집에 가서 몰래 同寢하였다. 處容이 밖 으로부터 집에 돌아와 자리에 두사람이 누었음을 보고 노래를 부르 며 춤을 추고 물러 나갔다. 노래에 가로되『東京 밝은 달에, 밤드러 (새어) 노니다가, 들어와 자리를 보니, 가라리(다리)네히러라. 둘은 내 해었고 둘은 뉘해언고, 본대 내해다만은 뺏겼으니 어찌하리꼬』라 하 였다. 그때에 神이 現形하여 앞에 꿇어앉아 가로되 公의 아내를 사 모하여 지금 過誤를 犯하였는데 公이 怒하지 아니하니 感激하여 아 름다히 여기는 바다. 今後로는 맹세코 公의 형용을 그린 것만 보아 도 그 門에 들어가지 않겠노라 하였다. 이로 因하여 國人은 處容이 형상을 門에 붙여서 邪鬼를 물리치고 경사를 맞아들였다. 王이 이 미 (서울에) 還御하여 靈 山東龍[298]의 勝地를 擇해서 절을 세우고 이 름을 望海寺 또는 新房寺라고 하였으니 龍을 爲하여 建置한 것이었 다. 또 王이 鮑石亭에 幸臣하였을 때에 南山神이 現形하여 御前에 서 춤을 추었는데 左右사람들에게는 보이지 않고 王에게만 홀로 보 이었다. 사람이 앞에 나타나 춤을 추고 王自身도 춤을 추어 그 形狀 을 보이었다. 神의 이름을 혹은 鮮審이라 하였으므로 지금까지도 國 人이 이 춤을 傳하여 御舞鮮審, 또는 御舞山神이라 한다. 或說에는

298) 今 蔚山

神이 이미 나와 춤을 추매 그 모양을 살피어 工人에게 命하여 慕(모)刻시켜 後世에 보이게 히였으므로, 象審이라 하였다 하고 혹은 霜髥舞라고도 하니 이것은 그 형상에 따라 이름 지은 것이다. 또 王이 金剛嶺에 行幸하였을 때에 北岳神이 나와 춤을 추었으므로 그 이름을 玉刀鈴이라 하고, 또 同禮殿宴會時에는 地神이 나와 춤을 추었으므로, 地伯級干이라 이름하였다. 語法集에는 그때 山神이 춤을 추고 노래를 부르되 『智理多都波』라 하였는데, 都波云云은 대개 智憲로 나라를 다스리는 사람이 미리 알고 많이 도망하여 都邑이 장차 破한다는 뜻이라고 하였다. 즉 地神과 山神은 나라가 장차 망할 줄 알았으므로 춤을 추어 경계케 하였것만은 國人이 깨닫지 못하고 도리어 詳端가 나타났다 하여 耽樂을 더욱 甚히 한 까닭에 나라가 마침내 亡하였던 것이라 하였다.

사진으로 보는
발레리나 서정자

청춘의 새벽은 아직 멀리 가지 않고

저쪽 어디쯤 맴돌고 있는 것 같다.

다시는 돌아오지 않을 청춘의 새벽을 탐하며

그 새벽의 신들린 춤을 추고 싶다.

다시 한번

다시 한번

嶺南遊蕩閱年多　最愛湖山景氣加
芳草渡頭分客路　綠楊堤畔有農家
風恬鏡面橫煙黛　歲久墻頭長土花
雨歇四郊歌擊壤　坐看林杪漲寒樓

乙未春日錄禹偉先生詩　映湖橋　楚木　徐正子

潭上有吾塵迢遞似仙居
岩壁相玲瓏杉松繞扶踈
乘興坐盤石隨意牧細重
抱琴還弄月白雲滿床書

乙未夏日錄令壽閣徐氏詩　楚木徐正子

평택 소사벌 서예대전 특선

제 34회
대한민국 미술대전 입선

水國秋高木葉飛沙寒鷗
鷺淨毛衣西風落日吹遊
艇醉後江山滿載歸

丁酉秋日錄 松溪先生詩 然木 徐正子

제 19회 대한민국 예술대전 삼체상 안산 예술의 전당 전시

昨夜千村雪 今朝萬樹梅
兒童搓戶出 誤喜是春來
丁酉晚秋錄李晬光先生詩 然木徐正子

俗客不到 應登臨意思清
山形秋更好 江色夜猶明
白鳥高飛盡 孤帆獨去輕
自慚蝸角上 半世覓功名
丁酉秋日錄金富軾先生詩 然木徐正子

제 19회 대한민국 삼체상 예술대전
안산 예술의 전당 전시

예일회 제주 특별전
작가 초청 작품

西生牡丹逸自誇
名花准生當日東瀛
祥雲先生再
銀芝場船山詩

古木寒煙裏秋血
白雲邊暮江風浪
起漁子急田船
戊子季秋上澣
亚木徐二子

제 26회 대한민국 미술대상전 입선

제 35회 대한민국
서예대상전 삼체상

수상·전시 이력

년 도	제 목	수 상	
2008.8	제화	입선	서울메트로 미술대전
2008.9	소석임유	입선	남농 미술대전
2008.9	적천사과방잠염선사	입선	대한민국 열린 미술대전
2008.11	초목유본	입선	전국미술대전
2008.12	고목	입선	대한민국 미술대상전
2009.10	우탁선생시	특선	대한민구 열린미술대전 공모전
2014.9	아리랑	공연무대서예	오페라 하우스
2015.6	동대(석북선생시)	입선	대한민국 미술대전 한국 미술협회 (국전)
2015.8	억청담	특선	소사별 서예대전
2017.11	설후	전시(초대작가전)	제주 규당 미술관
2017.12	설후	삼체상	대한민국서예 예술대전
2017.12	사랑	전시회	오렌지 연필 갤러리
2017.12	김부식선생시	삼체상	대한민국 서예 대담전
2017.12	문의적시	삼체상	대한민국 서예 대상전
2017.12	송계선생시	삼체상	대한민국 서예 대상전
2018.5	과학장선심시	삼체상	대한민국 서예 대상전
2019.9	판소리와 아리랑	공연서예	국립극장 해오름

후암동 집 앞, 동생을 업고 1947

삼광 국민학교 5학년

수도 여중, 상아당에서 운림지 공연

수도 여중고 무용반 쇼팽 녹턴 공연

수도 여중고 무용반 강강수월래 공연

이대 강당에서 나무꾼과 선녀 공연

고등학생 서정자

캠퍼스에서 후레시맨

대학 시절
발레 연습 촬영 (문선호 작가)

대학 시절 발레 연습 촬영 2 (문선호 작가)

메이데이 메이 퀸
대관식에서

이대 정문 앞에서

생명을 주시고
꿈을 일깨워
주셨던
어머니

사랑하는 부모님과 졸업식장

쇼팽의 녹턴, 시공관, 임성남 안무 (서정자, 유정옥, 김학자)

국립발레단 공연 까치의 죽엄,
시공관 (임성남 선생님, 서정자 교수)

한중일 합작
전막공연
백조의 호수,
시민회관
(현 세종
문화회관)

국립 발레단 연습실에서

수정의 노래 - 서울 예고 옥상에서

고마끼 선생님과
제자들

서정자 발레 공연
한국 최초의
컬러 프로그램 / 포스터

빠·드·꺄트르

페트루슈카

삼작노리개

삼작노리개

어부사시사

모던발레를 위한
세 거리 세 걸음

1990년 6월 1일 한국발레하우스 개관 기념식

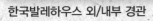
한국발레하우스 외/내부 경관

한국 발레하우스 기획 프랑스 발레 마스터 초청 학생 개인 지도

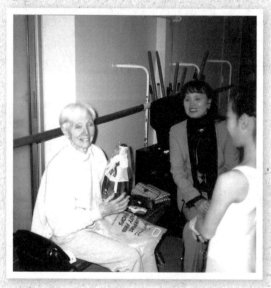

한국 발레하우스와
프랑스.깐느 로젤라
하이 타워 국립 발레학교와
자매 결연

스위스 로쟌 국제 발레 콩쿠르 명예 회장 브라운 슈바이크의 한국 방문 기념 초청

제자들과 함께

'92 춤의 해' 개막제 출연 미래의 발레리나

중·고·대 동창 친구들, 예술인과 친지

중·고 동기 동창 친구들

아츠밸리의 연못

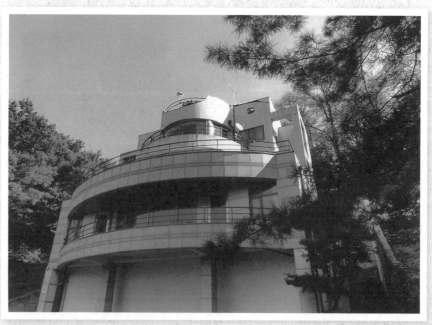

아츠밸리의 예술원

소나무집 앞 가든

참나무 집 숲

공연 후 커튼콜

서 정 자

　1942년 출생하여 수도여자중고등학교 졸업했다. 중고교 시절 이화여대 전국여자 무용콩쿠르에서 우수한 성적을 거두었다. 이화여자대학교 문리대학 체육학과에 입학해 발레를 전공했다. 최고의 발레리나가 되어 후학양성에 이바지하고 싶다는 목표 아래 학부 시절 정교사 자격증을 취득하고 금란여자중고교 교사로 부임하는 한편 이화여자대학교 교육대학원에 입학해 교육학 석사학위를 마쳤다. 동아무용콩쿠르에서 금상을 수상하며 고마끼발레단으로 유학을 떠났다. 27세에 한양대학교 체육대학과 무용학과 교수를 거쳐 중앙대학교 예술대 무용학과 교수로 정년을 마쳤다.

　발레의 조기교육을 목표로 연령대별 체계적인 교육 프로그램을 갖춘 한국발레 하우스를 설립해 세계적인 무용수들을 배출했다. 숲 속의 예술학교를 꿈꾸며 2만 5,000평 규모의 아츠밸리를 설립, 예술학교의 밑그림을 그렸다.

　한국적인 창작발레를 중시했으며 다양한 작품을 초연한 바 있다. 서정자 물이랑 발레단을 창단해 대한민국 유수의 무용제에 참가했다. 현재 한국 발레하우스 아카데미 대표이자 청소년 수련 시설 아츠밸리 이사장이다.